S. A. HUNT

Die Hexenjägerin

Der Zirkel des Blutes

S. A. HUNT

DIE HEXENJÄGERIN

Der Zirkel des Blutes

Roman

Deutsch von Andreas Helweg

blanvalet

Die Originalausgabe erschien 2020 unter dem Titel
»I Come with Knives« bei Tor Books, New York.

FSC www.fsc.org MIX Papier aus verantwortungsvollen Quellen FSC® C014496

Klimaneutral* Druckprodukt ClimatePartner.com/14044-1912-1001

Penguin Random House Verlagsgruppe FSC® N001967

1. Auflage

Dieses Werk wurde im Auftrag von Tom Doherty Associated durch die Literarische Agentur Thomas Schlück GmbH, 30161 Hannover, vermittelt.
Redaktion: Lisa Scheiber
Umschlaggestaltung und -illustration: © Frank Tic
BL · Herstellung: sam
Satz: Vornehm Mediengestaltung GmbH, München
Druck und Bindung: GGP Media GmbH, Pößneck
Printed in Germany
ISBN 978-3-7341-6291-6

www.blanvalet.de

Diesen Roman widme ich meinem Agenten, Leon, der mir als Erster eine Chance gab. Ich widme ihn außerdem meiner Lektorin Diana, die mir eine Richtung gab – sowohl strukturell als auch kulturell. Wenn man an Fußspuren im Sand glaubt, dann hast du mich zu ihnen getragen.

ANDRAS

Damals

Klopf, klopf, klopf. Das Mädchen stand vor Marilyn Cuttys Tür.

Es war einige Jahre her, seit Robin das letzte Mal zu Marilyn geflohen war, um einem Streit ihrer Eltern aus dem Weg zu gehen. Jason und Annie stritten sich nicht mehr so häufig – ihre Beziehung war von flammender Liebe zu freundlichem Miteinander abgekühlt –, und deshalb bot sich Robin nicht mehr so häufig die Gelegenheit, sich einfach zu verkrümeln. Stattdessen zog sie sich häufiger in ihr Zimmer in der Kuppel zurück. Aber heute lag der Fall anders.

Die Fliegentür wurde aufgeschoben, und Theresa LaQuices spähte heraus. Ihr ovales Gesicht wurde von dünnen grau-schwarzen Strähnen umrahmt.

»Ja?«, fragte Theresa. »Kann ich dir helfen?«

»Hi«, sagte Robin. Sie war mit den beiden anderen Frauen nicht so warm geworden wie mit Marilyn. Theresa und Karen waren häufig auf Reisen – eigentlich sah sie Theresa sogar zum ersten Mal, seit sie in der Mittelstufe war. »Ist Marilyn zu Hause?«

»Vielleicht. Wer will das denn wissen?«

»Ähh … Annies Tochter.«

Theresa drückte die Fliegentür so weit auf, bis sie ihren Leib durch den Türrahmen schieben konnte, wobei der Türschließer ein gequältes Quietschen von sich gab, und trat hinaus. Die mittlere der drei Schwestern war eine riesige Frau mit mächtigen Schultern und Armen, ihr Haar türmte sich auf ihrem Kopf und war zu einem lockeren Knoten geschlungen. Um ihre Beine wallte ein gerafftes Sommerkleid in bräutlichem Weiß.

»Annies Tochter?« Theresa blinzelte sie an. »Was machst du denn hier oben?«

Wie immer war sie barfuß. Robin dachte an den Reim aus Stephen Kings Clown-Roman: *Er schlägt die Faust hernieder, doch sieht lange er die Geister noch.* Während Theresa ging, drückten sich ihre plumpen, steinern wirkenden Füße auf den Beton wie schmutzige Fäuste.

»Ich habe mich mit Mom gestritten und weiß echt nicht, wo ich hin soll. Eigentlich wollte ich in die Stadt, aber ich habe weder Geld noch einen fahrbaren Untersatz.«

»Also hast du dir überlegt, deinen kleinen Hintern hier rüberzubewegen wie damals, als du noch ein Kind warst, hm?« Theresa nickte nachdenklich und starrte in den Abendhimmel. »Ja, daran erinnere ich mich. Du bist herübergekommen und hast auf der Treppe gesessen, hast aber nicht geklopft oder so, sondern hast nur dagesessen und geweint, bis dich jemand von uns zufällig gehört und nachgeschaut hat.«

Die beiden Frauen standen einen Augenblick lang im Eingang, die eine jung und zornig, die andere alt und mürrisch, und hinter ihnen hielt die Sonne langsam auf den Horizont zu. Schließlich sagte die alte Frau mit ihrem Cajun-Akzent: »Dein Daddy hat dich und Annie immer schlecht behandelt. Da kann ich dir nicht die Schuld dran geben, dass du so geworden bist. Sein Gebrüll hat man bis hier oben gehört.«

Robin nickte, ohne aufzusehen.

Schweres Seufzen. »Na ja, aber ist ja auch nicht schlau, hier draußen herumzustehen und dir von den Moskitos das Blut aussaugen zu lassen.« Theresa öffnete die Tür und winkte das Mädchen herein. »Komm schon. Marilyn ist oben und macht ein Nickerchen, aber ich denke, sie ist in Kürze wieder unten. Ist ja fast schon Zeit fürs Abendessen.«

Theresa war eine Feinschmeckerin und hielt Ordnung in ihrem Arbeitsbereich. Die Küche des Lazenbury-Hauses war wie immer makellos sauber. »Heute Morgen habe ich Bananenbrot gebacken, wenn du möchtest«, sagte sie, als sie hineingingen. Mit dem stummeligen Zeigefinger wies sie auf einen gelbbraunen Laib auf der Arbeitsfläche. »Bedien dich. Wenn du mich entschuldigst, widme ich mich wieder meinem eigenen Kram.« Mit diesen Worten trottete sie zurück ins Wohnzimmer.

Gedämpfte Stimmen und leise Musik drangen herüber. Robin schnitt sich ein Stück Bananenbrot ab, setzte sich und starrte aus dem riesigen Erkerfenster in den Weingarten hinter dem Haus. Bis zur Ernte würde es noch einige Monate dauern, doch an den Ranken hingen schon Trauben, winzig grüne und violette Murmeln, und das Spalier schimmerte im Feuerschein des Himmels.

Das Brot war nicht übel. Sie schnitt sich noch ein Stück ab, fand Butter in einer abgedeckten Schüssel und strich sie drauf.

Während sie aß, schweiften ihre Gedanken zurück zu ihrem Zimmer, und sie hing kurz ihrer Erinnerung nach. Die rauen Softballer-Hände des anderen Mädchens auf ihren Hüften, der Blumenduft seines Haares. *Zweite Base beim Mädchen-Softball, zehn Zentimeter größer und eine Amazone aus der zehnten Klasse. Briannas weiche Haut fühlte sich abwechselnd heiß und kalt an: Gänsehaut, wo die kühle Frühlingsluft herankam, warm unter dem Hoodie.*

»Hi, Vögelchen.«

Robin wurde aus ihrem Tagtraum gerissen und musste sich beherrschen, damit sie nicht zusammenzuckte. Sie blickte über die Schulter. Marilyn Cutty stand an der Küchentür, die neben dem Kühlschrank in den hinteren Flur mit der nass wirkenden Tomatensuppen-Bemalung führte.

»Hi, Grandma Maryloo.«

Die alte Frau schlenderte hinter die Kücheninsel und schob die weiten Ärmel ihres riesigen Pullovers hoch. »Was treibt dich denn zu uns?«, fragte Cutty und wusch sich die Hände. Sie war groß, ein Fischreiher in wolligem Zopfmuster, und sie ragte über der Kücheninsel auf, als wäre diese für eine kleinere Spezies geschaffen worden, königlich und majestätisch, und im Rückblick war das vielleicht sogar ein ganz passender Vergleich. »Du hast dich ja schon lange nicht mehr bei uns blicken lassen. Muss ich davon ausgehen, dass deine Eltern den wundervollen Zeitvertreib des gegenseitigen Anschreiens neu entdeckt haben?«

»Nein«, sagte Robin, zog die Schultern ein und umklammerte ihr Bananenbrot wie ein Eichhörnchen seine Nuss. »Nein, die haben ihr Kriegsbeil begraben. Sieht aber aus, als würde ich da weitermachen, wo Dad aufgehört hat.«

»Ach, jetzt bist du mit Annie aneinandergeraten?«

»Ja.«

»Und weshalb, wenn ich fragen darf?«

Innerlich angespannt wie ein Flitzebogen suchte Robin nach angemessenen Worten. »Sie sperrt mich im Haus ein und zwingt mir ihre … ihre Lebenseinstellung auf?« Nein, das war nicht der richtige Ausdruck. »Ich habe keine Ahnung, wie ich es nennen soll – sie ist ja fürchterlich religiös, nicht? Und zwar seit meiner Kindheit, und es wird ständig schlimmer. Dauernd versucht sie, mir ihre Vorstellungen aufzudrücken, keine Ahnung, um mich auf den ›Pfad der Tugend‹ zu führen oder so. Sie hat mich auch immer in die Kirche geschleppt, aber damals war es noch ganz okay. War einfach so eine Sonntagsgeschichte. Mittlerweile gehen wir nicht mehr hin, aber …«

»Hört sich an, als würdest du bei einer Nonne leben.«

»Ein bisschen, ja.«

»Und hört sich auch so an, als würdest du nicht mehr in die Kirche gehen, weil sie euer Haus zu einer Kirche gemacht hat?«

»Ja.« Ein winziger Stoß Adrenalin schoss durch Robins Adern, nachdem Cutty die Sache zielsicher erfasst hatte. Aus diesem Blickwinkel hatte Robin die Dinge noch nie betrachtet, doch als sie es jetzt hörte, fiel es ihr wie Schuppen von den Augen. »Ja. Ich meine, heute ging es eigentlich gar nicht darum, aber manchmal komme ich kaputt nach Hause, weil ich einen harten Tag hatte, und dann taucht sie in meinem Zimmer auf mit ihren weisen Worten und Bibelsprüchen und dem ganzen Mist. Sprichwörter hier, Matthäus da. Und manchmal sitzen wir beim Abendessen am Küchentisch, und plötzlich labert sie über Jesus und darüber, wie Jesus mich liebt und dass wir alle Sünder sind. Heute hat Mom mich erwischt, als ich mit Brianna Wilson in meinem Zimmer rumgemacht habe. Sie hat sich die Treppe hochgeschlichen und uns gesehen. Jetzt macht sie mir die Hölle heiß, weil ich lesbisch bin. Dabei bin ich gar nicht lesbisch.«

»Was ja auch nicht schlimm wäre.«

»Ich meine, klar. Nein – aber ich finde die Unterstellung doof. Ich stehe ja auch auf Kerle.«

Hast du vergessen anzuklopfen?

Du hast es vermutlich nicht gehört, hatte ihre Mutter geantwortet. *Offensichtlich warst du beschäftigt.*

»Sie schleicht sich immer an mich an wie ein Ninja und versucht, mich zu erwischen, wie ich … wie ich irgendwas mache. Was auch immer.«

»Dein Leben leben?«, fragte Cutty.

Warum mischst du dich immer in mein Leben ein? Endlich habe ich Freunde gefunden, obwohl du mich fast nie woandershin gehen lässt als zur Schule, und ständig liegst du mir mit deinem Blumen-der-Nacht-Kram in den Ohren.

»Dabei mache ich gar nichts, was ihre Paranoia begründen würde …«

Ich sperre dich dort oben doch nicht ein. Du kannst gehen, wann immer du willst.

»… ich nehme auch keine Drogen. Ich laufe doch nicht rum wie eine Schlampe, oder? Ich meine, außer dass ich ein bisschen mit meiner Freundin rumknutsche.« Und ein bisschen leiser: »Finde ich.«

Ehrlich?, hatte Robin erwidert. *Du würdest mich allen Ernstes ziehen lassen, wenn ich irgendwo hinwill?*

Mom: *Wo ist irgendwo?*

Das ist das Problem! Du musst es ja nicht wissen!

Aus »Irgendwohin« wurde schließlich Grandmas Haus. Cutty beschäftigte sich am Herd, füllte einen Kessel mit Wasser und stellte ihn zum Kochen auf. Während sie wartete, schaufelte sie löffelweise Zucker in einen Krug und lachte vor sich hin.

»Hm?«, fragte Robin neugierig. »Was ist so witzig?«

»Du wirst nie glauben, wie deine Mutter früher war.« Cutty drehte sich um, verschränkte die Arme und lehnte sich an den Küchenschrank. »Sie war nicht immer bei den Baptisten, sondern eine Heidin wie wir. Und ich möchte sagen, ein echter Hippie. Deshalb ist es lustig, wenn sie jetzt ihre Vergangenheit weggesperrt hat und dich gleich mit. Sie hat keinen Grund, große Sprüche zu klopfen.«

»Wie meinst du das? War sie ein Blumenkind?«

»Sie wurde ja erst Ende der Siebziger geboren, daher konnte sie sich an der ›Kulturrevolution‹ nicht mehr beteiligen«, sagte Cutty und fügte mit den Fingern gedachte Anführungszeichen hinzu. »Sie ist eigentlich in den Achtzigern groß geworden.

Dem No-Future-Jahrzehnt. Sie stand auf Madonna, Loreena McKennitt und Nirvana, und dabei hat sie so viel Dope in Rauch verwandelt, dass der Chef der Feuerwehr wahrscheinlich eine Belohnung auf ihren Kopf ausgesetzt hatte.«

Robin blinzelte. »Echt?«

»Oh ja. Ein wildes Kind.« Cutty zuckte mit den Schultern. »Vielleicht hatte sie nach deiner Geburt Schuldgefühle wegen ihrer wilden Jahre. Und hat sich verändert, um eine bessere Mutter zu werden. In den Jahren danach hat sie sich vielleicht zu sehr vergraben und zu viel Zeit in diesem Haus verbracht, mit ihren eigenen Gedanken und mit diesen Schriften, bis sie nur noch Brei im Kopf hatte.« Robin verzog das Gesicht, und Cutty wandte sich halb um und starrte aus dem Fenster. »So was kommt vor. Manche Menschen suchen Halt in der Religion. Und bei einigen wird der Halt am Ende zu einem Käfig. Wenn du dich zu fest und zu lange an etwas festhältst, ohne davon abzulassen – Religion, Liebe, Hass, Wissen und noch so einiges anderes –, wird es irgendwann bitter und dornig und sinnlos. Alles kann zur Qual werden, wenn du es zulässt.«

Schweigend saßen sie da. Im Kessel auf dem Herd schnaufte und blubberte es.

Ähm, hatte Mom gefragt, *du bist also homosexuell?*

Was? Nein. Und wenn schon? Gott ist das scheißegal.

Mir auch. Ich wollte es nur wissen. Und führ den Namen des Herrn nicht unnütz im Mund, bitte.

Wenn es egal ist, warum fragst du dann?

Ihre Mutter war über diese Frage hinweggegangen. *Wenn du rausgehst, kann ich dich nicht beschützen!*

Wovor willst du mich beschützen? Hat das was mit dem Hokuspokus zu tun, der in die Fensterbänke geritzt ist? Ja, das habe ich gesehen, auch wenn du es überstrichen hast. Du bist doch echt total verrückt, oder? Diese Zeichen sind schon jahrelang da. Was ist das überhaupt? Irgendein katholischer Exorzismus-Mist? Sieht aus wie eine Hühnerkralle. Robin hatte die Hände ganz automatisch zu Fäusten geballt, und zum ersten Mal in ihrem Leben stellte sie sich ihrer Mutter konsequent entgegen. *Du weißt doch, in der Stadt halten dich alle für gaga. Sie nennen dich Hokuspokus oder die Blair Witch. Vorige Woche kam ich aus der fünften Stunde, da rief mir irgendeine Zicke auf dem Gang hinterher: »Ich kriege dich, meine Hübsche, dich und deinen kleinen Hund.« Letztes Jahr hat jemand ein Pentagramm in die Tür von meinem Spind geritzt und eine tote Maus durch die Lüftungsschlitze gedrückt.*

Zu dem Zeitpunkt waren Schmerz und Überraschung im Gesicht ihrer Mutter längst an Robins Wut abgeprallt, aber als sie eine Stunde später darüber nachdachte, erdrückte sie das Schuldgefühl wie eine dicke, schwere Decke. *Gott, wenn sie nur wüssten, wie falsch sie liegen,* hatte sie weitergesprochen, *du bist so wenig eine Hexe, wie es nur möglich ist, mit deinem Bibelkram und deinem Tischgebet im Schnellimbiss. Du siehst eher aus, als würdest du Ziegen melken, nicht opfern. Du bist echt krank im Kopf. Ich halte es nicht mehr bei dir aus.*

Die Scham lag ihr im Magen wie eine Kanonenkugel.

»Marilyn?«, fragte Robin, hier und jetzt.

»Ja, meine Liebe?«

»Ich wollte dir schon lange mal eine Frage stellen. Die ist ein bisschen seltsam. Tut mir leid, wenn es dir vielleicht peinlich ist.«

»Kein Problem. Seltsam bin ich schließlich auch.«

»Bist du …« Das Mädchen betrachtete seine Hände; die fanden die Kordel seines Hoodies und flochten die Enden zusammen. »Bist du meine richtige Grandma?«

Ein aufrichtiges Lächeln breitete sich auf dem Gesicht der alten Frau aus. »Nein, Vögelchen, bin ich nicht. Ich fürchte, diese spezielle Ehre darf ich nicht für mich beanspruchen.«

»Mom sagt, meine Großmutter sei verschwunden, nachdem sich ihre Eltern getrennt hätten, als sie noch ein Kind war. Sie wollte das Sorgerecht nicht und ist weggezogen, und Mom weiß nicht, wohin sie gezogen ist.«

»Ja, das stimmt. Deine Mutter ist bei deinem Großvater John in Virginia aufgewachsen. John Reynolds hieß er, glaube ich. Reynolds war der Mädchenname deiner Mutter.«

»Ich habe mich immer gefragt, ob du meine richtige Großmutter bist.« Robin hatte das Bananenbrot aufgegessen und überlegte, ob sie noch ein Stück wollte. »Und ob es irgendein schreckliches Familiengeheimnis gibt, weshalb mir Mom nie etwas über dich erzählt.«

»Nein, Liebes.« Cutty blickte sie durchtrieben an. »Ich bin eine alte Frau, töricht und sentimental. Ich helfe gern, wo ich kann. Außerdem habe ich so einen Drang, alle zu retten, auch wenn ich die Sache vielleicht manchmal falsch anpacke. Als deine Familie hier rausgezogen ist, habe ich deine Mutter beim Rasenmähen gesehen.« Während sie sprach, räumte sie die Küche auf. »Eigentlich spreche ich mich ja normalerweise dafür aus, dass Frauen tun, was sie wollen, und meinetwegen auch Gartenarbeit, aber ich fand es dumm, dass sie die *ganze* Hausarbeit machen *und* das Haus streichen – das Haus hatte es wirklich nötig, als ihr eingezogen seid – *und* auch noch die Gartenarbeit erledigen sollte. Meine Freundinnen und ich sind hingegangen und haben uns vorgestellt, und am Ende haben wir ihr bei dem riesigen Rasen geholfen und das Haus gestrichen, während dein Vater bei der Arbeit war.«

Der Kessel pfiff. »Und seitdem sind wir Freundinnen. Eine kleine Ersatzfamilie, glaube ich, und Karen und Theresa wurden praktisch zu Tanten deiner Mutter. Und ich gewissermaßen zu ihrer Ersatzmutter.« Marilyn seufzte, goss heißes Wasser über den Zucker und fügte zwei Teebeutel hinzu. Es folgte eine kurze Pause, als wollte sie noch etwas hinzufügen, doch dann fischte sie einen Holzlöffel aus einer Schublade und rührte den Krug damit um. »Und als deine Mutter dich bekommen hat, bin ich auch in die Rolle der Ersatzgroßmutter geschlüpft.«

»Und das machst du einfach super.«

»Danke, Vögelchen«, sagte Cutty. »Schön zu hören. Ich hatte ja selbst nie Gelegenheit, Großmutter zu werden, deshalb war es nett, dass ich bei dir einspringen konnte. Hoffentlich habe ich dir ein wenig Trost und den ein oder anderen guten Ratschlag geben können.«

Robin zuckte mit den Schultern und fühlte sich plötzlich verlegen und schüchtern. »Vermutlich.«

»Ich könnte allerdings …« Die alte Frau spülte den Löffel ab, legte ihn auf die Abtropffläche, kam um die Kücheninsel herum und setzte sich zu dem Mädchen. » … eine Großmutter für dich sein. Wenn du willst. Du bist immer willkommen. Du könntest bei uns bleiben. Wenigstens für eine Weile. Bis du die Highschool abgeschlossen hast.«

»Ich weiß nicht … Ich will mich nicht aufdrängen.«

»Du drängst dich doch nicht auf. Ich habe dich gern in meiner Nähe. Außerdem, da bin ich sicher, bist du inzwischen eine junge Lady, die über eine gewisse Reife verfügt, kein schreiendes Baby mehr, daher würden sich die beiden anderen bestimmt auch mit der Idee anfreunden. Wir können dir so viel beibringen, Vögelchen, über den Wald da draußen, über Wein, über Gärtnerei, über Liebe und über die Welt. Ich würde gern ein frisches Gesicht bei uns sehen … Du weißt, wie sehr ich meine Schwestern liebe, aber manchmal könnte ich ihnen auch den Hals umdrehen. Wir könnten sogar voneinander lernen. Du bringst mir das Internet bei und hilfst mir bei diesem Facebook.

Ich habe ein paar Freunde in Arizona und Maine, mit denen ich in Kontakt bleiben sollte.«

»Klingt eigentlich nett«, erwiderte Robin. »Aber ich weiß nicht.« Sie konnte nicht genau sagen, weshalb es sich einerseits so verlockend anhörte und andererseits so … *bizarr*. Ein besseres Wort fiel ihr nicht ein. Vielleicht lag es daran, dass sich in den letzten Jahren die Vertrautheit verflüchtigt hatte, besonders, was Theresa und Karen betraf. Oder vielleicht lag es an dem Gedanken, das Zuhause mit Frauen zu teilen, die so viel älter waren und deren Alltag längst in geregelten Bahnen ablief. Die Atmosphäre des Hauses war ihr eigentlich fremd. Mit alten Jungfern aus einer anderen Zeit zusammenzuleben fühlte sich nicht richtig an.

»Wir könnten wirklich eine Menge voneinander lernen«, sagte Cutty und stupste das Mädchen mit der Schulter an. »Ich weiß Dinge, die dir den *Verstand wegblasen* würden, Kind. Geheimnisse.«

»Geheimnisse?«

»Wie es auf diesem Buchcover heißt: *Dinge, die niemand wissen will.* Weißt du, was das bedeutet? Dinge, bei denen eine Lady deines Alters und deines Betragens gut bedient wäre, sie zu kennen. Dinge, die deine Mutter weiß, und Dinge … Dinge, die sie in ihrem neuen Leben als gottesfürchtige Frau nicht mehr wahrhaben will. Höchste Zeit, dass du deine Kindheit hinter dir lässt und dir überlegst, welche Möglichkeiten dir als junge Frau offenstehen. Wir können dir in einer Art und Weise weiterhelfen, in der deiner Mutter inzwischen die Mittel fehlen.«

Okay, jetzt wurde langsam die Grenze vom Bizarren zum Nervigen überschritten.

Wie aufs Stichwort ging die Fliegentür auf, und Annie Martine trat in die Küche des Lazenbury-Hauses, außer Atem, in

Jacke und Sommerkleid. Uralte Flipflops aus dem Ein-Dollar-Laden gaben sich alle Mühe, an ihren Füßen zu bleiben.

»Hallo, Annabelle«, sagte Cutty beiläufig und scharf wie der Dolch eines Meuchelmörders.

Zu Robins Überraschung glänzten die Augen ihrer Mutter alarmiert. »Was machst du hier?«, fragte sie ohne Einleitung.

»Ich esse Bananenbrot und unterhalte mich mit meiner Großmutter.«

Annie blinzelte und riss die Augen auf. »Marilyn Cutty ist *nicht* deine Großmutter, und wie oft habe ich dir gesagt, dass du nicht hier rübergehen sollst?« Sie stürzte sich halb auf ihre Tochter, packte sie am Handgelenk und zerrte sie vom Hocker.

»Hey!« Robin fiel beinahe hin und kam stolpernd auf die Füße. »Sag mal, soll ich mir den Hals brechen?«

»Wir müssen nach Hause«, sagte Annie. »Wir müssen *sofort* nach Hause.«

»Nein.« Robin riss sich los, wobei die Fingernägel ihrer Mutter über ihren Daumen kratzten. »Nein, ich muss überhaupt nicht nach Hause gehen. Ich *bin* zu Hause.«

»Hier bist du *nicht* zu Hause.«

»Jedenfalls mehr, als ich es je in *dem* Haus da drüben gewesen bin«, sagte Robin und zeigte vage in Richtung des viktorianischen Hauses. »Daddy und du, ihr schreit euch an, und dazu dieser ganze Jesus-Scheiß in den letzten Jahren … Weißt du, du hattest echt recht, es hat sich in einen Boxring verwandelt. Ich habe es satt, um mein Leben zu kämpfen.«

»Was?«, fragte Annie.

»Ich habe dir gesagt, du sperrst mich dort ein, als hättest du Angst, jemand könne mir was Schlimmes antun. Mich kidnappen oder so. Hast du zu viel *Medical Detectives* gesehen?«

Sie bemerkte, wie Annies Blick zu der alten Frau zuckte.

»Vor der?«, fragte Robin und zeigte auf Cutty. »Du hast Angst vor *ihr*?«

»Nein«, sagte Annie.

Sie griff erneut nach der Hand ihrer Tochter, aber Robin zog sie zurück.

»Sie hat keine Angst vor mir.« Cutty sagte es sachlich, doch ihre Augen brannten wie heißer Stahl. »Annie hat Angst vor Karen.«

»Karen?« Robin musste erst einen Augenblick überlegen. Im Geiste ging sie eine Rotationskartei von Gesichtern durch. »Im Ernst? Die sich wie ein Häuptling anzieht und ihre eigene Kleidung näht und im Wald nach Pilzen sucht?« Sie sah ihre Mutter an. »Warum hast du vor *der* Angst?«

»Habe ich nicht.«

»Sie hat Angst vor Karen«, sagte Cutty, »denn deine Mutter ist der Grund, weshalb Karens Ehemann nicht mehr in Slade ist. Das ist eine Blutfehde aus der Zeit vor deiner Geburt, und deine Mutter hat Angst, sie auszutragen, weil Karen Weaver eine fürchterliche Gegnerin ist. Aber deine Mutter begreift nicht, dass ich das Bollwerk zwischen ihr und dem versohlten Hintern bin, den sie verdient hat. Was immer sie auch angestellt hat, um sich zu schützen – und dich –, im Augenblick ist es völlig überflüssig. Solange ich hier bin, seid ihr in Sicherheit.«

»Ich denke, wir haben genug geredet«, sagte Annie und sprang auf Robin zu. Sie packte das Mädchen am T-Shirt und zerrte es zur Fliegengittertür. Robin taumelte hindurch auf den Weg, und ihre Mutter war direkt hinter ihr.

Robin war überrascht, als ihre Mutter sie erneut packte. Aber diesmal handelte sie nicht aus Wut, sondern in Panik, um ihre Tochter zu beschützen. Annie drückte den Kopf des Mädchens an ihre Brust, obwohl Robin fünf Zentimeter größer war.

»Mom! Was soll das?«

In den Augen ihrer Mutter stand Angst. Sie suchte in alle Richtungen den Horizont ab, als wären sie in den 1940er Jahren in Frankreich, auf der Flucht vor den Nazis. »Ich muss dich nach Hause bringen, okay, Kleine? Du musst mir vertrauen, den Mund halten und einfach mitkommen. Wir müssen hier verdammt noch mal unbedingt weg und zurück zum Haus. Dort lasse ich dich in Ruhe, und du kannst machen, was du willst, ich werde nichts dagegen sagen. Aber wir müssen hier weg.«

Das war das erste Schimpfwort, das sie seit … seit sehr langer Zeit aus dem Mund ihrer Mutter hörte. Wenn nicht sogar das erste. »Was ist denn los mit dem Haus? Warum siehst du so ängstlich aus?«

»Ich erzähle es dir wann anders. Jetzt müssen wir weiter.«

»Nein«, sagte Robin. »Nicht, ehe du mir nicht sagst, was los ist.«

Mit leisem Schlag schloss sich die Fliegengittertür. Marilyn Cutty hatte sich draußen zu ihnen gesellt, stand schweigend da und beobachtete sie, während ihre Arme reglos, aber angespannt an ihren Seiten herabhingen.

Annie sah die alte Frau an. »Wir haben dafür keine Zeit.«

»Wir sind in den Südstaaten, Annabelle.« Cutty rieb in der Stille des Abends hörbar Daumen und Zeigefinger aneinander, wie ein Revolverheld, der sich vor dem Saloon zum Duell mit einem Banditen bereit macht. »Die Tage ziehen sich hier zäh dahin.«

»Was hast du getan?«, fragte Robin. Die drei bildeten ein spitzes Dreieck in der Einfahrt. »Warum ist Karen sauer auf dich?«

Cuttys Blick wurde milder. Sie legte erwartungsvoll den Kopf schief.

»Ich habe ihn eingesperrt«, sagte Annie. »Karens Ehemann.

Er … Ich habe ihn dabei erwischt, wie er sich an Kinder draußen in dem alten Vergnügungspark rangemacht hat. *Seinem* Vergnügungspark. Und er hat ihnen wehgetan.« Ihr Blick suchte Robins Augen, und ihr Gesicht wurde hart. »Ich habe die Polizei gerufen, aber die haben einen Scheiß gemacht.«

»Oh, sie haben ihn verhaftet.« Mit lässigem Schritt spazierte Cutty um sie herum wie ein Anwalt. »Sie haben Edgar abgeholt, und sie haben ihre kleine Ermittlung durchgeführt. Doch sie haben nichts gefunden, oder, Annabelle? Deshalb haben sie ihn gehen lassen. Sie ließen ihn nach Hause, und das ist noch nicht die ganze Geschichte, nicht wahr, Schatz?«

Annie sagte nichts, stand nur da, atmete schwer. Ihre Hände zitterten. Robin konnte nicht sagen, ob vor Wut oder vor Angst.

»Weil er nicht zu Hause geblieben ist, nicht?«, fuhr die alte Frau fort. »Ein Jahr später ist er einfach, keine Ahnung, abgehauen. Ist einfach verschollen wie Amelia Earhart. Niemand konnte ihn finden. Niemand hatte einen Schimmer, wohin er gegangen ist.«

»Wir müssen nach Hause«, knurrte Annie durch die Zähne.

»Was erzählt sie da?«, fragte Robin.

Diesmal schob Annie ihre Tochter wie ein Bulldozer von hinten die Einfahrt hinunter, drängte sie hektisch weiter und murmelte Bibelverse vor sich hin. »Der Herr aber, der selbst vor euch hergeht, der wird mit dir sein und wird die Hand nicht abtun noch dich verlassen.«

»Karen scheint zu glauben, du weißt etwas darüber.« Cutty war irgendwo weit hinter ihnen oben in der Einfahrt stehengeblieben, vielleicht zehn oder zwölf Meter zurück. Ihre Stimme hallte vom Lazenbury-Haus wider, als sie sprach. »Karen glaubt, du weißt, wohin ihr Ehemann verschwunden ist.«

»Oh Gott«, murmelte Annie dem Mädchen ins Ohr. »Dreh

dich nicht um, ja, Schatz?« Angesichts der Panik in der Stimme ihrer Mutter lief ihr es ihr kalt über den Rücken.. »Sieh nicht zurück. Schau dich nicht zu ihr um. Blick ihr nicht in die Augen. Geh weiter. Geh weiter, bis wir zu Hause sind. Und ob ich schon wanderte im finstern Tal, fürchte ich kein Unglück; denn du bist bei mir …« Robin verbog sich und versuchte, die Miene ihrer Mutter zu sehen. Annie schob sie unsanft weiter. » … dein Stecken und Stab trösten mich. Augen nach vorn, Kleine. Jesus liebt dich.«

»Ach, die Menschen reden gern«, rief Cutty aus dem Zwielicht neben der Hazienda. Inzwischen schrie sie fast, doch ihre Stimme klang weiterhin beiläufig, als wollte sie eine Unterhaltung über ein Baseballfeld hinweg führen. »Die Leute behaupteten, er habe sich verdrückt, weil er städtische Gelder unterschlagen habe. In einem Müllcontainer auf seinem Grundstück wurden angeblich tote Babys gefunden. Und in die Eismaschinen in seinem Wunderland sollte er LSD getan haben. Die Leute, *die Leute,* sagen so gemeine Dinge, und sie können einen wirklich in Schwierigkeiten bringen, was? Sie können jemanden tatsächlich ins Gefängnis bringen. Oder dafür sorgen, dass man verbrannt wird, dass Frauen im Fluss ertränkt werden.«

»Wovon spricht sie?«

Dem Mädchen gelang es, zu der fernen Gestalt oben in der Einfahrt zurückzuschauen, einem ältlichen Wattestäbchen mit großem Schlabberpullover. Cutty stand stocksteif da und hatte die Hände hinter dem Rücken gefaltet.

»Sieh nicht hin«, sagte Annie und drehte ihr den Kopf nach vorn. »Hör nicht zu. Sie kann nichts ausrichten, wenn du nicht zuhörst und nicht hinschaust. Der Herr ist mein Licht und mein Heil; vor wem sollte ich mich fürchten? Der Herr ist meines Lebens Kraft …«

»Ich will aber nicht …« Robin blickte über die Schulter.

Alles, was sie hinter sich sah, war beiges Zopfmuster. Marilyn Cutty befand sich nur wenige Zentimeter hinter dem Rücken ihrer Mutter, genau hinter ihnen, und hatte die Hände hinter ihrem Rücken. Sie ragte über ihnen auf, plötzlich eine mystische Gestalt, sie war nicht gegangen, sondern hatte sich ihnen irgendwie angenähert, als stünde sie auf einem Spielzeugkarren, den ihre Mutter wie ein Schlittenhund hinter sich herzog. »Konzentriere dich auf den Herrn, und er wird dir beistehen«, sagte Annie, und ihre Stimme wurde mit jedem Wort heiserer, »er wird nicht zulassen, dass die Gerechten erschüttert werden.«

Mit einer Stimme, die wie das schläfrige Brummen einer Hornisse klang, sagte Cutty: *»Mach schon und schau.«*

Trotz der Furcht wanderte Robins Blick am keltischen Zopfmuster des Pullovers nach oben über den hängenden Wasserfallausschnitt, bis er Cuttys Gesicht erreichte. Nur gab es da kein Gesicht. Von Cuttys Haar war nur lebloses graues Moos auf einem pergamentüberzogenen Schädel geblieben. Die Augen der alten Frau waren keine Augen mehr, sondern ein gerunzeltes, missgestaltetes Loch, das asymmetrisch aufklaffte wie die Wunde einer Schrotflinte. Ihre Haut glich hellem Buchleder, genarbt und gerissen. Ihre Lippen spannten sich straff über Zähne aus Treibholz, ihr weiter Mund vereinte sich mit der Augenhöhle fast zu einem formlosen Loch in Gestalt eines C.

»Geh heim, Vögelchen«, summte es tief aus Cuttys Kehle.

In diesen albtraumhaften Gesichtslöchern war das eigentlich feuchte rosa Fleisch trockenes gelbes Rohleder. Robins Haut wurde kalt, wie in tiefgekühlten Stickstoff getaucht. Sie wollte schreien, brachte jedoch nur ein Keuchen zustande. »Herr im Himmel«, sagte Annie, »geheiligt werde dein Name. Bitte, führe uns sicher und heil nach Hause.« Dann murmelte sie ihrer Tochter etwas ins Ohr, das klang wie eine Schallplatte, die unter Wasser rückwärts abgespielt wird.

Es war Nacht geworden. Sanftes Licht strahlte aus dem Wohnzimmer der Martines, als Robin mit ihrer Mutter durch den dunklen Flur ging und ihre Hand fest umklammerte. »Komm mit, ich mache dir etwas zu essen.«

»Was ist passiert? Wie sind wir so schnell hierhergekommen?«

»Du bist in der Einfahrt ohnmächtig geworden.«

»Ohnmächtig?«

»Ja. Hast du heute überhaupt schon etwas gegessen, Schatz?«, fragte Annie und führte sie durch den Flur in die Küche. Die Angst schien von ihrer Mutter abgefallen zu sein, und sie wirkte jetzt fast … *aufgekratzt.* »Hast du etwas zu Mittag gegessen?«

»Ein paar Käsekräcker. Und einen Becher Joghurt, glaube ich.«

»Man kann doch nicht nur von Kräckern leben.«

In der Küche angekommen zog Annie einen Stuhl zurück und setzte ihre Tochter an den Tisch. Sie schaltete das Licht an der Abzugshaube über dem Herd ein, dessen schwacher grünlicher Schein bis zum Tisch reichte. »Ich habe noch Hähnchen. Davon mache ich dir ein Sandwich. Möchtest du Pommes?«

»Pommes?« Das Wort quälte sich kratzig und verunstaltet aus ihrem Mund.

»Ja, ich habe noch welche im Eisfach.«

Annie machte den Backofen an und wühlte in der Gefriertruhe. »Vielleicht hattest du wegen des Streits Probleme mit dem Blutdruck oder so. Keine Ahnung. Aber es kann ja nicht schaden, wenn du was Warmes in den Bauch bekommst.« Sie zog eine Tüte heraus, nahm einen Bogen Backpapier aus der

Schublade unter dem Ofen und sprach dabei weiter. »Pass auf … Tut mir leid, dass ich da so reingeplatzt bin, Schatz. Hey, von jetzt an werde ich – werde ich mit dem Licht im Treppenhaus blinken, okay? Unten gibt es einen Schalter, den mache ich ein paarmal an und aus? Wie wäre das?«

»Ja, klingt …« Robin blinzelte und musterte die Küche von ihrem Platz aus. Im Lampenschein wirkte alles dunkel und summte irgendwie unheilvoll, was sie eher fühlte als hörte. »Waren wir … waren wir nicht auf der anderen Seite der Straße?«

Annie starrte sie an. »Keine Ahnung, was du meinst.«

»Waren wir nicht drüben bei Grandma Mary?«

»Nicht dass ich wüsste. Ich habe dich beim Briefkasten gefunden, da hast du auf dem Rasen gesessen und dummes Zeug gebrabbelt.«

Robin erforschte das Gesicht ihrer Mutter. »Was habe ich denn gesagt?«

»Ach, ich weiß nicht. Du hast vor dich hin gemurmelt, ich konnte es nicht verstehen. Du bist nicht gestürzt und hast dich verletzt, oder?«

»Nein.«

Instinktiv hob Robin die Hände, strich sich durchs Haar und tastete nach einer Beule. Sie fand nichts.

»Gut«, sagte Annie.

»Gut.«

»Du bist also nicht vom anderen Ufer?«

»Ich bin von beiden Ufern, Mom. Ich mag Jungs und Mädchen. Obwohl …« *Obwohl dich das eigentlich nichts angeht,* wollte sie sagen, aber die Worte verwandelten sich in ihrem Mund zu Asche.

»In deinem Herzen ist viel Liebe. Ich denke, es ergibt durchaus einen Sinn, wenn du sie jedem gibst, der sie möchte. Sie muss ja *irgendwohin.*« Annie lachte schnaubend. »Ich war nur überrascht.«

Eis klirrte. Mom goss kalten Tee in eins der Gläser, die mit Zitronenscheiben bemalt waren. Robin nippte daran, starrte in das dunkle Kaleidoskop von Eis und Tee und stellte das Glas auf den Tisch, ohne es loszulassen. Das Gewicht des Glases beruhigte sie, als würde eine Stimme in ihrem Hinterkopf sagen, dass sie es, wenn irgendetwas passierte, etwas, das eine Selbstverteidigung rechtfertigte, einfach werfen könne.

»Hast du irgendwas mit mir gemacht?«, fragte sie.

Schmutziges Geschirr rumpelte träge im Spülbecken. Ihre Mutter hatte sich dem Abwasch zugewandt und die Hände bis zu den Ellbogen in heißes Wasser getaucht. »Ich weiß nicht, was du meinst.« Annie wischte einen Teller sauber und stellte ihn in das Trockengestell.

Du weißt genau, was ich meine, wollte Robin sagen, aber es war, als wären die Worte auf ein Blatt Papier getippt gewesen, das eine unsichtbare Hand weggenommen hatte, ehe sie es lesen konnte. Stattdessen fand sie nur Schweigen auf ihrer Zunge. Also überlegte sie sich etwas anderes, das sie sagen konnte. »Wovon hat Marilyn gesprochen?«

Mit argloser Miene sah sich Annie über die Schulter um. »Keine Ahnung. Ich habe schon lange nicht mehr mit der alten Mary Cutty geredet. Bist du ihr heute begegnet?«

Wir haben gerade mit ihr geredet, wollte Robin sagen, doch die Worte verschwanden abermals im Dunkeln. Ihre Lippen öffneten sich zum Sprechen, doch ihre Zunge verharrte nutzlos an ihren Zähnen. *Hast du Karen Weavers Mann etwas angetan?,* fragte sie in ihrem Kopf und versuchte, die Worte hervorzubringen, doch nichts kam heraus.

»Ich habe gehört, er sei mit irgendeinem Flittchen abgehauen«, sagte Annie.

»Was?«

Kalte Überraschung blitzte in Robins Miene auf. Ehe eine von beiden noch etwas sagen konnte, klingelte der Ofen und gab kund, dass er vorgeheizt war. Annie schob das Backblech hinein und stellte die Uhr auf zwanzig Minuten. Sie wischte sich die Hände an dem Handtuch ab, das über der Griffleiste des Ofens hing, und ging aus der Küche. »Ich schaue mal nach deinem Vater. Passt du auf die Pommes auf? Ich habe genug für uns beide reingetan.«

Die Minuten krochen dahin. Eine Uhr tickte leise an der Wand, doch die Zeit darauf ergab keinen Sinn, die Zeiger spreizten sich in willkürliche Richtungen. Robin konnte sich nicht ausreichend konzentrieren, um die Bedeutung zu erfassen, trotzdem starrte sie intensiv darauf, als könnte sie ihren Verstand im scharfen Kontrast der schwarzen Zahlen und Zeiger auf weißem Grund verankern.

Nachdem sie eine Ewigkeit lang versucht hatte, die Zeit abzulesen, schweifte ihr Blick weiter zur Küchentür, durch die man einen kleinen Ausschnitt des Flurs sah: die rechte Seite des Beistelltisches mit dem Bild von ihnen dreien – ihrem Vater Jason, ihrer Mutter Annie und ihr selbst. Es war vor fast zehn Jahren in Gatlinburg aufgenommen worden, und sie alle trugen Cowboykleidung. Dad hatte damals noch den schrecklichen Kinnbart, Mom ihren albernen Pony, und Robin selbst war ein kleines Mädchen mit glitzernden Augen und mürrischem Gesicht.

Mom. Angst durchbohrte ihre Brust wie ein Pfeil. Plötzlich wollte sie nicht, dass ihre Mutter wieder durch die Tür hereinkam. Wenn Annie Martine durch die Tür käme, dann würde sie schreien und weglaufen. *Mom hat mich irgendetwas vergessen gemacht. Sie macht, dass ich mich an etwas nicht erinnere.*

Wie?

Sie ist eine H… eine Huh

Sie ist eine … Hhhhuh

Eine H…

Sie ist eine Hhhh-hhuh…

Robin stand auf und spuckte ins Spülbecken, als könnte sie so die Worte ausspeien. Während sie dastand und in den Abfluss starrte, mit dem Sieb voll durchnässter Essensreste, erinnerte sie sich an die Pommes. Sie öffnete die Ofenklappe und begutachtete sie. Nach einer halben Minute begriff sie, dass sie noch längst nicht gar waren, also schloss sie die Klappe und starrte auf den Herd.

Was wollte ich gerade machen? Sie suchte die Küche ab, wie man es tut, wenn man gerade in ein anderes Zimmer gegangen ist und vergessen hat, was man eigentlich erledigen wollte.

Ich muss mich schützen.

Wovor? Wie?

Vorsichtig, aber rasch schlich sie die Treppe hinauf, ohne recht zu wissen, warum sie schlich, ging in ihr Zimmer, holte ihren Laptop aus der Schublade unter dem Nordfenster der Kuppel. Eine Weile lang saß sie da und blickte leer auf den Bildschirm, während sie sich zu erinnern versuchte, warum sie hochgekommen war und ins Internet gegangen war.

Auf der Fensterbank zeichneten sich die reliefartigen Schnitzereien unter der Farbe im harten Licht des Monitors deutlich ab.

Die Nagelfeile in ihrem Rucksack. Damit kratzte sie die Farbe ab wie bei einem Lotterielos und versuchte, die Symbole freizulegen, die ihre Mutter in die Fensterrahmen geritzt hatte, denn sie brauchte einen Anhaltspunkt oder eine Inspiration, damit sie herausfinden konnte, was in ihrem Kopf vorging. Die Symbole, die zum Vorschein kamen, ähnelten beinahe lateinischen Buchstaben – F, N, S, R, eine eigenartige Kombination eines kleinen *b* und eines großen *P*, dazu alle möglichen Symbole, die sich aus gerade Linien und rechten Winkeln zusammensetzten. Sie wandte sich dem Bildschirm zu, googelte ein wenig und fand schließlich etwas, das den Ritzereien ihrer Mutter entsprach. Laut der Webseite vor ihr handelte es sich um nordische Runen, um das so genannte ältere Futhark …

Die Wirklichkeit ruckte wie eine defekte Filmrolle. Robin blinzelte erschrocken.

Sie saß nicht mehr auf ihrem Bett; sie stand mit ihrer Mutter im Badezimmer, und ihre Mutter schrubbte Robin den Rücken der linken Hand mit einem Waschlappen und siedend heißem Wasser ab. »Was hast du dir dabei gedacht?«, fragte Annie. »Was soll das werden, irgendeine Form von Satanismus?« Halb verborgen von Waschlauge und dem Lappen in Annies Hand ließ sich erkennen, was auf ihre Haut mit Filzschreiber geschrieben stand, ein seltsam verschmiertes Symbol, das dem Fußabdruck eines Huhns ähnelte. »Bemalst du dich mit bösen Dingen? Was ist das?«

Fettgeruch hing in der Luft. Die Pommes waren verbrannt.

»Das ist nicht böse.« Robin sprach schwerfällig und behäbig, als müsste sie die Worte mit der Zunge über eine Mauer heben. Sie erwartete von ihrer Mutter die Frage, ob sie getrunken habe, doch die sagte nichts und schrubbte nur weiter. »Es ist … Mama, es ist das Gleiche, das du in die Fensterbänke geritzt hast.«

»Ich weiß überhaupt nicht, wovon du redest.« Annie sah sie mürrisch an und rubbelte weiter.

»Doch, das weißt du *genau.* Was machst du eigentlich mit mir?«

»Ich? Nichts!«, rief Annie. »Willst du dich schon wieder streiten? Ich dachte, wir hätten uns gerade vertragen. Kannst du dich nicht einfach hinsetzen und dein Abendbrot essen? Dir geht es nicht gut. Dein Blutzuckerspiegel ist niedrig.«

Robin schüttelte den Kopf, erst langsam, dann wilder, und ihr Pferdeschwanz flog mit wachsender Panik in ihrem Nacken hin und her. »Mein Zuckerspiegel ist bestens, Mama.«

»Was zum Teufel ist dann mit dir los?«

»Ich habe das Gefühl, etwas zu vergessen. Irgend*etwas.*« Sie rieb sich mit der freien Hand die Augen. »Irgendetwas ist passiert, und ich kann mich nicht dran erinnern. Ich war irgendwo, und irgendetwas ist geschehen, Mama. Mir ist etwas zugestoßen, und ich muss etwas tun, aber ich kann mich nicht daran erinnern, was.«

»Soll ich mit dir zum Arzt fahren?« Annies Augen glitzerten wie schwarze Perlen im trüben Badezimmerlicht.

Nicht zum Hausarzt – sondern zu einem Psychiater. Robin konnte ganz gut zwischen den Zeilen lesen. Zum Irrenarzt. »Nein, ich brauche keinen Arzt. Es genügt schon, wenn du damit aufhörst, was auch immer du mit mir anstellst. Wir waren bei …« Robin starrte an die Wand. Gerade noch waren die Worte da gewesen, *einfach da,* und sie wollte sie aussprechen, aber sie waren davongeflogen wie eine Stubenfliege. Es fühlte sich an wie eine Mauer zwischen ihrem Kopf und ihrem Mund, das gleiche Gefühl, wie wenn man Matheaufgaben machen will und zu müde ist, um sich zu konzentrieren.

Aus den Augenwinkeln sah sie, wie ihre Mutter die Lippen bewegte wie ein Bauchredner. Unmerklich, stumm, fast eine optische Täuschung.

Robin nahm ihren ganzen Willen zusammen, schloss die Augen und kämpfte gegen die Mauer in ihrem Kopf an, drückte, drängte. Sie hatte das Gefühl, niesen zu müssen, aber mit ihrem Hirn – genau so eine heftige, halb schmerzhafte Vorahnung.

geh weiter

Und ob ich schon wanderte im finstern Tal, fürchte ich kein Unglück

Schreckliche schwarze Augen. Augen, die in sie eindrangen und Robin regelrecht aushöhlten.

geh weiter nach Hause

Aber da waren Wörter, Gedanken, verkrustet in den dunklen Windungen ihres Gehirns, die ihre Mutter nicht erreichen konnte, wenn es denn ihre Mutter war, die dafür verantwortlich war, was immer es war, diese schleichende meuchlerische Demenz. »Wwwwiiiir ssssinnnnd ggegganngenn«, versuchte Robin zu sagen. »Wwwirrr sssinnnd ggegganngenn. Zu Grandma Mmary.« Die Worte kamen heraus wie Fleisch aus dem Fleischwolf, zermahlen und gequält, fast im gleichen langsamen Ton wie die summende Hornissenstimme, mit der Cutty früher am Abend gesprochen hatte.

Panik breitete sich auf Annies Gesicht aus.

Voller Schrecken wandte Robin den Blick von ihrer Mutter ab. Die Badewanne war mit dunklem Wasser gefüllt, schlickig schwarz.

der Herr aber, der selbst vor euch hergeht, der wird mit …

»Wir sind zu Grandma Mary gegangen«, sagte sie, und das Licht ging aus.

Arme griffen aus der Dunkelheit nach ihr, Wasser klatschte auf die Badezimmerfliesen, als sich etwas aus der Badewanne erhob und nach ihr griff.

Schartige Fingernägel meißelten kaltes Feuer in ihre Handgelenke. Robin sah eine ertrunkene Frau, deren Mund offen stand und voller schwarzer Zähne war, deren Augen zu harten Löchern zusammengeschrumpft waren, tiefen Augenhöhlen. Die Haut war feucht, glänzte, ähnelte Gallert. Haar floss schwarz über die Schultern der Toten …

Wieder der Filmriss-Effekt. Sie war nicht mehr im Badezimmer.

Am Himmel hing der Halbmond und badete sie in monochromes Licht. Ihre Handgelenke brannten vor Schmerz, heiß jetzt, nicht mehr kalt von dem Ding in der Badewanne. Sie wälzte sich im Bett herum und schaltete die Nachttischlampe an.

Blutige Streifen zogen sich über das Laken.

Eine Hand war fest zur Faust geballt, in der sie die Nagelfeile hielt, mit der sie die Farbe von der Fensterbank gekratzt hatte, und sie war mit Blut verschmiert. Feuchtem, frischem Blut.

An ihrem Handgelenk brannten zwei Linien mit heißem Schmerz, tief mit der Feile geschnitten, doch nicht tief genug, um die Adern aufzuschlitzen. Gruselig, aber kein Selbstmord-Grusel – es war eine ziemliche Sauerei, doch rechtfertigte das keineswegs, einen Krankenwagen zu rufen. Hatte sie im Schlaf versucht, sich die Pulsadern aufzuschlitzen?

Nein, das waren nicht einfach nur »Linien«. In Richtung der Armbeuge fächerten sie sich auf: Sie hatte sich die Hühnerkrallen-Rune aus dem älteren Futhark in die Haut geritzt.

Sie zog ein T-Shirt aus der Kommode, riss es in Streifen und band sie um die Schnitte, dann zog sie die Bettdecke zurück und holte sich ihren Laptop. Sie überprüfte den Verlauf ihres Browsers und fand Unmengen von Recherchen, gut fünfzig oder sechzig Links zu Seiten über uralte Symbole. Zu viele, um die Bedeutung desjenigen zu finden, das sie sich in die Arme geritzt hatte. Mehr, als sie in Erinnerung behalten hatte.

Wie lange macht Mom das schon?, fragte sie sich, während ihr die

Tränen in die Augen stiegen. *Was macht sie überhaupt? Und was hat sie im Badezimmer gesagt?*

In den Lesezeichen entdeckte sie nichts Auffälliges. Webcomics, Links zu Etsy-Shops, YouTube-Kanälen, Wattpad-Geschichten, DeviantArt-Galerien, Facebook-Gruppen, Geschichtsseiten für ihre Hausaufgaben. Sie scrollte nach unten bis zum Ende: Ein Online-Bestellformular für Miguel's Pizza und ein Link zur ersten Staffel eines Anime auf einer Anime-Piraten-Seite.

Sie hatte eine Idee und ging zurück in ihren Verlauf. Vielleicht hatte sie ihre Arme gleich geritzt, nachdem sie das Symbol gefunden hatte. Dann müsste sich die Seite mit dem Symbol ganz unten befinden.

Klick. »RunenGeheimnisse«. Das war's. Das Y mit dem Strich in der Mitte.

»Algiz«, murmelte sie leise. »Steht für die göttliche Macht des Universums. Ein nordisches Symbol göttlichen Segens und Schutzes.« Außerdem stand es für den Elch. Darunter befand sich ein großes Bild der Algiz-Rune. »Die Übereinstimmung mit dem Göttlichen macht eine Person heilig und hebt sie vom Weltlichen ab.«

Mein Ich in der Vergangenheit wusste, was vor sich geht. Blutflecken zeichneten sich auf der grauen Baumwolle um ihre Handgelenke ab. Vielleicht würde dieses Blutopfer sie vor ihnen schützen – vor dem Ghul mit dem fehlenden Gesicht, wer oder was immer er sein mochte. *Gott, wie lange? Wie lange lässt sie mich schon Dinge vergessen? Habe ich mich jetzt zum ersten Mal dagegen gewehrt?*

Vielleicht würde das Symbol, dieses »Algiz« sie beschützen. Vor ihrer Mutter beschützen – vor der Frau, die sie einsperrte und sie Dinge vergessen ließ.

Eine Narbe kann man schließlich nicht einfach abwaschen.

1

Gegenwart

Vierzig Meter hinter ihnen versperrte eine Stahlstange, die so dick war wie Michael DePalatis' Arm, den überwucherten Kiesweg. Owen fuhr mit dem Streifenwagen bis zum Tor, löste den Sicherheitsgurt und öffnete die Tür.

»Hier.« Er überprüfte das Tor und fand tatsächlich eine Kette, die das Tor geschlossen hielt und mit einem Vorhängeschloss gesichert war. Sogar mit zweien.

Theoretisch hätte er einfach drum herumfahren können, wenn der Wald an den Seiten nicht schlicht undurchdringlich gewesen wäre. »Mist.« Mike stieg trotzdem aus. »Sieht aus, als müssten wir zu Fuß gehen.« Er hüpfte über das Tor, und seine Schlüssel klimperten. Das Gras schlug gegen Mikes Schienbeine, und verborgene Dornen zupften an seinen Socken. »Wenn wir hier fertig sind, solltest du dich nach Zecken absuchen. Vor ein paar Jahren habe ich mal an einer Suchaktion in so einem Wald teilgenommen, und zu Hause habe ich eine an meinem Schwanz entdeckt.«

»Übel, übel«, sagte Owen und lachte dreckig.

Das Gespräch verstummte. Die beiden Männer gingen weiter, dem Gefühl nach fast eine halbe Stunde, und arbeiteten sich durch hohes Gras und Dornengestrüpp. Unterwegs musterte Mike seinen Partner. Officer Owen Euchiss war eine Vogelscheuche mit kantigem Van-Gogh-Gesicht. Die schwarze Uniform hing an ihm wie ein Halloween-Kostüm.

Sie nannten ihn der Initialen wegen, mit denen er seine Strafzettel unterschrieb, Opie, nach dem Sohn des Sheriffs in der *Andy Griffith Show.* Sein ständiges dummes Grinsen erinnerte Mike an Freunde aus der Schule, an die kleinen White-Trash-Monster, die Kreidestaub schnieften und damit prahlten, Katzen billiges Feuerwerk an den Schwanz gebunden zu haben. Mit dem Alter war er ein bisschen ruhiger geworden, doch der Draufgänger war unter Opies Maske mit den würdigen Falten immer noch zu erkennen.

»Riesenrad«, sagte Owen und riss Mike aus seinen Gedanken. Er richtete sich auf und schaute in die Bäume.

Der Weg, dem sie folgten, wurde breiter, das Gras machte Kies Platz, und zwischen den Kiefernstämmen zeigten sich skeletthafte Maschinen. Sie erreichten eine riesige Lichtung, einen ehemaligen Parkplatz, und auf der anderen Seite sahen sie eine Reihe baufälliger Karussells, deren Gerüste und Eingänge überwuchert waren.

Zugegeben, der Ort besaß eine gewisse postapokalyptische Grandezza wie in *Flucht ins 23. Jahrhundert*. Ein Jahrmarkt, den die Zeit vergessen hatte.

Die beiden Polizisten spazierten ziellos die Hauptgasse entlang, ihre Schuhe knirschten im Kies. »Was hat Bowker gesagt, wonach wir suchen sollen?«, fragte Owen.

»Du hast es doch auch gehört.«

»›Irgendwas Verdächtiges‹.«

Sie erreichten eine Abzweigung an einem Getränkestand. Owen nahm seine Taschenlampe und ging nach links auf ein Gruselkabinett zu. »Ich schaue mal da drüben nach.«

Mike ging nach rechts. Ein lila-graues Gravitron ragte aus dem Wald wie ein antikes UFO. Auf der anderen Seite des Wegs stand ein Karussell, an dessen Speichen Ketten hinunterhingen wie in *Hellraiser*. Er betrachtete das hoch aufragende Gerät und entschied, es sei ein Fahrgeschäft für Kinder, doch ohne die Sitze hätte man es auch für eine Vorrichtung halten können, in denen Rindfleischstücke zentrifugiert werden, um das Blut herauszuschleudern. Oder vielleicht war es auch eine riesige Peitsch-Maschine, die sich drehte und drehte und dabei zuschlug und zuschlug.

Wenn solche Karussells verfallen waren und den größten Teil dessen verloren hatten, woran man sie erkennen konnte, verwandelten sie sich in alienhafte Monster.

Wohnwagen, halb eingefallen, nachdem sie ewig den Elementen ausgesetzt waren, bildeten im Hintergrund eine Art Dorf. Büsche wuchsen an den Rändern und sprossen im Inneren. Mike erschlug einen Moskito auf seinem Gesicht.

Blut an den Fingern. Er wischte es an seiner Uniformhose ab.

Nachdem er sich die Schaustellersiedlung angeschaut hatte, entschied er, dass dort nichts mehr gut genug in Schuss war, um Leben zu bergen. Er machte sich auf den Rückweg zur Hauptgasse.

An diesem Punkt konnte er sich schon ungefähr vorstellen,

wie das Wunderland von oben aussehen musste: wie ein langes I oder wie ein Hundeknochen aus einem Cartoon, wobei die Vergnügungsmeile den langen geraden Teil in der Mitte bildete. Mike stand am Westende des Hundeknochens, starrte auf den Getränkestand, nahm den Hut ab und kratzte sich den Kopf.

Er entschied sich für den Weg links und ging auf das Gruselkabinett zu. Hinter dem Getränkestand folgte eine Reihe Fressbuden: Imbisswagen mit eingeschlagenen oder trüben Fenstern inmitten von hohem Gras. Ein Tilt-a-Whirl-Karussell, tatsächlich ein Original-Tilt-a-Whirl. Buschwerk und ein Baum wuchsen mittendrin in die Höhe, hatten Metallplatten auseinandergeschoben und die muschelförmigen Karren umgekippt. Dahinter stand eine Holzhütte mit zwei Türen, offensichtlich eine improvisierte Toilette.

Hier bildeten Bäume die Grenze des Wunderlands. Ein Maschendrahtzaun versuchte, Wald und Vergnügen zu trennen, war jedoch vor langer Zeit von Tieren niedergetrampelt worden. Zwischen dem Tilt-a-Whirl und dem umgelegten Zaun standen zwei graugrüne, militärisch anmutende Wellblechhütten. Am Ende der einen befand sich eine fensterlose Tür, die mit einem Vorhängeschloss gesichert war. *Kein Zutritt – Nur für Personal!*

»Was haben wir denn hier?« Mike hob das Vorhängeschloss an. Es war höchstens ein paar Jahre alt. Aha. Als er den Türknauf drehen wollte, wackelte die ganze Wand knarrend. Morsches Sperrholz? Er legte die Hände an die Tür und drückte zu. Das Schließblech knackte, und die Wand neigte sich mehrere Zentimeter nach innen.

»Na, wer sagt's denn?«, grunzte er und trat mit Wucht gegen die Tür. Die Wand wackelte.

Mit dem nächsten Tritt bog sich die Tür im Rahmen durch. Beim dritten gab die Schlossfalle nach, und die Tür riss aus den Angeln.

Im Inneren war es stockdunkel. Die Luft war zum Schneiden. Mike holte seine Taschenlampe heraus, schaltete sie an, hielt sie auf Kopfhöhe und betrat die Hütte. Rechts stand eine Werkbank, in einer Ecke waren ein Dutzend Eimer und leere Milchkannen gestapelt, alle mit rosa Flecken übersät. An den Wänden lehnten Holzschilder und Bilder:

WILLKOMMEN IN HOOTS GRUSELKABINETT!
ZU COOL FÜR DIE SCHULE? TRINK FEUERWASSER-LIMONADE!
BESUCHE DAS LABYRINTH IN UNSEREM SPIEGELKABINETT!

Drei kräftige Haken ragten aus dem nackten Betonfußboden in der Mitte des Raums auf. Daran waren Ketten befestigt, und die Ketten führten zu drei Flaschenzügen.

Auf dem Boden um die Haken klebte altes Blut.

»Scheiße«, sagte Mike und zog seine Waffe.

Auf der anderen Seite der Werkbank befand sich eine Tür. Mike machte einen weiten Bogen um die Flecken und schlich an der Wand entlang.

Er hatte die Lampe in einer Hand, die Schusswaffe in der anderen und legte die Arme hollywoodmäßig übereinander, ehe er die Tür mit dem Ellbogen aufschob.

PENG! In der unheimlichen Stille explodierte etwas.

Ein Blitz traf Mike in den Hintern. Strom floss knisternd durch die dünnen Drähte des Tasers, schoss auf der Rückseite seiner Oberschenkel nach unten. Mike ging zu Boden und meckerte dabei wie eine Ziege. Aus der Pistole in seiner Hand löste sich ein Schuss, krachte zwischen seinen zuckenden Füßen in die Wand und blendete ihn selbst mit einem weißen Blitz.

»Sie *mussten* ja unbedingt hier reinkommen, nicht?«, fragte die Silhouette in der Tür, warf den Taser zur Seite und nahm

Mike die Pistole aus der Hand. Ketten rasselten durch den Flaschenzug und schlangen sich um seine Knöchel. Starke, sehnige Hände zogen ihn an den Füßen nach oben, bis er über dem Boden hing. Einer der großen Eimer wurde unter seine Stirn geschoben und schlug seine nutzlosen Arme zur Seite, dann wurden ihm die Hände auf den Rücken gerissen und mit seinen eigenen Handschellen gefesselt. So hing er da, wie Houdini über einem gläsernen Becken voll Wasser. »Das hätte ich mit der Schwuchtel auch gleich machen sollen, anstatt den Kerl erst noch rumhängen zu lassen«, sagte ein Mann mit einer Stimme, die an Opie erinnerte, aber tiefer und knurriger klang. »Aber dafür habe ich jetzt seinen verdammten Wagen. Hübscher fahrbarer Untersatz, nicht? Haben Sie ihn drüben stehen sehen?«

Mike stockte das Herz, als er hörte, wie die Klinge aus einem Cuttermesser geschoben wurde.

»Nein, *bitte!*«, brachte er stöhnend heraus.

»Man lernt nie aus, was?« Der Mann schnitt Mike ein tiefes V in den Hals, zwei schnelle Schnitte vom Schlüsselbein zum Hals.

Sowohl die Halsschlagader als auch die Drosselvene spritzten Blut über seine Wangen und Augen bis ins Haar. Der Schmerz folgte eine volle Sekunde später, als hätte man ihm ein heißes Brandeisen auf den Hals gesetzt. Mike gurgelte, spuckte und wollte Fragen stellen, Drohungen ausstoßen oder flehen, aber es war niemand mehr in der Garage, der ihn hören konnte.

Die Tür wurde zugeschlagen, und Mike blieb in muffiger Dunkelheit zurück.

2

Heinrichs Augen funkelten eindringlich – nicht weit aufgerissen und starr wie die eines Junkies, sondern klein und steinhart wie die eines schwarzen Clint Eastwoods. Er hatte sich einen Bart stehen lassen, und der war so grau wie gebürsteter Stahl. Heinrich war ein großer Mann – nicht korpulent oder stämmig, sondern hochgewachsen und langgliedrig – und eine eindrucksvolle Erscheinung. Robins Ausbilder für die Hexenjagd erinnerte an einen Kopfgeldjäger aus dem Bürgerkrieg.

Zu ihrer ewigen Überraschung trank er seinen Kaffee so süß wie ein Großmütterchen. Sie betrachtete sein Gesicht, während er gewissenhaft seine Sonnenbrille zusammenklappte und sie sich in den Hemdausschnitt hängte.

»Ich habe das Video gesehen, das du kürzlich gepostet hast, und deshalb wusste ich, dass du auf dem Weg zurück nach Georgia bist. Da bin ich in den Wagen gesprungen und losgefahren. Aus dem Grund bin ich nicht ans Telefon gegangen – ich war unterwegs.«

Sie saßen am Küchentisch im viktorianischen Haus an der Underwood Road, tranken Kaffee und hörten sich an, wie Heinrich sein Protegé aufgestöbert hatte. Robin war noch ein wenig benommen von der nächtlichen Begegnung mit dem »Eulenkopf«, wie ihn die Kids nannten, und der anschließenden Vision von ihrer jungen Mutter, die ihn beschworen hatte, sowie von den Antipsychotika, von denen sie eine Überdosis geschluckt hatte, um das zu vertreiben, was sie für eine Halluzination gehalten hatte.

Ihre GoPro-Kamera lag auf der Arbeitsplatte neben der Küchenmaschine und zeichnete die spontane Lagebesprechung auf. »Bist du hier, weil du mir helfen oder weil du mich davon abbringen willst?«

Heinrich nahm lässig den Gamblerhut ab, legte ihn mitten auf den Tisch und entblößte den braun glänzenden Kopf. Er starrte sie leer an und ignorierte die Frage. Stattdessen fragte er: »Was können die für Nebenwirkungen haben?«

»Hirninfarkt. Anaphylaktischer Schock.« Sie sah aus dem Fenster in den schiefergrauen Himmel. » … Anfälle.«

Heinrich verdrehte die Augen und nickte. »Wo Rauch ist, ist auch Feuer. Wenn ich diesen Männern glauben darf, hattest du heute Nacht einen Anfall«, sagte er und musterte Joel und seinen Lidschatten eindringlich. Der Pizzabäcker glotzte zurück und verschränkte empört die Arme vor der Brust. »Vielleicht musst du sie tatsächlich ein bisschen runterfahren.«

»Ich glaube, du brauchst das Zeug nicht mehr«, knurrte Kenway leise.

»Ich habe die Dosis ja schon reduziert.« Robin runzelte die Stirn. »Aber ich brauche die Pillen, um die Halluzinationen in den Griff zu bekommen.«

»Nein, brauchst du nicht.«

»Halluzinationen?«, fragte Leon. »Du meinst, das passiert nicht zum ersten Mal?« Er sah zum Flur, als würde sein Sohn Wayne dort stehen. Der Mann war der personifizierte Beschützerinstinkt. Plötzlich war sie so verlegen wie schon lange nicht mehr, und ihre Wangen brannten heiß. Das wäre vermutlich nicht der Fall gewesen, wenn Wayne nicht im Spiel gewesen wäre; sie konnte sich vorstellen, dass Leon darüber nachdachte, wie er seinen Sohn von ihr fernhielt.

»Abgesehen von den Illusionen, die Hexen erzeugen können, passieren mir schon seit langer Zeit seltsame Dinge«, erzählte sie. »Nachtschreck. Albträume, die Erinnerungen sein könnten …«

Mach schon und schau, summte ein verzerrtes Gesicht.

Sie zuckte heftig zusammen und verschüttete ein wenig Kaffee auf dem Tisch. Robin wischte ihn mit dem Ärmel ihres Hoodies weg. » … Erinnerungen, die Albträume sein könnten. Und das Ding mit dem Eulenkopf.«

»Na ja, Eulenkopf ist ja wohl erwiesenermaßen keine Halluzination. Ich habe ihn mit eigenen Augen gesehen. Vielleicht ist der andere Kram auch real.« Leons angespannte Miene löste sich etwas. »Vielleicht bist du doch nicht so irre.«

»Über die Medikamente können wir später reden.« Heinrich zog einen Zigarillo hervor, stützte sich mit den Ellbogen auf den Tisch und begutachtete ihn ausgiebig, als wäre er die Kugel, die seinem Leben ein Ende bereiten sollte. »Bestimmt gibt es andere Mittel, die dich nicht so fertigmachen.« Er bot niemandem sonst einen Zigarillo an, obwohl er wusste, dass Robin rauchte. »Gleichgültig. Ich bin nicht hier, um dich pharmazeutisch zu beraten, und ich bin bestimmt nicht hier, um dich von diesen Mitteln gegen Psychosen abzubringen. Das habe ich früher schon nicht geschafft.«

»Wo wir beim Thema Psychosen sind: Wir haben mit einer Angehörigen des Hexenzirkels gesprochen. Mit der jungen, der dritten. Weaver.«

»Worüber?« Er steckte sich den schlanken Zigarillo zwischen die Lippen und nahm ein Streifholzbriefchen aus seiner Hemdtasche; die Royal Hawaiian wippte, während er sprach. Robin wusste, welche Sorte es war, ehe sie das Etikett sehen konnte: Vanille-Kokosnuss. Er schirmte die Spitze mit gewölbter Hand ab, zündete sie an, schüttelte das Streichholz aus und ließ es in seinen Kaffeerest fallen. »Habt ihr hübsch über das Leben geplauscht? Quiche-Rezepte, Enkelkinder, und wer gerade mit wem bei *Schatten der Leidenschaft* ins Bett steigt?«

»Sie hat bei mir eine Illusion erzeugt, in der Wäschekammer eines Krankenhauses, bei der ich geglaubt habe, Krabbelviecher würden aus meiner Haut schlüpfen. Wie bist du hier reingekommen, ohne dass sie dich gesehen hat?«

Ekel huschte über Leons Miene, aber auch Mitgefühl.

»Ich habe im Wohnwagenpark geparkt und dort eine Weile lang das Haus beobachtet.« Heinrich nahm einen tiefen Zug, die Glut leuchtete auf, und er blies den Rauch an die Decke. Der Duft von Kokosnuss schwebte als kräftiger Drache aus blauem Rauch in der Luft und verwandelte die Küche in eine Lasterhöhle. »Ich habe gewartet, bis sie im Haus war, dann bin ich hintenrum gegangen.«

Robin wollte einen Schluck Kaffee nehmen, stellte den Becher aber wieder ab. »Weaver hat mir gesagt, ich sei deine Marionette. Dein Henker, dein menschlicher Schild.« *Dein persönlicher Jesus,* mischte sich ein verrücktes Neuron in ihrem Hirn ein. »Sie sagt, du hättest mich als Hexenjägerin herangezogen, damit du dich aus dem Geschäft zurückziehen und den Abflug machen kannst.« Sie beugte sich über ihren Kaffee. »Du hast mir nicht das Kämpfen beigebracht, damit ich meine Mutter räche, oder? Sondern, damit du dich in deiner Festung in Texas verbarrikadieren kannst, während ich die Drecksarbeit erledige.«

»Ich werde dieses Jahr sechsundsechzig.« Heinrich aschte in seinen Kaffeebecher. Der war weiß und zeigte ein Bild von Snoopy, wie er auf dem Dach seiner Hütte tief schlief. »Ich kann den Kampf für das Gute nicht ewig fortführen. Irgendwer muss mich ablösen, und du hast nur darauf gewartet, behauen zu werden wie ein Marmorblock in Michelangelos Werkstatt.« Er zuckte mit den Schultern. »Oder wer auch immer diese Statuen von Männern mit nacktem Arsch macht. Schließlich bin ich kein Kunsthistoriker.«

Robin rang mit dem Gedanken, ihm ihren Kaffee ins Gesicht zu schütten. »Ich mache nicht deine Drecksarbeit.« Sie holte zitternd tief Luft und seufzte.

»Da hat sie sich wohl klar ausgedrückt«, warf Joel ein und hielt seinen Kaffeebecher mit beiden Händen.

»Das war auch nicht so beabsichtigt.« Heinrich aschte erneut ab und lehnte sich zurück. »Sie wollen dich gegen mich aufhetzen, Robin. Teile und herrsche. Wenn du die Entscheidung triffst, hierher zurückzukommen und zu kämpfen, dann solltest du einen klaren Kopf haben. Lass dich nicht von Weaver in die Irre führen. Das Spiel beherrscht sie nämlich hervorragend. Sie haben alle drei ihre Spezialitäten, und Weavers besteht darin, dir in die bunt gefärbte Rübe zu kriechen, die du deinen Kopf nennst. Erinnerst du dich an den Tag, als ich dir erzählt habe, welche Tricks und Lügen sie anwenden, mit denen sie sich dich vom Leib halten wollen? Hier hast du das beste Beispiel.«

»Vielleicht.« Sie nippte am Kaffee und versuchte, Kenways

Miene zu deuten. Der Ärger über das Aripiprazol war neu. Das war nicht beängstigend, hinterließ aber ein Gefühl von Kälte und Leere.

Heinrich starrte auf den Tisch und hing seinen Gedanken nach.

»Ich habe ein kleines Mädchen gesehen, voller Schmerz und Hass im Herzen.« Die Stimme des alten Mannes war hin- und hergerissen zwischen Rechtfertigung, Mitgefühl und Groll. »Ich habe mit ansehen müssen, wie gute Leute vor die Hunde gingen, weil sie dagegen mit Drogen angekämpft haben. Als ich herausfand, dass Annie eine Tochter hatte, die sich in einer psychiatrischen Klinik befand, wollte ich dich da rausholen, ehe du auf der Straße landest. Oder schlimmer, ehe du dich ohne Vorbereitung auf einen Kampf mit Cutty einlässt.« Erneut zog er an seinem Zigarillo und atmete den Rauch beim Sprechen aus. »Obdachlosigkeit ist kein Vergnügungsurlaub. Wo, denkst du, wärst du heute, wenn ich dich nicht unter meine Fittiche genommen hätte?«

Schnell wie eine Cobra langte er über den Tisch, packte Robins Handgelenk und drehte es herum ins trübe Morgenlicht. Das rosa Geflecht der Narben auf der Innenseite des Unterarms schimmerte blass und durchscheinend.

Beim Anblick der Narben schlich sich abermals Besorgnis in Joels Miene. Robin zog ihren Arm aus der Hand des alten Mannes, dessen Finger in der Luft zusammenschnippten.

»Du würdest in der Gosse sitzen«, sagte Heinrich und zeigte mit dem Zigarillo auf sie, »genau dort würde dein magerer weißer Mädchenhintern hocken. Also hör auf dein Herz und benutz deinen Kopf, Robin Hood.« Der Kosename, den er seit dem Tag benutzte, an dem er sie nach Texas gebracht und in seinem »Gästezimmer« untergebracht hatte. Es entging ihr nicht. »Es hat niemand was gegen dich außer denen. Lass dich von ihnen nicht schwindelig reden. Mit dem Trick kommen sie als Erstes, wie du genau weißt. Ich habe dich nicht aufgenommen und dir das alles beigebracht, damit du auf deren Bullshit reinfällst.«

Die Sonne strahlte ihr Morgenlicht in die Küche. »Ich habe meine Mutter gesehen«, sagte Robin schließlich. »Im Traum während des Anfalls.«

Sie erzählte von der Begegnung mit Eulenkopf und der gestohlenen Vision des Dämons, alles, vom Anfang bis zum Ende, von dem Ritual, das Annie an Weavers Mann vorgenommen hatte, bis zu dem Dämon, der aus dem Loch gekommen war. Leon verschluckte sich an seinem Kaffee und musste Papiertücher holen, um sich das Hemd abzuwischen. »In meinem verfluchten Keller gibt es einen Eingang zur Hölle?«

»Ich habe keine Ahnung, worum es sich eigentlich handelt, aber …«, setzte Robin an.

»Nein, es ist genau das«, sagte Heinrich. »Es hört sich so an, als hätte Annie geglaubt, sie habe einen Dämon in unsere Welt geholt, als sie Edgar Weaver opferte, weil sie mit seiner Hilfe Cutty töten wollte. Doch dabei hat sie einen Blutvertrag unterzeichnet, durch den die Hölle dieses Haus annektieren konnte.«

»Und das heißt im Klartext?«, fragte Kenway.

Heinrich wischte sich mit der Hand das Gesicht und zog sich die Wangen nach unten. Seine Augen waren rot umrändert; offensichtlich hatte er nicht viel geschlafen. »So wie Puerto Rico ein Territorium der Vereinigten Staaten ist, gehört dieses Haus jetzt zur Hölle. Seit ungefähr zwei Jahrzehnten. Ich nehme an, deshalb hat hier seit Annies Tod niemand mehr gewohnt.« Er zeigte aufs Wohnzimmer. »Die düstere Version davon hat der Junge durch den Ring seiner Mama aufgespürt. Die Höllenseite des Hauses.«

Alle starrten Robin an, und sie wäre am liebsten im Erdboden versunken.

»Hast du nicht gesagt, es gibt keine Hölle?«, fragte Kenway.

Der alte Hexenjäger schnitt eine Grimasse und gestikulierte. Asche landete auf dem Tisch. »*Natürlich* gibt es eine Hölle.« Heinrich wischte die Asche auf den Boden. »Hat sie euch mit diesem Dalai-Lama-Kram eingelullt? Gott ist Liebe, und die Hölle ist Reue?«

Sie grinsten ihn an. Robin zeigte ihm den Stinkefinger.

»Letztes Jahr hat sie sich eine Weile lang intensiv mit Nichiren-Buddhismus befasst«, sagte Heinrich. »Ich musste sogar immer wieder *Nam Myôhô Renge Kyô* singen, Yoga und solchen Scheiß machen und Karnickelfutter essen. *Ich ...!* Als *ich* das letzte Mal den Herabschauenden Hund gemacht habe, hatte ich hinterher Filzläuse und musste eine Nacht im Knast verbringen.«

»Ihr seid schrecklich«, sagte Joel.

»Der Dämon«, sagte Heinrich und stand vom Tisch auf. »Die Halluzinationen. Eulenkopf hat dich hergeholt.« Er schritt langsam im Flur hin und her, eine Hand in der Tasche, die andere mit dem Zigarillo am Mund. »Aus irgendeinem Grund wünscht er deine Anwesenheit hier.«

»Aber warum ausgerechnet jetzt?«, fragte Robin. »Ich habe ihn schon immer gesehen, allerdings nur ab und zu. In den ersten neunzehn Jahren meines Lebens genau vier Mal. Einmal als kleines Mädchen, einmal in der Mittelschule, zweimal in der Psychiatrie. In den letzten beiden Jahren habe ich ihn mindestens fünfzehnmal gesehen. Als hätte er mich hierhergeführt. Was ist jetzt anders als früher?«

»Du bist achtzehn geworden. Und erwachsen. Vielleicht glaubt er, du hättest eine Schwelle überschritten, die es ermöglicht, dass er sich über dich in unserer Welt manifestiert. Schließlich bist du die Tochter der Frau, die ihn beschworen hat. Möglicherweise besteht da eine Verbindung.«

»Wenn er auf eine Jungfrau scharf ist, baggert er das falsche Mädchen an.«

Heinrich lachte.

»Und wenn er will, dass ich ihn befreie, werde ich das nicht tun. Ich wüsste nicht einmal, wie.« Sie starrte in den Rauch, der in der Luft hing. »Du bist der Recherche-Heini – weißt du, ob es noch einen Teil bei dem Ritual gibt, bei dem ein Schattenklon des Hauses abgespalten wird, in dem er eingesperrt ist?«

Der alte Mann zuckte mit den Schultern. »Keine Ahnung. Da müsste ich mir die Materialien anschauen, die Annie benutzt hat.«

»Was sind Dämonen überhaupt?«, fragte Joel. »Dieses Ding mit dem Eulenkopf sah gar nicht aus wie irgendein Teufel, den *ich* je gesehen habe. Ich hätte da mehr das Übliche erwartet – gespaltener Huf, Dreizack, Hörner, das volle Programm. Nicht eine schäbige Eule aus einer Pizzeria, in der es spukt.«

»Dämonen sind, einfach ausgedrückt«, erklärte Heinrich, »Viren.«

»Da komme ich ehrlich gesagt nicht mit.«

»Gut. Ein Virus ist im Grunde ein Stück DNA, das in Protein gehüllt ist. Man könnte sagen, dass es tot ist, aber es hätte vorher leben müssen, um tot zu sein, hat aber nie gelebt. Aber es *will* leben. Und ein Virus kann im Prinzip nur eine Art lebendigen Zustand erreichen, wenn es ein Lebewesen infiziert. Ich stelle es mir gern als Terminator vor – ein Faksimile des Lebens, das selbst nie lebendig war, in einer Hülle aus Fleisch.« Er seufzte, nahm den Zigarillo aus dem Mund und betrachtete ihn, während er ihn zwischen den Fingern drehte. »So, wie man es mir erklärt hat, gibt es zwei Sorten Seelen. Die Seelen, die funktionierend und wohlgeformt aus dem Ofen der Schöpfung kommen, finden irgendwann den Weg in einen lebenden Körper. Deformierte Seelen bekommen dagegen keinen Körper ab. Sie schweben draußen im Dunkeln herum, im Nichts des Fegefeuers. Dämonen sind solche falschen wasserköpfigen Seelen, die zu abgefuckt sind, um zu leben. Und die Ebene des Lebens, das wir genießen dürfen, also in einem lebenden Körper, können sie nur erreichen wie ein Virus, der eine lebendige Zelle befällt.«

»Sie sagen ›Ofen der Schöpfung‹«, sagte Leon und wischte sich die Hände an einem Tuch trocken, als er zurück in den Vorraum kam. »Soll das heißen, es gibt dort oben tatsächlich einen Gott, der am laufenden Band Seelen in seiner heiligen Bäckerei produziert?«

Heinrich lachte schallend und warf den Kopf in den Nacken.

»Das ist die Millionenfrage, nicht?« Er drückte den Zigarillo an seiner Schuhsohle aus. »Willkommen im Kosmos der Religionen.«

3

Die Parkins hatten nichts fürs Frühstück da, aber Leon musste sowieso die Steaks einkaufen, daher ließ er die Kinder bei Kenway und Robin.

»Ich fahre mit, wenn Sie nichts dagegen haben«, sagte Joel, als der ältere Parkin zur Tür ging. »Vielleicht können Sie mich bei mir zu Hause absetzen? Nach dieser Begegnung mit Granny Clampett da draußen habe ich für heute erst mal die Nase voll von Hexen. Ich habe heute bei Miguel's frei, also werde ich nachmittags eine Runde schlafen, danach lange duschen, mich ordentlich besaufen und Netflix gucken.«

»Das versteh ich.« Robin nahm ihn in die Arme. »Alles Gute, Bruder.«

Er erwiderte die Umarmung. »Dir auch, Schwester. Viel Glück mit deinem Ding. Lass dich nicht von ihm erwischen. Ich möchte deinen zarten Arsch morgen in einem Stück wiedersehen.«

Zur Überraschung der Jungen war der Veteran Kenway ein

ziemlich guter Gamer, und sie hingen mit ihm vor Waynes Playstation. Heinrich, saß den größten Teil des Morgens auf der Hintertreppe, rauchte seine Zigarillos und starrte in den Wald. Wayne mochte den Alten irgendwie – er war unnahbar und unheimlich, aber auf eine coole, selbstbewusste Art, als wäre es eine Fassade, die er über Jahre hinweg entwickelt hatte.

»Ihr erzählt uns doch, wie es gelaufen ist?«, fragte Amanda, als sich die Kids auf den Heimweg nach Chevalier Village machten. Sie standen auf der vorderen Veranda des viktorianischen Hauses. Es war kühl geworden; der wolkenverhangene Himmel präsentierte ein leeres, formloses Weiß wie ein unbeschriebenes Blatt. »Das Abendessen mit den Hexen? Und lasst nichts aus, egal wie krass.«

»Warum kommt ihr nicht mit?«, bot Wayne an.

Sowohl Pete als auch Amanda erbleichten sichtlich allein bei dem Gedanken.

»Wie, habt ihr etwa Angst?«

»Verdammt, ja«, sagte Pete.

»Die sind voll gruselig.« Amanda verschränkte die Arme und sah zu Pete hinüber, als ob sie auf Zustimmung hoffte. »Ich glaube, du verstehst nicht ganz, Wayne. Wir wohnen schon unser ganzes Leben in der Nachbarschaft dieser Frauen. Unsere Eltern – also, keine Ahnung, ob die *Angst* vor denen haben, aber … in Chevalier Village geht nach Einbruch der Dunkelheit niemand mehr nach draußen, wenn es nicht gerade ein Notfall ist, ja? Die Frauen sprechen nicht mit *uns;* wir sprechen nicht mit *ihnen.*« Ihr Blick suchte die Hazienda oben auf dem Hügel. »Heute Morgen habe ich zum ersten Mal Karen Weavers Stimme gehört.«

»Die sind wohl so was wie euer Dracula, was?«, fragte Wayne.

Pete legte den Kopf schief. »Was meinst du damit?«

»Der geheimnisvolle Graf Dracula, der auf einem Berg oberhalb des Ortes wohnt. Niemand wagt sich hinauf, und das Dorf warnt jeden, der herumschnüffelt. Chevalier kommt mir fast vor wie eine Art Mini-Transsylvanien, oder? Ihr fürchtet euch vor denen wie vor Vampiren.«

Amanda nickte, sagte aber nichts.

»Scharfsinnig beobachtet«, meinte Robin und erschreckte Wayne. Sie saß auf der Schaukelbank am Ende der Veranda.

»Wir sollten jetzt lieber gehen, denke ich«, sagte Amanda und hüpfte die Vordertreppe hinunter. Auf dem Rasen drehte sie sich noch einmal zu ihm um. »Sei vorsichtig. Wenn die *echt* Hexen sind, sind sie gefährlich. Pass gut auf deinen Dad auf, okay?«

»Ich geb mir Mühe. Ich glaube, die werden nichts machen. Wir wollen doch bloß Steaks essen. Es gibt nur Abendessen bei denen. Die können doch nicht gegen die Gastfreundschaft verstoßen.«

»Das wahre Leben ist nicht wie *Game of Thrones.*«

Wayne schluckte nervös, setzte sich auf die Treppe und schaute seinen neuen Freunden hinterher, die zum Wohnwagenpark trotteten.

Die Frau, die sich Malus Domestica nannte, gesellte sich zu ihm. Sie hielt eine kleine Kamera in der Hand, über der Schulter trug sie ihre Messengertasche. Robin stellte die Kamera auf den Treppenpfosten am Ende des Geländers und richtete sie auf ihn. Das rote Licht verriet, dass sie aufzeichnete.

»Also, du hast einen YouTube-Kanal?«, fragte er sie.

»Genau. Da kann man sich meine gesamte Ermittlungsarbeit und alle Einsätze anschauen. Jeden meiner bisherigen Kämpfe. Also, fast jeden. Ein paar Mal bin ich in einen Hinterhalt geraten.« Sie setzte sich zu ihm und stützte die Ellbogen auf die

Knie. »Du und dein Dad, ihr solltet euch mal ein paar davon anschauen. Damit – keine Ahnung, vielleicht hilft es, damit ihr mir vertraut.«

»Ich denke, nachdem wir ihm das Monster in der Tür gezeigt haben, glaubt er daran«, erwiderte Wayne.

Robins Augen funkelten selbst im trüben Licht des wolkigen Tages. Sie war ungemein hübsch, dachte er, hatte feine Gesichtszüge und helle Haut, aber ihre Augen waren alt. Oder vielleicht müde. In ihnen lauerte eine scharfe Intelligenz, die Nervosität auslöste wie bei einem Krokodil.

Er seufzte. »Ich weiß jedenfalls, dass ich daran glaube.«

»Ich habe einen Plan«, verriet sie ihm.

»Einen Plan wofür?«

»Ich möchte deinen Ring benutzen, um in ihr Haus zu gelangen, ohne durch die Vordertür gehen zu müssen. Damit ich sie überraschen kann.«

»Und warum?«

»Irgendwo in dem Haus gibt es noch eine vierte Hexe«, sagte sie und sah hinauf zum Lazenbury-Anwesen. »Ich bin ziemlich sicher, dass sie auf dem Dachboden wohnt. Sie ist viel älter als die anderen drei. Diese vierte Hexe verstärkt die Kräfte des Zirkels. Hexen können sich zusammenschließen und ihre Kräfte untereinander teilen – das ist im Grunde der Zweck eines Hexenzirkels.«

Sie kramte in ihrer Messengertasche und holte einen wunderschönen Silberdolch hervor. »Der ist aus reinem Silber. Das ganze Teil, von der Spitze bis zum Knauf. Damit werde ich sie töten.«

»Ich dachte, Silber sei für Werwölfe.«

»Dieses Silber …« Sie drehte das Stilett so, dass sich der weiße Himmel darin spiegelte und die symmetrische Klinge wie

Elfenbein schimmerte. »Um eine Comic-Analogie zu benutzen: Es ist spirituelles *Adamantium.* Hexen können es nicht verändern und sich nicht dagegen verteidigen. Die Klinge reagiert nicht auf Magie. Energieneutral. Wenn man genug von diesen Dolchen hätte, könnte man einen ganzen Hexenzirkel auf den Boden pinnen. und sie könnten nichts dagegen unternehmen. Nur daliegen und dich verfluchen.«

»*Echt?*« Er nahm den Dolch aus ihrer Hand und schaute ihn sich an. »Hast du genug?«

»Heinrich sagt, auf der ganzen Welt gibt es nur zwei weitere, aber ich habe bislang nur diesen gesehen.«

»Kann man noch mehr herstellen?«

»Laut Heinrich wurden beim Schmieden die Nägel benutzt, mit denen die Römer Jesus Christus in Golgatha gekreuzigt haben. Ein Nagel bildet den Kern der Klinge. Ob das jetzt totaler Bullshit ist oder nicht, keine Ahnung. Heinrich redet eine Menge Zeug daher. Die Hälfte der Zeit hat er nur Mist im Kopf – genauso gut könnten sie auch Elvis Presleys Zahnfüllungen benutzt haben. Doch der Dolch funktioniert, so viel kann ich dir sagen. Er hat mir geholfen, eine Menge Hexen umzubringen.«

»Wie machst du das, stichst du ihnen ins Herz?«

»Hexen haben kein Herz, in das man stechen könnte.« Robin erklärte das Ritual des Opfers an Ereshkigal, wie sie der Göttin des Todes ihr Herz hingaben, um direkt an ihrer Macht teilzuhaben. »Du nagelst sie irgendwo damit fest und setzt sie dann in Brand, während sie sich nicht bewegen kann. Mit Waffen kann man sie schwächen, aber nur mit Feuer kann man sie aufhalten. Eigentlich kann man sie nicht töten, nur vernichten. Und wenn ich zu der vierten Hexe gelangen und sie damit festpinnen kann, kann ich sie auch verbrennen. Wenn sie aus dem Spiel ist, sind die anderen drei deutlich leichter zu bewältigen. Wenn ich es richtig anstelle, kann ich sie hoffentlich eine nach der anderen ausschalten.«

Leon brachte Mittagessen aus der Stadt mit, und die beiden Hexenjäger unterhielten sich am Küchentisch mit den anderen, während sie Fastfood von Taco Bell aßen. Die GoPro lag auf dem Tisch und starrte ausgeschaltet an die Decke. Leon hatte sich ins Wohnzimmer gesetzt, bereitete den Unterricht für die nächste Woche vor und korrigierte einen unangekündigten Test vom letzten Freitag. Wegen Waynes Aufenthalt im Krankenhaus war er noch nicht dazu gekommen. »Hexen und Monster lassen die Arbeit leider nicht verschwinden«, sagte er und stürzte sich auf seine Aufgaben.

Doch das war nicht das Einzige, was seinen Dad beschäftigte, so viel war Wayne klar. Leon wollte offensichtlich nicht darüber reden. Wayne überließ ihn erst einmal sich selbst, setzte sich in die Küche, knabberte an einem Burrito und lauschte der Unterhaltung der Hexenjäger.

Auf dem Tisch stapelten sich Dutzende von alten Büchern, zerfledderte Packen vergilbter Seiten. Auf den Buchdeckeln bargen lateinische Buchstaben und geometrische Formen in verblasstem Gold ihre Geheimnisse. Die englischen Bände hatten teils protzige, teils langweilige Titel, *Chronologie der kabbalistischen Philosophie, Grundlegende Klassifizierung von Dämonen, Unsichtbare Wissenschaft, Beschwörung im Abendland.* Er hätte sie ohne Probleme mit Lehrbüchern aus dem College verwechseln können. Die Titel klangen ganz ähnlich wie die Bücher im Zimmer seines Dads.

Robin schilderte Heinrich ihren Plan, mithilfe von Waynes Ring in das oberste Stockwerk des Lazenbury-Hauses zur vierten Hexe zu gelangen, ohne dass Cutty sie bemerken würde.

»Gefährlich«, sagte er. »Dieser Dämon wartet nur darauf, dass wir ihm uns wieder zeigen.«

»Was hältst du überhaupt von dem Ring? Hast du so etwas schon einmal gesehen?«, fragte Robin. »Ich habe von Reliquien mit symbolischer Bedeutung und heiligen Eigenschaften gehört – zum Beispiel das Turiner Grabtuch, die Lanze von Longinus, der heilige Mantel des Propheten, der Osdathregar. Und ich weiß, dass man die Eigenschaften von Hexenmagie manipulieren kann, wenn man Runen und andere Zeichen wie das *Algiz* auf sich selbst, auf sein Auto oder sein Haus zeichnet. Aber hier habe ich zum ersten Mal ein zeitgenössisches Objekt außer dem Osdathregar gesehen, das nur für einen bestimmten Zweck geschaffen wurde.«

»Ich hätte da schon eine Idee«, sagte Heinrich. Er nahm eins der Bücher, *Beschwörung im Abendland*, und blätterte es durch.

»Und?«

Heinrich blickte sie an. Er klappte das staubige Buch zu, sah Wayne an und sagte: »Ich wollte niemanden beunruhigen oder den Jungen hier in einen tiefen, dunklen Kaninchenbau führen. Aber es gab mal einen ähnlichen Vorfall. Die Organisation, in der ich früher tätig war, produziert, sammelt und verwendet Reliquien wie den Osdathregar und Waynes Ring, und die Leute, die diese Sammlung führen, nennen sich Wächter. Sie sind eine Art esoterische Zeugmeister.«

»Willst du sagen, der Ring wurde von einem dieser Wächter hergestellt?«

Die Haare auf Waynes Armen stellten sich bei dem Gedanken auf, dass Haruko, seine Mutter, möglicherweise mit diesen Leuten und ihrem geheimen Krieg gegen Hexen und Dämonen zu tun gehabt hatte.

»Ich sage lediglich, dass es jahrelange Ausbildung, Meditation,

Einstimmung und Forschung erfordert, wenn man Wächter werden will. Einige Wächter werden jedoch wegen ihres natürlichen Talents für den Umgang mit und die Herstellung von Relikten ausgewählt. Wer diesen Ring erschaffen hat, könnte eine solche latente Fähigkeit besessen haben, Gegenstände zu fertigen, die in der der Lage sind, paranormale Energien zu beeinflussen. Und angesichts der Kräfte dieser Eheringe dürfte der- oder diejenige einen außergewöhnlichen Wächter abgegeben haben.«

»Mir dämmert langsam, dass du mit irgendetwas nicht rausrücken willst«, sagte Robin. Sie zog einen schweren Hoodie über und hing zusammengesunken in ihrem Stuhl, eine Hand in der Tasche, in der anderen Hand einen Burrito.

»Das ist eine lange Geschichte, und wir haben eine lange Reise zurück nach Texas vor uns.« Heinrich nahm ein anderes Buch und schlug es in der Mitte auf. »Im Augenblick ist es nicht so wichtig. Du musst dich viel mehr darauf konzentrieren, wie du in das Haus gelangst und diesen Hexenzirkel auslöschst, und anschließend musst du dich um dieses grünäugige Monster kümmern. Über die Vergangenheit können wir uns Gedanken machen, wenn wir mit der Gegenwart fertig sind.«

»Nein, ich denke, ich möchte es jetzt wissen.« Es war der einzige weiße Fleck in Robins Bild von Heinrich Hammer, dem abtrünnigen Hexenjäger und Dieb esoterischer Gegenstände – die dem Kult gehörten, aus dem er vor fast zwanzig Jahren geflohen war. Er hatte ihr nie etwas darüber erzählt, nur dass es eine üble Geschichte gewesen war.

»Sie waren unglaublich gefährlich«, sagte Heinrich, sichtlich aufgewühlt. »Ich habe dir schon hundertmal gesagt, dass ich denen nur um Haaresbreite entkommen bin. Du solltest dich davor hüten, ihnen über den Weg zu laufen, und je weniger du weißt, desto besser. Ich habe mir ein Bein ausgerissen, damit du in den vergangenen Jahren nicht bei ihnen auf dem Radar erschienen bist – wenn ich dir jetzt Einzelheiten verrate, wirst du ohne Frage losziehen und nach ihnen suchen, denn das wäre typisch für dich, und von denen hast du nur Ärger zu erwarten.«

»Früher vielleicht.« Robin schrie beinahe und gestikulierte wild. »Aber jetzt geht es um solche Dinge wie Waynes Ring, den seine Mom gemacht hat, die vielleicht bei diesem Kult so eine Art Wächter gewesen sein könnte, und du willst mir weiterhin weismachen, dass es nicht wichtig ist?«

»Ja!«

»Verdammt! Wie wär's, wenn ich dir so lange in die Eier trete, bis du zu plaudern anfängst?«

Heinrich lachte, was ihm unter dem Tisch einen Stiefeltritt ans Schienbein einbrachte. »Aua!«

»Hey, achtet bitte mal ein bisschen auf eure Ausdrucksweise«, rief Leon aus dem anderen Zimmer.

»Pass auf«, sagte Heinrich, »wir kümmern uns später um Wächter und Ringe. Im Augenblick wissen wir, dass der Ring wie gewünscht funktioniert, und wir wissen, dass wir es mit einem gefährlichen Hexenzirkel zu tun haben. Wie und warum der Ring gemacht wurde, ist nicht von Belang. Hör zu, ich erzähle dir die Geschichte über diesen Kult auf dem Weg nach Hause. Und wenn wir zurück in Texas bei unseren Büchern sind, schauen wir uns an, was es mit diesem seltsamen Ring auf sich hat.«

Robin schlug eins der Bücher auf dem Tisch auf und tippte mit dem Finger auf ein groteskes Bild oben auf der Seite. »Ich habe über den Dämon recherchiert«, sagte Robin. »Okay, Wayne nennt ihn Eulenkopf.«

Er spähte über ihre Schulter auf das Bild. Auf der linken

Seite befand sich die detaillierte, wenn auch primitive Zeichnung eines Mannes mit Vogelkopf und riesigen starren Augen. Mit der rechten Hand umklammerte er ein Breitschwert, die linke reckte er in die Höhe, als wollte er jemandes Aufmerksamkeit erregen. Es hatte nicht sehr viel Ähnlichkeit mit dem Ding im Düsterhaus, aber Wayne war schon klar, wie man auf diese Zeichnung kommen konnte.

»Dieser Kerl kommt dem, was wir gesehen haben, am nächsten«, sagte sie und hielt das Buch in die Höhe, damit alle das Bild sehen konnten. »Er ist ein mordender Geist, er erzeugt pures Chaos.«

»Ein Kakodämon«, sagte Heinrich.

Auf der rechten Seite stand eine lange Textpassage. »Der dreiundsechzigste Geist ist Andras«, sagte sie und las weiter vor: »Er ist ein Großfürst und Marquis der Hölle und erscheint in Gestalt eines Engels mit dem Kopf eines Waldkauzes, reitet auf einem starken schwarzen Wolf und schwingt ein scharfes glänzendes Schwert.«

»Wenn das der Körper eines Engels war«, meinte Wayne dazu angewidert, »sind Engel schrecklich behaart.«

»Seine Aufgabe ist es, Zwietracht zu säen. Wenn der Exorzist das nicht beachtet, wird der Dämon sowohl ihn als auch seine Helfer töten. Er befiehlt über dreißig Legionen von Geistern. Aus der Ars Goetia. Und dies ist sein Siegel«, fügte Robin hinzu, hielt das Buch in die Höhe und zeigte ihnen ein verschlungenes Pentagramm voll verwinkelter Schnörkel.

»Was ist die Ars Goetia?«, fragte Wayne.

»Es ist ein Teil eines Buches mit dem Titel *Schlüsselchen Salomons.* Im Grunde ist es eine Enzyklopädie der Dämonen. Nicht das Original allerdings. Dies hier ist vier Abschriften vom Original entfernt.«

»Und Eulenkopf heißt eigentlich Andras?«

»Keine Ahnung«, antwortete Robin. »Vielleicht.«

Sie starrte bedeutungsvoll in die Ecke der Küche, neben der sich die Tür befand. Heinrich drehte sich um und sah hinüber, und Wayne spürte einen Adrenalinstoß. »Ist er da?«, fragte der Junge kaum im Flüsterton. »Kannst du ihn sehen?«

»Nein, aber ich spüre ihn. Weißt du noch, als wir im Badezimmer waren? Ich konnte ihn im Haus *fühlen*. Wie Hitze, die von einem Ofen abstrahlt.«

»Ich habe eine Theorie«, sagte Heinrich. Während der letzten Minuten hatte er ein Stück Papier gefaltet, das nun die Form eines Hundes angenommen hatte.

»Lass hören.«

»Es erklärt, warum Cutty einen Vertrauten benutzt hat, um deine Mutter zu ermorden, und warum sie dich nicht präventiv attackiert haben.« Wie um seine Meinung zu betonen, schnippte er den Papierhund in den Raum. Er landete im Waschbecken und fiel in den Abfluss. »Die haben Angst vor dem Dämon.«

»Weaver ist trotzdem ins Haus gekommen. Sie hatte keine Angst vor ihm. Und ich habe ihn gefühlt, wie er sie gemustert hat wie ein billiges Stück Fleisch.«

Er hob einen Arm und ballte die Faust. »Dämonen ernähren sich von ihrer Energie. Sie sind psychische Vampire. So wie ein Poltergeist emotionale Energie aufsaugt, verschlingen Dämonen paranormale Energie.«

»Sie verschlingen die Hexe nicht körperlich?«

»Nicht dass ich wüsste. Ich müsste mir natürlich erst mal anschauen, was Andras machen würde, wenn er und die Hexen den gleichen physischen Raum teilen, aber solange sie ihre Magie nicht im Haus anwendet, kann er sie von dort, wo er sich aufhält, nicht erreichen. Was ich übrigens die Traumlande nenne. Nach den Büchern des alten H. P. Lovecraft.« Heinrich nahm eins der Bücher und betrachtete den Einband. »Jedenfalls sorgt der Dämon für unsere Sicherheit. Ich glaube, Andras kann uns auf dieser Seite nicht sehen – er kann dich nur aufspüren, wenn du Spektralenergie ausstrahlst. Weaver hat sie nicht benutzt, deshalb konnte er sie nicht sehen. Wenn eine von den Hohlköpfen dort oben versuchen würde, ihre Kräfte im Haus einzusetzen, würde sich Andras in ihren Herzweg drängen. Und das ist ihnen bewusst.«

»Wenn wir Andras nur dort herausholen könnten«, sagte Kenway kauend mit vollem Mund. »Vielleicht könnten wir ihn in deren Haus führen, damit er sie sich mal richtig vorknöpft. Ihn auf sie hetzen wie einen Hund.«

Robin grinste feist. »Du willst einen ›Marquis der Hölle‹ in der materiellen Welt freisetzen?«

Er zögerte. »Na ja, so betrachtet klingt es vielleicht doch nicht wie eine gute Idee. Vielleicht könnten wir die Hexen in eine von Waynes Türen locken?«

Robin sah Heinrich von der Seite an. »Der Gedanke ist nicht schlecht.«

»Vielleicht.« Seine Augen wirkten abwesend.

»Was ist ein Herzweg?«, fragte Wayne. »Ihr sprecht dauernd darüber, und ich weiß nicht, was es ist.«

»Dadurch bekommen die Hexen ihre Kräfte, Kleiner.« Heinrich griff sich an die Brust, als hätte er einen Herzinfarkt. »Wenn sie Hexen werden, unterziehen sie sich einem Ritual, bei dem sie ihr Herz opfern, *Kali-Ma!*, und zwar der Göttin des Todes, Ereshkigal. Dafür stellt sie eine direkte Verbindung zu ihrer Macht her.«

»Und was hat sie davon? Wozu ist das gut?«

»Die Frage ist berechtigt«, meinte Robin. »Diese Sache mit

den Herzen habe ich noch nie geglaubt. Als hätte sie eine große Truhe mit Herzen irgendwo im Fegefeuer stehen oder so.«

Heinrich knüllte das Papier von einem Taco zu einer Kugel. »Je mehr Macht Ereshkigal in der realen Welt ausüben kann, desto leichter wird es für sie, sich hier zu manifestieren. Sie ebnet den Boden dafür, in die physische Ebene zurückzukehren. Je ausgedehnter ihr Netzwerk hier ist, desto stärker wird sie sein, wenn sie einen Weg zurückfindet. Und auf ihre Rückkehr seid ihr sicherlich nicht scharf – all diese Hexen mit ihren Begabungen? Illusion, Heilen, Telekinese, Transformation, Wahrsagen, Körperwechsel, Elementarmanipulation … Das alles sind nur Versatzstücke, Splitter der Macht Ereshkigals. Sie wäre eine Kombination aller Hexen in einem Wesen. Die Megahexe. Eine echte Göttin.«

Er warf die Papierkugel in den Mülleimer. »Und das möchten wir uns doch gern ersparen.«

4

Um halb sechs stieg Robin mit Wayne in die Kuppel hinauf, damit er noch einmal den Weg ins Düsterhaus öffnete. Doch ehe sie die Tür zur Treppe schließen konnte, legte Leon die Hand darauf und hielt sie auf. »Nur damit es klar ist: Ich bin strikt dagegen.«

»Gegen was?« Robin und Wayne saßen auf der Treppe. Sie hatte die Kamera wieder am Brustgurt befestigt und war bereit, ihren Streifzug in die fremde Anderswelt des Hauses aufzuzeichnen. »Diese Tür zu öffnen?«

»Das auch, aber ich meine, diese Frauen zu überfallen. Ich habe noch keinen Beweis gesehen, dass sie …« Wayne merkte, wie Leon allein mit dem Wort ringen musste. » … Hexen sind. Verdammt, selbst wenn sie Hexen sind, könnten sie trotzdem noch *gute* Hexen sein.«

»Gute Hexen gibt es nicht, Mr. Parkin.«

»Und was ist mit deiner Mutter?«

Robin biss sich auf die Zunge.

Mom hat mich etwas vergessen lassen.

Worte, Gedanken, verkrustet in den dunklen Windungen ihres Hirns, in die ihre Mutter nicht vordringen konnte.

Sie hatte einen Zahnstocher im Mund, so wie Sly Stallone, wenn er *in Aktion* trat, und während sie Leons Einwand unbeantwortet ließ, bewegte sich der Zahnstocher hin und her.

»Sie haben die Krankenhausrechnung meines Sohnes bezahlt.« Leon winkte Wayne zu, er solle von der Treppe kommen. »Bis zum letzten Cent. Selbst wenn sie üble Menschen *wären* – und bislang habe ich nicht den geringsten Hinweis darauf –, weiß ich nicht, ob ich das so billigen kann.« Leon rieb sich das stoppelige Kinn und verschränkte die Arme. »Tut mir leid … aber wenn ihr das ernsthaft machen wollt, dann ohne mich und Wayne.«

Schweren Herzens stellte sich der Junge zu seinem Vater und schob sich die Brille auf der Nase hoch. Er versuchte, sich mit Blicken bei Robin zu entschuldigen. *Tut mir leid. Ich muss tun, was mein Vater sagt.*

Sie war geknickt, aber nur kurz. Robins Miene wurde hart. Sie starrte auf die Stufen zwischen ihren Knien. »Verstehe.« Dann stand sie auf, schob sich seitlich an ihnen vorbei und ging nach unten.

Sie fand Heinrich und Kenway im Wohnzimmer. »Planänderung«, verkündete sie von der Tür aus. »Ich gehe mit Parkin und seinem Sohn zum Abendessen.«

Heinrich ließ das Buch sinken, in dem er las. »Was? Warum?«

»Weil ich mich mit Marilyn Cutty Auge in Auge unterhalten möchte. Früher habe ich sie als meine Großmutter betrachtet, und ich möchte das Böse in ihren Augen sehen, bevor ich das durchziehe, weswegen ich gekommen bin. Und …« Sie nahm den Zahnstocher aus dem Mund und sah Leon an. »Mr. Parkin hat Einwände gegen unser Vorhaben. Er will nicht zulassen, dass ich Waynes Ring benutze, um ins Lazenbury-Haus zu gelangen.«

Der alte Hexenjäger stand von der Couch auf, kam zu ihr und sagte mit tiefer gehässiger Stimme, sodass es jeder hören konnte. »Was Parkin meint, interessiert nicht. Die meucheln seit Jahren Kinder. *Du* weißt das. Andras hat es dir gezeigt. Dieser abgewirtschaftete Vergnügungspark da draußen war kein Friede-Freude-Eierkuchen-Geschäft – es war ein verfluchtes Schlachthaus. Diese Frauen sind verantwortlich für fast jedes Vermisstenplakat und jeden Cold Case bei der Polizei von Blackfield. Und als deine Mutter versucht hat, sie aufzuhalten, haben die sie einfach getötet und ihre Seele in einem verdammten Baum eingesperrt.«

»Du scheinst ja unglaublich erpicht darauf zu sein, aufs Spielfeld zu gehen, während es sich heute Morgen noch so anhörte, als wolltest du das Spiel wegen Regens absagen.«

»Ich hatte das Gefühl, du bist noch nicht so weit«, sagte der alte Mann und zupfte einen Fussel von seinem schwarzen Cowboyhut. »Angesichts dessen, was du gerade gesagt hast, bin ich da nicht mehr so sicher. Eine Unterredung? Echt? Was kommt als Nächstes, gemeinsam Sticken? Ein Nekromantie-Buchclub? Hereinspaziert zum Abhängen mit einer gekühlten Leiche?«

»Parkin will ganz zu Recht einen Beweis sehen, ehe ich seinen Sohn als Geheimwaffe einsetze. Ich will ihm die Dryade zeigen. Die Parkins haben eine Menge durchgemacht, und das bin ich ihnen schuldig. Sie haben es verdient, die Wahrheit zu erfahren. Und *ich* habe es verdient …«

»Du lässt zu, dass sie ihn gegen dich einsetzen. Glaubst du, Weaver hat sich zufällig in diesem Wald herumgetrieben? Mich würde es nicht überraschen, wenn sie die Schlange selbst dort freigelassen hat, damit der Junge auf sie trifft.« Er deutete mit der Hand durch das Fenster in Richtung des Missionshauses. »Weißt du, was mir das verrät? Die haben *Angst* vor dir.«

»Warum in aller Welt sollten *die* Angst vor *mir* haben? Und warum soll ich nicht mit ihnen reden?« Dann kam ihr etwas in den Sinn, etwas Ungeheuerliches. Sie wich zurück. Er versuchte zu verhindern, dass *die* mit *ihr* redeten. Seit dem Tod ihrer Mutter hatte er jede Verbrüderung zwischen ihnen unterbunden, hatte Robin nach Texas verfrachtet und von Blackfield ferngehalten, hatte sie durch ganz Nordamerika gelotst, nur nicht hierhin. Ihr Eifer erlosch, und plötzlich fühlte es sich an, als hätte sie Eiswürfel im Bauch. Er wusste etwas, das sie nicht herausfinden sollte. Aber was? Was war das letzte große Geheimnis, das sie hier noch aufzuklären hatte?

Sie wusste inzwischen, was das Monster war.

Ein Dämon.

Wer hatte ihn hergeholt?

Ihre Mutter.

Sie wusste, warum ... Um das Haus zu beschützen und damit auch Annie, vor der Rache von Karen Weaver und vermutlich dem ganzen Hexenzirkel. Und sie wusste, wie, mit einem germanischen Beschwörungsritual. Jetzt blieb ihr nur noch herauszufinden, wie Annie dafür bezahlt hatte, dass sich Andras darauf einließ, den Wachhund für sie zu spielen. Und zu Robins Entsetzen hatte ihre Mutter etwas vor ihr verheimlicht, hatte ihre Gabe eingesetzt, damit Robin vergaß ... Vergaß, was sie gesehen hatte, vergaß, was Cutty ihr gesagt hatte, vergaß, die richtigen Fragen zu stellen.

War das der Preis, den ihre Mutter gezahlt hatte? Das große Geheimnis, das hinter allem stand?

»*Du* weißt Bescheid, oder?«, fragte sie.

»Bescheid? Worüber?« Heinrich ging zum Fenster und starrte hinaus in den frühen Abend, als wollte er vor der Befragung davonlaufen.

»Darüber, was mit meiner Mutter passiert ist, nachdem sie Andras beschworen hat«, sagte Robin bestimmt. »Ich habe dir erzählt, was in der Vision passiert ist, die mir der Dämon gezeigt hat. Sie hat das Haus zur Besitznahme freigegeben und Andras hergerufen, aber er hat sie erwischt, ehe sie fliehen konnte. Trotzdem hat er sie nicht getötet. Sie hat sich auf einen Handel mit ihm eingelassen. Du weißt darüber Bescheid, was da unten passiert ist, oder?«

Heinrich sagte nichts, fasste die Hände hinter dem Rücken, wandte sich von ihr ab.

»Was hat sie für seinen Schutz eingetauscht?«

»Ich glaube, das weißt du längst.« Der alte Mann seufzte und rollte die Schultern. Robins anklagender Zeigefinger sank nach unten, und sie starrte seinen Rücken an.

Oh, Gott.

Ihre Gesichtszüge entglitten ihr kurz in einer Mischung von Empörung, Entsetzen und … Erleichterung? Sie ging zum Sofa, setzte sich und starrte den Fernseher an, als würde er laufen.

»Ich verstehe gar nichts mehr«, sagte Kenway.

Leon schob die Hände in die Hosentaschen. »Da bist du nicht der Einzige.«

Heinrich räusperte sich, sprach in Richtung Fenster und zitierte die Ars Goetia. »Er ist ein Großfürst und Marquis der Hölle und erscheint in Gestalt eines Engels mit dem Kopf eines Waldkauzes. Sein Amt besteht darin, Zwietracht zu säen. Wenn der Exorzist das nicht beachtet, wird er sowohl ihn als auch seine Helfer töten.« Er blickte über die Schulter.

»Das weiß ich schon«, knurrte Robin wütend.

Heinrich erwiderte den Zorn im Blick nicht. »Die Ars Goetia verschweigt allerdings, dass Andras laut manchen Dämonologen nicht nur ein Kakodämon, sondern auch ein Inkubus ist. Er tötet den Exorzisten, der ihn austreiben soll, nicht unbedingt und auch nicht diejenigen, die sich an seiner Beschwörung mitschuldig gemacht haben. Man kann ihn überreden, den Beschwörern zu dienen, doch für seine Dienste müssen sie einen hohen Preis bezahlen.«

»Was ist ein Inkubus?«, fragte Kenway.

»Als Literaturlehrer kenne ich mich doch ein bisschen mit Dämonen aus«, warf Leon ein. »Ein Sukkubus ist ein weiblicher Dämon, der schlafende Männer heimsucht und mit ihnen geschlechtlich verkehrt.« Leons Gesicht verdüsterte sich, und seine Brust blähte sich auf, als würde er beim Nachdenken keine Luft mehr bekommen. »Ein Inkubus ist ein männlicher Dämon, der stattdessen Frauen heimsucht.«

»Der Dämon hat sich an meiner Mutter vergangen.« Robin starrte auf ihre Hände, als wäre sie auf einem Horror-LSD-Trip. Sie bemerkte die GoPro auf ihrer Brust und stellte sie ab. Dann zog sie die Beine unter sich, obwohl sie Stiefel anhatte. »Sie hat sich einem Dämon hingegeben, um uns zu beschützen. Um mich zu beschützen.«

Mitgefühl und Entsetzen mischten sich in Kenways Miene. Heinrich sah sie dagegen teilnahmslos an, fast kalt.

»Es muss passiert sein, als ich noch ein Baby war«, sagte Robin. »Hexen können keine Kinder bekommen, denn sie sind untot und unfruchtbar. Ihre Zunge war verstümmelt, solange ich mich erinnern kann.« Tränen standen ihr in den Augen. »Jetzt weiß ich, warum meine Mama der Magie den Rücken zugekehrt hat und sich stattdessen der Religion zugewandt hat. Sie hatte einfach schreckliche Angst.«

»Ja«, sagte Heinrich. Er zögerte. »Ja … als du noch ein Baby warst.«

»Und *du* hast ihr die germanische Beschwörungsformel gegeben?«

Er neigte den Kopf und sprach in Richtung Fensterbank. »Ja.«

»Warum?«

»Weil ich geglaubt habe, das sei die einzige Möglichkeit, Cutty endlich zu vernichten.« Er nahm sich einen seiner Kokosnusszigarillos und schaute hinaus ins letzte Tageslicht. »*Sie* ist zu *mir* gekommen, weißt du. Ich meine, als ich Cuttys Hexenzirkel hier in Blackfield aufgestöbert habe, bin ich an deine Mutter herangetreten, denn sie war die Jüngste und, wie ich wusste, am einfachsten zu beeinflussen. Am einfachsten gegen die anderen zu wenden. Aber damals wusste ich nichts über Edgar Weaver und seinen Vergnügungspark. Sie ist zu mir gekommen, hat mir davon erzählt und mich um Hilfe gebeten, Edgar für den Mord an den Kindern bluten zu lassen. Sie wollte nichts mehr mit dem Hexenzirkel zu tun haben. Da wurde mir klar, wen man opfern konnte, um das Ritual durchzuführen: Edgar.« Er seufzte. »Ich hatte keine Ahnung, dass danach das Haus selbst besessen sein würde und dass sie Andras zum Opfer fallen würde. Das habe ich erst durchschaut, als ich herausfand, dass er ein Inkubus ist.«

Robin grinste spöttisch. »Und mich nennst du unüberlegt. Du hättest meine Mutter fast umgebracht. Dir war klar, dass er sie teuer dafür würde bezahlen lassen, das Haus zu beschützen. Du hast Bescheid gewusst und ihr trotzdem das Ritual verschafft.«

Nach einer nachdenklichen Pause blickte Heinrich auf seine Armbanduhr.

»Es ist fast sechs. Wenn du zum Abendessen gehen willst,

solltest du dich fertig machen. Mit mir kannst du abrechnen, wenn du zurück bist.«

Robin musterte ihn. Er wusste mehr, als er preisgab, aber sie würde ihn nicht in Gegenwart Kenways und der Parkins weiter aushorchen. Sollte er ruhig ein bisschen schwitzen. *Nach dem Essen röste ich seine Füße über dem Feuer und kitzele noch ein bisschen aus ihm heraus. Der Preis, den meine Mutter dafür bezahlt hat, war nicht nur die Vergewaltigung. Das wäre zu einfach und würde nicht ausreichen.*

Trotzdem ist es keine Lüge. Aber auch nicht die ganze Wahrheit.

Sie hat sich dem Dämon freiwillig hingegeben. Aber das kann nicht genügt haben, um einen Handel wie diesen zu begleichen. Dafür hat er sich nicht von ihr in dem Andershaus einsperren lassen. An der Sache ist noch mehr dran.

Sie starrte auf ihre Hände, als würden sie einer anderen Person gehören. Sie streckte sie aus, als wollte sie einen Schlag abwehren.

Die Offenbarung gähnte vor ihr wie ein Abgrund voller Geheimnisse.

Voller Furcht wandte Robin sich ab.

5

Für ein Kind ist jede Erfahrung unter der Sonne eine neue, Zeit stellt sich als unendliches, würdevolles Etwas dar, das so langsam dahinzieht wie ein riesiges Schlachtschiff.

Ein Kind geht völlig im Hier und Jetzt auf, jeder Schultag dauert ein ganzes Leben.

All das stand Wayne Parkin ins Gesicht geschrieben, als sie sich auf den Weg zum Hexenhaus machten. Er trug in einer Hand eine Flasche Steak-Soße und in der anderen eine Flasche Ranch-Dressing. Donner grollte irgendwo im Osten vor sich hin, verzagt, als hätte sich das Gewitter unterwegs verirrt. Der eisengraue Himmel wälzte sich träge dahin wie eine sterbende Schlange und drohte mit Regen.

Die Flaschen fühlten sich an wie Opfergaben. Robin ging neben ihm und sah zum Himmel hinauf. »Ich hätte Regenschirme mitnehmen sollen.«

Wie sie da über die festgetretene Erde liefen, musste Robin an einen Western denken, an Geächtete und Duelle um zwölf Uhr mittags. »Und du benimmst dich anständig«, sagte Leon zu seinem Sohn. Er trug die Steaks in einer Auflaufform aus Glas.

»Verwandeln die uns in Frösche?«

»Nein.« Robin hatte die GoPro wieder eingeschaltet, doch anstatt sie selbst zu tragen, hatte sie Wayne zum Kameramann gemacht, und er hatte sie mit dem Nylongurt um die Brust geschnallt. Das rote Auge der Kamera brannte wie Zigarettenglut im nachlassenden Zwielicht. »So was machen Hexen nicht«, antwortete sie, »bloß im Märchen. Liebestränke, auf Besen fliegen, mit Spiegeln reden und so, das ist alles Disney-Kram.«

Die guten tun dir nicht weh, dachte sie. *Sie lassen dich Dinge vergessen, damit ihnen nicht wehgetan wird.*

Die Hazienda schien beim Näherkommen zu wachsen, und zwar mehr, als die Perspektive hätte erwarten lassen, sie schwoll an und reckte sich, und plötzlich wurde Robin bewusst, wie *groß* sie war und wie riesig das Grundstück, das von der Lehmziegelmauer umschlossen wurde. Die Fassade ragte drei Stockwerke über ihnen auf *(wann waren es drei geworden?)* und dann weitere zwei oder drei Meter für den Glockengiebel. Gotische Schmiedeeisendorne ragten aus der Mauer, und Trauerweiden verdeckten an beiden Seiten den größten Teil der vorderen Veranda.

»Wirkt irgendwie fehl am Platz, so weit im Osten, nicht?«, fragte Leon. »Wie ein mexikanisches Fort. Größer, als ich gedacht hatte. Nicht so sehr wie ein Haus, eher wie ein … Anwesen, könnte man wohl sagen.«

»Es war nicht immer so bedrohlich«, sagte Robin. »Ich kann mich gar nicht daran erinnern, dass es aussah wie eine Festung.« Als kleines Mädchen hatte sie zwischen den Spalieren gespielt, sich hinter den Ranken versteckt und mit Kreide auf die Lehmziegelmauer gemalt. Sie erinnerte sich nicht an die eisernen Spitzen auf der Gartenmauer; in ihrer Kindheit war sie an der Eiche hinaufgeklettert und dann mit ausgestreckten Armen oben auf der glatten Mauer entlangbalanciert, während Grandma Mary aus dem Wohnzimmer zuschaute. Und wenn sie in den Kies sprang und mit lautem Knirschen landete, saß Grandma Mary auf dem Sofa und applaudierte. Glückliche Zeiten. Sie fragte sich, wie viele ihrer Kindheitserinnerungen man ihr eingepflanzt und wie viele man getilgt hatte. Inzwischen hatte sie häufig darüber nachgedacht, was ihre Mutter wohl getan hatte, und war am Ende zu dem Schluss gelangt, dass Annie Martine über eine Gedanken-Gabe verfügte wie Cutty und zu einem gewissen Grad auch Weaver. Aber wo Cuttys Fähigkeit sich auf ihre eigenen Gedanken bezog – Telekinese, Hellsehen, solche Dinge –, ähnelte Annies Begabung eher Weavers, weil sie die Gedanken *anderer* beeinflussen konnte. Erinnerungen tilgen, Erinnerungen einpflanzen.

Robin hatte in den vergangenen Jahren eine Menge Hexen gejagt und getötet, doch Annies Gabe war einzigartig. Theoretisch klang es nicht besonders schaurig oder tückisch, Erinnerungen zu manipulieren, doch in der Praxis konnte man auf diese Weise jemanden verrückt machen, bis man denjenigen vollständig kontrollierte und ihm jene Realität vorspiegelte, die man für nützlich hielt. So konnte man einen Unschuldigen dazu bringen, Verbrechen zu begehen, einen Mord zum Beispiel, oder wenn jemand schon ein Verbrechen begangen hatte, konnte man es ihn vergessen lassen. So gab es nichts auszuplaudern.

Oder man trieb die Person einfach in den Wahnsinn.

Flammen flackerten in einem Gasgrill auf der Terrasse des Hauses und schlugen durch eine Öffnung im Deckel. Vor zehn Jahren hatte da noch ein kleinerer Holzkohlegrill gestanden, dessen Klappe rot wie ein neuer Sportwagen geglänzt hatte. Robin hatte eine plötzliche Erinnerung an Theresa, die Bier über die bratenden Hamburger Patties goss, an Dos Equis, das in der Glut zischte, an den durchdringenden Aschegeruch.

»Guten Abend!«

Wenn man vom Teufel spricht. Eine korpulente Frau trat aus dem Haus, um sie willkommen zu heißen. Die olivfarbene Haut stand in krassem Kontrast zum reinen Weiß ihres festlichen Kleides, das rot und blau gesäumt war. Gold- und Edelsteinschmuck ruhte über ihrem Dekolleté. »Ich bin Theresa«, stellte sie sich im Südstaaten-Tonfall von Lousiana vor. »Theresa LaQuices. Und Sie müssen Mr. Parkin sein.« *Mistah Paaaahkin.* »Ist mir wirklich eine Freude, Sie kennenzulernen.«

»Ebenfalls«, erwiderte Leon. »Das ist mein Sohn Wayne.«

Theresa legte die Hand auf die Brust und ließ mehrere protzige Ringe aufblitzen. »Oh, *den* kleinen Gentleman kenne ich schon. Denn *ich* war es schließlich, die ihn vom Vergnügungspark zur Straße getragen hat, wo der Krankenwagen wartete. Wir sind schon miteinander bekannt, auch wenn er sich vielleicht nicht mehr daran erinnert.«

Zwar konnte sich Robin nicht vorstellen, dass eine Hexe so hilfreich war, aber durchaus, wie die muskulöse Theresa den bewusstlosen Wayne durch die Gegend trug wie einen Strauß Rosen – Robin war in ihrer Kindheit auch das eine oder andere Mal von diesen titanischen Armen in die Luft gehoben worden. Sie war schon immer ein Koloss von einer Frau gewesen, aber als Robin sie zuletzt gesehen hatte, war sie lediglich schwergewichtig gewesen – »wie ein Ford-Truck« hatte ihr Vater Jason bei der ersten Begegnung mit den neuen Nachbarn gesagt, woraufhin ihre Mutter schallend gelacht hatte – und hatte breite Schultern gehabt. Arbeiterhände, Bilbo-Beutlin-Füße. Jetzt hatte Theresas plumpe Massigkeit fast etwas Pathologisches angenommen und war nur einen Hauch von »monströs« entfernt. Ihre Fäuste waren klein und stummelig wie Puppenhände, doch ihre Unterarme erinnerten an Schweinshaxen. Die Schultern türmten sich wie Berghänge auf, und die Stirn bildete einen breiten glatten Schild.

Die Hexe wirkte unverwundbar und unerschütterlich wie ein Fels in der Brandung.

Leon deutete mit den Steaks auf Robin. »Und das ist meine neue Bekannte …«

»Oh, ich weiß sehr wohl, wer *diese* junge Dame ist.« *Seehr woohl* wusste sie das. »Ich muss jedoch zugeben, dass ich dich nicht erwartet hatte. Die kleine Miss Martine. Ich habe dich seit einer Ewigkeit nicht gesehen. Aber heute bist du doch nicht hier, um uns Streiche zu spielen, oder?« Theresa stemmte die Fäuste in die beträchtlichen Hüften und blickte sie unter den dicken schwarzen Augenbrauen hervor an. »Das würde zwar sowieso keinen Unterschied machen, trotzdem würde ich es mir lieber ersparen. Das sollte doch ein friedliches Sonntagsessen mit Nachbarn werden.«

»Nein.« Robin schüttelte den Kopf und sah zu Boden. »Ich bin zum Essen hier und um mit Marilyn zu reden. Meiner Ansicht nach haben wir zu viele gemeinsame Erinnerungen, als dass ich hier mit gezogenen Waffen hereinstürme.«

»Waffenstillstand für die Dauer des Essens, wie?« Die alte Frau blinzelte, musterte sie kritisch, drehte sich um und marschierte über die Einfahrt zum Haus. Wie mühelos sie über den spitzen Kies ging, als würde sie ihn gar nicht unter ihren Füßen spüren. Theresa trug Slipper, die so dünn waren wie Seide, aber die Steine wirkten unter ihren Sohlen wie Wattebäusche. »Hauptsache, du hältst dich dran. Ich habe uns eine wundervolle Mahlzeit vorbereitet, und es wäre mir ein Graus, wenn irgendein Esel uns den Genuss verderben würde.«

Eee-seel. Leon lachte heiser wie der Trickfilmhund Muttley.

Bei Robins letztem Besuch waren die Schränke rustikal blau und weiß gestrichen gewesen, der Kühlschrank war ein uralter Frigidaire mit Eisfach gewesen, und der Boden war mit ewig schmutzigem Linoleum mit brauner Pflasterimitation ausgelegt gewesen. Jetzt herrschten gebürsteter Stahl und Fliesen aus Travertin vor, und alles war auf Hochglanz poliert. Der Kühlschrank war ein gigantisches Side-by-Side-Gerät. Wenn sie es nicht besser gewusst hätte, hätte sie gedacht, sie wäre in die Ausstellung eines Designer-Küchenladens geraten.

Leon pfiff anerkennend und stellte die Auflaufform auf die Arbeitsplatte. »Hübsche Hütte.«

»Herzlichen Dank«, sagte Theresa. Sie riss die Ofenklappe auf und schaute hinein, dann eilte sie wieder nach draußen zum Grill und machte ihn auf.

»Marilyn ist im Garten, wenn ihr mit ihr sprechen wollt, während ich mir mal das Fleisch vorknöpfe.«

Robin zögerte und nahm Leon und Wayne beiseite. »Ihr beiden habt euer *Algiz* gezeichnet, wie ich es euch erklärt habe, ja?«

»Ja.«

»Klar, schätze schon«, sagte Leon.

Theresa schnaubte und grinste, während sie die Steaks mit bloßen Händen auf den Grill legte. *Tut, was ihr wollt,* schien sie zu denken, *ob es nun hilft oder nicht.*

Die Terrasse umfasste den oberen Teil der Einfahrt, einen weiten Bereich von der Größe eines Basketballfeldes, der den hinteren Teil des Hauses von der Doppelgarage trennte. Eine Lehmziegelmauer wie im Vorgarten zog sich bis zur Baumlinie, die achtzig oder neunzig Meter entfernt war. Ein hohes Holztor gewährte Zugang zum Garten.

Innerhalb der Mauer erwarteten sie mehrere Reihen von Spalieren, die von kränklichem Efeu überwuchert waren, dazwischen hingen welke Trauben. »Ein Weingarten«, sagte Leon. »Mann, ich könnte ein Glas Wein vertragen.«

An einem Tisch auf dem frisch gemähten Rasen saßen Marilyn Cutty und Karen Weaver. Marilyn lümmelte auf einem Stuhl, einen Ellbogen auf dem Tisch, über dem eine weiße Leinendecke ausgebreitet war, hielt ein Glas mit einem Getränk, offensichtlich Eistee, und starrte in den Kiefernwald.

Robin wurde Jahre zurückversetzt, als sie die beiden da zusammensitzen sah, dachte an Nachmittage, an denen sie versuchte, mit Großmutter Mary Krocket zu spielen, mit ihren uralten Schlägern und Bällen, während sie zwischendurch Blaubeeren von den Büschen an der Ostmauer naschten. Vormittage in der kornblumenblauen Küche, wo sie mit Theresa Cathead Biscuits buk und Schokocookies aus der Premium-Saltines-Dose in der Speisekammer stibitzte. Späte Abende, an denen Karen mit Nadeln ein Kleid an ihrem kleinen Körper feststeckte. *Wenn du hier schon herumgammelst wie ein verdammter Bettler, kannst du dich auch nützlich machen,* sagte die alte Frau dann immer, hob sie in die Höhe und stellte sie auf eine Trittleiter. *Und jetzt halt still, sonst pikse ich dich.*

Sie ist nicht deine Großmutter, schimpfte Annies schrille Stimme in ihrem Hinterkopf. *Das ist nicht dein Haus.* Robin zuckte zusammen, als sie das geisterhafte Echo des dumpfen Aufpralls hörte, mit dem ihre Mutter auf dem Holzboden im Flur des viktorianischen Hauses aufschlug. *Hexen,* hatte ihre Mutter sie gewarnt, als sie mit Genickbruch im Sterben lag. Anstatt Robins Kopf blitzsauber zu wischen wie sonst, brach Annies letzte Warnung den Bann, ließ die verschwundenen Erinnerungen zurückströmen und lieferte die fehlenden Puzzleteile.

Nachdem sich die Erinnerungsblockade, die ihre Mutter geschaffen hatte, löste und alle Hinweise und gewisperten Geheimnisse auf sie einstürmten, hatte es sie ungewollt in den Wahnsinn getrieben. Lange hatte sie gebraucht, um sich davon zu befreien … Und jetzt steckte sie wieder mittendrin.

Während die Neuankömmlinge über das kurz gemähte Gras kamen, erhob sich Weaver. »Hallo zusammen!« Dann bemerkte sie Robin. »*Ooohh, du bist auch hier.* Ich dachte, ich hätte dir gesagt, du sollst dich verziehen. Ich hatte dich gar nicht so dumm in Erinnerung.«

»So leicht wird man mich nicht los. Und ja, dumm bin ich ganz bestimmt.«

Weaver mit ihrem wilden Haar trug einen weiten Rock im Hexenlook, den sie aus hundert Seidenschals in ebenso vielen dunklen Farbtönen kreiert hatte. Es hätte zerfetzt ausgesehen, wäre es nicht so kunstvoll arrangiert gewesen. Sie schob sich die Ärmel hoch. »Hat die Illusion nicht genügt um deinen Arsch von hier fernzuhalten? Ich kann auch ein paar *echte* Fliegen herbeizaubern, weißt du. Große, eklige, die stechen.«

»Wie bitte?«, fragte Leon.

»Ich nehme an, Ihre selbst ernannte Hexenjägerin hat sich schon erdreistet, Ihnen ihr gesammeltes Wissen aufzudrängen, inklusive ihrer blutigen Internetvideos.«

»Ein Mann in einem der Lieblingsbücher meiner Mutter hatte gesagt: ›Zuerst wird gelächelt, dann gelogen. Und zuletzt wird geschossen.‹« Robin hob die Hände, um zu zeigen, dass sie leer waren. »Im Sinne von Transparenz und Vertrauensbildung wäre es vielleicht nicht unpraktisch, wenn wir auf die scheinheilige Höflichkeit verzichten. Ich bin nicht hier, um zu kämpfen. Ich will nur reden.«

»Ein bisschen plaudern? Die Jägerin kommt zu Verhandlungen?« Cutty verschränkte die Arme. »Ja. Nun, die Wahrheit drängt stets ans Licht, deshalb gibt es keinen Grund, Lügen zu erzählen, wenn wir es bei einem Lächeln belassen können. Ich glaube, uns allen würde es guttun, wenn wir die Waffen ruhen lassen. Du hast doch diesen grässlichen Silberdolch nicht dabei, oder? Es wäre schwierig, sich an den Waffenstillstand zu halten, wenn du plötzlich den Gottesdolch auspackst.«

»Nein. Der ist an einem sicheren Ort verstaut.«

Cutty nickte nur langsam, zustimmend, während ihr Blick über den Tisch schweifte, bis sie schließlich wieder dem Mädchen in die Augen sah.

»Man hat mir erklärt, was Sie sind«, sagte Leon. »Ich bin mir zwar nicht sicher, ob ich das wirklich zu hundert Prozent glauben soll, aber man hat mich in Kenntnis gesetzt. Und nach dem, was Freitagnacht und gestern Morgen passiert ist, wissen Sie, nach dem Schlangenbiss und so, halte ich Gewalt ebenfalls für verzichtbar, also betrachten Sie mich als Friedenstaube in Ihrem Szenario hier, ja? Ich bin sehr dankbar für das, was Miss Weaver für uns getan hat, und deshalb würde ich jedes Blutvergießen lieber vermeiden.«

Weaver stand immer noch mit erhobenen Händen wie die Hexe Mim da und sah von einem zum anderen. »Waffenstillstand?«

»Waffenstillstand«, antwortete Cutty.

»Waffenstillstand«, sagte Robin. »Für heute.«

»Für heute.«

Die Hexe senkte niedergeschlagen die Hände. Wayne sah aus, als wollte er am liebsten über den Zaun klettern und sich vom Acker machen.

»Ich habe mir schon gedacht, dass du irgendwann mal auftauchen würdest«, seufzte Weaver und schüttelte die Ärmel nach unten. Die Kettchen und Perlen an ihren Handgelenken klimperten. »Andererseits hatte ich gehofft, du wärst schlau genug, es sein zu lassen.« Die drei Neuankömmlinge setzten sich an den Tisch, und Weaver lehnte sich zurück. Das Getränk in ihrem Glas war offensichtlich Whiskey. »Aus irgendeinem Grund hat Mary Gefallen an dir gefunden und auch an deiner mörderischen, hinterhältigen, feigen Hurenmutter, und ich habe versucht, das unserer Vergangenheit wegen zu beherzigen. Du warst schließlich auch keine schlechte Schneiderpuppe. Aber liefer mir keinen Grund, dich auseinanderzunehmen. Denn mir würde das nichts ausmachen. Ganz im Gegenteil.«

»Du hast deinen Sinn für Diplomatie nicht verloren, wie ich sehe«, sagte Cutty.

»Diplomatie ist was für Feiglinge.«

Wieder grummelte im Osten Donner. Der Abend war dunkler, als es für sechs Uhr normal gewesen wäre, wenn auch im Westen der Horizont noch in einem harten Blau leuchtete. Wegen der Luftfeuchtigkeit bildeten sich sanfte Lichthöfe um die Kerzenflammen wie bei Laternen im Londoner Nebel.

»Mich überrascht es, dass Sie draußen essen wollen«, sagte Leon und musterte den Himmel. »Sieht nach Regen aus.«

»Nee«, sagte Weaver.

»Woher wissen Sie das?« Er zappelte herum, und das schüchterne Lächeln auf seinen Lippen konnte die Angst in seinen Augen nicht verhehlen. »Haben Sie Knochen geworfen oder im Kaffeesatz gelesen?«

»Nein. Es wird hier in der Gegend einfach nicht regnen, bevor ich es sage.«

Sie lächelte.

6

Auf der anderen Seite der Parkplätze am Ende einer Reihe leerer Buchten stand ein alter Ford Pick-up. Die Ladefläche war mit einem Campingaufbau überdacht, der wirkte wie ein Schildkrötenpanzer. Die selbst ernannte Meisterin des Versteckspiels suchte nach einem Versteck, und diese Stelle war die coolste Möglichkeit im ganzen Apartmentkomplex.

Was die Aufmerksamkeit der kleinen Delilah fesselte, war die hellgrüne Schlange. Die rautenförmigen Schuppen schlangen sich von Tür zu Tür über die Karosserie. Jede Schuppe hatte ihre eigene glänzende Farbe und reflektierte das Licht. Am vorderen Ende des drachenartigen Körpers befand sich ein großes Maul voller Zähne und mit einer schlängelnden Zunge. Weiße Giftzähne, so groß wie Bananen, zogen den Blick an.

Ein honiggelber Schraubenkopf in Faustgröße bildete das Auge. Als sie ihn drehte, entdeckte sie die Tanköffnung darunter. Der Tankdeckel war das Schlangenauge! Echt clever.

Sie ging ums hintere Ende, wo sich der Körper auch über die

Heckklappe erstreckte, und erreichte am Schlusslicht vorbei den Kotflügel auf der Beifahrerseite.

Hier ringelte sich die Schlange zweimal, und den Schwanz hatte eine barbusige Frau in einem Wikingeroutfit gepackt, deren riesige Brüste zwischen ihren ausgestreckten Armen zusammengedrückt wurden. Die barbarische Barbie hielt den letzten dünnen Rest des Schlangenschwanzes wie einen Baseballschläger und stemmte sich mit den Hacken in den Boden.

Dafür, dass es eine richtige Schrottkarre war, war die Bemalung ziemlich aufwendig und kitschig geraten. Das Mädchen fragte sich, wem der Wagen wohl gehörte und wie er sein mochte, während sie die Hand auf das Metall legte, das vom Sonnenschein noch warm war. Die muskulösen Arme der Barbarin, ihre weinkorkengroßen Nippel und die leuchtenden Augen, wie die einer Blitzgöttin, hoben sich von der Karosserie ab, fast wie ein Relief.

»Ich komme und finde *di-ich!*«, rief Ginny von irgendwoher mit ihrer singenden Stimme.

Delilah machte die Heckklappe auf und stieg auf die Ladefläche des Trucks. Die hydraulischen Heber seufzten, als sich die Klappe schloss.

Im vorderen Bereich des Laderaums hatten sich Kiefernnadeln in einem lockeren schwarzen Haufen gesammelt. Weitere Nadeln bedeckten den Boden mit einem dünnen knisternden Teppich. Unter dem Campingaufbau schien die Luft keinen Sauerstoff zu enthalten – es war heiß und roch nach Erde und bitterer Kiefer. Die Seitenfenster waren rot lackiert und tönten das Licht der Straßenlaternen zu einem Boudoir-Purpur.

Rechts von sich sah Delilah einen Jutesack, auf den DÜNGER gestempelt war und der mit etwas Bulligem gefüllt war, das so groß war wie das Mädchen selbst. Daneben stand eine Motorsense mit angeknabbertem Schneidfaden, auf der sich eine Graskruste gebildet hatte und die nach Benzin roch. *Ein Gärtner,* dachte sie, watschelte im Entengang hinüber zu dem Haufen aus Kiefernnadeln und setzte sich daneben. *Ob er Tulpen pflanzt?* Sie mochte Tulpen gern, mit ihrem leichten süßen Duft.

»Ich finde dich«, sagte Ginny irgendwo vor dem Wagen. Der war mit der Schnauze zu einem Wohnhaus geparkt, das Heck zeigte zur dunklen Straße. Delilah hörte die neuen Schuhe des Mädchens, die über das Pflaster trappelten, während Ginny von Wagen zu Wagen hüpfte. »Ah-*ha!* Oh, wohl doch nicht.«

Delilah bewegte sich nicht und atmete ganz ruhig. Ihr Bauch hob und senkte sich unter dem T-Shirt. Sie zupfte an den Nähten ihrer Jeans, während sie in dem heißen dunklen Wagen auf ihre Entdeckung wartete, und erkundete den rauen Stoff mit den Fingerspitzen, während sie lauschte.

»Bist du hier drin?«, fragte Ginny. Eine Autotür ein Stück entfernt knarrte, als sie geöffnet wurde. Zwei Herzschläge vergingen. »Nee.« Die Tür schlug zu, *krawumm!*

Delilah saß in der nach Benzin riechenden Dunkelheit und spitzte die Ohren. Kiefernnadeln bohrten sich durch die Jeans. So leise wie möglich rutschte sie ein Stück nach links und drückte sich an den piksenden Strohballen. Es klang, als wäre Ginny näher gekommen. Sie gab ein »Wow« von sich und kam zum Schlangen-Truck. »Wahnsinn.« Delilah hörte sie um den Wagen schleichen, und vermutlich schaute sie sich in aller Ruhe das Kunstwerk an. Eine winzige Hand strich leise an der Karosserie entlang und klang mehr nach Schlange, als es Delilah lieb war. Delilah schob sich von den Kiefernnadeln weg und lehnte die Füße an den Jutesack.

Der Inhalt des Sacks war fest. Was auch immer es sein mochte, Dünger war es bestimmt nicht.

»Wow«, sagte Ginny wieder, diesmal von der Beifahrerseite

des Wagens. »Mann, sieh dir diese Titten an. Die sieht ja aus wie Thor.«

Delilah konnte jetzt sogar ihren Atem hören. Ginny war hochgewachsen, ein nordisch aussehendes blondes Mädchen, und es hatte nie Schwierigkeiten, beim Essen seinen Teller leer zu bekommen. Sie blieb stämmig und behielt ihr Mondgesicht, obwohl sie sich ständig bewegte und Kickball spielte. Delilah sah Ginny vor ihrem inneren Auge, wie sie sich grinsend eine dünne Haarlocke aus dem großen rosa Gesicht strich.

Aus dem Wohnhaus rief jemand: »Regina! Zeit, reinzukommen!«

Ginny seufzte. »Okay, Mama«, rief sie zurück. Delilah wollte schon rausspringen und ihre Freundin überraschen, doch eigentlich könnte sie das Versteck beim nächsten Mal noch einmal benutzen. Warum sollte sie es jetzt schon verraten? »Okay, Lilah! Du kannst rauskommen!«, rief Ginny. »Ich muss nach Hause!«

Delilah wartete, bis Ginny gegangen war, und verhielt sich ruhig. Sie war echt ein Ninja! Sie war nicht entdeckt worden. Jetzt stand sie von der Ladefläche auf und nahm eine Kung-Fu-Pose ein. »Kiai!« Sie flüsterte den Kampfschrei vor sich hin. »Kiai! Hiai!« Sie führte einen Schlag aus, dann mit der anderen noch einen und versuchte zu treten, doch wegen der niedrigen Decke konnte sie die Balance nicht halten und landete auf dem Allerwertesten. Sie fing sich mit den Händen ab und scharrte dabei mit der Innenseite des Unterarms an der zerkratzten Kante der Motorsense entlang. »Autsch.«

Ihre Hand landete auf einem eckigen Gegenstand in dem Jutesack. Auf einer Seite war er flach. Im trüben Licht hob sie den Arm. Die Sense hatte die Haut zwar nicht aufgerissen, aber sie entdeckte einen zehn Zentimeter langen schmerzenden Striemen.

Als Delilah den Jutesack aufzog, sah sie einen New Balance-Tennisschuh.

Abrupt blieb die Zeit stehen. Sogar die Zikaden verstummten, wenn auch nicht alle auf einmal – erst waren es noch drei oder vier, und dann verhallte ihr nerviges Sägen. Jeder Gedanke an Ninjas war vergessen. Sie war wieder das siebenjährige Mädchen, verunsichert, verwundbar, allein.

Angst verspürte sie nicht, nicht sofort. Die Logik erklärte ihr, der Sack sei voller alter Schuhe; voll mit Kleidung für den Secondhandladen. Vielleicht war der Besitzer des Wagens ein guter Mann, der Kleiderspenden für die Kirche gesammelt hatte oder so. Sie drückte mit der Fingerspitze gegen den Jutesack und fühlte einen weiteren Schuh.

Gut.

Eine großer Sack Schuhe für die Kirche. Sie entspannte sich und zog den Sack noch ein bisschen weiter auf. Aus dem Schuh und aus einer gestreiften Socke ragte ein dürrer Knöchel, bleich, unbehaart.

Delilah bewegte die Lippen, brachte aber kein Wort hervor.

Wenn etwas aus ihrem Mund gekommen wäre, hätte es sich wohl um »Mama, Mama, Mama« gehandelt, doch aus irgendeinem Grund versagte der Kehlkopf seinen Dienst, die Luft brachte die Stimmbänder nicht zum Schwingen, die Kehle reagierte nicht. Delilah bewegte einfach nur die Lippen, wieder und wieder. Ihre Beine gehorchten ihr ebenfalls nicht. Sie wollte von der Ladefläche steigen, zur Luke krabbeln und sie aufstoßen, sich aus dem Campingaufsatz werfen und nach Hause rennen. Aber sie konnte einfach nicht verstehen, warum sie das Bein eines kleinen Jungen vor sich hatte, das aus einem Düngersack im Laderaum des Lieferwagens eines Fremden ragte, und diese Verwirrung sorgte für Erstarrung.

Anstatt die Füße in Gang zu setzen und auszusteigen, drehten sich ihre Kindergedanken im Kreis und versuchten, eins mit dem anderen in Übereinstimmung zu bringen und wie Reifen im Schlamm Halt zu finden.

Sie berührte das Bein. Kalt.

Kalt wie der Tod.

Das war nicht richtig, nicht wahr, nicht wirklich. Das ergab keinen Sinn. So starben Menschen doch nicht. Menschen starben in Krankenhäusern, wenn sie uralt waren, und dann weinten die Familien in Bestattungsinstituten am Sarg, Leute in grauen Anzügen mit Gleitsichtbrillen. Sie wurden auf Friedhöfen beerdigt, mit Blumen und hübschen Grabsteinen mit Statuen von Engeln und Tieren. *Man tritt nicht auf Gräber. Das ist ungezogen, Miss Delilah Lee. Geh drum herum.*

»Geht es dir gut da drin?« Die Worte kamen irgendwie falsch heraus. Gepresst, feucht. »Junge? Alles oh … alles okay?«

Sie schob den Sack mit beiden Händen auf und zog ihn bis über die Knie des Jungen. Er trug eine schwarze Sporthose. Sie hätte den Sack weiter aufgezogen, aber er hatte sich an der Schuhspitze verhakt. Mit respektvollem Entsetzen zog Delilah die Jute zurück, bedeckte die Beine des Jungen und begann zu schluchzen. Das Innere des bemalten Campingaufbaus verschwamm in rotem Chaos und verwandelte sich in einen Backofen voll Blut. Sie ging zur Heckklappe.

Aber wo der Griff hätte sein sollen, befand sich nur ein rundes Loch.

Zum zweiten Mal innerhalb ebenso vieler Minuten hörte die Realität auf, sich an ihre Regeln zu halten. Delilah strich über der Mitte der Tür hin und her und suchte einen Griff, aber da gab es keinen. Auf seine einstige Existenz deutete nur das runde Loch in der Türverkleidung hin. Darin sah sie den Mechanismus, mit dem man den Riegel lösen konnte, doch sie verstand nicht, wie man die Teile bewegen musste.

In der Fahrerkabine setzte sich jemand auf den Beifahrersitz.

Sie erstarrte, wurde mucksmäuschenstill, wollte sich nicht verraten, wie ein Kitz im Gras. Der Mann seufzte tief, entriegelte das hintere Fenster der Kabine und schob es auf. Er drehte sich im Sitz um und spähte herein. Seine Silhouette war von dichtem leuchtendem Kupferhaar gekrönt. Das Gesicht konnte sie nicht genau erkennen, aber der Kopf war groß. Er hatte eine Haltung wie eine Grubenotter, ein breites Kinn und einen schmalen Hals.

»Hallöchen«, sagte der Mann mit hoher trockener Stimme wie Schmirgelpapier, das über Sandstein kratzt.

Delilah antwortete nicht.

»Ich weiß, dass du dahinten bist, deine Freundin hat mich geweckt, als sie nach dir gesucht hat.«

Delilahs Augen brannten, doch sie wollte nicht blinzeln. Sie hatte Angst, den Blick von dem breiten Schatten auf dem Vordersitz zu lösen. Rotz rann über ihre Oberlippe.

»Wie heißt du?«, fragte er.

Nichts.

»Sprichst du nicht mit mir? Kann ich verstehen«, sagte er und betonte den Satz mit einer zurückhaltenden Geste. »Clever. Weißt du, in deinem Alter war ich der Champion im Versteckenspielen. Meine Freunde haben mich Schlange genannt – weil ich mich in die engsten Verstecke zwängen konnte.«

»Lilah«, antwortete das Mädchen. Zitternd hockte sie an der Heckklappe.

»Hm?«

»Ich heiße Delilah.«

»Delilah«, erwiderte der Mann freundlich. »Hübscher Name.

Ich bin Roy. Vielleicht kann ich dir ein paar Dinge über Verstecke beibringen, ja? Man springt doch nicht einfach hinten in einen Truck, der so verrückt aussieht wie dieser. Das ist ein schlechtes Versteck. Ich kann dir Plätze zeigen, wo dich *nie-nie*-niemals jemand finden wird.« Er nahm einen Kabelbinder zwischen die Lippen und ließ ihn baumeln wie ein Cowboy einen Grashalm. Das sah aus wie eine Schlangenzunge, fand Delilah.

Piep-piep. Die Stille wurde von einem elektronischen Klingelton zerrissen. Roy holte ein Telefon aus der Tasche und betrachtete das Display, das sein Gesicht beleuchtete. Seine Nase war spitz, die Nasenlöcher groß, die Augen waren schmal und wirkten irgendwie gleichzeitig schlau und dumm. Während er die Nachricht las, bildete sein fieser Mund lautlos die Worte mit.

»Ich muss dann wohl zurück zum Haus. Keinen Frieden gibt es für die Gottlosen.« Er warf Delilah einen Blick zu und stieg aus. Die Hecktür öffnete sich knarrend, und kalte Abendluft strömte herein wie frisches Quellwasser. Der Mann starrte sie streng an. »Raus mit dir, Prinzessin«, sagte Roy und zeigte mit dem Daumen über die Schulter. »Das Spiel ist vorbei.«

Delilah stieg aus und stolperte auf das Pflaster.

Der rothaarige Mann beugte sich vor und lächelte. »Lauf nach Hause. Und wenn du irgendwem verrätst, dass ich hier war, also … ich weiß ja, wo du wohnst. Und ich kann dir eins versprechen: Mit mir willst du bestimmt nicht Verstecken spielen. Ich weiß ja, wo du wohnst.« Er stieg wieder in den Wagen. Seine kleinen Augen versprühten Gift. »Halt dich von fremden Autos fern, Kind. Dann lebst du länger.«

7

Das Essen war unglaublich. Die Steaks waren perfekt, und zu ihrem Ärger musste Robin gestehen, dass dies auch für die Beilagen der Hexen galt: Kartoffelsalat mit gekochten Eiern, mit geräuchertem Paprika bestreut; Maiskolben mit Knoblauchbutter; Spargel im Speckmantel; Teller mit Bruschetta; und um dem ganzen die Krone aufzusetzen, Süßkartoffelauflauf mit gerösteten Marshmallows und gehackten Pekannüssen. Sie aßen an dem Tisch im Garten, und die zunehmende Dunkelheit vertrieben Petroleumfackeln, die Grapefruitduft verbreiteten.

Hm, Kenway kann uns wegen der Mauer wahrscheinlich nicht sehen. Das fühlte sich nicht gut an, obwohl sie sich vermutlich besser gegen den Hexenzirkel verteidigen könnte als er. *Ob er uns beobachtet? Als ich mich entschieden habe, mit zum Abendessen zu gehen, habe ich ihm meinen Plan B nicht erklärt. Aber bestimmt hat Heinrich etwas ausgeheckt. Vermutlich sitzt er mit einem Richtmikrofon auf einem Baum, wie ich ihn kenne.* Sie suchte den dunklen Wald ab und hielt Ausschau nach einer glühenden Zigarillospitze. Sie vermisste Kenway, wünschte sich ihn hier und hätte ihn mitnehmen sollen. Bei ihm fühlte sie sich sicher und normal, zwei Dinge, die ihr seit langer Zeit fehlten. Er mit seinem breiten Rücken, seiner langen Mähne – wie ein Held aus einem kitschigen Liebesroman – und seinem entspannten Gebaren wie Balu der Bär. Bei ihm hatte sie das Gefühl, zur Abwechslung würde ihr mal jemand zur Seite stehen. *Vielleicht mag ich ihn deshalb so gern,* dämmerte es ihr, während sie den alten Frauen beim Essen zuschaute. Sie war zwar ohne ihn auch nicht schwach, aber es war schön, wenn man sich auch mal auf jemand anders außer sich selbst verlassen konnte.

»Miss Cutty«, sagte Leon. »Wir haben uns auf dem Weg hierher darüber unterhalten, wie ungewöhnlich Ihr Haus ist.«

»Würde es Sie überraschen wenn ich Ihnen sage, dass es mal ein Puff war?«

Leon wirkte peinlich berührt. »Ein Puff?«

»Tja, *Bordell* wäre vielleicht ein taktvollerer Ausdruck. Es hieß das Lazenbury-Haus, nach dem Erbauer und ersten Besitzer, William Lazenbury. Im neunzehnten Jahrhundert war er ein Kohlebaron aus Virginia. In den gesetzlosen Zeiten von Wyatt Earp und Doc Holliday hat er das Haus gebaut. Die Freier kamen von überall hierher. In seinen Glanzzeiten sah das Haus auch eine ganze Reihe von Menschen sterben – Revolverhelden, die sich beim Kartenspiel stritten, betrunkene Männer, die sich prügelten, eifersüchtige Liebhaber, die manchen der Mädchen ein wenig zu sehr zugetan waren.«

»Wegen der Morde waren später natürlich alle überzeugt, dass es im Haus spukt«, sagte Marilyn und nippte an ihrem Tee. »Allerdings trifft das ja praktisch auf jedes alte Haus mit ähnlicher Geschichte zu. Bei mir war es Liebe auf den ersten Blick, aber ich musste warten, bis der Besitzer gestorben war.«

»Sie sind also wirklich Hexen?«, fragte Wayne.

»Sind wir, Süßer«, sagte Theresa.

»Sie sehen gar nicht aus wie Hexen.«

Cutty lächelte milde. Robin kannte sie gut genug und sah, dass sie unter der Maske nur spielte. »Junger Mann, wie soll denn bitte schön eine Hexe aussehen?«

Waynes Blick tanzte von seinem Vater zu Robin, dann murmelte er eine Antwort, wobei er in sich zu schrumpfen schien: »Keine Ahnung.« Er nahm ein Stück Brot und hielt es wie ein Eichhörnchen mit beiden Händen an den Mund. Schüchtern sprach er hinein. »Grün? Mit schwarzen Klamotten und einem spitzen Hut?«

»Und sie haben eine Warze auf der Nase, fliegen auf einem Besen und kochen blubbernde Zaubertränke in einem Kessel?«

Er schob die Brille auf seiner Nase hoch.

»Na, dieses Bild haben wir der Kunstfreiheit zu verdanken. Reine Fantasie.« Sie schnitt in ihr Steak und sprach dabei weiter. » … Ein bisschen wie beim Weihnachtsmann. Du weißt bestimmt, wie der richtige Santa Claus aussieht, ja?«

»Santa Claus?« Wayne richtete sich auf und legte das Brot auf den Teller. Offensichtlich hatten sie endlich ein Thema gefunden, mit dem sie einen Zehnjährigen begeistern konnten. »Ja! Er ist ganz in Rot gekleidet, hat rosige Wangen und einen großen weißen Bart. Außerdem trägt er einen riesigen Sack mit Spielzeug und fährt in einem Schlitten, der von einem Rentier gezogen wird.«

Cutty schob den Bissen ihres Steaks in den Mund und fuchtelte dann herum, als wollte sie seine Worte vertreiben. »Erfindung eines Zeitungskarikaturisten, die Coca-Cola aufgegriffen hat, um Getränke zu verkaufen. In Wirklichkeit sah der Mann *ganz* anders aus und wohnte auch nicht am Nordpol.«

»Wie, Santa Claus gibt es echt?«

»Oh, absolut. Der Name ›Santa Claus‹ stammt von *Sinterklaas* ab, dem holländischen Namen für den heiligen Nikolaus, der auch bekannt ist als Bischof Nikolaos aus der antiken griechischen Stadt Myra. Die Bewohner stellten nachts ihre Schuhe auf die Eingangsschwelle, und Nikolaus legte Münzen hinein.« Cuttys Miene hellte sich auf und präsentierte unverhohlene Ungläubigkeit, die so uncharakteristisch für sie war, dass Robin beinahe laut gelacht hätte. »Du glaubst nicht an Santa Claus?«

»Lady, ich bin ein Kid aus der Hood.«

Leon verzog missbilligend das Gesicht. »Du bist kein Kid aus der Hood.«

Der Junge zuckte mit den Schultern, schob die Brille auf der Nase hoch, als würde er vor allem deshalb gescholten, weil er es in Gegenwart seines Vaters gesagt hatte, nicht weil er möglicherweise falschlag.

»Nur weil du in Chicago aufgewachsen bist ...«, setzte Leon an und brachte den Gedanken nicht zu Ende. Er blickte Cutty an. »Also, Sie haben gerade gesagt, Santa Claus war ein griechischer Priester?«

»Ja. Er war ein sehr freigiebiger Mann und außerdem einer der mächtigsten Magier und Alchimisten, die je gelebt haben. Er war ein großer dünner Mann und hatte einen langen Bart. Nikolaos starb 343 und wurde in Italien beigesetzt.« Cutty ließ den Tee im Glas kreisen, und die Eiswürfel klirrten. Sie sah Robin schief an. »Was ich mit meiner kleinen Geschichtslektion zum Ausdruck bringen will: Die meisten Dinge sind anders, als man meint. Hinter einem alten Gesicht steckt immer eine lange Geschichte.«

»Hexen sind also nicht die Einzigen, die Magie anwenden können?«

Weaver unterdrückte ein Rülpsen. »Teufel, nein. Im Übrigen

nennen wir es eigentlich nicht gern ›Magie‹. Zur Magie zählen Gaukelei, Kartentricks und so ein Kram.«

»Hexen sind heutzutage die bedeutendsten Manipulatoren paranormaler Energie«, sagte Cutty. »Eigentlich waren sie das immer. Menschen beherrschen diese Fähigkeit ebenfalls, wie Nikolaos von Myra, aber sie brauchen künstliche Mittel dafür. Sie sind nicht einfach von Natur aus dazu in der Lage so wie wir. Deshalb brauchen sie eine Verbindung, Reliquien zum Beispiel, oder Kristallkugeln, Alchemie, Zaubersprüche. Da er Christ war, benutzte Nikolaos seinen Bischofsstab … dem, kaum zu glauben, übrigens die Zuckerstangen nachempfunden sind.

Im Laufe der Jahrhunderte stiegen ganze Geheimbünde zur Macht auf und verloren sie wieder. Alle suchten nach einer Möglichkeit, die Gabe zu beschwören. Thaumaturgie, diesen Begriff bevorzugen wir dafür, wird in unser ureigenstes Wesen eingeleitet. Männer – Zauberer, Hexenmeister, Magi, Magier oder wie auch immer sie sich nennen, können diese Kraft nur borgen, indem sie Artefakte einsetzen. Wir sind davon *erfüllt.* Dank unserer Göttin des Jenseits, Ereshkigal, *sind* wir magisch. Alle Magie entspringt unserer übersinnlichen Gönnerin, und wir fühlen untereinander eine stärkere Verbindung als zu anderen Praktizierenden.«

Robin lächelte. »Wie du es sagt, klingt es echt nobel.«

»Ist es das nicht?«

»Nicht, wenn ihr anderen Menschen mit dem *nag shi* das Leben aussaugt. Ihnen das Glück entzieht, ihre Kraft …«

Cutty hob die Hand. Ihre Finger waren schlank und blass, wirkten jung und zeigten keine knubbeligen Gelenke mehr. Robin bemerkte dies im warmen, weichen Schein der Zitronellakerzen, das auch das Gesicht der alten Frau milder und weniger faltig erscheinen ließ, als es eigentlich sein sollte. Jünger. »Du hast versprochen, dass du kein Drama vom Zaun brichst, Vögelchen.«

Der Kosename rief alte, sehr alte Erinnerungen wach. Robin als kleines Kind, in der Küche des Lazenbury-Hauses, Kekse und Apfelsaft, Comics aus der Sonntagszeitung oder Cartoons im alten Magnavox-Standfernseher. Marilyn Cutty hatte damals einen Hund gehabt, einen Zwergpinscher namens Penny, weil das Fell über den Augen die Farbe von Kupfermünzen gehabt hatte.

Vögelchen. Sie warf Wayne einen Blick zu. »Ja, das habe ich.«

»Du bist eine ehrliche Haut«, sagte Cutty. »Ich weiß noch, früher hast du mich immer Großmutter genannt. Teufel, an zwei Tagen jede Woche hast du an die Küchentür geklopft und geweint, weil sich deine Mummy und dein Daddy wieder gestritten hatten.«

»Warum hast du keinen neuen Hund bekommen, als Penny gestorben ist?«

Cutty stockte. »Oh … na ja. Keine Ahnung. Ich denke, es hat mir einfach zu sehr wehgetan, ihn zu verlieren. Außerdem gab es kein kleines Mädchen mehr, das vorbeikam, um mit ihm zu spielen. Nachdem du dein Interesse für Make-up und Jungs entdeckt hattest, kam mein kleiner Wildfang mich nicht mehr besuchen.« Sie zerschnitt eine Stange Spargel in mehrere Teile. »Ich habe dich einmal im Krankenhaus besucht, nachdem … nachdem deine Mutter, du weißt schon.«

Robin blinzelte. »Tatsächlich?«

»Oh ja. Sie wollten mich aber nicht zu dir lassen. Die Psychiater meinten, du seist nicht stabil genug für Besuche, besonders nicht von jemandem, der dir und deiner Mutter so nahegestanden hat.« Cutty spießte den Spargel mit der Gabel auf und steckte ihn sich in den Mund. »Es hieß, das könnte möglicherweise deine positive Entwicklung stören.«

»Vielleicht«, sagte Robin. Sie schob das Essen auf dem Teller hin und her. »Ich wusste, dass ihr es wart. Damals.« Ihre Worte waren hart und doch freundlich gesprochen. »Dein Name war das letzte Wort auf den Lippen meiner Mutter, als sie in meinen Armen gestorben ist.«

Leon und Wayne waren mitten im Fleischschneiden vor ihren Tellern erstarrt und beobachteten dieses Dinner-Theater wachsam.

»Ich wollte dich mit zu mir nach Hause nehmen, Vögelchen«, sagte Cutty herablassend. »Ich hätte dich wie meine eigene Tochter aufgezogen. Das alles ... was es auch ist ... würde nicht existieren.« Sie fuchtelte mit der Gabel im Kreis herum und zeigte dann auf Robin, als wollte sie auf ihren schlechten Geschmack in Sachen Kleidung hindeuten. »Blutfehde, Rachefeldzug, Selbstjustiz, was weiß ich.«

»Wie?« Tief in Robins Brust flammte ein Gefühl auf, nicht gerade Zorn, aber so etwas in der Art. Das hinderte sie nicht daran, sich vorzustellen, wie ihr Leben verlaufen wäre, wenn sie vom Hexenzirkel aufgezogen worden wäre. Hätten sie Robin dazu gedrängt, den Eid abzulegen und ihr Herz Ereshkigal zu schenken? »Das hätte meine Mutter niemals zugelassen.«

»Deine Mutter ist tot, meine Liebe.«

»Euretwegen.«

Karen Weaver räusperte sich und mischte sich ein. »Deine Mutter hat meinen Ehemann ermordet. Ich konnte ja wohl nicht tatenlos zusehen, wie sie davonkam«, sagte die Hexe entrüstet. »Edgar war vielleicht ein Scheißkerl, trotzdem habe ich ihn geliebt.«

»Also habt ihr meine Mutter in einen Baum verwandelt?«

»Auge um Auge.«

Cutty ging dazwischen. »Außerdem mussten wir das *nag shi* ersetzen, das Annie verbrannt hatte.« Sie zuckte mit den Schultern und trank einen Schluck Eistee. »Sie war selbst schuld, Robin. Annie glaubte, sie könnte ihren eigenen Hexenzirkel bestrafen und sich von ihrem Gelübde lossagen. Aus … Ekel, denke ich, sie nannte es *Sünde,* Verstöße gegen die Natur und den Anstand, als hätten wir irgendeine Wahl gehabt. Sie hat sich als eine Art Whistleblower betrachtet und sich für etwas Besseres gehalten und geglaubt, über ihrem Gelübde zu stehen.

Im Rückblick entdeckte sie, dass sie nicht zu dem moralischen Opfer bereit war, das dieses Leben erfordert. Es war dunkler und hässlicher, als sie erwartet hatte. Aber so funktioniert die Sache eben nicht. Nachdem man der Göttin sein Herz versprochen hat, gehört es ihr auf ewig, im Guten wie im Schlechten. Es ist wie bei der Mafia, wie im Hotel California, wenn man einmal drin ist, gibt es keinen Weg mehr raus. Und man tut, was man kann, um am Leben zu bleiben. Wenn du die Entscheidung triffst, unsterblich zu werden, musst du gewisse Dinge aufgeben.«

»Und das beinhaltet, unschuldige Menschen zu töten?« Robin verzog das Gesicht.

»Hältst du Kaninchen für böse Geschöpfe? Fliegen? Mäuse? Wo bleibt deine Gerechtigkeit, wenn die Eule eine Maus auf dem Feld schlägt? Wenn der Bär einen Fisch im Fluss fängt?« Cutty zeigte erneut mit der Gabel auf sie. »Existenz. Darum geht es. Darum ist es immer gegangen. Du verstehst es nur nicht.«

»Ihr seid Raubtiere, aber keine Adler. Das ist zu nobel für euch. Ihr seid widernatürlich. Innerlich verrottet. Ihr habt zu lange gelebt.«

»Willst ausgerechnet du mir vorschreiben, wann ich sterben soll? Wo ist dein Mantel, Gevatterin Tod? Wo sind deine Sense und dein Stundenglas?« Cutty biss sich auf die Lippen und starrte Robin unnachgiebig an. »Das sind Gesetze, an die du noch keinen einzigen Gedanken verschwendet hast. Natürlich hältst du dich für wissend, weil du Hammers Bücher gelesen hast, doch es gibt eine alte Schule, heilige Traditionen, die du bei deinem Rachefeldzug ignorierst, und dabei war deine Mutter auch nicht ohne Schuld. Du weißt genau, wie sie ihre Gabe benutzt hat, um die Wahrheit vor dir zu verbergen, wie sie dir Löcher in den Kopf gebrannt hat, wann immer du ihr auf die Schliche gekommen bist, wie sie dich zum Vollidioten gemacht hat. Was die Bosheit anging, stand sie einer Hollywoodhexe in nichts nach. Aber daran verschwendest du keinen Gedanken, sondern du mordest und mordest und glaubst, das sei richtig, einfach nur, weil du ein bestimmtes Bild von uns hast. Und dabei filmst du unsere Qualen und stellst sie ins Internet, als wäre es eine Art verdammter Zirkus.«

»Sechsundvierzig«, sagte Weaver. »Du verfluchte Scheinheilige.«

Robin und Cutty sahen sie an. »Was?«

»So viele Menschen hast du umgebracht.« *Rums!* Weaver rammte ihr Steakmesser in den Tisch. »Die Kommune in Oregon, der Zirkel in Utah, die Subway-Kirche in New York, den Hexenzirkel des Sand-Orakels ...«

Leon fuhr sich mit der Zunge über die Lippen. »Hast du nicht gesagt, du würdest nur *Hexen* umbringen?«

»Habe ich auch«, sagte Robin und fühlte sich in die Ecke gedrängt. »Neunzehn. Mehr nicht – und zwar *Hexen!*« Wieder versuchte Weaver, die Parkins gegen sie aufzuhetzen. Und Cutty wollte Robin auf die dunkle Seite ziehen, mit ihren Kosenamen, ihrem Schmollen und ihrem Arme-Großmutter-Getue. Die nahmen sie in die Zange.

Weaver schüttelte langsam den Kopf. »Nein, *Menschen.* Hexen *und* ihre Vertrauten. Du kleine Heidin, ich habe deine Videos gesehen.«

»Willst du mich für dumm verkaufen?«, fragte Cutty ironisch und ungläubig und kniff ein Auge zu. Leon hatte sein Messer mit der Faust gepackt und machte den Eindruck, als wollte er auf jemanden einstechen. »Ich habe dir erzählt, dass ich von deinem Aufenthalt in der Psychiatrie von Medina wusste. Wie blöd müsste ich sein, wenn ich dich nicht im Auge behalten hätte? Wenn ich geahnt hätte, dass Hammer dich aus Medina rausholt, hätte ich ihn umgebracht und dich zu mir genommen. Aber ihr beide wart bereits über die Staatsgrenze nach Alabama gefahren, als ich in der Klinik ankam.«

Damals war sie ein verwirrtes, wütendes Mädchen gewesen, vollgepumpt mit Medikamenten, mit Elektroschocks gegrillt, halb zu Tode psychotherapiert und bereit für den weiten Himmel über Texas, nachdem sie eine Ewigkeit in den sterilen Gängen der Klinik hin und her gelaufen war. Die ganze Zeit hatte sie sich Cuttys Zirkel als passiv und blind vorgestellt, als würden die Hexen untätig in Blackfield sitzen und nichtsahnend darauf warten, getötet zu werden … Nun wurde offenbar, dass sie immer noch dieses wütende, unverständige Mädchen war. Sie war nicht die Katze, sondern die Maus. Sie lief durch das Labyrinth und suchte im Dunkeln nach dem Käse.

»Du warst so darauf fixiert, die Galgen zu bauen, und dabei hast du völlig übersehen, dass du selbst den Kopf in der Schlinge hast«, sagte Cutty mit leiser Endgültigkeit, während ihr Blick von Robins Gesicht auf ihren Teller sank. Still aß sie weiter.

»Waffenruhe beim Abendessen, ja?«, sagte Leon. »Bitte nicht vergessen.«

Robins Blick klebte an Cuttys Gesicht. »Warum habt ihr mich nicht umgebracht? Ihr hattet doch genug Gelegenheiten.«

»Ich habe dich als meine Enkelin betrachtet, Vögelchen. Das kleine Mädchen, das immer bei mir auf dem Boden gelegen und mit den stinkenden Filzstiften gemalt hat … Wie hätte ich dir da Leid zufügen können, besonders, nachdem deine eigene Mutter dir so viel genommen hat? Ich habe vielleicht kein Herz, aber nicht in diesem Sinn.«

Theresa schnitt eine Grimasse. »Dein Wille ist stärker als meiner. Ich hätte die Kleine in der Klapse gelassen. Sie ist gefährlich.«

»Tja, liebe Reese, selbst *Hyänen* haben einen stärkeren Willen als du.«

Theresa schnaubte und wandte sich wie zum Trotz mit neuer Begeisterung ihrem Teller zu.

»Auf jeden Fall fand ich, dass die Tochter nicht für die Taten der Mutter verantwortlich ist«, fuhr Cutty fort. »Und der Meinung bin ich heute noch. Was Annie uns und dir angetan hat, war ihr Werk, und du hast nichts damit zu tun. Du warst eine unbeteiligte Dritte. Ich habe keinen Anlass gesehen, dir nachzustellen.« Sie spitzte die Lippen und runzelte die Stirn. Ihre nächsten Worte kamen vor Gefühl heiser heraus. »Ich habe dich *sehr lieb gehabt,* Vögelchen.«

Jetzt trägst du aber dick auf, dachte Robin. »Deshalb hast du mich laufen lassen? Du hast zugelassen, dass ich ausgebildet werde, um deinesgleichen zu töten, und dann hast du mich durchs Land ziehen lassen, um es in die Tat umzusetzen? Weil du mich lieb gehabt hast?«

»Selbst meine Kräfte haben Grenzen.«

Schweigen breitete sich über der Gartengesellschaft aus; man aß und verarbeitete das Gesagte. Nach einer Weile sagte Wayne zu Theresa: »Dieses orange Zeug mit den Nüssen ist echt gut, Ma'am.«

»Danke schön, *mon garçon.*«

»Gerne.«

»Süßkartoffelauflauf.« Sie grinste und wischte sich Soße mit der Serviette von den Händen. Ihr Gesicht war mit Heinz 57 verschmiert. »Ich gebe dir einen guten Rat: Trau niemals einem mageren Koch.«

»Ja, Ma'am.«

»Du hast wirklich gute Manieren. Du gefällst mir. Für Farbige seid ihr richtig in Ordnung.«

Leon verschluckte sich, klopfte sich vor die Brust und trank einen Schluck Eistee.

»Was ist das für ein Geistwesen, das in Annies Haus lebt?«, fragte Cutty aus heiterem Himmel, als sie mit dem Essen fertig waren und ihren Tee austranken. Die Grillen zirpten aus Leibeskräften, und der schwarze Wald hauchte seine rauschende Musik zu ihnen hinüber.

»Ein Dämon«, antwortete Robin.

»Ein *Dämon.*« Die Hexe klang neugierig und ungläubig.

»Ein Kakodämon namens Andras. Ein Inkubus, der Zwietracht sät. Und Hexen frisst.«

Zu ihrer Überraschung lachte keine der Hexen.

»Vermutlich hat Heinrich ihr die notwendigen Texte verschafft. Dieser Wichtigtuer. Wahrscheinlich wollte er sie benutzen, um uns zu erwischen, denn er ist ein *Mann*, und *Männer* haben keine Macht über unsereins. Ich wette, er hatte das Material für das Ritual aus dieser kleinen … *Gruppe*, zu der er früher gehört hat.«

»Gruppe?« Robin sah verwirrt auf.

»Hat er dir das nie erzählt? Er wurde aus einem Geheimbund von Magiern ausgeschlossen, den Hunden des Odysseus. Sie waren geistige Nachkommen der Thelema von Aleister Crowley.«

»Mir hat er erzählt, er sei Mitglied eines Kultes gewesen, aus dem er geflohen ist. Die haben ihn *ausgeschlossen?*«

»Kult?« Cutty lachte. »Oh nein, Schatz, die sind nicht nur ein Kult. Im Vergleich zu denen sehen die Freimaurer aus wie der Aufsichtsrat von Burger King.«

Karen Weaver beugte sich über ihren leeren Teller nach vorn und knurrte: »So, und *deshalb* hat diese bekiffte Irre meinen Mann umgebracht? Ihn geopfert, um einen ›Dämon‹ zu beschwören?« Sie hatte die Fäuste geballt, aber sie zitterte nicht. Alle Hexen bewegten sich wie Teenager, was Robin aufs Neue verunsicherte. »Niemand hat je einen Säer der Zwietracht in die echte Welt geholt. Unsere Welt wurde ihnen versperrt, als Christus sein Blut gegeben hat – das war der Sinn des ganzen Opfers.« Sie suchte Bestätigung in Cuttys stoischer Miene. »Stimmt's? Oder hat mich irgendeine Serie auf HBO schon wieder durcheinandergebracht?«

»Zur Abwechslung liegst du mal richtig«, sagte Cutty. »Zu Zeiten des Alten Testaments konnten Dämonen ungestraft in dieser Welt wandeln. Die einzige Möglichkeit, sie aus der materiellen Ebene zu verbannen, war das Ritual einer sorgfältig inszenierten Selbstopferung.«

Zugegeben, das ergibt einen Sinn, dachte Robin. Nach der Kreuzigung Jesu gab es nur noch wenige Berichte in der Bibel über Dämonen, die sich auf Erden vollständig materialisiert hatten.

»Ich würde gern mehr über diese Hunde des Odysseus wissen, Marilyn.«

Etwas Weiches schlang sich um Robins Bein. Sie sah unter die Tischdecke und entdeckte eine fleckige graue Katze, die sich an ihrem Unterschenkel rieb. Robin widerstand dem Reflex, voller Abscheu nach ihr zu treten.

»Frag deinen Freund Hammer nach den Hunden, wenn du ihn

wiedersiehst.« Cutty lächelte. »Bestimmt wird er dir mit Freuden etwas darüber erzählen. Außerdem weiß ich, wie ich fürchte, selbst nicht sehr viel über diesen Haufen, nur dass sie Hexen jagen und thaumaturgische Artefakte sammeln. Sie sind ziemlich scheu.« Robin verscheuchte die Katze; diese schlich auf die andere Seite und kletterte neben Cutty auf den Tisch. »Sicherlich hat er den Osdathregar, mit dem du Hexen umbringst, dort gestohlen. Und die ganzen Handbücher, denke ich. Mich würde es nicht wundern, wenn sie nach ihm gesucht haben. Er ist ein richtiger Ausgestoßener.«

Hinter Fetzen von blauen Wolken verbreitete der Sonnenuntergang ein Glühen am Himmel, als würde der Rand der Welt in Flammen stehen. Kenway machte sich wahrscheinlich Sorgen um sie, dachte Robin, und sie wollte hier nicht bei Nacht bleiben, wenn sie es vermeiden konnte. Das Tageslicht minderte die Gefahr zwar nicht, die von den Hexen ausging, trotzdem bevorzugte sie es gegenüber der Dunkelheit.

»Ehe ich gehe«, sagte sie und trank ihr Glas leer, »möchte ich meine Mutter sehen. Ich finde, das habe ich verdient.«

»Ich bin beeindruckt«, sagte Cutty.

»Wovon?«

»Wie höflich du bist.« Marilyn Cutty kniff die Augen zusammen. »Ich habe ein paar deiner Videos gesehen. Da spürt man eine Entschlossenheit in dir … In diesen letzten beiden Jahren bist du *grausam* geworden. Fast wie ein wildes Tier. Sind es die Erinnerungen, die dich jetzt zähmen, Vögelchen?«

Sie sagte zwar »Nein«, aber eigentlich war sich Robin dessen nicht sicher. Der Hass loderte immer noch irgendwo, doch in der Zeit zwischen damals und jetzt war er abgekühlt, war glatt und dunkel geworden wie polierter Obsidian.

»Lügen gehört nicht zu deinen Stärken«, sagte Karen Weaver.

»Zu deinem Glück beschäftigst du dich damit, Hexen zu töten, und nicht mit professionellem Poker. Du hast uns nicht getötet, weil du diesen Götterdolch nicht dabeihast, und mir ans Bein zu pinkeln wäre Selbstmord. So unterhaltsam Selbstmord für unsereins sein kann, wäre es wohl kein Spaß für dich.«

»Na, komm schon. Wie könnte ich einer Tochter böse sein, die ihre Mutter besuchen will?« Cutty erhob sich und baute sich zu voller Größe auf. Die Katze sprang vom Tisch und folgte ihr in die Dunkelheit am Rand des Fackelscheines. Dort nahm sich die Hexe im Vorbeigehen eine der Fackeln.

Dem letzten Sonnenlicht gelang es gerade noch, den Weingarten mit einem Hauch Rot und Purpur zu überziehen. Robin folgte der Silhouette mit der Zitronellafackel zwischen den Rankgerüsten hindurch. Hätte es nicht so süßlich nach vergärenden Weintrauben gerochen, hätte man kaum einen Unterschied zum Heckenlabyrinth in *Shining* festgestellt.

Schritte im Gras hinter ihr. Theresa La Quices und die Parkins hatten sich ihnen angeschlossen. Die Bayou-Hexe ging wie ein Mann, gebeugt, und ließ die Kanonenkugelfäuste bei jedem Schritt hin und her pendeln.

»Du willst uns doch nicht allein lassen.« Leon war hinter ihr.

Das Erlebnis musste ein Schock für den Mann und seinen Sohn gewesen sein, selbst nach den Ereignissen der letzten Tage. Sie waren zu einem friedlichen Steak-Dinner hergekommen und mitten in einem in Zeitlupe ablaufenden Wettstreit des Willens gelandet. Robin wollte sie nicht in die Angelegenheit hineinziehen, doch im Grunde war das seit dem Augenblick unausweichlich gewesen, in dem Parkin den Mietvertrag für das Haus unterschrieben hatte, ungeachtet dessen, wie viel Mühe sie sich gab, die beiden herauszuhalten.

Sein Kinn war steinern vorgereckt, in seinen Augen mischten sich Angst und Stärke.

»Keine Sorge«, murmelte sie ihm zu. »Bleibt einfach in der Nähe, okay?«

8

Joel hatte das Gefühl, er würde den Geruch der dreckigen Garage niemals von seiner Haut abwaschen können, den Geruch nach Blut und den Gestank von altem Schmierfett. Er duschte noch einmal und stand fast eine Stunde unter dem heißen Wasser, trank billigen Wein aus der Flasche und rieb sich ab, bis seine Haut rot wurde.

Wie angekündigt hatte er bis weit in den Nachmittag hinein geschlafen. Nach dem Aufwachen hatte er alles an Junkfood verschlungen, was er im Küchenschrank finden konnte (eine halbe Tüte Cool Ranch Doritos, drei Zebra-Kuchen und ein Erdbeer-Pop-Tart), ehe er unter die Dusche gegangen war.

Grrrrruhuhuhuhuh.

Er hatte Kenways Sanitätsverband abgenommen, damit er die Kratzer säubern konnte, und das Duschgel brannte auf der Brust.

Joel zuckte zusammen, verteilte den Schaum überall und tupfte die Wunden vorsichtig mit einem Waschlappen ab.

(da ist ein Dämon im Zimmer da ist ein Dämon im Zimmer DA IST EIN DÄMON)

Blut lief in rosa Rinnsalen um seine Füße. Er sang Billie Holidays »Strange Fruit« wieder und wieder, näselnd und zögerlich. Jedes Mal, wenn er aufhörte zu singen, sah er den toten Mann kopfüber mit durchgeschnittener Kehle dahängen, während der aufgeschlitzte Kehlkopf im Licht der Werkbanklampe glänzte.

Joel streckte die Hand aus dem Wasservorhang, drehte den Hahn zu, *quietsch, quietsch, quietsch,* und lauschte aufmerksam.

»Hallo?« Er horchte angestrengt.

Er hätte schwören mögen, draußen vor dem Badezimmer etwas gehört zu haben. Die Uhr an der Wand tickte, Sekunde für Sekunde. Er zog ein sauberes Handtuch von der Vorhangstange und legte es sich um den Hals.

Mamas Schrotflinte stand zwischen Toilette und Waschtisch, ein Weatherby-Upland-Vorderschaftrepetierer mit Walnussschaft. Gegenüber der Toilette lagen frische Unterwäsche und eine Pyjamahose. Joel riss den Vorhang zur Seite und tauschte (erleichtert, niemanden auf der anderen Seite zu sehen) den Wein gegen die Flinte. Er stieg aus der Badewanne, zog sich Unterhose und Pyjama an und betätigte den Repetiermechanismus, *TSCH-THUCK!,* wobei eine Schrotpatrone in die Toilette ausgeworfen wurde.

»Shit.« Kurz überlegte er, ob er die Patrone herausfischen sollte, entschied sich jedoch dagegen, die Hand in das Toilettenwasser zu stecken.

Eine Dr Pepper-Plastikflasche balancierte, mit Steinen gefüllt, kopfüber auf dem Türknauf. Er nahm sie herunter und stellte sie aufs Waschbecken. Dann riss er die Tür auf, richtete die Schrotflinte in den Flur und legte den Finger an den Abzug.

Niemand da.

Er entspannte sich, aber nur ein wenig.

Jemand donnerte an die Haustür, und er zuckte zusammen. Joel tappte den Flur entlang und sah durch den Spion. Ein Mann in schwarzer Uniform stand draußen auf der Veranda. Lieutenant Bowker salutierte, als würde er sich an die Krempe eines unsichtbaren Cowboyhutes tippen.

»Der Fettsack sollte mal besser meinen Velvet gefunden haben«, murmelte Joel leise vor sich hin und stellte die Schrotflinte hinter das Sofa. Dann öffnete er die Tür.

Von der Herbstbrise, die um den beträchtlichen Leib des Officers wehte, bekam Joel eine Gänsehaut. »Hallo«, sagte Bowker und salutierte erneut. »Ich dachte, ich fahre auf dem Heimweg mal bei Ihnen vorbei und sehe nach dem Rechten. Alles klar bei Ihnen, Junge?«

Joel zitterte. »J-ja, alles gut.«

»Was zum Teufel ist mit Ihrer Brust passiert?«

Er sah an sich hinunter, als hätte er die Kratzer vergessen.

»Bin gestürzt.«

»Scheiße, worauf sind Sie gefallen, auf einen verdammten Berglöwen?« Der Officer beobachtete Joel beim Zittern und Schlottern. »Haben Sie was dagegen, wenn ich kurz reinkomme? Sieht aus, als würde der Wind Ihnen zusetzen.«

»Oh Gott, j-ja. Kommen Sie rein.«

Er trat in den Flur, und Joel schloss die Tür hinter ihm. Als er sich umdrehte, hielt Bowker ein Gerät in der Hand, das aussah wie ein Scanner von einer Supermarktkasse, und richtete es auf ihn. Nachdem Joel mit einer Verzögerung von drei Sekunden begriffen hatte, was es war (ein Taser), wich er zurück und hob die Hände.

»Wofür wollten Sie mich denn tasern?«

»Tut mir leid«, sagte Bowker, trat vor und drängte Joel rückwärts ins Wohnzimmer. »Das war so nicht geplant. Und ehrlich, ich tue Ihnen das nicht gern an. Ist vermutlich das erste Mal, dass wir so ein Problem haben. Normalerweise arbeitet er so astrein, dass wir uns nicht die Hände schmutzig machen.«

»Was meinen Sie? Wer ist astrein? Mann …«, jammerte Joel. »Ich hätte mit meinem Arsch in der Underwood Road bleiben sollen. Zumindest hätte mich die alte Hexe nicht in meinem eigenen Haus abgeknallt.«

Die Kante des Sofatisches drückte Joel in die Waden. Er zog das Handtuch von seinem Hals, verdrehte es hektisch und umklammerte es mit den Fäusten. Bowker hatte ihn so weit gedrängt, dass der Cop jetzt zwischen ihm und dem Sofa stand, wo die Schrotflinte versteckt war. Der Cop sah sich im Zimmer um und begutachtete die Vorhänge. Sie waren zugezogen, und die Jalousien waren blickdicht. Was jetzt passieren würde, bliebe zwischen Joel und ihm. »Sie sollten eigentlich gar nicht mehr leben.« Mit seinem Südstaaten-Akzent dehnte er die Worte ausgiebig wie Foghorn Leghorn. »Blut für den Garten, Junge, die Schlange hat den Job, die Herde auszudünnen. Und *wir* haben den Job, ihm die Leute vom Leib zu halten.«

»Die Schlange?«

»Ihrem Handlanger. Er macht, was sie ihm auftragen, wir beschützen ihn vor neugierigen Blicken. Im Gegenzug lassen sie uns leben.«

»Wer ist ›sie‹?«

»Tu doch nicht so, Junge. Du weißt genau, wen ich meine.«

»Die Hexen?« Joel starrte ihn mit offenem Mund an. Seine Hände sanken und entspannten sich. Das Handtuch drehte sich vor seinen Beinen auf wie bei einem Matador, der in der Arena vor einem Stier steht. »Sie stecken mit den Hexen unter einer Decke, die Annie Martine umgebracht haben? Mit Marilyn Cutty?«

»Ich weiß nichts über irgendwelche ›Hexen‹, aber die haben hier in der Stadt das Sagen. Die haben *überall* das Sagen. Das war so, und das wird so bleiben.« Bowker entsicherte den Taser. »Und wie gesagt, ich mache es nicht gern, aber einer muss es ja tun. Keine unerledigten Sachen, Junge. Sie können ja nicht rumlaufen und Geschichten erzählen, nicht?«

»Alter, wenn Sie mich noch einmal *Junge* nennen, reiße ich Ihnen ein Bein ab und verprügele Sie damit.«

»Glaube ich kaum«, sagte Bowker und feuerte den Taser ab.

Im gleichen Moment riss Joel das Handtuch hoch. *Toro, toro!*

Metallisches Konfetti schoss aus dem Taser, eine grelle Wolke in Rosa und Gelb. Die elektrischen Widerhaken verwickelten sich im Frotteetuch, *tak-tak-tak-tak,* und Joel stürzte sich durch das seltsame glänzende Konfetti, beide Fäuste erhoben. Er prallte gegen Bowkers kugelsichere Weste, als würde er ihn mit den Paddles eines Defibrillators treffen. Bowker verlor die Balance, kämpfte ums Gleichgewicht, stolperte rücklings in den Flur und rutschte auf einem Läufer aus.

Joel griff hinter das Sofa, schnappte sich die Schrotflinte und tänzelte davon. Bowker zog seine Glock, feuerte in einer einzigen geschmeidigen Bewegung ins Wohnzimmer und zerschoss ein Fenster.

Joel stürmte durch das Wohnzimmer, stürzte durch die Tür am anderen Ende und kam auf der anderen Seite des Flurs gegenüber von Bowker heraus. *PENG!* Ein Spiegel an der Wand zersprang in tausend Stücke und ließ Scherben regnen. Joel schrie und rannte weiter zum Ende des Flurs. *PENG!* Das Glas der Hintertür explodierte über seinen Händen, als er sie aufriss. »Oh! Scheiße!«

Wieder bellte die Glock und blitzte im Schatten auf. Joel stürzte hinaus, und etwas schlug ihm in den rechten Oberschenkel.

Blut spritzte über den Stoff.

Als Joel die hintere Treppe hinuntersprang, gab ein Knie unter ihm nach, und er ließ die Schrotflinte ins taunasse Gras fallen. Glücklicherweise löste sich kein Schuss. Die kalte Luft schlug um seinem nassen Körper zusammen, er bekam eine Gänsehaut und begann zu zittern. Der Garten war nur ein schmaler Streifen Gras entlang eines gepflasterten Wegs, und hinter einem Bretterzaun ragte schon das nächste Haus auf. Joel taumelte auf den Weg, zog die Weatherby am Lauf hinter sich her und stützte sich darauf. Der Kies drückte sich in seine nackten Füße.

PENG! Vom Zaun spritzten Splitter in alle Richtungen.

Er riss einen Arm hoch, um sein Gesicht zu schützen, und rannte barfuß und halb nackt in die Nacht. In der Ferne bellten Hunde.

»Polizei!«, brüllte Bowker. *»Stehen bleiben!«*

In dem Haus auf der anderen Seite des Wegs ging Licht an, flutete in die Schatten und machte alle Verstecke zunichte. Joel lief weiter, seine Füße klatschten auf den unebenen Asphalt.

Ein Tor im Zaun. Er zerrte es auf und *PENG!*, die nächste Kugel krachte in die Latten und hätte es ihm fast aus der Hand gerissen. Er stürmte hindurch, wieder in die Dunkelheit, wobei diesmal von beiden Seiten immer wieder Lampen den Weg erhellten. Eine Klimaanlage brummte im Dunkeln. Joel rannte, so schnell er konnte, über Kies und Gras und sprang über die Außeneinheit der Klimaanlage.

Als er landete, blieb er stehen, drehte sich um und zielte auf das Tor, durch das er gerade gestürmt war. Sobald Bowker es aufzog, gab Joel einen Schuss auf ihn ab.

Die Schrotmunition krachte mit ohrenbetäubendem Knall durch die Lücke. Bowker fluchte laut und zog sich in die Dunkelheit zurück. Joel betätigte den Vorderschaft und warf die leere

Hülse an der Seite des Hauses aus. Er drehte sich um, rannte, jagte zwischen zwei Veranden in den kränklich blauen Schein einer Straßenlampe und wäre fast auf dem taufeuchten Gras ausgerutscht. Er lief schräg nach links und warf sich wie einer der *Dukes* über die Haube eines Wagens. *PENG-KRACH!* Die Windschutzscheibe hinter ihm zersplitterte.

Halb rannte, halb krabbelte er zum Haus, wobei die Schrotflinte über den Boden schepperte, während der Nachtwind ihm über Schultern und Beine strich. Bowkers Pistole ging erneut los; die Kugel traf den Weg, jedoch so nahe, dass kleine Teersplitter an Joels Bein spritzten. Zwischen der Garage und dem Haus befand sich ein Holztor. Er warf sich im vollem Lauf dagegen und stieß es auf.

In der Sekunde, als er sich umdrehte und es zuschlug, sah er Bowker, der ihm in dieser mühsam schwerfälligen Art, die mittelalten Cops eigen ist, hinterherhetzte, und dabei wankte und schnaufte.

Hinter dem Zaun befand sich ein Swimmingpool, dessen Wasser im Licht einer einzelnen Sicherheitslampe silbern leuchtete. Verzweifelt und blutend schob sich Joel in die Ecke zwischen Zaun und Mauer. Kaum, dass er das getan hatte, erreichte Bowker den Garten und kam schwerfällig neben dem Pool zum Stehen.

Das Tor stand offen, verdeckte Joels Versteck und tauchte ihn in Schatten. »Wo zum Teufel steckst du?«, rief der Cop und schnaubte wie ein Ackergaul.

Joel drückte die Weatherby an die Wangen, bemühte sich, ruhig zu atmen und sich so leise wie möglich zu verhalten. Der Alkohol in seinem Körper war vom Adrenalin verbrannt worden, daher war er zwar zittrig, hatte jedoch einen klaren Kopf. Blut rann warm an seinem Bein hinunter wie eine krabbelnde

Spinne. Er machte sich bereit, das Tor zuzustoßen und sich aus dem Hinterhalt auf Bowker zu stürzen, als der Officer sich umdrehte und das Tor selbst zumachte.

»*Ooo!*«, schrie Joel voller Angst und feuerte aus der Hüfte auf Bowkers Brust. Der Cop kippte rückwärts in den Pool.

Joel blinzelte wegen des Mündungsblitzes. Mit klingelnden Ohren stand er vor dem Pool, drückte die Schrotflinte an die Schulter und richtete die Kimme auf den Mann, der im Wasser planschte und nach Luft schnappte.

Kinderspiel.

Klick. Leer. Der Rückstoß, auf den er sich eingestellt hatte, blieb aus, und er wankte. Er betrachtete die Schrotflinte säuerlich, als hätte sie ihn persönlich beleidigt, dann zog er die Tür auf. »Ich bin raus, Bulle«, sagte er und rannte den Weg zurück, den er gekommen war.

»Ich … kriege … dich …«, zeterte Bowker und spuckte Wasser aus, während er strampelte und paddelte.

Joel lief über den Weg zurück, nahm eine Abkürzung zwischen den Häusern und sah Licht in den Fenstern. Der Schusswechsel hatte die halbe Stadt geweckt. Er machte sich nicht die Mühe abzuschließen, als er Mamas Haus erreichte; Bowker würde die Tür auftreten und die Schlösser ruinieren. Er lief in sein Schlafzimmer, zog sich das T-Shirt und die Jeans an, die er zu fassen kriegte, dazu ein Paar Segelschuhe. Er schnappte sich Handy, Portemonnaie und Schlüssel.

Gewehr oder Wein? Gewehr oder Wein?

Er ließ die Weatherby Upland auf dem Bett liegen und holte sich stattdessen den Wein aus dem Badezimmer – den Schießprügel mitzuschleppen hatte keinen Sinn, denn ihm fehlte die Zeit, das Haus nach Munition zu durchsuchen und nachzuladen.

In der Vase an der Haustür stand der verzierte Baseballschläger, den Kenway dort abgestellt hatte. Er schnappte ihn sich.

»Brüderchen, du musst mich abholen«, sagte er, als Fish ans Telefon ging. Joel machte die Haustür zu und hätte sie beinahe abgeschlossen, besann sich im letzten Moment eines Besseren, sprang die Stufen hinunter und schwang sich über den Zaun, in der einen Hand das Handy, in der anderen Wein und Baseballschläger. Der Dodge Charger stand parallel zur Straße geparkt. Die Schlüssel steckten nicht.

»Was ist …«, setzte Fish an.

Blut sickerte durch die Jeans, wo die Glock Joel erwischt hatte. Seine Stimme wankte bei jedem Auftreten. »Ich bin angeschossen worden. Ein Cop ist in Mamas Haus aufgetaucht und wollte meinen Arsch, mich umbringen. Ich renne gerade den Berg runter.«

»Bin schon unterwegs«, antwortete Fish. »Warum …«

»Weil ich *sterben* sollte«, sagte er atemlos. Der Hang wurde steiler, und Joel rannte über den Gehweg an verwinkelten Reihenhäusern vorbei, während das Mondlicht durch die Mimosenbäume schien. »Gestern Abend bin ich in die Klauen eines verfickten Serienmörders geraten, und …«

»Eines *was?*«

»Der Arsch hat mich betäubt und in einer Garage neben einem Toten aufgehängt. Ein kleiner Junge hat mich gerettet. Ich bin rausgekommen.«

»Was zur Hölle?«, brüllte Fish. *»Warum hast du mich nicht angerufen?«*

Joel zuckte zusammen, weil die Stimme seines Bruders so schockiert klang. »Wollte nicht, dass du dir Gedanken machst. Du hast ja genug mit dir selbst zu tun …«

»Dass ich mir *Gedanken* mache? Bist du bekloppt?«

»Bekloppt – könnte man drüber diskutieren.« Joel sah über die Schulter und erwartete jede Sekunde, dass die Scheinwerfer von Bowkers Streifenwagen aufflammten. »Jedenfalls stand dieser Killer offensichtlich auf der Gehaltsliste der Bullen, und ein Kerl in Uniform kam bei Mamas Haus vorbei und wollte die Sache zu Ende bringen.« Am Ende des Blocks bog Joel rechts ab und lief die Querstraße entlang. »Ich verstecke mich im Park. Unten am Hügel, wo immer der Farmer-Markt ist. Hol mich da ab.«

»In was für ein Schlamassel bist du jetzt wieder geraten, großer Bruder?«

»Ich erzähle dir alles, wenn du hier bist. Friede sei mit dir.« Er wurde etwas langsamer, schob das iPhone in die Tasche, zog es wieder heraus und nahm den Glitzerschläger in die freie Hand. Während er weiterlief, überlegte er, wie er damit auf einen Baum klettern sollte, ohne ihn fallen zu lassen.

9

Tatsächlich saß Heinrich nicht auf einem Baum, wie Robin vermutet hatte, sondern lag bäuchlings auf einem der Wohnwagen im hinteren Teil von Chevalier Village und hielt sich ein Hightech-Fernglas vor die Augen. Durch die Nachtsichtoptik gab es die Welt vor ihm nur noch in verschiedenen Abstufungen von Grün.

»Siehst du was?« Kenway Griffin hockte weiter unten auf der Veranda, auf einem vom Regen ruinierten Esszimmerstuhl.

Die Bewohner des Wohnwagens waren entweder nicht zu Hause oder waren ausgezogen – in der Einfahrt stand kein Fahrzeug Wache; die Fenster waren dunkel. Kenway zog an der Camel zwischen seinen Fingern und blinzelte in den Rauch. »Hey, Tombstone, ist doch irgendwie Mist, dass ich nicht mit ihnen zum Essen gegangen bin. Ich wäre jetzt lieber bei Robin, weißt du? Und außerdem bin ich derjenige, der die Steaks vorbereitet hat. Warum habe ich in dieser Angelegenheit kein Veto zugestanden bekommen?«

»Ich brauche dich hier draußen, Sergeant«, sagte Heinrich leise. »Du verfügst über Kampferfahrung.«

»Wofür brauchst du mich?«

»Sie stehen vom Tisch auf«, sagte Heinrich. »Cutty geht in den Weingarten. Alle folgen ihr.«

»Was?« Kenway drückte seine Zigarette auf der Treppe aus.

»Das ist unsere Chance.« Heinrich krabbelte über die Kante des Dachs und ließ sich ins Gras gleiten, wo er mit einem Grunzen landete. »Komm.«

»Was für eine Chance?«, fragte der Veteran.

»Während Robin den Hexenzirkel ablenkt, schleichen wir ins Haus und bringen die Matrone um.« Heinrich nahm einen Benzinkanister und lief den Feldweg entlang, der den Wohnwagenpark vom Lazenbury-Haus trennte. Kenway folgte, warf die Kippe ins taunasse Gras und schlich dem alten Jäger hinterher. Über die Zufahrt, *knirsch, knirsch, knirsch.* Über das Gras, die Finger auf der kalten Erde, geduckt durch den dunklen Vorgarten. Im Kanister gluckerte und schwappte es. Die beiden Männer lehnten sich an die Mauer, von der die Hausfront verdeckt wurde.

»Matrone? Was ist eigentlich in dem Benzinkanister?«

»Benzin.« Der alte Mann sah ihn genervt an. »Im Augenblick habe ich wirklich keine Zeit für einen Crashkurs in Hexenkunde. Stell dir vor, wir schleichen in die Pagode aus *Mein letzter Kampf* und suchen nach Kareem Abdul-Jabbar. Doch anstatt ihn mit Jeet Kune Do fertigzumachen, überschütten wir ihn mit Bleifrei und zünden ihm den Arsch an.«

»Scheiße. Auf einer Skala von eins bis elf: Wie high bist du eigentlich?«

»Willst du damit sagen, du hast Bruce Lee nicht in *Mein letzter Kampf* gesehen? Was für ein Kulturbanause sind wir denn, Sergeant? Wenn das hier vorbei ist, lade ich dich zu mir ein, und dann gönnen wir uns einen richtigen Filmmarathon.«

»Ich habe dich gar nicht für einen Filmfreak gehalten.«

»Du weißt eben so einiges nicht über mich«, sagte Heinrich mit einem Seitenblick und lachte prustend, dann rannte er geduckt zur hinteren Tür und zum Gasgrill, von dem immer noch nach Fleisch duftender Rauch aufstieg.

»Ich weiß nicht, ob das so eine gute Idee ist«, sagte Kenway und folgte ihm. »Ich habe Robins Video gesehen. Wenn diese Frauen wirklich Hexen sind, verstehen sie keinen Spaß. Ich denke, die Sache ruft nach einer organisierten Truppe mit einem *klaren* Angriffsplan.«

»Nach den Marines, sicher. Kümmer ich mich gleich drum, Fußsoldat.« Heinrich betrachtete das glitzernde Titanium unterhalb von Kenways Jeansbein. »Oder besser, Ein-Fuß-Soldat, was?«

Der Veteran seufzte. »Ich verstehe langsam, woher sie es hat.«

Heinrich winkte ab. »Wir müssen ins Haus, wenn sie nicht alle Türen so gut gesichert haben wie …«

»Ein Kongressabgeordneter seinen Grindr-Account?«

»Keine Ahnung, was das sein soll.«

»Nicht so wichtig.«

»Klingt anstößig.« Heinrich verzog das Gesicht.

»Ist es auch. Glaub mir, Robin würde der Witz gefallen.«

»Ich nehme dich beim Wort.« Heinrich probierte, die Tür zu öffnen. Kenway war gleichzeitig entsetzt und erleichtert, als sie nicht verschlossen war. Sie schlichen hindurch.

Anstatt einer schmuddeligen, unordentlichen Küche betraten sie einen hellen Raum, in dem sauberer Stahl und Travertin funkelten. Instinktiv übernahm Kenway die Führung und ging in geduckter Angriffshaltung vor dem anderen Mann durch die nächste Tür. *Mann, meine Hände fühlen sich ohne ein M4 verdammt leer an,* dachte er und betrat ein Wohnzimmer.

Im Fernsehen lief ein alter Hanna-Barbera-Cartoon – *Snagglepuss* oder *Hucky und seine Freunde. Bonk, peng, knall, krawumm.* Leuchtende Farben flackerten im dunklen Wohnzimmer, während Kenway hindurchschlich. Links ein Bücherregal. Die Lampen waren ausgeschaltet, aber er konnte die Titel auf den alten Buchrücken im Schein des grellen Fernsehers lesen – Enzyklopädien, Tierbücher, Vogelbücher. Alte Romane.

Hinter dem Sofa duckte sich Heinrich, betrachtete den Fernseher und schaute sich im Raum um. Dann griff er unter seinen Mantel und zog mit einem metallischen Sirren etwas hervor.

Silber glänzte im Cartoon-Licht. Robins unheimlicher Dolch.

»Halt mir den Rücken frei«, flüsterte Heinrich. Er zeigte mit zwei gespreizten Fingern auf seine Augen und deutete dann mit dem Daumen über die Schulter.

Das hat zwar allenfalls entfernt mit militärischen Handzeichen zu tun, aber wie du meinst, Alter. Der Veteran zeigte den erhobenen Daumen. Nicht zum ersten Mal wünschte er sich, eine Waffe mitgenommen zu haben – zumindest die H&K 45 Compact, die er im Wagen aufbewahrte. Aber der alte Mann hatte sich wenig zuversichtlich dazu geäußert. »Schusswaffen funktionieren bei diesen Weibern nicht«, hatte er schon zuvor im Haus der Parkins gesagt und dabei das Gesicht verzogen, als würde allein der Gedanke stinken. »Da könntest du auch eine Schleuder nehmen, die wäre genauso nützlich. Egal, wie du sie durchlöcherst, sie regenerieren sich und lassen sich davon nicht aufhalten. Du kannst von Glück sagen, wenn sie dir nicht für jede Kugel einen Arm oder ein Bein ausreißen. Wenn du eine Hexe umbringen willst, brauchst du Feuer.«

Benzin schwappte in dem Kanister, während sich Heinrich zu einer Treppe auf der anderen Seite des Wohnzimmers aufmachte.

Eine Treppe aus schwebenden Eisenstufen führten in den ersten Stock hinauf. Wie unten waren die Wände dort in tiefem Blutrot gestrichen. Ein Geländer aus Schmiedeeisen verhinderte den Sturz ins Wohnzimmer. Der obere Absatz war ein breiter Raum mit zwei Bücherregalen aus Zedernholz und einer Ansammlung von Nippes. In der Mitte begann ein einsamer Korridor mit Türen zu drei Schlafzimmern und vermutlich einem Badezimmer.

»Na komm …«, flüsterte Heinrich. »Wo bist du, Mädchen?« Er drang in den langen Flur vor, das Benzin in einer Hand, den Dolch in der anderen. »Warte hier und halte Wache«, sagte er über die Schulter. »Ich schaue mir die Schlafzimmer an.«

Damit öffnete er die erste Tür und verschwand dahinter. Seine Taschenlampe erhellte den Raum.

Aus dem Flur konnte Kenway sehen, wie Heinrich hinter Regalen nachsah und unter das Bett spähte. Die Einrichtung erinnerte an einen Siedlerhof mit gerahmten Bildern von Jagdszenen und Bergen an den Wänden. Überall lag Stoff, in Ballen oder Stücken und als halb vollendete Näharbeit.

Das ist kompletter Schwachsinn, dachte er und betrachtete das bunte Licht, mit dem der Fernseher das obere Ende der Treppe anstrahlte. *Ich sollte draußen bei Robin sein. Sie ist ganz allein.*

Na ja, sie hat die Parkins dabei. Dieser Leon, der hat einen ziemlich harten rechten Haken. Der kann bestimmt auf sich selbst aufpassen, wette ich.

Red kein Scheiß, der Typ ist ein verdammter Englischlehrer, Mann.

Und? In deiner alten Einheit in der Armee waren auch zwei Lehrer, nicht wahr?

Stimmt.

Was war Chief Bangley noch mal? Geschichtslehrer? Oder für Sozialkunde, oder wie auch immer das heißt?

Ja, gut. Gut, gut! Er rieb sich den Bart mit beiden Händen und stemmte dann die Fäuste in die Hüften. *Mann, ich verliere wohl grade vor Stress den Verstand. Ich rede hier mit mir selbst, während irgendein Kerl, den ich gerade erst kennengelernt habe, das Haus alter Damen durchsucht und eine Hexe verbrennen will.*

»Nichts«, sagte der Mann hinter ihm.

Die nächste Tür ging krächzend auf, die am Ende des Flurs, und Heinrich verschwand wieder außer Sicht im Dunkeln. Das zweite Schlafzimmer war spartanisch und grau wie die Zelle einer Nonne eingerichtet, allerdings herrschte Unordnung; Bettdecke und Holzboden waren mit Kleidung und schmutzigem Geschirr übersät.

Was zum Teufel treibst du hier, Alter? Ist das nicht Einbruch oder unbefugtes Eindringen? Glaubst du echt an diesen Hexenjagd-Scheiß?

Du zweifelst? Ernsthaft? Nachdem du gesehen hast, was in Robins altem Haus passiert ist, mit diesem Dämonending? Die Videos von MalusDomestica auf der YouTube-Seite? Hast du immer noch Schwierigkeiten, das Ganze zu glauben? Willst du mich verarschen?

Kenway lief es kalt über den Rücken. Heinrich kam aus dem Schlafzimmer am Ende des Flurs und betrat das dritte und letzte auf der linken Seite.

Vermutlich das sauberste und prunkvollste der drei, teuer eingerichtet mit barocken Kirschholzmöbeln und seidenen Lilientapeten in Meerschaumgrün. Die Vorhänge waren Gespinste aus weißer Spitze.

»Hey, Kenny.«

Eine leise, dünne Stimme, ein vertrautes Papierrascheln, das aus der Dunkelheit am Ende des Flurs kam.

Die Haut auf Kenways Kopf kribbelte, das Gefühl zog bis auf

die Arme hinunter. »Heinrich? Bist du das?« Sie sprach kaum lauter als im Flüsterton. Während er sich umdrehte und sich ganz dem düsteren Flur zuwandte, liefen die Cartoons auf seinem Rücken Sturm.

»Was gibt es zum Frühstück?«, krächzte die Stimme.

Die kam definitiv von hinten aus dem dunklen Flur. Aus dem zweiten Zimmer, das der alte Mann schon durchsucht hatte, der unordentlichen Nonnenzelle.

Kenway tastete an seiner rechten Hüfte herum, fand jedoch nur Jeansstoff und seinen Gürtel. Keine Pistole. Er hatte instinktiv danach gegriffen und Zuversicht im kalten, kantigen Stahl der 45er gesucht.

Ich kenne die Stimme. Woher kenne ich die Stimme?

Unter Schritten knarrte der Fußboden. Seine Stiefel trugen ihn langsam auf den Teppichläufer und dann zum tiefschwarzen Spalt zwischen Tür und Rahmen, auf das böse Versprechen von Dingen zu, die er nicht sehen sollte. Ein Geheimnis. Verborgenes. Ein gebrochenes Versprechen, altes Bedauern. Jetzt an der Schwelle. Stille dahinter. Seine Hand ging in die Höhe und legte sich auf das kalte Holz der Tür. Er drückte sie auf und stellte sich der Leere. Die Angeln quietschten leise.

Auf der anderen Seite bildete die Dunkelheit einen festen Stoff, der nachgab wie ein schwarzes Laken. Im Inneren des Dunkels konnte er eine Bettkante ausmachen, eine Steppdecke aus einem Wirrwarr von Vierecken in der Farblosigkeit der Nacht.

Eine Gestalt unter der Steppdecke. Vielleicht Füße.

»Hey, Bruder«, schnarrte die Stimme vom Bett her. Die Füße regten sich, die Vierecke bewegten sich hin und her.

»Scheiße«, flüsterte Kenway mit zitternder, erstickter Stimme. Sein Herz donnerte in der Brust wie ein Hammer, der auf eine Kesselpauke einschlägt.

»Ich habe meine Medizin genommen«, krächzte die Stimme schaudernd roboterhaft, als würde jemand durch einen Ventilator sprechen. »Ich habe meine Medikamente schon genommen, ehe ich mich schlafen gelegt habe. Mir geht es besser.«

Die Gestalt verschwand, die Steppdecke zog sich flach.

»So fühle ich mich besser«, krächzte die Stimme.

»Nein.«

»Mir geht es besser«, schnarrte die Stimme. »Fass mich doch an. Fühl selbst. Jetzt bist du hier, und mir geht es besser, Kampfgenosse.«

Eine Hand erschien und strich über die Steppdecke, die Hand eines Mannes, grau, wachsartig. Die Fingernägel waren blau, so blau wie eine verwaschene alte Jeans. Kenway war zu Tode erschrocken, und trotzdem erwischte er sich dabei, wie er zitternd die Hand ausstreckte.

Im letzten Moment ballte er sie zur Faust. »Chris«, sagte er. Die Gefühle erstickten seine Stimme. »Du bist nicht hier. Oh Gott, du bist nicht hier.«

»Glaubst du nicht an Geister?«

»Gottverflucht, nein, *nein,* ich glaube nicht an Geister.« Sein Kopf bewegte sich unaufgefordert hin und her, als könnte er die Realität allein durch seinen Willen verändern. »Ich glaube nicht an Geister. Nein. Ich *kann* nicht.«

»Wie schade«, krächzte die Stimme, die summte wie eingesperrte Fliegen. Der Klang erinnerte Kenway an die Art, wie Joe Walsh seine Gitarre mit einer Talkbox zum Sprechen brachte. »Geister glauben an dich.« Die graue Hand fuhr hoch, packte seine und umschloss seine Finger. Die Hand war kalt, nicht einfach nur kühl.

(kalt, kälter als 35 Grad. Ich erinnere mich an die Temperatur)

Sie war kalt wie Marmor oder Aufschnitt.

(als hätte ihn jemand gestohlen und durch einen Schinken ersetzt. Dort, dort in dem Schlafzimmer, und ich dachte, er spielt mir einen Streich.)

Der im Bett Liegende beugte sich vor ins Licht. Staff Sergeant Chris Hendrys Gesicht löste sich aus dem Schatten, und voller Entsetzen betrachtete Kenway die schwarzen Adern, die aus dem geschwollenen Kopf hervorstachen. Eine Zunge wie ein Boxhandschuh füllte den Mund wie eine Seegurke aus purpurfarbenem Fleisch, während die Augen mit ihren schwarzen Rändern gen Himmel gerichtet waren wie bei Heiligen in alten Gemälden. Die weiße und gummiartige Haut erinnerte an gekochtes Hühnchen. An den Nasenlöchern war Blut getrocknet.

»Guten Morgen«, summte er.

Kenway fuhr erschrocken zurück und trat rückwärts auf den Flur zu. Seine Hand suchte abermals die nicht existente Pistole.

»Du bist nicht real«, sagte er in die schwarze Türöffnung hinein.

Keine Antwort. Bewegung, kaum mehr als ein helles Wischen hinter der Tür.

Starre Arme griffen nach dem Türrahmen, und Chris' toter Körper zog sich in den Flur. Die Leiche kam langsam, lautlos aus dem Zimmer und schwebte über dem Holzfußboden. Chris trug die gleiche Kleidung, in der er gestorben war, ein uraltes Metallica-T-Shirt und eine weiße Unterhose. Oder zumindest nahm Kenway an, dass es sich um dieses T-Shirt handelte; die Brust war mit einer Kruste aus körnigem Erbrochenem überzogen.

»Du bist nicht echt.«

Offensichtlich wollte Chris nicht mehr reden, denn er antwortete nicht.

Cartoon-Farben vom Fernseher unten flackerten über das tote, aufgedunsene und emotionslose Gesicht. Die Leiche schwebte auf ihn zu wie ein Astronaut beim Weltraumspaziergang, und die Zehenspitzen schleiften über den Teppichläufer. Getrocknete Tränen bildeten eine puderartige Kruste in den Wimpern. *»DU HAST MICH STERBEN LASSEN«*, behauptete Chris mit sirrender, papierner Roboterstimme. Sie klang verzerrt, als würde ein Signal irgendwie gestört.

Das Geländer der Treppe drückte sich Kenway in den Rücken.

»DU HAST MICH KALT WERDEN LASSEN«, sagte der Leichnam und hing reglos in der Luft. Seine Augen waren nach hinten verdreht und zeigten noch mehr schwarze Adern, die sich über den Augapfel schlängelten. *»DU HAST NICHT MAL MITBEKOMMEN, DASS ICH TOT WAR.«*

Kenway drehte sich der Magen um. Er ballte die Fäuste, rannte zur Treppe und polterte mit der Beinprothese die Eisentreppe nach unten. Unterwegs hörte er eine alte Frau kichern, vielleicht aus dem Fernseher hinter ihm, doch da rannte er schon hektisch durch das Wohnzimmer in die Küche und zur Tür hinaus auf die lange Einfahrt.

Als ihm klar wurde, dass er Heinrich im Lazenbury-Haus allein gelassen hatte, war er schon am Briefkasten vorbei. Er zögerte und kam unbeholfen mitten auf der Underwood Road zum Stehen.

Kehr um, du verdammter Feigling. Kenway drehte sich um und starrte zum Hexenhaus hinauf. Seine Hand fuhr erneut zu seiner leeren Hüfte. Vor ihm ragte das viktorianische Haus der Parkins auf, die Kuppel reckte sich in den Nachthimmel wie der Zylinder des Teufels. Ein Hitzegewitter flackerte mit stummen Paparazzi-Blitzen in den roten Wolken. *Geh zurück. Sie brauchen dich.*

»Tut mir leid«, sprach er in die abkühlende Nacht. »Ich habe es nicht gewusst. Ich hatte keine Ahnung, dass du die Pillen genommen hast. Ich habe nicht gesehen, wie du es getan hast. Und du hast kein Wort gesagt.«

Lauf, du Feigling. Lauf und versteck dich.

»Du hast dich einfach hingelegt und bist gestorben. Kein Wort hast du gesagt. Du hast mir nicht gesagt, dass du es tun würdest. Du hast mich nicht um Hilfe gebeten.«

Auf den Knien drückte er die Stirn auf den kalten Asphalt. Am liebsten hätte er die Straße angehoben und wäre daruntergekrochen wie unter eine Bettdecke. Seine Selbstbeschuldigungen wurden von einem Laut aus der Ferne unterbrochen, einem unglaublichen prähistorischen Brüllen von jenseits des Lazenbury-Hauses, als wäre Godzilla aus dem Grab gekrochen – das tiefe, stählerne Kreischen eines Sauriers mischte sich mit dem klagenden Quieken eines Schweins und hallte durch die Bäume von Georgia.

Tränen rannen ihm über das Gesicht, während er sich erhob.

Durch die Nacht peitschten Schüsse. Zuerst gedämpft, aus dem Haus. Und dann eine letzte Salve von der Einfahrt, auf die der Schrei eines Mannes folgte. Kenway überquerte die Straße zum Parkin-Haus, suchte in den Taschen, holte seinen Schlüsselbund heraus und machte sich zu seinem Wagen auf.

Yeah, genau, hau ab und versteck dich.

Zu etwas anderem warst du noch nie gut, oder?

Es begann zu regnen.

10

Tiefer und immer tiefer drangen sie in den Garten vor, und Robin fühlte sich, als ob sie nach und nach die Welt verließen und in eine stille Wildnis vordrangen, die seit langer Zeit niemand mehr betreten hatte, wenn überhaupt je. Ihre Fantasie brachte groteske Lovecraft'sche Kojoten hervor, die zwischen den Rankgerüsten lauerten, Bluthunde mit Stielaugen, die verfaulte Weintrauben und jeden anderen fraßen, der dumm genug war, sich in ihrem Revier blicken zu lassen.

Revier, genauso fühlte es sich an. Halb erwartete sie einen Wegweiser zu sehen, dessen Pfeile auf unbekannte Ziele zeigten: WUNDERLAND, 88 MEILEN. WEG NACH NARNIA. NÄCHSTE ABFAHRT – MITTWELT. Sie wollte gerade Marilyn fragen, wie weit es noch sei, als die Weinranken endeten und sie eine säuberlich gemähte Lichtung betraten.

Lavendel versüßte die Abendluft. Purpurfarbene Wildblumen breiteten sich zu beiden Seiten aus, darüber herrschten einige Bäume, von denen dunkle Fuchsienblüten hingen. Unter den Bäumen lag der Boden im Schatten. In der Mitte ragte der höchste Baum auf, ein Apfelbaum, *Malus domestica,* der Grund für ihre Existenz und der Motor ihres Schicksals.

Robin hatte wegen der feuchten Brise die Arme um sich geschlungen und näherte sich dem *nag shi.*

Annies Baumsarkophag war riesig, größer als ein Apfelbaum eigentlich werden durfte, und er trug eine riesige Kugel grünen Blattwerks, die so groß wie ein Haus war. Der knorrige Stamm maß ungefähr zwei Meter im Durchmesser und war von der Bürde der Qualen gebeugt. Die Rinde war um eine Sammlung von Astlöchern und Knubbeln gewachsen, und daraus starrte sie eine Art regloses Gesicht an, eine Pareidolie wie das Antlitz der Jungfrau Maria auf einer Scheibe Toast, an den Seiten halb zur Grimasse, halb zum Grinsen verzerrt. Robin legte die Hand auf die raue Haut der Dryade. Sie strahlte Wärme ab, als wäre das Holz die Tür zu einem Raum voller Feuer.

»Ich habe dir doch gesagt, Mama, eines Tages komme ich zurück.« Sie hoffte auf einen Echo-Gedanken, eine Antwort-Empfindung, wie sie sie von dem Dämon Andras erhalten hatte, aber dies war nur ein Apfelbaum mit schwacher mütterlicher Wärme. Sie lehnte sich mit beiden Händen dagegen und drückte das Gesicht an den Stamm, der an ihrer Wange kratzte. Am liebsten hätte sie ein Baumhaus in den Ästen gebaut und für immer dort gewohnt. Sie fragte sich, ob die Schaukel noch an dem Baum hinter ihrem alten Haus hing. Die würde sie holen und hier befestigen und jeden Tag schaukeln.

»Das ist deine Mama?«, fragte Wayne.

Robin nickte. »Sie ist gestorben, da war ich nur ein wenig älter als du. Jetzt ruht sie in diesem Baum. Glaube ich.«

»Hast du sie hier eingesperrt?«, fragte er Marilyn Cutty.

Die Hexe stand erst schweigend da, dann sagte sie: »Ja. Weil sie den Ehemann ihrer Zirkelschwester getötet hat und weil sie den alten Baum verbrannt hat.«

Der Junge kam näher und legte die Hand auf die Rinde.

Bei dem Anblick brach eine Woge von Gefühlen über Robin herein. »Sie hat Schmerzen«, sagte Wayne, und die Zitronellaflamme glitzerte auf seiner Brille. Cuttys lange Gartenfackel verlieh der Szene eine kultische Atmosphäre. »Sie ist ja echt schon lange da drin.« Er drückte ebenfalls das Gesicht an den Baum. »Sie hat dich sehr geliebt.«

»Ja.« Robins Hals brannte, Tränen rannen über ihr Gesicht, und sie drohte in Schluchzen auszubrechen. Ihre Stimme wurde zum vertraulichen Murmeln, während sie hier, Gesicht an Gesicht, in der Dunkelheit im Fackelschein standen. »Sie hat jeden geliebt. Jeden, der gut war. Und sogar einige Böse. Sie hat versucht, ihre Familie vor dem Hexenzirkel zu beschützen. Deshalb hat sie dafür gesorgt, dass ich gewisse Dinge vergesse. Durch die fehlenden Erinnerungen hat sie mich halb verrückt gemacht. Am Ende habe ich gedacht, ich hätte den Verstand verloren. Doch jetzt sehe ich ein, dass sie mich nur schützen wollte. In ihrer hinterwäldlerischen Vorstellung jedenfalls.«

Sie wandte sich an die alte Frau. »Kann ich mit ihr sprechen? Ist das möglich?«

»Versuchen kannst du es ja.« Cutty lächelte. »Irgendwo habe ich gelesen, dass Pflanzen besser wachsen, wenn man mit ihnen spricht. Ich bin selbst schon von Zeit zu Zeit hier herausgegangen und habe meinem früheren Schützling das Herz ausgeschüttet.«

Robin packte die raue Rinde fest und drückte Ohr und Wange an den Apfelbaum. »Mom?«, fragte sie, schloss die Augen und lauschte durch das Zirpen der Zikaden. Sie meinte einen ersten kalten Tropfen des Unwetters gespürt zu haben, das sich schon den ganzen Abend ankündigte. »Mom, bist du da? Ich bin zurück. Ich bin wieder hier.«

Keine Antwort. Zumindest keine, die sie verstehen konnte.

Wind wisperte endlos in Annies Laub, schwoll an und ebbte ab, plapperte und rauschte, als hätte sie die ganze Natur gerufen, das Reden für sie zu übernehmen. Robin ballte die Faust, klopfte an den Stamm und rief ein dumpfes Pochen hervor. »Ich muss dir etwas erzählen, Mama. Etwas, das ich dir schon seit Jahren sagen wollte.« Sie klopfte erneut an den Baum. Und noch einmal. Sie holte aus und hämmerte so heftig an die Rinde, dass sie sich die Seite der Hand aufriss, und anstelle des leichten, fast lautlosen Pochens meinte sie das hohle Knallen einer Tür gehört zu haben. »Ich verzeihe dir, Mama«, sagte sie, drehte sich um und lehnte sich mit dem Rücken an den Baum. »Du hast nur getan, was du für richtig gehalten hast.«

Wer ist da? Es fühlte sich an, als würde sie in Stereo denken – auf der einen Seite ihr eigener innerer Monolog, eine leise, fast unhörbare Stimme auf der anderen.

»Mom?« Stille, unheimliche, überwältigende Stille. Hatte sie sich das eingebildet? »Bist du da?«

Wo bin ich?

»Cutty hat dich in eine Dryade verwandelt, Mama. Du stehst hinten im Garten des Lazenbury-Hauses. Du bist ein *nag shi*, eingesperrt in einem Apfelbaum.«

Oh Gott,

»Es tut mir leid, ich konnte sie nicht daran hindern.«

Baby, du konntest nichts tun. Ich habe den Eulenkönig beschworen, damit er unser Haus vor ihnen beschützt, aber anscheinend war er nicht in der Lage, etwas gegen die Vertrauten zu unternehmen.

»Ich hätte Dad aufhalten können.«

Ich habe dich lieb, und du hast ein loseres Mundwerk als Reba McEntire, aber du hättest keine Chance gegen Daddy gehabt, vor allem nicht, da er die Katze in sich hatte. Jason ist gute siebzig oder achtzig Pfund schwerer als du.

»Ich hätte es geschafft. Irgendwie. Wenn ich bloß gewusst hätte, was los war.«

Er hat mich über seinen Kopf gehoben und mich wie einen Sack schmutzige Wäsche die Treppe hinunter in den Flur geworfen. Du bist ein kleiner Teenager und nur eine halbe Portion.

»Mama, ich bin kein Teenager mehr. Ich darf sogar schon Alkohol trinken. Daddy ist im Gefängnis gelandet.«

Was?

»Du bist schon ein paar Jahre hier.«

Oh nein.

»Hey, aber alles ist in Ordnung. Der Staat hat sich um mich gekümmert. Ich bin in die Psychiatrische Klinik von Medina gekommen und habe Stimmungsstabilisierer bekommen. Ich habe Kunsttherapie gemacht und viele Folgen Dr. Phil geguckt. Außerdem habe ich herausgefunden, dass ich ziemlich auf Butterscotch Pudding stehe.«

Im Laufe des Gesprächs wurde die Stimme ihrer Mutter kräftig, bis es so klang, als würde Annie Martine in den Ästen des Baums sitzen. Robin spürte ein leises, trällerndes Lachen. *Ist ja zum Totlachen.* Ein Augenblick Schweigen folgte, dann: *Wie bist du rausgekommen? Was machst du wieder in Blackfield? Bist du zu alt für das System geworden oder was?*

»Heinrich ist aufgetaucht und hat mich rausgeholt. Angeblich hast du ihn gekannt.«

Der Knabe. Ja, er ist okay. Ich habe ihn in der Kirche kennengelernt. Er ist der Sohn von Moses Attenbury, weißt du, dem Geistlichen der Walker Memorial? Er hat mir das Beschwörungsritual für den Eulenkönig verschafft. Seiner Meinung nach kann man eine Hexe nur mit einem Dämon in Angst und Schrecken versetzen, denn Dämonen verzehren ihre Magie. Sie sind Blutsauger.

»Aber deine nicht.«

... Er hat sich reichlich bei mir bedient. Der Eulenkönig hat sich über zehn Jahre an mir genährt. Er war wie eine große alte Zecke, die sich in unserem Haus festgesetzt hat und fett von meinem Herzweg geworden ist. Er hat mich leer gesaugt. Wie glaubst du, konnte es dir gelingen, meiner Gabe lange genug zu widerstehen, um nordische Schutzrunen auf dich zu malen?

Hat sich Heinrich eigentlich um dich gekümmert? Ich hatte nur ein paar Monate Kontakt mit ihm, aber er kam mir zuverlässig vor. Vorher hatte ich noch nie einen Mann getroffen, der sich mit Magie auskannte. Ich weiß nicht, warum er gekommen ist und dich geholt hat. Was bedeutest du ihm? Er kannte dich nicht einmal. Du warst damals noch nicht geboren.

»Er kann ein Arschloch sein und steht auf Geheimniskrämerei, aber er hat mir das Kämpfen beigebracht. Angeblich ist er zu mir gekommen, weil er glaubte, es dir schuldig zu sein, mich unter seine Fittiche zu nehmen.«

Gutes Mädchen. Ihre Stimme wurde schwächer. *Du warst immer eine gute Kämpferin.*

»Mama, ehe ich gehe, muss ich eins wissen.« Robin drehte sich erneut um und packte den Stamm der Mutter mit beiden Händen. »Was hast du getan?« Sie beugte sich vor und flüsterte in die schartige Rinde: »Welchen Preis hast du für die Hilfe des Eulenkönigs bezahlt? Was hast du ihm gegeben?«

Sie wartete auf Annies Antwort, die jedoch ausblieb.

»Was hast du getan, Mama?«

Noch immer nichts.

»Geh nach Hause, Vögelchen«, sagte Cutty leise.

Robin öffnete die Augen, blickte über die Schulter zu den anderen und fragte: »Was?«

»Geh nach Hause«, wiederholte die Hexe. »Rüber zum Haus der Parkins oder zu Hammers Unterschlupf in Texas, mir ist es gleichgültig, selbst wenn du in deinem Wagen durch die

Gegend fährst und anderen das antust, was du bisher getrieben hast, solange du diesen Hexenzirkel in Ruhe lässt.« Ihre Miene wurde milder, auch ihre Stimme, und sie sah hoch in die Äste des Baums. »Annie gehört mir, und sie wird hierbleiben. Diese *Stadt* gehört mir. Lass dir einen guten Rat geben und vergiss sie, vergiss Blackfield und mich. Verschwinde. Sie verbüßt die Strafe für ihre Dummheit. Hier gibt es für dich nichts außer Kummer. Und wenn du nicht auf mich hörst, den Tod.«

Die GoPro auf Waynes Brust warf rotes Licht auf Annies Rinde wie Feuerschein durch ein Schlüsselloch. Robin richtete sich auf und trat von der Dryade zurück.

»Erinnerst du dich daran, was ich dich damals gefragt habe, an jenem letzten Tag?«, wollte Cutty wissen.

»An dem Tag, als wir uns zum letzten Mal gesehen haben? Als ich mich mit meiner Mom gestritten habe und ich dich hier besucht habe?«

»Du wolltest weg von ihr, nicht mich besuchen. Und ja. Erinnerst du dich, dass ich dir gesagt habe, dass dir mein Haus offensteht, damit du bei mir wohnen und dem Wahn deiner Mutter entkommen kannst, bis du deinen Highschool-Abschluss gemacht hast?«

»Ja. Jetzt begreife ich, was das war – du wolltest mich rekrutieren.«

»Ich wünschte, du hättest das Angebot angenommen«, sagte Cutty. »Ach, alles wäre viel einfacher gewesen. Wie wunderbar und stark du geworden wärst. Vielleicht ist es noch nicht zu spät, weißt du. Wir sind unsterblich. Werde eine von uns, wenn du kannst. Dann hast du alle Zeit der Welt, diese Hülle der Unreife abzuwerfen und etwas Authentisches zu werden. Etwas Reales. Eine Erbin von Zeitaltern. Kannst du dir das vorstellen?«

»Ich kann mir einen Scheiß vorstellen.«

»Du warst schon immer so wundervoll vulgär. Wenn wir dich unter unsere Fittiche nehmen würden, könnten wir dir dringend benötigte Manieren beibringen. Dich zu einer richtigen Lady machen …« – Cutty fuchtelte abschätzig mit der Hand in ihre Richtung –, »… anstatt dieses Abschaums von einer … Straßenkriegerin, oder was auch immer du zu sein versuchst.«

»Ich werde das mal ignorieren.« Robin verspürte den Drang, sie zu schlagen, doch bei der Vorstellung, das Gesicht ihrer einstigen Großmutter mit der Faust zu berühren, zog sich alles in ihrem Bauch zusammen. Irgendein zufälliger Hohlkopf in einer Sozialsiedlung von Chicago war eine Sache, doch diese Frau hatte ihr jahrelang Schutz geboten und immer etwas zu essen für sie gehabt.

»Ja, Ignoranz ist eins der vielen Talente, die dir deine Mutter vermacht hat.«

»Du wolltest mich für deinen Zirkel rekrutieren. Du hast versucht, mich davon zu überzeugen, mein Herz Ereshkigal zu schenken, damit ich in deiner Schuld stehe und damit meine Lebenskraft und meine Macht durch eure Matrone mit dir in Verbindung stehen, sodass du Einfluss auf mich hast. Tja, ich habe Neuigkeiten für dich, Lady – weißt du, was eine Matrone ist?«

»Die älteste Angehörige eines Zirkels. Die Matriarchin, die im Mittelpunkt des Überlebens unseres Volkes und unserer Sitten steht.«

»Nein. Eine Matrone ist nur die letzte Überlebende eines toten Zirkels. Die Königin eines toten Bienenvolkes. Sie sind alle miteinander Versagerinnen. Wenn man einen Hexenzirkel auslöscht bis auf eine Angehörige, wird diese zur Matrone eines neuen Zirkels. Sie alle sind Versagerinnen. Ihr alle seid nur eine lange Abfolge von Blindgängern.«

»Deine Frechheiten habe ich wirklich vermisst«, unterbrach Cutty sie und lächelte hinterhältig. »Bei dir zu scheitern habe ich sehr bedauert.«

»Meine Mom hat mir das Hirn in Brei verwandelt, um mich vor dir zu beschützen. Was sie getan hat, war falsch, aber …«, setzte sie an, doch dann verzerrte sich, schnell wie ein Kamerablitz, Marilyn Cuttys Gesicht in die fürchterlichste Grimasse eines wütenden Raubtiers, die Robin je gesehen hatte: gefletschte Zähne, bebende Nasenlöcher, Falten auf der Stirn, unglaublich große Augen. Auf Robins Armen breitete sich Gänsehaut aus.

»Du heimtückische kleine …«, fauchte die Hexe.

Die gefleckte graue Katze war ihnen nach draußen gefolgt und saß auf Cuttys Schulter. Cutty griff nach oben, packte das Tier am Hals und zog es herunter. Sie hielt den Hals der Katze in beiden Händen und drehte brutal in entgegengesetzte Richtungen, wobei sie ein ekelhaftes Knacken wie von Sellerie erzeugte.

»Ach, du Scheiße«, entfuhr es Leon.

Als hätte man ihm das Gehirn ausgeschaltet, sank Waynes Vater auf die Knie und kippte um.

Schaum trat auf seine Lippen. Er warf sich auf dem Gras hin und her wie ein Wurm. Seine Augen waren verdreht. Wayne rannte zu seinem Vater, krallte die Hände in sein Hemd und schrie, verwirrt und entsetzt. *Er hat sich kein Algiz aufgemalt,* dachte Robin, während Marilyn Cutty die tote Katze in ein Blumenbeet warf, die Röcke raffte und davonstürmte. *Dieser Idiot von einem Skeptiker.*

»Du«, schrie Cutty rasend und zeigte auf Theresa LaQuices, während sie loslief, »bring das Mädchen um und komm danach zum Haus. Hammer ist hier und will Mutter mit dem Gottesdolch umbringen.«

Scheint, die Zeit für gute Worte und Verhandlungen ist vorbei. Theresa drehte sich um und grinste Robin an. Ihr Zahnfleisch war schwarz wie Kohle, und jetzt auch ihre Augen.

Leon stieß seinen Sohn von sich, erhob sich und eilte durch den Weingarten, der Hexe hinterher, hüpfte und krabbelte und benutzte seine Hände genauso wie seine Füße. Der Junge rief ihm hinterher und wollte ihm nachlaufen, zögerte jedoch wegen der lauernden Dunkelheit zwischen den Rankspalieren und sah Robin fragend an.

»Meine Zirkelschwester Karen ist gut in Illusionen, weißt du«, sagte Theresa. »Und Marilyn versteht sich bestens auf Hellsehen und Manipulation. Kopfsachen.« Sie tippte sich mit einem krummen Finger an die Stirn. Theresas Busen und Schenkel wogten und wallten unter dem bäuerlichen Kleid wie ein Sack Kartoffeln, während sie lässig und zuversichtlich vor Robin auf und ab schritt. »Weißt du, was *mir* liegt, Mädchen?« Bei der Frage legte sie den Kopf schief, und zuerst sah es aus, als würde sie sich den Hals aufreißen, aber offensichtlich wurden nur die Muskeln um die Kehle dicker und fester. »Veränderung«, sagte sie mit einer tiefen Glockenstimme, in der Schmerz mitschwang. »Umgestaltung.« Ihre Ellbogen gingen in die Höhe, als wollte sie den Ententanz aufführen, doch dann wurden ihre Schultern breiter, ihre Hände größer. Sie taumelte und ging auf Hände und Knie. »Verwandlung.«

Knochen krachten tief im Inneren, als würde sich ihr Skelett neu formieren. Theresas Kleid platzte auf dem Rücken mit einem trockenen *Plopp* und enthüllte ihre Schulterblätter und schwabbelige Seiten mit Altersflecken, ehe ihr BH-Riemen riss.

Wirbel drückten sich durch das Fleisch hinter ihrem Kopf, wurden breiter, richteten sich auf und wurden zu Stacheln. Der Kopf der Hexe drehte sich, die Haarnadeln rutschten heraus, und das rabenschwarze Haar wallte frei nach unten. Ihr Kinn zog sich in die Länge. Theresa grinste wie ein wahnsinniger Schakal und knurrte. Ihr Gesicht war das graue haarlose Sammelsurium eines Dutzends verschiedener Untiere.

Als die ersten Regentropfen fielen, ergriff Robin die Flucht.

11

Als Heinrich die Schlafzimmertür öffnete, stand er einem Geist gegenüber. Und dann nicht mehr.

In der einen Sekunde schwebte der Mann in Unterwäsche durch den Flur, Erbrochenes auf dem T-Shirt, kalkweißes eingefallenes Gesicht. Und dann war er weg, *puff*, wie ausgeschaltet. An seiner Stelle stand die Illusionshexe.

Die Jüngste aus dem Blackfield-Zirkel schlenderte zufrieden kichernd den Gang entlang. »Für so einen großen Soldaten ging es leichter, als ich gedacht habe«, sagte Karen Weaver, setzte ihren schäbigen Riverboat-Hut auf und zog die Krempe nach unten. Sie wandte sich Heinrich zu, grinste, und zeigte dabei schwarzes Zahnfleisch und fleckige gelbe Zähne. »Nachdem ich deinen Kumpan vertrieben habe, könnten du und ich die Sache wie Männer austragen.«

»Das war billig«, sagte der Hexenjäger. Heinrich trat aus dem Schlafzimmer und machte sich bereit, der Hexe eins mit dem Benzinkanister überzuziehen, bekam jedoch einen Schwinger ins Gesicht, der ihn an den Türrahmen warf. Er glitt an der Wand nach unten, wobei er ein Bild herunterriss und den Rahmen zerbrach.

Der Hausarbeiter stand über ihm, der hagere Rothaarige. Er war schlaksig, hatte aber Fäuste wie Ziegelsteine. »Hat man Ihnen nicht beigebracht anzuklopfen, bevor man irgendwo reintanzt?«

Ehe er reagieren konnte, kniete sich der Rotfuchs hin und verpasste dem alten Mann einen weiteren harten Hieb auf die Wange. »Einbruch ist illegal, nicht?« Schlag. Lichter explodierten in Heinrichs Hirn. »Ich könnte Sie jetzt einfach umbringen, und keine Jury der Welt würde mich dafür verurteilen.« Schatten sammelten sich vor Heinrichs Augen, aber er konnte die Bewusstlosigkeit gerade lange genug aufhalten, bis er den Ärmel des Rotschopfes gepackt hatte. Er stach dem Mann den Osdathregar der Länge nach in den Unterarm, als wollte er einen Fisch ausnehmen.

»*SCHEISSE!*«, brüllte der Rote und fuhr zurück. Frisches Blut tropfte auf den Holzfußboden, als die Klinge aus dem Arm glitt.

Ich muss auf die Beine kommen, sonst ende ich in einer Welt aus purem Schmerz. Heinrich wälzte sich auf Hände und Knie. Einige seiner vorderen Zähne waren locker. *Als wäre ich da nicht längst angekommen.* Finger aus Stahl und Leder schlossen sich um seine Kehle, und Weaver hob ihn vom Boden hoch und ließ ihn gegen die Wand krachen. Weitere Bilder gingen in kollektivem Scheppern zu Boden. Scherben knirschten unter ihren Füßen. Sie drückte Heinrich an die tomatenrote Wand.

»Du bist stärker, als du aussiehst«, lallte er.

»Ich habe viel Zeit bei uns in den Wäldern verbracht«, presste Weaver durch die zusammengebissenen Zähne. »Mein erster Mann und ich hatten damals einen Gold-Claim in Kalifornien. Wir haben uns unsere eigene Hütte gebaut. Du würdest nicht …«

»Wen interessiert schon eine verfluchte Hütte?«, kreischte der Hausarbeiter und umklammerte seinen Arm. Blutrot lief es seinen Arm hinunter und sammelte sich in der Handfläche. »Ich verblute, alte Frau.«

Die Hexe blitzte ihn gereizt an. »Hier, Roy, du Idiot. Es ist schon versorgt.«

Der Hausarbeiter betrachtete seinen Arm. Die Dolchwunde klaffte immer noch gute acht Zentimeter lang über dem Handgelenk auf. Blut rann nach wie vor von den Fingern. Doch welche Illusion Weaver auch erzeugt hatte, er schien zu glauben, sie habe irgendeinen Jesus-Voodoo-Zauber bei ihm eingesetzt und seinen Arm geheilt, denn seine Miene wandelte sich von Entsetzen zu Überraschung und weiter zu Erleichterung.

»Oh wow«, sagte er und spannte die Hand an. »Danke.«

»Heutzutage ist es schwer, gutes Personal zu finden«, sagte sie, und dann stach ihr Heinrich den Osdathregar direkt unter die Rippen.

Ratsch! Die Klinge versank bis zum Heft und bohrte sich durchs Lumpenkleid, durch das Leder darunter, durch das Hemd bis ins Fleisch des verfaulten Bauchs. Die Hexe riss schockiert den Mund auf, ließ ihn los, wankte rückwärts und hielt sich den Bauch.

Heinrich kam wieder auf die Beine und nutzte die Gelegenheit, in Richtung Treppe zu taumeln. »Ach, wo wollen wir denn hin?« Der rote Roy packte ihn am Mantel. Der Hexenjäger fuhr zu ihm herum.

Ein kalter Gewehrlauf drückte sich hart an Heinrichs Stirn.

Im letzten Augenblick drehte er den Kopf weg, und die Waffe ging neben ihm mit einem ohrenbetäubenden Knall los. In der

Wand erschien ein Loch inmitten einer Wolke Rigipsstaub. Heinrich zuckte vor Schmerz zusammen und packte sich ans Ohr. Der Rote wollte abermals zielen und einen zweiten Schuss abgeben, doch Heinrich ließ den Dolch fallen und griff nach der Waffe.

Das war der erste Schritt im Tanz des Todes, in dem Roy den Abzug betätigte – PENG –, während sie einen unbeholfenen Tango im Gang hinlegten und umeinander herumstolperten, dann drückte Heinrich den Abzug – PENG –, und beide versuchten, einander mit der gleichen Waffe zu erschießen.

»Wäre es euch beiden vielleicht möglich, das draußen auszutragen?«, fragte die Hexe. »Ich glaube, Marilyn wird wenig begeistert sein, wenn ihr das Haus zusammenschießt.«

»Danke, Arschloch«, grunzte Roy. »Ich muss das bestimmt eigenhändig verspachteln und streichen.« Roy bekam überhaupt nicht mit, dass er immer noch verwundet war, und verspritzte sein Blut über beide. Die Pistole wurde immer rutschiger, als würden sie um ein Stück Seife kämpfen.

Dann glitt die Pistole durch Heinrichs nasse Finger, wobei der Rote sie beinahe hätte fallen lassen.

Die Waffe ist weg. Ich bin im Arsch.

Offensichtlich war Roy überrascht, die Oberhand gewonnen zu haben, denn er verharrte mitten im Gerangel und betrachtete die Pistole in seiner blutigen Hand, als hätte er vergessen, wie sie funktionierte, oder vielleicht durchschaute er die Halluzination der Hexe und entdeckte eine Menge mehr Blut, als er erwartete hatte.

Einige Sekunden lang war auch Heinrich abgelenkt. Beide zögerten und starrten sich an. *Beweg dich, ehe er sich bewegt.*

Wenn du nichts machst, bist du tot. Heinrich griff an, Roy hob die Waffe.

Als Erster kam der Hexenjäger zum Zug, der dem Gegner einen rechten Haken ins Gesicht verpasste. Zähne gegen Fingerknöchel. Ein Kopf schlug nach hinten. Der Rote landete mit dem Hintern auf dem Boden.

Krallen. Das Donnern von Absätzen. Die Hexe, rechts von ihm. *Unbewaffnet gegen eine stocksaure Hexe und einen verrückten Iren mit Schusswaffe. Prima Aussichten.* In wachsender Panik rannte Heinrich wieder auf die Treppe zu und nahm zwei, dann drei Stufen auf einmal, wobei er fast gestürzt wäre. Unten stieß er mit einem riesigen Plüschsessel zusammen und flüchtete halb krabbelnd durch das Wohnzimmer.

PENG! Der Fernsehbildschirm zersprang Zentimeter von seinem Kopf entfernt. Heinrich warf sich über die Couch. *PENG!* Baumwollfüllung spritzte aus dem Polster, als eine Kugel einschlug. Schritte donnerten die Treppe hinter ihm herunter. Heinrich rannte in die Küche, stieß die Fliegentür auf und preschte in die Nacht hinaus. Regentropfen sprenkelten den Asphalt der Einfahrt mit blauen Tupfen. Zu spät begriff er, dass er den Osdathregar zurückgelassen hatte.

Er hatte den Feldweg schon halb hinter sich und sprintete durch die Dunkelheit, als ihn eine Kugel in die rechte Wade traf.

»AARRGH!«, schrie er und fiel auf den Bauch. Steinchen bohrten sich in Knie und Ellbogen.

Rechts von ihm Unkraut. Der Wohnwagenpark. Das Brennen im Bein schwoll an, als steckte ein rot glühendes Eisen in seinem Muskel. Heinrich schleppte sich zum Graben, weg von der Straße, und schmiedete schon Pläne, sich im Schatten zwischen den Wohnwagen zu verstecken oder vielleicht zwischen die Fundamente zu kriechen, wo er sein Handy herausholen und Robin anruf…

Klick.

Der Rothaarige stand neben seinem Ellbogen, die Mündung des Revolvers klaffte Heinrich entgegen. Roy drückte erneut ab. *Klick.* Er drückte den schrecklichen schwarzen Tunnel an Heinrichs glatte Kopfhaut und ließ warmes Blut auf seinen kalten Schädel tropfen.

Regen ließ die Zikaden verstummen und prasselte rauschend um sie herum aufs Gras.

Klick.

»Du hast aber Glück, du mieses Stück Scheiße.« Der Rote öffnete die Trommel, seufzte über die leeren Patronenhülsen und schloss sie wieder. »Vielleicht stirbst du heute noch nicht.«

Mondschein tanzte auf einer Silberklinge, von deren Spitze Regenwasser tropfte. Weaver trat aus dem Schatten und fuchtelte mit dem vergessenen Osdathregar herum. »Oh, guter Mann, vertrau mir«, sagte sie und ließ ihre Beute in der Hand kreisen wie ein Meistermesserwerfer, »wenn wir mit ihm fertig sind, wird er sich wünschen, es wäre noch eine Kugel im Revolver gewesen.« Sie ging neben Heinrich in die Hocke, als das Lied der Grillen in den Bäumen wieder anschwoll und sie in eine Decke aus Lärm hüllte. »Also, was zum Teufel sollte *das* gerade sein, hm? Von einem Ex-Hund, der die mächtige Malus Domestica ausgebildet hat, hätte ich mehr erwartet.« Sie pikste ihn mit dem Osdathregar. »Eigentlich bist du ein ziemlich mieser Kämpfer. War das deine erste Runde, oder wie? Gib schon zu, du wirst alt, oder …«

Er spuckte ihr Blut ins Gesicht.

Über das ganze Gesicht, vom Haaransatz bis zum Kinn, eine Schrotladung Rot. Weaver zuckte nicht mit der Wimper. Sie schloss nicht einmal die Augen. Stattdessen holte sie ein Taschentuch hervor, schlug es mit einem Schwung auseinander und wischte sich damit ab.

Nachdem sie Heinrich das Tuch in die Tasche gesteckt hatte, setzte sie ihm den Dolch an die Kehle. »Weiß das kleine Mädchen überhaupt, dass es die ganze Zeit einem nichtsnutzigen Scharlatan nachgelaufen ist? Ich wette, du hast dir die Ausbildung aus den Fingern gesogen, was? Ja, ich habe mir ihre Videos angeschaut. Ihr habt euch irgendwo verkrochen, habt gestohlene Geschichtsbücher gelesen und Kung Fu geübt wie zwei Dorftrottel. Mann, gegenwärtig ist sie besser, als du es je gewesen bist. Du hast wirklich keine Ahnung, Junge. Du nicht und diese Hunde auch nicht, denen du hinterhergerannt bist, ihr wisst einen *Scheiß*.«

Er entgegnete nichts, lag einfach nur auf dem Rücken und bemühte sich, wegen des Schmerzes im Bein nicht zu schreien und nicht ohnmächtig zu werden.

»Warum?«, fragte sie. Der Atem der Hexe stank wie Stinktier und Aas, sodass ihm schwindelig wurde. »Warum hast du sie angelogen? Warum hast du ihr diesen Blödsinn aufgetischt und sie zum Sterben ausgeschickt? War das dein Masterplan, Mann? Hast du sie zu einer Art übernatürlicher Selbstmordattentäterin herangezogen? Kämpft sie deshalb so verbissen? Was ist an ihr so besonders?«

Ehe er antworten konnte, hallte aus dem Weingarten ein Gebrüll herüber, wie Heinrich es in seinem Leben noch nie gehört hatte. Der Ton erfüllte die Nacht mit rotem primitivem Zorn, und das Adrenalin ließ seine Haut kribbeln. Wenn er es hätte beschreiben sollen, dann, so glaubte er, wäre er dem Wahnsinn verfallen.

Die Hexe sah über die Schulter. »Hört sich an, als würde dein Wunderkind auf die harte Tour lernen, sich dorthin zu verpissen, woher es gekommen ist.«

Der Horror trieb ihn dazu, sich von der Hexe wegzuschieben,

und erneut versuchte er, sich ins Gras zu verkriechen, doch sie packte ihn am Bein. Weaver zog ihn zurück auf die Straße und stach ihm den Osdathregar in die Schulter. Feuer und Eis bohrten sich durch den Mantelärmel in Muskeln und Knochen und drohten, seine Brust platzen zu lassen. Er schrie, wie er wohl noch nie in seinem Leben geschrien hatte, und sein kreischendes Klagen hallte durch den Wohnwagenpark.

»Du bleibst mir schön hier«, sagte sie und zog die Klinge aus seinem Körper. Er heulte vor Schmerz, und die Sterne am Himmel wollten verblassen. Sein Verstand drohte aufzugeben und abzuschalten. »Werd mir jetzt bloß nicht ohnmächtig. Die Show geht gerade erst los. Du willst doch nicht verpassen, wie euer kleiner Dschihad sein hässliches Ende findet, ja?« Sie zerrte ihn zurück in Richtung Haus wie einen Sack Steine.

In ihrer anderen Hand sang der Osdathregar leise, während sie ging, ein feines hohes Pfeifen einer rasiermesserscharfen Klinge, die durch die Luft schnitt. Sie lachte schnatternd. »Warte, bis Marilyn sieht, was die Katze an Land gezogen hat. Heute Abend spielen wir nicht Binokel oder schauen Discovery Channel. Nein, heute Abend seid *ihr* unsere Unterhaltung. Ich hoffe doch, ihr habt noch nichts anderes vor.«

12

Los!«, schrie Robin. »*Lauf!*«

Wayne riss die Augen hinter seiner im Fackelschein glitzernden Brille auf und rannte ihr in den Weingarten hinterher.

Dunkelheit und Regen hüllten sie ein. Stille Blitze des Hitzegewitters flackerten in den Wolken und erlaubten gelegentlich einen Blick auf die Rankspaliere, an denen sie vorbeistürmten. Wayne rannte, so schnell er konnte. Robin war positiv überrascht, dass er kein asthmatischer Strebertyp war, der an tausend AGs nach der Schule teilnahm, wie die GKB hätte vermuten lassen können (GKB gleich »Geburtenkontrollbrille«, wie sie in der Army genannt wurde, was Kenway hätte erklären können).

Nein, der Junge war *rekordverdächtig.*

»Nicht lockerlassen«, keuchte sie und sog mit jedem verzweifelten Schritt Luft ein. Der Regen rann ihr übers Gesicht, und der Iro pappte auf ihrem Schädel. »Die bringt dich um, wenn sie mit mir fertig ist.«

»Mein Dad. Was ist mit ihm?«

»Er ist jetzt ein hexisches Wesen. Die Hexe hat die Katze in ihn gezaubert.«

»Eine Katze?« Er blickte über die Schulter und verlor etwas an Geschwindigkeit.

»Ich erkläre es dir, wenn wir hier raus sind. Nicht langsamer werden!« Sie zeigte wie ein General mit dem Finger in die Dunkelheit vor ihnen. »Mach jetzt nicht schlapp!«

Der Boden bebte, die Weinstöcke raschelten, und die Nacht zitterte mit schwellendem Grollen – dem Drei-Ton-Galopp aus der Ouvertüre von Wilhelm Tell: *bum-bum-bum, bum-bum-bum.* Irgendetwas war hinter ihnen her. Robin lief ein paar Schritte zurück und spähte in die Richtung, aus der sie gekommen waren. Aber wenn dort etwas war, konnte sie es in der Finsternis und wegen des inzwischen heftigen Regens, der ihr in die Augen lief und an den Wimpern hing, nicht sehen.

Von links hörte sie ein Geräusch, ein Knirschen und Schnüffeln wie von einem Motor aus Fleisch, und erst nachdem es verstummt war, erkannte sie darin ein tierisches, unmenschliches Lachen.

»Was ist …«, setzte Wayne zu einer Frage an, als links von Robin die Rankgerüste auseinanderflogen und das Ungeheuer, in das sich Theresa LaQuices verwandelt hatte, hindurchstampfte.

Efeu peitschte durch die Luft, und über dem Garten hing der penetrante Geruch von verfaulten, zerquetschten Weintrauben. Theresa zögerte nicht, trampelte weiter und durchbrach die nächste Reihe. *Diesem Monster entkommen wir nie.* Robin machte noch ein bisschen mehr Dampf und packte Wayne an der Kapuze seines Sweatshirts. Er rutschte im nassen Gras aus und jaulte auf. Robin zog ihn durch eine Lücke in den Spalieren, drückte ihn ins Gras und warf sich neben ihm auf den Boden. »Wir können nicht vor ihr weglaufen«, erklärte sie. Sein Atem wehte in Wellen über ihr Gesicht und roch nach Steak. »Wir verstecken uns hier und schleichen uns raus, wenn ...«

Bum-bum-bum, KRACH! Irgendwo, vielleicht dreißig Meter entfernt, ging ein Rankgestell zu Bruch.

Was immer es war, in das sich die Hexe verwandelt hatte, es trampelte durch die Weinreben, bis es die Mitte des Gartens erreicht hatte, durchquerte noch einige Reihen, ehe es seitwärts weiterpreschte. Offensichtlich waren dem Hexenzirkel der Wein und die Trauben nicht mehr wichtig, denn das Wesen nahm keine Rücksicht und riss rechts und links die Gestelle nieder.

Robin hob den Kopf ein wenig und spähte die Reihe entlang.

Blitze wisperten durch die Wolken und beleuchteten blauen Schweiß auf den regennassen Schultern eines Mammutwesens. Robin erhaschte ein pinkfarbenes Flackern, einen Blick auf Säbel aus Knochen, die aus den Lippen einer rotznassen Schnauze ragten. Theresas schwarzes Haar war zu einer Mähne aus derben Wollborsten geworden, und fette Zitzen hingen an ihrem baumelnden Bauch.

Am nackten Hintern bildeten schlaffe Streifen käseweißer Haut ein Muster wie Granit. Das Bild des Halbmonds auf der Schulter hatte sich zu einer gelblichen Sensenklinge verzogen. Die Hexe drehte sich um und sog durch die glänzenden Nüstern eines Ebers Atem ein. Theresa hatte sich in die gigantische Kreuzung eines Wildschweins mit einer alten Frau verwandelt, ein Scheusal aus Krampfadern und entstellten Tätowierungen.

Robin schluckte und drückte sich auf die Beine hoch, zerrte Wayne an der Kleidung mit, deren Nähte knackten, und drängte ihn durch eine Lücke im Wein zur nächsten Reihe.

Der Dreitakt-Galopp donnerte auf sie zu, und Theresas Hauer pflügten durch das Spalier, an der Stelle, wo sie sich gerade noch versteckt hatten. Die Hexenjägerin und der Junge bewegten sich im Zickzack durch den Weingarten, rannten die Reihen entlang und duckten sich durch Lücken und schlängelten sich hin und her. Plötzlich hörten die Spaliere auf, und sie befanden sich in einem offenen Bereich mit einem weißen Gartenpavillon. Rankgestelle machten aus der Laube einen Käfig, Weinranken an den Balken bildeten einen süßlich stinkenden Vorhang.

»Versteck dich da«, keuchte sie Wayne zu und zeigte auf den Pavillon.

»Robin!«, rief jemand aus dem Schatten.

Sie setzte über das Geländer des Pavillons, quetschte sich durch ein Gewebe aus Ranken und entdeckte Kenway. »Was zum Teufel machst du hier?«, knurrte sie ihn an. »Sei still, sonst hört es …«

Er packte sie an den Schultern, strich ihr den klatschnassen Iro aus dem Gesicht und schloss ihr Kinn in seine großen warmen Hände. »Heinrich ist ins Haus gegangen und wollte nach der vierten Hexe suchen. Ich bin zu meinem Wagen gerannt, um meine Waffe zu holen, dann hörte ich dich hier schreien, also bin ich …«

»Ich *brauche* keinen Retter!«, schimpfte Robin. »Du hast hier nichts zu suchen!«

Neben ihnen explodierte das Spalier in einem Sturm aus Laub und Drähten, und ein quiekendes Untier von einem Schwein katapultierte sie mit Wucht aus dem Pavillon. Robin landete auf dem Rücken, strampelte wild in der Luft und rutschte durch das nasse Grass. Sie wälzte sich auf Hände und Knie herum.

Das Wetterleuchten enthüllte kurz ein Bild im Blätterwirrwarr: ein breites rosabraunes Gesicht, breit wie ein Auto, winzige schwarze Augen glitzerten in ledrigem Speck, dann war es wieder in Dunkelheit gehüllt.

»Suchst du mich?«, brüllte Robin. Blut lief über ihren Hals, weil sie sich die Schläfe an einem Draht aufgerissen hatte. *»Schnapp mich doch!«*

»Nein!«, schrie Kenway.

Seine Stimme kam irgendwo von links, von der anderen Seite des Pavillons. Der gigantische Kopf des Wildschweins wandte sich in diese Richtung und zertrümmerte dabei einen weiteren Pfosten.

In Robins Jacke befand sich ein Babygläschen mit Alkohol. Sie zog es heraus und umklammerte es wie eine Handgranate. Es würde nicht viel bringen, aber hoffentlich könnte sie Theresa damit wenigstens so lange von Kenway und Wayne ablenken, bis ihr etwas Schlaues eingefallen wäre. Ohne den Osdathregar hatte sie nur eine beschränkte Anzahl von Optionen zur Auswahl.

»Ich bin hier drüben!« Sie rannte zurück zwischen die Weinreben in die verregnete Nacht.

Bum-bum-bum donnerte das Untier durch das Rankgestell hinter ihr. Robin lief durch eine Reihe zurück in Richtung Norden auf Annies heiligen Hain zu. Theresa war so dicht hinter ihr, dass sie den Atem des Wildschweins riechen und die warme Luft an ihrem Haar spüren konnte. Während sie rannte, riss sie das eine Bein der Jeans hoch, wo ein Bengalo im Kampfstiefel steckte. Sie zog ihn heraus, drehte sich um und wollte das Glas werfen, doch da hatte Theresa sie bereits erreicht. Ein feuchtes haariges Etwas traf sie in den Bauch und schleuderte sie in die Höhe; die Welt drehte sich um sie herum, und dann flog Robin kopfüber in fünf Metern Höhe durch die Luft und starrte auf ein dunkles Labyrinth hinab.

Gras wirbelte auf, und der Horizont drehte sich über ihren Kopf. Als sie rücklings auf dem Boden aufschlug, presste es ihr die Luft aus der Lunge.

Sie ließ Glas und Bengalo los, lag benommen da und schnappte nach Atem. Gleichgültig lächelte ein Mond durch einen Vorhang aus Regen auf sie herab. Wasser sammelte sich in ihren Augenwinkeln.

Das wär's dann wohl, dachte sie entrückt, *ich habe meinen Meister gefunden.*

»Ich habe dich, Baby«, sagte Kenway aus dem Nirgendwo.

»Verschwinde endlich«, grunzte sie mit krampfender Lunge. *Geh weg! Das ist nicht dein Kampf, Idiot! Das ist mein Krieg, verflucht! Dafür wurde ich geboren, das ist meine Bestimmung, begreifst du das nicht? Nur aus diesem Grund bin ich hier!*

Theresa hatte einen Bogen geschlagen und preschte durch die Weinreben wieder auf sie zu. Kenway schnappte sich das Glas, holte aus wie ein Pitcher in der Major League und warf es der Schweinehexe mitten ins Gesicht.

Glas splitterte auf Theresas Schnauze, und der Alkohol verteilte sich über ihr. Robin rammte das Ende des Bengalos auf den Boden, und die Leuchtfackel zündete mit einem Blitz, schschscht!, und in einem Regen aus roten Funken.

Ihr kam kein schlauer Spruch in den Sinn, also warf sie den Bengalo wortlos. Die Fackel prallte von Theresas monströsem Gesicht ab. Der Alkohol flammte in blauem Licht auf, über die Schnauze hinweg bis zum Haaransatz. Das riesige Warzenschwein schüttelte sich und versuchte. sich von dem Feuer zu befreien wie eine Katze von einer Tüte über dem Kopf.

Dann reckte Theresa die Hauer-Schnauze in den Himmel, gab einen Trompetenschrei von sich und galoppierte auf Robin zu.

Peng! Peng! Peng! Kenway hatte die Pistole hochgerissen und feuerte auf das brennende Ding, das wie ein kreischender Fleischmeteorit auf sie zusteuerte. *Das bringt nichts,* dachte Robin, *über-*

haupt bringt gar nichts irgendwas, oh Gott, und sie krabbelte davon, noch auf dem Hintern, aber sie kam nicht rechtzeitig weg. Die fleischige Schnauze rammte sie und drückte sie auf den Boden, und dann presste sich ein wütendes Maul voller Zähne gegen sie, und warmer, nach Aas stinkender Atem wallte über sie hinweg.

Robin schob die schleimigen Lippen von sich weg. »Runter von mir!«, schrie sie und prügelte dem Theresa-Wesen auf die Nase.

Wieder ohrenbetäubende Schüsse. *Klick klick klick.*

Wind stürmte aus den Nüstern, die groß genug waren, um die Hände hineinzustecken, also tat Robin es. Sie stopfte beide Hände in Theresas Nase, packte mit den Fäusten schmierige Haare und riss sie mit den Wurzeln aus.

»AAAAAAHHH!«, heulte die Hexe und fuhr voller Schmerzen zurück, weit genug, damit der Druck ein wenig nachließ und Robin tief Luft holen konnte.

Kenway ergriff die Nüstern an den Rändern und drückte dagegen, legte sein ganzes Gewicht hinein wie jemand, der seinen Wagen einen Hügel hinaufschiebt. So wollte er Robin von Theresa befreien, aber die war zu stark. Sie zuckte mit den Schultern und schüttelte den Eberkopf. Kenway rutschte ab, stolperte über einen der Hauer und taumelte zur Seite. Das Monster stürzte sich wieder auf Robin, öffnete den Mund und wollte sie beißen. Robin streckte ihr die Hände entgegen. Es gelang ihr, Theresas Nase zu packen, doch ihre linke Hand glitt im Schleim direkt in das heiße Maul.

Knirschende scharfe Schneidezähne bohrten sich in Robins Unterarm und quetschten Ellen- und Speichenknochen zusammen.

Ein Schmerz, wie sie ihn nie zuvor erlebt hatte, schoss durch ihren Körper, zehntausend Ampere Qualen in Ellbogen und

Oberarm. Sie schrie voller Entsetzen. Heißes Blut quoll zwischen den schartigen gelben Zähnen hervor, als diese die Blutgefäße im Unterarm durchtrennten.

Theresa ließ nur kurz locker, um zu schlucken, dann packte sie Robins Oberarm unterhalb der Schulter.

Sie will mich fressen.

Robin spürte im Rachen der Hexe die blasenartigen Geschmacksknospen unter ihren Fingern.

Sie will mich fressen. SIE FRISST MICH.

Mit der freien Rechten langte die junge Frau nach der schwarzen Murmel, dem einen Auge der Hexe, und versuchte, die Finger hineinzubohren, doch es war zu weit entfernt. Also schlug sie auf die Nase ein, wieder und wieder und wieder, aber es war, als prügelte sie auf einen mit Schinken gepolsterten Geländewagen ein.

»Lass sie los!«, fauchte Kenway und bearbeitete Theresas warzige Wange wild, mit beiden Fäusten wie Rocky, *dong-dong, dong-dong.* Das Monster schnaubte nur, wich zurück und zerrte Robin hilflos durch das Gras. Ihr Schultergelenk schmerzte wie die Hölle, aber das war nichts im Vergleich zu ihrem Bizeps. Der Muskel war zerfetzt, und aus einer offenen Schlagader spritzte Blut im Takt ihres Herzens direkt in Theresas Mund.

Als die Hexe lachte, bespuckte sie Robin mit deren eigenem Blut.

Das Schweineungetüm warf den brennenden Kopf hin und her, stellte Robin auf die Füße, und der Oberarmknochen brach mit einem trockenen *KNACK!* über dem Angelpunkt des Gebisses. An diesem Punkt spürte sie keinen Schmerz mehr; Adrenalin hatte das Regiment übernommen, und sie fühlte nur ein dumpfes *Schneiden, Reißen.*

Wieder hob das Ding, das Theresa gewesen war, den Kopf

und zerrte die junge Frau am Arm in die Luft. Haut und Muskeln zerrissen zu fleischigen roten Fasern.

Robin flog in hohem Bogen über zwei Spaliere und landete auf dem dritten wie eine Fliege in einem Spinnennetz. Das Gestell brach unter ihr zusammen, und sie sank inmitten von Draht und Weinranken zu Boden.

Unten angekommen streckte sie den Arm aus und wollte sich hochziehen, konnte den Draht jedoch nicht greifen. In dem Augenblick, in dem sie sich in eine sitzende Position hochgekämpft hatte, verstand sie plötzlich trotz des Nebels im Kopf, warum sie sich nirgendwo festhalten konnte.

Ihr linker Arm war weg. Vollständig weg.

Sie starrte ungläubig auf den ausgefransten Stumpf an ihrer Schulter. Blut tropfte aus dem zerquetschten Brei.

Sie fand keine Worte dafür; das musste eine Täuschung sein, das war nicht die Realität. Und dann löste sich ihr Verstand in einem Strudel abstrakter Wahrnehmungen auf. Die Überreste ihres linken Arms stammten aus einem Horrorilm, Filmrequisiten aus Latex, aus denen rot gefärbter Sirup spritzte, aber alles war zu echt.

Ihr T-Shirt war blutdurchtränkt. Ihr drehte sich der Magen um, gleich würde sie sich übergeben. Ihr Gesicht fühlte sich eiskalt an.

Das war *echt*, das *passierte wirklich*.

Flammen flackerten im Regen vor ihr, und das gigantische Hexenschwein kam in Sicht. Theresas Maul stand offen, und Robin sah ihren eigenen Arm darin auf einer gelb-violetten Zunge liegen. Ein Dolch aus Knochen ragte aus dem wabbligen Stumpf. Das Schwein schüttelte mehrmals den Kopf und schluckte den Arm Stück für Stück wie ein Krokodil, das einen Fisch verschlingt, bis der letzte Brocken Fleisch im Schlund hinter den Zähnen verschwunden war. Dann knurrte das Untier zufrieden und stampfte auf Robin zu.

Schnodder troff in käseartigen Fäden aus den Nasenlöchern des Monsterschweins. Ein paar Alkoholflämmchen leckten noch an den Augenhöhlen und der verschwitzten schwarzen Mähne.

Die Ränder von Robins Blickfeld verdunkelten sich. Sie kam überhaupt nicht mehr zu Atem. Ihr Körper war so taub wie eine Wachsfigur. Sie hörte den Regen fallen, aber sie spürte ihn nicht auf der Haut. Mit der rechten Hand wollte sie sich gegen das Ungeheuer verteidigen, allerdings gab sie sich nicht der Illusion hin, den katastrophalen Untergang verhindern zu können.

Das war's. Ich habe es ganz offiziell versemmelt, Mom.

Wind zerrte an Robins Haar und pfiff in die höhlenartigen Nüstern. Der Koloss griff sie mit blutverschmierten Lippen an.

Sie packte den Rand von Theresas Schnauze, als das Maul aufging und die widerliche Zunge mitsamt den abstoßenden Zähnen enthüllte. Ihr eigenes Blut klebte noch auf den Geschmacksknospen und tropfte von der Oberlippe des Wildschweins.

Ein Wirbelwind fegte um die beiden herum und zerzauste Robins Iro. Diesmal wehte die Böe nicht aus Theresas Nüstern – sondern von überall und nirgendwo zugleich. Nadeln bohrten sich in ihre Haut und kribbelten tief in ihr und krochen wie eine Spirale aus Schmerz ihren Arm hinauf. Ihre rechte Hand war taub geworden, während sie noch die Kante der schwabbeligen Schweineschnauze umklammerte. Nein, Augenblick, so fühlte es sich nicht an, sondern *ganz anders,* einfach sonderbar. Fremdartiges Licht strahlte von ihren Fingern ab, überzog mit grünem Schein ihr Handgelenk und folgte dem Rücken ihres Unterarms bis zum Ellbogen. Ihre Knochen schimmerten als dunkle Schatten durch.

Irgendetwas strömte aus Theresa hervor und kroch in Robins rechten Arm hinauf, irgendeine Art von Essenz.

Nein, Kleines, murmelte eine Stimme leise aus dem Obsthain.

Eine angedeutete Silhouette, halb verborgen hinter Ranken und Spalieren. Eine geisterhafte Annie Martine schaute durch die Rebenreihen zu. *Du bist noch längst nicht am Ende. Die werden dich nicht kleinkriegen. Im Augenblick kommst du ganz nach deinem Daddy.*

Die Flanken des Monsterschweins bebten, das Untier zitterte und wollte zurückweichen, aber Robin hielt es mit den Fingern fest. Sie war ein stromführender Draht, der die Hexe erdete, allerdings floss die Elektrizität nicht durch sie hindurch, sondern *in sie hinein,* in Robin, und leerte den stygischen Quell, wo sich einst das Herz der Hexe befunden hatte. Sie spürte, wie in Theresa etwas verdorrte, vernarbte, sich verschloss.

Das libbu harrani, *Theresas Herzweg zu Ereshkigal.* Die Bestie schüttelte sich wie ein Hund, der sich in seiner Leine verbissen hat, und versuchte, sich loszureißen, aber Robins rechter Arm gab so wenig nach wie eine Eisenkette. *Ich sauge es ihr aus. Ich schließe die Tür. Sie wird schwächer.*

Plötzlich war das riesige Grendel-Schwein nicht mehr ganz so riesig, nur noch so groß wie ein Pferd. Schwere Säcke Kollagens hingen schlaff von Theresas Bauch und Schenkeln wie roher Teig, und ihre braunen Brustwarzen schleiften durchs Gras. Sie zog und zerrte und warf mit den Paarhufen Erde auf, doch alles vergeblich.

Mom, ich habe zu viel Blut verloren. Sie hielt Ausschau nach dem Geist, aber Annie war verschwunden.

Ihre Finger gaben nicht nach, hielten fest wie eine Schraubzwinge. Die Rankgerüste hinter dem Schwein hatten Feuer gefangen, orange Flammen schlugen in den Nachthimmel, aber Robin spürte, wie die Bewusstlosigkeit hinter ihren Schläfen lauerte.

Was auch immer das ist, ich weiß nicht, wie lange ich es noch aufrechterhalten kann.

Eine nackte alte Frau kniete auf Händen und Füßen zwischen den Beinen der Hexenjägerin wie eine Hebamme, schnaufend und schweineartig und düster. Die Spitze von Robins Daumen lag immer noch auf Theresas Nase, und auch die Finger steckten noch in ihren Nasenlöchern.

»Bei Gott«, keuchte die Hexe erstickt. Diese Worte hatte Theresa vermutlich seit langer, langer Zeit nicht mehr in den Mund genommen.

»Was …« Robin biss vor Anstrengung die Zähne zusammen, der Ohnmacht nahe und taub vom Blutverlust.

»Du bist die Tochter des Dämons«, stieß Theresa hervor, und dann war Kenway da. Er setzte der Hexe die Mündung der Pistole an den Kopf und drückte ab. Ein gedämpfter Schuss fiel.

Der Sturm tobte. Robin schlief.

13

Als Kenway Theresa eine Kugel in den Kopf schoss, sprühte schwarzer Glibber aus der Eintrittswunde auf sein Gesicht und seine Arme. Zur Sicherheit feuerte er noch einmal. Scheiß drauf. Er drückte den Auslöser, bis das neue Magazin der H&K leer war. Um ihn herum lagen Patronenhülsen auf dem Boden, und in der Nachtluft lag der scharfe Geruch von Schießpulver.

War das Monster tot? Er stupste die Hexe mit dem Pistolenlauf an. Eigentlich hätten seine Hände zittern sollen, was sie jedoch nicht taten. Sein Herz schlug langsam und gleichmäßig. Er blinzelte nicht, während sein Blick zum Horizont wanderte, von Schatten zu Schatten glitt und nach weiteren Gegnern suchte. Irgendetwas in ihm war neu entflammt, etwas, das er nach jenem Tag im Nahen Osten für erloschen gehalten hatte. Kenway ließ das Magazin herausfallen und hatte das nächste eingeschoben, ehe das leere auf dem Boden gelandet war. Er sicherte die Waffe und schob sie ins Halfter, und dabei fühlte er sich, als wäre er aus der hohen Stratosphäre in ein Fass mit warmem Wasser gefallen.

Und als er sich dann umdrehte und Robin blutüberströmt und ausgestreckt in einem Gewirr von Ranken auf dem Boden liegen sah, fiel er noch einmal – tauchte geradewegs ab zum Mittelpunkt der Erde und bis in den tiefsten Graben, wo ihn der Druck des Ozeans zu pulverisieren drohte und das eisige Wasser der Panik sich mit Gewalt in seinen Mund drängte.

Verdammt, ihr Arm war unterhalb der Schulter abgerissen.

Blut tröpfelte aus dem Stumpf, rotem Brei in einem Mantel aus Haut, aus dessen Fleisch eine schlanke Knochenscherbe ragte.

Unwillkürlich fuhr er herum und übergab sich in das zerbrochene Spalier. Es musste alles aufbringen, was ihm zur Verfügung stand, jede Faser seines Wesens, jedes Atom seiner Selbstbeherrschung, um sich nicht zurück nach Afghanistan versetzen zu lassen, zurück in die Vergangenheit, um nicht vollständig den Verstand zu verlieren und aus den Fugen zu geraten.

»Mister!«, schrie jemand hinter ihm.

Beinahe hätte er sich auf Wayne Parkin gestürzt. Die Hand des Veteranen ging tatsächlich zur Hüfte, die Fingerspitzen berührten den Knauf seiner Pistole.

Der kleine Junge stand direkt hinter ihm, sein dunkles Gesicht war vom Feuerschein der brennenden Leiche vor ihnen erhellt. Kenway spuckte aus, stützte sich auf seine Knie, spuckte erneut aus und hatte den ätzenden Geschmack von Galle im Mund. »Ja«, sagte er hustend. »Allmächtiger, wir müssen sie ins Krankenhaus bringen.« *Hör auf, dir selbst leidzutun. Diese Frau, diese Frau verändert dich, verändert dein Denken und deine Stimmung; sie schließt die Tür zu deiner Zelle auf, und wenn sie dann da liegt und verblutet, fängst du an mit »gleich, gleich, ich brauche einen Moment für mich«?*

Setz deinen Arsch in Bewegung, Sergeant.

Kenway kniete sich neben sie, zog seinen Gürtel aus der Hose und schnallte ihn so fest wie möglich um die Reste von Robins

Bizeps, um den Arm provisorisch abzubinden. Dann schob er die Hände unter ihre Knie und ihren Rücken, hob sie aus dem Gebüsch und eilte auf das Haus zu. »Hey, Chicago-Boy«, sagte er, während er rannte, mit rauer Stimme, »kannst du mit einer Knarre umgehen?«

»Ey, fragst du mich das nur, weil ich schwarz bin?«, schrie Wayne seinen Rücken an. »Ich bin noch ein Kind, Mann.«

»Verdammt, kennst du dich damit aus oder nicht?«

Wayne joggte neben ihm her; der Mond glitzerte auf seiner Brille. Vom Kriechen auf dem Boden war er über und über mit Erde beschmiert. »Äh ... na ja, ich habe schon eine Menge *Halo* und *Call of Duty* gespielt. Zählt das?«

»Nein, verdammt. Verdammt, verdammt, verdammt.« Der riesige Veteran blieb stehen und legte sich Robin über die linke Schulter, sodass sie bewusstlos über seinem Rücken hing. Dann zog er mit der rechten Hand die Pistole, streckte sie vor sich aus, legte den Finger an den Abzug, bereit zu feuern, und bewegte sich weiter durch den dunklen Weingarten. Blut durchnässte sein Hemd. Das bewusstlose Mädchen war schwer. Der Wagen stand über fünfhundert Meter entfernt, mindestens, und er hatte noch nicht einmal den Garten hinter sich. *BEWEG DEINEN ARSCH, SERGEANT,* dachte er, während die Prothese unter ihm gefährlich knackte. *MACH SCHON MACH SCHON MACH SCHON.*

»Ist da noch jemand, vor dem wir uns in Acht nehmen müssen?«, keuchte er, wobei sein Atem weiße Wölkchen bildete.

Das Lazenbury-Haus ragte hinter den Weinspalieren auf, vielleicht vierhundert Meter entfernt. Von hinten sah das im mexikanischen Stil gebaute Haus im Dunkeln wie ein riesiges Lagerhaus aus. *Wieso ist dieser Weingarten plötzlich so groß? Von draußen sah er gar sich so riesig aus.*

»Ich glaube nicht«, sagte Wayne. »Die beiden anderen Hexen,

die bei uns waren, sind losgerannt, um sich auf diesen Heinrich zu stürzen. Mein Dad ist durchgeknallt und mit ihnen mitgelaufen. Ich habe keine Ahnung, wo er steckt.«

Der Junge blieb aus heiterem Himmel stehen, Schock und Angst im Gesicht.

»Was ist los?«, fragte Kenway, der nur kurz anhielt, sich umdrehte, ihn ansah und weiterlief. Robin hing über seiner Schulter, unglaublich schwer für so eine kleine Frau. »Komm schon, wir müssen los.«

»Mein Dad ist da irgendwo. Erschieß ihn bitte nicht!«

»Natürlich nicht.« Kenway steckte die Pistole ins Holster und konzentrierte sich aufs Laufen. Das Gras war nass und daher rutschig, aber irgendwie brachte er den Weingarten hinter sich. Sie traten aus den Spalierreihen.

Über den Rasen, wo der Tisch mit benutztem Geschirr stand. An der Garage entlang über den Asphalt, dann über den Kies. Der taubenblaue Chevy hielt Wache im Dunkeln hinter dem Haus, und Kenway krachte dagegen, benutzte ihn, um mit einem *BONG!* in der Stille zum Halt zu kommen.

Er zog die Tür auf, setzte Robin auf den Beifahrersitz und schob einen Arm hinter den Sitz, wo er immer ein Erste-Hilfe-Set aufbewahrte. Bierdose, leerer Rucksack, Frisbee ... Seine Hand tastete sich zum glatten Plastik des Verbandskastens vor. Er zog ihn heraus und öffnete ihn auf dem Boden.

Die Aderpresse lag ganz unten, unter dem Rest des ganzen Krams. Er machte den Riemen so weit auf wie möglich und schlang ihn vorsichtig um Robins verletzte Schulter oberhalb des Gürtels, dann drehte er den Plastikhebel. Die Bänder in der Manschette wurden kürzer, bis sie in Robins Oberarm schnitten, und drückten die Blutung ab. Er drehte die Presse so fest, wie er sich traute, dann fixierte er den Hebel mit zwei Klettverschlüssen.

»Das war's, Baby«, schnaufte er atemlos.

Er warf den Gürtel in die Kabine des Trucks, schlug die Tür zu und stieg auf den Fahrersitz.

Wayne musste man zugutehalten, dass er ohne Aufforderung einfach auf die Ladefläche geklettert war. Kenway drückte das Gas bis zum Blech durch, dass der Kies bis an die Garage spritzte, und schoss die Einfahrt hinunter.

Auf halbem Weg nach unten kam ihnen ein Wagen entgegen. Scheinwerfer hüpften über den holprigen Weg und leuchteten die Fahrerkabine des Chevys mit Halogenlicht aus. Kenway blinzelte und raste an dem anderen vorbei in die Dunkelheit, während dieser – offensichtlich ein Suburban – auswich und in den Graben und das tiefe Gras fuhr.

Unten am Ende der Einfahrt blickte Kenway in den Rückspiegel. Der Suburban wendete und strich mit den Scheinwerfern über die Front des Lazenbury-Hauses. »Wer ist *das?*«, fragte er sich selbst und bog auf die Underwood Road ein.

Seine Reifen quietschten, als sie auf dem Asphalt festen Halt fanden, der alte Chevy schleuderte und verpasste Cuttys Briefkasten nur um Haaresbreite. *Scheiß der Hund drauf. Darum kümmern wir uns später. Jetzt gibt es Dringlicheres zu tun.*

Beim Fahren warf er immer wieder einen Blick auf das Mädchen, das neben ihm saß und im trüben Licht der Instrumentenbeleuchtung zu einem grauen, aschfahlen Phantom geworden war, voller Blut und Dreck. Der Iro klebte flach auf der Kopfhaut. Robins Mund stand offen, und die dunkel geränderten Augen waren bloße Schlitze, durch die Kenway nur ein wenig Weißes sehen konnte.

Scheiße, sie sieht aus wie tot, scheiße, scheiße, wie tot. Das war alles, was ihm durch den surrenden Kopf ging.

Sein Gaumen war knochentrocken, seine Hände fühlten sich

schmierig an. Sein Körper war wie elektrisiert. Er überfuhr jedes Stoppzeichen und jede rote Ampel und jagte durch die Stadt wie Chuck Yeager auf einem Raketenschlitten. Hob ein paarmal ab. Es grenzte an ein Wunder, dass keine Cops heulend aus ihren Verstecken preschten, um ihn für überhöhte Geschwindigkeit zur Kasse zu bitten; aber ehrlich gesagt hätte er überhaupt angehalten? Teufel, nein. Negativ, Ghost Rider. Sie hätten sich bis zum Krankenhaus eine Verfolgungsjagd mit ihm liefern müssen.

Riesige Worte leuchteten neonrot im Dunkeln: NOTAUFNAHME.

Der Chevy kam quietschend fünf Meter vor dem Eingang der Notaufnahme des Blackfield Medical zum Stehen und wäre fast in einen geparkten Krankenwagen gerutscht. Der Junge auf der Ladefläche kippte mit einem dumpfen *Rums* um.

Kenway zog die Handbremse so heftig an, dass er sie fast herausgerissen hätte, und die vergessene Pistole landete scheppernd auf dem Boden. Er rannte zur Beifahrerseite und öffnete die Tür. Robin war an die Seite gesunken, und ihr schlaffer Körper kippte heraus. Kenway fing sie auf

(Gott, so viel Blut)

und zog sie heraus, nahm sie auf die Arme, hielt sie fest, wobei sich ihm die Abschnürbinde in die Seite bohrte,

(ich habe dich, Baby, ich habe dich)

und dann lief er mit ihr zur Notaufnahme.

Kurz bevor die automatische Tür aufging, erhaschte er im Plexiglas einen Blick auf sich. Sein Gesicht war mit ihrem Blut verschmiert, sein Bart hatte es wie ein Schwamm aufgesaugt, sein Hemd war überall rot.

Auf den Stuhlreihen im Wartebereich saßen Leute mit mürrischen Gesichtern, im Fernseher liefen Nachrichten. Schwingtüren führten in weitere Räume. An einer Wand standen wie

Feldbetten zusammengeklappte Krankentragen. Ein L-förmiger Tresen nahm den rückwärtigen Teil des Raums ein, und dahinter saßen mehrere Frauen und ein Mann in grünen OP-Kitteln.

Eine der Frauen sah von ihrer Beschäftigung auf und riss die Augen auf.

»Sir?«, sagte jemand rechts von ihm.

Wohin? Wohin? Wohin ging es? Er marschierte mitten in den Raum, auf den Armen das verstümmelte menschliche Wesen, und schrie: »Hilfe! Kann mir nicht irgendwer helfen? *HILFE!*«

Schwestern und Sanitäter versammelten sich um ihn herum wie eine Schar Vögel. »Legen Sie sie auf diese Trage«, sagten sie, »was um Gottes willen ist denn passiert«, sagten sie, »bringen Sie sie hierher«, und sie warfen einander Anweisungen zu, medizinische Begriffe, die Kenway vielleicht wiedererkannt hätte, wenn sein verdammter Verstand nicht die Arbeit eingestellt hätte. Bis zu dem Augenblick, in dem er sich umgedreht und Robin blutend und leblos im Weingarten hatte liegen sehen, war er absolut cool gewesen.

»Autounfall«, erklärte Wayne ihnen atemlos.

Sie setzten ihr eine Sauerstoffmaske aufs Gesicht, rollten sie durch eine Tür, und damit war sie verschwunden.

Und ausgerechnet jetzt, zu diesem Zeitpunkt, an diesem Ort, klingelte Kenways Handy. Er stand mitten in der Notaufnahme, zitterte wie ein frierender Chihuahua, starrte auf die Tür, durch die sie Robin brachten, und ignorierte es. Dann fiel ihm auf, dass er weinte.

»Hey, Mister«, sagte Wayne. Der Veteran sah ihn an. »Dein Handy klingelt.«

Er holte es heraus und sah aufs Display. Unbekannte Nummer. Er drückte die grüne Taste, hielt sich das Gerät ans Ohr und ging durch den Wartebereich. »Ja? Ich weiß nicht, wer da ist, aber im Augenblick ist es schlecht.« Er unterdrückte ein Schluchzen. »Schlechter geht's eigentlich nicht.«

»Joel wurde angeschossen. Ich brauche deine Hilfe.«

»Was? *Joel wurde angeschossen?*« Kenway zögerte. »Wer ist da?«

»Sein Bruder, Fisher. Ich habe ihn hier in meinem Comicladen. Du bist doch Sanitäter, oder? Hast du mal gesagt. Kannst du mir helfen?«

»Ja, ich war Sanitäter. Warum bringst du ihn nicht ins Krankenhaus?«

Seufzen am anderen Ende. »Weil er von einem Cop angeschossen wurde. Und dann hat er den Cop angeschossen. Hat ihn in einen Swimmingpool geblasen, mit Mamas Schrotflinte. Wir fürchten, wenn wir ihn ins Krankenhaus bringen, gerät er wieder den Cops in die Hände, und die werden es wieder versuchen.«

»*Was?* Warum?«

»Er sagt, der Serienkiller, der ihn in dieser Garage in Weavers Wunderland aufgehängt hat, steckt mit den Cops unter einer Decke – oder ist vielleicht sogar selbst ein Cop –, und deshalb ist irgendwer bei ihm aufgetaucht, um ihn zum Schweigen zu bringen, weil er im Revier eine Aussage gemacht hat.«

»Scheiße. Also. Gottverflucht, wenn's kommt, dann aber gleich richtig dicke, was?« Kenway kämmte sich mit den Fingern das regennasse Haar und seufzte unsicher. »Ich kann hier gerade echt nicht weg, Mann. Ich bin nämlich gerade mit Robin und Leon Parkins Jungen im Krankenhaus. Robin ist verletzt worden, Mist, *echt* schlimm. Die H…« Beinahe hätte er *Hexen* gesagt, doch nach dem, was Joel über die skeptische Haltung seines Bruders gegenüber der Paranoia ihrer Mutter geäußert hatte, war er nicht sicher, ob das so schlau war.

»Die was?«, fragte Fish.

»Nichts. Gar nichts.«

Während er nachdachte, stand plötzlich der erwähnte Junge vor ihm und sah ihn mit einem Mitgefühl an, das man ihm bei seinem Alter nicht zugetraut hätte. Wayne salutierte unbeholfen. »Ich passe jetzt schon eine Weile auf meinen Vater auf«, sagte er, »wenn jemand geeignet ist hierzubleiben, dann ich. Du kannst dich um Joel kümmern. Er braucht dich.«

»Bist du sicher?« Der Gedanke, ein Kind sich selbst zu überlassen, war ihm ein Gräuel, selbst hier in einem Krankenhaus.

»Hey«, sagte Wayne, »wenn man sogar ein Baby im Krankenhaus lassen kann, dann doch erst recht einen Jungen, der schon fast ein Teenager ist. Ich schaffe das schon. Du kümmerst dich um diese Angelegenheit, okay? Ich war schon mal hier. Öfter.«

Widerwillig wandte sich Kenway an Fish: »Schick deine Freundin Marissa ins Krankenhaus, damit sie auf Wayne aufpasst, und dann komme ich zum Comicladen.«

»Sie ist sogar schon da. Hast du vergessen, sie ist Ärztin? Vor drei Stunden hat ihre Schicht angefangen.«

»Hey, Kid«, sagte Kenway zu Wayne, »hast du ein Telefon?«

»Yeah.« Wayne zog es aus der Tasche. Es war ein älteres Modell mit ausziehbarer Tastatur. Kaum geeignet und wohl auch nicht neu genug, um im Internet zu surfen, aber für SMS reichte es.

»Bin in einer Minute da«, sagte Kenway zu Fish, beendete das Gespräch und schob das Telefon in die Tasche. »Du bleibst hier im Warteraum der Notaufnahme, okay? Fishs Freundin kommt her und sieht nach dir. Sie arbeitet hier, sie ist Ärztin. Ihr Name ist Marissa. Behalte das Telefon bei dir, für alle Fälle.«

»Für was für Fälle?«

»Mann, ich habe keine Ahnung. Für den Fall, dass einer von uns dich sucht.« Er nahm Waynes Telefon und fügte Fishers und seine eigene Nummer dem Adressbuch hinzu.

»Okay.«

»Schick mir eine Nachricht und halt mich auf dem Laufenden.«

»Okay.«

Draußen auf dem Parkplatz sprang Kenway in seinen Truck, hieb den Gang rein und donnerte davon.

Komischerweise fühlte er sich nicht mehr ganz so erschüttert wie noch wenige Augenblicke zuvor. Die Panik und die Hilflosigkeit waren wie weggeblasen, geblieben war ein Gefühl der Sinnhaftigkeit. Ungeachtet der Umstände fühlte es sich gut an, richtig gefordert zu werden. Er wurde wieder gebraucht. Plötzlich war er nicht mehr der Versager, der irgendwo im Nichts in seiner Atelierwohnung voller psychedelischer Malereien saß. Jetzt war er wieder Sergeant Griffin. Er war wieder *nützlich.*

Hoffentlich, dachte er, während er die Straße ins Zentrum von Blackfield entlangraste, *ist es noch nicht zu spät für Robin.* Die H&K-45-Pistole lag auf dem Boden hinter seinen Füßen und rutschte langsam außer Sicht.

14

Als Joel erwachte, stand eine Silhouette im Türrahmen. Officer Bowker, der mit einer Pistole auf sein Gesicht zielte.

»Fuck!«, brüllte er, schob sich rückwärts bis ans Ende des Futons und fiel herunter. Brennender Schmerz biss wie eine rostige Säge in seinen Schenkel. »Nicht schießen! Nicht …«

»Hey-hey-*hey*.« Bowker drehte einen Schalter – *klick klick* –, und eine Lampe erfüllte den Raum mit sanftem Schein. Es war gar nicht der Deputy, es war sein Bruder Fisher, und er hielt einen Becher Kaffee, nicht eine Glock. »Ist ja gut, Mann! Du bist in Sicherheit! Ich bin's.«

Die Wände des beengten Raums waren mit Bücherregalen gesäumt, die mit Hunderten von VHS-Kassetten vollgestellt waren: die besten und obskursten Horror- und Fantasyfilme der letzten vierzig oder fünfzig Jahre. In eine Lücke zwischen den Regalen war ein alter Magnavox-Fernseher mit Videorekorder gequetscht. Auf einem Beistelltisch lag ein Haufen Kleidung (ein T-Shirt und eine Jeans, beides so sorgfältig gefaltet wie in der Auslage eines Bekleidungsgeschäfts), und der glitzernde Baseballschläger lehnte am Ende des Futons.

Sein Schenkel war dick mit Verbandsmull umwickelt, der mit zwei winzigen Aluklammern fixiert war. Sauber, aber er hatte keine Ahnung, ob es daran lag, dass der Verband frisch war oder ob die Blutung nicht so stark war. Der stechende Schmerz ging bis zum Knochen, als hätte man ihm mit einer Nagelpistole eine Krampe hineingeschossen

(DA KOMMST DU NICHT WEG, PIZZAMANN)

und breitete sich immer noch im Muskel aus. Joel kniff die Augen zu, bis das Bild vor seinem geistigen Auge – die Schlange, die Nägel durch die Tür in der Garage schoss – verschwand.

(BLUT FÜR DEN GARTEN)

Katerkopfschmerzen tosten in seinem Kopf, die Kratzer auf der Brust brannten noch, und sein ganzer Körper war steif und schmerzte, doch nichts von alldem konnte mit der Schusswunde im Bein mithalten. Seine Hände zitterten so sehr, er konnte nicht einmal den Becher Kaffee halten. »Stell ihn da hin, ich nehme ihn gleich.«

Fish stellte den Kaffee neben die gefalteten Kleidungsstücke und setzte sich zu seinem Bruder. »Wie geht es deinem Bein?«, fragte er und reichte Joel zwei Pillen.

Paracetamol, extrastark. Das war nicht viel, musste aber erst einmal reichen, bis er wieder an seinen Vorrat in Mamas Haus kam. Er schluckte die Tabletten eine nach der anderen ohne Flüssigkeit. Im Mund hatte er einen Geschmack, als hätte er einen Abfalleimer leer gefuttert.

»Tut weh.«

»Kann ich mir vorstellen. Glücklicherweise war es nur eine Schramme. Hat ein Loch von der Größe eines Quarters ins Bein gebrannt, mehr nicht. Hätte schlimmer kommen können. Jedenfalls wurden weder die Arterie noch der Knochen verletzt.«

Unter dem Verband befanden sich gut zwanzig Stiche. Die Nacht davor verschwand in einem Dunst aus Alkohol und Schmerz, aus dem nur die Erinnerungen klar hervortraten, wie er vor dem Polizisten weggerannt, sich wie ein Penner im Park verkrochen und die blutverschmierte Flasche Thunderbird-Wein leer gemacht hatte. Fisher hatte ihn mit dem Motorrad abgeholt, eine dieser schnittigen japanischen Maschinen in Moosbeerrot, und ihn verschwinden lassen. Vage erinnerte er sich daran, dass er sich geweigert hatte, ins Krankenhaus gebracht zu werden.

»Wer hat mich genäht?«

Ein riesiger Schatten trat in die Tür. »Hört sich an, als wäre der Patient wach.«

»Kenway?«

»Genau der.« Man musste es dem großen Veteranen zugutehalten, er war in Nullkommanichts gekommen. Da er, Beinprothese hin oder her, deutlich über eins achtzig groß war und fast kräftig genug gebaut, um mit einem Grizzly zu ringen, verfügte er zusammen mit Fish über genug Muskeln, um einen widerspenstigen Betrunkenen mit Beinwunde festzuhalten.

»Wie geht es dir?«, fragte er.

»Als hätte man mir ins Bein geschossen und als könnte ich einen Kopfschuss *gebrauchen*«, gab Joel gereizt zurück. Ein Strahlenkranz der Morgensonne um Kenways Gestalt im Türrahmen löste stechende Kopfschmerzen bei ihm aus. Nachdem seine patzige Antwort Schweigen auslöste, fügte er hinzu: »... Tut mir leid. Bin völlig fertig. Danke fürs Zusammenflicken.«

»Immer doch, gerne.«

»›Fertig‹ ist wohl ein bisschen untertrieben«, sagte Fish.

Kenway kam ins Zimmer und setzte sich auf eine Plastikkiste, die unter ihm knarrte. Er rieb sich das Gesicht mit beiden Händen und sah ganz schön erschöpft aus. Ehrlich gesagt sah er beschissen aus. Als hätte er nicht geschlafen. »Und du sagst, das war ein *Cop*, der auf dich geschossen hat?«

»Ja. Wie er meinte, hätte jemand, den er ›die Schlange‹ nannte, mich eigentlich erledigen sollen. Der Cop meinte, die arbeiten alle zusammen. Marilyn Cutty gehört die Stadt.« Joel legte den Kopf zurück, ließ sich auf den Futon sinken und drückte die Hand auf die Augen. Geometrische Formen flackerten hinter seinen Lidern. »Ich schätze, diese ›Schlange‹ ist der Kerl, den ich Freitagabend im Internet kennengelernt habe.«

»Ein Sex-Date.« Fish seufzte. »Du musst endlich aufhören, so herumzuvögeln. Sonst holst du dir am Ende noch etwas, gegen das es keine Impfung gibt.«

»Ich habe ja Gummis.«

»Du musst immer das letzte Wort haben, was? Ein Regenmantel hält dich auch nicht ewig trocken. Außerdem wärst du um ein Haar von einem irren Typen mit einem Messer aufgeschlitzt worden.«

»Immer nur Speck und Blumenkohl zu futtern macht *dich* auch nicht unsterblich. Du kannst dem Tod nicht davonrennen, der kümmert sich nicht darum, wie schwere Hanteln du heben kannst.« Joel nahm seinen Kaffee und hielt ihn sich unters Kinn. »Komplexe Kohlenhydrate waren es jedenfalls nicht, die Mama verrückt gemacht und ins Grab gebracht haben, ja? Und dich werden sie auch nicht umbringen.«

Fish schüttelte den Kopf und ging hinaus. Ein Radio im Laden wurde eingeschaltet, unglaublich laut, irgendein lokaler Sender mitten in seinem morgendlichen Rushhour-Geplapper. Nachdem er sich durch ein Dutzend Sender geknistert hatte, landete er bei Classic-Rock. Guns N' Roses war zwar nicht gerade Fishs Leidenschaft, aber so ging sein Bruder damit um, wenn die Gespräche zwischen ihnen schwierig wurden: Er blockte sie mit Musik ab. Egal welche Musik, Hauptsache laut. *Deshalb haben wir vermutlich nie irgendetwas geklärt,* dachte Joel. *Er rennt in sein Zimmer und stellte Kanye West auf volle Lautstärke, und ich suche mir was zum Rauchen oder Trinken.* Kenway schaute ihm schweigend zu, wie er an seinem Kaffee nippte. Er hockte zusammengekauert da, die Ellbogen auf den Knien, und rang langsam die Hände.

»Gibt es sonst noch etwas zu berichten?«

Kenway öffnete irgendwie verlegen die Hände und zuckte schuldbewusst. »Ich freue mich nur, dass es dir gut geht.«

»Was hast du denn übrigens heute vor? Wir haben dich doch nicht davon abgehalten, mit der kleinen Hexenjägerin mit dem knackigen Po abzuhängen?«

»Sie ist im Krankenhaus.«

Joel zuckte überrascht zusammen. »Was ist passiert?«

»Sie war zum Abendessen bei diesen Hexen. Die haben dann versucht, sie zu grillen. Eine hat sich in ein riesiges Monsterschwein verwandelt und ihr den verdammten Arm abgebissen.« Kenway rieb sich den Nacken und starrte mit diesem Kilometer-weit-entfernt-Blick auf den Boden.

»Alter, ehrlich?«

»Ja.«

»Kommt sie durch?«

Der Veteran zuckte mit den Schultern. »Keine Ahnung. Hoffentlich. Ich habe vor zwei Stunden angerufen. Die Ärzte sind optimistisch. Ihr Zustand ist stabil. Sie hat eine Menge Blut verloren, und ich habe getan, was ich konnte. Ich habe sie selbst ins Krankenhaus gefahren.«

»Heilige Scheiße.« Joel nippte an seinem Kaffee. Schwarz, gerade genug Zucker, um das Bittere abzumildern. Heiß genug, damit der Dampf Nebel vor den Augen bildete. Tranig. Einen Hauch salzig. Er seufzte. »Er hat Butter in meinen verdammten Kaffee getan.«

»Krass.«

»Ja.« Joel starrte auf den Becher und knirschte mit den Zähnen. »Der Cop ist bei mir zu Hause aufgetaucht. Er weiß, wo ich wohne. Dorthin kann ich mich nicht mehr verkrümeln. Die lassen meine Türen offen stehen, und dann bleibt nichts an seinem Ort … wenn ich überhaupt je dorthin zurückkann.«

»Ach, das wird alles wieder. Außerdem kann ich mir nicht vorstellen, dass die Cops tatsächlich deine Haustür offen stehen lassen.«

»Ich konnte mir auch nicht vorstellen, dass sie aus heiterem Himmel auftauchen und mich umnieten wollen.« Er stellte den Kaffee zur Seite, schob seinen Hintern zum Rand des Futons und versuchte aufzustehen, indem er sich auf die Armlehne stützte. Er zischte, als sich der imaginäre Nagel in seinem Bein ein bisschen tiefer bohrte.

»Übernimm dich nicht«, sagte Kenway. »Für dieses Wochenende war ich oft genug im Krankenhaus.«

»Übernimm dich nicht und teil hart aus, so kommst du voran.«

Er zog sich an und begann mit dem T-Shirt. Die Jeans war ein bisschen schwieriger. Mit jedem Zentimeter drückte sich der rostige Nagel in seinem Schenkel tiefer. »Scheiße. Er hat gesagt, dieses Loch in meinem Bein sei nur so groß wie ein Quarter. Wie das French Quarter vielleicht.« Er blies durch die zusammengepressten Lippen, öffnete die Tür am Ende der Couch und humpelte hindurch. Auf der anderen Seite führte eine schmale Treppe hoch zu Fishers Apartment über dem Comicladen. Er stellte den gesunden Fuß auf die erste Stufe und sammelte Kraft für den Weg nach oben.

Begleitet von einem tiefen Atemzug zog er den rechten Fuß nach und setzte ihn auf die zweite Stufe. Sein Schenkel spannte sich an und zerrte an der Naht, der Jeansstoff rieb über den Verband. Stechender Schmerz brannte im Muskel, als hätte jemand eine glühende Zigarette unter den Mull geschoben.

Zwölf Stufen noch. »Gott steh mir bei.«

Auf halbem Weg nach oben hatte er ein System entwickelt: Zuerst lehnte er sich nach links, stützte sich auf den Handlauf, der in die Wand geschraubt war, drückte sich mit dem linken Bein hoch und zog das rechte steif und seitlich nach. Als er oben ankam, brannte auch sein linker Schenkel, und der Schweiß rann ihm über das Gesicht. Er stand oben an der Treppe und betrachtete Fishs Apartment.

An den Wänden hingen in geschmackvollem Abstand zueinander Superhelden-Poster – *Avengers, Hulk, Spider-Man,* Filmplakate, künstlerische Minimal-Stücke und Comicbuch-Aufsteller, die so groß waren, dass die Farben sich in einzelne Punkte aus Primärfarben auflösten, und deren Schrift in fetten weißen Buchstaben gehalten war. *BOOM! BANG! POW!*

Auf einem niedrigen Sideboard mit einer kleinen Sammlung Videospiel-Konsolen stand ein riesiger Flachbildfernseher. Kein Sofa. Eigentlich gab es keinen Platz zum Sitzen außer einem Sitzsack genau vor dem Fernseher. Der einzige andere Einrichtungsgegenstand war ein Laufband auf der gegenüberliegenden Seite, doch es stand zur Wand hin, vor einem Stehpult mit einem MacBook obenauf, dessen Fläche auf einem stabilen Teleskoprahmen bis zur Brust reichte.

Er war nicht mehr hier gewesen, seit sein Bruder das Haus gekauft hatte, wurde ihm peinlich bewusst. Er sollte ihn häufiger besuchen, und zwar nicht unter Umständen wie diesen.

Die Küche war eine spartanische Ecke auf der Rückseite eines

Resopaltresens im Grün und Weiß der Sechziger Jahre. Ein Fenster über dem Spülbecken ging zur Broad Avenue hinaus, und das Tageslicht stach ihm wie ein Rasiermesser in die Augen. Er ging zum Kühlschrank, trank Orangensaft aus dem Karton, um den Schlafgeschmack loszuwerden, dann ging er zum Pinkeln ins Bad.

Irgendetwas kam ins Badezimmer, als er vor der Toilette stand. Fishers Katze Selina miaute und schlich um seine Beine.

»Was ist los, Katze?«

Er spülte, wusch sich die Hände, nahm noch ein paar Schlucke Orangensaft aus dem Kühlschrank und ließ sich auf dem Sitzsack nieder, um sich auszuruhen. Mit einem langen seufzenden Stöhnen drückte er sich in die Styroporkügelchen.

Eine Fernbedienung lag am Boden neben dem Sitzsack. Er richtete sie auf den Fernseher und drückte die Power-Taste, aber das Gerät schaltete sich nicht ein. Stattdessen erwachte das Laufband hinter ihm knurrend zum Leben und steigerte sich langsam auf Jogging-Geschwindigkeit.

Verblüfft stand er auf und suchte den Schreibtisch ab. Hinten an der Platte war eine Fernbedienung angebracht, die aussah wie ein Gerät aus dem Weltraumbahnhof in Houston. Er hielt das Laufband an.

Selina sprang auf das Sideboard, während er hinüber zum Fernseher humpelte und auf die Power-Taste drückte. Auf dem Bildschirm erschienen die Acht-Uhr-Nachrichten in Gestalt des kantigen HD-Gesichts eines Sprechers, und die Katze setzte sich davor, reckte sich ausgiebig und streckte ein Bein aus, sodass sie sitzen und sich mit der Zunge über den Schenkel streichen konnte.

»Gut.« Joel verzog das Gesicht. »Ich wollte sowieso ohne Bild fernsehen.«

Ein Schauer durchlief die Katze, ein seltsames Zittern, das ausgehend vom Rücken den ganzen Körper durchfuhr. Selina hockte sich hin, schaute hektisch hin und her, als hätte sie hinter den Fußleisten eine Maus gehört, doch sie machte sich nicht zur Jagd auf. Dann erstarrte sie, saß einfach da, als hätte sie sich plötzlich erinnert, wo sie war, und bedachte Joel mit Blicken, die, wenn sie Dolche gewesen wären, getötet hätten. Der Nachrichtensprecher saß hinter der Katze, ihr Schwanz wedelte unter seiner Nase hin und her. »Wie verlautet wurde, stand der Fahrer nicht unter Alkohol- oder Drogeneinfluss, dennoch ermittelt die Polizei in dem Fall. Wir werden Sie auf dem Laufenden halten, sobald es Neuigkeiten gibt.«

Joel setzte sich in den Sitzsack und starrte zurück. »Was guckst du so?«

Selina miaute.

»Runter da. Buh! Runter. Schscht!«

Die Katze blickte ihn mürrisch an, wenn das denn möglich war.

Da sie nun mal entschieden hatte, ihren haarigen Hintern vor dem Fernseher zu parken, beschäftigte sich Joel damit, die Tasten der Laufbandfernbedienung zu studieren. Es gab mordsmäßige viele Knöpfe für eine Maschine, die genau eine Sache konnte. Sie war fast so kompliziert wie die des Fernsehers, hatte Tasten für Geschwindigkeit und Steigung und sogar einen kleinen LCD-Bildschirm für eine Grafik, die Hoch- und Tiefpunkt zeigte und ein Menü, in dem sich verschiedene Cardio-Programme einstellen ließen. *Ich muss Fish mal fragen, ob er mich das Ding benutzen lässt. Das ist auf jeden Fall viel billiger als das Fitnessstudio.* Er machte das Gerät wieder an und stellte es auf volle Leistung. Die Lauffläche raste schrill surrend los. *Alter. Wenn du darauf stolperst, bist du am Arsch.* Er drückte auf die Power-Taste und hielt das Band an.

Selina trottete in die Küche und sprang auf den Tresen. Sie fand einen Schalter an der Wand neben der Mikrowelle und schlug mit der Pfote drauf.

»Hey, runter da«, rief Joel aus dem Wohnbereich. Er hasste es, wenn Katzen auf Küchentresen herumkletterten. Sie schaufelten in ihren Katzenklos mit den Pfoten Sand, und bei dem Gedanken, dass man bei Fish Essen kochte, wo die Katze mit den Kackepfoten herumlief, gruselte es Joel.

»Was treibst du, Katze?«

Das Tier schaffte es, den Schalter zu betätigen, und aktivierte den Abfallzerkleinerer. Joel reckte sich und schaute zum Tresen, kämpfte mit dem Sitzsack und stand mühsam auf.

Gerade noch rechtzeitig, um zu sehen, wie die Katze unter den Wasserhahn schlüpfte und den eigenen Kopf in den Abfluss drückte.

GGRRRRROOOOOOOWWWWNT!

Blut spritzte aus dem Spülbecken und verteilte einen feinen Nebel an der Küchendecke.

Vor Staunen schoss Joel das Adrenalin durch den Körper.

Das Mahlwerk im Abfallzerkleinerer quälte sich ab und wurde langsamer wie ein Geländewagen im Schlamm. Die Katze rastete aus, schlug um sich, wurde im Kreis herumgeschleudert und schlug dabei jedes Mal an die Innenseite des Beckens, dabei gab sie ein quakendes Geräusch von sich, das wie Donald Duck klang.

Joel überwand seine Schreckstarre, rannte in die Küchenecke (wäre fast auf Blut ausgerutscht) und stellte den Zerkleinerer ab.

Schließlich fand er die Sprache wieder. »Was für eine Riesenscheiße. Verdammt, was ist eigentlich passiert?«, und er kam sofort zu dem logischen Schluss: »Fish bringt mich um.«

Joel schob die Laufband-Bedienung in die Tasche und packte

Selinas schlaffen, kopflosen Körper am Schwanz. Er sah in die Ecke und suchte nach dem Mülleimer. Der befand sich in einem hohen Eckschrank. Er warf die tote Katze in die Tonne. Dann fühlte er sich schrecklich, weil er das Tier in die Tonne warf, aber sie machte so viel Dreck, also suchte er eine frische Tüte unter dem Waschbecken und steckte die Katze hinein.

»*Warum hast du das gemacht, Katze?*«, zischte Joel den Müllbeutel vorwurfsvoll und verwirrt an und schüttelte das tote Tier. »Warum hast du das *gemacht?*«

Er ballte und lockerte die Fäuste, stand am Tresen, zitterte vor Angst und schaute zwischen dem Fenster vor ihm und dem blutigen Becken hin und her. Er ließ Wasser laufen und spülte das meiste mit dem Schlauch in den Abfluss, aber es gab Haarbüschel und … *Knochenstücke* steckten im Gummiaufsatz, der Besteck aus dem Zerkleinerer halten sollte.

Besteck, aber keine Katzen.

Ein Tropfen Blut löste sich von der Decke und landete auf der Arbeitsplatte. Joel humpelte ins Bad und übergab sich. Es war ein anständiges Kotzen, Strahlkotzen, und es genügte, damit sein Schenkel zu puckern begann. Neongrün und mit dem kräftigen Odeur von Thunderbird und Orangensaft. *Es grünt so grün, wenn Spaniens Blüten blühen.* Er spuckte in die Toilette und spülte, während er noch über der Schüssel stand und sich mit den Händen auf den Knien abstützte. *Warum in Gottes Namen habe ich gerade mit angeschaut, wie eine Hauskatze Selbstmord begeht?* Er nahm sich ein schmutziges Handtuch aus dem Wäschekorb und wischte sich das Blut vom Kopf und von den Händen. Ein verrückter Gedanke schoss ihm durch den Kopf: *Sie hätte doch zu mir kommen können, dann hätten wir darüber geredet, ach Katze, es gibt so viel, wofür es sich zu leben lohnt,* und dann brach er in ungläubiges Gelächter aus.

Blutige Fußabdrücke führten ins Badezimmer, in den Teppich gedrückt und auf das Linoleum geschmiert.

»Oh, verdammt.« Joel machte das Handtuch nass, ging vor Schmerz stöhnend auf Hände und Knie und schrubbte die roten Spuren mit dem Tuch weg. »Gott, ich weiß nicht, was ich getan habe, aber jetzt brauche ich mal eine Pause. Lass mich mal wieder für eine Minute ans Steuer und selbst lenken.«

Als der Spülkasten sich wieder gefüllt hatte und das Rauschen mit einem lauten Seufzen endete, hörte Joel Stimmen durch das Lüftungsrohr unter dem Waschbecken. Das Radio im Laden war abgestellt.

Fish. »Nein, ich habe ihn heute noch nicht gesehen.«

Blinkendes Licht an der Decke. Sofort wurde er aufmerksam und legte den Kopf in den Nacken. Er saß auf den Hacken und richtete sich hektisch auf wie ein Erdmännchen.

»Sind Sie sicher?«

Das frenetische Blaulicht eines Streifenwagens flackerte durch das Badezimmerfenster herein. Joel stand auf, stellte sich auf den Rand der Badewanne und schaute mit klopfendem Herzen durch das Fenster nach draußen. Drei Sekunden des Wahnsinns lang war er überzeugt, die Gesetzeshüter wollten ihn wegen Mordes an Fishs Katze verhaften, ehe die Realität der vergangenen Nacht über ihn hereinbrach.

Ein Streifenwagen aus Blackfield parkte in der schrägen Bucht vor dem Comicladen.

Bowker hatte ihn gefunden.

»Ja, ganz bestimmt nicht.« Fishs Stimme waberte durch das Heizungsgitter. »Ich habe gestern Abend mit ihm telefoniert … klang, als würde er trinken. Wahrscheinlich liegt er völlig platt in Mamas Haus. Was hat er denn angestellt?«

Joel hätte sich fast in die Hose gemacht. Kurz dachte er

darüber nach, weiter das Blut vom Boden zu schrubben, doch stattdessen entschied er sich, die Tür zu schließen und sich im Badezimmer zu verstecken. Er warf das blutige Handtuch in den Wäschekorb und drückte sich mit dem Rücken an die Wand. »Das kann doch wohl nicht dein Ernst sein«, murmelte er vor sich hin und suchte an der Decke nach Erleuchtung. »Wie hat dieser Sheriff-Rosco-P.-Coltrane-Typ mich gefunden?«

»Bei ihm zu Hause waren wir schon«, sagte die andere Stimme. Sie kam ihm bekannt vor, aber sie klang nicht nach Bowker. *Wo habe ich sie schon mal gehört?* »Da war er nicht, Sir. Hier ist die nächste logische Anlaufstelle.«

Woher wusste der, dass er und Fish Brüder waren? *Ich meine, natürlich haben wir den gleichen Nachnamen, aber* hallo, *viele haben den gleichen Nachnamen.* Das war ein ziemlicher Bruch der Logik, selbst angesichts Joels paranoidem Zustand. *Vielleicht haben sie mit Miguel gesprochen. Genau. Oh, ich sollte mich mal mit ihm unterhalten … wenn ich hier heil in einem Stück rauskomme.*

»Tut mir ja schrecklich für Sie leid, aber hier verschwenden Sie nur Ihre Zeit. Wir kommen in letzter Zeit nicht gerade gut miteinander aus. Wissen Sie … Familienkram. Er war schon seit Monaten nicht mehr hier. Könnten Sie mir meine Frage beantworten? Was hat er angestellt?«

Der Polizist schnaubte. »Familienkram. Ja, verstehe. Also, gestern Nacht hat Ihr Bruder einen Polizisten angegriffen. Er hat ihm einen Haufen Schrot in die Weste geschossen und ihn fast umgebracht. Jedenfalls *versucht,* ihn umzubringen.«

Kenway. »Das hört sich aber nicht nach dem Joel an, den ich kenne.«

»Vielleicht kennen Sie Ihren Bruder nicht so gut, wie Sie glauben.« Der Polizist zögerte kurz und sagte: »… Und, was machen *Sie* hier? Laut Aushang hier an der Tür ist das Geschäft gar nicht geöffnet. Und trotzdem sind *Sie* hier.«

»Ich bin hier oft zu Besuch, am Wochenende und häufig auch abends«, sagte Kenway. »Bei mir zu Hause ist es schrecklich einsam, wenn außer mir niemand da ist.«

»Heute ist Sonntag. Gehen Sie nicht zur Kirche?«

»Ich bin nicht gerade ein Kirchgänger, Mr. Euchiss.«

Euchiss … Euchiss … Joel versuchte, den Namen einzuordnen. Er hatte ihn noch nie gehört. »Das ist aber eine Überraschung hier unten im Süden«, sagte der Cop. »Glauben Sie nicht an Gott?«

»Ehrlich gesagt würde ich das Fass heute Morgen lieber nicht aufmachen.«

»Und was machen Sie beruflich?«

»Ich mache Schilder, und ich bin Maler.«

»Ach … Gut! Sie da, Sie sind ja wohl der Besitzer dieses feinen Ladens. Haben Sie etwas dagegen, wenn ich mich ein bisschen umsehe?«

»Brauchen Sie dafür nicht einen Durchsuchungsbeschluss?«, fragte Fisher.

»Nicht, wenn ich einen stichhaltigen Grund habe. *Habe* ich einen stichhaltigen Grund?«

Fish zögerte ein wenig zu lange. »… Nein.«

»Ihre Lippen sagen *nein,* aber Ihre Augen sagen *ja.*« Euchiss betrat den hinteren Teil des Comicladens. »Andere Officer mögen vielleicht Widerstand nicht, aber wissen Sie was? *Mir* gefallen Herausforderungen. Der Sieg ist süßer, wenn man dafür kämpfen muss.«

»Anpassen und überwinden«, sagte Fish und gab sein Lebensmotto zum Besten.

»Gefällt mir. Was dagegen, wenn ich es mir merke?«

»Machen Sie nur.«

»Das sollte nicht lange dauern. Ich brauche auch Ihre Begleitung nicht. Sie beide können gern hierbleiben. Bin sofort zurück.«

»Ich bin mir ziemlich sicher, dass Sie doch einen Durchsuchungsbeschluss brauchen.«

»Ich bin mir ziemlich sicher, dass Sie lieber den Mund halten sollten.«

Kurz darauf hörte er Euchiss' Stimme unten an der Treppe. Vor seinem mühseligen Gang nach oben hatte Joel vergessen, die Tür zuzumachen. *Verflucht.* »Sieht aus, als hätte da jemand gesessen und Kaffee getrunken. Und hier ist eine Decke. Auf dem Futon hat auch jemand geschlafen.«

»Jemand hat von meinem Tellerchen gegessen«, sagte der Zwerg.

Fish sagte: »In dem hinteren Zimmer funktioniert die Heizung besser, darum sitze ich da gern und schaue Nachrichten, wenn ich aufstehe.«

»Hoffentlich sind Sie mir nicht böse, wenn ich Ihnen das nicht abnehme, Mr. Ellis.« Euchiss lachte. Die donnernden Schritte auf der Treppe verrieten Joel, dass der Cop heraufkam. Er ging wieder auf Hände und Knie und schaute unter der Tür durch. Hinter dem Geländer tauchte ein Kopf auf.

Bei dem Anblick lief es ihm kalt über den Rücken. Das gleiche rote Haar … dieser schmale, sehnige Nacken und das pfeilspitze Kinn … die schwarzen Knopfaugen.

Es war BIGR3D. Red war ein Cop.

15

D*a kommst du nicht weg, Pizzamann.* »Oh, Gott, oh, himmlischer Gott«, flüsterte Joel vor sich hin und drückte das Gesicht an die blutverschmierten Kacheln. Sein Herz war auf Mach 3. Er spürte den Puls in Hals und Händen. »Du willst mich wohl verarschen.«

(nenn mich die Schlange)

Euchiss blieb oben an der Treppe stehen. »Was zum Teufel ist hier passiert?«

(so haben mich die Zeitungen in New York genannt)

»Was?«, rief Fish.

»Haben Sie das Chaos angerichtet, Mr. Ellis?«

»Chaos? Wovon reden Sie?«

Der Cop trat vorsichtig in die Küchenzeile. »Überall in der Küche ist Blut und Haar, Mann! Sieht aus, als hätte jemand versucht, einen Waschbären im Abfallzerkleinerer durchzumöllern.«

Fish stürmte mit donnernden Schritten hoch in die Wohnung.

»Ach, du Scheiße.«

»Genau das habe ich gemeint, Mr. Ellis. Sie sollten vielleicht Ihre Fähigkeiten als Tierpräparator noch verfeinern, wenn Sie …«

Euchiss verstummte. Joels Herz hämmerte hart wie die Ouvertüre 1812 und pochte bis in die Schläfen. Vorsichtig durchquerte der Cop den Raum, und Joel hörte das leise Schleifen von Plastik an Waffenstahl. *Die Fußspuren auf dem Teppich. Die Fußspuren, die ins Bad führen. Er hat sie gesehen.* »Ich weiß, dass Sie drin sind, Freundchen«, sagte der Cop. Er stand genau auf der anderen Seite der Tür. »Sie können genauso gut auch rauskommen. Da kommen Sie woanders nicht raus.«

»Joel!«, kreischte Fish. Er schrie heiser und am Rande der Tränen. *»Warum hast du meine Katze umgebracht? Was ist in dich gefahren?«*

Zuerst wollte Joel Red/Euchiss seine Stimme nicht hören lassen und zögerte, während er rein instinktiv die Hände an die Seiten des Gesichts hielt. »… *Ich* war das nicht, ich habe das nicht gemacht! Die Katze war's! Ich habe auf dem Sitzsack gesessen und ferngeschaut, als …«

»Willst du mir weismachen, Selina hat den Abfallzerkleinerer allein angestellt? Und dann ihren Kopf reingesteckt?«

»J-ja!«

»Begreifst du eigentlich, wie beknackt sich das anhört?«

»Ja.« Joels Hals brannte vor Angst und Schuld. Alles war so unwirklich, abgedreht und falsch, als würden sich im nächsten Moment die Fliesen von den Wänden lösen, in einem schwarzen Loch davonwirbeln und ihn in einem Kosmos aus Lügen schweben lassen.

»Sie sollten da jetzt rauskommen«, sagte Euchiss. »Zwingen Sie mich nicht, die Tür selbst zu öffnen. Was dann passiert, wird Ihnen sicherlich nicht gefallen.«

Joel war wieder auf Händen und Knien und spähte unter der Tür durch. Die Naht an seinem Bein zog schmerzhaft, nur das Paracetamol nahm den Qualen die Spitze. Direkt vor dem Badezimmer stand das Laufband, vielleicht zwei Meter entfernt. Euchiss hatte sich darauf gestellt, vielleicht weil es besseren Stand versprach als der Teppich, oder um Joel Platz zu lassen, wenn er rauskam, oder um eine gewisse Distanz zu haben, wenn er seine Pistole abfeuerte – Joel wusste es nicht, aber es brachte ihn auf eine Idee. Er nahm die Fernbedienung des Laufbands aus der Tasche, ging auf ein Knie hoch und packte den Türknauf.

Er zielte mit der Fernbedienung unter der Tür hindurch, nahm seinen ganzen Mut zusammen und drückte die Start-Taste.

Zerp! Das Laufband, das auf höchste Geschwindigkeit eingestellt war, zog dem Cop die Füße unter dem Körper weg. Joel riss die Badezimmertür auf und sah, wie Euchiss mit dem Kopf gegen die Schreibtischkante knallte.

Joel stürmte aus dem Badezimmer, sprang über das Laufband, schwang sich am Geländer herum und landete auf der Treppe, schon halb unten, wobei einige Stiche der Naht aufrissen. Ein Höllenfeuer entflammte in seinem Bein, doch das ignorierte er, machte einfach einen Satz nach unten und rannte durch die offene Tür. Er lief nach rechts und verließ den Raum mit den Videos. Preschte durch den Comicladen aufs Tageslicht zu.

Lieutenant Bowker drehte sich überrascht um und langte nach der Zigarette, die er im Mund hatte.

»Guten Morgen!«, sagte der Officer fröhlich, warf die Marlboro-Kippe weg und rempelte ihn aus der gleichen Bewegung an, wodurch sich Joel den Kopf am Türrahmen stieß. Hinter Joels Augen flammte ein Blitz auf, dann lag er mit dem Gesicht nach unten auf dem Bürgersteig, und grober Splitt drückte sich in seine nackte Brust. »Schön, dass man sich mal wieder sieht,

Junge.« Bowker zerrte seine Arme hinter den Rücken und zurrte die Hände mit einem Kabelbinder zusammen. Der Polizist drehte ihn auf die Seite. »Hast du gedacht, du kommst damit einfach davon?«

Die Sonne stach wie ein heißes Messer durch die frische Oktoberluft und hatte die Pflastersteine in ein Backblech verwandelt. Der Schmerz im Schenkel loderte auf wie ein Brandeisen und stellte alles andere in den Schatten.

Joel blickte die Straße in beide Richtungen entlang und sah ein paar Leute, die auf dem Bürgersteig stehen blieben und gafften. Natürlich waren alle weiß. »Na los, schaut es euch ruhig genau an, Arschlöcher«, murmelte er vor sich hin. »Seht euch an, wie ich hier gefesselt liege. Das gefällt euch, was?« Er schmeckte Salz und leckte an seinen Lippen. Es war Blut von einer aufgeplatzten Stelle. Dann drehte er sich und versuchte, Bowker vors Knie zu treten, doch der Cop streckte den Hintern aus wie eine Cabaret-Tänzerin und wich ihm aus.

»Hilfe!«, schrie Joel in die Morgenstille hinaus und versuchte, seinen Arm loszureißen. »Die wollen mich umbringen! *Hilfe!*«

»Niemand will dich umbringen, Idiot«, knurrte Bowker, zog die hintere Tür des Streifenwagens auf und drückte Joel ins Innere. Zu seiner Erleichterung rammte der Lieutenant seinen Kopf nicht an die Dachkante.

»Hilfe!«, kreischte Joel, und Bowker knallte ihm die Tür vor die Nase.

Er lag auf der Seite. Er wälzte sich strampelnd herum, bis er saß, dann drückte er die Stirn an die Scheibe und sah Fisher und Kenway aus dem Comicladen kommen. Der große Veteran stützte Euchiss, ja, schleppte ihn fast. Neben Kenway wirkte der Polizist wie ein kleiner Junge. Euchiss setzte sich auf die äußere Fensterbank, beugte sich vor und hielt sich den Kopf mit den Händen.

Kühler Wind wehte durch das Trenngitter in die Bullenschüssel herein. Die vorderen Fenster waren heruntergelassen, daher konnte Joel hören, was draußen gesagt wurde. »Opie! Was zum Teufel hast du angestellt?«, fragte Bowker und ging hinüber zu dem anderen Cop.

Euchiss sah auf und blinzelte in die Sonne. »Ich bin gestürzt.«

»Du bist gestürzt«, höhnte der Lieutenant.

Euchiss warf ihm einen Blick zu, der Stahl hätte schmelzen können. Joel begriff sofort, wer in dieser Partnerschaft die Hosen anhatte, obwohl der körperlich imposante Bowker eigentlich den höheren Rang hatte als der rothaarige Streifenpolizist. »Angriff auf einen Polizeibeamten und Fluchtversuch«, sagte Lieutenant Bowker und wandte sich Fisher zu. »Ihr Bruder hat sich einiges zu Schulden kommen lassen, was? Könnten Sie mir erklären, warum Sie ihn versteckt haben?«

Anstatt den Köder zu schlucken, beugte sich Fisher ins Beifahrerfenster des Streifenwagens. »Ich habe keine Ahnung, was mit meiner Katze passiert ist, aber ich folge dir zum Polizeirevier und stelle die Kaution für dich. Du kannst mir alles auf dem Weg nach Hause erklären.«

»Die lassen mich niemals gegen Kaution frei. Die sperren mich ein«, sagte Joel. »Die schleppen mich irgendwohin und schießen mir eine Kugel in den Kopf.« Er zog zum Beleg das Knie hoch und zuckte angesichts des Schmerzes zusammen. »Das haben die doch schon mal versucht. Die werden …«

Mit gereiztem Blick zog Bowker einen zweiten Kabelbinder aus dem Gürtel und trat hinter Fish.

»Hey, nein! *Nein!*«, schrie Joel.

Fisher wollte sich umdrehen, doch der Polizist hatte eins seiner Handgelenke gepackt und nach hinten gedreht und drückte ihn nun an die Seite des Wagens. »Sie sind fit wie ein Turnschuh, hä?«, fragte der Cop und fesselte seine Arme zusammen.

»Hallo, was machen Sie da, Alter?«, fragte Kenway. »Fisher hat nichts angestellt. Hören Sie auf.«

»Was soll das?«, fragte Fisher. »Lassen sie mich los …«

»Festnahme, weil Sie einem Flüchtigen Unterschlupf gewährt und sich der Festnahme widersetzt haben.« Joel lehnte sich zurück, während Bowker die Tür öffnete und Fisher hineinschob, sodass er auf seinem Bruder landete. Joel schob sich zurück, um unter Fisher hervorzukommen.

»Wenn ich diese Handschellen wieder los bin«, sagte Fisher, »kriegen Sie einen Tritt in den Arsch. Und *danach* rufe ich meinen Anwalt an.«

Joel drückte sich an die andere Tür; Fisher sah aus wie ein wildes Tier, fast so, als wollte er sich aufbäumen und ihn tottreten. Die Situation wäre beinahe lustig gewesen, wenn die Lage nicht so ernst wäre – das Ganze erinnerte an schwüle Sommerabende ihrer Kindheit, wenn sie zusammen auf der Rückbank im Wagen der Eltern gesessen hatten, Mama und Daddy vorn, Joel und Fisher hinten. *Lass deinen Bruder in Ruhe! Zwing mich nicht zu wenden!* Er legte den Kopf in den Nacken und leckte sich die trockenen Lippen. »Mein Bein bringt mich um. Pass auf, Mann, ich habe deine Katze nicht gekillt. Bei Gott, ich schwöre, sie hat den Müllzerkleinerer allein angemacht. Ich habe nicht die geringste Ahnung, wieso, aber sie hat's getan.« Er sah hoch und deutete auf Euchiss, der auf der Fensterbank hockte und sich den Kopf hielt. »Und der Kerl«, murmelte er vertraulich, »ist der Serienkiller, vor dem ich geflohen bin. Den Bowker ›die Schlange‹ genannt hat.«

Fish erstarrte. »*Der* Kerl? Aber er ist ein …«

»Ja, ein Cop. Wie ich es dir gesagt habe, die stecken alle unter einer Decke. Sie arbeiten für diese Hexenweiber draußen in der Slade-Siedlung. Die gegenüber den Martines wohnen. Vielleicht war Mama am Ende doch gar nicht so verrückt.« Joel schob sich im Sitz zurecht und bewegte die Hände zum Hosenbund seiner Jeans. Er zog sie nach unten und enthüllte seine rechte Pobacke und die Narbe auf der Haut. »Scheiße, scheiße. Jetzt hat das alles plötzlich einen Sinn.«

»Was?«

Bowkers Telefon klingelte und unterbrach ihr Gespräch mit der Titelmelodie von *Bonanza*. »Hallöchen?«

Joel betrachtete die Pobacke, die er entblößt hatte, und sagte: »Pass auf. Die Brandzeichen, die uns Mama auf den Hintern gebrannt hat, als wir klein waren. Das waren ›Schutzrunen‹ wie die, die sich Robin auf die Brust tätowiert hat.« Ein vierendiges Y von ungefähr zweieinhalb Zentimetern Länge bildete eine Narbe auf seiner Haut. Ein *Algiz.* Der mittlere Strich der Rune war ein bisschen länger als die beiden anderen, sodass es aussah wie der Abdruck eines Hahnenfußes. »Robin Martine hat es Al-Jazira genannt.«

»Der arabische Fernsehsender?« Fish zuckte verwirrt. »Was haben *die* damit zu tun? Die Tochter dieser Frau ist in der Stadt? Hast du mit ihr gesprochen?«

»Ja. Keine Ahnung, vielleicht hat deine Katze Selbstmord begangen, weil diese Hexen mir irgendwas antun wollten, und das Ding auf meinem Hintern hat mich gerettet. Vielleicht sollte ich mich umbringen, und stattdessen hat es Selina erwischt.«

Fish spitzte die Lippen und sah ihn schief von der Seite an.

Bowker beendete das Gespräch und sagte zu Euchiss: »Planänderung.« Die rothaarige Vogelscheuche stand auf und setzte eine Sonnenbrille auf. »Der Boss hat angerufen und uns einen Job gegeben. Komm. Wir müssen runter zum Tierheim und ein paar

Katzen abholen. Warum auch immer jetzt gerade. Cutty möchte, dass wir uns alle Katzen unter den Nagel reißen, die sie haben.«

»Was ist mit den beiden?«

»Die andere Sache ist wichtiger. Die können uns helfen.«

»Wichtiger?«, fragte Kenway mit düsterer Miene. »Nein, ich will gar nicht mit Ihnen beiden reden. Sie zwei machen einen Fehler.«

Der birnenförmige Lieutenant beachtete ihn nicht, trampelte ums Heck des Streifenwagens und setzte sich hinters Lenkrad, während sich Euchiss auf den Beifahrersitz fallen ließ.

»Was ist mit dem Burschen?«, fragte Euchiss, deutete mit dem Daumen auf den Veteranen und legte sich derweil den Sitzgurt an. Joel blickte aus dem Heckfenster und sah Kenway dastehen, einen dicken Schlüsselring in einer Hand. Er wirkte verwirrt und zunehmend wütender.

»Um den kümmern wir uns später. Für seinen großen Hintern haben wir sowieso keinen Platz mehr im Wagen. Und um ehrlich zu sein, finde ich die Aussicht nicht besonders verlockend, dem blonden Bastard die Hände auf den Rücken zu fesseln. Ich habe so das Gefühl der könnte uns beide arschficken und bräuchte nicht mal die Hände aus den Taschen zu nehmen.« Bowker setzte den Wagen in Bewegung und fädelte sich in den Verkehr ein. »Der kann warten, bis wir zurückkommen, und er wird glauben, wir fahren zum Revier. Wenn wir mit dieser Sache fertig sind, holen wir uns schnell was zu essen, fahren danach hierher zurück und unterhalten uns mal mit ihm.«

»Und wenn er aufs Revier kommt?«

»Na, dann werden wir ja nicht da sein, oder?«

Euchiss drehte sich um und starrte Joel durch das Trenngitter an. Joel starrte wachsam zurück. »Das hast du bestimmt sehr lustig gefunden, was? Das Laufband in Gang zu setzen, während ich draufstehe?«, fragte Euchiss mit Gift in der Stimme. »Vielleicht habe ich eine Gehirnerschütterung.«

»Was denn, soll ich jetzt weinen? Sie haben mich in einer Garage verkehrt herum aufgehängt und wollten mir die Kehle aufschlitzen.«

Euchiss zeigte zitternd mit dem Finger auf ihn. Seine Lippen klebten zusammen, als er sprach. »Blut für den Garten, Arschloch. Vergiss Kehle aufschlitzen – ich hänge dich da wieder auf, und dann säge ich dir den Kopf ab wie einer dieser Turbanterroristen. Und *das* …«

»Hey, es reicht mit deinem Köpf-Mist«, warnte Bowker, schlug ihm mit der Rückhand auf die Brust und hielt ihm den Zeigefinger vor die Nase. »Wir sind doch keine verdammten Taliban.«

Geschlagen drehte sich Euchiss nach vorn, verschränkte die Arme und lehnte sich zurück wie ein kleiner Junge vorm Tobsuchtsanfall.

Der Lieutenant schüttelte den Kopf. »Du kannst ruhig ausrasten, wenn du willst – mir ist das kackegal, wen du kennst. Aber ich habe Grenzen, und du bist im Begriff, sie zu überschreiten. Meine Mama hat mich zu einem gottesfürchtigen Mann erzogen, nicht zu einem wilden Heiden.«

»Gottesfürchtige Männer tun aber nicht solche Dinge wie Sie«, sagte Joel.

»Niemand hat dich nach deiner Meinung gefragt«, knurrte Bowker über die Schulter. »Ich sollte dich eigentlich gleich abknallen für das, was du gestern Nacht mit deiner Schrotflinte angestellt hast. Aber wir haben gerade Wichtigeres vor, und dabei könnt ihr mit anpacken. Ihr wurdet gerade freiwillig zwangsverpflichtet.«

Restaurants und Tankstellen zogen in einer Parade bunter

Schilder vorbei. Sie fuhren die Broad Avenue entlang nach Westen und dann auf die Main in Richtung Süden, mitten durch das Herz des Geschäftsviertels. Der Mittagsverkehr umfing sie wie ein Getümmel aus Licht und Stahl.

Fisher gab noch nicht auf. »Wohin geht es eigentlich?«

Keine Antwort.

Der Streifenwagen schlängelte sich durch die Innenstadt, vorbei an der Universität und der dreizehnstöckigen Bibliothek durch die feineren Straßen und dann in die verruchteren Viertel. Bowkers verschlungener Weg führte durch Gegenden, die Joel schon einige Male aufgesucht hatte, und zwar meistens, um Haschisch zu kaufen.

Dealer und Sexarbeiterinnen trieben sich auf den Gehwegen vor heruntergekommenen Reihenhäusern mit vernagelten Fenstern herum, und aus den Mauern stillgelegter Fabriken mit eingeworfenen Fensterscheiben spross Unkraut. Lebensmittelgeschäfte mit Eisengittern vor den Fenstern. Schmutzige, mit Brettern verkleidete Hütten auf wuchernden Rasenflächen mit verstreutem dreckigem Spielzeug. Eine alte Frau im Nachthemd stand mit einem Sauerstoffbehälter an der Straße und brüllte die vorbeifahrenden Autos an.

Kahle Granitkanten ragten aus Hügeln. Schließlich wurde der Lieutenant langsamer und bog in eine Seitenstraße ab, die in ein Waldstück führte, wo immer weniger und dann gar keine Häuser mehr standen, nur tote braune Bäume, die in den Himmel griffen, und altes Laub auf welligem Gelände.

Joel dachte schon, sie würden die Stadt verlassen, als der Wagen knurrend auf einen kiesbedeckten Parkplatz fuhr. Ein Metallschild, das mit Kabelbindern an einem Maschendrahtzaun befestigt war, verriet, dass sie das Tierheim Blackfield erreicht hatten. Das einzige andere Fahrzeug war ein Klein-LKW mit Kofferaufbau. Bowker parkte auf der anderen Seite, die beiden Cops stiegen aus und betraten ein großes Ziegelgebäude. Euchiss kam zurück, öffnete den Kofferraum des Streifenwagens und nahm ein Jagdgewehr heraus. Joel war nicht sicher, um welches Kaliber es sich handelte, aber es hatte einen Kammerverschluss und ein Fernrohr. Er nahm eine Schachtel Patronen dazu, warf den Kofferraum zu und verschwand im Tierheim.

Nachdem die beiden gegangen waren, herrschte Schweigen im Wagen, unterbrochen nur von unverständlichem Müll aus dem Polizeifunk. Fisher standen Tränen in den Augen und Verwirrung ins Gesicht geschrieben. »Was machen die im Tierheim? Haben die nicht was von Katzen gesagt?«

»Keinen Schimmer. Ich will es auch gar nicht wissen.«

»Was hast du über Schutzrunen und Hexen und Robin Martine gesagt?«

Joel drückte die Stirn schräg an die Scheibe und versuchte durch die Fenster ins Gebäude des Tierheims zu spähen. Innerhalb des Zaungeheges gab es ein Labyrinth aus Maschendraht: kleinere Käfige für einzelne Hunde. Von seinem Sitzplatz sah er Dutzende großer Tiere: Rottweiler, Deutsche Schäferhunde, eine kleine Armee Pitbulls.

»Tja, nachdem, was Robin Martine mir erzählt hatte, wird die Magie der Hexen durch Worte und Symbole beherrscht.« Joel berichtete seinem kleinen Bruder, was Robin ihm und Kenway im Wagen erklärt hatte, nachdem sie das Krankenhaus verlassen hatten. »Das Symbol, das auf unseren Hintern eingebrannt ist, trägt Robin auf der Brust. Es beschützt dich vor ihrer Magie so wie Insektenspray vor Mücken, glaube ich. Scheiße, ich habe keine Ahnung. Aber ich glaube, die Selbstmordaktion deiner Katze hängt damit zusammen.«

Fish warf ihm einen bitterbösen Blick zu.

»Nein, ehrlich. Laut Robin können die Hexen Katzen opfern und ihre Seelen in Menschen schicken und so Zombie-Sklaven erschaffen. Und die Symbole auf unserem Hintern haben uns davor gerettet.«

»Einmal angenommen, ich würde den Unfug glauben«, sagte Fish. »Wenn es stimmt, dass irgendeine Hexe meine Katze zum Selbstmord getrieben hat, wo ist dann ...« Er verkniff sich das Ende des Satzes, als hätte er auf etwas Saures gebissen, und sein Gesicht verzog sich qualvoll für eine Sekunde. »Wo ist dann Selinas Seele *geblieben*?«

Joel hatte darauf keine Antwort.

Die beiden schwiegen niedergeschlagen und angespannt.

Nach vielleicht einer halben Stunde kamen Bowker und Euchiss schließlich heraus. Der Lieutenant ging auf die gegenüberliegende Seite des Gebäudes und öffnete ein breites Schwingtor im Zaun. Euchchiss trug das Jagdgewehr zum Klein-LKW und setzte den Wagen rückwärts hinter das Gebäude.

Bowker kam zum Streifenwagen und zog die Pistole.

Unterwegs zog er den Schlitten zurück, lud eine Kugel durch und ließ den Schlitten vorschnellen, *kl-klack!* Joels Herz machte einen Satz, doch der Cop stellte sich bloß neben den Wagen, starrte in den Wald und rieb sich den Kinnbart.

Eine Weile später kam die selbst ernannte Schlange aus der Umzäunung. Bowker öffnete Fishers Tür, Euchiss die von Joel. »Aussteigen«, knurrte der Killer und zog ihn am Arm. Joel taumelte, der Kies drückte sich in seine nackten Füße. »Wenn ihr versucht, Mätzchen zu machen, bläst euch mein Kumpel das Hirn raus.« Er grub in seiner Tasche, zog ein Mehrzweckmesser heraus und klappte es auf. Joel zuckte zusammen, doch Euchiss hielt ihn fest und schnitt den Kabelbinder durch.

Dann drehte er Joel an der Schulter um und schob ihn auf das Tierheim zu. »Geh.«

Joel rieb sich die Handgelenke. »Was sollen wir denn machen?«

»Habe ich gesagt: rede?« Euchiss schnitt Fish die Fesseln durch, zog seinen Taser hervor und lud eine neue Kartusche. »Wir haben hier ein bisschen echte Arbeit zu erledigen. Miss Cutty möchte, dass wir einen Stapel Käfige in den LKW laden und sie zum Steinbruch bringen.«

Die vier gingen in die Umzäunung und zur Rückseite des Gebäudes über einen Kiesweg zu einer offenen Tür, vor der der kleine LKW abgestellt war.

Als sie näher kamen, hörte Joel das Jaulen von Katzen aus dem Tierheim. Im Inneren erwartete sie ein schrecklicher Anblick. Vielleicht zweihundert Drahtkäfige waren in einem weitläufigen Betonraum gestapelt, jeweils sechs übereinander. Sie waren klein, eher Waschbärfallen als Tierboxen. Der beißende Gestank von Katzenkot in der Luft ließ die Augen tränen, und eine Armee von winzigen Pfoten reckte sich durch die glänzenden Stangen wie die Hände von Kriegsgefangenen in einem mittelalterlichen Kerker.

»Oh Gott«, entfuhr es Fish.

»Ladet die Käfige in den LKW«, sagte Euchiss.

»Was machen Sie mit denen?«

»Ich weiß es, und du wirst es noch herausfinden.« Der rothaarige Killer drängte ihn mit dem Taser voran. »Zack, zack. An die Arbeit.«

Der polierte Betonboden war eiskalt und glatt wie Marmor unter Joels nackten Füßen. Er ging zum vordersten Stapel Käfige – hier waren es nur drei Stück übereinander –, schob die Finger zwischen die Stäbe und hob ihn hoch. Die plüschige

Katze darin schlug mit der Pforte nach seiner Hand und jammerte mit heiserer Stimme: »*Jaaauull.*«

Joel sah Bowker an. Der Lieutenant zog die Mundwinkel zurück und setzte ein fieses, gebieterisches Lächeln auf. *Na los, mach schon, was man dir gesagt hat.*

16

Ein paar Stunden später (ohne sein Handy konnte Joel es nicht genau sagen, als hätte durch die ständige Verfügbarkeit des iPhones sein Zeitgefühl Schaden gelitten) schoben die beiden Brüder den letzten Käfig in den Wagen.

Überraschenderweise passten alle Käfige bis auf drei auf die Ladefläche. Euchiss nahm zwei der übrig gebliebenen und stellte sie vorn in die Kabine. Bowker trieb Joel und Fisher in den Frachtraum zu den Katzen und ließ die Rolltür runter.

Es stank nach Katzenpisse, und es war eng: fünfzig Zentimeter tief, keine zwei Meter hoch und nur ein wenig breiter. Joel setzte sich hin und lauschte, wie der Polizist ein Vorhängeschloss am Griff befestigte. Das zu hören war schon eine Meisterleistung, da in der Dunkelheit eine unerträgliche Kakophonie aus Jaulen und Klagen ertönte. Er lehnte sich an die Wand und rieb sich gleichermaßen erschöpft wie verängstigt das Gesicht. Die Katzen waren zu laut, als dass er sich mit Fisher hätte unterhalten können, daher schloss er die Augen und versuchte nachzudenken.

Ein Gebet erschien ihm einfallslos und wenig nutzbringend. Im Prinzip betrachtete er sich als Christ, aber seit seiner Teenagerzeit war er nicht mehr in der Kirche gewesen, und wenn ihn jemand am Tisch bat, ein Dankgebet zu sprechen, fiel ihm nichts ein. Heute war das nicht anders, während er blind und desorientiert zurück ins Getümmel der Stadt fuhr, aber natürlich entging ihm die Ironie der Geschichte nicht, dass er, wenn er am Morgen (einem Sonntag) zur Kirche gegangen wäre, vermutlich nicht in diesem Schlamassel stecken würde. Wer sucht einen Flüchtigen schon in einer Kirche?

Nachdem er alle möglichen Pläne durchgespielt und sich auf diverse Situationen mental eingestellt hatte – Tagträume, wie er Euchiss beim Öffnen des Laderaums angreift, was allerdings meistens damit endete, vom Taser erwischt zu werden –, betrachtete er das Bild, wie Fishers Katze Selbstmord beging, von allen Seiten und drehte und wendete die Szene vor seinem inneren Auge wie Rubiks Würfel. Wie die Katze sich hingehockt und ihn angestarrt hatte. Der fixe Blick eines Raubtiers, das nach Bewegung Ausschau hält und eine Beute taxiert.

Wohin ist die Seele gegangen?

Der LKW fuhr eine kürzere Route, als sie mit dem Streifenwagen zurückgelegt hatten, aber sie war kurvenreicher. Er zählte mindestens sieben Halts, vier davon an Ampeln (was dadurch festzustellen war, dass der Fahrer an Stoppschildern nur ein wenig langsamer wurde). Die Tiere hörten nicht auf zu heulen. Wenn überhaupt, wurde es noch schlimmer, wann immer der LKW stoppte und der Motor leiser wurde.

Die Wirkung des Paracetamols ließ nach, und sein Bein fühlte sich heiß an, außerdem puckerte und schmerzte es.

Trotzdem war er eingedöst, als die Hupe des LKWs plärrte. Irgendwo schräg hinter ihnen heulte ein Motor auf, wurde immer lauter, und dann, *BAMM!*, wurden sie mit einer unglaublichen Wucht getroffen. Joel wurde vor Fishers Füßen auf Hände und Knie geworfen.

Irgendjemand hatte sie seitlich erwischt. Die Reifen setzten zu einem quietschenden Tremolo an, *IIII–I–I–I–I!* Drahtkäfige kippten um, Tiere kreischten. Das Fahrzeug krachte erneut in sie hinein, beulte teilweise die Wand ein und warf abermals Käfige um. Tageslicht fiel wie Laserstrahlen durch die kleinen Löcher in der Seite des Laderaums. Joel krabbelte zu Fisher hinüber, der zog seinen Bruder auf den Schoß und umklammerte seinen Kopf mit kräftigen Armen.

Einige Sekunden lang überdeckte Fishers Deo den Katzengestank. *Wenn ich das überlebe, meckere ich nie wieder an seiner Keto-Diät herum. Ich werde immer tun, was er will.*

Bowker gelang es, den LKW auf der Straße zu halten, doch irgendetwas kollidierte nun mit der rechten Seite, scharrte endlos lange am Kotflügel entlang wie rollender Donner und begann in regelmäßigen Intervallen zu trommeln wie ein riesiges Metallherz, *bum-bum, bum-bum.*

Eine Leitplanke.

Sobald Joel das Geräusch eingeordnet hatte, verriet ihm ein gewaltiger Lärm – ein enormes krachendes *BUM*, als würde die Welt entzweigerissen –, dass sie hindurchgebrochen waren, und der Laderaum kippte nach rechts. Joel, Fisher und hundertzweiundvierzig Katzen knallten gegen die Steuerbordwand und befanden sich für gute zweieinhalb Sekunden im freien Fall.

Anstatt wie erwartet ins Wasser zu klatschen, rammte sich der LKW in festen Boden.

Die Käfige wurden gegen die vordere Wand geworfen, und die Brüder lösten sich voneinander. Joel überschlug sich rückwärts in einen Stapel Gitterboxen, prallte ab und landete auf Fisher. Die Decke riss mit einem ohrenbetäubenden Knall auf.

Und dann herrschte Stille.

Blut tröpfelte ihm auf den Hinterkopf, ein beharrliches *Tap, Tap, Tap.* Joel schlug die Augen auf und fand sich liegend auf seinem Bruder vor, das Gesicht an Fishers Brust; er lauschte einem Chor klanglosen, niedergeschlagenen Jaulens. Joel war unter einem Wirrwarr von Käfigen begraben. Überall um ihn herum lagen tote, sterbende und verletzte Hauskatzen, zusammengesunkene Fellhaufen in einem Labyrinth aus verbogenem Draht.

Fish stöhnte. »Was ist passiert?«

»Wir hatten einen Unfall.«

Ein bekannter Geruch wallte durch die Luft und überdeckte die Katzenpisse. Benzin. Diesel? »Wir müssen hier raus«, sagte Fish und versuchte, sich zu bewegen.

Ein stechender Schmerz schoss wie eine Nadel durch Joels linke Schulter. »Autsch. *Rühr dich nicht.*«

Fish hielt inne. Joel versuchte, sich hochzudrücken, doch die Käfige waren zu schwer. Eine Katzenpfote grapschte ihm ins Gesicht.

Adrenalin flutete seinen Körper, sein Herz brannte, und erneut drückte er nach oben. Diesmal brach der Käfig über ihm, eine Drahtstange sirrte wie eine gerissene Gitarrensaite und zerkratzte ihm die Seite.

»Wartet!«, rief jemand oben von der Böschung, und Schritte stampften durch trockenes Laub. »Ich komme! Haltet durch!«

Durch eine Galaxie von Aluminiumdrähten beobachtete Joel, wie die Ladetür aufging, und durch die Öffnung sah er die Brücke, von der sie gestürzt waren, sowie die Leitplanke, die sie durchbrochen hatten.

Ein verbeulter Chevy parkte auf dem Seitenstreifen. Kenway Griffin rannte in dem unbeholfenen Humpelgalopp, den seine Beinprothese verlangte, seitwärts die Böschung hinunter. Der große Veteran packte das Dach, wo es aufgesprungen war, und riss es noch weiter auf.

»Hey«, rief er durch die heulenden Katzen, als er Joel durch die Gitterstangen entdeckte. »Ich hole euch da raus. Wartet.« Er arbeitete sich an der Seite entlang und zerrte sie auf wie den Deckel einer Sardinenbüchse. Sonnenlicht durchflutete den Laderaum. Er griff hinein, schnappte sich Käfige und zog sie hinaus. »Ich muss wohl Abschied von meinem verdammten Abschied aus dem Dienst nehmen.« Die Katzen in den Käfigen beschwerten sich, doch im Augenblick hatte es äußerste Priorität, Joel und Fish zu befreien.

Fisher hustete Joel ins Ohr: »Alles klar bei dir?«

»Ja.« Joel zuckte zusammen. »Mir drückt sich ein Draht in den Rücken, und mit einem Fuß stehe ich in der Hölle, aber ansonsten ist bei mir alles klar. Und selbst?«

»Bist du gegen Tetanus geimpft?«

»Nein, aber das sollte ich vielleicht schleunigst mal nachholen.«

»Wie hast du uns gefunden?«, erkundigte sich Fish bei Kenway. »Hast du die Cops von der Straße gedrängt?«

»Ich bin euch den ganzen Weg bis zum Glen Addie gefolgt, doch an einer roten Ampel habe ich euch verloren.« Er zog an einem Käfig, hob ihn über den Kopf und warf ihn ins Gebüsch. Die Katze darin war tot und flog schlaff und formlos hin und her. »Ich bin um Block 1800 gefahren und habe überlegt, ob ich beim Tierheim nach euch suchen sollte – schließlich war es das Einzige, was dort draußen einen Sinn ergab –, da habe ich die beiden Cops gesehen und bin ihnen gefolgt.«

Der nächste Käfig war verklemmt, und die Katze darin, eine schwarze Kurzhaar mit weißen Flecken, jaulte zum Erbarmen. Kenway zog, bis sich das Ding mit einem Knall löste, und stellte es zur Seite. »Ich habe keine Ahnung, warum ich den LKW gerammt habe«, sagte er und packte den nächsten Käfig. »Irgendwie erschien es mir richtig. Diese Typen sind echt dubios, und ich habe mir gedacht, dass ihr im Laderaum seid.«

»Das war genau richtig«, sagte Joel.

»Ich habe so eine Ahnung, dass die den Job zu Ende bringen wollten, den sie gestern Nacht angefangen hatten. Euch irgendwohin bringen und abmurksen. Da habe ich mir gedacht, es wäre sicherer, wenn ich sie von der Straße schiebe, anstatt sie zu stoppen und selbst angeschossen zu werden wie du.«

»Schön, dass du meine Geschichte glaubst.«

»Ich glaube, es ist schwierig, eine Schusswunde am Bein zu faken.«

Fisher hustete wieder. »Komm schon, Mann, beeil dich. Wir müssen hier raus.« Der Dieselgeruch wurde stärker. »Die beiden Cops. Sind die platt? Sind die irgendwo da draußen?«

»Habe sie nicht gesehen«, sagte Kenway. »Offensichtlich sind sie noch vorn.«

Joel stemmte sich gegen die Wand des Laderaums, drückte sich hoch und stellte fest, dass die Last auf seinem Rücken deutlich leichter geworden war. Er konnte sich ein bisschen Raum verschaffen. »Fast fertig«, sagte Kenway. Er schob die Finger in den nächsten Käfig und zögerte.

»Was ist denn los?«

Der Veteran starrte ins Leere, stand gebeugt da und hatte die Schultern durch die Öffnung im Dach gezwängt. Er rührte sich nicht, als würde er aufmerksam lauschen.

»Warum hörst du auf?«

»Nnnr*rrrrr*«, knurrte Kenway durch die Nase. Es klang entfernt wie ein Flugzeug. Schnaufend und schnuppernd wich er zurück und verschwand aus der Ladeluke.

Licht nahm seinen Platz ein. Joel sah Fisher in die Augen, und die beiden kämpften weiter mit den Käfigen. Kenway hatte bereits genug herausgeholt, daher konnten sie die übrigen einfach zur Seite schieben. Fish langte über den Kopf und warf die letzten zwei Käfige durch das Loch. Er schlängelte sich unter den anderen durch und zog sich durch die Öffnung hinaus ins Gras.

Im hinteren Teil des Laderaums flackerte orangefarbenes Licht. Durch das Chaos aus Drahtgeflecht sah Joel irgendwo tief im Stapel der Käfige Flammen. Der Diesel war in den Frachtraum gelaufen, und irgendetwas hatte ihn entzündet. Der Rauch stank und war dick und beißend. Joel drückte die Käfige aus dem Weg, krabbelte vorwärts, und Fisher zog sie von der anderen Seite heraus und warf sie zur Seite.

Endlich war er frei. Joel zog die Beine nach draußen und blieb erschöpft auf der aufgewühlten Erde liegen. Der LKW war unten an der Böschung auf der Seite gelandet, gleich neben einem Fluss. Über ihnen dehnte sich ein riesiger weißer Himmel aus, der mit pechschwarzen Wolken gesprenkelt war.

»Knnnnnnnnuurrrrrrrr«, sagte Kenway.

Der Veteran hockte in einer Spiderman-Pose auf allen vieren, krabbelte am Ufer entlang und starrte sie an.

»Was zum Teufel machst du da?«, fragte Fisher.

Plötzlich stürzte sich Kenway auf ihn und rammte ihn rücklings an den Frachtraum. Fish prallte von der Aluminiumwand ab, und die beiden Männer gingen zu Boden. Kenway befand sich oben und zischte und knurrte wie ein Wahnsinniger. Sein Haarknoten hatte sich gelöst, und sein blondes Haar wallte auf zu einer wilden Tarzanmähne. Er versuchte, Fish zu beißen, und der kleinere Mann drückte ihn von sich und wehrte sich mit dem blutenden Unterarm gegen ihn.

Einer der Käfige lag neben Joel, die Gitterstäbe ragten in alle Richtungen, die Katze war weg. Er packte einen Stab, riss ihn los, krabbelte hinüber zu Kenway, stach durch sein Hemd und spürte, wie die Haut nachgab.

»FAAAAUUUCHCHCHCH!«

Zuckend und kreischend wälzte sich Kenway von Fish und wich zurück. Einer seiner Schuhe löste sich von der Prothese, blieb im Schlamm stecken, noch mit Socke, und enthüllte einen Fuß, der aussah wie ein Autoteil. Joel starrte ihn an, kniete sich wie ein Footballspieler hin, eine Hand auf dem Boden, und der Draht ragte aus seinen Fingern wie bei einem Messerkämpfer. Das Gefühl der Unwirklichkeit stellte sich wieder ein.

Sein Bruder schnappte sich einen Stein und warf ihn – *»Scheißvieh! Mist!«*

TOCK! Kenway blinzelte, als ihn der Stein an die Stirn traf. Er kippte um und lag auf dem Rücken wie ein Käfer, hielt sich die Augen und scharrte mit den Hacken Furchen in die Erde.

Beim Kampf war Fisher rückwärts auf den Boden gedrückt worden, die Hose war von den Hüften gerutscht und enthüllte eine Pobacke. Joel erhaschte einen Blick auf das *Algiz*-Brandzeichen auf dem Hintern. *Das Katzenopfer,* dachte er. *Die Hexen wollte Selina in mich schicken und mich in einen Irren verwandeln, aber sie sind an meinem* Algiz *gescheitert, dann an Fishers* Algiz, *und dann haben sie Kenway erwischt.*

»Halt ihn fest«, sagte er zu Fish und zog seine Hand durch den Schlamm.

»Was?«

»Mach einfach!«

Fish rappelte sich auf, drückte die Hände auf Kenways Bizeps und pinnte ihn auf den Boden. Kenway fauchte den Himmel an und wälzte sich hin und her. Über seinem rechten Auge bildete sich ein leuchtender blauer Fleck.

Joel packte den Schlamm mit den Händen und riss das Hemd des Veteranen auf. Ein braune haarige Brust kam darunter zum Vorschein. Joel malte Robins *Algiz* mit Schlamm darauf, und dann überwältige Kenway sie und stieß Fish zur Seite. Joel krabbelte davon und nahm die Seite des LKWs zu Hilfe, um aufzustehen.

Im Frachtraum knisterten Flammen, und als Joel hineinblickte, sah er, dass sich dort in Kürze ein mächtiges Feuer entwickeln würde. Er fluchte laut, zog einen Käfig mit einer heulenden Katze heraus, dann noch einen und noch einen.

Gott, es sind so viele, dachte er und warf die Käfige in hohem Bogen ins Gebüsch.

»Was läuft denn bei *ihm* falsch?«, schrie Fisher.

Schaum sammelte sich zwischen Kenways Lippen, dabei zuckte er heftig und schlug mit den Armen und Beinen, als hätte man ihm Elektroschocks verpasst. Er verdrehte die Augen, sodass das Weiße sichtbar wurde. Joel stand unentschlossen in der Rauchwolke und konnte sich nicht entscheiden, was er tun sollte – Kenway helfen? Die Katzen retten? Fish anschreien, ihm zu helfen, die Käfige aus dem Feuer zu holen?

Der Ausweg aus dem Dilemma fand sich von ganz allein, als Kenway den Mund aufriss und sich eine Katze mit verfilztem Fell zwischen seinen Zähnen hindurchquetschte und blinzelte.

»Was soll der Scheiß?«, keuchte Fish. *»Selina?«*

Das Gesicht des Veteranen wurde dunkelviolett. Er griff sich mit beiden Händen an den Kopf, als wollte er ihn sich abreißen, und wälzte sich herum auf Hände und Knie. Wieder würgte er, diesmal langsam und methodisch wie ein kranker Hund. Durch seinen ganzen Körper ging ein Schauer, seine Schultern schoben sich hoch zu den Ohren. Selinas Kopf ragte aus seinem Mund wie eine große haarige Zunge.

Er packte den Katzenhals mit Daumen und Zeigefinger und zog.

Die Katze gab ein gequältes Entenquaken von sich.

Joel stand unter einem kühlen, wolkenverhangenen Himmel halb nackt im Schlamm, hinter ihm wallte schwarzer Rauch in die Luft, und der Zugriff auf die Wirklichkeit ging ihm vollends verloren. Irgendwie hatte sich das Gewebe der Realität so weit aufgelöst, dass sein Verstand zwei und zwei nicht mehr zusammenzählen konnte, und plötzlich hatte er vergessen, wozu seine Hände zu gebrauchen waren. Er konnte nur noch hilflos zuschauen, wie Kenway würgend und hustend mit der Katze kämpfte.

»Hör auf zu schreien und sieh nach, was mit den beiden Cops los ist«, sagte Fisher und schob ihn in die andere Richtung. Hatte er gebrüllt? Joel schüttelte den Kopf und das Schwindelgefühl, das ihn überfiel, hätte ihn fast der Länge nach ins Gebüsch geworfen. »Ich habe gesagt *geh!*« Sein Bruder ging zum Laderaum und holte einen Käfig heraus.

Rauch wallte hervor. Einige Sekunden später kam er heraus und hustete. Noch einmal ging er nicht hinein.

Joel taumelte durch den Schlamm zur Fahrerseite des LKW und war verwirrt, weil er eine Wand aus einem schwarzen, verölten Motor vor sich hatte. Dann erinnerte er sich, dass der LKW auf der Seite gelandet war; die Tür war demnach jetzt oben. Er stieg an der Unterseite der Kabine hoch und zog sich über das Trittbrett.

Durchs Fenster konnte er die beiden Männer im Inneren

sehen. Euchiss hing bewusstlos in einem aufgeblasenen Airbag und lehnte an der Beifahrertür. Blut lief ihm seitlich am Gesicht entlang. Bowker war tot. *Extrem* tot. Die Lenksäule war nach hinten getrieben worden, und nur die kugelsichere Weste hatte verhindert, dass Bowker aufgespießt worden war. Stattdessen hatte die Panzerung ihn zerquetscht wie ein Sandwich, seine Rippen gebrochen und ihn in den Sitz genagelt. Seine Augen waren hervorgetreten wie bei einer Kröte, sein Gesicht war traubenrot, und rosa Eingeweide hingen ihm aus dem Mund. Auf der Windschutzscheibe vor ihm blühte ein sternförmiger Blutfleck.

Glücklicherweise war das Glas herausgedrückt worden. Joel griff in die Kabine, holte die Glock aus Bowkers Hüfthalfter und schob sie sich hinten in die Jeans.

Eine Bewegung auf der anderen Seite weckte seine Aufmerksamkeit. Euchiss hatte die Augen aufgemacht und starrte Joel an.

Ohne ein Wort richtete der Cop seine Glock auf ihn. Joel wich vom Fenster zurück, sprang hinunter in den Schlamm und lief zurück nach hinten.

Kenway lag noch dort im Gebüsch, wo er umgekippt war, wiegte eine blutig-nasse Katze in den Armen wie eine Mutter ihr Neugeborenes, und sah aus wie ausgekotzt. »Uuuunnggh«, grunzte der große Mann heiser und schloss erschöpft die Augen.

Inzwischen leckte das Feuer aus dem Loch im Dach. Katzen kreischten wie ein großer Sirenenchor voller Panik und Schmerzen, während sie Opfer der Flammen wurden. Fish kniete im Schlamm, seine Augen waren rot, und Tränen strömten über sein Gesicht, wobei Joel nicht einschätzen konnte, ob wegen des Rauchs oder wegen der Katzen.

»Ich kann sie nicht retten«, schluchzte Fish. »Ich komme nicht rein.«

»Wir müssen weg«, sagte Joel.

Fish stand auf, heulte weiter. Kenway lag da, den Kopf im Nacken, die Augen geschlossen. Die wiedergeborene Selina wand sich aus seinem Armen, schüttelte sich und floh wie von der Tarantel gestochen zwischen die Bäume. Fish schaute der Katze mit trübem Blick hinterher, als könnte er die Sache noch immer nicht begreifen.

Kenway schlug die Augen auf. »Mein Hals. Bringt mich um.«

»Komm«, sagte Joel und packte seine Hände. »Wir müssen weg. Steh auf. Wir müssen weg. Der Rothaarige lebt noch und hat eine Waffe.«

Die Brüder halfen dem Veteranen auf die Beine, und zusammen machten sie sich zur Böschung und zum Highway auf. Kenways Pick-up-Truck wartete an der Lücke in der Leitplanke auf sie; die rechte Seite war an der Stelle verbeult, wo er den LKW gerammt hatte.

Eine schleppende, heisere Stimme hallte durch die Bäume: *»Wo wollt ihr hin?«*

Alle sahen zurück. Euchiss war blutüberströmt über seinen Partner geklettert und richtete sich jetzt im Seitenfenster auf, als wäre es eine Panzerluke. Er zog mit der einen Hand ein Gewehr aus der Kabine und lud durch, *klick-a-dick!*

Joel griff hinter seinen Rücken, zog Bowkers Pistole heraus und richtete sie auf die Schlange. Die Waffe ging los, sobald er den Abzug betätigte, und feuerte mit einem Knall wie von einer Brötchentüte. Die Kugel schlug Funken an der Seite des LKWs. Euchiss tauchte im Fenster in Deckung unter.

Da Joel als Erster die Straße erreichte, ging er zur Fahrerseite von Kenways Pick-up. Der Highway war eine einsame zweispurige Landstraße mitten im Nichts, die sich in beide Richtungen endlos bis zum Horizont erstreckte. Soldatenkiefern bildeten an beiden Seiten eine undurchdringliche Mauer unter einem Himmel wie aufgeschlagene Milch. Es gab keine Stromleitungen oder Masten, daher wirkte die Straße nackt und unfertig.

Die Tür des Chevys stand offen, die Schlüssel steckten, aber die vordere Beifahrerseite war zertrümmert, und Rauch kroch unter der Haube hervor. Joel drehte den Schlüssel; der Motor knurrte angestrengt.

Die Windschutzscheibe zersprang in tausend Stücke, und Glas regnete über das Armaturenbrett. Joel warf sich auf den Highway. Als er da auf dem Boden lag, fiel ihm ein, dass Euchiss ihn möglicherweise auch unter dem Wagen hindurch sehen konnte, deshalb spähte er durch die Lücke. Der Seitenstreifen und die Reste der Leitplanke verbargen ihn gut genug.

Fisher und Kenway kamen um den Wagen gelaufen und hockten sich hinter die Ladefläche des Chevys. »Springt er nicht an?«, krächzte der Veteran und zuckte zusammen.

»Nein.«

»Was jetzt?«, fragte Fish.

Kenway packte die obere Kante und spähte über den Rand der Ladefläche. Ein blauer Blitz explodierte auf der anderen Seite und zischte durch den Wald, und eine Gewehrkugel pingte an die Kabine des Trucks. Kenway duckte sich und bewegte sich an der Seite entlang nach vorn und hielt plötzlich überrascht inne.

Zu Joels Verwunderung lachte er.

»Nach dir habe ich schon gesucht, Betsy. Komm her, Baby.« Er griff in die offene Fahrertür und zog etwas unter dem Sitz hervor – die Waffe, die ihm beim Krankenhaus heruntergefallen war.

»Oh, jetzt bist du auch mit von der Partie«, sagte Joel freudig. Er stieß seinen Bruder mit dem Ellbogen an. »Unser kleiner Soldat hat seinen Friedensstifter.«

»Du hast doch selbst eine Pistole, Idiot«, gab Fish zurück.

Joel betrachtete Bowkers Pistole.

»Ja, aber er kann tatsächlich damit umgehen.«

Kenway warf das Magazin aus, zählte die Patronen und schob es wieder in die Waffe. Dann stand er auf, stützte die Unterarme auf die Seitenwand des Chevys und begann, in aller Seelenruhe in gleichmäßigem Rhythmus auf den Mann im LKW zu schießen. *Peng. Peng. Peng. Peng.* Die Mündung der Pistole nickte dazu in sanftem Takt, ohne zu schwanken. Patronenhülsen wurden ausgeworfen und landeten klirrend auf dem Asphalt zu ihren Füßen.

Nach acht Schüssen fuhr der Verriegelungsschieber zurück. Kenway drehte die Pistole verwirrt zur Seite. »Scheiße, klemmt ...«

Am Himmel brach Donner los und hallte von den Bäumen wider.

Eine Kugel fächelte das Haar des Veteranen in einem Nebel aus Blut auf.

Die Brüder fluchten laut, als Kenway rückwärts umkippte und auf den Asphalt fiel.

Es rann rot aus einer Wunde oben an seiner Stirn.

»Nein!«, schrie Fisher. *»Nein!«*

Joel wandte den Blick ab, kniff die Augen zu, hielt sich die Hände vors Gesicht und versuchte, klar zu denken.

Er starrte in den Abgrund hinter seinen Lidern, lauschte Fishs Flüchen über den toten Mann und wusste, sie hatten keine andere Wahl, als zu fliehen oder erschossen zu werden. Er konnte einen Mann mit einer Schrotflinte treffen, wenn der genau vor ihm stand, aber mit nur einer Pistole und einer Handvoll Patronen hatte er keine Chancen gegen einen ausgebildeten Cop mit einem Jagdgewehr und einer ganzen Schachtel Munition.

Er packte Fisher am Hemd und zog ihn auf die Beine. »Verschwinden wir von hier.«

17

Zumindest hatte das Feuer die Katzen erledigt, und um die loszuwerden, waren sie schließlich weggefahren.

Als es Euchiss endlich gelungen war, sich aus dem umgestürzten LKW zu befreien, verdrehte er sich den Knöchel beim Sprung nach unten.

Er saß ein paar Minuten auf der Heckflosse des Chevys, der diesem großen blonden Kerl gehört hatte, massierte die schmerzende Stelle und wartete, ob nicht zufällig ein Wagen vorbeikam, den er konfiszieren könnte, doch die Straße zum Steinbruch war lang und einsam. Nicht einmal mehr die Laster, die sonst zu dem abgeholzten Gelände auf dem Berg gewollt hatten, kamen hier entlang, da dort schon seit einem Jahr nicht mehr gearbeitet wurde.

Kein Verkehr mehr.

Sie waren noch neun Kilometer vom Steinbruch entfernt gewesen, als der große Blonde mit dem Bart sie von der Straße gedrängt hatte.

Er versetzte der Leiche des Mannes noch einen Tritt, bevor er losmarschierte.

Hohe Kiefern umgaben ihn, und der Boden war mit rostroten Nadeln übersät. Eine fast volle Schachtel 6,5 mm-Patronen raschelte leise in seiner Tasche.

Nach zwei Stunden Verfolgung hatte der Schmerz seinen Knöchel ausgezehrt, und der Fuß war steif geworden und angeschwollen. Euchiss hielt an, untersuchte ihn und entdeckte eine feuerrote Beule von der Größe eines Baseballs an der Außenseite der Ferse. Verstaucht. Verdammt.

Er nahm sein Handy heraus und schaltete es ein. Kein Netz. Sein Funkgerät hatte auch nichts mehr zu melden – zu weit entfernt von der Stadt, außerhalb der Reichweite. Er jammerte still vor sich hin und fluchte in seinem New-England-Dialekt. In der anderen Hand trug er, unter den Arm geklemmt wie eine Aktentasche, ein Nosler M48 Patriot Gewehr mit Zielfernrohr. *Also schön. Cutty wäre ziemlich sauer, wenn ich das vergeige. Ich sollte das am besten selbst wieder hinbiegen, und zwar schnellstmöglich. Soloaktion.*

Er quetschte den Fuß wieder in den Schuh und durchquerte einen Bach. Auf der anderen Seite stieß er auf die jahrzehntealten Überreste eines Stacheldrahtzauns und etliche Meter weiter südlich auf ein Schild: BETRETEN VERBOTEN! *Wir sind im Bogen nach Nordosten unterwegs,* dachte er und schlüpfte zwischen dem rostigen Draht hindurch wie ein Boxer, der in den Ring steigt. *Eigentlich müssten wir in der Nähe der Minen sein.*

Der erwähnte Steinbruch, zu dem Bowker hatte fahren wollen, lag am Ende eines Netzes von Minenstollen, die sich durch den Bauch des Red Hill Mountain schlängelten. Die Einheimischen nannten sie Pilzminen, weil die Feuchtigkeit in den Höhlen weiße Pilze auf Holzbrettern und Gerüsten wachsen ließ. Er war nicht sicher, ob der Pilz giftig war, aber er und Bowker gingen kein Risiko ein und benutzten normalerweise eine Gasmaske, wenn sie hineinmussten.

Mist, dachte er und blieb stehen. *Du Idiot.* Er hatte seine Maske im LKW vergessen.

Nachdem er zunehmend steiles und steiniges Gelände durchquert hatte, befand er sich nun im Vorland des Red Hill Mountain. Vor Euchiss wurde der Baumbewuchs lichter, und er erreichte einen kahlen Kalksteinvorsprung, von dem aus er in eine zwei- oder dreihundert Meter breite Schlucht schauen konnte. Gestrüpp und Heidekraut erstickten den Boden, doch die Seiten waren steil und nackt.

Die Ellis-Jungs kletterten auf der anderen Seite den Hang hinauf und suchten sich ihren Weg zwischen Felsen und Dornsträuchern hindurch. Sie waren fast oben, kaum einen Steinwurf von den Bäumen entfernt. Euchiss warf sich auf den Boden und nahm das Gewehr von der Schulter. Ein freudiger Schauer ging durch seinen Körper. Rasch nahm er ein paar Einstellungen vor, um den Winkel zu optimieren, dann zog er ein Knie hoch, legte das Gewehr an, stützte die Ellbogen auf die Felskante und schaute durch das Zielfernrohr.

In das Verschlussgehäuse war ein einzelnes Wort eingraviert: MAGA. Euchiss fuhr sich mit der Zunge über die Lippen und konzentrierte sich. Der Faden kam auf dem Schwarzen mit dem Stoppelschnitt zur Ruhe. Einatmen, ausatmen, entspannen. Er zog den Abzug, bis der Schlagbolzen auf die Patrone hämmerte. Das scharfe, trockene *PENG!* überraschte ihn und erzeugte ein wohliges Kribbeln in seinen Hoden.

Zentimeter neben Fisher Ellis' Kopf spritzte Erde auf. Er sah über die Schulter und suchte die Steilwand der Schlucht ab.

»Ich bin hier oben, du dummer Fotzenknecht.« Euchiss betätigte den Kammerstängel der Nosler, warf die leere Patrone aus und lud eine frische nach. Irgendetwas ging mit einem Knall wie von einem M-80 los, und hinter ihm surrte eine Kugel in die Bäume. Er spähte durch das Fernrohr und erinnerte sich daran, dass die Schwuchtel mit dem rasierten Kopf Bowkers Glock gestohlen hatte. Joel feuerte noch ein paar Schuss ab, die alle bis auf einen in den Bäumen hinter Euchiss landeten. »Mit dem Ding kannst du mich hier nicht treffen. Wem willst du was vormachen?«

Er zielte auf Joel, der nun zu begreifen schien, wie vergeblich seine Erwiderung war, und die leere Pistole in die Schlucht warf. Als Euchiss bereit war, den Abzug zu drücken, vibrierte es in seiner Hose, und eine schrille Melodie ertönte.

So weit oben hatte er offensichtlich wieder Empfang. Er holte das Telefon hervor und grunzte gereizt, weil eine SMS angekommen war.

WO STECKST DU? CUTTY WILL DEN NEUESTEN STAND.

Euchiss seufzte und sah durch das Zielfernrohr. Joel hatte es zwischen die Bäume geschafft, und sein Bruder war fast an der Kante angelangt. Euchiss richtete das Fadenkreuz auf seinen Rücken, sammelte sich und schoss erneut. Beim Knall der Waffe spürte er wieder dieses warme Gefühl in den Eiern. Diesmal traf er Fisher in den linken Oberarm. Ein Fetzen Fleisch flog durch die Luft und landete auf Joel.

Als er nachgeladen hatte und erneut zum Zielen bereit war, hatte sich die Tunte aus der Schlucht gezogen, und die zwei rannten in den Wald. Die Kiefernstämme verdeckten ihre Gestalten wie ein Lattenzaun.

Euchiss nahm sein Telefon und tippte.

HATTEN EINEN UNFALL AUF DEM WEG ZUM STEINBRUCH. BOWKER TOT. VERFOLGE 2 MÄNNER @ RED HILL ZU FUSS. HOL MICH AB. NIMM DIE E-ZUFAHRTSTRASSE. BRING WAFFEN MIT. BIN IN CA. 45 MIN AN DER MINE.

Die Antwort kam postwendend:

BIN UNTERWEGS

18

Kenway Griffin öffnete die Augen, wälzte sich auf Hände und Knie und spie sein Burger-King-Frühstück auf den Asphalt. Das Erbrochene brannte wie Magma durch seinen überdehnten, wunden Hals.

Blut tropfte in die Pfütze aus Kotze. Er berührte sich am Haaransatz. Elektrisierender Schmerz schoss quer über seinen Schädel.

Er zog sich auf die Beine, taumelte über die Straße und begutachtete seinen Kopf im Seitenspiegel seines Trucks. Das Haar war nass, und sein Gesicht war mit roten Streifen überzogen. Soweit er sagen konnte, hatte die Kugel seinen Scheitel gestreift, die Kopfhaut aufgerissen und ihn ausgeknockt. *Dad hat immer gesagt, ich hätte einen Dickschädel.* Hinter seinen Augen pochte dumpfer Schmerz. Er stieg in den Chevy und versuchte, die Übelkeit mit bloßem Willen zu vertreiben und den coolen, gefassten Krieger zu beschwören, der sich im Weingarten zurückgemeldet hatte, doch der Chevy hörte nicht auf, sich zu drehen. Mehrere

Minuten vergingen, bis er begriff, dass die Windschutzscheibe zerschossen war.

Der LKW mit den Käfigen brannte inzwischen lichterloh, schwarzer Rauch stieg als Säule in den weißen Himmel auf. Hilflos jaulten Katzen in den Käfigen auf der Wiese, in Sicherheit, aber allein gelassen.

Die Katze.

Was zum Teufel ist mit der Katze passiert? Er erinnerte sich daran, wie er in den Laderaum des umgekippten LKWs gegriffen hatte, und dann setzte seine Erinnerung erst Minuten später ein, als er auf Händen und Knien im Schlamm kauerte und würgte. Da hatte er ebenfalls gekotzt, aber nicht Essen, sondern *Haar*. Einen riesigen Ballen Haar, der ihm die Kehle zerkratzt hatte, als er herauskam.

Fühlte sich an wie eine Halsentzündung, wie Nadeln in der Speiseröhre. Kenway schluckte und zuckte zusammen. Das Haar hatte Krallen. Er erinnerte sich daran, eine Katze in den Armen zu halten. Hatte er die Katze vor dem Feuer gerettet? Er war sich nicht sicher. Sie war nass gewesen, das auf jeden Fall. Vielleicht war sie in den Fluss gefallen? Er beugte sich beiläufig aus dem Wagen und übergab sich noch einmal, allerdings brachte er jetzt nur noch bittere Galle heraus.

Schweiß rann ihm über das Gesicht und malte Streifen in das Blut. Hatte er eine Gehirnerschütterung? Das glaubte er zwar nicht, aber möglich war es.

Hey, Mann, alles okay?

Scheiße, Alter, sein Bein ist weg.

Hilft mir mal jemand, eine Infusion zu legen – Wie sollen wir den Sanitäter wieder hinkriegen ohne den Sanitäter?

Gott, er fühlte sich betrunken. Er schnappte sich ein paar Servietten vom letzten Drive-in, wischte sich zitternd das Blut aus dem Gesicht und scheuerte es aus Lidern und Falten neben der Nase, als würde er Make-up entfernen. Dabei schmierte er es jedoch nur hin und her. *Schwein gehabt, so verdammt viel Schwein gehabt,* dachte er, knüllte die Servietten zusammen und warf sie in den Fußraum. Zwei Nahtoderfahrungen im Leben. Wenn er das hier überlebte, musste er Skydiven oder mit Delfinen schwimmen oder einen Bullen mit Namen Fu Manchu reiten. Irgendetwas in der Art.

Wir haben sein Bein, Lieutenant. Nicht mehr zu retten.

Wo hat es Sie erwischt?

Kontrollpunkt 6. Mobile USBV von Süden her, und Griffin hat wegen der beschissenen Kinder angehalten. Auf der Straße waren Kinder, vor dem Fahrzeug.

Verdammt, er hätte weiterfahren müssen. Er weiß doch Bescheid.

Er schloss die Tür und legte erschöpft den Kopf zurück, während sich der Chevy langsam auf der Stelle drehte. Speichel sammelte sich in seinem Mund. Nicht zum ersten Mal wünschte er sich sein Erste-Hilfe-Set, das er sonst normalerweise im Handschuhfach aufbewahrte. Er hatte es kürzlich für irgendwen benutzt, konnte sich aber nicht mehr erinnern, für wen und wo er es hatte liegen lassen.

Unter der Haube quoll kein Rauch mehr hervor. *Vielleicht sollte ich es noch mal versuchen.* Er packte den Zündschlüssel mit seiner Bärenpranke und drehte ihn. Der Motor röhrte kränklich, weigerte sich jedoch anzuspringen. Er versuchte es nochmals. Wieder nichts. Er lehnte sich zurück und ruhte sich aus. Dachte darüber nach, sich erneut zu übergeben, doch er hatte nichts mehr im Magen. Er drehte das Fenster runter und spuckte aus.

Im Seitenspiegel erhaschte er eine Bewegung, ein Fahrzeug, das auf der Straße näher kam. Er ließ sich nach unten rutschen,

(USBV SCHON WIEDER EINE AUTOBOMBE MIST WEITER WEITER WEITER)

Seine Knie drückten gegen das Armaturenbrett, seine Hoden von unten gegen die Lenkradsäule. Kurz darauf hatte der andere Fahrer den Chevy erreicht, wurde langsamer und schaute sich neugierig an der Unfallstelle um.

Da es keine Explosion gab, entspannte sich Kenway. *Du bist nicht mehr da drüben. Zieh den Kopf aus dem Sand.*

Wer immer neben ihm gehalten hatte, ließ den Motor laufen. Kenway dachte darüber nach, auszusteigen und um Hilfe zu bitten, aber irgendetwas an der Situation kam ihm falsch vor – warum sollte jemand einfach still sitzen bleiben, anstatt aus dem Wagen zu kommen und nach Überlebenden zu suchen?

Schläfrigkeit schlich sich an. Er ballte die Fäuste und zwang sich wach zu bleiben. Seine Hände zitterten. Sein Schädel fühlte sich, als hätte man ihn in der Mitte wie eine Walnuss aufgeknackt.

Reiß dich zusammen.

Eine Autotür schlug zu.

Jemand ging herum zum Chevy. Kenway ließ die Augen zu, hielt den Atem an und stellte sich tot, was leicht war, weil die Optik ja schon stimmte, angesichts der Wunde, die sich durch sein blutiges Haar zog.

»Nette Schießerei, Tex«, sagte eine heisere Stimme neben dem offenen Fenster. Der Mann hustete und entfernte sich wieder. Kenway schlug die Augen auf und sah ihm hinterher.

Der rothaarige Cop, Euchiss. *Wie lange war ich weg?* Euchiss hatte offensichtlich geduscht und sich umgezogen, denn es war gar kein Blut zu sehen. Ein Handgelenk war mit einem Verband umwickelt.

Euchiss stieg wieder in seinen Wagen und fuhr weiter. Kenway spähte über die Fensterkante und erhaschte einen Blick auf einen roten Ford Pick-up und das Airbrush-Bild einer Walküre mit großen Brüsten, die eine riesige Schlange am Schwanz packt. Er sah durch den Bogen des Lenkrads, wie der Pick-up auf der einsamen Landstraße langsam außer Sicht geriet.

Ungläubig erkannte er in dem Kunstwerk die riesige Schlange, die er vor Urzeiten auf Bestellung gemalt hatte.

Röhr, röchel-röchel-röm. Er hatte den Schlüssel noch einmal gedreht. Röhr, röchel-röchel-röm. Er hustete, spuckte Blut aus dem Fenster und stellte das Radio an. Lynyrd Skynyrd bat ihn, ein einfacher Mann zu sein.

19

Nachdem sie einige Stunden über den tückischen Waldboden gelaufen waren, fühlte sich Joel wie durch den Wolf gedreht, aber das war nichts gegen Fisher. Von der Schusswunde in der Schulter lief ihm das Blut über den Ellbogen. Sein dunkelbraunes Gesicht schimmerte gräulich violett, und seine Lippen wirkten beinahe lila.

Sie verließen den Wald und betraten eine kiesbedeckte Freifläche, die von trockenen Reifenspuren durchfurcht war. Weit rechts stand eine Reihe halb fertiger Gebäude, Rohbauten mit Teerpappedach. Baumaterialien lagen herum und verrotteten. Über der freien Fläche ragte eine Felswand auf, die von einer Sumpf-Kiefer gekrönt wurde und in deren Tiefen eine weite Höhle führte.

Zuerst hatte Joel überlegt, sich in einem der Rohbauten zu verstecken, allerdings dämmerte ihm, dass es nur eine Frage der Zeit war, bis Euchiss sie dort aufspüren würde. »Komm weiter«, drängte er Fish und tippelte über den spitzen Kies. »Wir verstecken uns in der Höhle.«

Dort angekommen brannte der weiche Höhlenboden kalt an seinen schmerzenden Füßen. Kraftlos fiel weißes Sonnenlicht durch ein Dutzend Löcher in den Wänden und erhellte riesige Räume mit flachen rissigen Decken. Gesprayte Graffiti auf dem rauen Stein verkündeten längst beendete Liebesbeziehungen und kryptische Weisheiten. *TAPFERKEIT BEDEUTET NICHT, KEINE ANGST ZU HABEN. ED BRIGHAM WAR HIER (UND ARDY AUCH) 1976. FRODO LEBT!*

»Weiß nicht«, sagte Fish.

Draußen gab es einen Knall, und eine Kugel krachte in die Höhlendecke und schlug Felssplitter los.

Sie duckten sich und liefen tiefer in die Mine.

Der Hauptstollen führte tief ins Herz des Berges, und in regelmäßigen Intervallen zweigten Nebentunnel zu Seitenräumen ab. Die Luft war dick und stickig, feucht, muffig. Tropfen bildeten sich auf Joels Gesicht. Es dauerte nicht lange, bis fast das ganze Licht hinter ihnen zurückgeblieben war und sie in einer leeren Dunkelheit strandeten, in der nur noch der ferne Stern des Höhleneingangs hinter ihnen zu sehen war. Den konnte er mit einer Hand verdecken.

Euchiss trat in die Sonne, eine winzige Silhouette. Er zog eine Taschenlampe aus seinem Gürtel und schaltete sie an. Vor ihm tanzten Schatten. »Ich weiß, dass ihr hier drin seid«, rief er mit flachem schnarrendem Echo. »Diese Mine hat keinen anderen Ausgang. Ihr sitzt in der Falle. Genauso gut könnt ihr gleich aufgeben.«

Scher dich zum Teufel. Joel trat aus dem Licht in die totale Finsternis eines Seitenraums. Fish folgte ihm und hielt sich die Schulter.

»Du gehst auf die andere Seite«, flüsterte Fish.

»Warum?«

»Such dir einen Stein oder irgendwas. Versteck dich im Dunkeln. Ich gehe mit erhobenen Händen raus und lenke ihn ab. Du schleichst dich von hinten an und ziehst ihm eins mit dem Stein über.«

»Der Plan ist scheiße. Er wird dich erschießen.«

»Hast du einen besseren?«

Hatte er nicht. Joel durchquerte den Lichtstrahl, tappte erneut ins Dunkle und tastete den Boden ab. Keine Steine – jedenfalls keine ausreichend großen –, aber er entdeckte einen Metalleimer mit einem Seil am Griff, einen schweren Kohlenkübel. Das Seil war schleimig und nass, doch immerhin intakt. Er trug den Eimer zum Rand des Schattens und hielt ihn wie einen Morgenstern.

Während Joel auf den Cop wartete, schossen ihm Gedanken durch den Kopf. Wenn Euchiss nun zufällig mit der Taschenlampe in seine Richtung leuchtete, ehe er Fish entdeckte? Wenn er Fish sofort erschoss, wenn er ihn sah? Seine Lunge kribbelte. Er musste husten; bei jedem Atemzug verkrampfte sie mehr, bis er schon anfing zu zittern.

Bläulich weißes Licht wanderte über den Boden, während sich die Lampe näherte. Euchiss' Schuhe schlurften über die feste Erde. *Komm schon, komm schon.* Joel streckte den Arm nach hinten aus und machte sich bereit, dem Cop den Eimer ins Gesicht zu schwingen. Euchiss kam um die Ecke und in Sicht, seine Taschenlampe erzeugte einen harten weißen Lichtkegel. Er hatte das Gewehr am Riemen über die Schulter geschlungen und seine Dienst-Glock gezogen.

Nein! Das Licht wackelte in Joels Richtung! Der Kegel schwenkte hin und her und strich über seine Zehen.

»Hey, Arschloch«, sagte Euchiss fast beiläufig und leuchtete ihm in die Augen. Joel spannte sich an und wollte einen Schritt nach vorn machen, aber Fisher hustete. Der Lichtstrahl fuhr in die andere Richtung und enthüllte Fish, der vor einem langen Holztisch stand und zwischen den erhobenen Händen hindurchblinzelte. »*Da* bist du …«, setzte Euchiss an. Die Pistole in seiner Hand folgte der Lampe.

Joel sprang geblendet vor und schwang den Eimer. Der beschrieb einen Bogen durch die Luft und verfehlte sein Ziel komplett.

Euchiss zuckte zurück und lachte grunzend, aber Joel folgte ihm, schwang den Eimer herum und traf den Cop im zweiten Versuch. Der Eimer schlug dem rothaarigen Killer mitten ins Gesicht, warf ihn flach auf den Rücken und begrub ihn unter einer Wolke schwachen Rußes.

PENG! Die Glock blitzte auf, der Strahl der Taschenlampe tanzte über die Decke. Der Eimer landete auf dem Boden. Joel hielt nur noch das verrottete Seil in der Hand.

»*Lauf!*«, schrie Fish.

Er dachte darüber nach, sich die Lampe zu schnappen, doch beim Gedanken an die Pistole überlegte er es sich anders. Er hastete den verhallenden Schritten seines Bruders hinterher, und sie flohen Hals über Kopf in die Schatten der Höhle.

Weil er Angst hatte, in einen Schacht zu fallen, wagte er nicht, so schnell zu rennen, wie er konnte. In den Tiefen der Mine war er vollkommen blind und hatte keine Ahnung, wohin er lief. Fish hatte offensichtlich keine solchen Bedenken, und Joel konnte ihm nur folgen, weil er sich an den schlappenden Schritten der Sneakers auf dem rußigen Steinboden orientierte. Während er rannte, streckte er den rechten Arm aus und ließ die Finger über die raue Wand gleiten.

Hinter ihnen fluchte Euchiss aus Leibeskräften und bot alle

Schimpfwörter auf, die ihm in den Kopf kamen; dabei bedrohte er ihn mit jeder erdenklichen Form der Folter. *»Du hast mir die verdammte Nase gebrochen! Ich reiß dir den Schwanz ab und verfüttere ihn an die Vögel!«*

Tiefer und tiefer in die Höhle liefen sie, und die Luft verdichtete sich zu einer warmen Suppe. Joel hatte kein Tuch, mit dem er Nase und Mund bedecken konnte, daher atmete er durch die Zähne und spuckte andauernd aus.

Nach zwanzig Minuten wurde er langsamer. Die Schreie des Cops waren hinter ihnen verklungen, bis am Ende nur eine schaurige Stille geblieben war. Im Mund hatte er einen ranzigen Geschmack, und seine Jeans war dort, wo die Wundnaht aufgeplatzt war, durchnässt.

»Warte mal kurz, Mr. Goldbody!«, flehte er den unsichtbaren Fish an.

»Ich warte ums Verrecken nicht. Komm weiter.«

»Du kannst nicht so rennen, sonst fällst du noch in ein Loch. Ich werde deinen Null-Carb-Hintern jedenfalls nicht schleppen, wenn du dir beide Beine gebrochen hast.«

»Er hat einmal auf mich geschossen, und ich sitze nicht rum und biete ihm eine zweite Gelegenheit. Das ist kein verdammter Kindergeburtstag, Joel, dieser Scheißtyp will uns plattmachen.« Er sagte *Johl* anstelle von *Jo-elle*, wie immer, wenn er sauer war. Joel betrachtete es als seine Version davon, ihn streng mit allen Vornamen und dem Nachnamen anzusprechen. »Wie wär's, wenn du jetzt mal die Klappe hältst, ehe er uns hört?«

»Wir sind nicht gerade leise.«

»Ey, du bist nicht gerade sehr hilfreich.«

Der Tunnel ging immer weiter, vierhundert oder fünfhundert Meter oder sogar einen ganzen Kilometer. Oder zehn Kilometer. Wer wusste das schon?

Zehn oder zwanzig Minuten später konnte er wieder etwas sehen. Aus der Dunkelheit schälte sich eine blasse traumhafte Andeutung von grauem Fels, wo durch eine ferne Öffnung Licht hereinfiel. Vor ihnen leuchtete ein farbloses Viereck, nur einen Hauch heller als das Schwarz des Tunnels.

An rauen Oberflächen entlang stießen sie auf einen Gang, der quer zu ihrem verlief, und als Fish ins reflektierte Tageslicht trat, begriff Joel, dass sie eine Abzweigung nach draußen erreicht hatten. Der Stollen führte nach rechts ins Sonnenlicht. Joel kam zu der Kreuzung und blinzelte einem blendend grellen Punkt entgegen.

Wind wisperte und wehte das Zirpen von Zikaden an seine Ohren. Fish hörte auf zu laufen, und hinter ihnen knallte ein Schuss. Die Kugel prallte funkensprühend vor Joel von der Höhlenwand ab.

»Ich kann euch da unten sehen!«, rief Euchiss.

Die Brüder stürmten an die frische Luft und standen in einem riesigen Steinbruch mit einem hohen Kohletransportband und mehreren baufälligen kleinen Hütten. Hinter den Gebäuden hatte sich rostig-orangefarbenes Wasser milchig und still in einem großen Teich gesammelt.

Zu Joels Entsetzen blieb Fish stehen und nahm die Hände hoch.

»Was soll der Scheiß?«, fragte Joel schockiert.

»Wäre schlauer, wenn du seinem Beispiel folgst, Bursche«, sagte ein Mann neben einem roten Pick-up, der mit einem Revolver auf sie zielte.

Er war nicht wie Euchiss gekleidet – Jeanshose, Schlangenlederboots und ein blaues Hemd –, aber er hatte Euchiss' *Kopf*; die Knopfaugen des Mannes und den hageren Hals und das irischrote Haar. Um den einen Unterarm war ein Verband gewickelt.

Inmitten seiner Erschöpfung traf Joel die Verwirrung wie ein Schlag. *Hat der sich hierher teleportiert? Kann der hexen?*

»Ich möchte euch jemanden vorstellen«, sagte eine Stimme aus der Dunkelheit hinter ihnen. Cop-Euchiss kam mit dem Gewehr unter dem Arm wie ein englischer Fuchsjäger aus der Höhle. Seine schwarze Uniform war an Hemd und Hose mit hellem Staub verschmiert. Seine Nase war ein blutroter Knubbel inmitten des rußgrauen Gesichts. Cop-Euchiss grinste und gesellte sich zu seinem Marlboro-Mann-Doppelgänger mit dem verbundenen Arm, der beim Wagen stand. »Das ist mein Bruder Roy«, sagte der Cop und klopfte seinem Bruder auf die Schulter. »Sag hallo, Roy.«

»Hallo, Roy«, sagte Roy.

»Mich nennen alle Opie wegen meines Haares aber eigentlich heiße ich Owen«, sagte Cop-Euchiss.

Zwillinge.

»Und das hier ist derjenige, den ihr gemeint habt, als ihr im Wagen von der Schlange geredet habt«, sagte Owen und spuckte Blut auf den Boden. »Offensichtlich hat unser guter verstorbener Lieutenant Bowker gestern etwas Entsprechendes gesagt, als er bei dir aufgetaucht ist.«

Roy lächelte.

Zwillingsschlangen.

»Nicht weiter tragisch«, sagte Roy, »wir werden seit der Kindheit dauernd verwechselt. Übrigens, schön, dich wiederzusehen, Pizzamann.«

»*Du* bist Big Red?«

»Der einzig wahre.«

»Ich sollte dir eine Kugel verpassen, weil du mir die Nase gebrochen hast.« Owen nahm das Gewehr herunter, aber um es wegzustellen, und lehnte es an die Seite des Schlangentrucks.

»Doch bevor wir euch umbringen, möchte ich euch noch etwas zeigen.« Er öffnete den Campingaufsatz des Schlangentrucks und zog eine Stange aus Stahl heraus, die so groß war wie er selbst, und dann eine zweite, die er an die andere schraubte. Am einen Ende der zweiteiligen Pike befand sich ein L-förmiger Haken. »Damit kann man Schlangen fangen«, sagte er und zog Gummihandschuhe an. »Aber manchmal ziehen wir damit auch was aus dem Kanal, wenn es sein muss.« Er ging hinter seinem Bruder entlang zum Teich und schnaubte dabei, als würde er Rotz hochziehen. Dann spuckte er wieder Blut. »Kommt schon.«

Roy scheuchte die Brüder mit seiner Waffe voran.

Ein Bretterweg führte von einer der Hütten den Hügel hinunter und bildete am Ende einen schmalen Steg. Owen ging voran bis zum rostig-orangefarbenen Wasser und handhabte die Hakenstange wie einen Wanderstab.

Ein Nebel wie aus einem Horrorfilm umwaberte sie, und das Wasser trübte eine fleckige Substanz, die an Erbrochenes erinnerte. »Diese Frauen, für die wir arbeiten, Cutty und so, die müssen uns für dumm halten. Die veranstalten zwar immer eine riesige Heimlichtuerei, aber wir wissen trotzdem, dass sie sich mit schrägen Sachen beschäftigen. Teufelsanbeterei und schwarze Magie und was weiß ich.« Owen spuckte Blut ins Wasser. »Sie machen ihren Kram, wir machen unseren Kram, und sie tun es, wenn wir nicht da sind. Soll mir nur recht sein, ich will es gar nicht mitkriegen. Roy arbeitet für sie, deshalb gehe ich nicht häufig rauf. Das ist auch in Ordnung so. Mich gruselt's bei denen.«

Am Ende des Stegs standen zwei Betonblöcke, über denen eine Bohle lag, auf der zwei Bierdosen und eine Flasche abgestellt waren. Ein Schießstand. Owen drehte den Haken um und tauchte ihn ins Wasser. »Der kleine Teich hat nicht immer so ausgesehen«, erklärte er und versenkte die Stange Stück für Stück. »Ein Schacht wurde geflutet, als die Minenarbeiter damals auf eine große Ader Eisensulfit und Pyrit stießen.« Owen bewegte die Stange wie ein Gondoliere. »Minen unterhalb des Grundwasserspiegels laufen eigentlich voll, wenn man nicht dauernd abpumpt, aber dieses Schätzchen wird von einer geothermischen Quelle gespeist. Also einer heißen Quelle.« Er grinste sie clever über die Schulter an. »In der Brühe möchte man trotzdem nicht schwimmen. Ich habe gehört, das Eisensulfit löst sich im Wasser auf und wird zu Schwefelsäure. In der Verwaltung heißt es ›Säure-Minenentwässerung‹. Deshalb stinkt es nach Furz.« Er umfasste den Teich mit einer Geste und hustete leise. »Wie ihr euch wohl inzwischen vorstellen könnt, ist diese Stelle wegen der Schwefelsäure ein fantastischer Ort, um lästige Sachen loszuwerden. Alles, was man reinwirft, treibt zum Schacht in der Mitte und verschwindet in den Minen darunter. Da taucht nie wieder was auf. Taucher können nicht rein, wegen der Säure und der Hitze, und wegen der Quelle kann der Teich nicht leer gepumpt werden. Niemand kann da was rausholen. Einfach *perfekt.*«

Das Wasser stank beißend und brannte Joel mit dem Geruch von faulen Eiern in den Augen. Er hustete.

»Möchtest du immer noch von mir ausgepeitscht werden?«, fragte Roy.

Joel starrte ihn böse an und deutete auf das Gewehr. »Wenn ich dir das Ding in den Arsch schieben darf.«

»Perversling, du.« Roy lachte. »Und wie war das Steak?«

»Hab schon bessere gegessen.«

»Tut mir leid, lag wahrscheinlich an dem Carfentanyl, das ich reingespritzt habe. Wie zum Teufel bist du aus der Garage verschwunden? Das Rolltor war verschlossen, als ich die Tür aufgebrochen hatte. Im Dunkeln konnte ich da nicht die Hand vor Augen sehen.«

»Magie, Cowboy. Ich bin auch eine Hexe, weißt du.«

Roy grinste argwöhnisch. Joel hustete und atmete wieder durch den Mund. Der Gestank nach faulen Eiern war einfach zu heftig.

Was aus dem Wasser zum Vorschein kam, war kein Katzenkäfig voller Knochen, wie Joel erwartet hatte, sondern etwas, das wie ein Stück Draht aussah. Sie traten zur Seite, damit Owen die Stange auf den Steg legen konnte, und er hob das Metall mit dem Handschuh auf.

»Eine Zahnspange«, sagte er und hielt das Stück in die Höhe.

»Von den beiden kleinen Zeugen Jehovas letzten Monat hatte keiner eine Spange«, sagte Roy. »Ist wohl das Mädchen von Donnerstag.« Er hustete. »Ich kann mich allerdings gar nicht erinnern, dass sie was an den Zähnen hatte.« Wieder hustete er in seinen Ärmel, und Owen warf die Spange zurück ins Wasser.

»Hier wolltet ihr Arschgeigen die Katzen hinbringen?« Fisher ballte die Fäuste und spannte die Bizepse an. Er war mit Schweiß bedeckt und wegen der Schmerzen blass, so gräulich rosa wie eine kalifornische Rosine.

»Jau.« Owen schien gern über den Teich zu reden wie ein stolzer Angler, der seine geheime Stelle vorführt. »Wir werfen hier schon ewig Katzen rein. Das Tierheim ist vier oder fünf Mal im Jahr voll. Der Grund, weshalb es heute so viele waren« – *hust, hust* –, »weil wir den ganzen Sommer mit den Frauen im Norden waren. Ich würde mal schätzen, da unten liegen gut und gern zwei- oder dreitausend tote Katzen, wenn nicht mehr.«

»Himmel«, entfuhr es Joel. »Warum?«

»Keine Ahnung. Die Frauen wollen, dass wir so viele Katzen wie möglich töten. Mich juckt es nicht. Eigentlich macht es Spaß.«

Joel erstarrte. »Sie machen Katzenmenschen-Zombies.«

»*Zombies?*«, fragte Roy. »Was redest du da?«

»Ach, ist auch egal.« Er kämpfte gegen den Drang an, einen von den Brüdern in das Wasser zu stoßen. *Wie schnell es wohl ätzt? Ob sie schreien würden?* »Warum erzählt ihr uns das alles? Wozu die Chemiestunde?«

»Weil ihr, wenn ihr da runtergeht, wissen sollt, dass euch niemals irgendwer finden wird«, sagte Owen. »Niemand wird je nach euch zwei Neger-Schlappschwänzen suchen, und besonders nicht am Grund einer dreißig Meter tiefen Schwefelquelle. Ihr kommt in die Säure und bleibt da unten bis zum Jüngsten Tag.« Er lächelte. Seine Zähne waren rot vom Blut. »*Das* ist für das Laufband.«

»Mann, bringen wir es hinter uns und verschwinden wir hier, ich ersticke noch an der Luft«, sagte Roy, hängte sich das Gewehr über die Schulter und zog seinen Revolver.

»Klingt wie ein Plan. Meine Nase bringt mich um. Ich muss ins Krankenhaus.« Owen zog sich die Handschuhe aus, indem er sich mit den Füßen draufstellte, und nahm die Glock aus dem Halfter.

Joel stockte das Herz. »*Wartet …*«

Owen zielte und schoss Fish ins Gesicht.

Gehirnmasse bildete einen roten Sprühnebel in der Luft, und der Peitschenknall des Schusses hallte durch die Bäume.

Atemlos und verblüfft schaute Joel zu, wie Fish umkippte

(von diesem Augenblick würde er bis in alle Ewigkeit träumen, Amen, dieser Moment war gespeichert im Festplattenrekorder in seinem Kopf, rückwärts, vorwärts und in Zeitlupe)

und flach auf den Rücken ins rostfarbene Wasser fiel.

Die beiden Rothaarigen drehten sich weg, als die Säure auf ihre Haut und ihre Kleidung spritzte. Joel blinzelte in die

Tröpfchen und ließ sie auf seine nackte Brust, auf Arme und ins Gesicht regnen.

Die Säure hätte wehtun sollen, dachte er, aber er spürte nichts, denn er war von innen heraus taub geworden. Das Herz sank ihm in die Magengrube; die Beine gaben unter ihm nach; er fiel auf Hände und Knie und starrte auf den Schemen, der sein Bruder gewesen war. Joel sank nach vorn, die Stirn auf den Fäusten, die Fäuste auf dem Steg. So oft hatten sie gestritten, und keine dieser Streitigkeiten würde jetzt zu Ende ausgetragen werden. So viele Jahre hatten sie sich auseinandergelebt, als sich Joel um ihre demente Mutter gekümmert hatte, während sich Fisher ferngehalten hatte, da es ihn fertigmachte und verängstigte, wie sie verfiel; das würden sie jetzt nicht mehr klären können.

Es war vorbei, in alle Ewigkeit vorbei.

Trostlosigkeit zertrümmerte jeden klaren Gedanken. Joel starrte leer vor sich hin. Die Wunde am Bein war aufgeplatzt, als er kniete, doch das fand tausend Meilen entfernt statt. Die Luft war aus seiner Lunge gepresst, aber er konnte sie nicht nachfüllen, als hätte Gottes Hand seine Brust zusammengequetscht. Seine Augen liefen mit Tränen voll und verwandelten die Bohlen unter seinen Händen in ein dunkles Kaleidoskop.

Er sah vom Wasser auf und entdeckte einen riesigen schwarzen Hund.

Joels Blut verwandelte sich in Eiswasser. Der Hund stand am anderen Ufer, schaute aufmerksam zu, ein dürrer Höllenhund, der zu flimmern schien wie ein Spiegelbild in dem Säuresee. Die Euchiss-Brüder schienen das ausgemergelte Tier nicht zu bemerken, und wenn, dann war es ihnen keine Reaktion wert.

»Ich habe mir überlegt, dass ich ihn zuerst erledige, vor deinen Augen«, sagte Owen und hustete höflich. Er spuckte ins Wasser. »Das war für den Eimer.«

»Wie grausam, Bruder.« Roy spannte den Hahn des Revolvers. Irgendwo in der Ferne knurrte ein Motor wie eine Hummel in einer Blechdose. »Manchmal denke ich tatsächlich, du hast einen echt fiesen Zug an dir.«

Eine bislang unbekannte Wut erfüllte Joel, Herz und Kopf und Bauch und Fäuste. Er wandte sich um und knurrte giftig etwas in die Mündung der Magnum. Am liebsten hätte er den beiden das Leben aus dem Leib geprügelt, wollte mit den Fäusten auf sie einschlagen, bis seine Arme brachen, bis sein Körper aufgab, bis der Himmel wich wie eine Schriftrolle, die zusammengerollt wird, und die Sonne schwarz wurde wie ein härener Sack. *»Ich bringe euch alle um, Scheiße noch mal«*, presste er durch die Zähne. Sein Gesicht zuckte vor Zorn.

Roy grinste. »Bisschen spät, um böse zu werden, was …«

Von der Höhle oben am Hang hallte eine Stimme herunter. Freddie Mercury heulte: *»Who waaaants to liiiiive foreverrrrr?«*

»Was zur Hölle ist das?«, fragte Owen und sah sich um.

Ein blauer Pick-up-Truck donnerte aus dem Stollen mit nur einem brennenden Scheinwerfer auf sie zu.

Kenway Griffin starrte durch die zerschmetterte Windschutzscheibe des Chevys. Blut strömte über seine Stirn. Sein Gesicht war eine wild gewordene Maske der Rage, Zähne und Augen glänzten inmitten blutverkrusteter Haut.

Noch während der Truck auf den Teich und den Brettersteg zuhielt, feuerte Owen drei Schuss aus seiner Glock ab, *PENG, PENG, PENG.* Die erste Kugel traf den Kotflügel, die zweite und dritte gingen durch die Haube und zertrümmerten das Heckfenster. Kenway preschte mit heulendem Motor auf den Steg und hielt auf sie zu. Die Bohlen knarrten und knackten unter den zwei Tonnen Gewicht, drohten einzubrechen, bogen sich durch.

Drei Dinge geschahen nun gleichzeitig:

1. Roy warf sich ins Wasser.
2. Joel warf sich flach auf den Rücken.
3. Owen feuerte einen letzten panischen Schuss in das schiefe Grinsen des Chevys und brüllte *»Polizei!«*, als könnte das etwas bewirken.

Der Chevy rammte Owen, der Körper des Mörders knallte gegen den Kühlergrill wie eine Tasche voller Bowlingkugeln, und der Unterboden rauschte mit knapp zwei Zentimetern Abstand über Joels Gesicht. Er rollte sich herum auf den Bauch und schaute zu, wie der Truck vom Ende des Stegs mit einem höllischen Platschen in den Säureteich schoss.

Im Dunst von Adrenalin und Dämpfen stand er auf und suchte benommen die Umgebung ab. Der Truck musste Owen mitgerissen haben, denn er war nicht mehr zu sehen. Rechts schlug Roy wild im roten Wasser herum und schrie zusammenhangloses Zeug. Sein blaues Hemd wurde langsam schwarz. Joel taumelte zu der Stelle, wo der selbst gebaute Schießstand gestanden hatte. Das Heck des Chevys ragte aus dem Wasser wie die Titanic, Luftblasen wallten aus der Karosserie auf.

»Aaugh!«, rief Kenway, brach zertrümmertes Glas aus dem Heckfenster der Fahrerkabine und schob sich in die Lücke. »Gott! *Mein Gott!* Was ist das für Wasser?«

»Das ist Säure! Du musst da raus!«

Die Heckklappe war etwa einen Meter entfernt, und auf der Ladefläche stand das Wasser nur ein paar Zentimeter hoch. Joel streckte das Bein zur Stoßstange aus, hatte einen Fuß auf dem Steg und einen auf dem Nummernschild. »Klettere rüber, Mann, mach schon, ich ziehe dich raus.«

Kenway zog sich durch das Heckfenster nach draußen und landete wie ein neugeborenes Nashorn in zwanzig Zentimeter tiefer Säure. »Oh, ahh, Mist«, zischte er und erhob sich auf Hände und Knie. Die Brühe strömte durch die Kluft zwischen Ladefläche und Rahmen und durchtränkte Hemd und Hose mit fauligen rostigen Flecken. Joel ergriff die Hand des Veteranen und zog mit aller Kraft, die er aufbringen konnte, und Kenway krabbelte hoch, kletterte über die Ladeklappe und warf sich auf den Steg. Er setzte sich auf, reichte Joel die Hand, und die beiden saßen hustend da und schauten zu, wie der Truck im Teich versank. Freddie Mercurys opernhafter Gesang verwandelte sich in einen blubbernden Singsang, bis das Radio knisternd einen Kurzschluss erlitt.

Kenway riss sich das ruinierte Hemd vom Leib und warf es ins Wasser. Auf Rücken und Bauch bildeten sich rosa Flecken wunder Haut. Das Schlamm-*Algiz* in der Mitte seiner Brust sah wie eine halb fertige Kriegsbemalung aus. »Gott, nein, Gott«, weinte Joel und krabbelte auf Händen und Knien zur Seite des Stegs, doch Fisher war untergegangen und verschwand langsam in die zersetzenden Tiefen. »Wo *ist* er? Ich kann meinen Bruder nicht mehr sehen, Gott, er ist tot, scheißtot, er ist *tot.*«

»Wo ist er?«, fragte Kenway. »Ist er reingefallen?«

»Die haben ihn erschossen. Dieser Schweinehund hat ihm in den Kopf geschossen. Gott steh mir bei, ich habe seine Hirnmasse gesehen. Er ist reingefallen, und jetzt ist er weg.«

KLACK! Die hölzerne Plattform bebte und wankte, eins der Bretter löste sich und fiel ins Wasser. Kenway half Joel auf die Beine. »Verschwinden wir lieber von diesem Ding« – *hust* – »und vom Wasser, ehe wir auch noch drin landen.«

Sie humpelten zum felsigen Ufer, ruhten sich dort aus, husteten und versuchten, wieder zu Atem zu kommen. Roy Euchiss lag reglos am Rand des Sees. Der Großteil seines Haares war weggeätzt, sein Schädel war so kahl wie der eines Babys, und seine Kleidung bestand nur noch aus durchtränkten Fetzen voller brauner Flecken. Am Hals und um die Augenhöhlen bildeten sich gelbliche durchscheinende Blasen. Er war mit roten Beulen übersät, die aussahen, als würde er Blutstropfen schwitzen. Aber was Joel besonders auffiel und ihn so fürchterlich erschreckte, waren Ohren und Nase und Finger, die aschgrau geworden waren.

Der morsche Steg brach zusammen und krachte klatschend und klappernd ins Wasser. Darunter kamen Betonsäulen voller golfballartiger Dellen und roter Flecken zum Vorschein. Joel sucht die andere Seite des Säuresees ab, doch den eigentümlichen schwarzen Hund konnte er nicht mehr entdecken. Vielleicht war er bloß ein vom Trauma verursachtes Trugbild gewesen. *Das war es wahrscheinlich, was? Klar.*

»Ich muss zurück ins Krankenhaus«, sagte Kenway.

Das blutverschmierte Gesicht des Veteranen und die Flecken auf seiner Haut hatten nun beinahe den selben tiefroten Farbton angenommen, und die Jeans rauchte und löste sich zu einem dünnen, halb transparenten Stoff auf. Über seinen Kopf zog sich die lange, klaffende Wunde, und es sah aus, als fiele es ihm schwer, die Augen offen zu halten.

Joel sagte: »Okay.«

Er stieg auf der Fahrerseite in Roys Schlangentruck und lauschte, wie sein Herz weiter brach. Er dachte an den Anblick, als sein Bruder rückwärts ins Wasser gefallen war. Die Beifahrertür ging auf und schloss sich. Kenway ließ sich auf den Sitz fallen und lehnte den Kopf zurück. Sein Mund stand offen wie der eines Toten.

Die Schlüssel steckten. Joel ließ den Motor an, packte den

Scheibenwischerschalter mit der Faust, drückte ihn nach unten und hätte ihn fast abgebrochen. »Oh Mist, das ist nicht mein Velvet.« Er griff nach dem Schalthebel in der Mittelkonsole, zögerte und fluchte erneut. »Ich kann keinen Wagen mit Schaltung fahren.«

»Ich fürchte, ich habe eine Gehirnerschütterung«, sagte Kenway. Seine Stimme dröhnte in der tiefsten Lage, und er murmelte: »Tu einfach so, als könntest du es.«

20

Regen tröpfelte an das Krankenhausfenster. Von Zeit zu Zeit ließ eine Windböe den Niederschlag kräftig gegen das Glas prasseln.

Obwohl sich Robin wie ein zerquetschtes Insekt fühlte, waren das Bett und die Decke erstaunlich bequem. Die Matratze fühlte sich an, als könnte man darin versinken, warm und tief. Ihre Beine waren mehr oder weniger schmerzfrei, abgesehen von einem dumpfen Pochen im rechten Knie. Aber sie war empfindlich, und das raue Leinen fühlte sich an wie Jute.

Ein bandagierter blonder Kopf, vergraben in zwei verschränkte Arme war neben ihr in die Bettdecke gekuschelt.

Sie streckte die Hand aus und streichelte Kenways Schulter, und ihr Bauch heulte gequält im Chor mit ihrem linken Arm.

Kenway setzte sich langsam auf. »Du bist wach.«

»Ich bin wach.«

»Wie fühlst du dich?«

»Die sagen doch immer, Hotdogs werden aus zerhackten Lippen, Stirnen und Arschlöchern gemacht, ja?«

»Ja?«

»Ich fühle mich wie ein Hotdog.«

Kenway lächelte, erschöpft und voller Mitgefühl.

»Was zum Teufel ist dir passiert?«, fragte sie und sah auf den Verband um seinen Kopf. Ein Auge war von einer blauen Schwellung eingekreist. »Ist ja ein ziemliches Veilchen.«

»War viel los in den letzten Tagen. Ich habe eine Hexe erschossen und dich ins Krankenhaus gebracht, dann bin ich in eine Schießerei geraten und habe mir die Schramme am Kopf verpassen lassen. Schließlich bin ich wieder aufgewacht und mit meinem Wagen zu einem See voller Säure gefahren.« Er beugte sich vor. »Ich glaube, ich habe zwei, vielleicht sogar drei Cops umgebracht«, flüsterte er. »Außerdem hat mich jemand mit einem Stein getroffen, glaube ich.«

Robin starrte ihn mit offenem Mund an. »Ich habe dich nur für zehn verdammte Minuten allein gelassen.«

»Sie waren fies«, sagte er und schaute zum Fenster. »Die Cops, meine ich. Und sie haben versucht, mich und Joel zu töten, daher war es doch eigentlich Notwehr, oder? Ich glaube nicht, dass es schon jemand herausgefunden hat. Ehrlich gesagt weiß ich nicht, was ich machen soll. Wir sind im Truck des Killers weggefahren. Was ich bedaure, denn es ist eine Scheißkarre. Ich habe ein schlechtes Geschäft gemacht.«

»Ich hatte recht. Wir sind alle echt voll am Arsch.«

»Wir sind Kämpfer«, sagte er und schüttelte den Kopf. »Habe ich dir doch kürzlich schon gesagt. Wir sitzen in der Scheiße. So sind wir. Wir sind Geister. Wir waren in Narnia. So ein Kram passiert normalen Leuten nicht. Wir sind irgendwie anders.«

»Außerirdisch vielleicht.« Sie seufzte. »Na, es wäre nicht das erste Mal, dass ich wegen eines fiesen toten Cops den Mund halten muss.«

»Die haben Joels Bruder Fish abgeknallt.«

»Scheiße!«, fluchte sie. Das saß. Robin lehnte sich zurück, drückte den Kopf ins Kissen und starrte an die Wand. *Scheißescheißescheiße.* Zu viele schlechte Nachrichten auf einmal, vor allem nach der Nacht im Weingarten. Das wütende Brennen im Bauch ließ nach. »Mann, gib mir den Gnadenschuss. Ich bin zu nichts mehr zu gebrauchen. Ich bin durch.« Ihr Magen knurrte heftig. »Außerdem bin ich am Verhungern.«

»Ich hole dir was.« Mühselig stand er auf, stützte sich auf seinen Stuhl und suchte in der Tasche nach Kleingeld. Auf einem Nachttisch neben dem Bett stand ein zugedecktes Tablett aus der Cafeteria. Sie musste den Deckel nicht erst abnehmen, sie konnte sich denken, dass das Essen darunter kalt war. »Ich muss dir was aus dem Automaten holen. Fürs Abendessen ist es zu spät. Wäre das okay?«

»Ja, super. Wie spät ist es?« Sie dachte nach. »Und welcher *Tag*?«

»Montagabend gegen neun.«

»Ich habe Sonntagnacht und den ganzen Montag durchgeschlafen?« Sie runzelte die Stirn und blickte zur Decke. »Wo ist Wayne? Ist er heil rausgekommen?«

»Dem geht es gut. Er ist hinten im Truck mitgefahren, als ich dich hergebracht habe. Ehrlich gesagt habe ich gedacht, ein Krankenwagen würde es nicht rechtzeitig schaffen. Nachdem ich dich in dem Zustand gesehen habe, ist bei mir der Autopilot angesprungen, und ich habe nicht mehr nachgedacht. Du hast geblutet wie … wie ein abgestochenes Schwein.«

»Was ist mit seinem Dad?«

»Den habe ich nicht mehr gesehen. Wayne ist gestern mit mir

ins Krankenhaus gekommen. Heute war er nicht in der Schule – er hat Angst, nach Hause zu gehen. Auf diesen Stühlen konnte er nicht schlafen, deshalb ist er im Wartebereich hinten am Ende des Gangs.«

»Mit Leon wird alles wieder gut. Es gibt keinen Grund, ihn umzubringen, deshalb werden die Hexen ihn in Ruhe lassen. Wir können ihn mit einem *Algiz* aus ihrem Bann befreien.«

»Gut. Ich habe mir deswegen schon Sorgen gemacht. Und vor allem Wayne.«

»Was ist mit Heinrich? Hast du ihn gesehen?«

Kenway schüttelte den Kopf. »Nicht mehr, seit wir in die Hazienda eingedrungen sind. Ich glaube, er hat sich einen Arschvoll abgeholt. Ich habe ihm geholfen hineinzugelangen, aber dann …« Er zögerte. »Ich habe etwas gesehen, was mir echt Angst gemacht hat.«

»Was denn?«

»Ein Gespenst. Glaube ich. Ein sehr persönliches Gespenst.«

»Vermutlich eine Illusion. Weaver ist nicht mit mir in den Weingarten gekommen, also ist sie wohl zurückgeblieben. Wahrscheinlich hat sie dich mit einer Halluzination überfallen und aus dem Haus getrieben, damit du sie nicht weiter störst.« Sie seufzte. Egal in welche Schwierigkeiten Heinrich sich gebracht hatte, er hatte sie verdient. »Das ist *seine* Schuld. Hätte er sich nicht eingemischt, hätte Marilyn uns ziehen lassen, und ich …« Robin sah dorthin, wo ihr linker Arm gewesen war. Dicker Verband und Mull. Nicht einmal ein Stumpf. Alles bis zur Schulter war weg. Sie zupfte den Klebeverband ab und sah aus den Augenwinkeln einen geschwollenen Buckel, aus dem die ausgefransten Enden schwarzen Garns standen und der orange mit Betadine eingefärbt war. Entsetzen und Verlust trafen sie wie eine Bombe in die Brust, und Tränen traten ihr in die Augen.

Sie drückte den Verband wieder fest, weniger um die Wunde zu schützen, sondern um sie zu verbergen.

»Was ist passiert?«

»Der Knochen war zu stark beschädigt«, erklärte er. »Zu stark gesplittert. Sie mussten alles bis zum Gelenk abnehmen.«

Sie kam nicht dagegen an, sie weinte los, schluchzte hemmungslos, und salzige Rinnsale strömten über ihr Gesicht. Kenway kam zu ihr und küsste sie auf die Stirn, was es ihr nur noch schwerer machte. »Was soll ich bloß machen?«, fragte sie. »Was für eine Hexenjägerin bin ich mit einer Hand?«

Kenway verkniff sich ein trauriges Lächeln. »Ich komme auch mit einem Bein zurecht.«

Ihr Gesicht brannte vor Scham über ihre Worte.

»Ich weiß nicht, wie ich das weiter machen soll mit einer Hand«, sagte sie. »Das ist alles, was ich kann. Etwas anderes habe ich nie gemacht. Jetzt kann ich nicht einmal allein Gläser öffnen.«

»Da wird uns schon etwas einfallen.« Sein Lächeln wurde ernst. Sie legte ihm die Hand aufs Gesicht und kämmte mit den schlanken Fingern seinen roten Bart. »Ich kann dein Kameramann werden«, sagte er und strich mit dem Bart über ihren Daumen. »Den Rest überlegen wir uns, wenn es so weit ist.« Er drückte ihre Hand und ging hinaus. Robin starrte auf den dunklen Fernseher.

Regen prasselte leise an die Fensterscheibe.

Ihr Smartphone lag auf dem Nachttisch. Sie nahm es, loggte sich bei Facebook, Twitter und dann bei YouTube ein und schließlich auch in ihren E-Mail-Account. Alles quoll über von Post, E-Mails und Kommentaren von Fremden, die ihre Videos mit großer Anteilnahme verfolgten.

Wo bist du?
Was ist los?
Geht es dir gut?
Du hast gar keine neuen Videos hochgeladen. Ist was passiert?
Hast du die Hexen getötet?

Es stimmte ja, sie vermarktete und produzierte ihre Videos wie fiktive Filme: nach Drehbuch, inszeniert, kinomäßig. Was die öffentliche Fassade ihres »Geschäfts« betraf, galt es natürlich als allgemein bekannt, dass ihre Videos gefakt waren. Mal ernsthaft: Hexen, die sich in Ungeheuer verwandelten, und Menschen, die von Katzen besessen waren, existierten nicht, oder?

Im Augenblick würde ich mir wünschen, das wäre die Wahrheit.

Aber die Leute, die ihre Videos ansahen, betrachteten sie als real. Bei jedem Upload kommentierten sie sie mit Ermutigungen und fragten, ob es ihr gut gehe, sagten ihr, wie attraktiv sie sei (was sie keine Sekunde lang glaubte), und bettelten darum, an ihrer Seite kämpfen zu dürfen. Ex-Soldaten, sowohl männliche als auch weibliche, wollten sie bei ihrem persönlichen Kreuzzug begleiten, manchmal meldeten sich in einer Woche Dutzende. Ein bunter Strauß von Kinnbartträgern und Don Juans aus der ganzen Nation erklärten ihr ihre Liebe. Cops boten ihr den Schutz ihres Geheimnisses an und gaben in Andeutungen zu verstehen, dass sie über die Konflikte, die ihre Abenteuer mit dem Gesetz hatten, hinwegsehen würden, während weibliche True-Crime-Fans – Anhänger von *Cold Case Files* und Podcasts wie *My Favorite Murder* – Selfies von roten Äpfeln posteten, in denen Kampfmesser steckten … Bei ihren Heldentaten auf der Jagd nach prügelnden Ehemännern und Kinderschändern war Robin zu einer Schutzheiligen der feministischen Selbstjustiz geworden, zu einer Rächerin im wahren Leben.

Sie suchte in den Ecken und Nischen ihres Verstands, aber ihr fiel nichts ein, was sie ihnen erzählen könnte. Eigentlich hatten die Millionen, die ihren Schwindeleien folgten, eine gut durchdachte, optimistische und ins Detail gehende Antwort verdient, aber im Augenblick konnte sie die einfach nicht liefern.

Außerdem war es schwer, mit einer Hand zu tippen.

Sie testete die Diktierfunkton ihres Handys, aber wegen der Schmerzmittel lallte sie halb, und die Ergebnisse waren wenig befriedigend.

»Es grünt so grün, wenn Spaniens Blüten blühen.«

Ess Grün oh Grün wenn Spaniens Bütten brühen, schrieb das Telefon.

»Es grünt so grün, wenn Spaniens Blüten blühen.«

Es grünt so grün wen Spanien Riten mühen.

»Mach schon, Scheißteil, ich spreche Englisch.«

Mach schon, Scheitel, ich breche Englisch.

Eine Weile später kam Kenway mit Käsekräckern, Schokoriegeln, Chips und M&Ms zurück. Anscheinend hatte er die halbe Maschine leer gekauft. Bei dem Anblick brach sie fast wieder in Tränen aus.

»Okay, okay«, sagte er und stapelte rote Tüten auf ihrem Schoß, »du kannst die Chips haben.«

Ihr Schluchzen verwandelte sich in schmerzvolles Lachen.

Da es Oktober war, liefen in mehreren Kabelsendern Horrorfilm-Marathons. Sie saßen die ganze Nacht da, aßen Snacks aus dem Automaten, tranken Kaffee aus dem Automaten, und schauten zu, wie maskierte Psychopathen hunderte von Teenagern niedermetzelten.

Irgendwann zwischendurch rutschte Robin aus dem Bett, weil sie sich schmuddelig fühlte, und wusch sich mit einem feuchten Papiertuch im Schein des Nachtlichts über dem Waschbecken. Jedes Mal, wenn ihr Blick über die leere Stelle an ihrer linken

Seite glitt, kamen ihr wieder die Tränen, und sie musste sich extrem zusammenreißen. Es war anstrengend, nicht hinzusehen, und dazu kamen der beharrliche Schmerz und das Jucken. Sie hatte das Gefühl, alles zusammen würde sie langsam in den Wahnsinn treiben.

Nachdem sie wieder ins Bett gekrabbelt war, starrte sie unentwegt auf den Fernseher, damit sie das Mitleid auf Kenways Gesicht nicht sehen musste. Wann immer sie seinen betroffenen Hundeblick bemerkte, wollte sie mit Kräckern nach ihm werfen, mit der Fernbedienung, mit irgendetwas, nur damit er aufhörte. Sie war immer noch ein bisschen wütend auf ihn, weil er sich gestern Nacht in ihren Kampf eingemischt hatte. *Du hättest leicht draufgehen können.* Sie starrte in sein großes stummes Gesicht. *Wenn irgendwer bei diesem Kram draufgehen sollte, dann ich. Nicht du. Du bist kein Geist und kein Alien. Ich bin diejenige, die sich für dieses Leben entschieden hat. Nicht du. Du bist schließlich nicht am Arsch, sondern ich.*

Er bemerkte, dass sie ihn beobachtete, und seine Miene wechselte zu einem erschöpften Lächeln. Robin sah weg und wandte sich wieder dem Fernseher zu.

Je länger die Filme liefen, desto schwerer wurden ihre Augen. Schließlich, als die Dämmerung die Jalousien an den Fenstern blau tönte, schlief sie wieder ein.

21

Gegen Mittag wachte sie auf. Kenway kam herein und trug einen Teller mit Sushi und zwei Blaubeerparfaits aus der Krankenhauscafeteria, außerdem teilte er ihr mit, dass er ihre Kamera und ihr MacBook gefunden und ihren Transporter geholt habe.

»Fleißig, fleißig«, kommentierte Robin.

»Ja. Allerdings habe ich keine Ahnung, wie wir Leon ohne dich und Heinrich zurückbekommen. Ich weiß nicht, was man gegen Hexen unternehmen kann und ob ich mit meinem nachgezogenen Scheitel überhaupt von Nutzen bin. Ich habe eine Gehirnerschütterung, aber ich stehe nicht unter Beobachtung. Die haben mir gesagt, ich soll es in den nächsten Wochen langsam angehen lassen, aber ich habe so das Gefühl, du bist noch nicht fertig.«

»Sobald ich wieder auf den Beinen bin, gehe ich zurück und bringe die Sache eigenhändig zu Ende.« Sie ballte ihre Hand zur Faust. »Theresa hat mir etwas erzählt, bevor du ihr eine Kugel in den Kopf geschossen hast: Andras – der Dämon – ist mein Vater.«

»Glaubst du das?«

»Ich wüsste jedenfalls keinen Grund, der dagegenspricht. Betrachtet man den Zeitablauf, ergibt es einen Sinn. Was in meiner Vision über die Beschwörung von Andras passiert ist, muss vor meiner Geburt stattgefunden haben, nicht danach.« *Falls Heinrich wusste, wann das Beschwörungsritual stattgefunden hat,* überlegte sie, *hat er mich im Hinblick darauf angelogen, welche Bedeutung es für mich hat. Er kannte den Preis, den meine Mutter zahlen musste.*

Mich.

Ich war der Preis.

»Konntest du deshalb Theresas Verwandlung rückgängig machen? Ist das der Grund dafür?«

»Ja. Dämonen fressen die Magie der Hexen. Ich habe keine Ahnung, weshalb oder wie.«

Kenway redete mit einer California Roll im Mund. Für Krankenhaus-Sushi war es verdammt gut. »Du meinst also, du gehst wieder hin und machst das Gleiche noch einmal? Saugst denen die Magie aus wie bei Theresa?«

»Wenn ich kann.«

Er blickte sie fragend an. »Und was bedeutet das jetzt? Dass du ein Halbdämon bist?« Sie zuckte mit den Schultern. Der Gedanke war auch für sie neu. »Hast du nicht mal gesagt, Hexen können keine Kinder haben?«

Der Stummel an ihrer linken Schulter kribbelte wie tausend Ameisen.

Ihre Schmerzmittel waren fällig. Vorsichtig rieb sie den Verband und gab sich Mühe, nicht an den Nähten zu ziehen. »Ich bin jedenfalls bislang davon ausgegangen.«

»Ich wünschte, Heinrich wäre hier«, sagte er und starrte aus dem Fenster. »Dann könnten wir ihn fragen. Vielleicht weiß er darüber Bescheid.«

Robin sah mürrisch zum Fernseher und ballte erneut die verbliebene Faust. »Wenn Heinrich hier wäre, würde ich ihm die verdammte Nase brechen, weil er mich belogen hat. Und weil er mir das Leben versaut hat.«

Nach dem Mittagessen lud sie die Videos aus ihrer Kamera auf den Computer und verbrachte den Nachmittag mit Schnitt und Uploads, während sie parallel Horrorfilme mit Kenway anschaute. Sie zogen sich *Blutiger Sommer* rein (der so stark gekürzt war, dass er einen Großteil seiner nostalgischen Wirkung einbüßte) und *Zombie 2*, ehe Kenway aufstand und seine Jacke anzog.

»Ich sammle mal Wayne ein und bringe ihn her«, sagte er und klingelte mit den Schlüsseln. »Er ist in der Schule.«

Sie schenkte ihm ein schwaches Lächeln. »Danke, dass du dich um ihn kümmerst. Danke für *alles*. Ehrlich. Du musst das nicht machen, aber du tust es, und das ist echt super von dir. Weißt du was? Du kennst diese Leute nicht einmal. Verdammt, *ich* auch nicht. Ich habe nur deshalb mit ihnen zu tun, weil sie in meinem alten Haus wohnen.«

»Was soll ich denn sonst machen? Außerdem tue ich das gern. Lieber mache ich etwas Sinnvolles, als in meinem Apartment rumzuhängen, mir selbst leidzutun, um Chris Hendry zu trauern und depressive Bilder zu malen – das ist ein Scheißleben, oder?«

Mir selbst leidzutun. Robin nickte. »Ja, okay. Aber sei draußen vorsichtig. Es hat geregnet.«

Er salutierte und ging hinaus.

Sie saß im Bett und bearbeitete Material, bis ihre Blase kurz vorm Platzen war. Sie war an diesem Morgen schon einmal auf der Toilette gewesen, gleich nach dem Aufwachen, und zweimal in der Nacht – ein mühseliger, schmerzhafter Weg über kalte Fliesen – doch der Kaffee, den sie nach dem Mittagessen getrunken hatte, lief einfach so durch. Sie ließ das MacBook auf dem Nachttisch, schwang die Beine auf den Boden, schob die Füße in Pantoffeln aus dem Krankenhauskiosk und schlurfte ins Bad.

Das Jucken in der Schulter wurde schlimmer. Sie massierte den Verband, der um ihre Brust gebunden war und einen dicken Bausch saugfähigen Materials auf den operierten Bereich drückte. »Mann, bin ich froh, dass ich mir eine Versicherung leisten kann«, erklärte sie dem kalten einsamen Bad und pinkelte erleichtert in die Toilette.

Als sie herauskam, saß ein Mann auf Kenways Stuhl: ein gut aussehender, sauber rasierter Bursche in einem ordentlichen Anzug aus marineblauem Stoff.

Alles an ihm war blass: das wölfische Alabastergesicht, die klaren Meerwasseraugen, das knochenblonde Haar. Durch die kantige Strichmännchenfigur (und den unheimlichen schwarzen Gehstock) wirkte seine Erscheinung wie die eines europäischen Models. Er hatte eine emaillierte Anstecknadel ans Revers seines Jacketts gepinnt, und das kam Robin so bekannt vor, dass ihr schlagartig eiskalt wurde, obwohl sie das Abzeichen zunächst nicht einzuordnen wusste.

Dann dämmerte es ihr. Es war die gleiche Nadel, die sie auf Heinrichs Nachttisch gesehen hatte – der grüne und goldene Hund im Profil inmitten von Lorbeer, und dazu ein Banner mit unlesbaren Symbolen. Um den Hals des Hundes spannte sich ein Langbogen.

»Hallo«, sagte sie überrascht. »Kann ich Ihnen helfen?«

»Sie kennen mich nicht, aber ich kenne Sie.« Er lächelte verkniffen. »Ich heiße Anders Gendreau. Wir haben Sie beobachtet, Miss Martine. Sie sind eine der erfolgreichsten Hexenjägerinnen, die je in den Vereinigten Staaten operiert hat.«

»Es gibt noch andere?«

»Gegenwärtig nur meine Leute und vielleicht ein paar weitere. Und Heinrich. Ich nehme an, er hat Ihnen nie von der Gruppe erzählt, der er einmal angehört hat.« Er sprach gewandt und hatte einen leichten Akzent, den sie nicht richtig zuordnen konnte, und eine zuckersüße Gentlemanart wie eine Figur aus einem Tim-Burton-Film.

»Er hat gesagt, er sei einer Sekte entflohen«, erwiderte sie. »Marilyn Cutty hat gestern Abend etwas darüber erzählt, kurz bevor sie ihrer Zirkelschwester befohlen hat, mir den Arm abzureißen. Was, wissen Sie, vielleicht nicht passiert wäre, wenn Sie da gewesen wären und mir geholfen hätten. *Wo zum Teufel* waren Sie *die ganze Zeit?«*

Gendreaus rechter Augenwinkel zuckte. »Wenn Sie sich setzen und zuhören würden, könnte ich alles erklären.«

»Lieber würde ich Ihnen einen anständigen Tritt in Ihren mageren Hintern verpassen.«

Er räusperte sich konsterniert. Robin setzte sich verärgert aufs Bett.

»Heinrich Hammer heißt eigentlich Hank Atterberry und hat früher unserer Organisation angehört, den Hunden des Odysseus. Wir sind eine Gesellschaft praktizierender Magier und dürfen stolz eine Anzahl berühmter und einflussreicher Persönlichkeiten zu unseren Mitgliedern zählen.«

»Hank Atterberry«, sagte Robin hart. »Kein Wunder, dass er seinen Namen geändert hat. So klingt es wie ein Rentner, der in einem schäbigen kleinen Haus in Tennessee wohnt und die Waschbären mit Gebrüll von seiner Mülltonne verscheucht.«

Gendreau lachte.

»Also«, fuhr Robin fort. »Die ›Hunde des Odysseus‹, wie? Goldig. Die Sekte, die im Geheimen die Welt regiert, ja? Sie sind wie die Illuminaten, was?«

»Nicht ganz. Wir sind eher wie die … die Avengers. Die Superhelden-Avengers, nicht die britischen Avengers mit Schirm, Charme und Melone und Steed und Peel.«

»Es gibt britische Avengers?«

»Vor Ihrer Zeit, nehme ich an. Auch vor meiner.«

Sie schnaubte grimmig.

»Zu hoch gegriffen?« Gendreau grinste. »Dann vielleicht die UN der Magie.«

»Ein Tribunal.«

»Nein, nichts so Barbarisches.« Er zog ein gefaltetes Stück Papier aus der Jacketttasche und reichte es ihr. Sie fand darauf eine Schwarz-Weiß-Skizze des Osdathregar in hoher Auflösung. Bei genauem Hinsehen war es eine – wie heißt das noch? Eine Lithographie? Ein Holzschnitt? So etwas. Sie hatte es schon einmal in einem Geschichtsbuch gesehen. »Ich bin hier, weil Sie und er etwas haben, das uns gehört. Also, eine ganze Reihe von Dingen, vor allem Bücher, dann historische Dokumente, die ein Vermögen wert sind, aber dies ist das Wichtigste.«

Wie sie da im Krankenhausbett saß und auf die Skizze starrte, fühlte sich Robin, als würde sie vom seichten Ende des Schwimmbeckens in tiefe Dunkelheit getrieben.

»Seit mehreren Jahren versuchen wir, seinen Unterschlupf aufzuspüren, und nach Ihnen suchen wir seit ungefähr einem Jahr, seit Sie angefangen haben, die Videos Ihrer Heldentaten auf YouTube zu posten.« Gendreaus Grinsen enthüllte die Eckzähne eines Fleischfressers. »Sie sind ja viel unterwegs und daher schwer aufzutreiben. Wir wussten zwar dank Ihrer Videos, wo Sie gewesen sind, aber nicht, wo Sie hinwollten.« Das Grinsen verschwand. »Aber das spielt jetzt keine Rolle mehr, oder? Sie sitzen vor mir, und ich sitze Ihnen gegenüber, und damit hat sich das Problem erledigt.«

»Wie haben Sie mich gefunden?«

»Ihren Videos zufolge waren Sie in Blackfield. Da war es nicht schwer, Sie im Haus Ihrer Kindheit in Slade zu vermuten. Aber als ich dort gestern Abend eintraf, waren Sie schon wieder verschwunden.« Gendreau lehnte sich zurück und legte den schwarzen Stock über seine Knie. »Ich habe dann entschieden, es sei in unserem gemeinsamen Interesse, Ihren Aufenthalt im Krankenhaus zunächst nicht zu unterbrechen.«

»Warum haben Sie nicht versucht, mich über meinen YouTube-Kanal zu erreichen? Oder über Facebook? Oder Twitter?«

Gendreau sah zum Fernseher, seufzte und sagte: »Wir haben Ihnen dieses Jahr mehrmals E-Mails geschickt, doch keine Antwort erhalten. Ich habe angenommen, Heinrich hätte Sie gegen uns aufgebracht.«

»Ich habe einen besonders engmaschigen Spam-Filter. Außerdem bekommen ich jeden Tag tausende neuer E-Mails über die Geschäftsadresse meines YouTube-Kanals, und die Hälfte davon ist verrückter Bullshit von Leuten, die lieber ihre Medikamente nehmen sollten. Wenn ich also hunderttausend E-Mails bekomme, und in 99.999 davon geht es um Dritte Augen, Sasquatsch, Reptilienpolitiker und blonde nordische Engel aus dem Weltall und in einer weiteren um irgendeinen Schwachsinn über Hunde-Magier, müssen Sie schon entschuldigen, dass ich es nicht so ernst genommen habe, wie ich hätte sollen.«

Der Gehstock war aus einem gedrehten dunklen Material gemacht, das natürlich wirkte, bei dem es sich aber nicht um Holz handelte. Den Knauf bildete eine Perle, die ungefähr so groß war wie eine Billardkugel.

Er lächelte. »Bewundern Sie meinen Stock? Er ist aus dem Penis eines indischen Bullen gemacht.«

Er hob ihn an, sodass er in die Luft zeigte, und Robin konnte nicht anders, als die offensichtliche Parallele zu ziehen. »Was ihn zu einem passenden magischen Leiter macht. Die Perle enthält einen Herzstein, einen *libbu harrani* aus der Brust einer Hexe. Die Perle wurde in einer Riesenmuschel drum herum gezüchtet.«

»Das ist ja hammerkrass. Warum haben Sie sich entschieden, so ein Teil mit sich herumzuschleppen?«

»Ich habe mich nicht dafür entschieden. Es war einfach das Artefakt, mit dem ich am meisten harmonisierte, aus einem Dutzend anderer magischer Gegenstände im Speicher der Hunde. Glauben Sie mir, wenn es möglich wäre, würde ich keinen getrockneten Phallus herumschleppen. Lieber hätte ich eine Taschenuhr oder ein Feuerzeug wie Rook, oder eine Schere wie Elena. Aber dieses groteske Ding war das einzige Objekt in Francis Gendreaus Sammlung von Gegenständen, das heilkräftige Eigenschaften besitzt.«

»Wer sind Rook und Elena? Auch Magier?«

»Ja, Freunde von mir. Wir sind Schüler und Mitarbeiter bei den Hunden des …«

»… Odysseus, ja.«

»Exakt.«

Ich frage mich, ob ich bei diesem Gendreau den Herzweg schließen könnte, wenn ich den Stock berühre. Wahrscheinlich konnte sie das. Aber in ihrem gegenwärtigen Zustand würde der Mann vermutlich kurzen Prozess mit ihr machen, falls sie es versuchte. Sie überlegte, ihn um eine Demonstration seiner magischen Fähigkeiten zu bitten, doch an einem Ort wie einem städtischen Krankenhaus konnte die Entfesselung geheimer Kräfte möglicherweise unerwünschte Aufmerksamkeit auf sich lenken.

Vorsicht ist die Mutter der Porzellankiste. Sie faltete das Papier zusammen und reichte es zurück. »Ich denke mal, Sie sind wegen des Osdathregars da.«

»Sie machen keine langen Umschweife, wie ich sehe. Ja, an einem bestimmten Punkt in unserer professionellen Beziehung – und mit *unsere* meine ich *mich* und *Sie,* und mit *an einem bestimmten Punkt* meine ich *in den nächsten paar Tagen* – werde ich mir den Dolch zurückholen.«

»Ich habe ihn nicht.«

»Das ist offensichtlich. Vermutlich hat Heinrich ihn, wo auch immer er ihn versteckt.«

Auf dem Nachttisch lag eine Packung Käsekräcker; sie nahm das Päckchen, riss es mit den Zähnen auf, fischte einen Kräcker heraus, schob ihn sich zwischen die Lippen und sprach mit vollem Mund. »Er versteckt sich nicht, soweit ich weiß. Er ist noch bei den Hexen. Möglicherweise ist er tot. Und tschüss. Der verlogene Bastard.« Es fühlte sich gut an, neuen Hass auf jemanden zu verspüren, es war ein frisch angefachtes Feuer in ihrer Brust. Die kalte Entschlossenheit, die sie in Hinsicht auf Marilyn verspürt hatte, war im Laufe der letzten fünf Jahre zu einem dumpfen Schmerz abgeebbt. Aber jetzt hatte sie ein neues Gesicht, das sie schlagen wollte. Dieses befriedigende Bedürfnis gab ihr den alten Biss zurück. Sie traute diesem seltsamen Magier nicht über den Weg, aber wenn er sich mit ihr gegen den Hexenzirkel und gegen Heinrich zusammentun wollte, würde sie zunächst einmal mitspielen und sich anhören, was er anzubieten hatte. *Wenn der Deal stinkt,* dachte sie und musterte sein Gesicht, *dann au revoir, bye-bye, auf Wiedersehen. Hit the road, Jack.*

»Das ist schlecht.« Gendreau stellte den Stock auf den Boden. »Marilyn Cuttys Hexenzirkel ist dann im Besitz des Osdathregar. Vielleicht befindet er sich nun außerhalb unserer Reichweite.«

»*Sie* können ihn nicht holen?«

Das aalglatte Fuchslächeln erschien wieder, doch diesmal mit einem Hauch von Bedauern. »Cutty ist ziemlich mächtig, sogar allein, allerdings hat sie zwei Hexenschwestern und eine Matrone bei sich. Mit dem Osdathregar würde die Gefahr mittelschwer verringert. Ihr Anwesen ohne den Dolch anzugreifen ist so, als würde man das Weiße Haus mit einer Salatgabel überfallen.«

»Wenn ich Ihnen nun sage, dass ich Ihre mittlere Hexenschwester mit bloßen Händen umgebracht habe?«

»Ich würde Sie eine Lügnerin nennen. Nicht nur das, sondern eine *verdammte* Lügnerin.«

Sie berichtigte sich. »Nun ja, mit bloßer *Hand*.« Sie hob ihre rechte Faust. »Wie Sie sehen, habe ich die andere wohl verlegt.«

Der Magier lachte schnaubend. »So sieht es aus. Jedenfalls kann man eine Hexe nur töten, indem man sie mit dem Osdathregar festpinnt und sie zu Asche verbrennt. Abgesehen davon ist das jüngste Mitglied des Hexenzirkels fast ein Jahrhundert älter als Sie.«

»Theresa LaQuices hat sich in ein riesiges Schweinemonster verwandelt und mich und meine Begleiter angegriffen. Sie hat mir den Arm abgebissen. Doch bevor ich bewusstlos wurde, habe ich dem Schwein in die Nase gegriffen, so«, berichtete Robin und zog an ihrem Nasenloch, »und irgendwie ist es mir gelungen, ihr die Macht zu entziehen und den *libbu harrani* in ihr zu schließen. Ich habe nicht nachgelassen, ehe sie wieder ganz ein Mensch war, und dann hat mein Freund Kenway ihr eine Kugel in den Kopf gejagt.«

»Kugeln funktionieren nicht bei denen …«, wollte Gendreau einwenden.

»Dieses Mal aber schon.« Robin biss von der zweiten Kräckerhälfte ab, kaute und richtete eine Schweinerei auf der Bettdecke an. »Ich glaube, durch das Schließen des Herzwegs ist sie für ein paar Minuten wieder menschlich geworden.«

Gendreau wich vor ihr zurück und verhehlte es nicht. »Bei diesem Ritual, das Heinrich Ihrer Mutter vor vielen Jahren gezeigt hat«, murmelte er atemlos, »wurde Ihre Mutter von Andras ... *überwältigt,* nicht? Er ist ein Inkubus, nicht wahr?«

»Nein. Sie hat sich ihm freiwillig hingegeben.« Robins Lippen waren taub bei dieser Offenbarung, und das galt auch für ihre Hand. »Und ich bin das Produkt dieser Begegnung. Das war der Preis für den Schutz des Dämons. Ich gehörte zu dem Handel, den sie abgeschlossen hat. Ein Kind gegen Schutz.«

»Irgendwie hat der Dämon sie geschwängert. Das Kind sind *Sie.* Dadurch haben Sie sie bekommen, diese *Möglichkeit,* diese *Gabe,* die Macht der Hexen zu verschlingen?« Der Mann rutschte unbehaglich hin und her und starrte sie mit großen Augen an. »*Deshalb* hat Heinrich Ihrer Mutter das Ritual verschafft. Er wollte nicht Andras in die Sinnenwelt holen, weil er wusste, das würde ihm nicht gelingen. Mein Gott, er hat versucht, *Sie* zu erschaffen.«

Zorn flammte in Robins Brust auf. »Er hat meine Existenz *geplant?*«, wollte sie wissen. »Warum? Wozu sollte er das tun?« Abwesend rieb sie wieder den Verband über der Wundnaht und versuchte, das unaufhörliche Jucken zu stillen, das sich dort in der Nacht eingestellt hatte. Der Schmerz war immens (besonders angesichts der Dosis Oxycodon), aber verglichen mit dem Jucken des Phantomglieds war er erträglich.

»Um sich damit die Wiederaufnahme bei den Hunden zu erkaufen.« Gendreau beugte sich vor. »Wir nahmen an, er versuche zu wiederholen, weswegen wir ihn rausgeworfen hatten: einen Dämon zu beschwören und gegen die Hexen einzusetzen.« Er räusperte sich höflich und betont, *ähem.* »Wir haben Regeln, was die Beschwörung von Dämonen angeht, wie Sie sich vorstellen können. Einen Dämon komplett auf die materielle Ebene zu rufen, damit er diese spezielle Aufgabe erledigt, wäre etwa so, als würde man ganz Europa mit Atombomben von der Landkarte löschen, um Italien loszuwerden. Außerdem hat niemand mehr einen Dämon durch die Sanktifikation gebracht, seit diese errichtet wurde. Es verstößt nicht nur gegen unser Gesetz, es ist auch schlicht unmöglich.«

»Aber er hat herausgefunden, wie man einen Dämon benutzen kann, um eine Geheimwaffe zu schmieden, die durch die Barriere dringen kann.« Robin seufzte gereizt. »Und das bin ich. Annie war sein Trojanisches Pferd, um *mich* in die materielle Ebene zu bringen.«

»Exakt. Er wusste, dass …«

»Nein.« Sie sah ihn böse an. Robin ahnte, was er sagen wollte, und sie wusste es besser. Sie kannte *Heinrich* besser. »Er hat es *gehofft.* Er wusste gar nichts. Meine Mutter war sein Versuchskaninchen. Der Dämon hätte sie auch töten können, aber dann hätte er sich einfach jemand anders gesucht, den er manipuliert.«

Gendreau verstummte. Er schluckte und strich seine Krawatte glatt. Während sie ihn dabei beobachtete, wie er herumfummelte (was so gar nicht zu dem ersten Eindruck passte, den sie von ihm gehabt hatte), wurde ihr bewusst, dass er nervös war. Hatte er Angst vor ihr?

Dazu hätte er allen Grund gehabt.

Und wenn er sie aufs Kreuz legen wollte oder sich als Spinner herausstellte und seine blumige Geschichte nicht hielt, was sie versprach, würde sie ihm noch mehr Gründe liefern, Angst zu haben.

»Sie sind ein … Cambion«, sagte er schließlich grimmig, als würde er eine Offenbarung verkünden.

»Was soll das sein?«

»Es ist ein uraltes Wort für ein Wesen, das halb Mensch und halb Dämon ist.« Er räusperte sich, beugte sich vor, ließ den Kopf sinken und schloss die Augen, als begäbe er sich auf eine Zeitreise in die Vergangenheit. Dann blickte er zur Decke auf und sah Robin an. »Enfants des démons. *Cambion* ist ein Wort für den Ausdruck *Wechselbalg*, das 1818 zuerst im *Dictionaire Infernal* veröffentlicht wurde, und stammt von der keltischen Wurzel *kamb* ab, was so viel wie *andersartig* bedeutet.«

Andersartig? Robin runzelte die Stirn. Hatte sie diese Woche nicht schon genug durchgemacht? War sie nicht schon andersartig genug mit ihrem getarnten Lieferwagen und ihren blutigen Videos?

Es verging einige Zeit, in der sie einfach nur auf ihre Bettdecke starrte, und Gendreau wiederum saß still da und starrte auf sie. Vermutlich wollte ihr der Magier Gelegenheit geben, aufzunehmen und zu verdauen, was er ihr gerade erzählt hatte. Angesichts seiner akademischen selbstzufriedenen Miene – wie ein hochnäsiger Ordinarius, der seine dummen Studenten dazu bringt, eine mäßig schwierige Gleichung zu lösen – hätte sie ihm am liebsten einen Kinnhaken verpasst. Aber irgendwie hatte sie das Gefühl, die Vorbehalte der Hunde des Odysseus gegen Dämonen könnten sich auch auf sie beziehen, und das musste sie klären.

Sie seufzte. »Und jetzt?«

»Jetzt sind Sie am Zug, Cambion. Nehmen Sie sich Cutty vor und holen Sie den Dolch zurück.«

»Ich meinte eher, was *Sie* jetzt machen. Sie sagen, Ihr Verein habe etwas dagegen, Dämonen zu beschwören. Ich dachte, okkulte Geheimgesellschaften beschäftigen sich genau damit. Und überhaupt, warum *jagen* Sie Hexen? Sind Sie und die Hexen nicht dicke miteinander?«, fragte sie und kreuzte Zeige- und Mittelfinger.

Gendreau schüttelte den Kopf. »Die Hunde des Odysseus haben seit Aleister Crowleys Tod eine lange Entwicklung durchgemacht. Seine thelemische Gemeinschaft hat sich in Dutzende grundverschiedener Fraktionen aufgesplittet, von denen manche dem Weg der Weißen, andere den Pfaden der Schwarzen und Roten Magie folgten. Die Hunde gehören zu denen des Lichts und der Weißen Magie. Wir waren früher ein schwarzes Kollektiv namens Aster Argos nach Crowleys ›Orden des Silbernen Sterns‹, bis mein Großvater Francis Gendreau die Führung übernahm und den Hauptsitz nach Michigan verlegte. Der Aster Argos wurde eine Organisation der Weißen Magie mit dem Namen ›Die Hunde des Odysseus‹ und widmete sich der Bekämpfung und Ausmerzung der Schwarzen Magie, wie Ereshkigals Hexen, sowie der Sammlung, Katalogisierung und Zerstörung beziehungsweise Lagerung der Artefakte Schwarzer Magie.«

Irgendetwas ließ sie vermuten, dass diese okkulte Avengers-Gang längst nicht so tugendhaft war, wie er sie darstellte, doch sie unterbrach ihn nicht. Stattdessen genoss sie die Geschichtsstunde, auch wenn sie dieser wenig traute. Wenn die Story ausgedacht war, dann war sie immerhin spannend. Aber warum sollte er lügen, was die Herkunft der Gruppe betraf? Wer würde sich die Mühe machen, eine so komplizierte Geschichte zu konstruieren? Nein, der Betrug würde später noch kommen. Wenn es am meisten schmerzte, wie bei Heinrich. Die würden sie lange genug hinhalten, bis sie hatten, was sie wollten, und dann würden sie Robin den Wölfen zum Fraß vorwerfen.

Trotzdem. Sie saß hier im Krankenhaus fest. Im Augenblick. Die Geschichtslektion musste also sein. Sie würde die Brücke hinter sich einreißen, wenn es so weit war.

»Warum denn Hunde?«

»In Homers Epos *Odyssee* hat die Hauptfigur einen Hund namens Argos, einen Jagdhund. Aster Argos bedeutet *Hundestern.* Während Odysseus zehn Jahre lang seine Irrfahrt erlebt, blieb Argos zu Hause und beschützte den Besitz vor den Männern, die es auf seine Frau und sein Haus abgesehen hatten.« Gendreaus Blick schweifte zu der Nadel an seinem Revers. Er hielt es näher vor sie, damit sie die Einzelheiten des Hundes und des Bogens erkennen konnte. »Wir sind die Wachhunde, die der Menschenwelt dienen und sie vor jenen beschützen, die dunkle Energien beschwören, um sie zu erobern oder zu zerstören. Das bedeuten die Symbole. Übrigens lautet unser Motto: *Treue ist Stärke.*«

Robin wickelte die restlichen Käsekräcker wieder in die Zellophanfolie ein und legte sie zurück auf den Nachtisch. »Und was hat das alles für mich zu bedeuten?«, fragte sie und pickte Krümel von der Decke, die sie in einer Serviette vom Mittagessen sammelte.

»Was das alles für Sie bedeutet, als Halbdämon, meinen Sie?«

Sie nickte und sah nicht auf.

Gendreau seufzte. »Ich denke, ich muss mich zunächst mit den anderen austauschen und deren Meinung einholen.« Er betrachtete sie ausgiebig. »So wie *ich* die Dinge sehe: Wenn es nach mir geht, lasse ich Sie in Ruhe, sobald wir den Osdathregar zurückhaben, und dann können Sie gern mit dem weitermachen, was Sie jetzt tun. Anscheinend sind Sie darin ja ziemlich gut. *Verdammt* gut, ehrlich gesagt. Im Nachhinein würde ich vermuten, es hängt mit Ihrem dämonischen Erbteil zusammen. Wahrscheinlich haben Sie denen in den vergangenen Jahren die Essenz ausgesogen, ohne es zu wissen, und Sie sind mit jedem Mal stärker geworden, weil sich Ihre dämonische Seite unbewusst an den

Herzwegen genährt hat. Und deshalb sitzen Sie hier vermutlich auch fröhlich im Bett und machen Scherze, obwohl Ihnen erst vor zwei Tagen der Arm von einem Monster abgebissen wurde.« Er zog die Mundwinkel zur Andeutung eines Lächelns hoch. »Kommt Ihnen das nicht auch seltsam vor?«

Was die letzten Tage betraf, so konnte sie nur schwer sagen, was ihr am seltsamsten vorkam, und am Tag nach der Amputationsoperation herumzusitzen und *Halloween*-Filme auf AMC zu schauen erschien ihr dabei noch am wenigsten ungewöhnlich.

Robin starrte auf das MacBook, das immer noch offen vor ihr stand, und bemühte sich, die jüngsten Informationen zu verarbeiten. Den ganzen Nachmittag hatte sie sich mit dem Schneiden ihrer Videos beschäftigt, aber jetzt hatte sie keine Chance mehr, die ganze Sache zu verdrängen. Die Einzelteile der letzten zwei Jahre – verdammt, ihres ganzen *Lebens* – setzten sich plötzlich zusammen und bildeten ein großes Puzzlebild.

So, das bin also ich, dachte sie.

Es war eine befreiende Enthüllung, endlich ganz unten unter den Trümmern ihres Lebens vergraben ihre wahre Identität zu entdecken. Sie war, soweit sie sich erinnerte, nie krank gewesen. Wenn sie drüber nachdachte, so hatte sie Verletzungen überstanden, die andere Leute umgehauen hätten – Verrenkungen, Prügel, Stichwunden, Bisse. Sie war mit Narben übersät und hätte leicht schon vor Jahren im Grab landen können.

Wieder rieb sie sich den Verband an der Schulter. Es fühlte sich an, als würden unter der Haut Ameisen krabbeln, was unter diesen Umständen nichts Gutes verhieß. Hoffentlich war das nicht Karen Weaver, die eine Distanz-Illusion erzeugte, um Robin aus der Stadt zu vertreiben.

»Ich habe mit allen Kräften versucht, die Hunde zu überzeugen, Sie in Ruhe zu lassen«, sagte Gendreau. »Vielleicht wäre es nützlich, Sie ihnen vorzustellen, damit sie sehen, wie … *ähem* … verhältnismäßig harmlos Sie sind. Sie sind ja kein randalierendes Monster, das sehe ich so klar wie die Nasenspitze in meinem Gesicht.«

Der gepflegte Magier stand auf und ging zur Tür. Ehe er sie öffnete, drehte er sich um und schob eine Hand hinter seinen Rücken.

»Wann …?«

»Wissen Sie, ich glaube, mir gefällt der Gedanke nicht, dass mein Schicksal von einem Haufen Kultisten abhängig ist, die die Weisheit mit Löffeln gefressen haben und mir bis heute völlig unbekannt waren.« Sie sah ihn finster an. »Wieso sollte ich Ihnen vertrauen? Einer Ihrer ›Hunde‹ hat mich bereits tierisch aufs Kreuz gelegt. Woher weiß ich, dass sich das bei Ihnen nicht wiederholt?«

»Woher weiß ich, dass ich *Ihnen* vertrauen kann?«

»Weil ich von YouTube einen Pokal für den millionsten Abonnenten bekommen habe. Den bekommen nicht Hinz und Kunz, wissen Sie. Man muss sich das Vertrauen von YouTube verdienen.«

Der Magier lachte. »Fühlen Sie sich besser, wenn Sie wissen, dass man uns Freibriefe ausgestellt hat und dass wir eine Ausbildung an unseren Artefakten machen, an deren Ende wir beweisen müssen, dass wir sie sicher benutzen können, ehe wir damit herumlaufen dürfen?«

»Ich würde mich besser fühlen, wenn ich meine Integrität nicht einem Mann beweisen muss, der aussieht wie ein Elfenfürst und riecht wie ein Gewürzbord.«

Der Magier lachte nicht. »Vielleicht würden Sie sich besser fühlen, wenn Sie wissen, dass wir über die vielen Verbrechen Bescheid wissen, die Sie bei Ihrer selbstauferlegten Mission begangen haben, und trotzdem haben wir uns entschieden, einen einzelnen Gesandten zu schicken, anstatt einfach das FBI über Ihre Aktivitäten zu informieren und dort Beweise für ebendiese Aktivitäten vorzulegen, woraufhin man sich an dortiger Stelle einen Haftbefehl besorgen und Sie verhaften könnte, nachdem wir denen Ihren Aufenthaltsort verraten haben.«

»Das haben Sie nicht gemacht, weil Sie mich brauchen.«

»Richtig. Sie sind der erste Cambion, der seit zweitausend Jahren geboren wurde, und mein Großvater möchte gern Forschungen an Ihnen vornehmen. Andererseits haben Sie mich nicht einfach abgestochen und sind aus dem Fenster gesprungen, weil Sie die Hilfe der Hunde brauchen, um den Hexenzirkel von Blackfield auszulöschen. Ganz offensichtlich sind wir aufeinander angewiesen. Daher würde ich einen Kompromiss vorschlagen.«

»Ich komme allein zurecht.«

»Und dabei geht es nicht nur darum, den Schalthebel Ihres Lieferwagens zu betätigen, Ihnen die Schuhe zuzubinden oder Ihre Hose zuzuknöpfen.«

»Der ging jetzt aber unter die Gürtellinie.« Robin zuckte zusammen.

»Sie sind nicht die Einzige hier, die des Antagonismus fähig ist, Malus Domestica.« Gendreau wandte sich wieder der Tür zu und fügte noch hinzu: »Was ich damit sagen wollte, meine sarkastische neue Freundin: Wenn Sie so weit sind, dass Sie sich auf Cutty stürzen wollen, kommen Sie bei mir vorbei. Ich habe etwas, das hilfreich für Sie sein könnte. Ich wohne unten an der Interstate in einer der Lake Craddock Hütten.« Er lächelte und hob den Ziemerstock in die Höhe. Robin schüttelte sich innerlich. »Das kleine Café oben auf dem Berg hat den *besten* Ausblick.«

Nachdem er gegangen war, schnitt sie der Tür eine Grimasse. »Du kannst dir *deinen* Schalthebel wo hinstecken, Arschloch«, sagte sie, nahm ihr Handy und schaute die Bedeutung von *Antagonismus* nach.

22

Nachdem sich Gendreau verabschiedet hatte, zog sich Robin eine Jogginghose an und ging in die Cafeteria, weil sie etwas trinken musste, und sie hätte sich gewünscht, das Krankenhaus würde Whiskey anbieten. An einem Tisch im hinteren Bereich saß Joel Ellis. Er war komplett angezogen, Jeans und Pullover, obwohl seine Haut überall mit kleinen Schnitten und Kratzern bedeckt war. Das Durag auf dem Kopf passte zu seinem Unterhemd.

»Hey, Mann«, sagte sie und setzte sich zu ihm an den Tisch.

»Was machst *du* hier …«, setzte er an und fuhr dann schockiert hoch. »Was zum Teufel ist mit deinem Arm passiert?«

Robin sah auf den Verband. »Ach das?«

»Ja, *das,* Mädchen. Dein besch… *Arm* ist weg.« Er stand auf und rückte näher an ihre linke Seite.

Wieder rieb sie den Baumwollstoff. *Wenn der Arm noch da wäre, könnte ich das verdammte Ding wenigstens kratzen.* »Scheint ja, als hätten wir beide eine Geschichte zu erzählen.« Sie trank einen

Schluck Soda, um ihre Kehle anzufeuchten. »Vielleicht sollte ich anfangen, du bist ja völlig aus dem Häuschen wegen meines Arms.« Sie erzählte ihm, wie sie zurück ins Düsterhaus gegangen und die Vision des Dämons empfangen habe, dann von der verdammten Dinnerparty und dem Riesenschwein, das ihr den Arm abgebissen hatte.

»Heilige Mutter Maria«, sagte Joel. »Du bist die *Tochter* dieses Dings?« Er zog einen Frühstücksbeutel mit Aufkleber hervor, in dem gelbe Pillen waren, und spülte eine davon mit seinem Getränk hinunter. »Tut mir leid.« Er rülpste. »Ich bin noch nicht breit genug für solchen Scheiß.« Diese Erklärung leitete über zu seiner eigenen Geschichte, wie er in seinem Haus von Bowker überrascht wurde, über den Schuss ins Bein und den Unfall des LKWs, das Katzenfeuer, Fishers Hinrichtung und die Queen-Attacke am Sulfitteich im Steinbruch.

Verdammt, dachte sie. *Ein Haufen toter Katzen.*

Die Hexen planen eine Belagerung.

»Mein Beileid wegen deines Bruders.« Robin drückte mit ihrer verbliebenen Hand Joels.

Sein Blick sank auf die beiden Hände, und er starrte auf die Knöchel. Nachdem er sich einen Augenblick Zeit genommen hatte, um die Fassung wiederzuerlangen, konnte er weitersprechen, ohne zu schluchzen, und nun erzählte er ihr vom gestrigen Tag. »Die Cops vom Bezirk sind vorbeigekommen und haben mit uns geredet, nachdem wir den Krankenschwestern erklärt haben, wie wir verwundet wurden … Ich schätze, das Krankenhaus hat es gemeldet. Ich bin mit zwei Beamten raus in die Pilz-Minen gefahren, habe ihnen den Katzen-LKW und Bowkers Leiche gezeigt und ihnen erzählt, was im Steinbruch passiert ist. Natürlich habe ich es so dargestellt, dass es Notwehr war, und ihnen die Sache mit Fish berichtet. Sie ermitteln jetzt, nehme ich an. Wir werden nicht angeklagt – *noch* nicht jedenfalls –, aber wir dürfen die Stadt nicht verlassen, bis die Sache aufgeklärt ist. Sie haben gesagt, sie wollen den Teich absuchen, aber angesichts der ganzen Säure halte ich das für unmöglich.

Immerhin scheint es, als wären Bowker und Euchiss die einzigen beiden Cops gewesen, die die Hand aufgehalten haben. Von den anderen wusste niemand darüber Bescheid. Oder zumindest hat niemand etwas zugegeben.« Joel zog die Hand zurück und betrachtete sie grimmig. »Allerdings haben sie mir nicht geglaubt, als ich ihnen gesagt habe, wer hinter der ganzen Sache steckt. Aber natürlich könnten die alle mit von der Partie sein, und sie schieben den zwei Clowns jetzt den Schwarzen Peter zu und waschen selbst ihre Hände in Unschuld.« Joels Miene verfinsterte sich. »Vielleicht kommen sie und reden auch mit dir.«

»Das ist okay.« Sie nahm den Deckel von ihrem Styroporbecher und zerkaute das Eis. »Und die haben behauptet, sie hätten seit Jahren verwilderte Katzen in diesem Entwässerungsteich versenkt?«

»Euchiss meinte, es müssten zwei- bis dreitausend gewesen sein.«

Robin schaute sich um – Krankenschwestern, Ärzte, Patienten. Sie fragte sich, wie viele von ihnen insgeheim eine Katze in sich trugen. *Gott, das klingt komplett verrückt,* dachte sie. Nicht zum ersten Mal ging ihr der Gedanke durch den Kopf, dass die Sache genauso irrsinnig klang wie die Geschichten von Mike/Mark in der Psychiatrie von Medina. *Zehntausend Schilling in einem Kartoffelsack.* »Sie haben die Einwohner der ganzen Stadt zu hexischen Wesen gemacht. Bei der Zahl von toten Katzen dürften sie sich ein Drittel der Bevölkerung von Blackfield gekrallt haben.«

Ein Mann in weißem Laborkittel stand in der Schlange für die Hamburger und starrte sie an. Selbst von hier sah sie seine bernsteinfarbenen Augen und die vertikalen Schlitze seiner Pupillen.

Vielleicht doch nicht so verrückt.

»Meine Mom hat mir und meinem Bruder die eingebrannt, als wir klein waren.« Joel zeigte Robin das *Algiz*. »Das hat mich und Fish vermutlich davor bewahrt, hexische Wesen zu werden.« Er setzte einen Ellbogen auf den Tisch und stützte sein Kinn mit einer Hand. Joel wirkte erschöpft. »Was ist denn eigentlich mit Fishs Katze passiert?«

»Das muss Cutty gewesen sein.« Robin stibitzte eine Pommes von ihm. »Sie ist in die Katze gefahren und hat versucht, einen von euch mit ihrem Kamikaze zum hexischen Wesen zu machen. Das habe ich schon einmal gesehen. Aber es hat wegen des *Algiz* nicht funktioniert. Aber wenn sie nicht in dich und nicht in deinen Bruder gelangt ist, wohin dann? Wer war noch in der Nähe?«

»Dein lieber Kenway.«

»Kenway?«, fragte sie und riss die Augen auf. »Echt? Er hat kein Wort zu mir gesagt.«

»Ich glaube, er hat es nicht so mitbekommen. Vermutlich hat er es verdrängt oder so.«

»Da seid ihr ja«, sagte der große Veteran wie aufs Stichwort und setzte sich. Wayne Parkin war bei ihm und trug eine Schultasche. Der Junge starrte auf den Tisch und verspeiste einen Müsliriegel mit kleinen niedergeschlagenen Bissen.

»Wenn man vom Teufel spricht.« Robin streckte den Arm aus und drückte Waynes Schulter. »Keine Sorge, Alter«, sagte sie zu ihm und blickte ihm in die Augen. »Wir werden deinen Dad retten, auf alle Fälle.« Sie wandte sich an den ganzen Tisch. »Heute Nacht. Ich gehe da hoch und beende die Geschichte. Heute Nacht.«

Kenway runzelte die Stirn. »Bist du sicher, dass du dazu schon wieder in der Lage bist?«

Alle sahen sie an. Ein Gefühl jämmerlicher Wut befiel sie, wurde aber von beklommener Verantwortung vertrieben. Es überraschte sie, dass sie sich fast darüber freute, eine Bestimmung und eine Aufgabe zu haben. Das hätte eigentlich nicht sein sollen. Sie war daran gewöhnt, für ihre YouTube-Abonnenten in den Einsatz zu gehen.

Aber hier lag der Fall anders. Diese Leute waren *real*, körperlich anwesend, nahe genug, um sie zu berühren, und diesmal stand tatsächlich etwas auf dem Spiel. Robin holte tief Luft und seufzte, als sie die Bürde spürte.

»Ich komme mit.« Joel schlug auf den Tisch, als wollte er ein Pokerblatt hinlegen. In seinen Augen stand kalte Entschlossenheit, eine stählerne Härte, die Robin ihm gar nicht zugetraut hätte. Sie war stolz auf ihn. »Die haben meinen Bruder auf dem Gewissen. Ich könnte nicht mehr in den Spiegel schauen, wenn ich ihnen das einfach ungestraft durchgehen lasse.«

»Ich komme sowieso mit, wie du weißt.« Kenway verschränkte die Arme und setzte die Ellbogen auf den Tisch. »Da ich jetzt als Kameramann dein Partner bin und so.«

Die Kugel rollte. Robin sah die beiden voller Respekt und Sorge an und hoffte, sie würde alle lebend durchbringen. »Ich bin daran gewöhnt, allein zu arbeiten«, sagte sie wie Batman. »Ich kann euch nicht alle beschützen.«

Mist, ich kann gar nicht glauben, dass ich vergessen habe, Kenway eine Rune aufzumalen.

»Wo wir von Schutz reden, ich habe es vermasselt«, sagte sie, schnappte sich Waynes Rucksack und holte einen schwarzen Filzstift heraus. Sie zog Kenways Hemd hoch und zeichnete eine *Algiz*-Rune auf seine Brust. »Bei dem ganzen Durcheinander habe ich ganz vergessen, dir in der Underwood Road eine Rune aufzumalen. Die Sache mit der Katze geht allein auf meine Kappe.«

»Wir können selbst auf uns aufpassen – *das* dürften wir doch inzwischen unter Beweis gestellt haben.« Joel lehnte sich zurück und verschränkte die Arme. »*Ich* habe keine Angst, einem bescheuerten Dämon mit meinem Telefon eins auf die Nase zu geben. Klingel-*lingeling.*«

»Vielleicht«, sagte Robin, zeichnete ein weiteres *Algiz* und schließlich für alle Fälle noch jeweils eins auf Waynes Hände. »Aber die hier helfen.«

»Du hast gesagt, du hättest am Wochenende deine Antipsychotika abgesetzt«, sagte Kenway, als sie wieder im Krankenzimmer waren. »Wie lange hast du das Zeug genommen? Und was genau noch mal?«

»Aripiprazol.« Robin stieg ins Bett und setzte sich auf die Decke. Der Fernseher lief, und zwar immer noch ein Horrorfilm, diesmal *Psycho.* Anthony Perkins' schwarz-weißes Gesicht füllte den Bildschirm aus, während sie redeten.

»Was bewirkt das?«

Wayne saß im Stuhl neben dem Bett und wühlte in seiner Schultasche, die ziemlich voll aussah. *Die Kinder haben heutzutage eine Menge Hausaufgaben,* dachte Robin und beobachtete ihn. Er wirkte niedergeschlagen und starrte ständig stirnrunzelnd auf den Boden. Unwillkürlich hatte sie Mitleid mit ihm. *Er kommt nicht drüber weg, dass sein Vater nicht hier ist. Mann, ich muss die Sache durchziehen, allein für den Jungen.*

»Ähm …« Nachdenklich rieb sie sich das Gesicht. »Das ist ein Dopaminagonist.«

Kenway zuckte hilflos mit den Schultern. »Äh, kannst du das auch für Normalsterbliche ausdrücken?«

»Okay: Dopamin ist der Belohnungs-Botenstoff. Dein Körper schüttet ihn aus, wenn du angenehme Dinge machst, Kokain nimmst, Sex hast, wenn du eine Gänsehaut bei klassischer Musik bekommst. Ein Agonist steigert die Aufnahmebereitschaft. Das Medikament wird bei niedrigem Dopaminwert eingesetzt.«

»Du weißt aber gut über diesen Kram Bescheid«, sagte Kenway.

Robin zuckte mit den Schultern. »Wenn du das Zeug ein paar Jahre regelmäßig genommen hast, kennst du dich irgendwann zwangsläufig aus.«

Er schritt zwischen Bett und Fernseher hin und her. »Da wir jetzt herausgefunden haben, dass du gar nicht unter Schizophrenie leidest – die Stimmen und die Halluzinationen waren das Werk von Andras, der dich herholen wollte, zurück zum Haus deiner Kindheit –, dann dürfte das Aripiprazol deinen Dopaminwert zusätzlich gesteigert haben? Ist das überhaupt möglich?«

»Ich glaube schon. Vielleicht? Keine Ahnung.« Sie lachte. »Dann bin ich wohl doppelt breit, Alter.«

Kenway verlagerte sein Gewicht auf einen Fuß und lehnte sich auf das Fußteil des Bettes. Das machte er gelegentlich, wohl um dem Bein mit der Prothese eine Pause zu gönnen. Er sah aus, als könnte er selbst auch ein bisschen Ruhe vertragen. Total fertig, Ringe unter den Augen. »Vielleicht hat es ja deine Dämonenseite die ganze Zeit unterdrückt. Vielleicht hat der hohe Dopaminwert in deinem Körper einen Deckel auf dem Teil von dir gehalten.«

Wieder so ein Juckanfall. Robin rieb sich den Verband und zuckte angesichts des Schmerzes zusammen. »Als du dein Bein verloren hast ...« Sie zögerte. »Hast es danach auch so verdammt gejuckt?«

»Ja«, sagte Kenway und zupfte an seiner Jeans, sodass die Fußprothese in der Sonne glänzte, die durch das Fenster hereinschien. »Manchmal juckt es immer noch. Ich kann dir einen Trick verraten, den sie mir bei den Kriegsveteranen gezeigt haben. Wenn du möchtest.«

»Bitte. Es treibt mich in den Wahnsinn.«

»Wenn mein Phantomfuß juckt, nehme ich einen Spiegel und halte ihn so neben meinen Fuß, dass mein guter Fuß meinen falschen überdeckt. Dann sieht es so aus, als hätte ich noch zwei richtige Füße. Und dann kratzte ich mich am richtigen Fuß.«

Robin verdrehte den Kopf so weit, dass sie die Schulter aus den Augenwinkeln sehen konnte. »Wo soll ich den Spiegel hinhalten? Zwischen meine Brüste?«

»Hm. Guter Einwand, schätze ich.«

Es klopfte. Eine Ärztin trat ein und schaute auf die Armbanduhr. »Guten Tag, Leute«, sagte sie leise. Trotz des strengen weißen Kittels und dem Klemmbrett sah die Besucherin wegen ihres dunklen Haares und des jugendlichen Gesichts wie ein Teenager aus.

Zu ihrer Überraschung war es Fishers Freundin Marissa Baker. Robin war froh zu sehen, dass ihre Augen normal waren und nicht so stechend wie die eines hexischen Wesens, aber ihr Gesicht war abgespannt und dunkel. »Ich bin Dr. – oh. Hi.«

»Hi«, sagte Robin.

»Du bist … Joel Ellis' Freundin, nicht? Robin? Wir kennen uns doch von dem Spieleabend.« Marissa bemerkte die anderen Anwesenden. »Hi, Kenny. Schön, dich zu sehen.«

»Hey«, sagte Kenway. Er ging zu ihr und umarmte sie, was Marissa steif über sich ergehen ließ. »Alles klar bei dir? Hey, warum bist du *hier*? Ich meine …«

»Bitte.« Marissa wehrte jede weitere Frage mit der Hand ab.

»So gehe ich mit solchen Sachen um. Ich arbeite. Wenn ich nach Hause gehe, bin ich allein, vor allem allein mit meinen Gedanken, und das wäre für niemanden gut, am wenigsten für mich.« Im Zimmer wurde es still, jeder beäugte verlegen den anderen. Marissa starrte auf Robins Krankenakte, als wäre sie in einer fremden Sprache verfasst, dann blickte sie auf. »Miss Baker wird später eine harte Zeit haben. Im Moment hat Dr. Baker aber anderen Scheiß zu tun.« Sie sah Wayne an. »Entschuldigung – andere *Dinge* zu tun.«

Der Junge zuckte mit den Schultern.

»Ich werde mir dich gleich anschauen.« Ihre sehr menschlichen Augen kehrten aufs Klemmbrett zurück und wurden groß, und die Brille steigerte die Wirkung extrem. »Wow, du bist schon auf den Beinen und läufst herum?«

»Ich stamme von wackeren Iren ab«, sagte Robin und klappte das MacBook zu.

»Offensichtlich. Laut Akte hattest du einen … Autounfall?«

»Ja.«

»Himmel.« Marissa hängte das Klemmbrett zurück ans Fußteil. »Wie schnell bist du gefahren?«

»Offensichtlich nicht schnell genug.«

Sie warf Robin einen grimmig besorgten Blick zu und betrachtete die Narben am Handgelenk der Hexenjägerin. »Ich frage das nicht gern, und du möchtest es vermutlich nicht hören, aber … du hast doch keine Suizidgedanken?«

»In letzter Zeit nicht.« Robin saugte an ihrer Oberlippe und bemerkte die Narben. »Und wenn schon, es hat mich einfach total fertiggemacht, als sie aufgehört haben, Doritos 3D herzustellen.«

»Du müsstest dich mal freimachen, damit ich dich untersuchen kann.« Marissa steckte die Hände in die Kitteltaschen und sah zu Kenway und Wayne. »Ist es okay für dich, wenn deine Freunde dabei sind?«

Wayne drehte sich in seinem Stuhl und sah zur Wand. »Ich kann ja wegschauen.« Er schlug das Schulbuch auf und las weiter. »Ist das okay?«

»Bestens«, erwiderte Robin.

Sie sah Kenway in die Augen, und er stand selbstvergessen einen Moment lang da. »Ach ja.« Er drehte sich zum Fernseher um und schaute sich die Werbung an.

Während Robin sich das Krankenhausnachthemd auszog, sah Marissa über die Brille hinweg zu Wayne und runzelte die Stirn, als sie ihn erkannte. Sie suchte in ihrer Tasche, holte ein paar lila Nitrilhandschuhe hervor und schlängelte ihre Hände hinein, *schnapp, schnapp.* »Du kamst mir gleich so bekannt vor. So bald habe ich dich nicht wieder hier erwartet, Mr. Parkin. Was macht das Bein? Ich nehme an, du hältst dich inzwischen lieber von Schlangen fern.«

»Ist viel besser«, sagte Wayne über die Schulter und schob die Brille auf die Nase. »Danke. Nein, keine Schlangen mehr.«

»Robin, du nimmst nicht zufällig auch irgendwelche Hausmittel, oder?« Marissa machte sich an die Arbeit, zog das Pflaster ab und löste den Verband. Oranges Betadin und getrocknetes Blut bedeckten eine Kuhle in der Mitte der Saugeinlage. »Es war ein schreckliches Wochenende«, sagte sie in ihrem schneidigen Midwest-Tonfall. »Ich frage mich schon, ob ich meine Approbation zurückgeben soll. Zuerst bringt eine alte Lady einen Jungen mit einem Schlangenbiss, auf den sie eine Hexensalbe geschmiert hatte, und in der gleichen Nacht läuft er schon wieder durch die Gegend und verlässt sogar das Krankenhaus. Ich meine, ehrlich jetzt? Und jetzt habe ich hier ein Mädchen, das den Arm in einem Autounfall verloren hat, und sie ist zwei Tage später wieder auf den Beinen, macht dumme Scherze … oh. *Was zum Teufel ist das?«*

Ein Eisberg bildete sich in Robins Magengrube.

Obwohl sie immer noch mit nackter Brust dastand, fuhren Wayne und Kenway zu ihr herum. Marissa hatte den Verband komplett abgenommen und darunter kam die rote knotige Haut zum Vorschein, wo die Wunde mit einem großen U mit Fäden und glitzernden Klammern verschlossen worden war.

Ein schwarzes Tentakel schob sich aus der Wunde und entrollte sich wie der Sprössling eines Baums, nur in Zeitraffergeschwindigkeit.

»Hhhää!«, grunzte Kenway. *»Scheiße!«*

Wayne erstarrte. »Woah.«

Das Tentakel schlängelte sich, als wäre es ein Regenwurm, der die Umgebung erkundet und Wasser sucht, und tastete Robins Achsel ab.

Bei näherer Betrachtung war es so dunkelrot wie Rotwein oder getrocknete Kidneybohnen. Das Wurmding stank nicht – hatte eigentlich gar keinen Geruch –, aber allein beim Anblick drehte sich ihr der Magen um. Robin hielt sich die Augen zu und wandte sich um wie ein kleines Mädchen, das eine Spritze bekommt, aber sie spürte, wie es sich bewegte und tückisch an ihren Rippen und an der Rundung ihrer linken Brust entlangstrich. Es fühlte sich an wie das schwache Kitzeln eines Geisterfingers.

Voller Schrecken schloss sie die Augen und zitterte. »Was in aller Welt ist das? Warum ist es *in* mir?«

»Verflucht, ich habe keine Ahnung!« Marissas Stimme brach.

Panik überfiel sie, und dann bekam sie nicht mehr genug Luft. Im ganzen Raum war nicht ausreichend Sauerstoff, und sie schnappte danach. »Um Gottes willen, hol es aus mir raus. *Hol es raus, hol es raus, hol es raus!«*

Marissa fuhr sich nachdenklich mit der Zunge über die Lippen und sah sich suchend um. »Verdammt«, sagte sie und tastete sich ab. »Ich habe nichts, womit ich es packen könnte.«

»Nimm deine Hände!«, schrie Kenway.

»Ja, also, gut, ja«, sagte die Ärztin, legte die linke Hand auf Robins Rippen, packte das Tentakel vorsichtig mit der Rechten wie einen Stift, als wollte sie ihren Namen auf die Wundnaht schreiben. Das Ding fuhr hin und her und wickelte sich um ihren Finger, und sie drückte das Gesicht an ihre eigene Schulter, um sich zu konzentrieren.

»So wahr mir Gott helfe«, sagte Marissa, hustete gedämpft und zog an dem Tentakel.

Selbst unter dem Einfluss des Oxycodons tat es weh, als wäre das Ding an ihr Herz geklammert. Robin schrie in das stille Krankenzimmer, und Tränen stiegen ihr in die Augen. *»RRHHAAAAAAAAHHHH!!«*

Die Ärztin ließ los, trat kapitulierend mit erhobenen Händen zurück und zitterte, als hätte man auf sie geschossen. »Warte hier«, sagte sie, riss sich die Handschuhe herunter und lief in ihrer Eile beinahe gegen die Tür. »Ich bin sofort wieder da.« Sie riss die Tür auf, trat hindurch und schloss sie hinter sich.

»Los.« Robin rutschte aus dem Bett, schob ihre Füße in die Kampfstiefel und kramte in der Reisetasche, die Kenway aus ihrem Wagen mitgebracht hatte. Sie zog sich ein T-Shirt und Jeans über, machte den Reißverschluss der Tasche zu und nahm sie hoch. »Wir müssen hier weg.«

»Was? Warum?«, fragte Kenway.

»Ich weiß zwar nicht, was das für ein Ding in meiner Schulter ist, aber ich habe so das starke Gefühl, die werden es hier nicht rausbekommen, ohne mir höllisch wehzutun.« Robin ging zur Tür, machte sie einen Spalt auf und spähte hinaus, obwohl sie gar nicht wusste, wen sie erwartete. Oder ob überhaupt jemanden. »Außerdem … ich glaube, es hat etwas mit Andras zu tun, und deshalb möchte ich nicht, dass die, äh, dass die … Ärzte sich daran zu schaffen machen.«

Gütiger Gott. Ihr lief es kalt über den Rücken. Beinahe hätte sie *menschliche Ärzte* gesagt.

Im Gang waren nur ein paar Schwestern unterwegs, und am Ende saß ein Mann im Rollstuhl. Ansonsten war niemand zu sehen. Sie blickte sich zu dem Mann um, der ihr bis hierher gefolgt war, und gab ihm mit den Augen zu verstehen, dass er noch ein wenig weiter gehen musste. Auf Kenways Gesicht wechselten sich Sorge und Verwirrung ab, bis sich grimmige Zustimmung einstellte. Er stopfte Waynes Kram in die Schultasche und schnappte sich die Tüte mit Schmerzmitteln vom Nachttisch.

»Okay«, sagte er und schob die Tabletten in die Tasche. »Auf geht's, Lady.«

Sie huschten lässig den Gang entlang und am Tresen der Schwestern vorbei. Es war überhaupt nicht so aufregend, wie Robin erwartet hatte, obwohl sie auch nicht wusste, wer sie eigentlich aufhalten sollte. Vier Stockwerke mit dem Fahrstuhl nach unten zu fahren war eine Übung in Selbstbeherrschung, denn das Tentakel wand sich im Ärmel ihres T-Shirts herum wie eine Katze, die sich in einem Bettlaken verwickelt hat. Bei dem Anblick hätte sie sich am liebsten übergeben. Wayne bemerkte es aus den Augenwinkeln, verschränkte die Arme vor der Brust und schob sich an die Wand.

»Hat es wirklich so wehgetan, als du geschrien hast?«, fragte Kenway. »Hängt es irgendwo fest?«

»Ich glaube schon. So fühlte es sich jedenfalls an.«

Die Fahrstuhltür schob sich auf, und die drei eilten durch den Eingangsbereich. »Ma'am?«, fragte eine Frau hinter einem

Tresen. Sie rief noch einmal, mit ein wenig mehr Nachdruck. »Ma'am?« Robin schob die Tür auf.

Zu ihrer Überraschung brachte sie die Sonne zum Niesen, und mit dem Oxycodon im Körper wirkte das wie ein Schlag gegen den Kopf. Sie musste sich an einem der Signalpfosten neben dem Zebrastreifen abstützen. Sobald sie sich erholt hatte, rannte sie zum Parkplatz. Ihre Kampfstiefel donnerten über den Asphalt. Sie hatte vergessen, dass Kenway sein Schiff von einem Pick-up in den Säureteich gefahren hatte, deshalb hatte sie die Karre auf dem Parkplatz erwartet, stattdessen stand da nun ihr Conlin-Sanitär-Lieferwagen.

Der Scheitel von Waynes schmalem Kopf tauchte in dem Labyrinth von Autos auf, dann kam Kenway tapsig auf seinem falschen Bein angelaufen wie ein Fahrrad mit viereckigen Rädern. Er schloss auf, und die drei huschten hinein. »Retten wir jetzt meinen Dad?«, fragte Wayne von seinem Platz hinten im Wagen.

Die aufgeregte Hoffnung in seiner Stimme ließ Robins Mut ein bisschen sinken. »Noch nicht, Kumpel. Ich muss zuerst jemanden treffen.«

Er verkniff sich ein Stirnrunzeln. »Wo fahren wir denn hin?«

»Zu den Hütten am Lake Craddock«, sagte Robin und legte den Sicherheitsgurt an. Das grauenhafte Wurmding, das sich aus den Stichen schlängelte, war inzwischen fast zwanzig Zentimeter lang, was genügte, um sich lasziv um den Sicherheitsgurt zu schlingen. »Ich kenne jemanden, der uns helfen kann, deinen Dad zu retten … und der vielleicht auch weiß, was für ein verdammtes *Ding* das ist.«

23

Der alte weiße Lieferwagen fuhr den Highway entlang in die Hügel nördlich von Blackfield, durchquerte Slade, oder zumindest die ursprüngliche Wildnis, die man allgemein mit dem Namen verband. Abgesehen von der Abzweigung zur Underwood Road (wo es sie schauderte, als sie im Wagen vorbeizog) und einigen anderen Straßen sah man hier draußen auf gut fünfzehn Kilometern wenig, nur verlassene Hütten und die Station der freiwilligen Feuerwehr von Slade. Darüber hinaus gab es nur Kiefern, so weit das Auge reichte.

Auf dem Weg aus der Stadt bemerkte sie Männer und Frauen, die stocksteif auf Parkplätzen standen wie Krähen auf Feldern aus Stahl und Farbe.

Sie drehten sich langsam, wenn der Wagen vorbeifuhr, und folgten ihm aus funkelnden Katzenaugen, die jadegrün oder giftig honigfarben glänzten. Wie Erdmännchen standen sie an Ladenfenstern und an Tankstellen mit Einkaufstaschen oder dem Zapfhahn in der Hand. Cutty beobachtete sie durch Blackfields Augen. Robin sagte nichts. Sie wollte Wayne keine Angst machen.

Bald erreichten sie das kleine Tal mit einem ordentlich gemähten Rastplatz und Besucherzentrum, über das sich die imposante vierspurige Interstate erhob, die in west-östlicher Richtung verlief. Der Verkehr zischte über ihnen in halsbrecherischer Geschwindigkeit vorbei, während Kenway unter der Überführung hindurchfuhr.

Das winzige Dorf hinter der Brücke bestand aus einer Texaco-Tankstelle, die bessere Zeiten gesehen hatte, und einem Mini-Markt, der wie ein Flughafen beleuchtet war. Hinter dem Laden gab es einen sauberen Subway-Sandwich-Imbiss, der sich seiner gemütlichen Pracht inmitten dieser ländlichen Ärmlichkeit zu schämen schien. An einem besseren Tag hätte Robin vielleicht anhalten und sich ein Sandwich holen wollen, doch nach dem Erlebnis im Krankenhaus war ihr der Appetit vergangen.

Weiter hinten zog sich eine Zufahrt einen Hang hinauf, der von Kiefern erdrückt wurde, und ein Holzschild mit eingebrannten Buchstaben wies den Weg zum LAKE CRADDOCK. Kenway bog ab und rumpelte den Hügel hinauf auf die Blockhütte zu.

Ein Schild neben der Hütte tat kund, dass es sich um die Rezeption handelte, in der man auch Ausrüstung erwerben konnte. Sie hielten sich hier nicht auf, sondern fuhren tiefer zwischen die Kiefern.

Schließlich folgten sie einer Kurve nach rechts und dann dem Sims an der Südseite des Berges entlang, höher und höher, bis die fernen Gebäude von Blackfield nur noch graue helle Punkte waren, die in einer mit grünem Pelz überzogenen Landschaft blinkten. Feldwege zweigten hier und da ab und führten zu idyllischen kleinen Jagdhütten. Die Straße beschrieb eine Serpentine am Rand eines mehrere hundert Meter abfallenden Steilhangs und führte kontinuierlich aufwärts, bis sie oben eine Lichtung erreichten.

Hier wuchsen die Bäume in größerem Abstand, und die Straße mündete in einen weiten leeren Parkplatz, auf dessen Längsseite ein Terrassentraumhaus mit grauer Fassade stand. Ein Schild davor verkündete: CAFÉ GASTHAUS BERGSPITZE. Kenway parkte auf dem Gehweg, und sie marschierten den Hügel hinauf zum Restaurant, stiegen drei Treppen aus Eisenbahnschwellen hinauf, die zickzackförmig nach oben verliefen. Im Norden löste sich der Wald zu einer baumlosen Granitebene auf, und der Blick reichte bis zu einem funkelnden möwengrauen See und einer kahlen Baumreihe am fernen Horizont.

Oben blieb der große Veteran stehen, stützte sich am Aluminiumgeländer ab und holte tief, sehr tief Luft – Luft, die vom See heranwehte und über den Berg strich. Kenway setzte sich auf eine der Schwellenstufen und lehnte sich zurück auf die Ellbogen. Der Verband um seinen Kopf leuchtete in einem phosphoreszierend sauberen Weiß. »Ich muss mal eine Minute sitzen, okay? Mir ist schwindelig.«

In dieser trüben weißen Weltuntergangssonne sah sie in ihm einen deutlich älteren Mann, der sich hinter langem blondem Surferhaar und einem kupferroten Bart versteckte. Sein Hals hatte fast eine reptilienhafte Oberfläche, weil sie von der Wüstensonne einer wilden Welt tausende Kilometer entfernt zu Leder gebrannt geworden war, und seine Stirn war von Falten gefurcht. Er hatte die Augen geschlossen, und unter anderen Umständen hätte Robin sein grimmiges Gesicht als abgeklärt wahrgenommen. Der Wind zupfte an seinem Nackenflaum und hätte mit seinem Haar gespielt, wenn er nicht den Verband um den Kopf getragen hätte.

Einen Augenblick lang sah sie den alten Mann, der er einmal werden würde. »Wenn das vorbei ist«, sagte sie leise, »besorgen wir uns ein Boot und fahren für eine Weile da raus. Du und ich. Dort draußen können wir uns ausruhen.«

Er schien aus seinem düsteren Tagtraum zu erwachen und öffnete langsam die Augen. Sein Blick richtete sich auf sie. »Hört sich gut an.« Er stand auf und wischte sich den Staub vom Hintern. »Okay, alles wieder in Ordnung.«

Wayne zog die Eingangstür auf und ließ sie ein.

Im Café herrschte Stille, vor allem wenn man bedachte, dass es Mittagszeit war. Eigentlich sogar Totenstille, und Personal war auch nicht zu sehen, doch das verwunderte nicht an einem Dienstag außerhalb der Saison. Die drei schlenderten durch den dunklen Eingang, vorbei an Auslagen für touristische Broschüren und einer Registrierkasse, durch einen kurzen Korridor an den Toiletten und der Küchentür vorbei, in einen weiten Saal. Rechts standen in einem offenen Speisebereich ein Dutzend weiß gedeckte Tische und ordentlich ausgerichtete Stühle. Die bodentiefen Fenster gewährten einen atemberaubenden Ausblick auf den trostlosen Oktober-See im Norden und meilenweiten Wald im Süden, und der weiße Himmel traf sich am Horizont mit der ausgefransten Silhouette von Blackfield.

Links stand in einer schummrigen Nische eine rustikale Bar. Anders Gendreau lehnte daran wie ein altmodischer Ober, der deutlich besser angezogen war, als es seine Stellung erwarten ließ, und spähte ihnen unter einem Regal für Gläser hinweg entgegen. »Wurde auch Zeit, dass Sie herkommen, Cambion«, sagte er und warf sich ein Barhandtuch über die Schulter. Zusammen mit dem dunkelblauen Anzug wirkte es fast wie ein heiliger Ornat. »Wenn ich zu viel Gin getrunken habe, bin ich nicht mehr zu gebrauchen.«

Er schenkte Robin und Kenway einen Fingerbreit Bourbon

ein und Wayne etwas, das aussah wie Gin oder Wodka, aus einer Flasche mit einer Orange auf dem Etikett.

Sie runzelte die Stirn. *Cambion. Andersartig.* »Nennen Sie mich nicht so.«

»Wie? Cambion?«

»Ja.«

Der Magier nickte respektvoll. »Wie Sie möchten.«

Wayne schnupperte an seinem Drink, nippte daran und hustete. »Mann. Keine Ahnung, wieso mein Dad so verrückt nach diesem Zeug ist. Schmeckt wie Benzin.«

»Keine Sorge, kleiner Mann. Eines Tages wirst du Geschmack an den feineren Dingen des Lebens finden.« Gendreau blickte über die Schulter auf den Chor bunter Flaschen. Durch die Spiegelrückwand wirkte die Sammlung endlos, und in der Reflektion starrten die Doppelgänger der Neuankömmlinge ihn mit gehetzten Blicken an. »In diesem Farmerschuppen wirst du allerdings keine dieser feineren Dinge auftreiben«, lachte er, »merk dir trotzdem meine Worte. Jeder gute Mann weiß um den Wert eines süffigen Trankopfers.«

»Ich nehme Sie beim Wort, Mister.«

»Gut, was machen wir hier?«, fragte Kenway und schüttelte sich genüsslich, als er den Whiskey probierte.

»Das ist Anders Gendreau«, stellte Robin vor. »Er ist von einer Organisation, die sich die Hunde des Odysseus nennt. Anders, dies sind meine Freunde Kenway Griffin und Wayne Parkin.« Sie deutete jeweils mit dem Bourbonglas auf sie. »Wayne ist der Besitzer des Rings, der den Weg dorthin öffnet, wo der Dämon gefangen ist.«

»Freut mich sehr.« Gendreau streckte die Hand aus. Wayne schüttelte sie. »Ich wette, du bist ganz bezaubert, wenn ich dir sage, dass wir Magier sind.«

»Magier. Ach so, natürlich gibt es Magier.« Kenway setzte sich auf einen Hocker, schüttete sich noch einen Fingerbreit Bourbon ein und kippte ihn hinunter. Vage fragte sich Robin, ob er angesichts der Kopfverletzung Alkohol trinken sollte. »Hexen, Dämonen, riesige Schweinemonster und Ringe, die Türen zur Hölle aufmachen – warum sollte ich da an der Existenz von Magiern zweifeln?« Er knallte das Schnapsglas auf den Tresen und sah die Hexenjägerin an. »Als Nächstes erzählen Sie mir, dass Bigfoot wirklich existiert.«

»Ich berufe mich auf mein Recht, die Aussage zu verweigern«, erwiderte Gendreau.

»Hey, können Sie so zaubern wie in Dungeons & Dragons?«, fragte Kenway. »Wenn Sie im Starbucks furzen müssen und Ihren Tisch nicht unbeaufsichtigt lassen wollen, dann belegen Sie sich mit dem Zauberspruch der Stille, und niemand hört, wie Sie einen fahren lassen?«

Der Magier spuckte fast seinen Drink aus und wischte sich den Mund ab. »Nein. Bei meinem Glück würde ich vermutlich einen Wahrheitszauber aussprechen.« Er ahmte mit den Lippen einen Furz nach. *»Ja, ich war es!«*

Kenway kicherte in sein Bourbonglas.

Inzwischen ließ die Wirkung von Robins Oxycodon nach, und der Schmerz meldete sich wieder, und zwar mit Nachdruck; allerdings gab es inzwischen drei sehr unterschiedliche Quellen dafür: die genähte Narbe der eigentlichen Wunde, ein tiefes, knotiges Ziehen, das vermutlich von den Muskeln oder Bändern stammte, die früher mit ihrem Trizeps verbunden gewesen waren, und dann ein Schmerz in den Rippen, der an Seitenstechen erinnerte.

»Ich hätte da ein Problem, Mr. Zauberer.« Robin packte den linken Saum ihres T-Shirts und zog es über die Schulter. Dabei entblößte sie ihre linke Brust, aber das war ihr im Augenblick egal. Denn auch das schlängelnde, dreißig Zentimeter lange Regenwurm-Ding, das aus der u-förmigen Wundnarbe hing, kam zum Vorschein.

»Ich bin kein Zauberer, aber …« Gendreau zuckte zusammen. *»Was zum Teufel …!«*

»Sie wissen nicht, was das ist?«

Der Blutwurm, wie Robin ihn inzwischen für sich bezeichnete, war auf dem Weg hierher gewachsen (oder vielleicht einfach weiter herausgekrochen, und vielleicht befand sich eine ganze *Spule* in ihrer Brust, und bei diesem entsetzlichen Gedanken hätte sich Robin am liebsten aus dem nächsten Fenster gestürzt), aber anscheinend hatte er sich beruhigt und baumelte zwischen den Stichen herab, wobei das Ende nur gelegentlich einladend zuckte wie der Schwanz einer Katze.

»Beim Hosenbeutel des Großen Odins, nein, keine Ahnung!«, rief der Magier, kam um die Bar und schaute es sich genauer an. Auf seinem Fuchsgesicht breitete sich Ekel aus.

Bleiches Sonnenlicht beleuchtete eine blaue Vene, die über die cremefarbene Kuppel ihrer linken Brust wanderte, und ihre Haut kribbelte bei dem Anblick dieses widerwärtigen Tentakels, das durch das Gewirr ihrer Arterien glitt. »Ich habe das Gefühl, ich müsste es wissen«, sagte er und hielt seinen Stock wieder auf diese kecke Weise. »Es scheint übernatürlicher Art zu sein.«

»Meinen Sie?«

Eine gewisse Empörung leuchtete in seinen eisigen Augen auf, und er näherte sich erneut dem Tentakel. So dicht vor ihrem Gesicht bemerkte sie, wie intensiv dieser Blick war: Gasflammen in Porzellan. Der Magier langte danach, zögerte, nahm seinen Mut zusammen und packte den Wurm mit der bloßen Hand. Seine Fingernägel waren akribisch gleichförmig geschnitten und reflektierten das Licht vom Fenster, als wären sie aus Seifenstein gemeißelt.

Das Ding schlängelte sich um seine Finger.

»Es tat weh, als die Ärztin dran gezogen hat«, erklärte sie ihm. »Ich glaube, es ist mit irgendetwas verbunden.« Sie schluckte ihre Angst hinunter und fügte hinzu: »Irgendwo innen.«

Hitze strahlte von Gendreaus Händen ab, als würde sie mit der Hüfte zu nahe an einem Ofen stehen, und sie drehte den Kopf und schaute nach. Es ging vom Perlenknauf seines Stocks aus. Der Magier hielt die schwelende Kugel dicht an das Tentakel und schloss die Augen. Er rieb den Wurm zwischen Daumen und Zeigefinger, drehte ihn vorsichtig, drückte leicht, ließ dann los und richtete sich auf.

»Was machen Sie?«

»Ich teste es«, murmelte er. Die Stockspitze ruhte neben seinem Fuß auf dem Boden. »Es ist kein eigenständiges Wesen«, sagte er mit einer Endgültigkeit, die keinen Widerspruch zuließ. Robin studierte seine hochnäsige, teilnahmslose Miene.

»Was meinen Sie damit? Ist es jetzt ein *Teil* von mir geworden?«

»Nein, es ist kein ›Teil‹ von irgendwas *geworden*. Es *ist* ein Teil von Ihnen.« Gendreaus Daumen strich über die glatte Oberfläche der schimmernden weißen Kugel. »Den Raum, den Sie einnehmen, besetzt lediglich eine einzige individuelle Vitalitätsquelle – abgesehen von Ihrer Darmflora und Mitochondrien und den Bakterien auf Ihrer Haut und den Haarbalgmilben auf Ihrem Gesicht natürlich – und das sind *Sie*. Sonst nichts. Diese … *Spagettinudel* … ist Ihr eigenes Fleisch und Blut.«

»Was bedeutet das?« Kenway stützte die Hände auf die Knie, hatte die Augen aufgerissen und die Stirn gerunzelt. »Bekommt sie jetzt einen Oktopusarm anstelle des fehlenden? Sind Dämonen dazu in der Lage? Sich neue Gliedmaßen wachsen zu lassen?«

»Sehe ich aus wie ein Experte für Dämonen?« Gendreau verzog das Gesicht, als hätte er ein Stück Zitrone im Mund. »Jedenfalls, wenn sie dort etwas wachsen ließe, muss ich sagen, wäre es doch ein abscheuliches Ding, um einen perfekten Arm zu ersetzen.«

Robin sah ihn böse an. »Das ist nicht gerade hilfreich.«

Seine Miene wurde milder. »Ahh. Na ja, wer kann es schon wissen? Sie haben Theresa LaQuices' Herzweg zum Zeitpunkt ihres Todes absorbiert, ja?«

Sie nickte wissend, sagte jedoch nichts und drängte ihn mit ihrem betonten Schweigen weiterzusprechen.

Gendreau breitete die Arme aus, als würde er etwas Augenscheinliches sagen. »Ihre besondere Gabe bestand in Umgestaltung und Verwandlung – wenn ich wetten würde, wäre es mein Tipp, dass Sie mit dem *libbu harrani* auch ihre Gabe absorbiert haben. In diesem Fall haben Sie die Fähigkeit geerbt, sich selbst zu verändern. Mir scheint es so, als würde Ihr Unterbewusstsein versuchen, etwas an der Stelle wachsen zu lassen, wo Ihnen Theresa den Arm abgebissen hat.«

Robin rieb sich das Gesicht mit der Hand, die kein Oktopus-Tentakel war. »Gott verflucht. Könnte mein Unterbewusstsein sich nicht irgendwas ausdenken, das nicht wie ein Karpfenköder aussieht?«

»Oh, hallo«, unterbrach Gendreau sie. »Was ist das?«

Sie blickte ihm ins Gesicht, dann an die Stelle, die seine Aufmerksamkeit fesselte. »Was?« Ihre Augen schmerzten, als sie den Hals reckte.

»Jetzt sind es *zwei.*«

Wayne rückte seine Brille zurecht und rümpfte dabei die Nase wie ein alter Mann, der Zeitung liest. »Da kommt noch eins heraus, gleich neben dem ersten.«

»Oh, Gott, ich brauche meine Pillen«, jammerte Robin, wühlte mit den Fingern in der Jeanstasche und fischte die Tüte mit Oxycodon heraus. Der stechende Schmerz in der Narbe wurde schlimmer und schwoll zu einem derben, zermürbenden Ziehen an, zerfasert und stumpf, als würde man an einem Eisstiel herumkauen. Von der Schädelbasis ging ein Kopfschmerz aus. Sie trat hinter die Bar, griff nach dem Sodahahn, zog den Schlauch heraus und nahm eine Oxycodon in den Mund. Dann überlegte sie kurz, nahm eine zweite Pille und spülte sie mit Sodawasser hinunter.

»Errrruuhuhuh.« Sie schüttelte sich wegen des bitteren Geschmacks.

Ein schauriger Gedanke schoss ihr durch den Kopf: Der Laut, den sie gerade von sich gegeben hatte, erinnerte sie an das Drachengurgeln von Andras, wenn er ausatmete.

(andersartiger Cambion)

Robin verdrängte den Gedanken und ließ den Sodaschlauch zurück in seine Halterung gleiten.

»Geht es dir …«, setzte Kenway an.

»Nein, mir geht es überhaupt nicht gut«, gab sie spöttelnd zurück. »Ich bin weit davon entfernt, dass es mir gut geht.«

»Vielleicht sollten Sie die nächsten Tage locker angehen und der Natur ihren Lauf lassen«, sagte Gendreau. »Cuttys Gruppe ist durch den Verlust der östlichen Ecke geschwächt, und es wird einige Zeit dauern, bis sie einen Ersatz gefunden und rekrutiert haben. In der Zwischenzeit kann ich mich vorbereiten.«

»Nein. Es muss heute stattfinden.« Robin zog ihr T-Shirt wieder nach unten. Das Tentakel schlängelte unter dem Stoff hin und her. »Sie haben Waynes Vater. Ich muss ihn da rausholen. Und je länger wir warten, desto mehr Schotenwesen können die Körperfresser produzieren. Und desto besser sind

Cutty, Weaver und ihre Matrone auf uns vorbereitet. Wir verschwenden Zeit.«

»Also gut.« Gendreau starrte sie an, sein Gesicht verfinsterte sich leicht. »Also gut. Wir müssen also mit dem auskommen, was wir haben. Aber wir sollten diese Hazienda stürmen, als würden wir einen verdammten Blitzkrieg veranstalten, ja?« Er zischte an ihr vorbei und trug seinen Stock am buchstäblichen Schaft. »Wir dürfen ihnen keine Zeit für einen Gegenschlag geben.«

Der Magier führte sie hinaus auf die schmale Terrasse, die die vordere Veranda bildete. Zarte Schneeflocken segelten aus dem Waschküchenhimmel herunter und schmolzen auf dem Beton. Wayne blieb abrupt stehen. »Hey, es schneit!«

»Irre«, sagte Kenway. »Ist das nicht ein bisschen früh im Jahr?«

Robin hielt eine Hand auf und fing Schneeflocken. »Es ist ziemlich früh für das ganze Jahrzehnt. Hier schneit es fast nie.«

Gendreau zuckte mit den Schultern und lächelte wissend.

Anstatt den Zickzacktreppen zum Parkplatz zu folgen, bog er nach links ab auf einen abfallenden Weg, der an der Nordseite des Restaurants vorbeiführte. Hier gab es eine kleine Straße zum Anlieferbereich des Restaurants auf der Rückseite des Gebäudes. Gendreau überquerte sie und machte sich zu einem Balkon auf, der am Rand der Felswand einen Ausblick auf den See bot.

Auf der Brüstung des Balkons waren Münzfernrohre angebracht. Zwei Personen standen an der Kante und schauten zu, wie der Wind hunderte Meter weiter unten grelles Sonnenlicht über das Wasser trieb. Neben ihnen saß ein riesiger Hund, ein mageres schwarzes Tier mit unendlich langen Beinen. Daunenfedern aus Eis tanzten um sie herum wie in einer Schneekugel. »Mitbürger! Freunde! Römer!«, sagte Gendreau, als sie näher kamen.

»Glaubst du, *Flussfahrt* basiert auf wahren Ereignissen?«, fragte ihn die Frau und wandte sich vom See ab. Elviras schauerliches Gesicht starrte von der Vorderseite ihres T-Shirts, und die Arme waren mit Tätowierungen von Skeletten und Schnörkeln überzogen.

»Gott, hoffentlich nicht«, sagte Gendreau. »Freunde, das sind meine Kollegen Sara Amundson und Lucas Tiedemann.«

»Ich habe mit dem Fernglas nach sexuell ausgehungerten Einsiedlern gesucht, doch ich finde nur Vögel.« Saras Lippenstift war blutrot, ihre Fingernägel waren schwarz wie eine Mörderseele, und ihr Haar war silberweiß und mit pinkfarbenen Streifen durchsetzt. Aus ihrem Schädel ragte vorn eine spiralförmige Knochenspitze, die fast zwanzig Zentimeter lang war.

Robin mochte sie auf Anhieb.

Der Mann neben ihr trug wie ein FBI-Agent einen schwarzen Anzug und eine Krawatte. Obwohl der Himmel die Farbe schmutziger Baumwolle hatte, versteckte er die Augen hinter einer dunklen Sonnenbrille. Was Robin von seinem Gesicht erkennen konnte, war jung und ansehnlich, und er hatte ein edles Profil. *Zu* jung vielleicht – sie stellte sich vor, dass er dauernd auf Volljährigkeit kontrolliert wurde.

Während sie redeten, kniete Wayne vor dem mageren schwarzen Hund. Er streckte die Hand aus und wollte ihn streicheln, musste jedoch erschrocken feststellen, dass seine Hand durch den Hund hindurchfuhr wie durch ein Loch.

Wayne sprang auf. »Verdammt, was …?«

»Früher«, sagte Sara, »haben die Menschen geglaubt, die erste Person, die auf einem neuen Friedhof begraben wird, würde dort als Geist verweilen und den Ort vor dem Teufel beschützen. Sie haben als eine Art Schutzgeister gedient, die den Friedhof vor Dieben und Vandalen beschützten und die Verstorbenen ins Jenseits geleiteten. Niemand wollte allerdings für alle Ewigkeit hier auf Erden festsitzen, deshalb wurde es üblich, auf einem neuen Friedhof als Erstes einen Hund zu begraben. Und dieser Hund würde sich von da an für alle Zeiten auf dem Grundstück als ›Kirchhofwächter‹ manifestieren.«

Vor dem Teufel beschützen. Robin blickte dem eigenartigen Hund in die Augen und sah nur schwarze Gruben, Löcher im schwarzen Fell des Gesichts. Er legte sich hin und beachtete sie nicht. Das Tier war leicht durchscheinend so wie zu dünne Fleischscheiben. *Dann gehe ich wohl nicht als Teufel durch.* »Er ist ein Geist?«, fragte sie, während sie eine gewisse Erleichterung verspürte.

»Ja. Er wurde im siebzehnten Jahrhundert auf einem alten französischen Friedhof auf der Oberen Halbinsel von Michigan begraben, als dort noch die Hudson's Bay Company mit Fellen gehandelt hat. Als wir ihn gefunden haben, hatte er keinen Grabstein und keinen Namen. Also haben wir ihn Gévaudan genannt, natürlich nach der Bestie des Gévaudan in Frankreich. Er ist uns gefolgt und läuft seit der Zeit mit uns herum. Zu Lebzeiten war er ein Greyhound.«

»Augenblick mal: Es gibt Geister? Wirklich?«, fragte Kenway.

»Sicherlich«, antwortete Gendreau.

Sie starrten einander volle zehn Sekunden verlegen an, während Kenway auf weitere Ausführungen wartete, die nicht folgten.

»Okay«, sagte Kenway. Er nippte an dem Bourbon, den er immer noch in der Hand hielt.

»Das ist die Kampftruppe, die ich versammelt habe und die uns helfen wird, Cuttys Festung zu erstürmen«, sagte der Magier und wechselte das Thema. »Jeder von uns hat einen *libbu harrani,* ein Herzweg-Artefakt, das mit einer Gabe ausgestattet ist, die von einer besiegten Hexe stammt. Mr. Tiedemann hier verfügt über das ungewöhnliche Talent des ›Channelings‹. Bestimmt sind Sie damit vertraut, Miss Martine«, fragte er. »Amelia Burke besaß diese Fähigkeit.«

»Ja.« Robin stellte sich zu Kenway und Wayne. »Channeling ist die Fähigkeit, Energie zu beeinflussen und zu konzentrieren.« Sie hatte Amelia Burke in einer abbruchreifen Mall in Iowa bekämpft und getötet. Die Hexe hatte einen Baseball durch den Motorblock ihres Lieferwagens geschleudert. »Ich habe ein paar Recherchen darüber angestellt, und soweit ich es verstanden habe, wird die Energie aus dem Adenosintriphosphat der Mitochondrien gewonnen.« Auch bekannt als ATP, der Energieträger der Zellen, den urzeitliche fremdartige Organellen erzeugten, die in den Zellen der Mehrheit aller Lebewesen vorhanden sind.

Molekularbiologie. Damit hatte sie in der Highschool angefangen und in der Ausbildung bei Heinrich weitergemacht. Während ihres klösterlichen ersten Jahres in dem Unterschlupf in Texas hatte sie in dunklen, einsamen Nächten alles über ihre neuen Feinde gelernt und die Technik studiert, die ihr bei ihrem Rachefeldzug helfen würde.

Aber offensichtlich war die Theorie des Channelings, die Heinrich ihr beigebracht hatte, wie so vieles andere ebenfalls, Unfug. »Wenn es nur so einfach wäre«, sagte Gendreau. »Das würde einen zeitweilig beschleunigten Metabolismus herbeiführen, jedes Mal, wenn die betreffende Person ihre Gabe einsetzt – aber das ist nicht der Fall.« Der Magier klopfte Lucas mit der blassen Hand auf die Schulter. »Wir haben eigene Recherchen angestellt, seit wir die Herzwege der Hexen anzapfen und konservieren können, und das versetzt uns in die Lage, ihre Eigenschaften nach Belieben zu beobachten. Nein, wir glauben, durch die Gabe des Channelings werden Bosonen gespeichert und umgeleitet.«

»Bosonen?« Das sagte Robin gar nichts.

»Bosonen geben der Materie ihre Masse«, sagte Wayne. »Man nennt sie auch Gottesteilchen, weil sie Teil des Klebers sind, der das Universum zusammenhält.«

»Ja!« Gendreau zeigte auf ihn und grinste, als würde er sagen: *Der Kandidat gewinnt neunundneunzig Punkte. Ab hundert Punkten erhalten Sie eine aufblasbare Waschmaschine.* »Was für ein cleveres Bürschchen du bist. Ja, das ist auch der Grund, weshalb gechannelte Gegenstände eine überproportional mächtige Wucht entwickeln. Zu dieser Theorie sind wir erst nach jahrelangen Experimenten am Large Hadron Collider des CERN gelangt.«

Wayne blinzelte. »*Dafür* gibt es den LHC? Damit Sie *Magie* erforschen?«

»Man hat uns im Austausch gegen Fördermittel Zugang zu den Ergebnissen gewährt. Der LHC wurde für seriöse wissenschaftliche Forschung gebaut, doch während der Konstruktion hat man unserer Führung zu verstehen gegeben, über welches Potential in der Welt der übernatürlichen Wissenschaften die Anlage verfügt, und wir haben … Gelder in diese Richtung umgeleitet. Dieses Arrangement birgt für beide Seiten Vorteile.« Gendreau drehte sich um, trat ein paar Schritte von Lucas und der Brüstung fort und machte voller Schwung kehrt. Sara trat ebenfalls zur Seite. »Nun, wenn Sie und du ein paar Schritte zurücktreten, wird Mr. Tiedemann eine Demonstration abliefern, über welche Kräfte das Channeling verfügt.«

Lucas durchwühlte das Laub auf dem Boden, bis er einen passenden Gegenstand fand, eine Eichel, die frisch und noch grün an der Spitze war. Er hob sie in die Höhe, als wollte er einen Kartentrick vorführen – *wenn das Publikum nun bitte das Pik-Ass genau anschauen und sich vergewissern würde, dass daran keine Manipulationen vorgenommen wurden* – machte ein OK-Zeichen mit den

Fingern und hielt sie zwischen Zeigefinger und Daumen. So verharrte er fünf, zehn, fünfzehn Sekunden lang, bis sein Arm zu zittern begann wie der eines Gewichthebers am Ende seiner Wiederholungen, aber dann drehte er sich auf dem Absatz und stieß mit der Hand an eins der Münzferngläser, die vor der Brüstung angebracht waren.

Seine Hand öffnete sich und ahmte eine Pistole nach, sein Zeigefinger zielte – bang bang, my baby shot me down –, und die Eichel pfiff durch die Luft auf das tränenförmige Gerät und grub sich mit einem *Pling!* ins Stahlgehäuse. Beide Okulare explodierten klirrend, und das gesamte Gerät löste sich aus seiner Halterung und taumelte über die Brüstung.

Sara sah von der Schlucht auf, während das Fernglas den Berg hinunterkullerte und inmitten einer Wolke Vierteldollarstücke über die Felsen abwärts polterte. »Natürlich lehne ich solcherlei Vandalismus grundsätzlich ab, aber … ich bin wie immer beeindruckt, Revolverheld.«

»Lady Amundson dagegen«, sagte der Magier und deutete mit dem Perlenknauf seines Stocks auf sie, »verfügt über die Gabe der Illusion und Beschwörung, ganz ähnlich wie Karen Weaver. Sie ist auch verantwortlich für dieses ungewöhnliche Wetter.«

»Für gewöhnlich erzeuge ich Halluzinationen von Monstern, aber ich dachte, eine physische Manifestation Ihrer schlimmsten Ängste würde einen schlechten ersten Eindruck hinterlassen.« Sara betonte ihre Wörter mit geschmeidigen Gesten. Die Illusion von Schnee tanzte um ihre Hände und verwandelte sich in Monarchfalter, die wiederum in Flammen aufgingen und zu Ascheflocken verbrannten. »Monsterwanzen, regenbogenfarbige LSD-Monster, Monster aus Steuerpapieren, äh, alle Arten von Monstern. Das ist mein Ding.«

Lucas Tiedemann strahlte und rückte seine Krawatte zurecht. »Willkommen beim A-Team.«

Kenway trank den Rest seines Bourbons, kippte das Eis von der Steilwand und seufzte in sein leeres Glas. »Entweder brauch ich noch deutlich mehr von diesem Stoff, oder ich hatte schon zu viel davon.«

24

Die Magier wohnten in einer der größeren Lodges unten am Hügel, einer rustikalen Wildwesthütte mit duftenden Zedernholzmöbeln, Quilts und Hirschgeweihen an den Wänden. Robin und Wayne halfen ihnen, ihre Habseligkeiten in ihr Fahrzeug zu laden, während Kenway sich im Badezimmer eine Auszeit nahm. »Wir haben die Hütte für die ganze Woche gemietet«, erklärte Gendreau Robin, als sie das Gepäck hinten in einen Chevy Suburban stopften. »Aber wenn wir Cuttys Zorn nicht überleben, wäre es nicht gut, die Sachen hierzulassen, wo sie Normalsterblichen in die Hände fallen können.«

Robin stupste Wayne mit dem Ellbogen an. »Wenigstens nennen sie uns nicht Muggels. Das wäre echt zu krass.« Der Junge grinste, und die weißen Fenster spiegelten sich auf seiner Brille. »Wir holen deinen Dad da raus, okay?«

Aus seinem Grinsen wurde ein trauriges, aber zuversichtliches Lächeln.

Sara Amundson gesellte sich zu den beiden, während Lucas

und Gendreau die letzten Taschen heranschleppten. Robin betrachtete das Horn, das aus ihrem Haar ragte. »Was ist mit, äh …« Sie machte ein OK-Zeichen mit Zeigefinger und Daumen und tat so, als würde sie sich ein imaginäres Horn auf ihren eigenen Kopf setzen.

»Das ist eine Perücke«, sagte Sara und zog an dem Horn. Ihr gesamter Haarschopf hob ab und enthüllte pures Feuerrot darunter. Sie setzte die weiß-pinkfarbene Perücke wieder auf und zupfte sie zurecht. »Beim letzten Halloween bin ich als ›Mordhorn‹ gegangen, und allen hat es so gut gefallen, da dachte ich, dieses Jahr gehe ich wieder so.«

»Glauben Sie ihr kein Wort.« Lucas schlug die Heckklappe des Suburban zu. »Sie trägt es ununterbrochen seitdem.«

Sara senkte den Kopf und pikste ihm mit dem Horn in den Arm. Er wich zurück und machte mit den Zeigefingern das Kreuzzeichen. »Das Mordhorn ist mörderisch.«

Sie stiegen in den SUV. Gendreau fuhr, Lucas saß auf dem Beifahrersitz, Robin mit Sara und Wayne auf der Rückbank und Kenway im Kofferraum beim Gepäck. Gev, der Geisterhund, war verschwunden; Wayne schien verwirrt und enttäuscht, bis Sara ihm erklärte, dass das so Gevs Art sei. Er würde später wieder auftauchen, für gewöhnlich, wenn man am wenigsten mit ihm rechnete. »Er kommt und geht. Wie eine Katze.«

»Eine Katze, die nur minimalst an diese Ebene der Realität gebunden ist«, sagte Lucas.

Als Robin es sich im Wagen gemütlich gemacht hatte, fühlte sie sich plötzlich alt und verbittert. Sie dachte über die letzten zwei Jahre und die Kämpfe und Entbehrungen nach, die ihr die Hexen eingebracht hatten, und irgendwie beschlich sie das dumpfe Gefühl, dass sie die Einzige mit Erfahrung in einem Wagen voller Anfänger war. Sie kam sich vor wie in dieser

Clownnummer, in der immer mehr und mehr Clowns aus einem Kleinwagen steigen. *Die nehmen die Sache nicht ernst genug, auch Gendreau nicht,* dachte sie und sah in die Runde. Saras Mund verzog sich zu einem verkniffen Lächeln, ihre Augen blieben dabei ernst. *Für die ist es ein Schulausflug. Willy Wonka, eine Frau mit Einhorn-Perücke, ein abgemagerter Hund und eine Figur aus einem Quentin-Tarantino-Film.*

Ich hätte fast Lust, ihnen zu sagen, sie sollen in der Hütte bleiben und Cutty mir *überlassen.*

Schließlich ist es mein Kampf.

Eine schicksalhafte Ahnung überkam sie, so als hätte sie ein Ticket für die Titanic gekauft. In ihrer Schulter rumorte Schmerz. Sie sah sich im Rückspiegel an und staunte, wie bleich ihr Gesicht war. Ihre Augen lagen in tiefen Kuhlen und glänzten glasig im wässrigen Tageslicht.

Sie fuhren den Berg am Südhang hinunter und folgten der kurvigen Straße entlang der Haarnadelkurven. Das Schwanken des Fahrzeugs verwandelte Robins von Alkohol und Medikamenten mariniertes Inneres in eine wallende Lavalampe. Sie kamen unten an, fuhren an der Rezeption vorbei und hielten vor der großen Straße. Das Subway-Schild leuchtete gelb im schwindenden Licht des Nachmittags. »Letzte Chance«, sagte Gendreau und spähte durch die Windschutzscheibe. »Möchte jemand eine Henkersmahlzeit?«

Lucas knurrte. »Einfach inspirierend, diese Zuversicht.«

»Bringen wir es hinter uns«, drängte Robin. Bei jeder Bewegung des Suburban wollte sie sich übergeben. Dass der Wurm-Arm währenddessen ständig in Bewegung war und sich immer wieder anspannte, war auch nicht gerade hilfreich.

Sie bogen auf den Highway ein und fuhren unter der Interstate hindurch Richtung Blackfield. Robin zog den Ärmel zurück und enthüllte das rot-schwarze Tentakel, und Wayne schob sich unmerklich von ihr weg. Der Anblick, wie er sich ans Fenster drückte, machte ihr zu schaffen und hinterließ ein Gefühl tiefer Verlegenheit.

»Oh, mein Gott«, sagte Sara. »Was zum Teufel ist *das*?«

»Laut Gendreau ist es mein neuer Arm.« Robin nahm das Tentakel so in die Hand wie Gendreau zuvor, und die Wurstschlange lag über ihre Hand drapiert wie ein Schmuckstück, das präsentiert wird. Nicht nur war es noch mal ein gutes Stück gewachsen, während sie sich zum Aufbruch bereit gemacht hatten, sondern es war jetzt auch so dick wie ein Finger. »Offensichtlich habe ich Theresas Gabe für Verwandlung aufgenommen, als ich ihren Herzweg geschlossen habe, und deshalb wächst jetzt … *etwas* anstelle meines Arms.« Sie hoffte, es würde nicht ewig ein Tentakel bleiben. Ein zwei Meter langer Tintenfischarm würde die Beziehung zwischen ihr und Kenway definitiv belasten.

»Da sind jetzt noch *zwei*«, sagte Wayne.

Sara beugte sich vor. »Gott, sie verflechten sich.«

Aus den Augenwinkeln sahen die Ranken aus wie eine Art Zopf aus Salamiwurstpeitschen. Die Übelkeit verwandelte ihren Magen in einen Betonmischer, und saurer Speichel sammelte sich in ihrem Mund.

»Halten Sie an«, schrie sie fast und schnallte sich los.

Sobald Gendreau an den Straßenrand gefahren war, stieß Robin die Tür auf. Sie kniete sich auf den Seitenstreifen und erbrach sich ins trockene braune Grass, beobachtet von einer Wand aus Kiefern und einer verrosteten Getränkedose. Das Tentakel unter ihrem T-Shirt schlängelte und rekelte sich.

Erschöpft hielt sie inne, versuchte, zu Atem zu kommen, keuchte durch die raue Kehle. Jemand stieg aus, und ehe sie sichs versah – oder ihn aufhalten konnte –, ging Kenway neben ihr in die Hocke. »Du hast nicht genug Haar, das man aus dem Weg halten könnte, wenn du dich übergibst«, sagte er. Aus dem Jeansbein ragte die Prothese und leuchtete matt. »Aber zumindest kann ich dir beim Aufstehen helfen.«

Tränen rannen über ihr Gesicht (wann hatte sie angefangen zu weinen?), noch einmal spuckte sie und wischte sich den Mund mit dem T-Shirt-Kragen ab – was man nur tut, wenn man nicht daran gewöhnt ist, sich in Gegenwart zivilisierter Menschen zu bewegen –, aber Kenway hielt schon eine zerknüllte Serviette bereit. Sie wischte sich das Gesicht ab, als würde sie Käfer von einer Stoßstange reiben.

»Abgesehen von Heinrich – und bei dem bin ich mir nicht einmal sicher –, ist die letzte Person, die sich irgendeinen Deut um mich geschert hat, vor Jahren gestorben. Mom war alles, was ich je hatte. Sogar in der Highschool.« Der Wind zupfte und schob an dem zusammengeknüllten Papier in ihrer Hand. »Ich weiß nicht, was ich von dir halten soll. Du bist mir echt ein … ein Rätsel, Mann. Ein Geheimnis, das ich lüften muss. *Was* siehst du denn in mir?«

»Diese YouTube-Abonnenten«, sagte Kenway. »Wie viele – vier, fünf Millionen Leute? Ich habe niemals auch nur fünf Millionen Leute *gesehen*. In dieser Stadt leben nicht so viele Menschen. Und du läufst herum und denkt, du bist allein im Leben.« Er schüttelte den Kopf.

Rauchiges, sarkastisches Lachen. »Dieses Leben ist so abgefuckt, Kenway.« Sie blickte zu ihm hoch. »Dämonen. Hexen. Magier. Geisterhunde. Willst du da wirklich dazugehören?«

»*Gehöre* ich dazu?«

»Ich fände es schön.«

Sein Bart teilte sich und enthüllte ein Lächeln, das so warm war wie Sonnenschein. »Ja. Ich glaube, ich fände es auch schön.«

Robin lachte und strich sich mit ihrer Hand durch den wilden Iro. Das Namenskettchen aus dem Krankenhaus, das sie am Handgelenk trug, kratzte über ihre Stirn. Sie hatte es völlig vergessen. Sie biss in das Papier, bis es riss, hielt es in den Wind und schaute zu, wie es zuckte und tanzte. Ihre Finger ließen los, und das Band flog in den Nachmittag davon und rollte am Straßenrand entlang wie eine Steppenhexe.

»Ich habe mich noch gar nicht für deine Rettung im Weingarten bedankt.« Sie blinzelte in den Wind und betrachtete Kenways Gesicht. »Es wäre zwar nicht nötig gewesen …«

»Offensichtlich.«

»… Offensichtlich, aber mir hat noch nie jemand geholfen.«

Mitgefühl zeichnete sich auf den Gesichtern der Magier ab, die dem Zwischenspiel vom Wagen aus zusahen. »Jetzt hast du jede Menge Hilfe.« Kenway streckte die großen Hände aus, legte sie ihr ans Kinn und wischte die Tränen mit den rauen Daumen von ihren Wangen. »Ob es nun nötig ist oder nicht.«

Underwood Road. Das Straßenschild am Rande des Asphalts zitterte zwischen stoppeligen, abgeknickten Hickory-Sprösslingen im Wind wie ein alter Mann, wie eine Wetterfahne, die in von der Zivilisation übersehene Richtungen zeigt. Der Suburban parkte noch immer am Straßenrand, wo sie ausgestiegen war, um sich zu übergeben. Robin lehnte am Wagen, dessen Tür offen stand, hatte die Stirn auf den Arm gelegt und den Arm auf die Karosserie und versuchte, mit frischer Luft ihren Magen zu beruhigen.

»Alles okay?«, fragte Wayne. Er hatte seine Brille abgenommen und putzte die Gläser mit dem T-Shirt.

»Ja, es war nur … das Oxycodon, der Bourbon, der enge Wagen, *dieses* Ding …« Sie zuckte mit der Schulter, aus der

der Blutwurm hing. »War alles ein bisschen viel für mich. Da brauchte ich frische Luft.«

»Bist du sicher, dass du das wirklich heute erledigen willst?« Kenway stand neben ihr. Er folgte ihrem Blick zu dem Straßenschild und legte ihr die Hand auf den Rücken. Das Tentakel rollte sich zusammen, und sie spürte Kenways Anspannung, aber er zog die Hand nicht weg. Gott, dafür liebte sie ihn. Ehrlich.

Ohne Frage hatte sie ihre Zweifel; ihre Mutter war inzwischen seit einem halben Jahrzehnt in diesem Baum eingesperrt, und ein paar Tage würden keinen Unterschied machen.

Trotzdem …

»Die haben Leon«, sagte sie. »Wir können ihn nicht im Stich lassen.«

Vor Dankbarkeit löste sich Waynes starre Miene. Sie sah, dass er etwas sagen wollte wie: *Mein Dad ist hart im Nehmen, er würde es verstehen, wenn du erst mal wieder auf die Beine kommen möchtest, bevor du in die Hölle ziehst,* aber vor Erleichterung und weil er seinen Vater unbedingt retten wollte, hielt er den Mund. Sie ließ sich auf ihren Sitz fallen und zog den Gurt über den Schoß. »Auf geht's. Man muss die Feste feiern, wie sie fallen. Und das Eisen schmieden, solange es heiß ist.«

Kenway hing in der Tür und blickte sie prüfend an.

Schließlich kletterte er hinten in den Suburban, und sie zog die Tür zu, *bong.* Gendreau setzte den Blinker, ließ einen Camaro vorbeizischen, fuhr zurück auf den Highway, zog über den Mittelstreifen und bog in die Underwood Road ein.

Der Magier fuhr wie in einem Werbespot. Seine blassen schlanken Finger hielten das Lenkrad zart und geschäftsmäßig wie ein Chauffeur und steuerten die gewundene Underwood Road entlang. Georgias allgegenwärtige Baumskelette grenzten sie mit Stämmen ein, die noch vom Wochenendregen erdbeerrot gefärbt waren.

Betreten verboten. Das Schild war an einen Baum genagelt und mit Schusslöchern durchsiebt.

Robin fiel plötzlich auf, dass es im Süden eine Menge dieser Schilder mitten in der Wildnis gab, als hätten die großen Landnahmen der Kolonialzeit nie wirklich geendet, und als wäre die Gegend immer noch in tausend unsichtbare Grundbesitze zerschnitten. Diese Schilder sah man im Norden selten, in New England fast gar nicht, außer in der Wildnis von Maine und in manchen Gebieten des Staates New York. In der Kommune in Oregon hatten ebenfalls welche gestanden, aber vor allem weil die Vorbesitzer, Jäger, sie aufgestellt hatten; die Hexen brauchten sie nicht, *wollten* sie auch nicht, denn es *gefiel* ihnen, wenn uneingeladene Besucher vorbeischauten.

Welcome, sir, have a seat, have a beer, welcome to the Hotel California.

Was sie alles gesehen hatte, während sie Heinrichs Führung folgte, seine Befehle ausführte … Die menschlichen Fingerknochen, die als gruselige Windspiele an Veranden hingen, die Schädelschüsseln mit verbranntem Blut, die verrottenden Gestalten, die in Eisenkäfigen an Galgen hingen – wie Mumien, geschrumpelte Papierhaut, die an dünnen Knöchelchen klebt, Hände, die sich um knotige Knie krallen, steife Lippen, die sich über vergilbte Schädel spannen –, die Schreie von Kindern, die in Kellern eingesperrt sind, deren kindliches Denken durch die Gabe der Illusion verdreht war. Ja, es funktionierte in beide Richtungen, die alten Weiber konnten dich Dinge sehen lassen oder dich dazu bringen, Dinge *nicht* zu sehen.

Aber diese schrecklichen Anblicke blieben zunächst begraben, tief unter der Oberfläche, Erinnerungen wie Haie, die mitten in der Nacht hervorkamen und die Zähne zeigten. Diese Kinder, die sie gerettet hatte, werden eines Tages erwachsen sein und dann mitten in der Nacht neben ihrer Ehefrau oder ihrem Ehemann im Bett hochfahren, während die schäumende Sturmwelle eines Albtraums abklingt und die Dunkelheit des Schlafes hinterlässt. Albträume davon, was sie als Kinder gesehen, aber als Erwachsene vergessen hatten, Kindheiten, die von lächelnden Hexen mit Eis in den Augen gestohlen wurden, von Kobolden, die sie gefressen hätten – oder schlimmer, ihnen das Herz für eine alterslose Leichenkönigin entrissen hätten –, wäre da nicht diese punkige Hexenjägerin aufgetaucht mit dem silberglänzenden Dolch in der Hand.

In solche Gedankengänge war sie vertieft, als Gendreau vor einem Stoppschild hielt.

Ein anderer Highway kreuzte die Underwood Road. Robins Augen schweiften nach Norden, und sie sah, dass die Straße bis zu Miguels Pizzeria in den Bergen führte. Kenway hatte diese »Abkürzung« genommen, als er sie zum ersten Mal zu ihrem Wagen zurückgefahren hatte, wo sie dann elendig geil in Dunkelheit und Kälte gelegen und an die Decke gestarrt hatte.

»Sind wir dran vorbeigefahren?« Vielleicht hatte sie nicht richtig aufgepasst – für ein paar Minuten war sie mit sich selbst beschäftigt gewesen.

Verwirrt drehten sich alle zu ihr um. Robins bleiches Gesicht spiegelte sich in Lucas' schwarzer Sonnenbrille. »Vorbeigefahren?«, fragte der Magier. »Könnte das sein? Ich kann mich gar nicht daran erinnern, durch die Siedlung gefahren zu sein oder den Wohnwagenpark auf der linken Seite gesehen zu haben.«

Gendreau sagte über die Schulter: »Soll ich wenden und zurückfahren? Oder sind wir auf der falschen Straße?«

»Die Straße ist richtig«, antwortete Lucas. »Underwood Road.« Er griff unter den Sitz, zog einen Ordner hervor und öffnete ihn. »So steht es in der Akte. Ich meine, wir waren kürzlich abends hier, und wir haben uns doch nicht verfahren.«

»Es ist die richtige Straße.« Robin betrachtete die Straße hinter ihnen. »Etwas anderes stimmt nicht.«

Der Suburban setzte auf die Gegenfahrbahn vor und vollführte eine Kehrtwendung zurück auf die Underwood Road. Gendreau steuerte wieder in den Wald. Diesmal hielt sich Robin an der Kopfstütze vor ihr fest und suchte die vorbeiziehende Straße nach bekannten Wegmarken ab.

Strommasten standen in stetem Takt auf der rechten Seite des Wagens, und fast jeder Baum und jedes Schild waren ihr nach fast zwanzig Jahren vertraut. Sie folgten erneut dem bekannten Schwung und der leichten Wellenform der Straße, doch diesmal fuhr Gendreau fast so langsam wie bei einer Beerdigungsprozession; der Asphalt gurrte unter ihren Reifen, die Bäume zogen im Schritttempo vorbei.

»Sekunde mal«, sagte Robin.

Sie starrte links aus dem Suburban, wo ein Strommast am Straßenrand aufragte.

Kenway meldete sich von hinten: »Was gibt es denn?«

»Die Strommasten sind jetzt auf der linken Seite.« Robin drehte sich um und schaute über Kenways Schulter durch das Heckfenster. »Die Leitung überquert die Straße am Lazenbury-Haus. Das weiß ich, weil sie bis zu meinem alten Haus auf unserer Seite und dann über die Straße geht, zu einem Transformatorenhäuschen vor dem Lazenbury, von wo die Leitung zur Hazienda und zum Wohnwagenpark führt. Von dort aus bleibt sie auf der Seite, bis sie am Highway zur Pizzeria geht.«

Gendreau wendete in drei Zügen, und nun war die Leitung auf der rechten Seite.

Nachdem sie ein Stück gefahren waren, stellte Lucas fest: »Hier wechselt die Leitung die Seiten.«

»Karen Weaver versteckt das Haus.« Sara Amundsen spähte durch das graue Fenster nach draußen. Die Tönung überzog die Welt draußen mit einer trüben Düsternis. »Ich weiß es. Sie hat fast fünfhundert Meter einfach aus der Straße rausgeschnitten. Als hätte sie die Mitte aus einer Schnur geschnitten und die beiden Enden wieder verknotet.«

Gendreau legte den Rückwärtsgang ein, und sie fuhren jaulend rückwärts, erst langsam, dann schnell, bis sie fast in westliche Richtung rasten. Der Motor heulte und surrte wie ein elektrischer Rennwagen.

»Stopp«, sagte Sara. »Ich steige mal kurz aus.«

Sie hielten schräg in Richtung Osten. Robin machte die Tür auf und stieg aus. Kenway und Sara folgten ihr. Die Illusionistin zog sich die Mordhorn-Perücke vom Kopf und warf sie auf den Rücksitz. Der Wind fuhr ihr durch das leuchtend rote Haar.

»Dort drüben. Da kann man es sehen.« Sara zeigte nach Osten und auf die südlich gelegene Straßenseite.

In zwanzig Metern Entfernung ragte ein splittriger Holzmast in die Höhe, auf dessen Spitze die elektrischen Komponenten saßen. Die Stromdrähte kamen von den Isolatoren und ragten knapp zehn Meter in die Luft, wo sie dann einfach *verschwanden,* als hätte Gott sie mit einem riesigen Radiergummi einfach weggerubbelt.

»Was zum Teufel?«, sagte Kenway und beschattete die Augen, weil der weiße Himmel blendete. »Sind wir im Bermudadreieck oder was?«

In der unaufhörlichen Armee von Bäumen um sie herum sah man keinen Unterschied, doch wenn man auf die Stromkabel achtete, entdeckte man die Stelle, wo Weaver das Lazenbury-

Haus mit seiner Umgebung herausgeschnitten hatte. Die Kabel erschienen auf der Nordseite der Straße aus dem Nichts und führten zu den Isolatoren am nächsten Mast.

»Kannst du den Spuk beenden?« Gendreaus Stock klackte beim Gehen zweimal auf die Straße, und dann zeigte er mit der Spitze auf die seltsame Brechung. »Oder rückgängig machen?«

Sara holte ein Stück Kreide aus der Tasche und zeichnete eine zunehmend komplizierter werdende Serie von Zeichen und Symbolen auf den Asphalt: konzentrische Kreise, Worte in einer fließenden, unlesbaren Schrift, geometrische Formen und Linien, die sich kreuzten. Je mehr sie zeichnete, desto dunkler färbte sich ihr Gesicht vor Ärger, bis die Kreide zerbrach und Sara aus ihrer knienden Position aufsah. »Ich kann nicht mal die Ränder finden. Bis auf diesen Linseneffekt bei den Kabeln ist das Ganze praktisch nahtlos. Es ist, als wollte ich einen Notausgang von außen aufmachen, nur gibt es hier nicht mal eine Tür. Es ist eine kahle Wand, von der ich weiß, dass auf der anderen Seite eine Tür ist.«

Verzweifelte Befriedigung erfüllte Robin. »Sehen Sie, wie mächtig die sind?«, fragte sie und versuchte, nicht selbstgefällig zu wirken.

»Das war *mir* immer klar.« Gendreau verzog säuerlich beleidigt das aristokratische Gesicht. »So etwas sehe ich nicht zum ersten Mal, Miss Martine … Aber bisher nie so perfekt. Bei den anderen konnte man gewissermaßen die Finger unter die Illusion schieben und sie wie einen Stein anheben, um die Würmer darunter zu entdecken. Hier … Ich finde nicht den Punkt, wo die Illusion im Geflecht von Raum und Zeit anfängt und endet. Sie ist absolut bündig mit der Realität.«

Ein Vogel segelte über die Bäume, eine große schwarze Krähe. Als sie sich der Stelle näherte, wo das Kabel verschwand, erwartete Robin, dass sie im Nichts verschwinden würde, wenn sie die unsichtbare Grenze überquerte und möglicherweise kurz darauf wiederauftauchte, doch sie flog vorüber und flackerte nicht einmal.

Während sie dem Vogel hinterherstarrte, schoss ihr eine Idee durch den Kopf. Sie drehte sich zu Gendreau um. »Kann man etwas *wegzaubern*?«

»Davon habe ich noch nie gehört, aber ja, ich denke, es sollte möglich sein. Ich meine, man kann Dinge *zaubern* …«

»Warum können Sie es dann nicht wegzaubern? *Es verschwinden lassen?*«

»Das würde erklären, warum die Illusion so fein aufgelöst ist.« Gendreau betrachtete das Ende des Stromkabels und rieb sich die Mundwinkel. »Ja … ja, vielleicht hat sie das gemacht, und nicht … ja …« Er schob eine Hand in die Öffnung seines Anzugblazers, nachdem der Ochsenziemerstock auf dem Boden zur Ruhe gekommen war. »… Es ist gar keine Illusion, nicht? Weaver hat die Umgebung des Hauses weggezaubert. Sie hat eine Tasche aus dem Stoff der Realität genommen und den Schlitz zugenäht, sie sozusagen isoliert wie eine versteckte Tasche im Saum einer Jacke.« Er stand da und starrte in den Himmel, während sein Verstand auf Hochtouren lief. »Wir finden keine Lücke, weil es keine gibt.«

Sara verschränkte die Arme. »Ich habe ein Rätsel: Wie kommt man in ein Haus, das keine Tür hat?«

»Man macht sich eine«, schlug Wayne aus dem Suburban heraus vor.

Robins Kopfhaut kribbelte vor Aufregung. »Ja! Dein Ring!« Sie ging auf ihn zu, während er aus dem Wagen stieg, und drückte den Jungen mit ihrem einen Arm an die Brust. »Dein Ring! Mit dem können wir hineinkommen!«

Er grinste, zog die Kugelkette aus dem T-Shirt und brachte den Ring seiner Mutter Haruko zum Vorschein. Gendreau und Sara kamen dazu, und der dünne Magier beugte sich vor, bis sein Kopf auf einer Höhe mit Waynes war, und stemmte die Hände auf die Knie.

»Das ist er?«, fragte er. »Dieser Ring öffnet magische Türen?«

Aus dem Mund dieser Gestalt klang es unendlich albern, aber es gab keinen anderen Weg. Das Leben ist verrückter als jeder Roman, heißt es. Wayne erklärte, wie es funktionierte. »Und von der dunklen, unheimlichen Version meines Hauses führen Türen zu anderen Orten in der Stadt.«

»Wie bei einem zentralen Flur. Das einzige Problem ist: Im Düsterhaus ist der Dämon eingesperrt und wartet auf Beute, die sich in seinen Käfig verirrt. Und ich wette, er würde nicht nur Magie verschlingen.«

Einige Minuten später waren sie wieder in der Stadt. Als der Suburban über einen Hügel glitt, wurden sie vom Gedränge der Zivilisation begrüßt. Gendreau fuhr zu einem Sonic Drive-in, damit sie etwas zu trinken hatten, während sie ihren nächsten Zug planten. Robin bestellte eine Sprite, um ihren Magen zu beruhigen, lehnte sich zurück, nippte an der Limonade und entspannte sich, als die kühle Flüssigkeit durch die Brust in ihren Bauch rann und das feste Band der Unruhe um ihre Lunge löste.

Ihr Herz rumorte fieberhaft im Käfig ihrer Rippen, pochte bis in den Arm und in die Füße. Gendreau ließ den Suburban an, manövrierte aus der Parklücke beim Sonic und fädelte sich in den Verkehr ein. Sie wusste nicht, wohin er fuhr, er aber auch nicht; scheinbar ziellos fuhr er durch Blackfield und schindete Zeit.

»Sie bluten«, sagte Sara.

Robin schlug die Augen auf und untersuchte ihr T-Shirt. Von oben von der Schulter an der Seite hinunter zog sich ein feuchter roter Streifen, und als sie den Saum zurückzog, sah sie, dass er sich bis zur Jeans ausbreitete. Die Übelkeit kehrte zurück, wurde jedoch von der kühlen Limonade gemildert.

Vom Vordersitz schob sich eine Hand nach hinten und umklammerte einen Stapel Servietten: Lucas, dessen Augen sich weiterhin hinter dieser schwarzen Sonnenbrille verbargen.

Sie nahm die Servietten und drückte sie gegen die Operationsnarbe, tupfte das Blut ab und keuchte, als sich der Schmerz darunter entlud. Der Tentakelzopf zuckte heftig unter ihrem T-Shirt und zeichnete rote Kreise und Striche über ihren Bauch.

»Tut mir leid wegen der Sauerei, die ich in Ihrem Wagen veranstalte, Andy«, zischte sie Gendreau durch die Zähne zu.

»Ist nur gemietet«, erwiderte er ruhig, ohne sich umzudrehen.

Im Wagen breitete sich Stille aus. Robin zog ihr T-Shirt hoch und tupfte das Blut ab, das um das Ding in ihrer Schulter herum austrat. Es hatte jetzt den Durchmesser eines Gartenschlauchs, drückte die Klammern heraus, löste die Naht und dehnte die Wunde auseinander. Der Hautlappen innerhalb der u-förmigen Narbe lag jetzt wie eine verschrumpelte Epaulette über den Tentakeln. Inzwischen waren es fünf, die sich zu einem harten, aber flexiblen Strang verflochten. Es fühlte sich an wie warmes feuchtes Gummi.

Lucas' Hand erschien abermals, diesmal mit einer Rolle Klebeband.

Robin nahm sie verwirrt entgegen. »Wofür ist das denn?«

Er reichte ihr noch mehr Servietten. »Kleben Sie die über die, äh …« Mit den Fingerspitzen zog er einen Kreis um seine Schulter wie bei *Karate Kid.*

Robin klemmte sich das T-Shirt unter das Kinn, damit es

nicht im Weg hing, und saß grübelnd da, während sie überlegte, wie sie den Verband mit einer Hand anbringen sollte.

»Kommen Sie, ich helfe Ihnen«, sagte Sara und griff nach Klebeband und Servietten.

»Danke.«

Sara drückte die Servietten auf den Stumpf. »Hier, können Sie mal halten?«

Sie presste die Servietten auf die Stelle und sah die Frau an. Sara Amundson hatte die Ausstrahlung einer klassischen Hollywood-Sängerin, sie war vollbusig und hübsch, ihr rotes Haar wallte wie das von Aphrodite auf die Schultern. Offensichtlich hatte sie Robins Blick bemerkt, denn sie sagte trocken: »Schon gut. Ich habe schon Schlimmeres gesehen. Was halten Sie von unserem Angriffsplan?«, fragte sie, um ihre Patientin abzulenken.

Robin dachte kurz darüber nach und trank einen Schluck. »Wayne, wie bist du beim ersten Mal in das Düsterhaus gekommen? Gibt es eine spezielle Methode, um da von hier aus hinzugelangen? Du hast gesagt, du bist von deinem Krankenhauszimmer aus reingegangen.«

»Ja«, antwortete Wayne, den Mund voller Hamburger. Im Mundwinkel klebte ein Stück Salat. Er wischte es mit dem Handrücken weg. »Aber dorthin können wir nicht zurück, weil Marissa und die Sicherheitsleute vom Krankenhaus dich dortbehalten würden, oder?«

»Ja, dahin kann ich nicht zurück. Jedenfalls im Augenblick nicht.«

»Na ja, ich und dieser Joe-elle kamen durch ein Gemälde in Kenways Wohnung.« Er kaute und schluckte ein Stück Hamburger. »Vielleicht kommen wir auch auf dem gleichen Weg wieder hinein.«

Ein alter Mann, der von seinem klapprigen *Sanford-and-Sons-*Pick-up selbst geerntete Lebensmittel verkaufte, stand von seinem Gartenstuhl auf und schaute zu, wie sie vorbeifuhren. Seine Hände spannten sich zu steifen Krallen an, sein Gesicht verzog sich langsam zu einer wütenden Grimasse. Er blickte nicht durch seine eigenen Augen, sondern durch die leeren Murmeln einer Katze, in denen das Tapetum lucidum kaltes metallisches Licht reflektierte.

»Hi-ho Silver, away«, sang Gendreau und fuhr wieder nach Norden.

»Weiter geradeaus.« Kenway gab dem blonden Magier Richtungsanweisungen zu seinem Atelier im historischen Viertel. Er erschreckte Robin, als er ihr aufmunternd die Hand auf die gesunde Schulter legte. »An der Bojangles fahren Sie rechts auf die Broad Avenue. Meine Wohnung ist ein paar Blocks weiter. Auf dem Fenster steht ›Griffin's Arts und Signs‹ mit einem großen roten Greif.«

Robin errötete, drehte den Kopf nach hinten und lächelte ihn an. Er zog die Hand nicht sofort zurück. Sein Blick schweifte von einem Auge zum anderen und zur Nase und zum Mund.

Du machst mir Hoffnung, dass ich diese Sache überlebe, dachte sie.

Das Fahrzeug der Magier näherte sich der vierspurigen Kreuzung von Broad und Main, und Gendreau zog auf die rechte Spur. Der Blinker tickte wie ein Metronom. Wie Gasflammen brannten seine Augen im Rückspiegel.

Eine dröhnende Hupe erschütterte den Suburban.

Grelle Scheinwerfer verwandelten das Innere des Fahrzeugs in einen blendenden Leuchtkasten. Robin fuhr herum und sah sich Auge in Auge mit der Front eines Müllwagens. Die Fahrertür ging auf, und ein Mann lehnte sich heraus. Jedenfalls hielt sie ihn für einen Mann: Er war so kahl wie eine Billardkugel, und seine Haut leuchtete in einem quaddeligen Wutrot.

Im welken Mund glänzten Zähne. Die Ohren waren schwarze Löcher, die wirr starrenden Augen lagen tief in ihren knorrigen Höhlen.

Für Robin sah er aus wie der Engel der Pestilenz.

25

Joel Ellis marschierte gedankenverloren durch Blackfield. Er hatte die Kapuze hochgezogen und die Hände in die Taschen gesteckt. Der Himmel drohte mit Regen, und teilweise hoffte Joel sogar darauf. Heute würde ihm Regen gut passen.

Gestern Nacht war die Hölle losgewesen, und irgendwie würde er sich sicherer fühlen, wenn es richtig heftig regnete, als könnte ihn ein Wolkenbruch vor den Fährnissen der Welt schützen. Vererbte Erfahrungen der Höhlenmenschen in den Windungen seines Hirns behaupteten standhaft, Ungeheuer hätten Angst, nass zu werden, und würden bei Regen nicht nach draußen gehen, weil sie sich den Elementen nicht stellen wollten; wenn er also mit Feuer und Speer in seiner Höhle blieb, würde ihm nichts passieren. Bei Regen geht niemand raus. Niemand schnappt dich, solange es regnet.

Mamas Haus hatte ein Blechdach (und wäre ihm das Geräusch von prasselndem Regen auf diesen roten Platten je willkommener gewesen als jetzt?), trotzdem war er heute Abend nicht dorthin unterwegs. Er wollte zum Comicladen. Von dort war es nicht weit bis zum Krankenhaus, und wenn er dort ankam, konnte er sich überlegen, wohin es weiterging. Im Augenblick war es nur wichtig, Schutz zu finden, und zwar nicht vor dem Regen. Wenn er sich entschied, zu Mamas Haus zurückzugehen (nicht *sein* Haus, immer *Mamas* Haus, obwohl sie dort seit Jahren nicht mehr lebte), könnte er einfach den Bus nehmen oder so. Oder sich Fishs Fahrrad ausleihen.

Sein Bruder hatte ihm einen Schlüssel zum Laden gegeben. *Wenn du mal aus diesem düsteren, stickigen Haus rauswillst.*

Beim Gehen betrachtete Joel den Schlüssel in seiner Hand. Der steckte in einer Captain-America-Kappe – das Griffende war mit Gummi überzogen wie ein Autoschlüssel, blau-weiß gestreift mit einem weißen Stern in einem roten Kreis. Es war ein Sicherheitsschlüssel für ein Sicherheitsschloss und fühlte sich in seiner Hand an wie ein Alien-Artefakt, wie ein Lichtschwert, wie Excalibur, wie ein Werkzeug, das einer wirklich wichtigen Person gehört.

Auf der Martin-Dupree-Brücke überquerte er den Fluss. Hinter ihm zog zischend und dröhnend der Verkehr vorbei, aber Joel bemerkte ihn kaum, während er immer wieder von Schluchzern geschüttelt wurde und kaum wahrnahm, wohin er ging. Er hielt sich am Geländer der Brücke fest und starrte durch die Tränen auf das dunkle Quecksilber zehn oder fünfzehn Meter unter ihm. Sein Herz brannte in der Brust und schnürte ihm den Atem ab, bis schwarze Punkte, Zigarettenlöcher auf einer Filmspule, seinen Blick sprenkelten. Wind wehte durch den Kanal und traf ihn wie kalte nasse Fäuste. Neben den Höhlenmensch-Neuronen drängte sich noch eine Stimme in ihm nach vorn, eine finstere, weniger verkümmerte Stimme, und flüsterte ihm ein, er solle springen. Der Verstand hielt dagegen, der Sturz würde ihn nicht umbringen. Aus dieser Höhe würde das Wasser nicht einmal wehtun. So würde es als spontanes Bad enden.

Falls sich jedoch unter der Wasseroberfläche Steine verbargen, könnte er sich die Beine brechen.

»Gottverdammt«, knurrte Joel den Fluss an und wünschte sich, er könnte das Geländer mit bloßen Händen aus dem Beton reißen. Es *fehlte* doch etwas, oder? Ein Ausgang, eine Hintertür – irgendwo, so begriff er plötzlich, hatte es immer einen Notausgang gegeben, und der war jetzt weg: Fisher war sein goldener Fallschirm gewesen für den Fall, dass das Wohnen in dem Haus, in dem ihre Mutter gestorben war, nicht mehr nur die Unfähigkeit darstellte, erwachsen zu werden, sondern zum Masochismus, vielleicht sogar zur Selbstkasteiung wurde. Zur Strafe dafür, dass er die Frau, die sie aufgezogen hatte, nicht wieder auf die Beine hatte stellen können. Natürlich war ihm im Hinterkopf klar, dass er eines Tages zur Einsicht kommen und einen Schritt vorwärts machen würde, und dann wäre Fish da gewesen und hätte ihm unter die Arme gegriffen.

Was passiert ist, war nicht deine Schuld, großer Bruder, hatte Fish eines Tages gesagt.

Glücklicherweise hatten sie sich zufällig bei Kroger getroffen. Joel war so betrunken gewesen, dass er schwitzte, und Fish versuchte, ihn zu überreden, im Laden zu bleiben und dort auszuschlafen. *Du konntest sie nicht aufhalten, und du konntest ihren Kopf nicht in Ordnung bringen, aber das war auch gar nicht deine Aufgabe. Manchmal verlieren Menschen den Verstand, und man kann nur dabei zuschauen und es ihnen ein bisschen leichter machen und dann weiterziehen.*

Fick dich. Joel war davongetaumelt und hatte das letzte Wort behalten (er hatte immer das letzte Wort, er musste immer das letzte Wort haben). *Du hast es nicht mal versucht.* Er hatte sich an der Registrierkasse umgedreht und seinen Bruder vor Gott und der Welt angeschrien. *Du hast nicht mal versucht, ihr zu helfen. Du bist weggelaufen und hast es mir überlassen, die Trümmer aufzusammeln!*

»Warum hat der nicht zuerst *mich* erschossen?« Trockene Vogelkacke zerrieb sich unter seinem Daumen wie Mehl. »Warum hat dieses Arschloch nicht den erschossen, der sowieso am Ende war? Warum nicht *ich*?«

Er blieb stehen, bis er die Beherrschung wiedergefunden hatte, dann ging er weiter und schaute seinen Füßen zu, wie sie über die Pflastersteine liefen.

Was sollte er mit dem Comicladen anstellen? Er hatte keine Ahnung, wie er den führen sollte. Er konnte bloß Pizza backen und hatte ein Gefühl dafür, die Farben seiner Kleidung aufeinander abzustimmen. Vielleicht konnte er ihn verkaufen. *Nein, du Idiot, du kannst ihn nicht verkaufen. Das ist alles, was du noch von Fisher hast.* Und was dann? Vielleicht könnte er in die Wohnung oben ziehen. Nein. Das würde nicht funktionieren. Mamas Haus war abbezahlt, Fish dagegen musste noch Raten abstottern. Solange er nicht mit dem Laden, der seit dem ersten halben Jahr nach der Eröffnung keine schwarzen Zahlen mehr geschrieben hatte, Gewinn einfahren konnte, würde er am Arsch sein. Seine mageren Ersparnisse halfen ihm auch nicht. Das Geld wäre sofort weg, wenn er es in kommerzielle Immobilien steckte.

Hatte dieser Junge mit dem magischen Ring nicht gesagt, Fish wolle ihm einen Halbtagsjob in dem Laden geben? Der Junge war ein Nerd. Vielleicht konnte er ihn irgendwie behalten. Wie heißt er noch? Wayne Newton? Nee, das war dieser weiße Kerl in Las Vegas. Wayne Parker? Parkin?

»Uff!«, grunzte er, als sich eine Frau vorbeidrängte und ihn aus seinen Gedanken riss.

Weiß. Mitte dreißig. Trug einen roten Kolani und schwarze Leggins, Goldringe im Ohr und Ugg-Boots. Ihr dunkles Kraushaar wallte hinter ihr her, während sie weitereilte. »Passen Sie doch auf, wo Sie hinlaufen!«, rief Joel ihr hinterher.

Eine andere Hand stieß ihm in den Rücken, und er fing sich am Geländer ab. Ein Mann in Members-Only-Jacke rannte vorbei. Joel stürmte wütend hinterher und packte seine Jacke. *»Was soll …«*, setzte er an, als sich der Kerl zu ihm umdrehte. Anstatt der verärgerten Warnung, die Joel erwartete, kam nur ein lächerliches Schlangenzischen aus seinem Mund wie von einem Vampir aus dem Film der Woche.

Die Augen des Mannes leuchteten jadegrün wie die von Katzen. »Scheiße, ey.« Joel fuhr zurück und riss die Fäuste hoch.

Members Only drehte sich um und sprintete weiter. Noch eine Frau folgte. Joel scannte jetzt die Parkplätze und Bürgersteige der Umgebung und erkannte, dass die Welt sich mit rennenden Menschen gefüllt hatte, während er mit gesenktem Kopf zugeschaut hatte, wie seine Füße über das Pflaster huschten. Aus allen Richtungen rannten Männer, Frauen und Kinder aus Leibeskräften nach Norden, manche bewegten sich dabei wie Schimpansen. Und alle waren in die gleiche Richtung unterwegs wie er: zur Broad Avenue.

Mit Verwirrung im Gesicht schob Joel den Captain-America-Schlüssel in die Tasche und begann ebenfalls zu laufen. Was immer dort vor sich ging, es konnte nichts Gutes bedeuten, und er wollte so schnell wie möglich eine Tür hinter sich abschließen.

26

Der missgestaltete Mann schrie etwas – oder besser *kreischte,* schrill und verrückt wie ein Pavian, doch über den Lärm des Radios des Suburban hinweg konnte sie ihn nicht verstehen. Dann zog er ein Gewehr aus der Kabine des Müllwagens, legte es in die Lücke zwischen Tür und Karosserie, *duckte* sich und starrte sie über das metallene Visier an.

»*Achtung!*«, brüllte Robin.

Ein donnernder Knall hallte durch die Straße, und in der Windschutzscheibe des Suburban erschien ein Loch und verwandelte die Glasfläche in helles Gespinst. Kenway suchte nach dem Griff der Heckklappe und öffnete sie, als Gendreau den Rückwärtsgang einlegte und aufs Gas drückte. Durch den plötzlichen Ruck landete er auf dem Boden. Die Tür schlug zu und verpasste nur knapp seine Füße.

»Kacke und Kampfschweine«, fluchte Gendreau atemlos und blickte über die Schulter. Das Lenkrad in seiner Hand zitterte.

Mit dem nächsten Schuss platzte das Beifahrerfenster und

hagelte als diamantene Splitter auf sie nieder. Robin sah wieder den blasenübersäten Mutanten mit seinem Gewehr, der ihrem Fluchtversuch zuschaute. Die Straße kreischte unter den Reifen, als Gendreau das Steuer herumriss und ein makelloses Schleuder-Wende-Manöver absolvierte, bis die Nase des Wagens in die entgegengesetzte Richtung zeigte.

»Super Aktion«, sagte Lucas, einen Fuß auf dem Armaturenbrett.

Unglücklicherweise fuhr der Wagen hinter ihnen mit normaler Geschwindigkeit weiter. Er war so nah, dass Robin die Panik auf dem Gesicht des Fahrers sehen konnte. Der Magier steuerte wild auf die richtige Fahrspur, und der Mann mit dem Gewehr schoss erneut.

Es fühlte sich an, als würde eine Bombe unter dem Wagen explodieren – nein, die Kugel hatte den hinteren linken Reifen getroffen. Vulkanisiertes Gummi klatschte rhythmisch gegen das Rad wie eine durchgedrehte Kriegstrommel – *FLATSCH-FLATSCH-FLATSCH* –, und der Suburban geriet ruckend auf den Bürgersteig und gegen einen Hydranten, den er umfuhr. Kalter Sprühregen ging in der Fahrgastzelle nieder. Der Wagen bewegte sich weiter und krachte vor eine Ziegelmauer.

Völlig verrückt: Kurz vor dem Aufprall sah Robin, wie Sara gegen Gendreaus Sitz schlug … und das Gesicht der Frau schien sich zu *verformen*. Eine Sekunde lang sah es aus, als hätte die Schockwelle eine digitale Maske verrutschen lassen und ihr Gesicht verzerrt.

Dann krachte Robins Gesicht vor Lucas' Kopfstütze.

Blut, dick wie Farbe, auf ihren Fingern. Aus ihrer Nase lief Blut über ihr Kinn. Robin wälzte sich herum und versuchte, den Sicherheitsgurt zu öffnen, wobei das Tentakelding unter ihrem T-Shirt so wütend rumorte, bis sich der provisorische Verband löste. Gendreau regte sich wie die Vogelscheuche aus Oz, die zum Leben erwacht, die Räder in seinem Kopf rasteten ein, Glas rieselte aus seinem platinweißen Porzellanpuppenhaar. Dann schüttelten alle, Sara und Kenway und Lucas, ihre Benommenheit ab und schoben wie neugierige Schildkröten den Kopf aus dem Panzer.

»Was zum *Teufel!*«, fauchte Sara fassunglos und wütend.

»Schick doch deinem Fahrlehrer mal eine Weihnachtskarte, weil er dir so wunderbar defensives Fahren beigebracht hat«, sagte Lucas. Er kämpfte mit dem Airbag in seinem Schoß und versuchte, sich davon zu befreien.

Außerhalb des Wagens schwoll ein eigenartiges Heulen an, eine ferne Sirene. Aber es war zu schrill, zu hoch, widersinnig, klein und vielstimmig wie eine Flotte von miniaturisierten Polizeiwagen. Deren winzige Metallräder kratzten über den Bürgersteig und eilten ihnen aus irgendeiner winzigen Polizeidienststelle zu Hilfe, und ihr Achterbahn-Heulen gellte durch den Abend. *Nein,* dachte Robin, als Wayne seine Brille fand und aufsetzte. Das linke Glas war herausgedrückt, und das Auge wirkte dadurch absurd vergrößert. *Das habe ich schon einmal gehört.* Die Metallräder waren das ferne Trampeln von Schuhen auf Asphalt.

Hexische Wesen.

Die gesamte Stadt Blackfield war hinter ihnen her.

»Wir müssen hier raus«, sagte sie zu den anderen, während die Panik ihr System überlastete. Lockeres Glas rasselte wie Pachinko-Kugeln durch die Lücken, als alle ihre Sicherheitsgurte aufmachten. »Wir müssen *weg.*«

Robin öffnete ihren Gurt und wollte ihre Tür aufdrücken, doch irgendetwas blockierte sie. Ein Zeitungskasten. »Die Stadt ist voller Katzenmenschen, und die sind alle hinter uns her«, knurrte sie. »Die zerfetzen uns in Stücke. Cutty spielt ihren

Trumpf aus. Das ist eine Katzenbombe. Die gesamte Stadt machte gerade auf *Nacht der lebenden Felidae.*«

Kaum hatte sie es gesagt, huschte ein Schatten über die wie Meerwasser schimmernde Windschutzscheibe, ein Arm schob sich durch das Beifahrerfenster herein, packte Lucas am Jackettkragen und riss ihn nach draußen. Sicherheitsglas zerbrach krachend an seinen Schultern. Durch die herausgebrochene Lücke sah Robin Menschen, die wie düsterte Tänzer in einem Moshpit hin und her wankten und dabei wilde Fratzen schnitten und die Hände wie Krallen hoben.

Weitere Arme schoben sich auf Gendreaus Seite herein, und er stach mit seinem Stock auf sie ein. »Zurück! *Zurück, verflucht, alle miteinander!*«

Kenway öffnete die Hecktür, packte Robin am T-Shirt, suchte Halt an ihrer Achsel und zog sie durch den Laderaum. Draußen im schwindenden Tageslicht blieb Robin kurz auf der Stoßstange sitzen. Ein angeschlagenes Rücklicht warf seinen roten Schein auf ihr Gesicht. Aus einem Loch im Bürgersteig spritzte kaltes Wasser.

Alle drei bluteten wegen der Glassplitter; Kenways Hemd war an einer Schulter eingerissen, und in Saras purpurrotem Haar glitzerten Scherben. Sie hockte auf Händen und Knien und schaute sich mit blutüberströmtem Gesicht benommen um.

»Loslassen!«, schrie Lucas auf der anderen Seite.

Robin taumelte um den Wagen und wollte ihm helfen, doch jemand stieß sie an den hinteren Kotflügel des Suburban – eine große Frau in braunem Anorak mit Einkaufstasche am Arm. Die Frau zischte irre und versuchte, ihr die Kehle aufzukratzen. Kenway zerrte sie von Robin weg und schleuderte sie auf den Asphalt.

Robins Dämonententakel spielte verrückt, rumorte und

drückte sich schräg aus ihrem T-Shirt. Sie zog das blutige T-Shirt bis zur Schulter hoch und entdeckte einen grotesken Zopf aus Fasern, der ungefähr die Form eines Arms hatte und in der Mitte wie die makabre Imitation eines Ellbogens geknickt war. Feiner roter Pfirsichflaum wuchs auf der Rückseite ihres neuen Anhängsels. Auf dem Ende wucherten fünf dunkle Wurzeln glatt und hart wie Fleischhaken. Sie zwang diese Finger, sich anzuspannen, und daraufhin machten sie das tatsächlich und verbogen sich an den richtigen Stellen.

Das war das Erbe des zotteligen, monströsen Fremden, der über ihre Mutter hergefallen war, begriff sie plötzlich, als sie sich dieser neuen Normalität stellte, dieser inneren Dunkelheit, diesem heimtückischen, Fleisch gewordenen Zeugnis des Paktes ihrer Mutter.

Als sie jetzt gezwungen war, sich damit auseinanderzusetzen, konnte sie den Blick nicht abwenden. Sie hasste das Ding, und gleichzeitig war sie davon fasziniert. Sie ballte die Faust und schlug auf den Wagen.

Der Hieb hinterließ eine Delle im Blech. »Scheiße, ich bin am Arsch.«

Die Kreuzung wirkte wie eingefroren, überall standen Wagen im Leerlauf mit offenen Türen, Abgase bliesen aus den Auspuffrohren. Die Ampel wurde rot für die Fahrzeuge, die nirgendwohin fuhren. Ein lärmender Trupp Hexischer hatte sich um sie versammelt. Dutzende Menschen mit erfolgter Gehirnwäsche starrten sie aus grünen und gelben Katzenaugen an, spannten die Finger zu krummen Krallen an und fletschten mit blödem Grinsen die harmlosen menschlichen Zähne.

»Na, los!«, lockte Robin sie. *»Kommt doch her!«*

Einer löste sich aus der Gruppe und rannte fauchend auf sie zu, doch ihr geschmeidiger neuer Arm packte ihn an der Kehle, hob ihn hoch und schleuderte ihn zurück. Als Nächstes kam eine große Frau mit dummem Gesichtsausdruck und einer Carharrt-Jacke und stürmte auf sie zu. Robin wich aus und schlug ihr so hart vor den Kopf, dass sie in die Umstehenden zurückgeworfen wurde.

Aufgebracht stützten sie sich jetzt alle zugleich auf sie, eine wogende Masse von Leibern.

Hinter der wimmelnden Masse ragte der dunkle Schemen des Müllwagens auf wie ein glasäugiger grüner Monolith. Kenway kämpfte jetzt mit zwei Leuten, die beide versuchten, ihm ins Gesicht zu beißen. Der Pestilenz-Mutant feuerte erneut sein Gewehr ab, und einer der Hexenhelfer zuckte, als hätte er einen Stoß erhalten. Im Hals öffnete sich ein Loch, und Kenway wurde mit rotem Knorpel besprüht. Der Veteran schrie und schleuderte den Mann zur Seite gegen jemand anders.

»Wir müssen weg!«, schrie Robin Sara über das Tosen des Hydranten zu.

Jemand drängte sich durch die Menge, und zuerst wollte Robin nicht glauben, was sie sah – Joel Ellis? Wie konnte er ein Körperfresser sein, obwohl er eine *Algiz*-Rune hatte? Dann schrie Joel: »Mir nach! Los, kommt mit!«, und rannte in Richtung Osten die Broad Avenue entlang.

Der Waffennarr musste nachladen. Zeit, den Abflug zu machen.

»Folgt ihm!« Robin schob Sara und Kenway hinter Joel her und wandte sich wieder der Menge zu, wobei ihr ein Ellbogen ins Gesicht knallte. Ein Mann in Steppjacke hob sie in die Höhe und wuchtete sie gegen den Suburban, dann ging er ihr mit den Zähnen an die Kehle. Sie zog die Schultern zusammen, und sein bärtiges Gesicht drückte sich an ihre Wange, während er ihr sinnlose Katzenlaute ins Ohr heulte.

Plötzlich löste er sich von ihr und schwebte davon wie von einer unsichtbaren Kraft gezogen. Lucas Tiedemann hatte ihn im Nacken und am Hosenbund der Jeans gepackt.

Er schleuderte den fauchenden Mann in die Menge, als würde er nicht mehr wiegen als ein Koffer, ehe er sich wieder Robin zuwandte und in Richtung der anderen zeigte. »Laufen Sie, ich kümmere mich um die.« Sein Geheimagentenanzug war durchnässt, er selbst totenbleich – milchweiß sogar. Die Haut sah fast durchscheinend aus wie feiner Marmor. Er hatte die Masse des Mannes in *sich selbst* gechannelt und so seinen eigenen Körper schwerer gemacht, seine Haut widerstandsfähiger, und sein Herz hatte Schwierigkeiten, das Blut überallhin zu pumpen. Lucas war eine griechische Statue in schwarzem Anzug.

Bedauern schnürte ihr die Brust zusammen. »So sollte das echt nicht ablaufen …«

»Wir kannten das Risiko, als wir uns für diese Aktion gemeldet haben. *Los!*« Lucas stampfte ins Getümmel, Fäuste und Füße prallten von seinem steinharten Körper ab, Hexische hängten sich an seine Arme. *»ABLENKUNG!«*

Eine Hand zog sie am T-Shirt und am Arm. »Lassen Sie ihn seine Arbeit tun.« Gendreau, ernster Blick, das Haar ein Nest aus seidigem Flaum. Tiefe Furchen hatten sich auf seiner Stirn gebildet, Blut tropfte auf sein weißes Hemd. »Kommen Sie, gehen wir.«

Widerwillig überließ sie den Kampf Lucas und floh mit Gendreau und Sara eine Straße entlang, in der überall rennende Menschen unterwegs waren. Wenn Robin Fotografien davon gesehen hätte, wäre es ihr schwergefallen zu unterscheiden, ob die Bilder von einem Krawall bei einem europäischen Fußballspiel oder aus einer hinterwäldlerischen Kleinstadt in Georgia stammten. Zivilisten mit wilden Blicken strömten aus den Restaurants und Läden der historischen Altstadt, drängten aus Eingängen und stürmten auf die Straße.

Manche liefen seitwärts wie Affen und galoppierten auf allen vieren über das Pflaster; die meisten rannten wie Velociraptoren, die Schultern bis zu den Ohren gezogen und die Arme vor sich wie die Hände kriecherischer Pianisten, die auf eingebildete Steinways einhämmerten. Es machte den Eindruck, als hätte ein Produktionsassistent beim Dreh des Videos von Michael Jacksons »Thriller« zu viel LSD verteilt. Kenway führte die Flucht mit seinen Fäusten an und prügelte sich durch die aufgebrachte Menge. Robin wehrte sich mit einer Mischung aus dilettantischem Krav Maga und Hollywood-Kung-Fu, die sie von Heinrich gelernt hatte. Mithilfe ihres Dämonenarms war sie eine Naturgewalt und verteilte Schwinger und Tritte und Ellbogenhiebe vor die Brust und ins Gesicht ihrer Gegner.

Wütendes Gebell hallte von den Gebäuden entlang der Broad Avenue wider.

Das Gedränge der Hexendiener teilte sich, und ein riesiger schwarzer Hund kam aus dem Nichts angeprescht, den Mund voll grünem Napalm. Aus den Augen strahlte geisterhaftes Feuer wie beim Hund von Baskerville.

Die Hexischen liefen brüllend und kreischend in alle Richtungen auseinander. Sogar Robin blieb abrupt stehen, bis sie begriff, wen sie vor sich hatte. Die Kavallerie war endlich eingetroffen, um ihnen die Angreifer vom Hals zu schaffen. Gev der Kirchhofwächter.

Joel Ellis wankte zur Seite auf den Bürgersteig und starrte den flammenden Geisterhund an. Seine Miene drückte Unglauben aus, als würde er denken: *Teufel, das ist das Verrückteste, was ich je gesehen habe, und es wird garantiert noch schlimmer.*

»Wir verschanzen uns im Comicladen«, rief Joel ihnen zu

und hob die Arme. Er hielt etwas Buntes in der Hand. »Ich habe den Schlüssel!«

Der schreckliche Phantomhund trottete hinter ihm her und knurrte die Hexendiener an, die ihnen zu nahe kamen. Vor ihnen tauchten ein akkurat gesprayter Spider-Man und Batman auf, die Wandbilder der Schaufenster, die hinter dem Mob sichtbar wurden. Joel rannte zur Ladentür und rammte mit zitternden Händen den Schlüssel ins Schloss. »In was für einen Mist habt ihr dusseligen Weißen mich jetzt schon wieder reingezogen?«, wollte er wissen, während sich das Schloss mit lautem Klicken öffnete. »Menschen, die sich wie Katzen benehmen, Müllmänner, die auf mich schießen, und jetzt Dämonenhunde mitten in der Stadt?«

»Das spielt sich nur in deinem Kopf ab«, erklärte Gendreau ihm, als sie in den dunklen Laden huschten.

»Ja *klar.*« Joel winkte ab und verdrehte die Augen. »Spielt sich alles nur in deinem Kopf ab, Joel, alles nicht wirklich, Joel, jetzt zieh diese hübsche weiße Jacke an und nimm deine Medizin, Joel. Möge mir der Herr Kraft schenken.«

Sobald alle drin waren, drückte er die Tür gegen den hydraulischen Türschließer zu und schloss wieder ab. Robin zählte durch. Kenway, Gendreau, Sara, Joel und sie selbst. Sie spürte einen Stich im Herzen. *»Wo ist Wayne?«,* schrie sie und überraschte sich selbst. *»Wo …?«*

»Ich bin hier!«, rief jemand aus der Dunkelheit.

Vor Erleichterung wäre sie fast umgekippt. Robin tastete sich an ihren Freunden vorbei in die Tiefen des Comicladens, wo Wayne aus dem Schatten trat. Er hatte irgendwo eine Batman-Maske gefunden und zog sie sich über.

Sie riss sie ihm vom Kopf, rief damit einen beleidigten Schmerzenslaut hervor und drückte ihn an die Brust. »Ich dachte schon, wir hätten dich draußen gelassen, Kleiner.«

»Nee.« Er rieb sich das Ohr. »Ich bin hier.«

Sie stellten sich ans Fenster und schauten Gévaudan zu, wie er die Menge ablenkte und abwehrte, hin und her trottete und die hexischen Wesen wild anbellte. Joel beobachtete den Kirchhofwächter mit einer Mischung aus Hoffnung und Angst in den aufgerissenen Augen.

»Alles okay?«, fragte ihn Robin.

Er tauchte aus seinen Gedanken auf und blickte sie an. »Ja, ich glaube, ich habe ein Gespenst gesehen, das ist alles.«

Während die Hexendiener den Geisterhund austesteten, herantänzelten, auf seinen unfleischlichen Körper einprügelten und wieder zurücksprangen, verschwand Gev so unvermittelt wie das Bild, wenn jemand den Fernseher abgestellt hat. Seine plötzliche Abwesenheit verwirrte sie vollends, und mit leeren Augen wichen sie von der Stelle zurück, wo er gerade noch gestanden hatte.

»Weg vom Fenster, ehe sie uns entdecken«, warnte Gendreau.

Sie befolgten seinen Rat, zogen sich tiefer in den Laden zurück und versammelten sich in dem offenen Bereich, wo Fisher früher seine Kinonächte abgehalten hatte. Jemand stolperte polternd über einen Stuhl. Kenways Gesicht war im Dunkeln nur verwischt zu erkennen, das Licht von draußen funkelte in seinen Augen. »Wo ist eigentlich der Kerl im Blues-Brothers-Anzug geblieben?«

»Lucas?« Gendreau setzte sich schnaufend. »Dem geht es gut, glaube ich.«

»Warum sind *Sie* nicht mit Magie gegen die vorgegangen?«, fragte Kenway. »Sie sehen schließlich aus, als könnten Sie locker mit denen fertigwerden.« Er holte tief Luft und zog ein Gesicht, als hätte er Seitenstechen. »Sie sehen aus wie der dritte Mann bei Siegfried und Roy, der eine Herrenmodelinie entworfen hat.«

»Was für ein geistreicher Kommentar vom Lead-Sänger einer

Nickelback-Coverband. Wo sind denn Ihre Schleuder und Ihr Schild, Krieger?«

Kenway schnaubte verächtlich.

Die Atmosphäre im dunklen Raum kühlte merklich ab, während alle erstarrten, und einen unheilschwangeren Augenblick lang dachte Robin, Kenway würde dem Magier eine verpassen. Dann lachte er, schüttelte den Kopf und brach die Spannung.

»Ich habe mich am Kampf nicht beteiligt«, sagte Gendreau, »weil ich in Kampfmagie nicht, äh, versiert bin.«

Sara suchte sich ebenfalls einen Platz zum Sitzen. »Anders ist unser Sensitiver. Er ist unser … übernatürliches GPS. So haben wir Sie am Sonntagabend aufgespürt, und durch ihn wussten wir, in welches Krankenhaus man Sie gebracht hat. Er ist kein Kampfmagier.«

»Außerdem bin ich ein hervorragender Alchimist und verfüge über nützliche Heilkräfte – Entgiften, Krankheiten bekämpfen, kleine Wunden versorgen, solche Dinge.« Der schlanke Magier lehnte sich zurück und zupfte sein Jackett zurecht. »In Chile wurde ich vor sechs Jahren sogar offiziell zum *Curandeiro* ernannt, und manche nennen mich Don Gendreau, den Heiler von Caddo Parish.«

»*Manche* heißt ungefähr zehn bis zwölf«, krächzte Sara.

Sie hatte eine Rolle Papiertücher bei den Partyvorräten auf einem Tisch in der Ecke gefunden und wischte sich das klebrige Blut von der Stirn. Gendreau stand auf, ging zu ihr und hielt die Hände vor ihr Gesicht. »Komm, Liebe, lass mich einen Blick draufwerfen.« Er schnalzte mit der Zunge und strich ihr übers Haar. Seine zarten Hände erkundeten die Wunde am Haaransatz und fuhren hin und her. Mit der Fingerspitze malte er feine Zeichen auf ihren Schädel. »Armes Ding; hast dir so übel den Kopf gestoßen, ja?«

»Oh, hör auf mit dem Betatschen und mach hin, bitte.«

»Okay, genug geplänkelt. Wir müssen uns überlegen, was wir jetzt machen«, sagte Robin. »Ich glaube, die nächste Runde mit den Thundercats draußen werden wir nicht überleben.«

Auf der Straße liefen wenigstens hundert Menschen hin und her, fingen miteinander Streit an und schnüffelten überall herum. Viele hatten die Kleidung ausgezogen, und drei brunsteten ausgelassen mitten auf der Straße. »Mann, ich habe noch nie so viele Hexische auf einem Haufen gesehen. Bisher war die größte Zahl in einem Casino in Nevada.« Einer der Hexendiener spähte durch die Lücke zwischen Spider-Mans Beinen, und seine Augen leuchteten weiß-grün in der schwarzen Silhouette des Kopfes.

Instinktiv duckten sich alle und schauten über die Kante eines Regals. »Dunkelheit rettet uns nicht.«

»Wo ist dein Schilderladen, Kenway?«, fragte Wayne. »Vielleicht können wir uns dorthin durchschlagen.«

Der große Veteran dachte kurz nach und rieb sich die Nase mit dem Unterarm. Dann stemmte er die Hände in die Hüften. »Hm.« Er zeigte erst in die eine, dann in die andere Richtung, drehte sich um und deutete mit dem Daumen über die Schulter. »Ungefähr einen halben Block entfernt. Auf der anderen Straßenseite.«

»Der Kanal ist hinter uns, oder?«

Kenway schüttelte den Kopf. »Nein, der liegt hinter meinem Laden. Aber ich glaube, ich weiß, worauf du hinauswillst. Hinter *diesem* Laden gibt es einen Regenwasserabfluss. Das weiß ich, weil ich schon mal im Hof war, um Müll wegzubringen. Vermutlich läuft er an dem Bodenrost in meiner Garage vorbei und mündet dahinter in den Kanal. Du meinst, wir könnten uns da durchschleichen?«

»Ja.« Wayne stand auf, trat durch die hintere Tür und schob sich an der Leinwand vorbei, die von der Decke hing.

Joel folgte ihm. »Augenblick. Pass auf, dass du keinen Feueralarm auslöst.«

Das Adrenalin in Robins Körper wurde langsam abgebaut, und ihre Schulter sang halleluja. Sie setzte sich auf eine Sitzreihe, zog ihr T-Shirt nach unten und fummelte ihren neuen linken Arm aus dem Ärmel. Noch immer tropfte Blut aus der aufgebrochenen Operationsnarbe, und jetzt waren alle Stiche gerissen. Die Klammern ragten hervor und blieben im Stoff hängen.

»Wenn Sie mit Sara fertig sind«, fragte sie, »könnten Sie sich dann mal meine Schulter vornehmen? Die bringt mich um.«

»Bin gleich da.«

Im fahlen Licht, das von vorn aus dem Laden kam, betrachtete sie die faserige Oberfläche des Arms, die an einen festen Handschuh aus Reifengummi erinnerte, biegsam und trotzdem hart. Sie nahm ihre Dämonenhand in die menschliche Hand, wobei die seidigen kupferroten Haare über ihre Handfläche strichen, und spürte einen frostigen Schauer.

Weiß er Bescheid? Weiß Andras, wer ich bin? Was ich bin? Die nächste Frage lautete: *Wird er mich erkennen?* Aber das war ihr eigentlich gleichgültig.

Oder vielleicht auch nicht; dieser Dämon, der die Angst ihrer Mutter ausgenutzt hatte, sollte ihr ins Gesicht sehen und wissen, wer sie war, wenn sie ihn tötete. Rasende Wut wallte unaufhaltsam in ihr auf, und am liebsten hätte sie irgendetwas zertrümmert; sie wollte zerstören und vernichten. *Dieses Ding muss dafür sterben, was es meiner Mutter und mir angetan hat. Für das Leben, zu dem es mich gezwungen hat.*

»Wow«, sagte Kenway und lehnte sich auf den Tisch. »Dein Arm ist nachgewachsen. Echt voll süß.«

Robin nickte und rang sich ein Lächeln ab, sah aber nicht auf.

Als er weitersprach, wusste sie, dass sein Lächeln verschwunden war, dafür war seine Stimme kühl und tief. »Ich weiß, das ist verrückt. Und kaum zu begreifen. Keine Ahnung, was ich dir dazu sagen soll.« Er nahm ihre Hand in die eigene, und plötzlich fiel ihr auf, dass sie mit dem Andras-Arm fühlen konnte, sie *fühlte* Dinge, und verglichen mit der harten Dämonenhaut waren ihre Finger weich und warm und empfindlich wie die eines alten Mannes. Instinktiv wich Robin zurück. Sie wollte nicht, dass diese seltsame Dämonenhand ihn weiter berührte.

»Wenn mein Bein nachwachsen würde, wäre es mir egal, wie es aussieht«, sagte er. »Weißt du, ich wäre einfach glücklich, es zurückzuhaben.«

Ein krasser Gedanke schoss ihr durch den Kopf. *Ist er neidisch, dass der Arm nachgewachsen ist?* Hatte er vielleicht eine Art … Verwandtschaft oder Befriedigung empfunden, nachdem sie ihren Arm durch Theresa verloren hatte? Robin schob den Gedanken beiseite. *Ganz sicher nicht. Was für ein Mensch müsste er sein, um so zu denken?*

Ihre Befürchtungen lösten sich in Wohlgefallen auf, als er sich vorbeugte und sie auf die Stirn küsste.

»Ich mag dich trotzdem, so wie du bist«, sagte er und küsste sie erneut auf die Stirn. »Verdammt, ich finde, es sieht abgefahren aus. Jetzt bist du ein Superheld.« Endlich küsste er sie auf den Mund, ein angenehmes Gefühl, das von ihrer Brust ausging und Herzklopfen auslöste.

Robin legte ihren Menschenarm um ihn, zog ihn zu sich heran, presste ihre Lippen auf seine und erwiderte den Kuss. Sie spürte seinen Bart auf ihrer Haut.

»Danke«, sagte sie schließlich.

Ihre Wangen waren nass. Sie wischte sie mit der Dämonenhand trocken und zuckte zusammen, weil sich ihr Daumen so schroff anfühlte.

»Wofür?«

Sie wusste keine Antwort, daher küsste sie ihn wieder.

27

Der funkelnde Baseballschläger, dieser Swarovski-Kolben, glitzerte wie eine Diskokugel und sprühte Lichtpfeile in alle Richtungen von Fishers Videozimmer. Er fand ihn dort, wo sein Bruder ihn am Sonntagmorgen abgestellt hatte, an den Futon gelehnt, gleich neben einer halb vollen Tasse Kaffee, die er nicht ausgetrunken hatte. Joel starrte den Kaffee an und dachte an Fish und den seltsamen schwarzen Höllenhund. *Dieser Hund. Den habe ich auch am Säuresee gesehen, kurz nachdem … nachdem Fisher …*

Zum millionsten Mal feuerte die Pistole in Owen Euchiss' Hand Fisher ins Gesicht, und Joel schaute zu, wie sein Bruder träge in das Wasser kippte, das die Farbe von Galle hatte. Joel hatte die Augen geschlossen, doch er zuckte nicht, als ihm schwache Säure auf Gesicht und Brust spritzte.

Hier hingen Filmplakate an den Wänden. Thematisch gesammelt. Schwarze Heroinen. Pam Grier in *Foxy Brown.* Rosario Dawson als »Claire« in *Daredevil.* Letitia Wright als »Shuri« in *Black Panther.* Grace Jones als »Zula« in *Conan der Zerstörer.* Und zu guter Letzt Gloria Lynne Henry als »Rocky« in dem genialen Horrorfilm *Das Böse III.* Joel sah sie sich an und versuchte die nächste Panikattacke zu unterdrücken, die Bilder der letzten Augenblicke seines Bruders, die er nicht aus dem Kopf bekam. Beide hatten diese Frauen auf unterschiedliche Weise geliebt – Fisher hatte sich in sie verknallt, während Joel sie vergötterte, besonders Zula und Rocky. Grace Jones' wilde, unerschrockene Schönheit, und Gloria, die mit ihrem Nunchaku die Sphären des Tall Man kaltstellt, hatten Joel als Zehnjährigen begeistert. Und die Fade-Schnitte der Haare waren das Sahnehäubchen gewesen.

»Mister.«

Er fuhr hoch. Im Dunkeln konnte er Waynes Schatten ausmachen. »Haben Sie den Schlüssel für die Hintertür?«, fragte der Junge.

Das Videozimmer, Fishers kleines Heimkino, das eigentlich nur aus einem Futon in einem winzigen Raum mit einem dreißig Jahre alten Fernseher und einem Videorekorder bestand, hatte drei Türen: eine zum Laden, eine zur Treppe von Fishers Apartment im ersten Stock, und eine am Ende eines kurzen Flurs, der sich dem Zimmer anschloss. Sie führte in den Hof.

»Keine Ahnung.« Er zog den Ladenschlüssel aus der Tasche.

Sie standen im Dunkeln und sahen sich an.

»Tut mir leid wegen Ihrem Bruder, Mister Joe-elle.« Auf Waynes Brillenglas spiegelte sich das Licht aus dem Laden als gewölbtes Viereck. Das Auge hinter dem fehlenden Glas strahlte Herzlichkeit und Sorge aus. »Er war echt cool. Total nett.«

Joel seufzte und sah zu den Plakaten. Rocky posierte mit ihren Nunchakos und den anderen Schauspielern von *Das Böse III*, die kunstvoll um sie arrangiert waren.

»Er hat mir was Cooles beigebracht.«

Joel lächelte matt. »Oh ja? Was hat er dir denn beigebracht, kleiner Mann?«

»Anpassen und überwinden.«

»Ach, er hat dir Hulks Monolog erzählt«, sagte Joel. »Den habe ich auch schon ein paar Mal gehört. Der große grüne Bursche hatte es ihm echt angetan, was?«

»Ja.«

Joel entschied, lieber etwas zu unternehmen, anstatt weiterzugrübeln, und führte Wayne durch den kleinen Flur zum Notausgang. Je mehr er unternahm, desto weniger konnte er grübeln, und je weniger er grübelte, desto weniger sah er, wie das Hirn auf die Kinoleinwand in seinem Kopf spritzte.

Er tastete die Tür ab und fand einen Riegel, den er öffnete, und schob die Tür auf. Silbriges Tageslicht flutete herein. Dahinter lag ein schmaler Durchgang. Neben einer Stahltür in der Ecke, die zum Heizungsraum führte, waren Kisten gestapelt, und an der Wand gegenüber standen zwei Recycling-Tonnen. Ein Maschendrahtzaun begrenzte den Hof an beiden Seiten. Joel spähte hinüber zum Regenkanal, als aus dem Nichts eine dunkle Gestalt auftauchte, gegen den Zaun prallte und ihn zu Tode erschreckte. Er zuckte zusammen und hob den Glitzerschläger.

Dem Mann rann das Blut von den Schläfen und tropfte glänzend auf den schwarzen Anzug. Das Hemd war aufgerissen.

»Es ist Lucas«, sagte Wayne, öffnete das Tor und ließ ihn herein.

Der Magier taumelte in den Hof und wischte sich mit zitternder Hand Blut und Schweiß von der Stirn. Sein zuvor makelloser Anzug hing in schwarz-weißen Fetzen von ihm herab. »*Verflucht,* ich dachte, das ist mein Ende.« Er lehnte sich an die Wand. »Haben es alle geschafft?«

»Ja.«

Lucas klopfte sich stolz vor die Brust. »Dann war mein glorreiches Opfer nicht umsonst.«

Sie brachten ihn in den Comicladen, wo Sara ihn umarmte und Gendreau seine Hand schüttelte. »Gute Arbeit da draußen, Soldat«, sagte der selbst ernannte Curandeiro. »Wie bist du dem Mob entkommen?«

»Na ja, ich habe ungefähr zehn Sekunden durchgehalten, dann hatten sie mich auf den Rücken geworfen und mir die Scheiße aus dem Leib geprügelt.« Lucas ließ sich in die Sitzecke fallen, wo er eine Zigarette aus seiner Hemdtasche fischte und sich zittrig in den Mund steckte, sich nach einem Feuerzeug abtastete und keins fand. »Aber dann hörte ich Gebrüll – Sara hat sich eingemischt, oder? –, und alle rannten weg. Ich habe keine Ahnung, wo der verbrannte Kerl mit dem Gewehr geblieben ist, er ist weggelaufen, während sich die anderen mich vorgeknöpft haben.«

»Hervorragend. Wir sind alle unverletzt. Jetzt müssen wir uns in Bewegung setzen«, sagte Robin, stand auf und ging zur Hintertür. »Wir haben keine Zeit, herumzusitzen und zu schwatzen.«

»Immer mit der Ruhe.« Kenway bremste sie an der Leinwand. Sein Schatten zeichnete sich scharf auf dem riesigen weißen Tuch ab, und er legte die Hand auf ihren Ellbogen. »Warte mal einen Moment. Du kommst gerade aus dem Krankenhaus und hast einen Autounfall *und* diesen Mob hinter dir. Ich dachte, Gandalf sollte sich deine Schulter erst mal anschauen.«

Sie zögerte mit grimmiger Miene.

Sein sorgenvoller Blick wurde vorwurfsvoll.

Seufzend kam sie zurück, klappte einen den Kinostühle runter und ließ sich hineinfallen. Gendreau zog das Jackett aus und krempelte die Ärmel hoch. Sein Hemd war maßgeschneidert, aber ohne den Willy-Wonka-Blazer pufften es um die Ellbogen und wurde an den Manschetten eng. Mit dem platinblonden Haar, den arktischen Augen und dem nordischen Gesicht hätte er auch als Covermodel für einen Liebesroman oder eine Figur in einem Vampirroman von Anne Rice durchgehen können. »Also gut«, sagte er und zog Robins T-Shirt hoch. »Das tut jetzt vielleicht ein bisschen weh – ich muss zuerst die übrigen Hautklammern herausziehen, weil sie sonst vermutlich stören würden. Und dann muss ich die Wunde mit den Händen zudrücken.«

»Tun Sie, was Sie müssen, Doc«, sagte Robin. Sie warf den Kopf in den Nacken. »Ich habe eben noch mal zwei Schmerztabletten genommen. Ich dachte, das wäre okay, nachdem ich mich nach den ersten übergeben habe.«

Sie wirkte härter, routinierter, als er sie zuletzt gesehen hatte. *Das ist wahrscheinlich ihr Arbeitsmodus,* entschied er. *So sieht es vermutlich aus, wenn es losgeht und Robin Martine den Allradantrieb zuschaltet. Das, oder der Schmerz vermiest ihr die Laune.*

»Du verlangst zu viel von dir«, sagte Kenway.

Sie zeigte auf ihn. »Du hast keine Ahnung, was ich hinter mir habe …«

»Ich weiß aber, wie es aussieht, wenn du dich selbst fertigmachst«, erwiderte Kenway entschieden. »Ich habe mein Purple Heart nicht bekommen, weil ich bei McDonald's Burger gebraten habe. Lass den Sanitäter ran. Wenn nichts mehr von dir übrig ist, kannst du auch nicht mehr kämpfen.«

»Tut mir leid.« Robin zuckte, als Gendreau die verbogenen Klammern aus dem Arm zog. Ihre Augen waren rot gerändert. »Ich habe es nicht so gemeint. Ich wollte nur sagen … ich habe schon mehr von mir verlangt.«

Sie zog den Ausschnitt ihres T-Shirts auseinander und zeigte auf eine Narbe an der linken Seite ihrer Brust unter dem Schlüsselbein. »Das ist von einem Mädchen in Connecticut letzten Frühling. Die hat mit einer Küchenschere auf mich eingestochen. Hat das Herz um fünf Zentimeter verfehlt.« Sie zeigte auf winzige rosa Kommas, die ihre Arme und die Kante ihres Kinns sprenkelten. Die erbsengroße Beule am Ohr. »Kratzer. Von Neva Chandler und anderen. Gott, diese Miststücke kratzen immer. Bisswunden von einem Hund, mit dem Heinrich mich ausgebildet hat.« Sie zog das linke Hosenbein hoch und zeigte ihr Schienbein, obwohl man im Dunkeln nichts sehen konnte. »In Florida hat mich eine Schaufel erwischt, mit Knochenbruch. Ich habe mir drei Zehen und zwei Finger gebrochen.« Sie wackelte mit den Fingern ihrer rechten Hand. »Ich würde dir die gebrochenen Finger ja zeigen, aber die hat sich Theresa geschnappt. Zusammen mit dem Rest meines Arms.«

Je mehr Narben sie erklärte, desto verärgerter und genervter wirkte sie. Wütend schnallte sie ihren Gürtel auf, zog den Reißverschluss nach unten und schob mit einer Hand die Jeans bis zum Knie, sodass man ihren Slip sehen konnte. Ihre Stimme klang erstickt und rau. »Als ich diese Hexe in St. Louis abfackeln wollte, habe ich mir die Beine verbrannt …« Ihre Oberschenkel waren mit rosa verwachsenen Flecken alter Brandwunden überzogen. »Das mache ich jetzt schon eine Weile. Ich kann auf mich selbst aufpassen, verdammt. Also spiel nicht den Beschützer.«

»Es wäre hilfreich, wenn Sie stillhalten«, sagte Gendreau trocken.

Gereiztheit umwölkte ihr Gesicht. Ihr Blick tanzte kurz zu den Augen des Curandeiros, dann zog sie die Jeans wieder hoch.

»Wir sind alle ein bisschen im Stress«, fuhr er fort. »Deshalb sollten wir diesen kurzen Moment der Ruhe nutzen und uns ausruhen. Schaffen Sie das?«

Der Lärm der Meute draußen ließ langsam nach, bis nur noch gelegentlich ein Ruf zu hören war. Joel meinte, Polizeisirenen zu hören, doch aus so weiter Ferne, dass es auch Katzengeheul der Hexischen hätte sein können.

Kenway stand am Rand des großzügigen Bereichs für die Kinonächte und lehnte sich an ein Regal mit Actionfiguren. Die Beine hatte er gekreuzt, die Prothese vorn.

»Ich liebe dich«, sagte er nach einer Weile.

»Nein, du liebst mich nicht«, gab Robin zurück.

Er dachte einen Augenblick darüber nach. »Doch. Ich glaube, ich liebe dich.«

Sie schüttelte den Kopf. Ihre Stimme kratzte noch. »Sieh mich an. Sieh dir das Ding an, das ich jetzt als Arm habe. Du *glaubst* nur, dass du mich liebst. Warum sollte mich irgendwer lieben?« Die Dämonenhand spannte sich mit knirschendem Scharren an. »Sieh mich an. Das ist ein Stück von *ihm*. Meine dusselige Mom hat einen Deal mit ihm gemacht, und jetzt muss ich dieses verdammte Teil von ihm rumschleppen. Ich gehöre mit den anderen Teufeln in die Hölle.« Sie schnitt eine angeekelte Miene, biss die Zähne zusammen und ballte die Dämonenfaust. Durch die Zähne knurrte sie. »Was soll das überhaupt sein?«

Gendreau wusste darauf keine Antwort. Auch sonst niemand. Sara gab vor, sich auf das Säubern ihrer Fingernägel zu konzentrieren, während Lucas einen Comic las. Kenway starrte, die Stirn gefurcht, auf den Boden, als würde er ausgeschimpft.

»Es gehört zu *dir*, ganz einfach.« Joel stand auf und kniete sich zu ihr.

Robin sah zu ihm hinab, und er verspürte einen Anflug von

Angst. Aus ihren Augen sprach ein furchteinflößendes, wütendes Ding, eine verschwitzte Form von Wahnsinn, der an die Oberfläche drängte, und plötzlich fühlte er sich wie ein Ritter, der einen von Macht und Alkohol trunkenen mittelalterlichen Fürsten anfleht. Der Swarovski-Kolben vervollständigte die Analogie, denn während er vor ihr kniete, ruhte das eine Ende auf dem Boden, und der Rest lag auf seinem Knie wie ein Schwert. Die falschen Diamanten am Holz reflektierten das fahle Licht wie eine Klinge.

Er überlegte, ihre Menschenhand zu ergreifen, doch dann kam ihm der Gedanke, die andere Hand zu nehmen; er hielt sie und war fasziniert, wie fremd sie sich anfühlte, wie die Skulptur einer menschlichen Hand aus Treibholz, das im Feuer abgeflämmt wurde – menschlich, aber größer, die Finger zu stumpfen Klauen gekrümmt. Auf der Haut wuchs flauschiges rotes Haar und endete in einem Büschel auf dem Handrücken. Aus der Nähe sah er dunkelgrüne Venen zwischen den kantigen Knöcheln.

So etwas Fremdartiges hatte er noch nie gesehen.

»*Ich* liebe dich auch, Mädchen«, sagte Joel und sah ihr in das halb wahnsinnige Gesicht. »Wir sind fast Bruder und Schwester, du und ich. Wir sind zusammen aufgewachsen, schon vergessen?«

Sie antwortete nicht darauf, doch ihre Mundwinkel zuckten, und die Augen wirkten nicht mehr ganz so furchterregend.

»Betrachtest du mich echt als Schwester?«

»J-ja, sicher.« Er trug immer noch den Seidendurag. Er nahm ihn ab, knüllte ihn zusammen und drückte die Faust vors Herz.

»Ich habe nie einen Bruder gehabt«, sagte sie.

Joel lächelte. Er hatte morgens, bevor er zum Krankenhaus aufgebrochen war, Lidschatten und Eyeliner aufgelegt, und obwohl es jetzt dunkel war und er schwitzte, wusste er, dass es immer noch gut aussah. »Jetzt hast du einen.«

»Das ist gut«, sagte sie ein wenig verträumt. »Leider haben sie in der Klapse dafür gesorgt, dass ich dich vergesse. Es ist viel Zeit vergangen, Joel.«

»Du bist noch die gleiche Robin, mit der ich aufgewachsen bin, oder?« Er legte seine andere Hand auf ihre dunkle, und es war, als würde er den rauen, gesplitterten Ansatz eines abgebrochenen Astes umfassen, der aus einem Baum ragte. Die Hand fühlte sich trocken und hart an, und er fragte sich, ob sie schmerzte. »Du bist immer noch das gleiche kleine Mädchen, mit dem ich und mein Bruder in dem großen alten Haus gefrühstückt haben. Weißt du noch, was ich bei Miguel's gesagt habe?«

»Es gibt nichts, was guter Speck nicht noch besser machen könnte.« Robin sah ihm fest in die Augen.

»Richtig. Das kleine Mädchen, mit dem er und ich in eurem großen alten Garten gespielt haben. Wir haben uns immer abwechselnd an der Schaukel Schwung gegeben. Du und dein Moskito. Wie hieß er gleich?«

»Mr. Nosy.« Zaghaftes Lächeln. »Ich habe ihn noch. Er ist in meinem Wagen.«

»Muss inzwischen verdammt alt sein.«

»Er fällt langsam auseinander. Ich habe ihn schon so oft geflickt, dass ich es nicht mehr zählen kann.« Das Lächeln wurde breiter. »Ich liebe diesen dummen Moskito so sehr.« Eine frische Träne zog die Spur auf ihrem Gesicht nach. »Wir haben Verkleiden gespielt, du und ich und Fish in meinem Zimmer in der Kuppel. Du hast am liebsten die alten Kleider und die Perlen meiner Mutter angezogen. Daran kann ich mich erinnern.«

Joel streichelte die fremde Hand. »Du bist hier. Das gleiche kleine Mädchen mit dem gleichen Mosikitostofftier. Du bist nur erwachsen geworden und hast dich *ein bisschen* verändert, aber nicht viel. Ich habe mich auch verändert. Mein Kopf musste mit einigen schmutzigen Sachen fertigwerden, und meine Lunge ist wahrscheinlich so schwarz wie meine Haut – aber eigentlich bin ich immer noch der kleine Junge in den alten Kleidern und den High Heels deiner Mutter, die viel zu groß für mich waren.«

Alle Härte war aus Robins Gesicht gewichen, obwohl sie weiterhin ein wenig verloren klang, als würde sie von der anderen Seite einer anderen Welt sprechen. Doch mit jedem Wort schien sie sich besser in den Griff zu bekommen.

»Ja. Wir sind immer noch die gleichen«, sagte sie mit Leuchten in den Augen. »Okay.«

Er ließ die Dämonenhand los, und sie ballte sie wieder zur Faust. Dabei gab sie ein Geräusch von sich wie das Knarren von altem Leder gemischt mit dem Knacken von Weidenruten.

»Das ist nicht *er*«, sagte Joel zu ihr und nahm ihre hölzernen Finger erneut in die Hand. »Nein. Das bist *du*, Mädchen. Es ist nur ein bisschen abgefahrener als der Rest von dir.«

Sie nickte und wischte sich die Wangen mit dem rechten menschlichen Handrücken.

»Man kommt nicht durchs Leben, ohne hier und da ein bisschen Scheiße aufzuladen. Wir alle sind die Summe unseres Lebens, Süße … und wir müssen bis zum Ende den Wahnsinn mit uns herumschleppen.« Joel drückte sich mit dem Glitzerkolben hoch. Die Schusswunde war im Krankenhaus wieder versorgt worden und schmerzte nur noch, wenn er das Knie beugte. Natürlich waren auch die Schmerzmittel hilfreich. »Ja, du hast ziemlich viel Wahnsinn zu schleppen. Aber ich helfe dir beim Tragen, okay?«

Sie nickte wieder, und die Härte kehrte in sie zurück, aber nicht mehr der verrückte Blick des Lords auf dem Thron, der

Köpfe rollen lassen will; vielmehr war es positive und eiserne Entschlossenheit. Die Abgedrehtheit war verschwunden. Joel spürte, dass er seine Kindheitsfreundin vom Rand eines dunklen, zerstörerischen Abgrunds zurückgeholt hatte.

»Ich mag dich, ja?« Seine Stimme verriet, dass es keine Frage war. »Und der Bursche da drüben« – er zeigte mit dem Schläger auf Kenway –, »der mag dich genauso. Merk dir das.«

Robin wischte sich erneut das Gesicht. »Ich merke es mir. Ja.«

Dong. Dong. Dong.

Jemand klopfte an der Vordertür. Alle nahmen sofort Kampfhaltung ein. Kenway drehte sich um und spähte zwischen den Regalen hindurch. »Wer zum Teufel ...«

»Ich dachte, ich hätte eben Sirenen gehört«, sagte Sara. »Vielleicht treibt die Polizei die Hexischen auseinander. Vielleicht sind die Hexischen sogar wieder zu Verstand gekommen.«

»Nein, das glaube ich nicht ...«

Ein Mann stand auf der anderen Seite der Scheibe und hatte die Hände an den Kopf gelegt, damit er in die Dunkelheit starren konnte.

Der Mutant mit dem Gewehr. Roy Euchiss.

»He, irgendwer da drin?«, rief der verunstaltete Mann, um dessen säureverätzten Schädel dünne Haarbüschel abstanden. »Ich weiß, dass ihr da drin seid.« Er hustete heftig. »Ich habe eine Bewegung gesehen. Ist schon geöffnet? Habt ihr das neue *Batman*-Heft? Ich bin nämlich Fan.« Er hob das Gewehr und legte es an die Schulter. »Bleibt ruhig sitzen. Ich habe einen Schlüssel.«

Der erste Schuss donnerte durch den Comicladen wie der Hammer eines Richters. In der Plexiglastür war ein Loch. »Scheiße, wir müssen hier raus«, sagte Lucas, und die Magier rannten durch den Kinobereich zur hinteren Tür. Kenway packte

Robins Hand und zog sie mit sich, doch im letzten Moment riss sie sich los und drehte sich um.

»Was machst du denn? Komm mit!«

Joel legte seinen Glitzerkolben auf den Verkaufstresen, packte seinen Ärmel und riss ihn vom Sweater ab. »Ihr verschwindet hinten raus. Der Typ hat meinen Bruder auf dem Gewissen.« Er riss den anderen Ärmel ab und enthüllte Oberarme, die noch ziemlich muskulös waren aus der Zeit, als er Steinplatten und Düngersäcke durch die Sommerhitze geschleppt hatte. Mit dem verschwitzten Gesicht und den nackten Muskeln hatte er eine gewisse Ähnlichkeit mit den Frauen auf den Filmplakaten. Rocky und Zula wären stolz auf ihn gewesen. Er nahm den Schläger und schwang ihn. »Die Sache wird hier und jetzt zu Ende gebracht.«

BUM! Roy schoss erneut durch das Glas und begann, gegen die Tür zu treten und daran zu rütteln. Ein Kartonaufsteller von Ironman kippte um und machte *klapp*.

»Sicher?«

»Ich habe das im Griff, Baby.«

Kenway lehnte sich durch die Tür und reckte dem Pizzamann eine Faust entgegen. »Monstermodus, Alter.«

Joel tippte mit seiner Faust dagegen. »Monstermodus.«

»Apropos Monster«, sagte Sara Amundson, während die anderen nach hinten flohen. »Ich bleibe hier und gehe Ihnen ein bisschen zur Hand, wenn es recht ist. Ich habe da noch ein Monster auf Lager.«

Joel zuckte mit den Schultern. »Wenn Sie …«

KRAWUMM! Die Vordertür implodierte. Im gleichen Augenblick verschwand Sara.

Roy Euchiss bückte sich unter der Querstrebe in der Mitte der Tür hindurch, zwängte sich durch die Lücke und trat auf glitzernde Scherben. Der kräftige Geruch von Schießpulver vermischte sich mit dem schwachen Vanilleduft alter Comichefte.

Aus der Nähe war Roy ein entsetzlicher Anblick. Von seinen Ohren waren nur zerfetzte Hautstummel geblieben, die schwarze Ränder zeigten. Zwei klaffende Löcher, wo die Nase gewesen war, erinnerten an Lon Chaney in *The Phantom of the Opera*. Eins der Augen war milchig weiß. Seine gesamte Haut sah aus wie der schlimmste Sonnenbrand der Welt. Er zog den Repetierhebel der Flinte durch. Eine leere Messinghülse wurde ausgeworfen und landete klimpernd auf dem Glastresen.

»*Wo steckst du, du Scheißaffe, du brudermordender Hurensohn!*«, brüllte er zornig.

»Du hast meinen Bruder zuerst umgebracht …«, rief Joel, als die Wut ihn übermannte, und er wusste sofort, dass er einen Riesenfehler begangen hatte, noch bevor das Wort *Bruder* über seine Lippen gekommen war. Roy riss den Kopf herum und legte das Gewehr an. Über Joel explodierte eine Schachtel und ließ Plastik- und Papierfetzen auf ihn niederhageln. Roy lud durch und stürmte zu Joels Versteck, sah sich um, entdeckte ihn, wie er geduckt davonrannte, und schoss erneut.

BUM! Eine *Walking-Dead*-Kaffeetasse explodierte.

Joel humpelte durch die Gänge mit Spielzeug und Spielen. Das Gewehr spuckte abermals Feuer, und in der *Monopoly*-Schachtel hinter ihm erschien ein Loch. So leise er konnte, schlich er davon und versuchte, so viel Entfernung wie möglich zwischen sich und die Waffe zu bringen.

Mit der Schulter stieß er gegen ein Knie und schaute zum langen Kinn eines Aliens hoch. Joel hätte fast aufgeschrien, bis er begriff, dass es Fishers Xenomorph-Replik war.

»*Achtung!*«, brüllte draußen eine Stimme aus einem Lautsprecher. *»Hier spricht die Polizei! Wir fordern Sie auf, die Versammlung aufzulösen!«*

Die Cops? Joel kroch hinter die Alien-Statue. Waren die Cops gekommen, um sich den Mob draußen vorzuknöpfen? Die Menge begann chaotisch und wütend zu schreien. Rennende Schritte waren durch die kaputte Tür zu hören. Hexendiener fauchten aggressiv.

»Bewegen Sie Ihre Ärsche hier weg!«, warnte die Megafonstimme. *»Und zwar ...«*

Sie wurde vom dumpfen Krachen eines Schusses unterbrochen.

»Du brauchst gar nicht wegzulaufen«, warnte Roy, drehte sich um, ging den Weg zurück, den er gekommen war, und folgte dem Geräusch von Joels Schlurfen auf dem Teppich. Er lud wieder durch.

Überall im Comicladen flogen Schachteln auf und warfen Spielkarten in die Luft, erst eine oder zwei, wie Popcorn, wenn man die Tüte aufreißt. Roy verharrte und blickte sich verwirrt um. Sie gingen in einer perkussiven Symphonie auf, *POPP-POPP-POPP!* Actionfiguren prasselten zu Boden, ein Hagel von Plastikarmen und -beinen.

Roy checkte seine Waffe und nahm sie wieder in Anschlag. »Hör mal zu, Afrokadabra: Gegen Miss Cutty bist du *gar nichts*, das kann ich dir sagen. Sie hat mehr Magie im kleinen Finger als du in deinem ganzen queeren Körper.«

»Du wirst nie gewinnen, Rotkopf«, sagte eine dünne Stimme.

Instinktiv fuhr Roy herum und feuerte. *BUM!*

Captain America wurde in den Schatten gewirbelt. »Ich bin die Rache!«, sagte eine andere Stimme hinter ihm. »Ich bin die Nacht.« Andere gesellten sich dazu und schwollen zu einer Kakophonie zirpender Schlachtrufe an.

»Hier kommt das Ende, Skeletor!«

»Thundercats, Thundercats, Thundercats, *huuuu!*«

»Transformers! Mehr als der erste Blick enthüllt!«

Kurz darauf vereinten sich die Sprach-Chip-Aufnahmen dutzender, *hunderter* Actionfiguren zu einem wütenden Roboterchor, einem dissonanten Lynchmob. Vibrationen gingen von einem seltsamen Epizentrum mitten im Laden aus, ein Grollen, das sich langsam zu einem Tosen aufbaute.

Zwischen den Regalen erhob sich ein riesiger Berg von Figuren und bildete einen Kopf, Schultern und schließlich eine hohe bunte Gestalt, ein Meter fünfzig, ein Meter siebzig, zwei Meter, ein Grendel aus Actionpuppen. Auf zwei verschwommenen Elefantenfüßen schlingerte das Ding durch den Gang auf Roy zu, als würde es durch tiefen Schlamm waten. Licht funkelte an Schienbeinen und Bizeps, blinde elektrische Augen blinkten überall, rote und grüne Laserpunkte blitzten und flackerten wie Weihnachtslichterketten. Die synthetischen Zerrlaute von batteriebetriebenen Strahlenkanonen und Lichtschwertern zischten tief aus dem Innenleben: *piu piu piu! Bzzz-bzzz! Bum! Pling-pling-pling!* Das verklingende elektronische Iiuuuuuhhhh-BKSSHH einer Minenbombe. Roy verzog das Gesicht und zuckte beinahe verlegen zusammen. »Willst du mir damit Angst machen, Pizzamann?«

Joel trat hinter einem Regal hervor, schwang den Glitzerkolben gegen das Gewehr und brach Roy alle Finger der linken Hand.

Falsche Diamanten lösten sich und flogen funkelnd auf den Teppichboden. Unwillkürlich zog die rechte Hand der Schlange den Abzug, *BUM!*, und feuerte durch Spielzeugkartons, dann schrie er vor Schmerz und Wut. Joel holte mit dem Schläger aus und ließ ihn mitten auf der Stirn des Schützen niedergehen. Der

Aufprall schoss ihm wie ein Stromschlag in die Unterarme und betäubte seine Hände. Roy taumelte zurück gegen ein Regal, das umkippte und überall Comichefte verteilte.

Ehe er sich erheben konnte, sprang Joel zu ihm und hämmerte ihm auf die Brust. Rippen brachen mit gedämpftem, leisem Krachen.

»Urggh!« Roy schob sich aus dem Weg und *BAMM!*, schlug Joel ein Loch in die Rückwand eines Holzregals. Diamanten prasselten auf das Holz. Roy wälzte sich herum, das Gewehr im Arm, und sobald er auf den Rücken fiel, kam er wieder hoch und richtete den Lauf auf Joel. Mit erhobenem Glitzerschläger verharrte Joel voller Schreck, als er in die schwarze Mündung sah.

Wahnsinn brodelte in ihm auf und übermannte ihn mit einer Art Kamikaze-Mut. *»Schieß doch, Alter!«*, brüllte Joel den auf dem Rücken liegenden Killer an. *»Schieß doch, du verätzter Scheißkerl!«*

Roy drückte ab. *Klick.*

»Mist!«, zischte er und lud durch.

Joel schlug das Gewehr aus dem Weg, stieg über das umgefallene Regal und trat Roy auf die Brust, als wollte er ein besonders ekliges Insekt töten. Knochen bogen sich widerstrebend unter seinem Fuß.

»UGGGHHH-UUGGGHHH!«, stöhnte Roy und spuckte Speichel. Er wälzte sich herum, ließ das Gewehr los und krabbelte über den Teppich.

»Du siehst aus wie ein gepelltes Würstchen«, rief Joel ihm hinterher.

Nachdem sich so viele Diamanten gelöst hatten, sah der Glitzerkolben fast schon wieder aus wie ein normaler Baseballschläger. Joel stieg von dem umgekippten Regal und ging fast heiter neben dem krabbelnden Serienkiller her. Er wirbelte den Schläger unbeschwert und sorglos hin und her, doch sein Gesicht zeigte nichts als Wut und knallharten Zorn.

»Das ist für die ganzen Katzen, die du verbrannt hast«, sagte Joel und ließ den Schläger auf den Rücken des Killers krachen.

Die Wirbelsäule brach mit leichtem Knacken. Die Schlange schrie in die Dunkelheit des Comicladens. Der Mann drehte sich um, hob die Hände, zitterte und riss die Augen flehend auf. Nur der Oberkörper bewegte sich, die Taille bog sich wie eine Helix. Die Beine lagen nutzlos da. Joel stieß mit dem Schläger die Hände aus dem Weg.

»Nein!«, schrie Roy. *»Bitte!«*

»Das ist für meinen Bruder«, knurrte Joel. Der Schläger ging diagonal auf Roys Gesicht nieder, traf mit einem klatschenden *Patsch* und erstickte den Schrei.

Das vordere Ende blieb in der Ruine von Roy Euchiss' Gesicht hängen. Ein Augapfel drängte sich unter dem Holz hervor und starrte auf den Boden. Joel erhob sich, wachsam, als könnte der Boden einbrechen.

»Anpassen und überwinden«, sagte er zu der Leiche.

28

Die Hexenjägerin führte sie hinter dem Laden durch ein Bodengitter in den Regenwasserkanal. Der nur hüfthohe Abfluss strotzte von Dreck, Müll und getrocknetem Schlamm; sie musste sich zusammenreißen, damit sie sich nicht übergab. Kenway mühte sich hinter ihr her, seine Beinprothese scharrte über den Beton. Gendreau, Lucas und Wayne gingen im Gänsemarsch hintereinander, wobei der Curandeiro das Jackett zusammengerollt unter dem Arm trug, damit es nicht nass wurde.

Nach zwanzig, fünfundzwanzig Metern öffnete der Tunnel sich nach oben hin und machte dem Nachmittagshimmel mit seinen tiefblauen Wolken Platz, und durch einen Rost, der quer zur Broad Avenue verlief, konnten sie die hexischen Wesen sehen, die oben herumliefen. Die Menge stampfte hin und her, man schrie sich an und kämpfte gegeneinander.

»Ich habe vergessen«, sagte Lucas von ganz hinten, »wie lange dieser tierische Zustand dauert, nachdem die hexischen Schläfer aktiviert wurden?«

»Mehrere Stunden«, knurrte Gendreau. »Hängt von der Hexe ab. Bei Cutty? Wer weiß.« Ein kleines Mädchen suchte auf Händen und Knien in der Dunkelheit nach ihnen und schob die Finger durch die Lücken zwischen den Stahlstäben. Die Augen leuchteten wie kleine Monde.

»Achtung, Achtung«, rief eine verhallte Lautsprecherstimme über ihnen. *»Hier spricht die Polizei! Sie werden hiermit aufgefordert, die Versammlung unverzüglich aufzulösen!«*

Lucas blinzelte. »Polizei? Halten die das für Unruhen?«

»Bewegen Sie sofort Ihren Arsch hier weg! Jetzt …« Die Lautsprecherstimme wurde durch das hohe Knacken eines Granatenwerfers unterbrochen, woraufhin ein lautes Zischen und das *Rakka-tak* nicht tödlicher Geschosse und das *Bum* von Bean-Bag-Flinten folgten.

Tränengas wallte mit stechendem Geruch durch den Rost. Robin tränten die Augen. »Das wäre jedenfalls nicht das erste Mal. Letztes Jahr hat es einen ziemlich üblen Zwischenfall mit Hexischen in Kalifornien gegeben. Der Gouverneur behauptete, es seien Unruhen wegen dieses Gerichtsprozesses. Diese Schießerei, bei der ein Cop straffrei blieb, nachdem er einen Angehörigen einer Minderheit erschossen hatte?«

»Gott«, sagte Sara. »Welcher war es? Ich kann sie langsam nicht mehr zählen.«

Hexendiener rannten vorbei und trampelten über den Rost.

»Das waren Sie, Robin?«, fragte Gendreau. »Die Hunde des Odysseus haben auch schon hexische Wesen dahinter vermutet.«

»Ja. Ich habe versucht, Adeline Stidman zu verbrennen, und sie hat das gesamte Viertel auf mich gehetzt. Die haben mich auf einen College-Campus gejagt und die Campus-Polizei in die Sache reingezogen. Echter Bockmist. Aber ich glaube, wenn die Leute keine andere Erklärung haben, denken sie sich einfach was aus.«

Gendreau schnaubte humorlos. »Verbinde die Punkte …«

»Hier entlang«, sagte Kenway.

Robin hatte sich aufs Gehen konzentriert und nicht bemerkt, dass sie die beiden Fahrspuren der Broad Avenue und den Bürgersteig auf der anderen Seite unterquert und unter dem Schilderladen herausgekommen waren. Durch einen Rost fiel warmes gelbes Licht auf den Boden des Kanals.

Schwarze Schmiere verwandelte den Beton in eine eklige Rutschbahn. Die beiden stellten sich unter den Rost.

»Voll krass«, sagte Wayne.

»Tut mir leid«, entschuldigte sich Kenway. »Ich parke hier die Wagen, wenn ich dran arbeite. Leider verlieren sie manchmal Flüssigkeiten.« Kenway packte den Rost mit beiden Händen, stemmte sich dagegen und drückte. »Verflucht.« Er stand auf, beugte sich vor, legte Schultern und Nacken unter das Metall und stemmte sich erneut dagegen, diesmal aus den Beinen heraus. Nach wenigen Sekunden begann er vor Anstrengung zu zittern. »Unnngh, *verflucht.* Da bewegt sich nichts. Es ist von dem ganzen Dreck festgeklebt. Vielleicht ist es auch angeschraubt.«

Robin legte ihm ihre menschliche Hand auf die Brust und schob ihn sanft aus dem Weg. »Lass mich mal.«

»Ich weiß nicht, ob …«, setzte er an.

Sie räusperte sich. »Vertrau mir.«

Nachdem sie seinen Platz eingenommen hatte, blickte sie nach oben durch den Rost. Sie sah die Decke der Garage. Dann ging sie auf ein Knie, holte mit der Dämonenhand aus und schlug mit voller Kraft gegen das Gitter. Ihre linke Monsterhand war doppelt so groß wie die rechte und hart wie ein Baumstumpf. Laut krachte sie gegen den Stahl.

Trockenes Fett regnete auf sie herunter. Robin schirmte ihr Gesicht ab und rieb sich die Lippen mit dem T-Shirt sauber. Zu einem gewissen Grad hatte sie Schmerz erwartet, auch wenn die Hand einen kräftigen Eindruck machte, doch sie spürte nichts. Nur der Aufprall setzte sich bis in die Schulter fort.

Um ehrlich zu sein, war das schon eine Art Erlösung, denn was sonst hätte sie mit dem Ding anfangen können? Wie stabil es wohl war? Die einzelnen Stränge hatten jetzt jeweils fast den Umfang ihres ursprünglichen Arms; sie hatten die u-förmige Narbe wie einen gähnenden Mund ausgedehnt, und die Ränder weiteten sich und rissen, bis das Loch einen Durchmesser von zehn oder fünfzehn Zentimetern hatte. Die Haut straffte sich über dem schuppigen Holzknochen, der zu ihrem neuen Arm geworden war. Der selbst ernannte Curandeiro hatte sie mit seiner seltsamen schamanischen Heilmagie behandelt (sie verabscheute immer noch den Ausdruck *Magie* dafür, und zwar, wie sie jetzt einsah, weil dieses Wort eine Sache *verharmloste*, die sie als mächtige Kraft fürchtete), und ohne die verbogenen Klammern war die Operationswunde rasch vernarbt.

Der Schmerz war zu einem beharrlichen Ziehen abgeklungen. Wie auch immer Gendreau ihre Haut mit der Dämonenhaut verschmolzen hatte, jetzt bildeten sie eine raue organische Einheit, verbanden sich und wuchsen zusammen wie Splitter, die schmerzfrei im Fleisch eingekapselt wurden. Es war, als wäre sie damit geboren worden, und im Licht von Joels Aufmunterung mochte das vielleicht sogar der Wahrheit entsprechen.

Sie rammte die Dämonenhand erneut gegen den Rost und produzierte einen Ton wie ein geslappter Bass aus Stahl. Noch mehr Dreck rieselte herunter.

Kenway spuckte und hustete. »Mann, das ist eklig.«

»Könnten wir uns vielleicht ein bisschen beeilen, bitte?«, beschwerte sich Gendreau von hinten aus der Dunkelheit. »Meine Knie bringen mich um.«

Robin sammelte Kraft, sog die stinkende kalte Luft tief ein und schlug mit der Dämonenhand gegen den Rost, *BONG*, und noch mal, *BONG*, und wieder und wieder und wieder, *BONG BONG BONG*. Jeder Schlag wurde von einem Ächzen begleitet.

Schließlich löste sich der Rost scharrend und bewegte sich aufwärts. »Da, ich habe ihn für dich gelockert.«

Kenway richtete sich im Kanal auf und schob das Metall zur Seite. »Hahaha«, sagte er und ließ es nach hinten fallen, wobei sich noch mehr Dreck aus dem Scharnier löste. Er stieg aus, und dann halfen beide zusammen Wayne, Gendreau und Lucas nach oben.

Das Tapsen kleiner Füße lenkte Robins Blick zurück in den Kanal. Der Phantom-Greyhound Gévaudan winselte. Sichtbar waren nur seine glühenden Augen. »Manchmal starrt der Abgrund zurück.« Der Kirchhofwächter schüttelte sich heftig, tänzelte herum und verschwand. Er erschien in der Garage wieder und trottete still zu Kenways Apartment hinauf, wallte die Treppe hoch wie schwarzer Rauch.

Joel beobachtete ihn aufmerksam.

»Ist irgendwas zwischen dir und dem Geisterhund?«, fragte Robin.

»Er war am Teich bei der Mine, als diese beiden Typen meinen Bruder erschossen haben. Er stand am anderen Ufer und hat zugesehen.«

Sie wusste nicht, was sie dazu sagen sollte.

Glücklicherweise rettete Gendreau sie. »Das ist ein Kirchhofwächter. Die halten auf Friedhöfen Wache und schützen Kirchen vor Vandalen und Dieben, außerdem begleiten sie Seelen von Verstorbenen ins Jenseits.« Er lächelte, so herzlich er konnte. »Wenn der Kirchhofwächter dort war, als Ihr Bruder ermordet wurde, hat er ihn bestimmt zu einem besseren Ort geleitet – wo auch immer der sein mag.«

Joel stand da und verdaute das Gesagte, während Kenway die Magier die Treppe hinaufführte. Dann rann eine Träne über seine Wange, und er rieb sich die Augen trocken. Verwirrt lächelte er.

»Klingt, als wäre er ein echt gutes Kerlchen«, sagte er und folgte Robin nach oben.

Kenways Kunstwerke hingen an der Wand über dem Kühlschrank und den Schränken und waren so geschickt arrangiert, dass keins dem anderen Platz wegnahm und es trotzdem kaum eine freie Stelle gab. Wie Robin auffiel, befanden sich die düsteren, eher introspektiven Bilder an den Seiten und bildeten einen Rahmen um die helleren, optimistischeren in der Mitte, weshalb die Präsentation sie an ein Mosaik, das eine Sonne im Weltraum zeigte, denken ließ, welches man durch einen Briefkastenschlitz betrachtet.

»Sehr schöne Arbeiten, muss ich sagen, Mr. Griffin.« Gendreau wickelte Papiertücher von einer Rolle und wischte sich den Dreck von seiner teuer aussehenden Jeans, obwohl sein Hemd aussah wie mit schwarzen Fingerabdrücken übersät. »Haben Sie schon mal was verkauft?«

»Ich habe einige Angebote bekommen.«

Wayne hielt sich seinen Ring ans Auge und sah die Bilder nacheinander an. Dann ließ er ihn an der Kette baumeln, kletterte auf den Küchentresen, schob eine Tüte Chips zur Seite und setzte sich vorsichtig auf den Kühlschrank. Nun hielt er sich den Ring erneut ans Auge und drückte auf ein großes Bild mit dem weißen Vorderbein eines Pferdes, dessen Muskeln und Adern fast albtraumhaft detailliert gemalt waren.

Die Leinwand beulte sich ein wenig ein wie Segeltuch, rührte sich aber ansonsten nicht. Keine Chance. Wayne drehte sich, warf dabei einen Kühlschrankmagneten auf den Boden und legte seine Hand auf das Bild einer Frau mit nacktem Oberkörper in Rückenansicht. Wie das Pferdebein war auch dieses Bild in hellen, pastelligen Farben gehalten, die jedes Detail exakt wiedergaben.

Mit leisem *Klick* schwang das Gemälde nach hinten in die Dunkelheit. Alle schauten ehrfürchtig schweigend zu. Gendreau breitete die Arme aus und sagte: »Ich habe ja schon einiges erlebt, aber das hier ist einfach bemerkenswert: ein interdimensionaler Zwischengang.«

»Ich gehe als Erste rein«, verkündete Robin und stellte sich auf die Kochinsel in der Mitte. Sie duckte sich neben den Herd. »Wenn das Ding irgendwo im Hinterhalt …«

Ein riesiger Orang-Utan-Arm mit verfilztem rotem Haar schob sich aus dem Loch in der Wand. Weil er so groß war, wirkte er irreal wie eine Halloween-Spinnen-Deko, und außerdem hatte er lange Finger und davon zu viele.

Gendreau schrie auf wie die blonde Unschuld in einem Horrorfilm.

Die Hand des Kakodämons packte Wayne an der Kehle und zog ihn an die Wand, der Bizeps spannte sich an und zerrte den Jungen ins Loch. Das geschah so schnell und erwischte Robin so sehr auf kaltem Fuß, dass sich ihr Körper zunächst gar nicht bewegen wollte. Aber als der Junge nach und nach in die tiefe, samtige Dunkelheit verschwand, rief er ihren Namen.

»ROBIIIN!«

Das genügte, um sie aus der Starre zu wecken. Sie reckte beide Hände nach oben, packte ihn am Knöchel, und kurz spielte sie Tauziehen mit dem Jungen, dann rutschte der Fuß aus dem Sneaker.

Wayne verschwand in der Dunkelheit.

»Nein!« Sie ließ den Schuh fallen, krabbelte auf den Kühlschrank und steckte den linken Arm ins Loch, ehe Andras es schließen konnte.

Das Bild schlug zu, prallte jedoch von ihrem Handgelenk ab und schwang wieder auf.

Noch bevor sie einen klaren Gedanken fassen oder nachschauen konnte, ob die anderen folgten, packte Robin die Kanten des Eingangs, hievte sich hindurch und landete im Badezimmer im ersten Stock von 1168 Underwood Road.

Sie landete mit dem Kopf voran im Waschbecken, prallte gegen die Wand gegenüber und schlug ein Loch in staubigen Rigips. Das Medizinschränkchen fiel zu, der Spiegel zersprang, und versilbertes Glas prasselte ins Waschbecken.

»Robiiiin!«, schrie Wayne aus den Tiefen des Hauses. Während sie durch den Flur ging und mit ausgestreckten Armen von einer Wand zur anderen taumelte, gewöhnten sich ihre Augen an die Dunkelheit, und ein milchiges, förmlich unterirdisches Licht verlieh den Möbeln Gestalt.

Am Ende des Flurs stand der Dämon und hatte Wayne wie einen Fußball unter den Arm geklemmt.

Verflucht, war das Ding *riesig*. Kein Wunder, dass die Kinder sich davor so sehr gefürchtet hatten. Auch durch ihren Körper jagte ein Schreck. Das Ding bestand praktisch nur aus Kopf und schlaksigem Körper, ein riesiger rot-schwarz-grüner Schimpanse mit schuppigen Dinosaurierbeinen und einem riesigen Maskottchen-Kopf. Ehe er über das Geländer rutschte, richtete er seine Glühbirnenaugen mit den meergrünen Glühfäden auf sie. Robin rannte hinterher und warf sich dem Dämon auf den breiten Rücken. Es war, als würde sie auf ein Korbsofa springen, auf das ein Teppich gelegt war, und dazu passender muffiger Holzgeruch ging von dem Ding aus. Andras' Haut *knarzte* sogar. Sie packte mit der linken Hand das haarige Fleisch und stellte fest, dass er von innen hohl war. Er war eine Korbskulptur aus hunderttausenden Strängen, die zusammengeflochten waren.

Nicht-Leben pulsierte und raschelte in ihm, als wäre sein Herz ein Vogel im Käfig. Andras zuckte mit dem freien Arm vor und zurück, was ein Geräusch erzeugte wie brechende Äste, und Robins Finger verloren den Halt. Sie wurde abgeschüttelt und landete unten im Flur auf dem Boden. Der Dämon ließ Wayne fallen und schritt auf sie zu. Der Junge kam neben der Sockelleiste zum Liegen; seine Brille rutschte über den Holzfußboden.

(willkommen daheim)

Die Worte leuchteten in Robins Kopf auf wie ein Kontrolllämpchen, wie eine geheime Streichholzflamme, weniger als Begriffe denn als Schemen von Konzepten oder Rorschachmustern. Sie würde diesem übergriffigen Teufel nicht die Ehre einer Antwort erweisen. Robin schwang die fremde linke Hand und rannte voller Wut auf ihn zu. Sie wollte diese Krallen erneut in ihn bohren und ihn in Fetzen reißen und nachschauen, was sich in ihm befand.

(der Ring, danke, dass du abermals die Tür aufgemacht hast)

sagte er und legte in einer umhanglosen Parodie von Bela Lugosis Dracula die Hand vor die Brust.

(jetzt werde ich endlich frei sein)

erklärte ihr der Dämon, und als Robin ihn erreichte, stieß er sie mit dem Handrücken zurück. Der lange insektenartige Arm schlug sie aus dem Weg, ein harter Knochen traf wie ein Balken ihre rechte Seite. Sie prallte mit einem *UFF* an die Wand, zerschmetterte einen Vitrinenschrank mit staubigen Bildern und landete auf einem Durcheinander verschiedener Gegenstände.

Robins Herz pochte in ihrer Brust, und eine unglaubliche Hitze wallte über sie hinweg, die in ihrer Wucht ungelegen kam. »Das ist alles *deine* Schuld.« Der Knoten in ihrer Kehle brannte. »*Deinetwegen* bin ich hier, und *deinetwegen* bin ich so, wie ich bin, und *deinetwegen* ist meine Mutter tot.« *Cambion. Andersartig. Halbmonster.* Sie wollte weinen, wollte schluchzen, wollte ihren Trotz und ihre Wut dem Monsterwesen entgegenschleudern, dieser Inkarnation zersetzender Lust, doch weigerte sie sich, ihm diese Befriedigung zu verschaffen.

Andras grinste und zeigte Zähne wie abgebrochenes Holz. Sie sprang auf die Hand zu, die er ihr in den Bauch gerammt hatte, brach die Haut auf, die eine menschliche Hand nicht hätte verletzen können, und zerriss sie wie Geschenkpapier.

Ein krabbelndes Gefühl bewegte sich ihren Arm hinauf bis zum Gesicht. Sie schlug die Augen auf, und Ekel und Angst erschütterten sie eiskalt bis ins Innerste.

Spinnen.

Er war voller Spinnen,

voller verdammter Spinnen.

TAUSENDE SPINNEN

krabbelten aus der leeren Dunkelheit seines Körpers an ihrem Arm hinauf, eine Legion haariger Kugeln, die auf ihr Gesicht zumarschierte.

Jede war ein Albtraum für sich, die Verkörperung eines niederen Verlangens, eine wandelnde Verfehlung oder ein böser Gedanke; in den drei Sekunden, die vergingen, während sie aus dem Versteck huschten, empfing Robin zudringliche Gedanken – an Mord, an Gewalt, an puren Hass und pure Lust. Andras packte sie im Nacken wie ein Kätzchen und drückte sie an die Wand.

(du bist ich)

sagte seine Stimme in ihrem Kopf, und sie hörte den Worten an, dass er dabei grinste.

(du bist ich, und ich bin du)

Schockiert und überrascht sah sie, wie die schwartige Haut ihres rechten Arms sich auszubreiten begann und über ihr Schlüsselbein unter ihre Kleidung kroch und sie mit seiner niederträchtigen Härte füllte. Unheimliche glänzende Kanten zerfetzten den Stoff ihres T-Shirts und ihres Hoodies und enthüllten den Dämon in ihr.

Schwarze Witwen strömten aus ihm hervor und hüllten sie von links nach rechts ein. Sie trugen in sich nach Süßholz riechende Tinte und umhüllten ihre Brust, bis diese einer Kugel aus verflochtenem Stroh ähnelte. Die weiche rosabraune Brustwarze verwandelte sich in einen rostigen Schraubenkopf. Spinnen krabbelten in ihren Mund. Andras infizierte sie mit Dunkelheit, befiel sie, pervertierte sie, *veränderte* sie.

Strahlen leuchteten durch Eisenranken. Goldene Lichtklingen spielten über die Decke. Sie sah an sich hinunter und entdeckte ihr Herz hinter der Brust; sie *sah* es wirklich, einen Pulsar, der in ihr mit warmem bernsteinfarbenem Licht brannte und loderte. *Mein Gott, bin ich das?*, dachte sie. Ihre Lippen wurden hart, ihre Augen brannten, ihr Haar verwandelte sich in rotes Stroh. Ihre Zunge versteifte sich zu einer schartigen schwarzen Klinge.

Ein gerahmtes Foto hing auf der anderen Seite des Flurs. Ihr eigenes Spiegelbild verschwamm in dem trüben Glas. Ihr Gesicht wurde schwarz und verzerrte sich, ihre Augen traten hervor und leuchteten von innen heraus, schmuddelige grüne Nebelleuchten. Die Pupillen waren scharfe, elektrisch leuchtende Nadelstiche.

(ICH BIN DU, UND DU BIST ICH)

Andras lachte, es klang wie ein Wetzstein, der über die Länge einer Schwertklinge streicht.

– Cambion, andersartiger Cambion –

»*Nein!*«, schrie sie. Ihre Stimme war ein verwässertes Kratzen. Sie holte tief Luft, und der Atem ließ schmutzige Stränge in ihrer Brust vibrieren. *Grarrahuhuh.* »*Nein!*«, schrie sie noch einmal und hämmerte mit einer Eisenfaust auf Andras ein.

Das Brustbein des Dämons knackte, und er ließ los, taumelte zurück und umklammerte seine Brust, als hätte er einen Herzinfarkt.

»Ich bin *nicht* du!«

Beide Hände waren jetzt aus rauchigem Eisenfaden und trockenen Ranken geflochten, und Haar in der Farbe von Merlot wuchs in wolligen Zotteln an ihren Handgelenken wie die Ärmel einer Zaubererrobe. »Du kannst behaupten, was du willst«, fauchte Robin den Korb-Mann mit dem Eulenkopf an. Die Worte kamen ölig und metallisch, Silben, die von Eiche und Stahl geprägt waren. Sie schlug sich mit der Faust auf die Brust. »Aber die letzten fünf Prozent bekommst du niemals. Ich bin *nicht* du! *Mein Herz gehört mir!*«

Furcht, echte Furcht, und Verstörung brannten in den trüben Lampenaugen des Dämons. Sie rannte auf ihn zu, stieß beide Fäuste durch das Geflecht seiner Brust und riss sie auf.

Unmassen von Spinnen fielen raschelnd heraus, Einsiedler- und Radnetzspinnen, Taranteln und fette Wolfsspinnen. Irgendwo kreischte Wayne, doch Robin ließ nicht locker. Sie packte die Bärenfallenlippen des Dämons und riss sein Gesicht in zwei Hälften. Im Kopf saß die allergrößte Spinne. Acht Fingerknochen, lang wie Regenschirmkiele, entfalteten sich in der Ruine des Korbschädels. Onyxaugen glänzten sie aus einem Knochenklumpen an, der so gelb war wie ungeputzte Zähne.

Voller Ekel zerrte Robin die Spinne aus dem zerstörten Käfig und schleppte sie zum nächsten Fenster.

Die riesige gelbe Krabbenspinne versuchte, ihr ins Gesicht zu beißen, und wehrte sich in ihren Armen mit klickenden, knirschenden Mandibeln.

(LASS MICH LOS, KLEINE)

Die Abscheu rastete ein wie ein Schlossbolzen. Er hatte in ihr das erkannt, was sie war. Andras wusste, dass sie seine Tochter war.

Ein Kosewort von diesem Monster?

Unerträglich. Sie rammte einen ihrer Ellbogen aus gedrehtem Eisen gegen das Fenster. Die Scheibe zersprang, und die Scherben wurden aus der tiefsten Dunkelheit, die Robin je gesehen hatte, angesaugt.

Auf der anderen Seite des Fensters war nichts, ein Raum ohne etwas darin; nicht einmal ein Raum. Nur lichtloses Vakuum. Und doch … eine silbrige Böswilligkeit atmete dort, eine unsichtbare Entität, die sie lediglich als pulsierenden Idiotenzorn spüren konnte.

Schwach, wie von Ferne: das unmelodische Pfeifen von Flöten.

Robin schob die Knochenspinne durch die kaputte Fensterscheibe hinaus in die Leere. Andras verschwand, seine strampelnden Beine wurden verschluckt, waren weg.

Zufrieden damit, dass das Wesen verschwunden war, holte sie tief Luft – *grrrahuhuhuh* – und brüllte in das Nichts: *»Fiiicckk! Diiicccbhh!«* Es fühlte sich ohnmächtig an, ein jämmerlicher Schrei in einem herzlosen Abgrund, und trotzdem erfüllte es sie mit Genugtuung.

29

Rote Rostflecken bildeten unter dem Wasserhahn ein Muster im Waschbecken. Schmutzige kaputte Kacheln zogen sich an der Wand entlang. Robin entdeckte Wayne im Badezimmer oben, wo er in der Wanne mit den Klauenfüßen lag.

Die Tür des Medizinschränkchens war zertrümmert. Wayne hatte sie aufgezogen und nach dem Rückweg gesucht, doch dahinter befanden sich lediglich Glasböden mit uralten orangefarbenen Tablettenfläschchen. Sie konnte das alles sehen, weil ihr Herz weiterhin durch das Geflecht ihrer Brust leuchtete und das Haus in ihrer Umgebung erhellte.

»Nein!«, schrie der Junge und krümmte sich in der Wanne zusammen. »Bitte, töte mich nicht!« Er drehte sich um und warf etwas nach ihr. »Nimm ihn einfach! Bitte, tu mir nichts!«

Andersartig, dachte sie traurig. Sie hob auf, was er geworfen hatte, seinen zweiten Schuh. »Ich tu dir nichts«, sagte sie. Ihre Stimme dröhnte tief und heiß wie ein Ferrari-Motor.

Der Junge zitterte noch heftiger.

»Es gibt Arbeit für uns.« Sie kniete neben der Wanne. »Sieh mich an, Wayne.« Robin reichte ihm die Brille. Er setzte sie auf. Sie hielt ihm auch den Schuh hin, dessen Schnürsenkel herabbaumelten.

»Oh, mein Gott«, antwortete Wayne. Ein Glas fehlte noch immer. Blut tropfte aus einer Wunde in seinem Haar. »Bist du das? Du bist *echt* ein Dämon?«

»Nur zu fünfundneunzig Prozent.« Sie tippte sich an die Brust, wo sich der leuchtende Beweis für die letzten fünf Prozent befand. Eine laute, aber dumpfe Kickdrum hämmerte im Takt mit ihrem nuklearen Herzen und sandte subtile Schallwellen durch den Raum. *Lub-dub. Lub-dub. Lub-dub.*

»Ich bekomme den Durchgang nicht auf.« Wayne zeigte auf den zerbrochenen Spiegel. Er klang gereizt und müde wie ein Junge, der nicht einschlafen kann.

Sie stand am Waschbecken und krallte sich mit den dunklen Fingern daran fest.

»Ich glaube, das kriege ich wieder hin.«

Sie nahm eine Glasscherbe und setzte sie in die Tür des Arzneischränkchens ein. Nun nahm sie eine andere und schob sie neben die erste. Es hätte ewig dauern müssen, doch der Spiegel war mit Dreck überzogen gewesen und war in große schimmernde Scherbendolche zerbrochen, die nun durch den Schmutz zusammenhielten.

Nachdem sie die letzte Scherbe eingesetzt hatte, drückte sie eine Fingerspitze auf die sternförmigen Silberrisse und konzentrierte sich.

Als Gendreau die Operationsnarbe in Fisher Ellis' Comicladen geheilt hatte, hatte sie leicht den *libbu-harrani*-Herzweg in der Perle seines Stocks berührt und ein wenig der Heilkraft für sich selbst abgezweigt. Natürlich hatte sie nicht viel davon erlangt, da die Quelle der Energie tief unter tausend Schichten perlmuttartigem Kalziumkarbonat verborgen lag, doch für diese Aufgabe genügte es. Sie strich mit ihren Dämonenfingern über die vorstehenden Brüche im Spiegel. Wo immer sie das vornahm, wurde das Glas glatt und unversehrt, als hätte sie die Spuren ausradiert.

»Na also«, sagte sie, nachdem sie den letzten Riss beseitigt hatte und eine klare, unbeschädigte Glasfläche vorweisen konnte. Sie trat zurück und bewunderte ihr Werk.

Wayne holte den Ring seiner Mutter hervor, hielt ihn sich ans Auge, blickte hindurch, lenkte die Magie und öffnete die Schranktür. Das kräftige Licht der Neonröhren in Kenways Küche schien herein. Robin empfand es als grell und hart, feindselig wie die Kälte, wenn im Winter die Tür offen steht. Sie zog sich in den Schatten zurück, bis nur noch ihre leuchtenden Augen und das pulsierende Herz in ihrer Brust zu sehen waren.

»Geh«, sagte sie zu Wayne.

»Nein.«

»Geh.« Robin packte ihn an der Schulter. »Geh in Kenways Apartment und warte da auf mich.«

»Ich möchte mitkommen«, sagte Wayne und wich von dem Fenster zwischen den Dimensionen zurück. »Ich will meinen Dad retten. Und dir helfen.«

Sie seufzte und erzeugte dabei wieder diesen verstörenden Laut von einem unter Wasser laufenden Motor. Ihre Stimme war unglaublich tief. »Du kannst mir noch bei einer Sache helfen, ehe du zurückgehst. Hilf mir bei der Suche nach der Tür ins Lazenbury-Haus.«

»Okay.«

»Robin?«, rief jemand von der anderen Seite des Spiegellochs. Sara Amundson. »Wayne? Alles … in Ordnung da drinnen?«

Kenway mit zitternder Stimme: »Bist du das?«

»Sag ihnen, sie sollen keine Angst vor mir haben.«

Wayne stieg auf das Waschbecken und lehnte sich durch das Portrait Spiegel-Loch. Er sah zu ihr zurück. »Du kannst nicht mehr hier raus, oder?«

»Da draußen ist es … kalt. Kalt wie … Feuer.« Ein Gegensatz, aber tief in sich wusste sie, dass sie, wenn sie sich durch dieses Loch wagte und die Sanktifikation auf die Probe stellte, in einer Superkälte brennen würde, als wäre das Thermometer durch den absoluten Nullpunkt gesunken und ganz oben wieder herausgekommen.

Er wandte sich wieder der Küche zu. »Sie kann nicht durch das Fenster hinaus«, erklärte er ihnen. »Aber sie …«

»Geht es ihr gut?«, fragte Joel.

Kenway saß auf dem Kühlschrank und blickte durch das Loch herein. »Babe? Bist du da? Alles okay?«

»Mir geht es gut«, sagte Robin, obwohl es nicht stimmte, ganz und gar nicht stimmte. In ihrem momentanen Zustand verspürte sie keinen Schmerz; sie fühlte sich vielleicht eher göttlich, unzerstörbar und war sich des Drucks bewusst, den der Boden gegen ihre Fußsohlen ausübte, des konstanten Luftzugs der übernatürlichen Kälte. Kenway starrte sie an. Das Gefühl der Unbesiegbarkeit schmolz unter seinem warmen Blick dahin, stattdessen fühlte sie sich nackt und verletzlich.

»Ich komme rüber«, sagte er und stieg in das Loch. Wayne machte ihm Platz, und Kenway kletterte über das Waschbecken auf den Badezimmerboden.

Er stand vor ihr und hatte klägliche Verwunderung und Angst in den Augen. »Bist du das wirklich?«, fragte er und streckte die Hand nach ihr aus. Zuerst wollte sie sich ihm entziehen oder seine Hand wegstoßen, doch dann ließ sie die Berührung zu, ließ zu, dass er mit den Fingerspitzen über ihre Brust strich, bis zu der rauen, wespennestartigen Auswölbung ihres linken Busens. Das Sternenlicht aus ihrem Herzen strahlte zwischen seinen Fingern hindurch.

Er legte ihr die Hand auf die Wange und ließ sie dort ruhen. Sie schloss die leuchtenden Augen und lehnte den Kopf an seine Handfläche.

»Für mich bist du immer noch schön«, sagte Kenway. »Vielleicht sogar schöner als vorher.«

Das entlockte ihr ein schnarrendes Lachen. »Findest du, ein Dämon ist schöner als ich?«

»Äh …« Seine Hand zuckte.

»… war nur Spaß.«

»Deine Haut erinnert mich irgendwie an diese Cerealien, Weizen-Toppas.«

»Treib es nicht auf die Spitze, Alter.«

Die anderen kamen ebenfalls herein. Sara stieg als Erste hindurch, dann Lucas, der Gendreau nach unten half. »Wirklich bemerkenswert«, sagte der Curandeiro und ließ den Blick durch das renovierungsbedürftige Badezimmer schweifen.

Robin ging so nah an den Durchlass, wie sie es wagte, und blickte nach drüben. Joel saß auf dem Kühlschrank, hatte den Ellbogen auf die Kante des Dimensionslochs gelegt, als würde er am Steuer seines Black Velvets sitzen.

»Bleibst du drüben?«

Er sah sie an. »Ich habe Angst, Schwester.«

»Es ist okay, wenn du Angst hast. Aber ich beschütze dich, Baby. Das machen große Schwestern doch.«

»Diese Woche habe ich eine Menge verloren. So ist mein Leben: Wenn ich was verliere, dann gleich richtig. Ich habe Angst. So nah war ich noch nie daran, alles zu verlieren. Aber ich will, dass es endlich zu Ende ist. Auch wenn ich mich dann einfach nur schlafen lege und weiß, dass alles vorbei ist. Verstehst du?«

»Nur noch ein bisschen, das musst du noch aushalten.«

Sie blickten sich an, und Sekunden verstrichen. »Und du beschützt mich bestimmt, wenn ich mit dir mitkomme?«, fragte Joel und hockte sich auf die Knie. Er umklammerte den Glitzerschläger, den Swarovski-Kolben, der anscheinend eine Menge mitgemacht hatte, denn er war voll rotem Blut, und die meisten Glitzersteine waren abgeschlagen. »Schwörst du bei deinem kleinen Finger, Schwester?«

Sie hakte ihren Finger bei ihm ein. »Ich schwöre bei meinem kleinen Finger. Tut mir leid, dass ich nicht da war, um dich und Fish zu beschützen. Und dass ich nicht da war, um deine Mutter vor ihrer Angst zu schützen. Aber jetzt bin ich hier und bemühe mich, alles wiedergutzumachen.«

»Also schön«, sagte er und stieg hinüber in die Hölle.

Nachdem sie alle Türen im Haus ausprobiert hatten, darunter auch die Gartentür, die zu einer Go-Kart-Garage in Weavers Wunderland führte, wo sie Joels Wagen und die Leiche des vermissten Polizisten Michael DePalatis entdeckten, erwies sich die Haustür als die gesuchte, wobei Robin die Ironie der Sache nicht entging. Offensichtlich waren der Vordereingang von 1168 Underwood Road und der seines Alter Egos in der Hölle eng miteinander verbunden.

Als Wayne die Tür öffnete, wehte kein Winterhauch herein, und Robin sah die Veranda wie in ihrer Kindheit. Draußen herrschte Nacht, aber sie war nicht sicher, ob es daran lag, dass es schon fast sechs war oder ob in dieser fremdartigen neuen Verirrung einer Zeitzone *immer* Nacht war.

»Ich spürte die Sanktifikation da draußen nicht«, erklärte Robin ihnen.

»Vielleicht ist sie nicht wirksam, wenn jemand ein Stück Realität abgebunden hat wie eine Ballonfigur«, meinte Gendreau.

Nach kurzem Zögern streckte sie die Hand nach draußen. Im ersten Moment fühlte es sich unangenehm an, wie Eis, als wären noch heilige Rückstände vorhanden, aber das verging. »Es ist sicher.« Sie trat auf die Veranda, und die anderen folgten ihr.

Jemand, der auf der Schaukel am Ende saß, stieß einen Schrei aus, der einem Sioux-Krieger Ehre gemacht hätte, und sprang über das Geländer ins Gebüsch.

»Pete?«, rief Wayne und blinzelte in die Dunkelheit. »Amanda?«

»Batman? Bist du das?«

»Ja, ich bin's.« Wayne ging zur Schaukel, wo Amanda, ihre Brüder und die kleine Katie Fryhover im Dunkeln kauerten. Evan und Kasey Johnson standen vor ihrer Schwester und hielten einen Golfschläger und eine Bratpfanne sowie Schilde, die zuvor Deckel von Mülltonnen gewesen waren.

»Ey, Dicker, hast du so geschrien?«, fragte Joel.

Pete schlang die Arme um sich. »Nein.«

Unbekannte Konstellationen hingen tief am Nachthimmel wie Glühbirnen, die in die Wolken geschraubt waren. Die Wohnwagen im Trailerpark waren blasse dunkeläugige Schiffsrümpfe, die an einem schwarzen Strand aufgelaufen waren. Nirgendwo brannten Lampen. Das Wegzaubern musste die Leitungen und damit die Elektrizität unterbrochen haben.

»Sieht aus, als hätte Weaver die ganze Nachbarschaft mit abgeklemmt«, sagte Kenway, »inklusive Chevalier Village und Nummer 1168.«

Evan Johnson hustete und wischte sich das Gesicht mit dem

Ärmel ab. »Es ist jetzt schon den zweiten Tag lang immer dunkel. Der Strom ist ausgegangen, und gestern so gegen drei am Nachmittag ist plötzlich die Sonne verschwunden.«

»Seitdem«, ergänzte sein Bruder, »können wir nicht mehr rausgehen. Die Nacht ist wie eine Mauer.«

»Die Nacht ist wie eine Mauer«, wiederholte die kleine Katie.

»Ich und Evan habe es versucht.« Kasey zeigte mit dem Golfschläger die Straße entlang nach Westen. »Aber es ist, als würde die Luft *hart* werden.«

»Als wären wir in einem riesigen Aquarium«, sagte Amanda und stand auf. Katie Fryhover klammerte sich so verzweifelt an ihr Bein wie ein Schiffbrüchiger an einen Rettungsring. »Wir wissen gar nicht, was los ist. Unsere Eltern auch nicht.«

»Das waren die Hexen«, erklärte Wayne ihnen. »Die haben das gemacht. Aber wir sind hier, um die Sache in Ordnung zu bringen.«

Pete kam über die Wiese herüber, wischte sich den Staub von den Shorts und stieg die vordere Treppe hinauf. Als er Robin sah, blieb er stehen, die Hand auf dem Geländer. In der anderen Hand hielt er den Hammer vom Hau-den-Lukas.

»Schon okay«, sagte sie. »Ich bin's, Robin, die Verrückte mit der Kamera.«

»Verdammt, was ist denn mit dir passiert?«, fragte er absolut ungeniert, wie es im Königreich der Kinder Sitte ist.

»Ich habe Drogen genommen. Alle gleichzeitig.«

Lucas Tiedemann konnte sich vor Lachen nicht halten.

»Wir sind hierhin gegangen, weil Waynes Haus am weitesten von dem der Hexen entfernt ist«, erklärte Amanda. »Das erschien uns sicherer. Wenigstens ein bisschen. Die Hexen kommen nie hierhin. Ich glaube, sie haben Angst vor dem Haus.« Ihr Blick schweifte hinüber zum Trailerpark. »Mein

Dad hat offensichtlich auch Angst. Er geht nicht mehr aus dem Haus.«

»Er trinkt, seit die Sonne weg ist«, sagte Evan. »Er sitzt im Dunkeln, trinkt und starrt aus dem Fenster.«

»Ma-ma schlafen.« Katie Fryhover warf einen Blick auf Robin und versteckte ihr Gesicht wieder.

Kasey Johnson ließ die behelfsmäßige Waffe sinken, bis das Ende auf der Veranda ruhte. »Niemand geht raus«, sagte er matt und zermürbt. »Nicht mal unsere Nachbarn Mr. Weisser und Mrs. Schumacher. Die machen nicht mal die Tür auf, wenn wir klopfen.«

»Ich finde, wir sollten deine Freunde durch das Loch in meine Wohnung bringen«, schlug Kenway vor und legte Wayne die Hand auf die Schulter. »Dort könnt ihr es euch bequem machen. Im Kühlschrank gibt es noch Vorräte, wenn ihr hungrig werdet. Ich weiß nicht, wie lange es noch dauert.«

»Okay.« Wayne winkte die anderen Kinder ins Haus. »Kommt, Leute.«

Sie folgten ihm ziemlich bereitwillig, doch Pete blieb an der Tür stehen und wandte sich zu Kenway um. »Hey, Mister?«, sagte er und hievte den Kirmeshammer hoch. »Nehmen Sie den mit.« Er bot dem großen Veteranen den Hammer an. Kenways Pranke schloss sich um den Stiel. Er hob ihn über den Kopf wie ein Barbar aus einem Boris-Vallejo-Gemälde.

»Mjölnir«, sagte Wayne voller Ehrfurcht aus dem Hausflur. Kenway schwang ihn. Der große Hammerkopf zischte durch die Luft. »Danke, Junge.«

»Mach sie fertig, Mann«, sagte Pete.

»Oh, fast hätte ich's vergessen ...« Wayne nahm den GoPro-Gurt ab und reichte ihn Robin. »Hier ist die Kamera.« Er lächelte und schob sich die kaputte Brille auf die Nase. »Danke, dass ich eine Weile mal Kameramann sein durfte.«

»Ich habe zu danken.«

Sie machte die Riemen weiter und legte sie Kenway an.

»Und jetzt beginnt deine Schicht, Mr. Kameramann.« Das rote Auge der GoPro leuchtete im Dunkeln, feierlich und wachsam.

Mit einem leisen endgültigen *Klick* fiel die Haustür hinter ihnen ins Schloss, und die Magier, der Veteran, der Pizzamann und das Dämonenmädchen blieben auf der Veranda allein.

Vor ihnen lag eine Zone voller Zwielicht und Schatten, nur unterbrochen von den hellen Wohnwagen, die sich in die Ferne erstreckten wie ein Friedhof für Riesen. Die Nacht war windstill und drückend, eine brütende Sommerdüsternis, die sich um drei Monate verspätet hatte.

Grillen sangen allerdings nicht. Es herrschte absolute Stille.

Über ihnen blieb der Himmel ein kitschiges Modellstadt-Double des Originals. Die Sterne wirkten so nah, als könnte man hochgreifen und sie berühren. Da kein Wind ging und sich kein Leben rührte, bildeten die Bäume eine schweigende Mauer schwarzer Paranoia, die nur durch das Knirschen ihrer Sohlen gestört wurde. Die Straße hinauf zum Lazenbury-Haus war dunkel und einsam und wand sich endlos durch Tiefseefinsternis. Robins leuchtendes Herz erhellte den Weg vor ihnen, half aber nicht gegen das Gefühl, beobachtet zu werden.

»Ist das der, für den ich ihn halte?«, fragte Sara.

An der Straße stand ein Holzkreuz.

Gut über zwei Meter hoch begrüßte es sie wie eine Warnung. Heinrich Hammer war mit langen Zimmermannsnägeln durch die Handgelenke und mit Draht um die Ellbogen daran befestigt.

Im grüngelben Licht von Robins Pulsar-Herzen wirkte das

Blut, das über Kinn und Brust rann, wie glasiger Obsidian. Man hatte ihn ordentlich auseinandergenommen; die Beine waren, wenn man den schiefen Winkel betrachtete, offensichtlich gebrochen, und auf der Brust reihte sich eine Verletzung an die andere, ein Dutzend rosa Stichwunden. Die Hexen hatten ihn bis auf die Unterhose und das offene Hemd ausgezogen, ihm jedoch seinen schwarzen Staubmantel über die Schultern drapiert wie Jesu Leichentuch und die Ärmel nach vorn gelegt, als würde er vom Sensenmann umarmt.

Als sie näher kamen, sah Robin zu ihrer Überraschung, dass er die Augen aufschlug.

Er hustete schwach. »Hi, Leute.«

»'n Abend, Arschloch«, sagte Robin.

Heinrich spuckte Blut ins Gras. Er starrte sie mit einem glasigen gelben Auge an. Das andere war zugeschwollen. »Hast du also deinen Daddy gefunden … Wetten, du hast eine Menge Fragen, was …« Seine leise Stimme wurde von heftigem Husten abgewürgt.

»Hast du mir deshalb das Töten beigebracht?«, fragte sie.

»Ja.«

»Dir ging es nicht darum, einem armen Mädchen Schutz zu bieten. Du hast ein Schwert gewetzt. *Dein* Schwert.« Robin ging dicht an ihn heran, dicht genug, um den Kupfergeruch des Blutes wahrzunehmen, und … noch etwas, Ammoniak und gleichzeitig etwas Süßliches. »Dein goldenes Ticket zurück zu den Hunden des Odysseus.« Ah ja, er hatte sich eingenässt. Das roch so streng.

»Sie haben versucht, eine unserer Hauptregeln zu brechen, Mr. Atterberry«, sagte Gendreau, zog das Jackett aus, trat näher und hob eine Hand. »Sie wollten einen Dämon durch die Sanktifikation holen. Haben Sie geglaubt, wir würden Sie wieder aufnehmen, wenn Ihnen das tatsächlich gelungen wäre?« Ektoplasmische Energie wallte vom schlanken Arm des Curandeiro auf, eine pulsende Wolke Staubpartikel wie rote Weihnachtslichter, als würden die Funken eines Lagerfeuers Gendreaus Hand umwirbeln.

»Ich dachte, ich könnte den Dämon zähmen«, sagte Heinrich. »Ihn durch das Mädchen filtern und *extrudieren.*«

»Filtern?« Robin verzog das Gesicht. »Ich bin doch kein verfluchter Kaffee. Du verdammte Obi-Wan-Schwuchtel mit deinem Scheiß-Fake-Kung-Fu. Beeil dich lieber mit dem Krepieren, ehe ich das Kreuz umdrehe und dir in den Arsch ramme.«

»Du wolltest meine Kleine hier *reinschmuggeln*«, sagte Joel. »Scheiße, was hast du dir dabei gedacht?«

Heinrich seufzte. »Ich habe es vermasselt, ja; das gebe ich zu. Ich habe in meinem Ehrgeiz einen Fehler gemacht. Aber, hey, man muss es auch von der anderen Seite sehen – am Ende bist du doch gar nicht so schlecht geraten, oder?« Eine dicke Träne kullerte über das Blut auf seinem Gesicht. »Mein Gott, sieh dich an, Robin … *hust* … du bist …«

»Ein Monster.«

»… wunderschön! Du bist *mehr als* außergewöhnlich.« Er kicherte, und das Kichern entwickelte sich zum (wenn auch erschöpften) Lachen.

»Was ist daran so lustig?«

Der Gekreuzigte schüttelte langsam und deprimiert den Kopf, und das Grinsen verzog sich zu einer hoffnungslosen Grimasse. Er zuckte heftig, und sie dachte, er würde wieder zu lachen anfangen, doch tatsächlich schluchzte er still. Speichel hing an seinem Kinn wie Spinnenseide. »Du hast keine Ahnung, was Cutty da oben vorhat«, sagte er. »Ihre Matrone. Sie hatten sie oben auf dem Dachboden versteckt. Nachdem sie mich erwischt haben, haben sie mich hochgebracht und sie mir gezeigt.«

»Ja?« Gendreau zuckte. »Wer ist es?«

»Sie *behauptet,* Morgan le Fay zu sein.«

»Die zaubernde Feenkönigin aus der Artussage?«

Sara verschränkte die Arme. »Sie haben nur Mist im Kopf. Unmöglich. Morgan le Fay hat es überhaupt nicht gegeben. Das waren nur Geschichten.«

»Hey, bitte nicht den Überbringer umbringen«, sagte Heinrich, hustete heftig und spuckte ins Gras.

»Selbst wenn es le Fay *wäre,* müsste sie *jahrhundertealt* sein.«

»Fast zweitausend Jahre«, konkretisierte Gendreau. »Laut Artussage hat Artus Pendragon Britannien um 510 bis 520 nach Christus gegen die sächsischen Eindringlinge verteidigt. Er war eine reale historische Person, wenn die Figur auch ausgeschmückt wurde. Falls Morgan tatsächlich gelebt hat, dann war sie eine Zeitgenossin von ihm.« Er starrte auf die Erde unter ihren Füßen und zeichnete heilkräftige Runen mit der Stockspitze in den Boden. »Zuerst wurde sie um 1170 in einem Buch von Chrétien de Troyes erwähnt. An den Titel kann ich mich nicht mehr erinnern. Oder, nein, Augenblick, es war nicht de Troyes, sondern Geoffrey von Monmouth in *Das Leben des Zauberers Merlin.*«

»So was hast du alles im Kopf?«, fragte Sara. »Aber beim Drive-in von Burger King hast du zwischen Bestellschalter und Kasse vergessen, was du eigentlich haben wolltest?«

Im Lazenbury-Haus brannte noch Licht, trübe orange Augen im Schwarz. Robin suchte die Fenster nach Silhouetten ab. »Wenn die Matrone wirklich Morgan ist, ist sie …«

»Alt wie der Teufel?«, fragte Lucas.

»So könnte man es ausdrücken«, warf Gendreau ein. »Und mächtiger als jede andere lebende Hexe.« Die unterschwellige Anspielung entging Robin nicht. *Vielleicht haben wir ein größeres Stück abgebissen, als wir kauen können.* Hoffentlich war sie tatsächlich die Geheimwaffe, die Heinrich mit ihr hatte erschaffen wollen.

»Was für ein Scheiß«, sagte Joel und stützte sich auf seinen Baseballschläger. »Wenn ihr versucht, in mir den Wunsch zu wecken, dass ich lieber weggeblieben wäre, kann ich euch nur zum Erfolg gratulieren.«

»Ich habe nicht viel von ihr gesehen.« Der alte Hexenjäger bewegte einen Arm, als wollte er eine bequemere Haltung einnehmen, zuckte plötzlich vor Schmerz zusammen und schrie auf, wobei seine Beine zuckten und sich wanden wie Schlangen mit gebrochenem Genick. Seine Schreie klangen verzweifelt, jämmerlich und nicht im Mindesten so befehlshaberisch und mürrisch wie damals in Texas. Frisches Blut tropfte von den Nägeln durch seine Handgelenke. »Die versuchen, Ereshkigal zurückzuholen. Das haben sie schon sehr lange vor. Deshalb sind Annies Äpfel so dick. Sie haben sie für die Auferweckung aufbewahrt.« Heinrich ließ den Kopf hängen. »Ich habe mich hoffnungslos übernommen. Wir *alle.* Cutty und ihre Matrone sind hier seit der Gründung von Blackfield.« Er grunzte und schrie abermals vor Schmerz. »Tut mir leid, dass ich dich da mit hineingezogen habe, kleines Mädchen.«

»Wenn du deine Augen noch einmal aufmachst, wirst du sehen, dass ich weder klein noch ein Mädchen bin. Nicht einmal ein Mensch.«

Heinrich betrachtete sie erschöpft.

»Hau hier lieber ab«, sagte er, »solange du noch kannst.« Er hustete und besprenkelte Robins Drahtgeflechtbrust mit Blut. »Wie auch immer du hergefunden hast, nimm den gleichen Weg zurück und bleib weg. Hier geht es um schwarze Magie auf höchster Ebene. Plan-9-Pentagramm-Pentagon-Level. Die sind erst fertig mit dir, wenn du tot bist.«

»Ich kann nicht weg, bevor ich hier nicht alles erledigt habe.« Sie zeigte auf das Missionshaus. »Meine Mutter ist in dem *nag shi*. Ich lasse sie nicht noch einmal allein. Auch wenn ich sie nicht zurückbekomme, kann ich sie wenigstens befreien.«

Noch in diesem Zustand gelang Heinrich dieser Blick unter den Augenbrauen hervor, der sagte: *Du solltest lieber auf mich hören, Mädchen.* Den kannte sie nur zu gut; in den letzten Jahren hatte sie ihn oft genug gesehen.

»Das zieht bei mir nicht mehr.«

Da sie der alte Mann nicht umstimmen konnte, wandte er sich an Gendreau: »Wie lautet die Diagnose, Doc?«

»Theoretisch könnte ich Sie, mit mehr Zeit, wohl retten.« Der Curandeiro zog ein Taschentuch hervor und wischte sich die blutige Hand ab. »Aber Sie würden sterben, ehe ich viel bewirken könnte. Ehrlich gesagt überrascht es mich, dass sie so lange durchgehalten haben.«

»Der menschliche Körper ist ein Wunder, Doc«, sagte Heinrich höhnisch. »Der kann einiges einstecken, ehe er den Geist aufgibt. Und ich habe noch nie aufgegeben.« Er hustete, keuchte, verzog das Gesicht und spuckte zur Seite aus. »Bevor du gehst, holst du eine Hawaiian für mich raus und zündest sie mir an? Sie sind in der Manteltasche hinter mir.«

Robin wühlte herum, fand die Schachtel und das Zippo. Sie holte eine heraus, zog sie unter ihrer Nase durch und genoss den kräftigen Kokosnussgeruch.

»Gutes Zeug, Baby«, sagte Heinrich.

Sie steckte ihm den Zigarillo in den Mund, und wenn sie dabei gesagt hätte, sie wolle ihm damit nicht das Maul stopfen, hätte man sie guten Gewissens als Lügnerin bezeichnen können. Sie ließ das Feuerzeug aufschnappen, zündete und hielt die Flamme an die Zigarillospitze. Er nahm einen tiefen Zug. Eine

Rauchwolke wallte aus seinem Gesicht. Er zuckte zusammen, seine Hände spannten sich an den Nägeln und dem Draht.

»Ich komme nicht dran, verdammt.«

Sie schob das Feuerzeug in die Tasche seines Hemds und klopfte darauf. »Du findest schon einen Weg.«

Dabei rutschte ein Anhänger aus dem Kragen seines Hemds, eine Kamee, ein ovaler Stein, in den das Gesicht einer Frau im Profil geschliffen war. Er hatte ihr immer gesagt, es sei seine Mutter, nachdem er Robin gerade aus der Klapsmühle geholt hatte und sie noch dumm wie Bohnenstroh gewesen war.

Die Kamee fühlte sich warm an. Eigenartig, als ginge eine Kraft von ihr aus.

»Holen wir ihn runter?«, fragte Kenway.

Die Gruppe Hexenjäger stand vor dem Kreuz und blickte Robin ins überirdische Gesicht. Schließlich sagte sie: »Nein. Wenn er gefesselt ist, kann er mich nicht noch einmal bescheißen, ehe er vor seinen Schöpfer tritt.« Sie zeigte auf ihren Kopf. »Dafür ist er verantwortlich. Ich will nicht wissen, welche Asse er noch im Ärmel hat.«

»Wir lassen ihn einfach dort oben sterben?«, fragte Sara.

»Soll er doch die Suppe auslöffeln, die er sich selbst eingebrockt hat. Beinahe wären Kenway, Wayne und ich durch seine Schuld hopsgegangen, weil er hinter meinem Rücken ins Lazenbury-Haus eingedrungen ist. Ganz zu schweigen von Lucky Luke damals in Texas. Er ist ein arglistiger alter Mann, der nur an sich selbst denkt und Kinder dazu bringt, in seinen Kriegen für ihn zu kämpfen. Diesmal war er nicht schnell genug oder clever genug und muss jetzt mit den Folgen seiner Aktion fertigwerden.«

»Ich bin in das Haus eingedrungen, damit du in Sicherheit bist«, knurrte Heinrich. »Ich wollte dich aus dem Kampf heraushalten, auch wenn es für mich eine Tracht Prügel bedeutete.«

»So, Sinneswandel in letzter Minute?« Sie trat näher und hielt ihm einen ihrer Moderne-Kunst-Finger vor die Nase. Die Lichtquelle in ihrer Brust pulsierte wütend und ließ das Blut auf seiner Brust glänzen. »Hast du eine Ahnung, wie viel Scheiße du im Kopf hast? Hast du je gewusst, wann wo die Grenze ist? Irgendwann? Mich hast du in ein Monster verwandelt. Du hast dich einen Scheiß um mich geschert, abgesehen davon, dass ich eine Waffe für dich darstelle. Du benimmst dich, als wärst du stolz auf mich, aber du bist nicht stolz auf das, was ich als Person geworden bin. Du bist nicht stolz darauf, dass ich erfolgreich bin trotz all dem, was ich bei dir durchmachen musste. Du bist nur stolz auf mich wie ein Diktator auf seinen besten General.« Sie tippte sich auf den Arm und fuchtelte mit ihren Klauen. »Das hier interessiert dich. Darauf bist du stolz.« Sie klopfte sich auf die Brust, durch die ihr Herz strahlte. »Nicht darauf. Das bedeutet dir nichts und hat dir nie etwas bedeutet.«

Darauf hatte er keine Antwort.

»Also nein«, sagte Robin, kehrte ihm den Rücken zu und ging davon. »Wir holen ihn nicht runter.«

Heinrich grinste und blinzelte, die Hawaiian zwischen den Zähnen, in den Rauch. »Du bist ein kaltherziger Cambion, Robin Martine. Kälter als Eis. Und das, nachdem ich dich gerettet habe. Nachdem ich deinem Leben einen Sinn gegeben habe. Und ein Zuhause. Ich habe dir die Mittel gegeben, damit du deine Mutter rächen kannst. Ich habe dich aus einer meiner Rippen geschnitten. Ich bin ein guter Mann, und das weißt du ganz genau. Ich war gut zu dir.«

Sie blieb mitten im Schritt stehen und musste sich zwingen, nicht zum Kreuz zurückzugehen und den Mann vollends totzuschlagen. Sie hatte die Fäuste geballt, trotzdem zitterten ihre Hände. Sie wandte sich an die anderen, als sie sprach. »Ein schlechter Mensch, der einmal etwas Gutes tut in einem Leben voller Unrecht, wird dadurch nicht ein guter Mensch. Bankräuber werden nicht entlassen, weil sie mit dem gestohlenen Geld vor ihrer Verhaftung Weihnachtsgeschenke für ihre Kinder gekauft haben.«

»Du glaubst nicht, dass sich ein Mensch ändern kann?«

»Alle Menschen halten sich für gute Menschen, doch gute Menschen sind deshalb gut, weil sie durchgängig Gutes tun, und zwar aus guten Gründen. Man zieht nicht einfach einen Strich in die Erde und sagt: ›Alles, was ich hinter diesem Strich tue, ist gut.‹ Die Entscheidung liegt nicht bei dir. Du hast historische Artefakte gestohlen, du hast betrogen, du hast einem Kult angehört, Menschen entführt und Menschen ermordet. Ich habe mich nicht deinetwegen entwickelt. Ich habe mich dir *zum Trotz* entwickelt. Von Anfang an hast du ein Spiel mit mir gespielt und mich gezwungen mitzuspielen. Jetzt brauchst du nicht das Maul aufzureißen und damit anzugeben, wie viel du mir dabei geholfen hast, es zu gewinnen.«

Er nahm einen Zug von seinem Zigarillo, zuckte schmerzhaft und blies den Rauch aus dem Mundwinkel.

»Na, dann lass es krachen, Baby, lass es krachen.«

30

Der Weg erschien unendlich, ein Band von Staub und Kies, das sich durch die falsche Nacht schlängelte. Als sie sich dem Lazenbury-Haus näherten, bewegten sie sich leise und stellten jede Unterhaltung ein, um das Moment der Überraschung nicht zu zerstören. Robin hatte Gendreaus Jackett übergezogen und zugeknöpft, um das Leuchten ihres Herzens zu dämpfen. Sie blickte zu den anderen zurück. Gendreaus Miene zeigte düstere Entschlossenheit, aber Lucas, Joel und Sara machten sich vor Angst fast in die Hose. Warum Joel solche Angst hatte, war ihr klar, aber die beiden Magier?

»Wie viele habt ihr schon umgebracht?«, fragte sie.

Lucas sprach in Richtung Boden. »Drei.«

»Und du, Sara?«

Zuerst antwortete Sara nicht. Schließlich sagte sie: »Meine Gabe ist nicht für den Kampf bestimmt.«

»Also … keine.«

Im Hinterkopf loderte Verärgerung auf, doch was Gendreau

als Nächstes sagte, erstickte sie wieder. »Sie ist nicht hier, um zu kämpfen«, murmelte der Curandeiro. »Sie ist die talentierteste Beschwörerin und Illusionistin im Orden, abgesehen von meinem Vater. Sara soll Weavers Illusionen für uns auflösen.«

»Aha.«

Das Lazenbury-Haus ragte aus der Dunkelheit vor ihnen auf wie ein Geisterschiff. Am nördlichen Ende der Auffahrt waren die Rolltore der Garage zu sehen. Bloß ... je länger sie hinsah, desto weniger ähnelte das Gebäude einer Garage, sondern eher einem Stall. Die Türen flimmerten und waberten, und nun stand Cuttys grüner Chevy Nova auf einer Lage Stroh. Und dann war es ein Pferd, ein Quarter Horse Schweißfuchs, der mit dem Schweif in die Nacht wedelte.

Mit geballten Fäusten an der Seite beugte sich Sara vor, als würde sie ihre Stirn gegen eine unsichtbare Wand drücken. Ihr Gesicht zeigte unglaubliche Konzentration.

Das Lazenbury-Haus erwachte zu lärmendem Leben. Verspieltes Feenlachen junger Frauen, ein klimperndes Piano, schlurfende Sohlen, hartes Absetzen von Glaskrügen auf Holztischen. Die modernen Doppelglasfenster verwandelten sich in schiefes trübes Bleiglas.

Dahinter sah Robin Schemen, die sich hin und her bewegten, als wäre eine Party im Gange. Eine elektrische Wandlampe neben der sich nach außen öffnenden Küchentür flackerte wie eine Filmspule und wurde plötzlich zur Gaslaterne, die zischend ein kränklich grün-oranges Licht verstrahlte. Die Aluminiumtür selbst zerfloss wie in einem LSD-Traum zu einer schweren Holztür mit einer kopfgroßen Klappe in der Mitte. Das Guckloch war mit einem Gitter versehen.

Lucas fragte Gendreau: »Warum hast du mir nicht gesagt, dass wir ein Bordell besuchen?«

»Weil es seit fast einem Jahrhundert kein Bordell mehr ist.« Der Curandeiro tippte Sara an. »Hier haben wir es, davon gehe ich aus, mit einer Illusion zu tun. Kannst du sie auflösen?«

»Ich versuche es. Das ist ganz schön verzwickt.« Die Illusionistin strich sich mit den Fingern durch das feuerrote Haar und legte sie dann an die Schläfen. »Ich bleibe an der Sache dran.«

»Machen Sie das«, sagte Robin, öffnete die Küchentür und setzte damit einen Schwall von duftendem Dampf und eine Welle unglaublicher Hitze frei. »Ich gehe rein.«

»Aber auf keinen Fall allein.« Lucas folgte ihr.

Gendreau meckerte: »Zur Hölle. Warten Sie auf mich.«

Im Schein der Gaslampen an beiden Wänden ging es in der Küche lebhaft zu. Drei schwarze Frauen und ein schwarzer Mann in verschmierten weißen Kitteln führten einen koordinierten Tanz zwischen zwei brodelnden Suppentöpfen, einem Ziegelofen voller halloween-orangem Licht und dem schaurigen Kadaver eines Wildschweins auf,

(abstechen mit den stählernen Messern)

das an einem Spieß über glühenden Kohlen schmorte. Die beiden linken Haxen, die Seite und der halbe Kopf waren bereits entfernt, und die klinisch sauberen Einschnitte waren der heißen Luft ausgesetzt. Ein leerer Schädel, eine kahle Reihe Zähne, bleiche Streifen aus Rippenknochen.

Es herrschte eine beschäftigte, traumartige Stimmung, in der die Köche die neuen Besucher nicht bemerkten, wie bei Scrooge, dem seine eigenen Erinnerungen vom Geist der vergangenen Weihnacht vorgeführt werden. Wenn die Neuankömmlinge bemerkt wurden, so wurde ihnen jedenfalls keine Beachtung geschenkt. »Ey, Scheiße, nee«, sagte Joel. »Hier müssen die Brüder und Schwestern noch das Schwein braten und die Teller waschen und so'n Scheiß. Das ist doch echt Mist. Da sollte mal lieber nicht auch noch ein Farbiger hinter der Theke stehen.«

»Das ist ein Puff zur Zeit der Jahrhundertwende«, sagte Robin. »Komm schon, gehen wir weiter. Ich will mich hier nicht länger aufhalten als absolut notwendig.« Sie schob sich durch eine Schwingtür in den Saloon.

Schmutzige Arbeiter in Hemden aus Chambray und Kattun spielten Karten, erzählten sich Witze und genossen ihre Getränke an fünf Tischen in dem Raum, in dem sich eigentlich Cuttys Wohnzimmer befand. Zigarettenrauch bildete eine Wolke um einen eisernen Kronleuchter mit Sturmlampen. Frauen in Korsagen und gestreiften Strumpfhosen lehnten oben am Geländer. Unten links an einer Theke bediente ein Rothaariger mit Ärmelhaltern und Schurkenschnurrbart. Am anderen Ende stand ein Pianola, an dem jemand in schäbigem Fellmantel und Hut auf einem Hocker saß und in die Tasten griff.

Der Barmann goss flüssigen Honig in ein Glas und schob es einem schmuddeligen Wanderarbeiter mit Stetson und Ledermantel zu.

Kenway fielen fast die Augen aus dem Kopf. »Sind wir auf das Holodeck von *Raumschiff Enterprise* geraten oder was?«

»Das ist möglicherweise die realistischste Illusion, die ich je gesehen habe.« Gendreau blickte finster drein. »Verdammt, ich bin nicht mal zu hundert Prozent sicher, ob es eine Beschwörung ist … oder, Gott steh mir bei, eine Zeitanomalie.«

»Das ist keine Zeitschleife«, sagte Sara und schnippte mit den Fingern vor dem Gesicht eines Mannes. Er starrte in seine Pokerkarten und ließ sich dabei von ihr nicht ablenken.

»Zeitschleife?« Joel stockte der Atem. »Lieber *nicht*.«

»Wissen die Bescheid?«, fragte Robin. »Weaver und Cutty, wissen die, dass wir hier sind?«

Abrupt hörte der Pianist zu spielen auf, mitten in der Melodie.

Bohrende Blicke richteten sich von überallher auf Robin und die Hunde des Odysseus, als die Minenarbeiter und Cowboys von ihrem Schnaps und ihrem Kartenspiel aufsahen und die Fremden fixierten. Der Pianist wirbelte auf dem Hocker herum, umklammerte die knochigen Knie, stand auf und entpuppte sich als eine Sie. »Ja, wir wissen sehr wohl, dass ihr hier seid.« Karin Weavers dunkelgesäumte Augen blitzten unter der Krempe des Hutes auf, unter ihrem Kinn hing locker eine Kordel. In ihrer Tweedweste und dem Ledermantel erinnerte sie an eine gealterte Annie Oakley. Mit einer Hand schloss sie leise die Abdeckung des Klaviers und ließ die Hand darauf liegen, während sie mit der anderen an die Hutkordel griff und daran herumfummelte. »Wie habt ihr es in meine Blase geschafft?«

»Deine Blase?«

»Meine Tesserung«, erwiderte Weaver scharf und ungeduldig, als spräche sie mit einem Idioten. »Meine Tesserung, *meine Tesserung!* Ihr wisst, was das ist, ja?«

»Tesserung! Ein ziemlich schlichtes astrophysikalisches Konzept«, sagte Joel Ellis hinter den Magiern. »Die Zeitspalte, um Entfernungen zu verkürzen. Man faltet Punkt A auf Punkt C, um Punkt B zu eliminieren, und dadurch bringt man zwei räumlich getrennte Orte in größere dimensionale Nähe und reduziert so drastisch die Reisezeit. Auch bekannt als Hyperwürfel.«

Alle im Saloon starrten ihn an.

»Was denn? Meint ihr alle, ich könnte nicht auch ein paar durchgeknallte Sachen wissen? Ich lese schließlich Fantasy. Und natürlich auch *Die Zeitfalte*. Man ist nicht der Bruder von Fisher Ellis und bekommt nichts von Wissenschaft mit. Klar?«

Niemand erwiderte etwas.

»Ihr liegt echt ziemlich falsch.« Er schüttelte den Kopf. »Ihr macht doch alle euer Ding. Seht doch.« Er zeigte auf Weaver. »Sie ist eine Hexe.«

Weaver löste sich vom Piano und drückte sich die altersfleckigen Hände aufs Herz – oder zumindest auf die Stelle, wo das Herz hätte sein sollen –, und dann legte sie eine Hand wieder aufs Klavier, als würden ihr die Tasten einen gewissen Schutz oder auch Trost bieten. »Natürlich, natürlich. Der junge Farbige hat recht. Aber nun, was passiert mit Punkt B? Ach, ihr seid mittendrin, nicht wahr? Das ist meine … Blase.« Die Hexe starrte immer noch Robin an. »Wer bist *du*? … *Was* bist du?«

»Annies Tochter.« Robin zog das vornehme Marinejackett aus, reichte es Gendreau und enthüllte das Leuchtturmblinken ihres Herzens. »Wie sich herausstellt, ist das Ritual. das meine Mutter verwendet hat, um Edgar zu …«

»Töten!«, kreischte Weaver. *»Um meinen Mann zu töten!«*

»… um Edgar *zu töten,* nicht komplett vergeblich gewesen. Es ist ihr gelungen, einen Dämon zu beschwören. Aber einen Inkubus. Sie hat einen Deal mit dem Dämon gemacht, sein Kind auszutragen, damit er sie beschützt.«

»Ein Halbblut also.« Weaver verzog säuerlich das Gesicht. »Hast das Blut eines Dämons in dir. Hätte ich mir gleich denken können. War uns immer ein Rätsel, wie deine Mutter ein Kind gebären konnte, nachdem sie der Göttin ihr Opfer dargebracht hatte … Wir haben immer angenommen, sie sei schon vorher schwanger gewesen. Normalerweise wird das Kind, mit dem die Frau während des Rituals schwanger ist, tot geboren …«

»Der Dämon hat sie zurück in einen Menschen verwandelt, lange genug, damit sie ihren Teil des Deals einhalten konnte.«

»Und hat sie geschwängert?« Die Hexe blieb beim Klavier. »Oh, aber du bist so eine tödlich schöne Schlange, nicht? Eine ordentliche Belohnung. Ein Wechselbalg, denke ich. Weißt du, ich habe noch nie einen Dämon gesehen. Marilyn sagte, sie seien gefährlich, weil sie Magie *verschlingen*, weißt du, sie ernähren sich von den Energien dort draußen …« Sie richtete versonnen die Hand zur Decke, als würde dort das Jenseits beginnen.

Alle Desperados verfolgten Robin mit den Augen, als sie einen Schritt weiter in den Saloon machte. »Aber wenn wir hier unter den Lebenden sind«, sagte sie, »bevorzugen wir es, Hexen den Herzweg auszusaugen.«

Weaver wich zitternd zurück.

Sie schrie: »Keinen Schritt weiter, du dummer Kobold, du wertloser Köter! Du hältst dich von mir fern, verstanden? Ich habe dir *gesagt*, du sollst nicht herkommen. Aber du hörst ja nicht. Du hast noch nie gehört.« Die Hexe verkniff sich eine Grimasse und fletschte die geckenhaften Schneidezähne. »Hast immer an die Tür geklopft, *lass mich rein, Großmutter, lass mich rein*, ein kleines Blag, das meine Näharbeiten ruiniert hat.« Sie hob die Hand, um ihre Worte zu betonen. »Ich habe gedacht, wenn ich ein paar Nadeln im Teppich verstecke, meidest du irgendwann mein Nähzimmer, aber nein! Ich bin nur mal schnell pinkeln gegangen, und wenn ich zurückkam, warst du schon wieder drin und hattest meine Nadeln rausgezogen und meine Schneiderpuppe umgeworfen! Und Marilyn war es gleichgültig, sie lachte und lachte und sagte zu mir: *Karen, sie ist doch noch ein kleines Mädchen, du hast auch mal ein kleines Mädchen gehabt, du weißt doch, dass sie wie ein Sack Flöhe sind*, und ja, ich habe mal ein kleines Mädchen gehabt, aber musste sie mir das unter die Nase reiben?«

Robin ging einen Schritt weiter.

Die Hexe zeigte auf sie. »Geh dahin zurück, woher du gekommen gibt, verdammt!«, zischte sie giftig. »Ich sage es dir nicht noch einmal.«

»Genug …« Robin sprang auf sie zu und packte Weavers Mantel.

Es war, als wäre die Hexe einfach herausgeschlüpft. Als Robin hochsah, hatte sich die Hexe in Luft aufgelöst, und sie hielt nur das leere Kleidungsstück … Wenn Weaver überhaupt an dieser Stelle gewesen war. Sie drehte sich um und wollte etwas sagen, dann erkannte sie, dass *alle* Cowboys jetzt Weavers Gesicht hatten.

Zwei, drei Dutzend Karen-Weaver-Klone spielten Karten an den Tischen. Der Mann, der an der Bar trank, war ebenfalls Weaver. Auch der Rothaarige hinter dem Tresen war Weaver, mitsamt Schnurbart. Selbst die Bordelldamen oben waren Weaver, und ihre schlaffen, alten Hippie-Busen wackelten in den Korsagen wie Aspik.

»Zeit, dass wir mit euch in den Holzschuppen gehen und euch eine anständige Abreibung verpassen«, sagte eine der spielenden Weavers und schob ein Glas Whiskey zurück.

Die Barkeeper-Weaver krempelte die Ärmel hoch und schwang glänzende schwarze Klauen. »Jaaaa«, fauchte sie. Ihr Gesicht wurde länger, und sie öffnete den Mund. Von Wolfszähnen tropfte Geifer auf die Bar.

Überall im Saloon erhoben sich die Weaver-Doppelgänger, nahmen die Hüte ab, reckten Hälse und Hände und wurden dunkel und widerlich. Die Augen wurden tiefer, düstere rote Murmeln, die in schwarzen Höhlen lagen. Kenway nahm den Hau-den-Lukas-Hammer in die andere Hand, verdrehte den Hals und ließ ihn laut knacken.

»Nein«, sagte Joel und schüttelte den Kopf. Er hob den Schläger und zeigte auf die nächste Hexe. »Wir werden jetzt ganz bestimmt nicht …«

»Also, nun, sehen Sie …«, fing Gendreau an.

Im Saloon war plötzlich der Teufel los, als sich jede Hexe in Sichtweite auf die Magier stürzte. Sie waren wie ein Schwarm krächzender Raben.

»… *Kacke und Kampfschweine!*«

Lucas schnappte sich einen Stapel Spielkarten und schleuderte sie wie Frisbees in die Menge. Eine der Hexen erstarrte mit einem Karobuben in der Brust und brach zusammen, während sie sich in Rauch auflöste.

Krach! Krach! Krawumm! Kenway schwang seinen Hammer in großen Kreisen über dem Kopf. Der Veteran taumelte von einem Kampf in den nächsten und zerschmetterte Köpfe in einem hektischen Whac-A-Mole-Spiel. Hexenschädel prallten von seinem blutigen Hammer ab. Dazu sang er mit manischer Freude: »Little Bunny Foo-Foo, a-runnin' through the forest! Pickin' up the field mice and boppin' em on the head!«

Um sie herum zuckten und flimmerten Hexen wie Videostörungen, während die Illusionistin Sara mit den Fingern geheimnisvolle Symbole in die Luft zeichnete und die Trugbilder aufzulösen versuchte. Gendreau verteidigte sie mit seinem Ziemerstock und tänzelte in einer ausgefeilten Kampfkunsttechnik. Die faustgroße Perle am Ende war als Keule hervorragend geeignet.

Robin stürzte sich ins Getümmel, griff nach einer Weaver und versuchte, ihr den Saft auszusaugen, doch es war hoffnungslos – die Klone wichen aus oder duckten sich, verteidigten sich mit Stühlen und Barhockern und entzogen sich ihr mit Finten. Die zwei, die sie erwischte, lösten sich in beißendem Rauch auf.

»Eine von ihnen muss die richtige sein!«, sagte sie zu den Magiern. »Packt sie nacheinander und haltet sie fest, damit ich …«

Etwas Hartes traf sie an der Schulter und hätte sie fast umgeworfen. Kenway duckte sich und hob den Hau-den-Lukas-Hammer. »Ups, sorry!«

»Pass doch auf mit dem Ding!«

»Ja, Ma'am!« Er drehte sich um, schmetterte den Hammer durch einen Stuhl in den Kopf eines Klons und verwandelte die Hexe in Nichts. Mit dem nächsten Hieb verfehlte er eine andere und traf einen Tisch. Bier, Glassplitter und Dollarmünzen aus dem 19. Jahrhundert flogen in alle Richtungen. Eine Hexe sprang auf seinen Rücken und biss ihm mit gelben Fangzähnen in die Schulter. *»Aaaah!«*, schrie er, wand sich und kollidierte beim Versuch, sie abzuschütteln, mit Tischen und anderen Leuten.

Robin packte sie am Haar, zerrte sie von Kenways Rücken, führte sie zur Bar und rammte das Gesicht der alten Frau auf den polierten Tresen, wobei die Nase mit einem Knacken brach. Gleichzeitig explodierte die Nase jedes Weaver-Klons mit schwarzer Soße, als die Gesichter sich dem der echten Hexe anpassten.

Diese Hexe löste sich nicht in Schall und Rauch auf.

»Habe ich dich, Lady«, sagte Robin und packte sie an der Kehle. Öliges Blut tropfte aus Weavers Nase und von ihren Monsterzähnen. Robin konzentrierte sich, drängte ihr Bewusstsein in die Hexe und fand tief in ihr den Herzweg. Dann zog sie sich wieder zurück und holte die Energie ein wie einen Angelhaken. Sie floss dünn und wässrig ins Zentrum ihres Wesens. In ihrem Mund breitete sich ein muffig-salziger Geschmack aus.

Ihr Herz leuchtete strahlend hell in ihrer Brust und erzeugte Discokugel-Lichtpunkte überall im Raum. Weaver schnappte nach Luft. Ihr Gesicht wurde teigig, schrumpfte und spannte sich, jeder Schwung und jede Kuhle zeichneten sich in scharfen Details ab.

»Nein!«, krächzte die Hexe und befreite sich aus Robins Griff. Die anderen Schatten-Weavers gingen auf Robin los, während

die echte zurückwich, und plötzlich musste sie gegen eine Schar kreischender Harpyien kämpfen. Die drückten sie auf den Boden und kratzen und zerrten mit ihren Krallen an ihr. *»Ich bring dich um, du verdammte Höllenkuh!«*, kreischte eine, bohrte die Nägel unter Robins Haut und riss sie in langen Streifen los. Eine andere machte sich an ihrem Ohr zu schaffen und zerfetzte es. *»Du und deine Mutter, ihr habt mir meinen Edgar weggenommen! Ich verschlinge deine Seele!«*

»Nicht wenn ich zuerst deine fresse.« Robin schlug mit der geflochtenen Faust nach ihr und zerschmetterte der Hexe die Zähne.

Kenways Hammer ging auf den Kopf des nächsten Klons und brach ihm das Genick. Weavers Doppelgängerin brach in sich zusammen wie ein Kartenhaus und bildete einen Teppich aus Rauch über dem Boden. Lucas schleuderte eine Weaver zu Boden und trat ihr ins Gesicht; auch diese machte *puff*.

Der große Veteran knurrte und drückte einer Hexe den Griff des Hammers unter das Kinn. Die beiden waren in einem taumelnden Tanz vereint, während Kenway sie erwürgte. Robin schaute aus den Augenwinkeln zu, wie die Hexe in seinen Armen schließlich aufgab, erschlaffte …

… und sich in Sara Amundson verwandelte.

Er ließ mit einem unterdrückten Schrei los, und Saras schlaffer Körper sank vor seinen Füßen zu Boden. Vor Schock fiel ihm der Hammer aus der Hand. Im Niedersinken verzerrte sich ihr Gesicht, verlor die Form und wurde etwas Verkümmertes, Vernarbtes. Ihre Augenbrauen verschwanden, der Nasenrücken wurde platt, die Nasenlöcher wurden zwei Schlitze wie bei Voldemort in einem zerschmolzenen Gesicht.

»Oh, Gott«, schrie Lucas und bahnte sich einen Weg durch die Hexen.

Gendreau war von Schreck und Verwirrung paralysiert und schaute vom Rand des Raums zu, wie die Tragödie ihren Lauf nahm.

»Vorsicht!«, schrie Robin.

Aber die andere Sara hinter ihm bewegte sich bereits vorwärts und verwandelte sich zurück in Weaver. Die Hexe schlang einen Arm um den Hals des Curandeiros.

Im letzten Augenblick sah er die Klinge und kniff die Augen zu. Das war vermutlich das Schlimmste – er sah es kommen. Das Messer in ihrer Hand blitzte auf, und sie schlitzte ihm die Kehle mit übernatürlicher Leichtigkeit auf. Blut aus der Halsschlagader ergoss sich über den Kragen von Gendreaus weißem Hemd und färbte es leuchtend rot.

Weaver stieß ihn von sich. Er stolperte über einen zerbrochenen Stuhl und landete mit dem Gesicht nach unten auf dem staubigen Boden.

Die Hexe gackerte und präsentierte das Messer.

Schwarzes Blut bildete ein dunkles Lätzchen auf ihrem Gesicht und ihrer Brust. »Hast du gedacht, du könntest die größte Illusionistin besiegen, die je gelebt hat? Hast du geglaubt, du würdest meine Tricks durchschauen? Tja, Old Miss Tricksy bist du doch noch längst nicht gewachsen, was …«

»Eerraaahh!«, brüllte Lucas und schleuderte seine letzten Pokerkarten.

Ein Wirbelsturm aus Karten fegte durch den Saloon, wehte durch ein offenes Spalier von Klonen direkt auf die echte Weaver zu und traf sie wie eine Salve Flechettes aus einer Schienenkanone. Hinter ihr krachten Karten in die Wand. Eine jedoch ragte aus dem Gesicht der Hexe zwischen Augen und Nase.

Joel nutzte die Ablenkung aus, stürmte vor und hämmerte der Hexe den Baseballschläger auf den Hinterkopf. Durch den

Kampf war der Swarovski-Kolben offensichtlich schon geschwächt, denn er zerbrach mit einem lauten *Knack,* und Holzsplitter flogen in alle Richtungen.

Alle Schatten-Klone wurden ausgelöscht und verschwanden, während der Saloon selbst flackerte wie ein gestörtes Fernsehbild. Weaver ging auf die Knie, *bum-bum,* und kippte um.

Gerade noch lagen überall umgestürzte Tische und Pokerchips und zerbrochene Gläser auf dem Boden. Dann unterlag die Realität einer Überblendung, und plötzlich standen sie in Marilyn Cuttys Wohnzimmer; der Flachbildfernseher war umgestoßen und zerschmettert, die Stühle an die Wände geschoben und das Sofa an die HiFi-Anlage gequetscht. Sie waren zurück im 21. Jahrhundert.

»Hilfe, verdammt!«

Lucas saß auf dem Boden und hatte sich Gendreau auf den Schoß gezogen. Der Curandeiro hielt sich den Hals und versuchte, die Wunde mit Magie zu schließen, während Blut durch seine leuchtenden Finger spritzte.

»Muss …« Er würgte, und Blut quoll aus seinem Mund. »Ich kann nicht …« Sein Gesicht war grau, die Augen hatte er vor Angst aufgerissen. »…urg.«

Er kann sich nicht konzentrieren, dachte Robin. *Der Schreck hat ihm den Verstand geraubt.*

»Nicht sprechen.« Sie nahm seinen Stock, umklammerte die Billardkugel-Perle und starrte in die durchschimmernde weiße Oberfläche wie in eine Kristallkugel. Gedämpft, schwach, ein Wispern durch ein Kissen, die Gedanken eines Kükens im Ei. Sie konnte es sich holen, sich alles holen, aber das würde dauern. Wenigstens zwanzig, dreißig Minuten.

So viel Zeit hatte sie nicht. Sie schlug die Perle auf den Boden.

»Was machen Sie denn da?«, fragte Lucas.

KRACH! Sie schlug die Kugel abermals auf den Holzfußboden. »Ich versuche, an den Herzweg im Inneren heranzukommen«, erklärte sie. »Damit kann ich ihn heilen« – *KRACH!* –, »aber wegen der harten Schale komme ich nicht schnell genug daran.«

»Das ist der Leiter«, sagte Lucas, »das leitende Material.«

»Vielleicht für ihn. Er ist daran gewöhnt. Ich nicht.«

»Moment.« Kenway kam dazu und hob den Hau-den-Lukas-Hammer. Robin zog die Hand weg, und er ließ den massiven Holzklotz auf die Perle niedergehen, die in einer Wolke aus weißem Staub in drei schwere Teile zerbrach.

Im größten Stück war ein Zahn eingeschlossen.

In ihrem Schädel flatterte wilde Panik mit ängstlichen Flügeln. Sie nahm den Zahn, und tatsächlich war es ein menschlicher Zahn: ein makelloser weißer Backenzahn.

»Schwester, das wird ja immer verrückter mit dir«, sagte Joel und beugte sich über sie. »Weißt du das?«

»Machen Sie schon!«, schrie Lucas.

»Ja, okay.« Sie schloss den Zahn in die Faust, berührte die paranormale Energie im Inneren und zog sie heraus wie an einer Angelschnur.

Visionen aus dem achtzehnten Jahrhundert erschienen vor ihrem inneren Auge, ausgelöst durch die Kräfte, die aus dem Zahn strömten. Bilder von einer Frau im Unterkleid, die an einen Pfahl gebunden war; Männer in Schnallenschuhen. Sie ignorierte die Bilder und legte die andere Hand auf Gendreaus Kehle

(Lucretia Melcher: Im Namen der Stadt Philadelphia …)

und leitete das Ektoplasma vom Herzweg den linken Arm hinauf und den rechten Arm hinunter in Gendreau. Der Pulsar in ihrer Brust wurde

(verurteilen wir Sie zum Feuertode auf dem Scheiterhaufen …)

zum flackernden Supernova-Stroboskop und verwandelte ihre Arme in britzelnde Teslaspulen. Die Blutung stockte, als Gendreaus Zellen sich vermengten und sich miteinander zusammenschlossen und sich durchtrennte Halsschlagader und Drosselvene wieder verbanden.

(… für das Verbrechen, eine Hexe zu sein.)

Schlaffe rote Muskeln, die durchschnitten worden waren, reckten sich und verflochten sich. Das ausgefranste Grinsen auf der Haut schloss sich von einem Ohr zum anderen wie ein Ziplockbeutel. Sie tastete nach dem Puls im Hals und spürte eine schwache Bewegung, ein kurzes Winden unter der Haut. Die Erleichterung überwältigte sie, und sie richtete sich mit fast delirösem Stöhnen auf.

»Oh, mein Gott«, sagte Lucas und blickte über ihre Schulter. »Du hast es geschafft.«

»Was geschafft?«, fragte Sara.

Kenway half der benommenen Illusionistin in eine sitzende Position auf. Sie hustete und schnappte nach Luft und hielt sich die Kehle. Schmerz stand ihr ins Gesicht geschrieben. Die zerschmolzene, vernarbte Erscheinung war verschwunden, ihr Gesicht war wieder so, wie es den ganzen Tag ausgesehen hatte – wunderschön mit tiefgrünem Lidschatten und vollen roten Lippen.

»Was ist passiert?«, krächzte Sara.

»Äh …« Kenway blickte sie an. »Die Hexe hat mich reingelegt, und versehentlich habe ich dich gewürgt.«

Sara hustete erneut, zuckte zusammen und bedachte den armen Mann mit einem Blick wie ein Dolch aus Eis. Dann bemerkte sie den blutigen Curandeiro in Lucas' Schoß. »Oh. *Ohhhh! Doc!*« Sie mühte sich auf die Knie und beugte sich über Gendreau. »Kommt er wieder in Ordnung? *Lebt* er noch?«

»Noch lebt er, aber … ich weiß es nicht.« Robin betrachtete den Zahn in ihrer Hand. »Ich weiß es nicht.«

Karen Weaver schleppte sich in einer Lache ihres eigenen verrotteten Blutes durch das Wohnzimmer. Dutzende Spielkarten steckten in der Wand über ihr. Die Herzkönigin war fast vollständig in Weavers Gesicht versenkt, nur ein Buchstabe war noch sichtbar, als wäre ihr Gehirn mit einem Lesezeichen versehen worden.

Sie war voller Löcher, da sie von achtunddreißig Karten getroffen worden war, und sechs davon steckten in Rippen und Wirbelsäule. Eigentlich war sie schon halb ein Kadaver, denn ihre durch übernatürliche Kräfte veränderten Zellen waren uralt und immer wieder durch die Lebenskraft in Annie Martines Äpfeln verjüngt worden … Doch durchtrenntes Rückenmark ist durchtrenntes Rückenmark, und Karen konnte ihre Beine nicht mehr bewegen.

Robin stand über ihr.

Die Hexe wälzte sich herum und hob die zitternden Hände. Das Auge auf der Kartenseite in ihrem Gesicht war matt und tot und regte sich nicht. »Ich bin f-fertig, du l-lästige Nutte.« In ihrem Mund sammelte sich schwarze Tunke. »Lass mich in R-ruhe.«

Robin kniete bei ihr, packte die Aufschläge von Weavers Lumpenmantel und zog sie hoch. »Du bist vielleicht fertig«, sagte sie mit ruhiger Stimme, »aber *ich* noch nicht.« Ihr Bewusstsein tauchte erneut nach dieser dunklen Kraft. Diesmal fand sie einen warmen Faden und erkannte darin eine geraubte Lebenskraft, etwas, das Heinrich Annies *flora de vida* genannt hätte. Sie extrahierte beides, den Herzweg und die Lebenskraft und speicherte sie in sich. Weavers Gesicht wurde ausdruckslos, ihre

Haut spannte sich wie gelbliches Leintuch über ihren Schädel. Die Nase der Hexe fiel ein wie eine zerdrückte Kürbislaterne, und ihre Augen schrumpelten. Die Lippen wurden dünner und schrumpften und entblößten gelbe Pferdezähne, wodurch sie aussah wie eine still schreiende Moorleiche.

»Ich warte auf dich«, wisperte die Hexe trocken, »und zwar in der Hölle«, und damit starb sie zum zweiten Mal.

Marilyn Cuttys Hellsicht hatte sich für sie als Vorteil erwiesen, denn weder sie noch ihre Matrone waren irgendwo im Lazenbury-Haus zu finden. Robin durchsuchte das Haus und bewegte sich zielstrebig von einem Zimmer zum anderen, wie ein Beamter des Einsatzkommandos. Im ersten Stock lagen die drei geräumigen und luxuriösen Schlafzimmer der Hexen, jeweils mit einem Himmelbett ausgestattet und ansonsten nach dem Geschmack der Bewohnerin eingerichtet – für Weaver ein Zimmer aus der Ponderosa-Ranch. Für Theresa die karge Zelle einer Nonne, in der sich verschimmelte Teller und halb verzehrte Speisen stapelten. Für Cutty ein aufgeputztes viktorianisches Nest in Paisley und Seide.

Im letzten Schlafzimmer gab es eine Luke in der Decke und eine Leiter, die zum Dachboden führte. Sie zog die Luke nach unten und kletterte hinauf in die Dunkelheit, wobei ihr leuchtendes Herz für Licht sorgte. Der Dachboden war riesig und erstreckte sich über die gesamte Fläche des Hauses. Staubige Möbel und eine Ansammlung von Gerümpel bildeten ein düsteres, enges Labyrinth; vorsichtig schlich Robin hindurch und rechnete ständig mit einem Hinterhalt.

Halb verborgen hinter einem Schrank befand sich eine schlichte Tür. Sie drückte sie auf und betrat ein kleines Zimmer mit einem Bett, einem Fernseher und einem Fenster, das zum

Weingarten hinausging. In der Mitte des Zimmers stand ein leerer Sessel mit Kissen und einer warmen Decke.

Während Robin sich zurück nach unten aufmachte, fragte sie sich, ob die Matrone wirklich Morgan le Fay aus der Artussage war. Heißes Schuldgefühl überfiel sie, als sie daran dachte, dass sie mit Wayne reden musste. Leon Parkin war ebenfalls nicht im Haus. Was würde der Junge sagen? Was würde er *tun*? Was würde *sie* tun müssen?

Natürlich würde sie Cutty und ihre Matrone jagen müssen, wohin sie auch gingen. Das war klar. Diese Blutfehde endete nicht einfach, weil Robin den Zirkel zahlenmäßig reduziert hatte. Die beiden hatten sich vermutlich vom Acker gemacht, um sich irgendwo anders, Gott weiß wo, niederzulassen. Aber so lief es doch immer bei denen, oder? Meistens waren die Hexen Nomaden. Sie zogen wie Ratten von Stadt zu Stadt, von Land zu Land und suchten sich Orte, wo sie sich eingraben und ein Nest bauen konnten. Aber manche schlugen auch Wurzeln, und dann würde Robin sie finden.

Wayne würde ganz bestimmt mit auf die Suche nach Cutty gehen wollen.

Sollte sie ihm das erlauben?

Hatte sie eine andere Wahl?

Allein konnte er nicht hierbleiben. Er brauchte ein echtes Leben, ein *normales* Leben, wo er zur Schule ging und in einem Haus wohnte, nicht in einem Lieferwagen, auf der Flucht vor Irren und mit dem Ziel, irgendwo Feuer zu legen.

Auf dem Weg durch das Wohnzimmer sah sie bei Gendreau vorbei. Der blutverschmierte Curandeiro atmete flach, seine Augen waren gerade weit genug geöffnet, damit er sie anblicken konnte. Er schloss sie und verzog das Gesicht vor Schmerz.

Die Küche war verlassen und dunkel, kein Wildschwein, keine

Köchinnen. Sie füllte am Wasserhahn ein Glas und brachte es Gendreau. Es fühlte sich seltsam an, wenn reale Menschen reale Verletzungen erlitten – und dabei fast draufgingen – festzustellen, wie lange es dauerte, bis ihre Wunden verheilt waren.

Jetzt weiß ich, warum ich immer so stark war, dachte sie und betrachtete ihre seltsamen Draht-und-Ranken-Hände.

»Kommen Sie mit zu unserem Ordenszentrum in Michigan. Dort kann ich Ihnen Frank vorstellen.« Gendreau flüsterte und zuckte. Der Schnitt durch die Kehle war nun ein zackiger rosa Blitz. »Wir werden herausfinden, wie wir Ihnen helfen können.«

»Mir helfen oder mich töten?« Sie verschränkte die Arme. »Oder Experimente mit mir anstellen?«

»Kann nicht versprechen, dass die Alchimisten nicht vielleicht eine Urinprobe wollen.« Er zuckte erneut und schluckte. Seine Stimme war fast tonlos, deshalb klang er ähnlich wie ein Roboter. »Aber wir sind nicht das Pentagon. Niemand wird Sie sezieren, versprochen.«

Sara kämmte sich das Haar aus dem Gesicht und tätschelte seinen Kopf. »Hör auf, Mann. Ruh dich aus.«

»Und was jetzt?«, fragte Lucas.

»Cutty hat sich mit der Matrone aus dem Staub gemacht. Und Waynes Dad hat sie auch mitgenommen.«

»Die Dryade ist hiergeblieben?«

»Cutty hätte es nicht geschafft, Annie in zwei Tagen allein auszugraben, geschweige denn einen Baum zu transportieren, der so groß ist wie die Weihnachtstanne im Rockefeller Center. Vermutlich hält sie sich und ihre Matrone für wichtiger als den *nag-shi*-Baum.« Robin seufzte. »Sie kann schließlich immer einen neuen erschaffen.«

»Stimmt. Mann, der Junge wird enttäuscht sein, dass sein Vater nicht hier war.«

»Und kein Osdathregar?«, fragte Sara.

»Nein. Den haben sie leider mitgenommen.«

»Dann haben wir unsere einzige Waffe verloren. Jetzt liegt es an Ihnen, fürchte ich.«

Einige Minuten verstrichen, in denen Robin überlegte, welche Optionen sich ihr boten, während sich die anderen um Gendreau kümmerten.

»Kenway«, sagte sie schließlich.

»Hm?«

»Kommst du mit in den Weingarten?« Sie musterte sein Gesicht und den Verband mit den alten brauen Blutflecken, den er immer noch um die Stirn trug. »Ich will nicht allein gehen. Es wäre schön, wenn du dabei bist.« Sie legte Lucas die Hand auf die Schulter. »Ihr bleibt hier und passt gut auf den Doc auf.«

Kenway stand aus dem Sessel auf, in dem er gesessen hatte, den Hammer über den Knien. Wortlos schwang er ihn über die Schulter.

»Du auch, Bruder«, sagte sie zu Joel.

Es war ihm hoch anzurechnen, dass er sich schweigend erhob und sie begleitete. Auf dem Weg durch die Küche schnappte er sich ein Tranchiermesser aus dem Block auf der Kücheninsel, als Ersatz für den ruinierten Glitzerschläger.

Die Nacht hing dick und kalt über dem Weingarten, ein Wirrwarr von Schatten, in dem sterbende Weinreben raschelten. Robins Herzlicht schien mit sanften Goldtönen zwischen Rankgestellen hindurch.

Kenway und Joel gingen schweigend neben ihr, Stahl in ihrem Blick.

Mit seiner gefurchten Stirn und dem gesenkten Blick wirkte der Veteran fast wie ein trotziger kleiner Junge, und plötzlich wollte sie nur noch weg von diesem düsteren Ort, irgendwohin, wo es warm und die Welt weit fort war, wo sie mit ihm allein sein konnte. Er bemerkte, wie sie ihn beobachtete, und lächelte, doch seine Augen blieben hart.

Da Weaver nicht mehr lebte und den Ort manipulierte, stellte sich heraus, dass der Weingarten deutlich kleiner war. Beim ersten Mal hatte es sich angefühlt, als würden sie meilenweit laufen, die Welt hinter sich lassen und in eine Wildnis aus Reben und Zäunen vordringen. Jetzt dauerte es nur einen Augenblick, bis sie das Ende des Grundstücks erreichten, und auch das Terrain wirkte kleiner, als sie es in Erinnerung hatte: vier schmale Beete mit purpurroten Blumen und verkrüppelten Bäumen, die knapp zweimal so hoch waren wie der Zaun, und alles durchsetzt mit Lavendel, der im Wind schwankte.

Am Rande ihrer Wahrnehmung spürte sie Energie, kalte Echos von Weavers Kräften. Robin fühlte, wie sie langsam abebbten. Sie richtete die Augen zum Himmel und zu den Sternen, die leuchteten und blinkten wie eine Art Fehlfunktion in einer 3D-Darstellung, näher rückten und sich entfernten und frenetisch ruckten und zuckten. Die Besenkiefern wogten und wallten in verrückten Wellen wie ein Oszilloskop, und zwischen den Bäumen wuchsen Blitze aus grüner Elektrizität in die Höhe.

Es blieben nur noch ein paar Minuten, bis sich die Blase zurückbildete, und dann würde ihr Dämonenleib von der Sanktifi kation vernichtet.

»Verflucht«, sagte sie, als sie das Wäldchen am Ende des Pfads erreichten. »Wir müssen uns beeilen und fertig werden. Für mich wäre es sicher wenig angenehm, in die Realität zurückzukehren. Die reale Welt hat nicht viel übrig für Dämonen.«

Das *nag shi*, die Dryade der Malus Domestica, ihre Mutter Annie Martine stand in der Mitte der Lichtung. Alle Äpfel waren verschwunden. Der Baum war abgeerntet. Zumindest das hatte Cutty in den letzten beiden Tagen noch geschafft.

Es war gleichzeitig tröstlich und ärgerlich. Für Robin standen die Äpfel für den widernatürlichen Einfluss der Hexen, und ihre Mutter jetzt von dieser Last befreit zu sehen fühlte sich so an, als würde eine geliebte Person aus der Entziehungskur kommen, vom Heroin erlöst und bereit, sich ins Leben zu stürzen. Aber sie wusste auch, dass Cutty, wenn sie die Hexe das nächste Mal traf, so viele der lebenspendenden Früchte wie möglich verzehrt haben würde und ihr einen harten Fight bis hin zu einem bösen Blutbad liefern würde.

»Ich bin wieder da, Mom«, sagte sie leise, während der Wald zitterte und der Himmel sich auflöste. »Marilyn ist weg.« Wind säuselte in den Blättern, ein Rascheln, in dem eine gewisse Erleichterung mitschwang, wie Robin bis zum Ende ihrer Tage schwören würde. Sie legte die Hände auf Annies raue Hüften und schloss die Augen. Ihre Sinne entspannten sich und flossen abwärts durch die Arme in den Apfelbaum.

Hinter ihren Lidern Dunkelheit, Stille.

Sie hatte das Gefühl, am Boden eines ausgetrockneten Brunnens zu stehen; sie roch sogar die klamme, versteinerte Erinnerung an Wasser.

Mom?

Im beengten Raum leuchtend wandte sich ihr ein Geist zu und betrachtete sie mit funkelnden Augen. Verhaltene Erschöpfung kam von dem anderen Wesen anstelle von Worten, wie das unsinnige Murmeln von jemandem, der nach einem langen Tag aus tiefem Schlaf erwacht.

Ich bin's. Robin lächelte. *Ich bin hier. Ich bin zurückgekommen. Ich habe sie besiegt, und ich will dich rausholen.* Das wärmste Licht, das sie je empfunden hatte, strahlte aus dem Wesen, als Annie sie erkannte.

Liebe, das war Liebe und Leid und Bedauern, und ein leerer Ort in Robins Mitte füllte sich mit solch überwältigender Zuneigung, dass sie zuerst kein Wort mehr herausbrachte, weil sie von dieser grenzenlosen Liebe wie gelähmt war. *Alles ist gut,* dachte sie, *es ist gut,* denn sie wusste, das Bedauern kam von ihrer Mutter. *Du hast nicht gewusst, was passiert, als du den Dämon beschworen hast, aber es ist in Ordnung, alles hat sich für mich zum Guten gewendet.*

Nicht nur Liebe erfüllte sie, begriff sie, sondern Annie selbst; ihre Mutter bewegte sich auf sie zu, *in* sie hinein, diese ausgezehrte Frau, die über Jahre spirituell ausgebeutet worden war, Stroh zu Gold gesponnen und die Fruchtbarkeit der Stadt in lebenspendende Äpfel verwandelt hatte. Robin nahm den Geist in sich auf, als er in sie eindrang, und empfing ihn voller Freude. Sie nahm die letzten Bruchstücke ihrer Mutter in die Arme und hielt sie fest, bis der trockene Brunnen, die Zelle im Baum, leer und kalt war.

»Oh«, flüsterte Kenway neben ihr.

Sie schlug die Augen auf und zog die Hände von der nun kalten Rinde des Apfelbaums zurück und war sich dunkel bewusst, dass sie geweint hatte, *geschluchzt,* denn Tränen rannen ihr übers Gesicht.

Ihre Hände waren wieder weich und menschlich.

Beide. Voller Erstaunen betrachtete sie ihren linken Arm: Er war ganz und funktionierte tadellos. *Neu* – sogar die alten Narben waren spurlos verschwunden. Ihre Mutter aus dem *nag shi* in sich aufzunehmen hatte Robin einen gewissen Grad an Menschsein zurückgegeben, als hätte sie Annies sehr menschlicher Geist mit dem durchdrungen, was sie verloren hatte.

Robin kniete im taunassen Gras wie eine Büßerin, die Arme um sich geschlungen, und verlor sich in einer überwältigenden Glückseligkeit, die schon fast an Trauer grenzte.

Kenway schob die Hände unter sie, nahm sie auf die Arme und trug sie aus dem Weingarten. Joel wartete noch, während er zuschaute, wie der Apfelbaum dunkel und grau wurde, und hatte eine Idee. Er griff in die Tasche und holte ein Feuerzeug heraus, ein billiges Ding von der Tankstelle, sowie seine beiden letzten Zigaretten. Er wölbte die Hand um die Zigarette, zündete sie an und nahm einen tiefen Zug, um die Glut anzufachen. Dann legte er das Feuerzeug auf die Wurzeln des Baumes wie ein Opfer, trat mehrmals darauf, bis das Plastik zerbrach und das Benzin herauslief. Nun kniete er sich hin und hielt die Zigarette an die kleine Pfütze aus Brennstoff, die daraufhin mit einem *Buff!* in einer blauen Flamme aufging.

»Schachmatt«, sagte er und trat zurück.

Während die Tesserung um ihn herum ruckte und verblasste und sich die Realität der Umgebung wieder normalisierte, rauchte Joel und schaute zu, wie der Baum brannte. Er fand eine kleine Betonbank, setzte sich, rauchte und ruhte sich aus, bis das Feuer am Stamm hinaufgeklettert war, die Äste in kleinen Sträußen aus Flammen aufgingen und graue Ascheflocken in den Himmel aufstiegen.

31

Sie wollten Fishers Trauerfeier in seinem Comicladen abhalten, weil es ihnen als der natürliche Ort dafür erschien, denn seine Leiche konnte aus dem Säureteich nicht geborgen werden, und daher entfiel die Notwendigkeit, einer Aufbahrung im Lane Beerdigungsinstitut. Doch als sie überschlugen, wie viele Gäste kommen würden, war klar, dass der Platz in dem kleinen Laden nicht reichen würde, selbst wenn sie die Tische im hinteren Bereich, die Comic- und Actionfiguren-Regale und den Tresen wegräumten. Ganz abgesehen davon, dass der Laden als Tatort wegen des toten Serienkillers abgesperrt war.

Daher drängten sich ungefähr hundert Menschen hier in Rocktown oberhalb von Miguel's Pizza in den Bergen östlich von Slade. Trauergäste standen in den tiefen Gräben und auf Felsen und Simsen, nasses Laub bildete einen weichen Teppich unter den Füßen. Gerahmte Porträts von Fish waren auf den Felsen am Vorsprung arrangiert, dazu ein paar Kultgegenstände der Popkultur aus seinem Laden – ein *Herr-der-Ringe-*

Helm, Thors Mjölnir-Hammer und Jason Voorhees' Hockeymaske.

Joel stand schweißglänzend zwischen Robin und Fishers Freundin Marissa an der Kante der Steilwand.

Anscheinend war Fisher Ellis ein begeisterter Kletterer gewesen und Rocktown einer seiner Lieblingsplätze. Joel hatte sich entschieden, die Felswand bei der Pizzeria hinaufzuklettern, weil er glaubte, auf diese harte Tour das Andenken seines Freundes und Bruders am besten ehren zu können. Einige andere Gäste waren ebenfalls geklettert. Die älteren und weniger fitten (und die Faulen wie Robin) waren über die Straße auf der Rückseite des Berges hinaufgefahren.

Der Pizzamann hatte beim Klettern eine Menge Hilfe und Anleitung gebraucht, und es hatte ihn den ganzen Morgen gekostet, doch er hatte es geschafft, und der Stolz auf seine Leistung stand ihm ins Gesicht geschrieben.

Auch die Magier waren gekommen, was man ihnen hoch anrechnen musste. Der Heiler Anders Gendreau und die Illusionistin Sara Amundson waren feierlich gekleidet, wenngleich bei Gendreau das schwarze Cordjackett und die weite Hose Alltagskleidung waren. Mit dem feuerroten Haar fiel Sara natürlich auf, dazu trug sie ein schwarzes Kleid und vernünftigerweise flache Schuhe (in Rocktown Absatzschuhe zu tragen schrie geradezu nach einem gebrochenen Knöchel). Das Medium Lucas trug Ausrüstung und verschwitzte Straßenkleidung; er hatte Joel bei der Klettertour begleitet.

Irgendwann war Robin in einer tiefen, schattigen Kluft neben Sara gegangen. Gendreau folgte ein paar Schritte hinter ihnen, starrte auf sein Smartphone und schrieb Nachrichten. »Da im Haus des Hexenzirkels«, begann Robin, »ich will ja nicht neugierig sein, aber …«

»Mein Gesicht?«, fragte Sara.

Robin nickte. »Als Sie bewusstlos waren, da … äh …«

»Hexen fressen Kinder«, sagte die Illusionistin. »Ich wäre fast eins dieser Kinder geworden. Ich war schon im Ofen, als die Hunde des Odysseus das Haus stürmten und uns retteten. Aber mich haben sie ein wenig zu spät herausgeholt. Ich brannte schon. Zwar haben sie mir das Leben gerettet, aber die Narben konnten sie nicht verhindern. Als sie mir ein Artefakt und eine Disziplin angeboten haben, wählte ich Illusion. Die Hexen haben mir das Gesicht geraubt, und ich habe ihre Magie der Illusion benutzt, um es mir zurückzuholen.«

»Mein Bruder wäre total glücklich darüber gewesen, dass so viele Leute auf diesen Berg gekommen sind«, sagte Joel und deutete auf die Kletterer, die sich auf einer Seite versammelt hatten. Es waren insgesamt sechsundzwanzig, Männer und Frauen und ein paar Kinder, die sich windabgewandt aufgestellt hatten, damit ihr Schweißgeruch nicht zu den anderen hinübergeweht wurde. Joel saß auf einem Felsen am Fuß des Vorsprungs inmitten der gerahmten Fotos.

Durch die Bäume schien die Sonne und sprenkelte seine nackten Schultern. »Ich kann euch sagen, das war echt eine harte Klettertour, aber ich bin froh, dass ich es durchgezogen habe. In den letzten Stunden habe ich mich Fish so nahegefühlt wie seit Jahren nicht mehr.« Ihm versagte die Stimme. Er rieb sich ein Auge mit dem Handballen.

Einen Augenblick lang konnte er nicht weitersprechen, saß nur da und ließ den Blick über die Gesichter schweifen.

»Ach, wenn er das nur sehen könnte«, fuhr er fort. »Er hat mir nie gesagt, wie gern er hier rauskam, deshalb war das eine ziemliche Überraschung für mich. Marissa hat mir von diesem

Hobby erzählt, und wenn jemand von euch auf dem Weg nach oben im Schlamm stecken geblieben ist, dann wisst ihr, bei wem ihr euch dafür bedanken könnt.«

Leises Lachen kam auf, kaum zu hören über das Vogelgezwitscher. Joel ließ ein wenig Zeit verstreichen und lauschte dem Wald.

»Wir hatten eine Art Familienfehde am Laufen und haben nicht viel miteinander geredet. Mom hatte in ihren letzten Jahren ziemliche Probleme, und Fish ist aufs College gegangen, deshalb musste ich mich um sie kümmern. Damals dachte ich, er hätte uns verlassen – sie verlassen und mich verlassen. Ich war der Einzige, der bei ihr im Haus gewohnt hat, der Einzige, der sich mit ihren ›Schwierigkeiten‹ befassen musste, und sie, als es dem Ende zuging, pflegen musste. Lange habe ich ihn dafür gehasst, dass er uns beide da allein gelassen hat.

In den letzten Tagen hatte ich viel Zeit zum Nachdenken und bin zu dem Schluss gekommen, dass er uns nicht im Stich gelassen hat. Er hatte uns finanziell geholfen und hat Rechnungen bezahlt, und ich weiß jetzt, dass er nur auf diese Weise helfen konnte. Und außerdem konnte er eine Inspiration sein …« Joel blickte Wayne an, der mit Pete und Amanda vorn auf einem Stein saß.

Anpassen und überwinden. Der Junge lächelte traurig und hob die geballte Faust.

»… aber wenn es um praktische Dinge ging, war das nicht Old Fishers Spezialität. Er konnte nicht mit Mamas einzigartiger Verrücktheit umgehen. Dafür konnte er super reden. Er konnte dir einreden, dass du der Stärkste oder der Klügste bist, aber er machte sich nicht gern die Hände schmutzig. Daher hat er mir und unserer Mom so geholfen, wie er es am besten konnte: indem er dafür gesorgt hat, dass wir nicht auf der Straße landen.« Eine Pause. Er sah auf seine Fingernägel. Ich wünschte, das hätte ich begriffen, als wir noch Zeit hatten, reinen Tisch zu machen.« Er deutete zum Himmel. »Aber im Herzen bin ich mir ganz sicher, dass er dort oben im Himmlischen Comicladen ist und es weiß. Er weiß, dass ich ihn liebe. Und ihn immer geliebt habe.«

»Das wusste er«, unterbrach Robin ihn von der anderen Seite des Felsvorsprungs. »Er hatte es schon lange gewusst. Auch, dass du ihn liebst. Und er hat dich auch geliebt.«

Als Joel das hörte, traten ihm die Tränen in die Augen, und erneut brauchte er einen Moment, um die Fassung wiederzuerlangen. Er rieb sich den Nasenrücken. »Jedenfalls«, fuhr er fort, nachdem er tief Luft geholt hatte, als wäre er gerade aus dem Schlaf erwacht, »ist Mom tot und Fish jetzt auch. Jetzt bleibt alles an mir hängen. Höchste Zeit, mich nach seinem Vorbild zu richten und ein bisschen erwachsen zu werden. Ein bisschen weniger saufen. Ein bisschen weniger kiffen. Vielleicht mich ein bisschen mehr um mich kümmern.« Er richtete sich auf. »Mich im Fitnessstudio anmelden. Wieder in Form kommen. Ist schon eine Weile her, seit ich Gewichte gestemmt habe.«

»Bei uns bekommst du Rabatt«, sagte ein Mann aus der Trauergemeinde.

»Darauf nagel ich dich fest«, sagte Joel und zeigte auf ihn. Er zögerte und sah Robin an. »Tja, wisst ihr, das ist das erste Mal, dass ich so eine Rede halten muss, und mir gehen die Worte aus. Hilf mir weiter, Schwester.«

Duzende Augenpaare richteten sich auf Robin, und sofort herrschte in ihrem Kopf gähnende Leere. Sie konnte cool in die Kamera reden, aber wenn sie im realen Leben vor Leuten stand, war das nicht ihr Ding. »Äh«, sagte sie verlegen, schlug die Augen nieder und strich ihr Kleid glatt. Ja, Leute, Robin

Martine trug ein Kleid, ein kurzes schwarzes T-Shirt-Kleid mit cranberryfarbenen Leggins und flachen schwarzen Schuhen. Sie fühlte sich wie ein Chormädchen und sprach zu ihren Händen, weil sie sich nicht noch nervöser machen wollte, indem sie jemanden ansah. »Ich muss zugeben, ich habe Fisher nicht gut gekannt, zumindest nicht als Erwachsenen. Aber früher hat meine Mom immer auf Fish und Joel aufgepasst. Ich habe ihn als lieben Menschen in Erinnerung. Immer ruhig. Clever.«

»Clever«, sagte Joel. »Verdammt, clever war er.«

»Er hatte dieses kleine Computer-Ding, nicht? Sah aus wie eine Rechenmaschine, aber darauf konnte man Buchstabenspiele machen: Buchstabendreher, fehlende Buchstaben und so. Damit hat er stundenlang gespielt.«

»Und er hat so gern *Reader's Digest* gelesen.« Joel lachte und schniefte, weil er schluchzen musste. »Könnt ihr euch das vorstellen? Ein kleiner Junge liest die Zeitschriften von alten Leuten? Scheiße, er hat alles gelesen, was er in die Finger bekommen hat – Zeitungen, Tom-Clancy-Romane von deinem Daddy, Jagd- und Angelzeitschriften, *Mad*, das große rote Medizinlexikon von deiner Mutter, sogar die Fernsehzeitschriften.«

»Und er hat schon früh seine Liebe zur Popkultur entdeckt. Ich erinnere mich, dass er ein Ghostbusters Proton-Pack hatte. Damit lief er im Haus herum und hat Gespenster gejagt.«

»Oh, mein Gott«, sagte Joel. »Stell dir vor, er hätte den Däm…« Er biss sich auf die Zunge und schaute sich in der Trauergemeinde um. *Dämon. Top-Secret-Info.* »Ja, Mann, ich kann mich erinnern, eines Tages kam er in dein Zimmer oben in der Kuppel gerannt und wollte uns beide ghostbusten, während wir spielten. Am Ende haben wir uns gestritten, und du hattest hinterher eine dicke Lippe.«

»Ja.« Sie lachte.

Es fühlte sich gut an, dass ihre Erinnerungen langsam den Nebel der Zeit durchdrangen. Inzwischen hatten sich die Medikamente komplett aus ihrem System verflüchtigt. Sie hatten ihren Dienst getan, Aripiprazol und Zoloft hatten ihr geholfen, die Psychose und die Depression der letzten Jahre zu überwinden. Doch jetzt war sie stärker, jetzt war sie zäher, und ihr Verstand war hart wie Stein und glatt poliert. Die zermürbende Gehirnwäsche, der man sie in der Psychiatrie in Medina unterzogen hatte, um den Fluch ihrer Mutter aus ihrem Kopf zu verbannen, war vorbei.

Jetzt galt es, weiterzuziehen und sich zu erinnern, sich die gestohlene Vergangenheit zurückzuholen und die Zukunft anzugehen.

Wieder machte sich Stille breit. Ein leuchtender Rotkardinal in den Bäumen begann zu zwitschern, es klang wie der Alarm, wenn die Batterie des Rauchmelders leer ist. »Ihr seid so zahlreich gekommen. Ich glaube, er hat alle gemocht, die zu seinen Kino-Nächten in den Comicladen gekommen sind«, sagte Joel. »Ich wünschte, er könnte euch alle hier oben sehen.«

»Ich vermute, das kann er, lieber Mr. Ellis«, sagte Gendreau mit wissendem Lächeln. Der Curandeiro blickte von seinem Platz auf einer Felsplatte aufwärts. Der Ziemerstock fehlte. »Ich vermute, das kann er.«

32

Wayne war ein Zombie. Halloween hatte er komplett auf Joels Couch verbracht und sinnlos Horrorfilme geguckt, dabei alle Halloween-Feiernden ignoriert, die im Abstand weniger Minuten an der Haustür klingelten. Er klebte an seinem Handy. In den Stunden und Tagen, seit sie bei dem Angriff auf das Lazenbury-Haus seinen Vater nicht gefunden hatten, schrieb er Dutzende und Aberdutzende SMS an Leon und wartete auf Antwort.

WO BIST DU, DAD?

Er bekam keine. Er weigerte sich, zur Schule zu gehen, blieb fast bis Mittag im Bett und schlief überhaupt nicht gut, sondern schlich bis weit nach Mitternacht durch das Haus und starrte hinaus auf die Lichter von Blackfield, wie die Ehefrau eines Soldaten, die auf die dessen Rückkehr hofft.

Bei der Polizei hatten sie eine Vermisstenanzeige erstattet, doch Robin wusste, wenn Cutty nicht wollte, dass er gefunden wurde, würde er verschwunden bleiben.

So fuhr sie mit Wayne den ganzen Mittwoch und Donnerstag herum und suchte an den einschlägigen Stellen nach ihm – zweimal an seiner Highschool, dreimal im Spirituosengeschäft und nicht weniger als sechsmal in seinem Zuhause an der Underwood Road – aber nirgendwo tauchte er auf.

Da im Haus von Joels Mutter ein Zimmer frei war, wohnte Wayne nun dort. Robin passte auf den hohläugigen Jungen auf und schnitt ihre Videos für den MalusDomestica-Kanal, während Joel wieder bei Miguel arbeitete. *Immer in Bewegung bleiben,* dachte sie und starrte auf den Laptop. Sie bestaunte ihre Dämonengestalt, die sie mit Ampelaugen aus dem Monitor heraus anstarrte. *Wie ein Hai, immer in Bewegung bleiben. Du muss die Videos rausbringen, selbst wenn dir der Arm abgebissen wurde, deine Mom in einem Baum eingesperrt war, und dein Orang-Utan-Vater dich in eine zweitklassige Attraktion bei der Handwerksmesse von Blackfield verwandelt hat.*

Da Kenway Griffin nichts Besseres zu tun hatte, hing er bei ihr herum. Er und Joel führten lange Gespräche darüber, was sie mit Fishers Comicladen machen sollten.

Abgesehen von Wayne hatten also alle im Haus etwas zu tun. Joel genoss die Gesellschaft, nachdem er schließlich Zeit gefunden hatte, den Tod seines Bruders zu verarbeiten. Die Entscheidung, wieder zur Arbeit zu gehen, traf er nicht leichten Herzens. Miguel sagte ihm zunächst ab, zwang ihn geradezu, nach Hause zu gehen, sich auszuruhen und zu trauern, aber Joel bestand darauf und sagte, er müsste sich irgendwie beschäftigen. Das zeigte sich besonders am Mittwochnachmittag; Kenway hatte ihn vollkommen betrunken auf dem Küchenboden vorgefunden, und er hätte sich mit allem einverstanden erklärt, wenn es nur bedeutete, dass er nicht allein im Haus seiner Kindheit sitzen, dem im Dachgebälk heulenden Wind lauschen und auf ein unheimliches Monster warten musste, das kommen und ihm den Garaus machen würde.

Es klopfte an der Haustür. Robin löste den Blick vom Fernseher und ging hin.

Anstelle von Kindern – vermutlich hatte sie schon Süßigkeiten an wenigstens dreißig Spider-Mans, Iron Mans und Batmans verteilt, standen die drei Magier davor. Der fiebrige Sonnenuntergang leuchtete indigofarben hinter ihnen am Himmel und machte aus der Stadt eine schattige Silhouette.

»Süßes oder Saures.« Sara Amundson trug wieder ihre Mordhornperücke. Die musste sie irgendwie aus dem demolierten Suburban geborgen haben.

Robin war als Hexe verkleidet, wie auch sonst, grünes Gesicht unter einer Morticia-Adams-Perücke. In einem Anfall von Trotz hatte sie sich auch das Dekolleté unter dem tiefen V-Ausschnitt ihres schwarzen Lycra-Kleids grün gemalt. »Hübsch«, sagte Lucas Tiedemann, der einen Eastwood-Poncho und einen Cowboyhut trug und an dessen Hüfte ein Revolver glänzte. »Echt scharf.«

»Danke«, erwiderte sie trocken. »Kommen Sie rein.« Sie ging voraus und begaffte Gendreaus samtenen Zylinder. Mit der marineblauen Weste sah er jetzt wirklich aus wie Willy Wonka.

Sie setzten sich an Mama Ellis' Tisch, der mit Dutzenden *Algiz*-Runen übersät war. Das einzige Licht stammte von der Abzugshaube über dem Herd und tauchte sie in trüben gelblichen Schein. Irgendwie fühlte es sich warm an wie eine einsame Straßenlaterne in einer dunklen Gasse. Robin räumte das Geschirr ab und sagte über die Schulter. »Ich habe Kaffee gemacht, wenn jemand möchte.«

»Ich, gerne«, sagte Gendreau. Seine Stimme klang wie das wispernde Krächzen des Todes.

Robin sah ihn an. »Wie geht es Ihrem Hals?«

»Besser.« Der Ziemerstock des Magiers sah komisch aus ohne die Perle. »Ich habe Ihnen mein Leben zu verdanken.«

Sie lächelte und suchte im Schrank nach einem Becher. Sie entschied sich für einen mit einem grinsenden Ara vor tropischer Kulisse. PANAMA CITY BEACH stand in schrägen Buchstaben darunter.

Sara öffnete den Deckel der Soßenschüssel auf dem Tisch und spähte hinein. »Wo ist Ihr Freund?« Was immer sich in der Schüssel befand, musste eklig sein, denn sie verzog das Gesicht und machte den Deckel wieder drauf.

»Ich weiß nicht«, antwortete Robin und schenkte Kaffee ein. »Er war den ganzen Tag unterwegs. Er sagt, er wolle seine Schilderwerkstatt verkaufen.«

Sara grinste schief. »Dann hat er sich wohl entschieden, mit Ihnen fortzugehen.«

»Ja. Er will mein ›Kameramann‹ werden.«

»Wenn der Wagen wackelt, komm nicht angedackelt«, sagte Lucas und hielt Sara die Hand zum Einschlagen hin.

»Perversling.« Sie zog eine böse Miene, öffnete die Soßenschüssel und zeigte ihm den Inhalt.

Lucas wich zurück. »Puh.«

Robin reichte Gendreau den Kaffee, hängte ihren schlabbrigen Hexenhut über die Lehne des vierten Stuhls, verschränkte die Arme und lehnte sich an den Herd.

»Danke«, krächzte er.

»Bitte sehr.«

»Oh, da fällt mir etwas ein.« Gendreau griff in sein Jackett, holte eine Taschenuhr hervor und reichte sie ihr.

»Ist das ein Herzweg-Artefakt?« Robin hielt die Uhr unter die Lampe und betrachtete das gesprungene Deckglas. Kraft schlummerte darin und pulsierte träge im Takt mit dem tickenden Uhrwerk. Als sie Annie ins Jenseits geholfen hatte, war Robin zwar äußerlich wieder ein Mensch geworden, trotzdem war sie weiterhin ein Halbdämon … Und nach dem beschleunigenden Effekt der Begegnung mit Andras nahm sie an, dass bestimmte Teile ihres Seins permanent außer Form geraten waren. Sie würde nie wieder ganz normal werden.

Robin schraubte die Rückseite der Uhr ab, untersuchte die Zahnrädchen und entdeckte eine Locke schwarzen Haares. Daher rührte die Kraft eine Quelle, die schwach, doch unermüdlich das gespenstische statische Rauschen einer längst verstummten Radiostation ausstrahlte.

Haar in der Uhr.

Zahn in der Perle.

Was war das alles?

Als sie Gendreau ansah, musste ihr die Frage im Gesicht gestanden haben, denn seine Miene zeigte erwartungsvolle Feierlichkeit. Er wirkte zwanzig Jahre älter als am Dienstag, als sie sich im Krankenhaus kennengelernt hatten; sein knochenblondes Haar erschien jetzt eher silbern als platinfarben, seine Augen waren blau gerändert. Er holte den Zahn hervor, der im Kopf seines Stock eingelassen gewesen war, legte ihn auf den Tisch, nippte an seinem Kaffee und betrachtete ihn, als könnte er den Sinn des Lebens daraus ableiten.

Schließlich fragte er: »Robin, haben Sie schon einmal von einem ›Teratom‹ gehört?«

»Nein, kann ich nicht behaupten.«

»Das ist eine Art Tumor, der ein Stück organisches Material enthält. Manche Teratome haben Zähne in sich … andere Haar oder auch Knochen, sogar ganze Körperteile wie Hände und Augen. Einige wenige beinhalten vollständige Föten. Bleiche, knorrige kleine Kobolde in einer Tasche aus Haut, die leise und heimlich dem Wirt Blut stehlen. Gelegentlich nennt man sie auch ›parasitäre Zwillinge‹.«

»Also, das klingt echt krass.« Die Vorstellung war entsetzlich, wie aus einem japanischen Horrorfilm.

»Ja.« Er nahm den Zahn und hielt ihn in die Höhe. »Teratome sind selten, aber nicht übermäßig selten. Sie kommen ungefähr bei einer von 40 000 Geburten vor. Das hört sich nicht viel an, aber es entspricht fünf Geburten pro Tag. Jedenfalls sind die *libbu-harrani* der Hexen Teratome, die für gewöhnlich ums Herz entstanden sind, weshalb man sie Herzweg nennt.«

»Ein Krebs, der ektoplasmische Energie channelt.«

»So ungefähr.«

»Augenblick«, sagte Robin, »das heißt, bei dem Ritual wird das Herz gar nicht wirklich entfernt? Es ist immer noch da?«

»Haben Sie nie selbst nachgesehen?«

Sie dachte darüber nach. »Es ist schwierig, an einem Haufen Asche eine Autopsie vorzunehmen.«

»Ah … ja. Das ist wohl wahr. Aber ja, das Herz ist noch da. Es schlägt nur sehr, sehr langsam. Die Hexe ist« – der Magier malte mit den Fingern Anführungszeichen in die Luft –, »›untot‹«. Sie wird vom Herzweg belebt und von den Dryadenfrüchten vor der Verwesung bewahrt. Bei dem Ritual, bei dem das Herz Ereshkigal geopfert wird, passiert eigentlich nichts anderes, als dass die Hexe zustimmt, Ereshkigal ihre Lebenskraft zu leihen. So wie ein Gastarbeiter, der in einem anderen Land lebt, seiner Familie Geld nach Hause schickt. Und im Austausch stiftet die Göttin ihnen das Untotsein. Sie sind Liche – unsterbliche Zauberinnen, wandelnde Kadaver, die von der Göttin des Todes belebt werden.«

Während Robin langsam in der Küche hin und her ging,

stellte sie fest: »Demnach ist es möglich, dass ein Dämon eine Hexe komplett zurück in einen Menschen verwandelt, indem er den Herzweg schließt.«

»Und dabei wird zeitweilig auch das Lich-Ritual umgekehrt, ja«, schnaufte Gendreau. »Wenn Vorsicht, Fähigkeit und Wissen ausreichen«, fuhr er fort, »ist es auch möglich, eine Hexe mit einer Operation, bei der das Teratom entfernt wird, zu ›ent-hexen‹, obwohl das bislang nur wenige Male erfolgreich durchgeführt wurde. Normalerweise stirbt die Hexe bei der Prozedur, oder die Hexe tötet den Chirurgen. Denn, liebe Miss Martine, diese Krebsgeschwüre sind nicht natürlichen Ursprungs. Sie sind ... wie soll ich es ausdrücken? Vorstöße? Versuche des Eindringens?«

»Vorstöße?«

»Vorstöße, um sich Zugang zu verschaffen. Etwas versucht, unsere Körper als Eingang zu benutzen.«

Robin stellten sich die Nackenhaare auf. Sie starrte auf die Haarlocke in der Uhr.

»Wir vermuten Ereshkigal dahinter. Sie versucht, sich Zugang zur materiellen Welt zu erzwingen. Zähne. Haar. Knochen.« Seine Augen waren dunkel und stahlhart. »Sie versucht, die Menschen zu benutzen, um sich selbst zu gebären. Jedes dieser Körperteile ist eine Verbindung zum Ganzen, ein Teil des Originals.« Er trank einen Schluck Kaffee und stellte den Becher sacht mit beiden Händen zurück auf den Tisch, als wollte er darüber meditieren. »Betrachten Sie die Uhr als Eintrittsgeschenk. Falls Sie bei uns eintreten. Sie haben Erfahrung. Sie haben die Kraft ...«

»Die Kra-*aft!*«, sang Lucas und spielte dazu Luftgitarre.

Gendreau warf ihm einen Blick zu. »... und wenn Sie meinen Vorschlag akzeptieren, könnte ich Ihnen garantieren, dass die Haftbefehle, die sich bei Ihren Selbstjustiz-Abenteuern in den letzten Jahren angesammelt haben … nun, sagen wir, in den Mühlen der Bürokratie zermahlen werden.«

»Müh-*len!*« Lucas spielte einen Powerakkord.

Der Curandeiro sah ihn missbilligend an und fuhr fort: »Es gibt etliche ungeklärte Fälle von Brandstiftung und Mord, Robin. Einbruch und Hausfriedensbruch. Autodiebstähle. Vermisste Personen – Hexen, Kinderschänder, Vergewaltiger, gewalttätige Ehemänner.«

Robin fröstelte.

»Das FBI sucht nach einer hellhäutigen Frau um die zwanzig. Sie haben Millionen Abonnenten bei YouTube. In Ihren Videos haben Sie *nie* Ihren Klarnamen benutzt, aber Ihre Operation wird ein schnelles Ende finden, wenn Sie übermütig werden. Wie lange, glauben Sie, dauert es noch, bis die falsche Person auf Ihre Videos stößt und zwei und zwei zusammenzählt?« Er beugte sich vor. »Wir können Sie *beschützen.*«

Habe ich geglaubt, ich könnte ewig unsichtbar bleiben? Robin seufzte und fühlte sich dumm und leichtsinnig. *Er hat durchaus recht.* Dachte sie denn, die Sympathie von Streifenpolizisten und anderen Freaks, die heimlich ihre Videos likten und in den Kommentaren Hilfe anboten, würde ewig andauern?

Würden die noch auf ihrer Seite sein, wenn sie erfuhren, dass es sich in den Videos um reale Vorfälle handelte?

»Ich komme nicht gut mit Leinen zurecht.«

»Vertrauen Sie mir, es wäre eine lange Leine.« Gendreau lächelte sie ernst an. »Die längste. Sie behalten Ihre Videos, Ihren Wagen, Ihr Leben … im Wesentlichen. Hören Sie, Sie haben mir das Leben gerettet. Ich werde alles tun, was in meiner Macht steht, damit Ihr Leben so bleibt, wie es ist, und die schlimmste Untersuchung, vor der Sie sich fürchten müssen, ist ein Mundabstrich. Vielleicht noch eine Harnuntersuchung.«

Sie schluckte und biss sich auf die Innenseite der Wange. Ein Blechschild verlangte: TRINK KAFFEE! MACH LANGWEILIGES KURZWEILIG!

»Kann ich mir das ein paar Tage durch den Kopf gehen lassen?«

Gendreau nickte. »Natürlich. Das ist keine leichte Entscheidung.«

»Wo wir von Videos sprechen«, ergänzte Robin, »ich habe mein letztes heute als Halloween Special hochgeladen. Fast eine Stunde lang. Die Leute sind regelrecht verrückt danach. Zehntausend Aufrufe seit dem Frühstück.«

Die Haustür ging auf und schloss sich wieder. Kenway kam in die Küche und klingelte mit den Schlüsseln. »Offensichtlich verpasse ich eine Party.« Er schob sich am Tisch vorbei, nahm Robins Gesicht in die großen Hände und küsste sie auf die Stirn. »Hi.«

Ihr Herz klopfte. »Hi.«

Gendreau stürzte den letzten Kaffee runter, schob den Stuhl zurück und stand auf.

»Ich wollte Sie nicht vertreiben«, sagte der Veteran.

»Oh, wir wollten gerade aufbrechen«, erwiderte der Curandeiro und stützte sich auf seinen kopflosen Stock. »Ich möchte mich noch ein wenig ausruhen und etwas Anständiges essen, ehe wir morgen nach Hause fahren. Auf dem Weg zum Hotel gibt es ein mongolisches Grillrestaurant, und ich habe schon viel Gutes darüber gehört.«

»Happy Halloween übrigens«, sagte Kenway.

»Happy Halloween«, stimmte Robin zu.

»Happy Halloween«, antworteten die drei Hunde des Odysseus gleichzeitig.

»Danke für den Kaffee«, sagte Gendreau und reichte ihr den

leeren Becher. Als sie danach griff, blickte er ihr in die Augen. »Und noch mal dafür, dass Sie mir das Leben gerettet haben.«

Draußen wartete ein weißer Toyota Sienna am Bordstein. Kenway und Robin standen auf der Veranda und schauten zu, wie die Magier den Bürgersteig entlanggingen. Sara quetschte sich hinter das Lenkrad, murrte etwas über einen »verdammten Pygmäen« und schob den Sitz zurück.

»Sie sehen gar nicht aus wie der Minivan-Typ«, sagte Robin zu Gendreau.

»Bin ich auch nicht«, schnarrte er und warf seinen Stock nach hinten zu Lucas. »Aber die Autovermietungsszene hier im Ländlichen lässt doch zu wünschen übrig. Und wir sollten dem Himmel für die gute Versicherung dankbar sein, sonst müssten wir zu Fuß zurück nach Atlanta. Hertz wird nicht glücklich sein, dass der Suburban zertrümmert und voller Einschusslöcher ist.« Gendreau zog die Tür zu, drehte sich um und steckte eine Hand in die Jacketttasche wie ein napoleonischer Dandy. Der Heil-Magier tippte sich an den blauen Samthut und machte es sich auf dem Beifahrersitz bequem. »Ich erwarte Ihre Antwort, Miss Martine.«

Robin winkte und lächelte halbherzig. Der Sienna fuhr los, rollte die Straße hinunter, am Stoppschild leuchteten die Bremslichter auf, dann bog der Wagen ab und verschwand.

»Was hat er gemeint?«, fragte Kenway.

»Ich soll mich ihrer Zauberer-Kabale anschließen. Vermutlich wollen sie mich zu ihrem Kuscheldämon machen oder so.« Sie setzte sich auf die oberste Stufe, wo der Wind an ihrer seidigen schwarzen Perücke zupfte. »Wo bist du denn den ganzen Tag gewesen?«

»Ich habe eine Überraschung für dich.«

»Eine *was?*« Robins Gesicht wurde heiß. »Das war doch nicht nötig.«

»Ich weiß. Aber ich wollte.«

»Was denn?«

»Wenn ich es dir vorher verrate, ist es keine Überraschung mehr.«

Sie verzog das Gesicht. »Wie teuer war sie?«

»Ein paar Dollar.«

Sie stand auf und schlug ihm vor die Brust. »Das ist nicht die richtige Antwort, Hammer-Knabe.«

Er lachte, packte ihr Hexenkleid, zog sie zu sich und drückte sie an sich. Plötzlich war sie wie berauscht, sein Eau de Cologne (Hatte er tatsächlich Eau de Cologne benutzt? Sie war nicht sicher) betörte sie. Die Perücke fiel nach hinten, als er ihr Gesicht anhob und sie leidenschaftlich küsste.

Ihre Hände ballten sich wie von allein zu Fäusten und zerknüllten sein Hemd.

Er löste sich von ihr und küsste sie noch ein paarmal auf Wangen und Stirn, langsam und methodisch. Sein Bart fühlte sich an wie ein Luffaschwamm. »Komm«, sagte er und machte sich ins Haus auf, um Wayne zu holen. »Wir schauen uns deine Überraschung an.«

33

Langsam fuhren sie in Robins Lieferwagen die Broad Street entlang. Auch nach zwei Tagen sah es auf der Straße noch aus wie nach einem Rockkonzert, überall lagen Müll und abgelegte Kleidung. Die Stadt hatte Gendreaus umgekippten Suburban abgeschleppt, das Wasserwerk hatte den beschädigten Hydranten repariert, doch die Menge an Trümmern auf der Straße war … Ihr kam das Wort *exzessiv* in den Sinn. Viele Schaufenster nahe des zentralen Platzes waren eingeschlagen, die Auslagen geplündert, und die Scherben waren noch nicht beseitigt.

Niemand konnte der Polizei eine klare Antwort geben, warum im Zentrum von Blackfield Unruhen ausgebrochen waren. Aber laut vorherrschender Meinung, die vor allem auf Hörensagen und Mutmaßungen zurückging, war der Ausgangspunkt ein Autounfall gewesen. Ein Müllwagen hatte eine rote Ampel überfahren, woraufhin ein Suburban mehrere Passanten angefahren und einen Hydranten erwischt hatte. Schaulustige hatten den Fahrer aus dem Müllwagen gezerrt, um ihn zu verprügeln, was schließlich in Panik und dann in einen ausgewachsenen Aufstand gemündet hatte.

Es kam nie heraus, wer der Fahrer des Müllwagens gewesen war, oder wie er in den Besitz des Fahrzeugs gelangt war. Aber die verstümmelte Leiche eines Mannes namens Roy Euchiss (Bruder des allseits bekannten Fieslings Owen Euchiss) war in den Trümmern von Fisher Ellis' Comicladen entdeckt worden. Man hatte ihn totgeschlagen. Die Säureverätzungen auf seiner Haut passten zu der Aussage von Joel Ellis über Ereignisse am Sonntag, und die Tatsache, dass Michael DePalatis' Leiche (Partner des allseits bekannten Fieslings Owen Euchiss) bei Joels gestohlenem Wagen gefunden wurde, schien darauf hinzudeuten, dass die Brüder Komplizen gewesen waren. Die Cops verglichen immer noch die Fingerabdrücke mit denen, die man in Joels Wagen sichergestellt hatte, aber Robin war sicher, am Ende würden man zu der Erkenntnis gelangen, dass der Mann mit dem eingeschlagenen Gesicht die Schlange war, die ihnen in den letzten Jahren immer wieder höhnische, unheimliche Briefe geschickt hatte.

Der kleine Junge neben ihr seufzte leise. Der Anblick des versteinerten Elends in seinem Gesicht brach ihr das Herz. Robin ergriff Waynes Hand, beugte sich zu ihm hinüber und sah ihm in die Augen.

Wir finden ihn.

Kenway hielt vor seinem Laden, stellte den Wagen auf Parken und machte den Motor aus. Er saß so lange da, bis sogar Wayne zu ihm schaute.

»Alles okay bei dir?«, fragte Robin.

»Ich habe den Laden verkauft«, sagte Kenway. Er hob eine der großen Hände und rieb sich mit dem Ballen das Auge.

Sein Gesicht fiel in sich zusammen, und mehr war nicht nötig, sie sprang aus dem Wagen und lief zu seiner Seite, öffnete die Fahrertür und nahm seinen Arm. Kenway drehte sich in seinem Sitz und schlug die Hände vors Gesicht. Er weinte, *heftig*, zitterte und bebte zwischen Schluchzern, *hup-hup-hup-hup-hup.*

Robin packte seine Handgelenke. »Hey! Was ist denn los?«

»Ich habe den Laden verkauft, Robin«, schluchzte er. Er ließ zu, dass sie seine Hände nach unten zog. Sein Gesicht war rot, seine Augen waren blutunterlaufen. Als er sich umgedreht hatte, war sein Hosenbein hochgerutscht, und die Beinprothese schlug an die Schiene unter seinem Sitz. »Heute Nachmittag habe ich ihn verkauft, nach dem ...« – *hup-hup-hup* – »Mittagessen.«

»Das war ganz bestimmt keine deiner besten Ideen«, sagte sie, »aber warum weinst du?«

»Weil ich ihn wieder im Stich lasse.«

»Wen?«

Oh. *Ohhhh.*

»Hendry«, sagte er. »Chris. Meinen alten Kumpel.«

»... Ah.«

»Ich habe Frühstück gemacht und ihn im ...« Sein Gesicht verzerrte sich vor Schmerz. »... ich habe ihn im Stich gelassen, und jetzt verkaufe ich den Laden und verlasse die Stadt.« Mit dem letzten Wort übermannte ihn der Schmerz, und er kniff die Augen zu und legte die Stirn auf das Lenkrad.

Wieder rannen Tränen in seinen Bart. »Ich haue ab, Mann. Und es ist, als würde er noch mal sterben.«

Den großen Mann so weinen zu sehen weckte in Robin den Wunsch, selbst loszuheulen. Sie schob ihm das Haar aus dem Gesicht und legte ihm eine Hand auf die Wange. Adern pulsierten an seinen Schläfen. »Du lässt ihn nicht im Stich, Babe«, sagte sie zu ihm mit brennenden Augen, »du lässt ihn ziehen. Du lässt ihn weiterziehen. *Er* lässt dich weiterziehen.«

Er schüttelte den Kopf.

Wayne erhob sich auf die Knie und legte Kenway eine Hand auf den Rücken. Über die Schulter des Veteranen sah sie ihm in die Augen, und sie wechselten einen besorgten Blick.

Dann ließ sie Kenway eine Zeitlang weinen.

»Ich habe es getan, weil ich es tun musste«, sagte er.

»Das hast du«, stimmte sie zu.

»Ich muss aufhören … ich muss aufhören, in dieser Stadt herumzurennen …«

»Du musst aufhören, dich selbst zu bestrafen. Du musst damit aufhören, dir selbst die Schuld für das zu geben, was er getan hat.« Zur Abwechslung nahm sie diesmal sein Gesicht in die Hände und küsste seine Stirn. »Du hast getan, was du konntest, und er hat getan, was er tun zu müssen glaubte. Das hing nicht von dir ab. Okay?«

Kenway nickte, trocknete sich die Augen am Kragen seines T-Shirts. Er sah so müde aus mit dem Verband um den Kopf und den geränderten Augen. Sie hätte schwören mögen, das erste Grau in seinem Bart entdeckt zu haben.

»Ich habe seinen Geist gesehen«, sagte er und starrte aus dem Fenster.

Inzwischen war es vollständig dunkel, und zwischen den grauen Wolken am Himmel funkelten immer wieder Sterne hindurch. Die Luft war frisch und wehte die Straße wie eine feuchte, schwere Decke entlang. Unten an der Straße war eine Gruppe Halloween-Verkleideter im Collegealter unterwegs zu einer Party und kreischte und lachte dabei.

»In der Nacht mit Heinrich habe ich seinen Geist im Hexenhaus gesehen«, fuhr er fort.

Gott, dachte Robin.

»Das hat mir solche Angst gemacht, dass ich weggelaufen bin.

Er war völlig aufgebläht, seine Augen waren vorgetreten, und auf seinem scheiß T-Shirt war überall Kotze.« Er drehte sich um, und die Trauer in seinen roten Augen verwandelte sich in Entschlossenheit. »Diese eine Hexe, die mit den Illusionen, die hat ihn mich sehen lassen. Eine Halluzination.« Er nagte an seiner Oberlippe. »Ich glaube, das ist einer der Gründe, warum ich mit dir gehen will. Ich will weg von Blackfield, wo er gestorben ist. Und … und um dir zu helfen, diesem grausamen Monster ein Ende zu bereiten, das einen solche Scheiße sehen lässt.« Er ballte die Fäuste. »Ich hasse sie dafür.«

Nachdem sich der Knoten in seiner Brust gelöst hatte, suchte Kenway in der Türablage nach Servietten und wischte sich das Gesicht. Eine rostorange Natriumdampflampe warf ihr tristes Licht auf sie. »Vermutlich versaue ich dir die Überraschung, was?«

»Nein.« Unwillkürlich musste sie lachen. »Nein, überhaupt nicht.«

Sie trat zurück und ließ ihn aussteigen. Er knüllte die Servietten zusammen und stopfte sie in die Tasche.

»Kommt mit«, sagte Kenway und holte bebend Luft.

Das Wetterleuchten flackerte leise am dunklen Himmel. Sie folgten Kenway den Block entlang zu dem kleinen Parkplatz, der für die Zahnarztpraxis und das mexikanische Restaurant reserviert war. In der Bucht, in der sonst Kenways Pick-up stand, parkte jetzt ein Wohnmobil, und zwar das hässlichste, kantigste Ding, das sie je gesehen hatte. Es ähnelte einem Eiswagen mit einem Ralleystreifen an der Seite, der über dem vorderen Kotflügel ein W bildete.

»Oh, mein Gott«, sagte Robin. »Sag, dass das nicht wahr ist.«

»1974 Winnebago Brave. Ich kenne da einen … Er sammelt solche Teile. Du solltest sein Grundstück sehen, er wohnt an der

Straße nach Süden gegenüber der Methodistenkirche. Überall alte VW Käfer.« Kenway schloss die Tür auf und öffnete sie. Robin stieg einige winzige Metallstufen hinauf in ein Wunderland der Holzverkleidung. Im Inneren war es wie eine Kreuzung zwischen einem Baumhaus und einem Kleiderschrank. »Ich dachte, du schläfst vielleicht gern in einem richtigen Bett«, sagte er, »auch wenn es nur ein Bett in einem Wohnmobil ist. Immer noch besser als mit dem Schlafsack in einem Lieferwagen.«

Sie hatte einen Kloß im Hals. Das Waschbecken war gefüllt mit Eis und einer Champagnerflasche.

»Zum Trinken, nicht für die Taufe«, sagte Kenway und stieg hinter ihr ins rollende Heim. Das ganze Ding neigte sich zu einer Seite, als er drinnen war. »Aber wenn du es doch taufen willst, habe ich noch eine Flasche Billigwein von letztem Weihnachten, von der Army-Party meiner Einheit.«

Wayne stieg ein und setzte sich in die Essnische. »Cool«, sagte er und sah sich teilnahmslos um. Seine Augen waren trübe, düstere Lämpchen mit alten Batterien. Seine Hände lagen auf dem Tisch, als könnte er sich nicht erinnern, wozu sie zu gebrauchen waren.

Kenway stand im Gang und musterte ihn. Er machte den Schrank auf und holte einen Stapel klarer Plastikbecher heraus. »Weißt du was, Alter?«, sagte er grimmig, aber aufmunternd. »Du brauchst ein bisschen Trost. Willst du ein bisschen Champagner mit uns trinken?«

»Echt?« Wayne starrte in den hinteren Teil des Wagens. »Okay.« Zum zehntausendsten Mal checkte er sein Telefon.

Einige Sekunden vergingen, während Kenway mit der Flasche in der Hand dastand. »Mist«, sagte er, »ich kriege sie nicht auf.« Er stieg aus, und das Wohnmobil bebte unter seinem Gewicht.

Der Junge sah von seinem Telefon auf. »Ich kann es nicht glauben, dass ihr einfach hier rumsitzen und Champagner trinken wollt, während mein Dad irgendwo da draußen ist. Bei dieser Hexe.«

Ich habe ganz vergessen, dass ich als eine von denen verkleidet bin. Lycra hüllte ihre jungenhafte Figur so eng ein, dass sie ganz befangen war. Sie setzte sich ihm gegenüber an den Tisch, ergriff seine Hände mit ihren blassgrünen und blickte ihm todernst ins Gesicht. »Wir finden ihn. Versprochen. Bisher habe ich jede Hexe gefunden, nach der ich gesucht habe. Diese kommt mir auch nicht davon.«

Er betrachtete sie. Das Licht, das durch die Lamellen der Jalousien fiel, glänzte auf seiner Brille, das Telefon beleuchtete sein Kinn mit gespenstischem Blau. In den Fenstern zuckte ein lavendelfarbener Blitz.

»Hörst du?«, wiederholte sie. »Wir *finden* deinen Dad.«

Er nickte, vielleicht ein bisschen abweisend, und widmete sich wieder seinem Telefon.

»Nein. Schau mich an.« Sie beugte sich vor und blickte ihm ins Gesicht. Er schmollte sie zwar genervt an, doch wenigstens hörte er zu. »Ich drehe jeden Stein um, ich brenne jedes Haus nieder, ich kämpfe gegen jeden Dämon zwischen hier und der Hölle, wenn es sein muss.« Sie lehnte sich zurück und ließ seine Hände los. »Ich habe getötet, um dorthin zu gelangen, wo ich bin, und ich habe keine Angst, es wieder zu tun … Du kannst also auf mich zählen, kleiner Mann.«

Im Glas von Waynes Brille sah sie ein unheimliches grünes Leuchten in ihren eigenen Augen.

Man musste ihm zugutehalten, dass er nicht mit der Wimper zuckte.

Kenway kehrte in den Winnebago zurück. Er hielt eine Wasserpumpenzange in der Hand. »Die sollte man nie vergessen, wenn man aus dem Haus geht.«

»Du bist so ein Prolet.« Robin schüttelte den Kopf.

Er nahm die Champagnerflasche, packte den Korken mit der Zange, drehte ihn wie eine sture Mutter und löste ihn mit einem *Plopp*. Weißer Schaum sprudelte ins Waschbecken. Kenway füllte drei Becher und trug sie zum Tisch. Robin rutschte zur Seite und machte ihm Platz.

Wayne nippte am Champagner und rümpfte die Nase. »Schmeckt wie Farbe.« Er trank den Becher aus. »Ein Bier würde mir bestimmt besser schmecken, ehrlich.«

»Tja!« Kenway warf den Kopf in den Nacken und setzte den Becher mit dem mageren Rums von Plastik auf den Tisch. »Ich hatte keine Ahnung, dass du schon so erwachsen bist, Mr. Connaisseur!« Der Veteran erhob sich und wollte sich nachschenken, überlegte es sich anders und trank gleich aus der Flasche. Er schauderte. »Okay, vielleicht hast du recht. Ich habe noch ein gutes Bierchen in meinem Apartment. Und ein bisschen coolen Scheiß. Magst du Kakao?« Er zog den Stöpsel aus dem Spülbecken und ließ das Eiswasser ab.

Robin nahm die Champagnerflasche und stand auf. Kenway blieb in der Tür stehen und musterte ihre Miene.

»Was meinst du?« Sein Gesicht schien zu fragen: *Habe ich das richtig gemacht?*

Sie lächelte breit. »Ich meine, du hast einen Haufen Geld ausgegeben und deine Wohnung verspielt für ein Mädchen, das du kaum kennst, aber … ich finde es super.« Die Holzschränke und Wände glänzten käsegelb in der Dunkelheit. »Echt.« Sie schlang ihm die Arme um den Hals und drückte ihn fest. Die Flasche in ihrer Hand rollte über seinen Rücken.

»Danke«, sagte er gedämpft in ihre Jacke. »Für dein Verständnis. Dafür, dass du hier bist und ich mich bei dir ausweinen kann.«

Sie lehnte sich zurück und blickte ihm ins Gesicht. Die Lachfältchen unter seinen Augen waren feucht. Sie strich mit dem Daumen darüber. »Natürlich.«

Beide stiegen aus dem Winnebago. Robin stand da, betrachtete seinen breiten Rücken und fragte sich, was er wohl dachte. *Wieso habe ich diesen Mann so leicht in mein verrücktes Leben gelassen, wo ich vorher schon so vielen einen Korb gegeben habe? Bin ich sein Ticket aus der Stadt?* Der Weinanfall wegen seines Freundes und der Umstand, dass er tatsächlich das Geld und die Mittel hatte, Blackfield zu verlassen, wann immer er wollte, sprachen eigentlich für eine bewusste und freiwillige Entscheidung von seiner Seite. *Bin ich es? Bin ich ein Mittel zum Zweck? Bin ich seine Entschuldigung zu verschwinden?* Robin schlang die Arme um sich, denn sie spürte die Kälte ein bisschen stärker als sonst. Er schien echte Gefühle für sie zu haben, nur … wenn sie ihn reinließ, würde er bleiben?

»Willst du wirklich mein Kameramann sein?«, platzte es plötzlich aus ihr heraus. *Kameramann* hatte sich längst über die ursprünglich platonische Bedeutung hinaus entwickelt. *Bedeutungen,* dachte sie, *liegt da nicht der Kern der Magie?*

Hoffnung glomm in seinen rot geränderten Augen, als er sich umdrehte. »Ich glaube, ich wollte noch nie so unbedingt etwas sein.«

Zum ersten Mal, so wurde ihr klar, seit sie ihn kannte, sah sie das bei ihm. Die im Gleichgewicht befindliche Zen-Selbstgewissheit, an die sie sich bei ihm so sehr gewöhnt hatte, war eigentlich keine Zufriedenheit, sondern … *Verlorenheit.* Eine Art freudloser Untätigkeit, bei der er immer einen Fuß vor den anderen setzte. Das empfundene Versagen, Chris Hendry nicht gerettet zu haben, war zu seiner selbst gewählten Gefängniszelle geworden.

»Auch nach dem, was du miterlebt hast?«, fragte sie.

Er holte eine Schachtel Zigaretten hervor, schüttelte eine heraus und schob sie sich in den Mund. Dann kramte er ein Feuerzeug hervor. »Ja. Verdammt, wahrscheinlich hat es genau das Gegenteil bewirkt, als mich zu verscheuchen.« Er wölbte die Hand um die Zigarette, zündete sie an und steckte das Feuerzeug weg. Sie gingen den Bürgersteig entlang zu seiner Werkstatt. »Seit ich dich kennengelernt habe«, sagte er, »ist es wie ... es ist wie ...« Er nahm die Zigarette aus dem Mund und blies blau-weißen Rauch in die Luft. »Ich sag mal so: Hast du eine Ahnung, wie viel eine Panzerweste in der Armee wiegt?«

»Nein, kann ich nicht sagen.«

Sie wusste es sehr wohl, nachdem sie monatelang eine kugelsichere Weste getragen hatte, aber sie wollte wissen, was er ihr zu sagen hatte, und nicht die Stimmung verderben.

»Es ist eine Kevlar-Weste mit keramischen Einsteckplatten, die Kugeln von Sturmgewehren aushalten. Das Material wiegt vielleicht so viel wie eine Lederjacke, mit den Platten zusammen vielleicht vierzig Pfund – dazu kommen noch die Seitenplatten, Unterleibsschutz, Helm. Schwer wie Hölle, aber wenn man es den ganzen Tag trägt, gewöhnt man sich dran. Und abends, wenn man das Ganze auszieht? Fühlst du dich, als würdest du auf dem Mond spazieren gehen. Du gehst nicht, du fliegst.« Sein Bart teilte sich zu einem breiten Lächeln. »Seit ich dich getroffen habe, ist es, als hätte ich meine Panzerweste ausgezogen. Ich kann wieder atmen.« Nervös rieb er sich das Gesicht. »Und, weißt du, das möchte ich nicht aufgeben, okay?«

Robin zog die Mundwinkel hoch.

»Ich weiß.«

Er schloss die Tür zu seinem Laden auf, wobei die Zigarettenglut in den dunklen Schemen auf dem Glas leuchtete, und drückte sie auf. Im vorderen Bereich befanden sich lange Streifen hellen Graus, die Rollen und Spulen seiner Vinyl-Maschinen. Robin und Wayne folgten ihm durch den Laden in die Garage. »Ich muss dir beibringen, Sackloch zu spielen«, sagte Kenway zu dem Jungen und stieg die Treppe zu seinem Apartment hoch.

Waynes Gesicht wurde von seinem Handydisplay blau beleuchtet. Er schrieb schon wieder seinem Vater und grunzte nur unverbindlich.

Von oben war ein elektronisches *Bing!* zu hören.

Wayne erstarrte. Seine Brillengläser waren weiße Vierecke, in denen sich das Handydisplay spiegelte. Sein Daumen tanzte über das Display, und sie hörten wieder ein *Bing!* von oben. *»DAD?!«* Hektisch stieg er die Treppe hinauf, fast auf allen vieren.

»WARTE!« Robin griff nach seinem Knöchel und verfehlte ihn. *»Nein!«*, rief sie. *»Geh nicht rauf!«*

34

Der Junge erreichte das Ende der Treppe und verschwand hinter dem Absatz. Robin und Kenway stürmten hinterher, der Titan-Fuß schepperte wie ein Roboter, der Champagner schwappte in ihrer Hand. Als sie das unbeleuchtete Apartment erreichte, scannte sie die Schemen und versuchte, etwas Vertrautes, Menschliches zu erkennen.

Wayne stand in der offenen Küche. Er hob ein leuchtendes Viereck hoch und fuchtelte damit über dem Kopf. »Das ist Dads Handy!« Er kam zurück und hielt Leons und sein eigenes Handy in den Händen. »Warum ist Dads Handy hier? Ist Dad hier? Warum sollte Dad hier sein? Er war noch nie hier, oder?«

»Komm her«, forderte Robin ihn auf. Ihre Arme und ihr Nacken kribbelten. »Wir müssen hier raus, *sofort.*«

Sie packte seinen Unterarm. »Kommt, wir müssen …«

»AAAH!«, schrie Kenway und ging auf ein Knie. Die Zigarette fiel ihm aus dem Mund.

Über ihm stand Leon Parkin.

Leon hielt den Osdathregar mit beiden Händen und hatte ihn Kenway in den Rücken gerammt. Wetterleuchten tauchte die Wolken draußen in Blau und verwandelte die Fenster, die zum Kanal hinausgingen, kurz in eine Reihe flackernder Fernsehbildschirme. Eine seltsame Silhouette, gedrungen und kantig, erschien vor dem trüben Licht von draußen. Das Apartment versank erneut in Dunkelheit.

Wir sind im Arsch, wir sind mitten reingelaufen. Kenway kroch davon, der Silberdolch ragte aus seinem Rücken. Sie ging auf Leon zu, der wie irre grinste, ballte die Fäuste und machte sich auf einen Kampf bereit. *Cutty hat gewartet, bis die Magier abgezogen waren, damit sie wieder die Oberhand gewinnt.* Robin hatte noch die Champagnerflasche. Die würde sie Waynes Vater über den Kopf hauen. *Zuerst muss ich Parkin ausschalten,* entschied sie, aber Wayne warf sich ihr gegen die Brust.

»Nein!«, schrie der Junge. *»Bring ihn nicht um!«*

Nachdem Wayne sie weggedrängt hatte, rannte er zu Leon. Der verhexte Mann riss die Arme auseinander, Augen und Zähne blitzten im Abgrund seines Gesichts auf, und Wayne krachte seinem Vater in den Bauch. Beide purzelten rückwärts die Treppe runter und produzierten mit Knien und Ellbogen ein übles Drumsolo. Leon knurrte. Wayne kreischte. Der Lärm ihres Kampfes war bis oben zu hören, und sie wollte gerade nach unten laufen, als sie Kenway mit dem Messer im Rücken sah und zögerte.

Ein lautloser Blitz erhellte die Fenster, und vor dem Licht zeichnete sich abermals die fremde Gestalt ab. »Wie schön, dich endlich kennenzulernen«, sagte das Ding im Rollstuhl mit einer Stimme wie trockenes Laub, das über einen Gehweg raschelt.

»Morgan«, sagte Robin.

»Morgan«, sagte die Matrone. »Sycorax. Kirke. Kassandra

von Apollon. Miss Cleo von der übernatürlichen Hotline. Ich habe es vergessen. Wenn man in meinem Alter ist, vergisst man so einiges.«

Indirekte Küchenbeleuchtung ging mit einem Klick an und tauchte das Apartment in sanftes Licht. Marilyn Cutty stand hinter Kenways Hackklotz. »Happy Halloween, Vögelchen«, sagte die Hexe und kam würdevoll um die Kücheninsel.

Robin riss den Blick von Cutty los, schaute hinüber zu dem Rollstuhl am Rande des Lichts und sah eine dünne, zusammengekauerte Alte, die in eine Decke eingewickelt war.

Die Arme der Matrone waren dürr wie Zweige und endeten in verhärmten, papierartigen Fäusten. Ihr Gesicht war in einem tragischen Stirnrunzeln erstarrt. Die Augen saßen in hängenden Höhlen. Eins der Löcher reichte bis zu den Mundwinkeln und den steifen Lippen und entblößte einen knubbeligen Wangenknochen in grotesker C-Form. Sie war das lauernde Gespenst, das Annie vor so vielen Jahren die Einfahrt hinunter gefolgt war. Sie war Haruko Nakasones prophetisches Geistergemälde. Sie war die ertrunkene Frau in der schwarzen Badewanne.

In der Beuge zwischen dem linken Ohr der Matrone und der Erhebung der Schulter saß ein Stück schweißnasses Fleisch, das sich wand wie das Ei einer Riesenschlange. »Ah ja«, schnarrte die uralte Hexe, die fast von dem Tumor verborgen war. »Happy Halloween, meine Liebe.«

»Champagner«, sagte Cutty. »Es gibt etwas zu feiern, wie ich sehe.«

Vorsichtig stellte Robin die Flasche auf den Boden, damit sie die Hände frei hatte. Ihr Blick ging zu dem Osdathregar, der aus Kenway ragte, und aus den Augenwinkeln sah sie, dass ihn auch Cutty beobachtete.

Zwischen den Lippen des Veteranen glänzte Blut.

Ist er tot? Ihr Herz flatterte in ihrer Brust. Sie stürzte sich auf den Dolch, allerdings war es schon zu spät. Er sprang aus Kenways Rücken und wirbelte durch den Raum in Cuttys ausgestreckte Hand. Ehe Robin reagieren konnte, zeigte Cutty auf sie, und eine unsichtbare Kraft packte sie und warf sie gegen die Wand über dem Bett, wo sie in über zwei Metern Höhe hängen blieb. Bilder lösten sich von ihren Haken, und Leinwandvierecke taumelten gen Boden, wo sie klappernd landeten.

Die Matrone lachte pfeifend.

»Ereshkigal.« Cutty lächelte und kam langsam, aber unaufhaltsam aus dem Küchenbereich. Sie fuchtelte mit dem Dolch. »Wir bebrüten sie schon eine Weile lang. Es braucht seine Zeit, eine tote Göttin wiederzubeleben, weißt du.« Die Hexe lehnte sich lässig an die Kücheninsel und deutete auf die Matrone und den fleischigen, pulsierenden Tumor. »Seit Jahrhunderten arbeiten wir daran, Ereshkigal in die materielle Welt zu holen. Wir verwöhnen sie und ernähren sie mit dem Leben der Dryaden. Mum isst schon sehr, *sehr* lange für zwei.« Die Hexe spottete traurig. »Halloween. Es ist doch fast zu offensichtlich, nicht? Rührselig. Aber mir gefällt es irgendwie.«

Robin versuchte, sich von der Wand zu lösen, hatte aber keine Chance: Sie war wie festgeklebt. Die Hände konnte sie jedoch bewegen, und während Cutty weiterredete, ließ sie eine in die Jacke gleiten.

»Leider habe ich einige deiner Geburtstage verpasst, Vögelchen«, sagte die Hexe und betonte ihre Worte mit dem Griff des Dolches. »Was für eine Großmutter ich nur bin. So, nachdem deine Magier-Freunde abgereist sind, dachte ich, warum bringe ich Mutter nicht in die Stadt und mache mir einen schönen Abend? Mit einer Überraschungsparty. Ist das nicht *wunderbar*? Ich wollte, dass du siehst, was Annie und dir entgangen ist. Annabelle hat uns verraten und unsere Familie in Gefahr gebracht. Du hast meine Großzügigkeit abgelehnt und meine Schwestern getötet. Die Zeit für Versöhnung und Waffenstillstand ist vorbei. Dein Lehrer ist tot. Deine Familie ist tot. Dein kleiner Freund ist tot. Jetzt wirst du das Antlitz der Göttin Ereshkigal sehen, und du wirst das ganze Ausmaß deines Versagens begreifen, während sie wiedergeboren wird, ehe du kalt und einsam sterben wirst.«

»Aber ich habe die letzte Staffel *Breaking Bad* noch nicht geguckt«, sagte Robin trotzig. »Kann ich das nicht erst machen, und dann kommt ihr noch einmal und erweckt die mesopotamische Inkarnation des Todes in unserer Küche? Okay? In der Zwischenzeit behalte ich den Dolch hier.«

»Du solltest …«

Sie wurde unterbrochen, als der riesige Buckel der Matrone aufplatzte – *platsch!*

Heraus sprühte ein Fluss von … Zuerst war Robin nicht sicher. Es sah aus wie Öl, schwarz und dick – dann erfüllte ein stechender Gestank nach Fisch und faulen Eiern das Apartment. Eiter und Blut und Gott weiß was spritzten in die Luft und ergossen sich um den Rollstuhl herum auf den Boden.

Sogar Cutty war überrascht. »Oh, gute Güte«, sagte sie und zog sich den Kragen ihres Pullovers vor die Nase.

Robins Finger schlossen sich um das Geschenk in ihrer Jackentasche. Sie zog Gendreaus Uhr hervor und drehte sie mit dem Daumen auf. Die Rückwand löste sich mit leisem *Klick* und enthüllte eine Haarlocke.

Die gerissene Haut über dem riesigen Buckeltumor öffnete sich wie Lippen, und das ganze Ding kippte nach vorn und ergoss seinen Inhalt.

Ein großer Schwall faserigen schwarzen Etwas löste sich aus

dem Buckel wie ein Fohlen, das von einer Stute geboren wird, und landete mit einem erstaunlich knochigen *Rums* auf dem Boden. Der leere Sack klatschte der Matrone in den Schoß und bedeckte mit der losen Haut ihr Gesicht. Suppiger Schleim lief an ihren Beinen hinunter.

Robin nahm das Teratom aus der Uhr, konzentrierte sich darauf und suchte die latente Energie darin. Licht wand sich in Spiralen ihren Arm hinauf, und ihre Haut leuchtete grün von innen heraus, als der Herzweg ihren Kopf erreichte und sie mit fremder Kraft erfüllte. Zu ihrem erstaunten Entsetzen hatte sie das Gefühl, ihr Gehirn habe Finger bekommen, Dutzende, die von innen gegen die Schädeldecke drückten. Die Kopfhaut schmerzte, während sie sich zu dehnen und zu recken schien.

Dann zeigte sie auf Cutty.

Cutty war mit der erschütternden Wiedergeburt beschäftigt, sah jetzt aber auf. Robin richtete die Spitze des Zeigefingers auf den Osdathregar und stahl ihn aus Cuttys Händen, als würde sie eine Datei über einen Computerbildschirm ziehen. Der Dolch bewegte sich aufwärts und schwebte über dem Kopf der Hexe.

»Was zum Teufel soll das?«, fragte Cutty und sah hoch. Robin riss die Hand nach unten. Der Osdathregar schoss abwärts auf die Hexe zu, blieb aber mitten in der Luft stehen, als hätte er ein unsichtbares Hindernis getroffen.

Trotz konzentrierter Miene lächelte Cutty. »Wo hast du denn das gelernt, Vögelchen?«

Wie die Nadel eines Kompasses zitterte der Osdathregar in der Luft, als Robin dagegendrückte. »I get by with a little help from my friends«, stieß sie hervor. Der Dolch war zum Ball im Spiel des Willens geworden, und die Spitze zeigte langsam wieder auf sie.

»Die Hunde des Odysseus?«, schnatterte Cutty. »Die haben so einen schlechten Einfluss auf dich.« Die Hexe stieß mit dem Zeigefinger zu, überwand Robins Widerstand, und der Osdathregar schoss durch das Zimmer. Im letzten Augenblick hob Robin die Hände, und der Dolch bohrte sich in ihre Rechte und kam auf der Rückseite zum Vorschein. Das Heft rammte ihren Handballen, und die Spitze kam weniger Zentimeter vor ihrem Gesicht zum Halt.

Das tut verdammt weh. Die Klinge knirschte zwischen den Knochen, riss den Muskel auseinander und zwang ihre Finger zu Spocks Vulkaniergruß. Sie schrie, bis ihr der Hals wehtat und ihr der Atem ausging.

»Ich tue es ja nicht gern, mein kleiner süßer Dämon, aber Strafe muss sein.« Cutty suchte sich ein Filetiermesser aus Kenways Besteckkorb. Sie ging zu dem Wesen, das sich auf dem Boden krümmte, und durchschnitt die Eihaut, die das Gesicht bedeckte.

Robin packte den Osdathregar und zog ihn aus ihrer Hand, was den Schmerz abermals verstärkte. Blut rann ihren Arm hinunter. Sie schleuderte den Dolch erneut auf Cutty, die aufsah und warnend eine Hand hob.

Der Dolch verharrte mitten in der Luft.

»Du brauchst neues Material«, sagte Cutty und ließ den Zeigefinger kreisen. Der Osdathregar wollte sich wieder drehen, doch Robin formte die Hände zu Pistolen und zeigte auf die Waffe. Dabei heulte sie vor Anstrengung, Tränen standen in ihren Augen, Muskeln spannten sich unter ihrer Haut. Cuttys Gesicht wurde dunkel. »Kennst du die Definition von Wahnsinn, meine Liebe?«

Leuchtend rotes Blut tropfte von der geballten Faust des Mädchens. »Wahnsinnig bin ich vielleicht nicht«, knurrte Robin von der Wand, während ihr ganzer Körper vor Anstrengung zitterte, »aber wohl ganz schön verrückt.«

Die Hexe machte einen Schritt fort von dem Ding auf dem Boden, strengte sich noch mehr an und riss die Augen dabei auf.

»Uungh«, sagte eine tiefe Stimme.

Zuerst dachten beide Frauen, es sei das Ding auf dem Boden, doch wie sich herausstellte, war es das andere Ding auf dem Boden – der große Blonde, dem das Blut den Rücken hinunterlief. Kenway regte sich, kam langsam auf die Beine und stand auf.

»Was machst du denn?«, fragte Robin. »Bleib unten, ich habe alles im Griff.«

»Wir sitzen in der Scheiße, Baby.« Er sah sie an und schätzte die Lage ein. Der Mann krümmte sich vor Schmerzen. Blut lief ihm übers Kinn und über den Hals, da es aus der Wunde bis über die Schulter gelaufen war. Er ging zu dem Dolch, der mitten in der Luft schwebte, und griff mit beiden Händen danach.

»Was soll das?«, schnaubte Cutty. »Halt dich da raus, Bursche!«

Quälend langsam drehte Kenway den Dolch wie ein Druckventil, bis er in die andere Richtung zeigte, auf die Hexe in der Küche.

Schweiß lief Cutty über das graue Gesicht. »Nein! *Nein!*«

»Ich habe genug von diesem Mist, Lady«, gab Kenway zurück. »Ich mache dem jetzt ein Ende, und wenn ich dabei draufgehe.« Er lehnte sich gegen den Dolch und schob ihn auf sie zu, was sehr komisch aussah, als würde ein Pantomime gegen unsichtbaren Sturmwind ankämpfen. Robin hätte fast gelacht. Cutty reckte die Hände vor, und der Knauf traf ihn an die Lippen, doch er knurrte nur böse und lehnte sich wieder dagegen.

Drei Meter. Zwei Meter. Anderthalb Meter.

Der Osdathregar zitterte in seinen Händen, und dann begann Kenway zu vibrieren wie ein Mann, der einen elektrischen Zaun berührt, und er knurrte weiter, nur diesmal klang es wie eine schleudernde Waschmaschine: *»GRR-R-R-AAAH!«* Cutty wich an die Kücheninsel zurück, als sich ihr die Klinge auf Armeslänge näherte.

Robin warf sich wie Superman aus dem Stand nach vorn und schlug mit beiden Fäusten zu. Der Osdathregar wurde Kenway aus den Händen gerissen, schoss das letzte Stück pfeilartig vor und traf Cutty in den Solarplexus, durchbohrte sie und hob sie in die Luft. Robin rammte die Fäuste nach unten wie ein Dirigent beim Schlussakkord, und der Dolch bohrte sich in den Boden und nagelte die Hexe auf die Bretter.

Kenway brach neben ihr auf dem Boden zusammen.

Cutty stieß einen unglaublichen ohrenbetäubenden Schrei aus. Die Herdtür, die Mikrowellentür und jede Glühbirne im Raum explodierten, überall in der Küche regnete es Scherben. Auch die Trinkgläser in der Spüle zersprangen. Sogar über den Fernsehbildschirm zog sich ein Spinnennetz aus Rissen.

Die Kraft, die Robin an der Wand gehalten hatte, ließ nach, und die Hexenjägerin landete auf Händen und Knien und stieß sich das Schienbein dabei an einem Nachttisch.

»Uuuuuuuhr«, stöhnte das aasige Ding mit den Pferdegliedern auf dem Boden.

Robin kam auf die Beine und stolperte hinüber. Eine kantige Form bewegte sich unruhig in einer trüben weißen Eihaut. Der gummiartige Sack war klar genug, dass man hindurchsehen konnte. Dicke schwarze Haarbüschel um bleiche Glieder … ein Ellbogen … eine Hüfte … eine Hand … ein Gesicht.

Ein blutunterlaufenes Auge spähte durch die Membran. Ein Finger bohrte sich durch das Messerloch und riss es weiter auf.

Robin fuhr voller Horror zurück und stieß mit dem Fuß gegen etwas.

Die Champagnerflasche.

Sie hatte eine Idee und ging auf das Ding zu, das sich aus seiner Fruchtblase kämpfte. Ihr Herz donnerte in ihrer Brust, durch ihre Adern schoss Adrenalin. Robin nahm allen Mut zusammen und packte die wiedergeborene Ereshkigal. Ihre Finger bohrten sich in das klebrige Fleisch wie in kalte Butter.

Ein dünnes missgebildetes Gesicht starrte sie an, glasige, geäderte Augen unter kaltem klarem Schleim. *»EEEEEEEEE!«*

Entsetzt brüllte Robin zurück: *»Aaaaah!«*, aber sie hatte die Sache einmal angefangen und konnte jetzt nicht mehr zurück. Sie stand auf, beugte sich vor und hob Ereshkigal an den Oberarmen an. Das Gespenst unter der Eihaut kreischte und strampelte wie ein wildes Kind.

Ein harter eigenartiger Wind wirbelte durch das Apartment, wehte und heulte und stank nach Fäulnis und Schwefel, und die Gemälde flatterten und klatschten ihren steifen, hölzernen Applaus. Zettel wurden von den Kühlschrankmagneten gezerrt und flogen durch die Luft und landeten auf der Couch und auf den Schränken. Robins sexy Hexenkleid schlackerte wild um ihre Beine. Mit Mühe hob sie die Ereshkigal-Larve über die leblose Matrone im Rollstuhl und ließ sie auf Morgan oder Sycorax, oder wie sich die greise Hexe auch nennen wollte, fallen. Dann drehte sie sich um, schnappte sich die Champagnerflasche, und …

… erinnerte sich, dass Champagner nicht brennt.

»Scheiße. *Scheiße!*«, schrie sie in den Hurrikan.

Sie rannte zur Küche, warf die Flasche ins Waschbecken (wo sie zerbrach) und riss die Kühlschranktür auf.

Darin befanden sich ein Eierkarton mit einem Ei, eine Flasche Ketchup, ein Flasche Milch, eine Schachtel mit Resten vom mexikanischen Essen und genug Schnaps und Bier, um eine Kneipe aufzumachen. »Nicht schlecht ausgestattet.« Sie nahm eine Flasche Stolichnaya, stürmte um die Kücheninsel (wich dabei Cuttys greifenden Händen aus) und trat an die Leiche der Matrone im Rollstuhl und die Todesfee in ihrem Schoß heran.

»Neieiein!«, brüllte Cutty. Ihr Gesicht verwandelte sich, wurde zu einem Schlund voller Zähne. Ein bestialisches Licht funkelte in ihren Augen, und sie wölbte sich wild gegen den Griff des Dolches. *»Du mieses Stück Scheiße!«* Wind schlug gegen die Seite des Gebäudes und heulte durch die zerbrochenen Fenster in die Wohnung. Cutty brüllte fauchend. *»Ich reiße dir die Brust auf und fresse dein Herz, Mädchen!«* Die Hexe schnaubte wie ein atemloses Pferd und wand sich unter dem Dolch in ihrer Brust. *»Wenn ich dieses Ding los bin, zeige ich dir, was Schmerz ist! Du wirst dir wünschen, die verdammte Annie hätte dich niemals zur Welt gebracht.«*

»Weiß du was? Ich habe keine Lust mehr, mir deinen Mist anzuhören.« Robin machte einen weiten Bogen um sie und schloss die Kühlschranktür. Dann stemmte sie ihren Fuß an die Wand und klemmte die Finger hinter den Kühlschrank.

Zwei Meter rechts von ihr schaute Cutty neugierig zu.

»Verfaul in der Hölle, Mee-Maw«, sagte Robin und zog.

»Was hast du v…? Nein! *Nein!*«

Robin schloss die Augen, weil sie das verzerrte Gesicht der Frau nicht sehen wollte, die sie mit aufgezogen hatte, kippte den Kühlschrank von der Wand und ließ ihn auf Marilyn Cuttys Kopf krachen. Der Kenmore plättete den Hexenschädel mit einer Wucht, dass der Boden bebte. Graue Gehirnmasse und Schädelfragmente spritzten in alle Richtungen.

Dünne Stränge aus Energie krochen unter dem Gerät hervor. Blut brutzelte, als wäre der Boden ein Backblech, und löste sich auf, bis nur schwarzer Dreck blieb. Tief in sich bedauerte Robin ihre Tat. »Tut mir leid, Marilyn«, sagte sie und schaute zu, wie die Energie verblasste. Sie konnte sich nicht überwinden, den Herzweg zu absorbieren, der in der verstümmelten Leiche nachklang. *Tut mir leid, dass es doch keine Liebe in dir gab. Wir haben dich für ein Geschenk gehalten, aber du warst eine Schachtel voll hinterhältiger Schlangen mit Schleife und Geschenkpapier. Du hast unsere Liebe zu dir ausgenutzt, du hast unsere Familie und mich benutzt, um deinen Zirkel zu stärken. Tut mir leid, dass du nicht die Großmutter warst, für die wir dich gehalten haben.*

Nur eins tut mir nicht leid: dir dein Ende zu bereiten.

Sie nahm die Wodkaflasche und wandte sich den beiden letzten Monstern zu, der entstellten Matrone und dem Ding, das wie ein Käfer auf dem Rücken in ihrem Schoß strampelte. »Also los. Zur Sache, Schätzchen«, sagte sie, öffnete den Stolichnaya und näherte sich dem Rollstuhl. In der Flasche schwappte klarer Wodka, und Robin hob sie über die angebliche Ereshkigal. »Wo waren wir stehen geblieben? Wie wäre es mit einer Party, Gollum?«

Sie goss den Schnaps über ihnen aus und beging dabei den üblen Fehler, nach unten in den Rollstuhl zu gucken.

Die Matrone mit dem Loch im Gesicht blickte sie an.

Harte Augen starrten sie aus hohlen, vertrockneten Höhlen an. Robin zuckte zusammen. Während der Wodka über das schaurige Gesicht rann, bewegte sich die ledrige Zunge im Mund, und die Hexe sagte heiser: »*Yee-Tho-Rah.*«

Dunkle Tentakel schossen aus der Schulter der Matrone, wo sich das Teratom selbst geboren hatte. Dünne Pseudopodien schlängelten sich wie schwarze Spagetti über das entsetzliche Gesicht über Brust und Arme und bedeckten sowohl sie als auch die wiedergeborene Ereshkigal und hüllten sie in schützende Wurzeln. Die Tentakel wurden dicker und härter und vermehrten sich und bildeten eine schartige Rinde.

»*Yee-Tho-Rah*«, sagte die Matrone erneut, und eine Druckwelle löste sich explosionsartig aus ihrem Schädel und warf Robin zu Boden. Knöchel schlugen auf Holz. Ihre Stirn krachte gegen Küchenfliesen.

Und damit war Robin weg.

35

Als sie die Augen aufschlug, war sie zu Hause.

»Nein!«, schrie sie und erhob sich mühsam auf die Beine. Sie stand im vorderen Flur des viktorianischen Hauses mit dem Rücken zur Tür. Es war Nacht.

Sanfter Lampenschein fiel durch die Tür zum Wohnzimmer herein. Goldener Staub schwebte um ihre Stiefel. »Was ist das für ein Scheiß? Illusionsmagie? Du betrügerisches Luder.« Automatisch griff sie mit der guten Hand nach ihrer Tasche, und als Erstes erkannte sie, dass ihr Kleid keine verdammten Taschen hatte, und als Zweites, dass sie sowieso kein Aripiprazol mehr hätte.

Keine Medizinbomben, um Illusionen aufzulösen.

»Scheiße. Scheiße-Scheiße-*Scheiße.*« Sie drehte sich hin und her und suchte das Haus nach einem Zeichen eines anderen Anwesenden, eines Risses oder eines Lochs, mit dessen Hilfe sie die Illusion beenden konnte.

Aus einem Schnitt am Haaransatz rann Blut seitlich an ihrem

Gesicht herunter, und Blut aus der Stichwunde in ihrer Hand tropfte auf den Boden. Sie riss die Haustür auf. Draußen war alles genau wie drinnen – hinter der Schwelle lag der gleiche Flur, in dem sie stand, als würde sie von der vorderen Veranda hereinschauen. Sie lief hinaus und in den gespiegelten Eingang des Hauses hinein.

Die Haustür schlug hinter ihr zu. Sie drehte sich um und stieß sie wieder auf. Nun sah sie die Küche, wie man sie von der Hintertreppe aus sah.

Sie schloss die Tür und starrte wütend auf das Sideboard im Flur mit dem Telefon und den gerahmten Porträts von sich und ihren Eltern. Dieses Haus war nicht dasjenige, in dem die Parkins kurzzeitig gewohnt hatten, sondern das, in dem sie mit Jason und Annie Martine aufgewachsen war. Und da a) das Haus nicht real war und sich b) kein Andras blicken ließ, gab es keinen Dämon, der ihr gegen die Matrone den Rücken stärkte.

Sie zog das Deckchen vom Sideboard, warf dabei Telefon und Bilder auf den Boden, wickelte sich das Spitzentuch um die verwundete Hand und stillte die Blutung. Dabei fiel ihr Blick auf ihr Halloweenkostüm – ihre Haut war grün bemalt, und sie trug ein schwarzes Lycra-Kleid, dessen Saum in Fetzen gerissen war, aber das Make-up in ihrem Gesicht war zum größten Teil abgegangen, weshalb nur um Nase und Ohren noch ein wenig Grün zu sehen war.

»Ich muss hier raus«, knurrte Robin, lief nach oben und hielt sich die verletzte Hand. »Ich muss zurück, ehe Kenway draufgeht oder diese kreischende Baby-Frau voll ausgewachsen ist. Ich habe keine Zeit für diesen *It's-a-Wonderful-Life*-Mist.«

Im ersten Stock stand zwischen der Tür zum Elternschlafzimmer und der zum Badezimmer ein niedriges Bücherregal.

Dort hineingestopft waren Robins Bücher, von ihren Stephen-Gammell-Erstausgaben von *Scary Stories to Tell in the Dark* bis zu ihren Stephen Kings und Dean Koontzes. Wenn ihre Mutter ihr etwas erlaubt hatte, dann die Bücherausstellung in der Schule und den Buchladen in Blackfield zu besuchen, und dieses Regal war der Beweis dafür. Sie zog eins der Bücher heraus – Nora Roberts' *Grün wie die Hoffnung* –, schlug eine beliebige Seite auf und begann zu lesen. Noch eine Seite. Überflog es bis zur Mitte. Zum Ende. »Perfektes Exemplar«, sagte sie und warf es über die Schulter. Es flog über das Geländer nach unten in den Flur. Sie nahm ein anderes, Joe Hills *Blind*. Zufällige Seite. Ende des Buches. Anfang.

»Noch ein perfektes Exemplar. Fuck«, sagte sie, drehte sich um und schleuderte das Buch weg. *»Fuck! Fuck!«*

»Du wirst der Matrone nicht in die Karten schauen können«, sagte jemand links neben ihr.

Robin fuhr herum und entdeckte voller Überraschung Annie. Oder zumindest das meiste von dem, an was sie sich von ihrer Mutter erinnern konnte.

Da stand die Andeutung einer Gestalt, die von zartem Licht erleuchtet war, wie eine unsichtbare Frau im Regen. »Sie ist anders als die meisten Illusionistinnen«, sagte Annie. »Sie gelangt in deinen Kopf und dringt in die tiefsten Bereiche deiner Erinnerung ein. Sie kennt jedes Wort in den Büchern in diesem Regal. Wenn es Weihnachtsgeschenke im Haus gibt, weiß sie, was darin ist. Sie weiß, wie viel Müsli noch in der Dose ist und welche Treppenstufe knarrt. Darin hat sie jahrhundertelange Erfahrung. Du wirst die Illusion nicht entzaubern können, indem du in Büchern nach leeren Seiten suchst oder Eiswürfel im Kühlschrank zählst.«

»Du hast mir das Gehirn zerlegt, als ich ein Kind war. Du

bist mitschuldig daran, dass ich im Irrenhaus gelandet bin, und ich musste mir allein den Arsch aufreißen, um da wieder rauszukommen. Wieso sollte ich annehmen, dass du jetzt plötzlich qualifiziert bist, mir zu helfen?«

»Ich dachte, du hättest mir verziehen.«

»Verziehen schon«, sagte Robin, »aber von vergessen war nicht die Rede.«

Annie runzelte die Stirn. »Ich wollte dich immer nur beschützen. Das versuche ich selbst jetzt noch, wenn du es zulässt. Vergiss diese zusammengeschusterten, halbherzigen Taktiken. Überdosen von Antipsychotika. Hör auf, ihr Spiel mitzuspielen, indem du nach Widersprüchen in ihren Illusionen suchst.«

»Was zum Teufel soll ich denn dann dagegen machen?«, wollte sie wissen und schritt auf dem knarrenden Boden hin und her. »Leider sind mir die Tricks ausgegangen.«

»Auch einem alten Hund kann man noch neue Tricks beibringen.« Annie lächelte. »Hast du das schon vergessen?«

»Was vergessen?« Robin zuckte zusammen, weil der Schmerz aus der Hand heftig in den Arm zog. »Ich habe keine Zeit für Rätsel, Mama.«

»Was hast du mit Theresa gemacht?«

»Ich habe ihre Kraft verschlungen und ihren Herzweg geschlossen.« Robin zögerte. »Willst du sagen, meine Dämonenseite kann mich hier rausbringen?« Hektisch blickte sie sich um und fragte mutlos: »Wie? Ich habe die Matrone nicht hier, ich kann sie nicht ergreifen und den Herzweg anzapfen.«

Das gläserne Gespenst breitete die Arme aus und drehte sich in Zeitlupe einmal um die eigene Achse wie Julie Andrews in *Sound of Music*. »Das brauchst du doch nicht, Schatz. Du musst nicht zu ihr, sie hat alles hergebracht. Du bist von ihrer Magie umgeben. Du bist von ihr durchtränkt. Zwar musst du einen

Fluss leer trinken, aber niemand sagt, dass du an der Quelle anfangen sollst.«

Verwirrung und Resignation machten sich in Robin breit. »Und ... Was soll das bedeuten? Ich muss die Illusion verschlingen?«

Annie nickte. »Ich denke, ja.«

Robin kniete sich hin und zog ein weiteres Buch heraus, einen dicken Schinken, und schlug es in der Mitte auf. Es handelte sich um ein zerlesenes Exemplar von Susanna Clarkes *Jonathan Strange & Mr. Norrell*. Sie nahm die erste Seite und riss sie fein säuberlich heraus, dann stopfte sie sich das Papier in den Mund wie eine Handvoll Kartoffelchips. Es war trocken und geschmacklos, und ihr Speichel wurde vom Papier aufgesaugt.

»So habe ich mir das nicht vorgestellt, Kind«, sagte Annie.

Ihre Tochter starrte sie säuerlich an, den Mund voller Fantasy-Lektüre. »Na ja, du hast dich nicht gerade sehr klar ausgedrückt«, sagte sie.

Ihr Blick fiel wieder auf das Buch. Aus den Augenwinkeln hatte sie einen Moment lang etwas dort gesehen. Eine schwache grüne Leuchtspur. Tinte klebte auf ihrer Zunge, als die Papierkugel in ihrem Mund matschig wurde. Sie strich über die glatte Oberfläche der nächsten Seite, und ein geisterhaft grünes Elmsfeuer folgte dem Weg ihrer Finger über das Papier, kurz und übersinnlich, statische Elektrizität im Dunkeln.

Yee-Tho-Rah, donnerte eine gottähnliche Stimme aus den Tiefen des Hauses.

Das Glas im Fenster am Ende des Flurs schepperte wie dünnes Eis. *Yeee. Thooo. Raaaaaaaah,* sang die Matrone erneut.

Die Bodendielen unter ihren Händen bogen sich und ächzten, als das Haus zitterte – kein Rütteln wie bei einem Erdbeben, sondern eine feine Vibration. Die Köpfe von Nägeln schoben sich langsam aus dem Holz. Schmerz breitete sich auf Robins Kopfhaut aus und schoss wie Nadeln in ihren Hirnstamm, weil ihr Schädel zu schrumpfen schien und die graue Masse zusammendrückte. *Yee-Tho-Rah, Yee-Tho-Rah,* setzte die Matrone ihren Murmelgesang fort, das Mantra, das in Wellen kam, ein langsamer Dreierschlag zum Takt von Queens »We will Rock You«, der durch das ganze Haus dröhnte.

Unsichtbare Messer bohrten sich in Robins Trommelfelle. Sie krümmte sich zusammen, drückte die Stirn ins offene Buch. Die Worte vor ihren Augen verschwammen.

»Lass dich nicht von ihr kleinkriegen, Kind«, sagte Annie, die neben ihr stand. Der Geist kniete neben seiner Tochter. Die Bilder an den Wänden tänzelten sacht an ihren Haken. »Ich habe zwar nicht gemeint, dass du unseren Lesestoff buchstäblich verschlingen sollst, aber wenn es funktioniert, mach weiter, mach weiter.«

Tränen fielen auf die Buchseiten. »Ich habe mir gedacht«, grunzte Robin und kniff die Augen wegen der Qualen zu, »dass dort der stärkste und komplizierteste Teil … uuggh … ihres Illusionszaubers liegen dürftttteeee – *MIST!*«

YEE. THO. RAAAAAH, brüllte das Haus um sie herum, und dann schien sich der Raum zu *verdrehen.* Rigipsplatten rissen. Die Balken in den Wänden ächzten und klangen wie ein Froschchor, und dann krachte es hinter der Tapete wie eine Reihe Gewehrschüsse. Das ganze Haus schien sich zusammenzufalten. Robin bemühte sich, das Chaos um sie herum zu ignorieren, riss eine weitere Seite aus dem Buch und stopfte sie sich knisternd in den Mund. Es war so verdammt anstrengend zu kauen.

»Halt durch«, schrie Annie über den Lärm. »In deinem Herzen hast du Höllenfeuer. Zeig dieser alten Hexe, wie es brennt!«

Wut – nein, *Zorn,* blinder, brutaler, seismischer Zorn wallte in ihr auf, und die Papierkugel in ihrem Mund begann zu brennen. Sie inhalierte das Feuer, als wäre es eine Zigarette, und rauchte die Hexe, füllte ihre Lunge mit den letzten Energien der Hexe, ließ ihre Knochen und ihre Seele und alles, woraus sie bestand, mit der paranormalen Kraft des Herzwegs der Matrone erglühen.

Vögelchen, das Mädchen, das sie gewesen war, der kleine Wildfang, der barfuß herumlief und hübsche Softball-Spielerinnen küsste, fing Feuer.

Die nach Aufmerksamkeit süchtige Robin, der schmuddelige, halb wahnsinnige, mit Medikamenten zugedröhnte Teenager, wütend, weil man ihr die Kindheit gestohlen und sie komplett auf den Kopf gestellt hatte, fing Feuer.

Malus Domestica, die Hexenkillerin mit dem Wagen voller Schwerter, fing Feuer.

Vergangenheit und Gegenwart loderten in Flammen auf, wüteten in ihrer Brust, und Robin spuckte diesen brennenden Schmerz und Zorn in einem langen Strahl Drachenfeuer aus. Eine Helix aus Licht strömte aus ihrem Mund und wallte über das Bücherregal und die Wand hinweg. Bücher verkohlten und brannten. Sie drehte sich und blies das Feuer über den Boden und das Geländer. Flammen stoben über den Teppich wie umkippende blaue Dominosteine.

Der erste Stock des viktorianischen Hauses verbog sich wie ein Spiegel, der sich nach innen wölbt, und sie fiel, rutschte über einen Läufer aus Glut, während das Haus versuchte, seine Innenseite nach außen zu kehren und sich zusammenzuknüllen, um sie zu zermalmen. Sie stieß Höllenfeuer aus, krallte sich am Boden fest und prallte mit den Füßen voran auf das Ende des Flurs und machte einen Salto durch das Fenster.

Um sie herum splitterte Glas, und sie stürzte ins Nichts.

Das Erste, was sie sah, als sie zu sich kam und aus der Illusion zurückkehrte, war die bleiche Gestalt vor ihr. Robin schnappte nach Luft und setzte sich auf. Sie hatte am umgekippten Kühlschrank gelegen, und die Überreste von Cuttys Gehirn bedeckten ihre Jeans.

Noch immer spürte sie die Hitze in Mund und Augen, und alles war in ein fiebriges Rot getaucht. Sie beugte sich vor, zog den Osdathregar aus Cuttys Brust, und die Klinge sirrte, als würde ein Wetzstein darüber gezogen.

Ereshkigal versuchte x-beinig aufzustehen, taumelte und sammelte Kraft. Die wiedergeborene Göttin des Todes war dünn, hager, das nasse Haar klebte am Gesicht und auf der Brust. Ihre Haut hatte die kränklich blau-weiße Blässe eines totgeborenen Fohlens, ihre Finger waren lang und dürr. Mühsam suchte sie nach ihrem Gleichgewicht.

So treffen wir uns endlich, Mädchen, flüsterte es in Robins Kopf.

Für die halbdämonische Hexenjägerin hätte die fremdartige Kreatur ein blendendes Licht darstellen sollen, eine verzehrbare Hauptader, ein Quell der Macht, um den hungrigsten Dämon zu sättigen. Aber als die Illusion der Matrone verblasste und sich Robins Augen auf das Ding vor ihr scharfstellten, konnte sie es kurz sehen: ätherische Silberfäden zu tausenden, ein Netz schillernder Strahlen, die sich in alle Richtungen ausbreiteten, und dessen pulsierendes Zentrum Ereshkigal bildete, und jede sanft leuchtende Ranke saugte etwas aus ihr ab.

»All die Hexen«, sagte Robin und nahm den Dolch in ihre verwundete Hand. Blut tropfte vom Griff und vermischte sich mit Cuttys schwarzer Fäulnis. »Die sind immer noch verbunden.«

Mit der Zeit werde ich wieder erstarken, flüsterte Ereshkigal.

In Robins Brust rumorte noch immer das Feuer und verschmolz

ihre Nerven mit den Knochen wie die Schattenbilder eines Atomblitzes. Die Luft roch nach Schießpulver und faulen Eiern.

Ich biete dir an, was Marilyn Cutty nicht mehr haben kann. Was sie nicht länger geben kann. Die Göttin des Todes streckte flehend die Hand aus und schwankte wie ein Betrunkener. *Binde dich an mich, beschütze mich, diene mir ... und ich gebe dir deine Mutter zurück. Deinen Vater. Deine Freunde. Dein Leben wird frei sein von Jagd. Frei von dieser kurzlebigen Existenz, vom Leben auf der Straße, davon, dein Leben zu riskieren. Du kannst die Frau sein, die aus dem Mädchen werden sollte.*

»Die Frau, die aus mir werden sollte ...«, sagte Robin.

Sie stieß Ereshkigal den Osdathregar in die Stirn.

»Die bin ich schon.«

Die silberne Klinge durchbohrte den weichen Schädel mit einem ekelhaften *Quatsch* und drang bis zum Heft ein. Tinte lief in vier Harlekin-Rinnsalen aus den Augen der Göttin.

Robin riss ein Bein hoch, setzte Ereshkigal einen Fuß auf die Brust und stieß sie in den Schoß der Matrone. Der Rollstuhl setzte sich rückwärts in Bewegung.

Yee-Tho-Rah erstarrte und sah aus diesen schrumpeligen olivgrünen Augen auf. Der Arm, der nicht von dem schnaufenden, betäubten Körper festgeklemmt war, langte nach Robin. Und wurde länger. Immer länger und länger schien der Arm der Matrone zu werden, wuchs und reckte sich, die Knochen knackten und verzogen sich. Immer noch war sie mit diesen schlängelnden schwarzen Wurzelsträngen überdeckt, und die sprangen nun in feinen Pseudopodien ab und klebten sich an Robins Kleid.

Schmutzige gelbe Fingernägel kratzten über ihr Gesicht.

Wo sie ein letztes Flehen um Gnade von der sterbenden Matrone erwartet hatte, hallte nur ein endloser Schrei der Empörung und Rache in ihrem Kopf wider.

Robin öffnete den Mund und spuckte rotes Höllenfeuer.

Der Stolichnaya-Wodka fing Feuer und loderte mit einem *Wusch* auf. Ereshkigal kreischte und schlug um sich, plapperte sinnloses Zeug, während der Osdathregar aus ihrer Stirn ragte wie das Horn eines Einhorns. Wind wehte durch die kaputten Fenster herein und fachte das Feuer zu einer Säule an, die nach der Decke griff.

Jemand kam die Treppe herauf, und Robin drehte sich um. Es waren die Parkins, und sie waren schlimm zugerichtet. Wayne hielt einen von Kenways Permanentmarkern in der Hand und hatte einen tiefen Kratzer im Gesicht. Leon trug eine *Algiz*-Rune auf der Stirn und hatte eine blutige Katze auf dem Arm.

Die Katze sprang aus seinen Armen, während Leon das Feuer begaffte. *»Gott!«*

Leon rannte auf die Flammen zu, riss den Dolch aus dem Gesicht des Monsters, warf ihn zur Seite, packte die Griffe des Rollstuhls und schob ihn weg. Flammen leckten an seinem Gesicht. Seine Augenbrauen wurden versengt und schmolzen zu Asche. Der Rollstuhl krachte rückwärts durch die Reste des Fensters und fiel drei Stockwerke tief in den trockenen Kanal.

Glassplitter und Feuer regneten in die Dunkelheit hinterher. Robin schaute nur zu – benommen, erschöpft, traumatisiert. Ihre Füße zeigten sich unwillig, auch nur noch einen Schritt zu machen.

Leon stieg über den liegenden Kenway und taumelte zur Küche, wo sein iPhone am Rande des Chaos lag. Er schnappte es sich und wählte den Notruf.

Die drei schauten zu, wie das Ding im Kanal brannte, und Robin genehmigte sich den Rest Wodka direkt aus der Flasche. »Auch einen Drink, Mr. Parkin?«, schnarrte Robin und bot ihm die Flasche an.

Leon lächelte müde, holte Kenways Feuerlöscher und besprühte die letzten Flammen, die auf dem Boden brannten – der schon von dem Spinnenfeuer schwarz war. »Nein danke. Mit dem Zeug bin ich fertig.«

Sie zuckte die Achseln. »Dann bleibt mehr für mich.«

36

Im Volvo herrschte Schweigen, während die Hunde des Odysseus durch die Straßen von Petoskey fuhren. Man hörte lediglich das rauschende Zischen der SUV-Reifen, die durch geisterhaftes Schneegestöber rollten.

»Radio?«, fragte die Fahrerin.

»Mir wäre auch ein bisschen Ruhe und Frieden recht«, krächzte Gendreau auf dem Beifahrersitz. Der Magier starrte aus dem Fenster auf die vorbeiziehenden Restaurants und Sommerhäuser. Links am Hügel stand eine Siedlung mit Hexenhäuschen wie dem, in dem Robin ihre Kindheit verbracht hatte, und die Veranden waren mit Plastikfolien winterfest gemacht. Rechts lag eine Marina, aus der die Masten von Segelyachten in den Himmel ragten, und dahinter glitzerten die grauen Wellen des Lake Michigan.

Der Sonnenuntergang leuchtete grell rot auf dem Wasser inmitten von tausend Abstufungen von Rosa, Purpur und Blau. Nach einigen Minuten beschaulicher Stille sagte Sara von hinten. »Alles okay, Andy?«

»Ich brauche nur ein bisschen Zeit«, sagte Gendreau. Wie es seine neue Gewohnheit geworden war, berührte er die Narbe am Hals.

»Und ein neues Artefakt«, sagte Lucas. »Martine hat deinen Stock kaputt gemacht.«

»Nicht so schlimm.« Der Curandeiro suchte in seinem Mantel und holte den toten Zahn hervor. »Mit einem Penis herumzulaufen, der so lang ist wie mein Bein, passt auch nicht gerade zu meinem Image als Mann von Welt. Wenn wir zu Hause sind und ich ein bisschen Zeit mit meinem Therapeuten verbracht habe, spreche ich mit unserer Quartiermeisterin hier über einen anderen Gegenstand, der zu meinen speziellen Fähigkeiten passen könnte. Und mit ›Therapeut‹ meine ich natürlich die Flasche Dewar's in der untersten Schublade meines Schreibtisches.«

Unter einer bauschigen Daunenweste trug die Fahrerin ein blaues Kleid mit schwarzem Palmblattmuster. Über die linke Seite ihrer Brust zog sich eine fast zwanzig Zentimeter lange Narbe, die von der Form her an einen Nike-Haken erinnerte. Sie hatte feine asiatische Züge, und die Löckchen des rabenschwarzen Haares waren von silbernen Strähnen durchzogen.

»Ich wette, du kannst dich kaum noch zurückhalten«, sagte Gendreau.

Die Fahrerin hielt an einer roten Ampel. »Du hast ja deinen Bericht abgeliefert.« Sie sah ihn kurz an und richtete den Blick sofort wieder auf die Straße. »Aber ich würde lügen, wenn ich behauptete, ich wäre nicht neugierig.«

»Deinem Sohn geht es gut. Ein cleveres Bürschchen.«

Sie nickte.

»Und hübsch«, fügte Gendreau hinzu. »Passt gut auf seinen Vater auf.«

Ein schwermütiges Lächeln zog einen Mundwinkel nach unten.

»Wir haben einen langen Weg vor uns, wenn wir Cutty und Leon finden wollen«, sagte der Curandeiro. »Sie ist schon lange verschwunden, möglicherweise bereits, als Martine das Krankenhaus verlassen hat. Weaver ist vermutlich dageblieben, um uns aufzuhalten und den Schwestern ihres Hexenzirkels die Chance zur Flucht zu geben.«

»Als ich diese Ringe gemacht habe«, sagte die Frau, »habe ich nie darüber nachgedacht, dass sie auf die Schutzzauber reagieren könnten, mit denen Annie Martine das Haus belegt hat.«

»Das zeigt, wie sensibel diese Energien sein können.« Gendreau sank auf seinem Sitz nach unten und verschränkte die Arme. Es war ein langer Flug gewesen mit einem anstrengenden Zwischenstopp von sechs Stunden in Detroit. So schön er den Lichttunnel am McNamara-Flughafen fand, sein Bett hätte er noch beträchtlich schöner gefunden. »Ich glaube, wir alle haben nach diesem Abenteuer in der Wildnis neue Erkenntnisse gewonnen.«

Die Fahrerin schüttelte den Kopf. »Ausgerechnet so ein Hinterwäldlerkaff im Süden. Vermutlich hatte Leon die Großstadt satt.« Die Ampel wechselte auf Grün, und sie bog in ein kleines, aber labyrinthisches Einkaufsviertel ein.

Zwei- und dreigeschossige Gebäude begrenzten die Straße und säumten den Rand mit Modeboutiquen, Süßwarenläden, Restaurants und Designermöbelgeschäften. Die Frau fuhr tiefer ins Labyrinth und hielt schließlich vor einem kleinen Restaurant, dessen große Fenster von einem Regenbogen aus Kaffeebechern gerahmt wurden, die in Beton eingearbeitet waren. Auf dem Schild über dem Eingang stand *Roast & Toast Café*.

Daneben befand sich ein kleiner Buchladen. *McLean & Eakin Bücher.* »So …«, sagte Gendreau, öffnete die Tür und streckte die langen Beine aus, »... sag doch bitte, hast du ein passendes Artefakt, das meinen kaputten Stock ersetzen kann?«

»Nicht ganz so elegant vielleicht wie das alte, aber ich denke schon«, sagte Haruko und steckte Münzen in die Parkuhr. »Wie wäre es mit Ringen?«

»Dazu könnte ich mich überreden lassen.«

Auf der anderen Straßenseite hielt ein schwarzer Greyhound Wache und schaute zu, wie die Magier nacheinander in den Buchladen betraten.

Obwohl sie ihn nicht wahrnehmen konnten, machten Passanten einen großen Bogen um die Bestie von Gévaudan, während sie den Bürgersteig entlanggingen. Der Kirchhofwächter sah auf, die eingefallenen Augen schweiften zur Front des Buchladens, zum Dach und darüber hinaus zu dem Turm, den nur er sehen konnte, zur Bibliothek von Ithaka, und dann noch weiter zum Himmel über dem See.

Es war Sommer in Alaska, als ein 1974er Winnebago Brave auf die Cap'n-Joe's-Tankstelle rollte. Smaragdgrüne Berge drängten sich um die Stadt, die Gipfel reckten sich in die niedrigen Wolken, als wollten sie um etwas Regen zum Trinken bitten.

Als sich die Front des Fahrzeugs unter das Dach schob, steuerte Robin das Wohnmobil bis zur vordersten Zapfsäule.

Auf der anderen Straßenseite leckte der seidig graue Ozean an der Bucht. Einen Augenblick lang saß sie da, starrte abwesend vor sich hin und dachte an gar nichts. Schließlich machte sie den Sicherheitsgurt los und erhob sich vom Fahrersitz. Eine Mülltüte mit Kleidung lag auf dem Boden unter der Essecke. Sie machte sie auf und verzog den Mund, als ihr der Kupfergeruch von Blut entgegenschlug. Daraufhin machte sie die Tüte wieder zu und trug sie nach draußen.

Auf die Seite des Müllcontainers war ein Graffito gesprüht – *Willkommen in Alaska* – in fünfzig Zentimeter großen Buchstaben. Beunruhigend daran war nur das mittlere *A* in Alaska, das wie eine Hexenrune für *Heimat* aussah, der umgedrehte Christenfisch. Sie stampfte in ihren unverschnürten Kampfstiefeln über den Parkplatz, warf den Beutel mit Kleidung über den Rand des Containers und ging in die Tankstelle. Ein paar Minuten später kam sie mit einer kleinen Tasche heraus, in der Glas klimperte.

Während sie tankte, zog vom Ozean Wind heran, der die Pfützen kräuselte und das Aluminiumdach über ihr knattern ließ. Ihr Iro flatterte in der Böe.

»Morgen, Schatz.« Die Gestalt ihrer Mutter Annie materialisierte sich aus der kühlen Luft.

»Hi, Mom.«

Nur Robin konnte sie sehen und hören. Annies Mittelwelle-Radio-Stimme klang blechern und dünn, doch ihre Worte waren klar und deutlich. Sie trug ein wallendes Sommerkleid, oder zumindest hielt Robin es dafür; der Geist war größtenteils transparent und durchscheinend. Seit sie Annie aus der Dryade geholt hatte, schaute sie von Zeit zu Zeit vorbei, als wollte sie nach dem Rechten sehen. Vermutlich trug Robin Annie jetzt in ihrem Herzen oder zumindest in einem Raum in ihrem Kopf.

Ein roter Pick-up fuhr auf den Tankstellenhof, zögerte, als könnte er sich nicht entscheiden, und fuhr dann an die benachbarte Zapfsäule. Auf der Ladefläche lagen Angelruten, Netze und ein Anglerkasten. Und zerdrückte Bierdosen.

Die Tür öffnete sich mit rostigem Knarren, und der Fahrer stieg aus. Er war wie ein Farmer gekleidet, schmutziges Hemd und noch schmutzigere Jeans. Im Gesicht sprossen wilde graumelierte Bartstoppeln. Als er den Mund zum Lächeln öffnete, präsentierte er keine schiefen Beißer, sondern ein makelloses

Gebiss. Und noch dazu sprach er Deutsch. *»Guten Morgen, schönes Wetter, nicht wahr?«*

»Äh, ja … Für eine Bä… Beerdigung vielleicht.« Sie kramte das wenige Deutsch zusammen, das sie durch Heinrichs Bücher gelernt hatte. Wahrscheinlich hörte sie sich an, als hätte sie einen Gehirnschaden.

Der Deutsche lachte und sprach auf Englisch weiter. »Was führt eine hübsche junge Frau denn ganz allein in diese Einöde?«, fragte er mit starkem Akzent. Seine Augen waren klar. Und sein Blick wurde magisch von ihrem Po angezogen.

»Was für ein Widerling«, murmelte Geister-Annie.

Robin lächelte und flüsterte verschwörerisch auf Deutsch hinter vorgehaltener Hand: *»Ich bin hier, um eine Hexe zu töten.«*

Der Deutsche lachte erneut, drehte den Tankdeckel ab und sah sie wieder an. Irgendetwas in Robins Augen vertrieb sein Lächeln. Wenn es möglich gewesen wäre, dass ein Mensch die Ohren hängen lässt wie ein Hund, hätte der Angler es getan. Er stieg wieder in seinen Wagen, ohne den Tankdeckel aufzuschrauben, kurbelte am Lenkrad und fuhr bis zum Laden vor.

Dort schloss sich die Zentralverriegelung. *Karatz!*

Robin lachte. »Da musst du wohl ein Weilchen warten, bis ich fertig bin, Arschloch.« Die Anzeige an der Zapfsäule stand bei neunzehn Dollar. »Der Brave ist heute durstig.«

Sie ließ die automatische Tankabschaltung einrasten und stieg in den Winnebago. Ihr MacBook stand auf dem Esstisch. Sie klappte es auf, fuhr es hoch und fand zwei neue E-Mails unter jeder Menge Spam und Fanpost für Malus Domestica. Die erste stammte von Anders Gendreau, der sich erkundigte, wie es ihr in Alaska ging. Sie tippte rasch eine Antwort und schickte sie ab:

Hey, Andy,
hier oben ist es schön, aber ich schlafe schlecht, weil es immer hell ist. Im Prinzip bin ich erst mal fertig, würde aber gern noch ein paar Tage in den Bergen bleiben, ehe ich mich wieder in den Süden aufmache, wenn das in Ordnung ist. Ich könnte noch ein bisschen Natur gebrauchen. Freue mich auf die Rückkehr. Gebt mir Bescheid, ob wir uns am 4. Juli treffen wollen.
Robin

Die zweite E-Mail kam von Wayne Parkin.

Hi, Robin!!!!!
Ich hoffe, du hast viel Spaß. Dad und ich fanden die Bilder super, die du aus Alaska und Kanada gepostet hast. Diese Elchkuh mitten auf der Autobahn war krass!!! Hoffentlich ist ihr und dem Kalb nichts passiert!!!
Ich vermisse dich hier. Keine Ahnung, ob du die Bilder von uns auf Instagram gesehen hast, aber Joel und ich haben den Comicladen ziemlich gut wieder in Schuss gebracht. Marissa hat auch geholfen, und seit dieser Woche ist wieder geöffnet. Es läuft gut. Fisher hat anscheinend vor ein paar Jahren ein Testament gemacht und den Laden an Joel vererbt. Er teilt ihn sich mit Marissa, und weil wir so viele Ideen haben – vor allem Marissa –, sagt Joel, der Laden sei aus dem Gröbsten raus, was immer er damit meint.
Wie sich herausgestellt hat, war es Miguel, der Kenways Atelier gekauft und zu einer neuen Pizzeria umgebaut hat – das Rocktown Café. Und weil es an der gleichen Straße ist, haben wir immer viel geschäftlich miteinander zu tun!!!
Jedenfalls wollte ich nur mal hallo sagen und dir mitteilen,

dass ich in der Schule voll gut bin. Und danke, dass du diesen Dämon rausgeworfen hast. Wir schlafen jetzt echt gut. Dad hat dieses Symbol auf unsere Schultern tätowieren lassen. Zuerst wollte der Tätowierer es nicht machen, aber Dad hat ihm deine Videos gezeigt, und dann war der Tätowierer ganz verrückt darauf, ein Kind zu tätowieren. Es hat voll wehgetan, aber ich habe nicht geweint. Dad war stolz auf mich.
Dad hat nichts mehr getrunken, seit wir hergezogen sind. Manchmal vermisst er Mom, und er zieht immer so ein komisches Gesicht, wenn Mr. Johnson ihm ein Bier anbietet, aber er nimmt keins.
Alles Liebe, Miss Martine. Komm vorbei, wenn du wieder zurück bist.

PS: Joel hat sich entschlossen, es auch mal mit Fishs »Keto-Diät« zu probieren. Am Anfang fiel es ihm echt schwer, und in den ersten Wochen war ihm ziemlich übel, doch inzwischen läuft es gut. Manchmal mogelt er zwar, aber er sagt, er fühle sich besser als seit Langem. Außerdem macht er einen Selbstverteidigungskurs mit Marissa.

Robin klappte das MacBook zu und suchte in der Tasche nach einer Dose grünem Tee. Sie öffnete sie mit einem *Knack!*, saß am Tisch, trank und starrte aus dem Fenster.

»Steh auf, du Faulpelz«, rief sie. »Ich bin die ganze Nacht gefahren. Jetzt bist du dran.«

Aus der Schlafecke war ein Murren zu hören.

»Aauufffstehen.« Robin schlürfte Tee.

»Uuuuuuhhnng.«

Sie stand auf und ging nach hinten. Kenway lag in Unterwäsche bäuchlings auf dem Bett und hatte das Laken über sich gelegt wie eine Toga. Sie zog das Laken weg und gab ihm einen kräftigen Klaps auf den Po.

»Ja!«, rief er und wälzte sich herum. Er packte ihren Unterarm, zog sie ins Bett und hielt sie fest, bis sie ihn kniff. Es endete in einem Kitzelkampf. Er gewann durch Mogeln, weil er ihr Gesicht in die Hände nahm, und sie küssten sich, ein Rausch von Zungenschlag und Lippenbissen.

»Meine kleine Teufelin«, sagte Kenway und hielt ihre Wangen in seinen Bärenpranken.

Er stand auf und zog eine elastische Socke über den Stumpf seines Beins, dann schnallte er die Prothese an. Er trampelte durch den Winnebago, nahm eine Dose Kaffee aus ihrer Tasche und trank sie halbleer, zog sich an und ging hinaus, um den Zapfhahn zurückzuhängen.

Während sie im Bett gekämpft und geknutscht hatten, war ein anderer Wagen an die Rückseite der Zapfsäule gefahren. Eine junge Frau betankte einen schäbigen Kombi und zog wegen des feuchten Windes die Schultern hoch. Um die Augen hatte sie dunkle Ringe, die von Schlafmangel zeugten.

Hinten im Wagen saß ein Junge. Er schien Kenway zu erkennen, drehte sein Fenster runter, sprach jedoch so leise, dass Robin ihn nicht verstehen konnte. Die Frau – vermutlich seine Mutter – schimpfte ihn aus. Er runzelte die Stirn und drehte das Fenster wieder hoch. Bevor es zu einem weiteren Wortwechsel kam, stieg die Mutter des Jungen in den Wagen und fuhr mit quietschenden Reifen davon.

»Was war denn da los?«, fragte Robin, als Kenway seinen wuchtigen Körper hinter das Lenkrad des Winnebago klemmte.

»Der Junge hat mich gefragt, ob ich der Mann von diesem YouTube-Kanal bin.« Er schnallte sich an und ließ den Motor an. »Ich habe ja gesagt. Er meinte, bei ihm im Wald hinter dem Haus würde eine Hexe wohnen. Die hätte fast seine Schwester erwischt, und jetzt würde sie die ganze Nacht um das Haus pirschen und versuchen, *ihn* zu erwischen. Die nennen sie die ›Qalupalik‹, die Alte vom Meer.«

»Seine Mom hat ihm wohl gesagt, er solle nicht über die Hexen reden.«

»Eigentlich hat sie gesagt, er solle verdammt noch mal die Schnauze halten und nicht über die *gottverfluchte Hexe* reden.« Er fuhr bereits von der Tankstelle und folgte dem Kombi. Robin wankte durch den Gang und ließ sich auf den Beifahrersitz plumpsen.

Seemöwen glitten durch den Himmel über der Straße. Sie beugte sich vor, stellte das Radio ein und fand einen Sender, auf dem »Daughters of Darkness« von Halestorm lief. Rock 'n' Roll erfüllte den Winnebago mit Klang und Wut. Annie stand hinter der Mittelkonsole, die Hände auf den Kopfstützen, und lächelte. Während Robin zuschaute, löste sich ihr Schemen in Nichts auf.

»Ich dachte, du wolltest ein bisschen schlafen«, sagte Kenway.

»Ich habe ein Versprechen gegeben, Babe.« Robin machte sich die Fingernägel mit dem Osdathregar sauber. »Und es gibt noch viele Hexen zu töten, ehe ich mich schlafen lege.«

Danksagung

Am Ende des ersten Buches der Reihe ging mein Dank an meine Mom, meinen Agenten, meine Lektorin und natürlich an die Outlaw Army – meine treuen Unterstützer von Anfang an.

An dieser Stelle bedanke ich mich wieder bei ihnen, aber diesmal auch bei Callum Plews, dem Produzenten der Hörbücher, und bei den Sprechern, die er ausgewählt hat. Ich freue mich unglaublich darauf, meine Figuren zum ersten Mal reden zu hören.

Außerdem möchte ich die Gelegenheit nutzen, den großartigen Menschen hier in Petoskey zu danken. Der Umzug aus meiner ländlichen Heimat in Georgia tausend Meilen weiter in eine Touristenfalle in Michigan hätte eine einsame Angelegenheit werden können, doch die Freunde, die ich hier gefunden habe, haben mir ein herzliches Willkommen bereitet. Kate und die BBC, die Richey Sisters, die D&D Gang, die drei Zachs (Sheppard, Matelski & Fischer), Bob und Esther, die Meyers, Familie Michelsen, Jake und Sherry, McLean & Eakin Booksellers, die Roast & Toast Crew, Steve und Gary von Ruff Life, Jeanine – Leute, ihr seid eine zweite Familie für mich geworden. Durch euch fühle ich mich in dieser Stadt zu Hause.

Leseprobe

aus
»Die Hexenjägerin –
Der Zirkel der Hölle«
von S. A. Hunt

Erscheinungstermin:
Frühjahr 2022
im Blanvalet Verlag.

Track 3

Als sie die Tür öffnete, kühlte die Klimaanlage des Diners den Schweiß, der Robin den Rücken hinunterlief. Das Zertifikat vom Gesundheitsamt wies eine Punktzahl von 96 aus. Die Jukebox lieferte Hits am laufenden Band: Johnny Cash, Shania Twain, Blondie, Rolling Stones. Gerade sang Bob Seger »Turn the page«, und aus irgendeinem Grund musste sie an muffige Sitzbezüge aus Tweed und kalte Dämmerung unter rostrotem Laternenlicht denken. You walk into a restaurant, strung out from the road. Was sollte einem schon Schlechtes widerfahren in einem sauberen Restaurant mit dreckiger Musik?

Requisiten und Bilder waren an die Holzvertäfelung genagelt: gerahmte Fotos von Sportlern (Tee-Ball-Mannschaften in orangefarbenen Trikots, ein Golfer, der einen Pokal über den Kopf hielt), uralte Farmwerkzeuge, gemalte Anzeigen von lokalen Geschäften. Das Zentrum des Diners nahm ein Tresen ein, an dem Männer auf Hockern saßen und schweigend ihr Essen verzehrten – überwiegend Trucker in Chambray-Hemden und Jeans, deren Nacken aussahen wie Kochschinken.

Sie starrte die breiten Rücken der Trucker an und dachte: Als Teenager fragt man sich, ob die Leute dich mögen. Als Erwachsener fragt man sich, ob man die Leute mag.

»Ich glaube, da drüben sind sie«, sagte Kenway.

In der Ecke stöberten drei Gäste schweigend in ihren Speisekarten. Ein attraktiver, indisch aussehender Typ mit frisiertem Haar und getrimmtem Bart. Gendreau, der sein Platinhaar kurz geschnitten hatte; er sah nicht mehr aus wie ein Absolvent von Slytherin, sondern eher wie David Bowie als Thin White Duke. Die dritte Person am Tisch war eine Asiatin mit grauen Schläfen.

Gendreau winkte. »Hallo, Miss Martine.«

Er lächelte fröhlich, doch seine funkelnden Augen wirkten müde. Der Curandeiro trug in der Hitze von Texas nicht seinen Willy-Wonka-Gehrock, sondern ein schlichtes Frackhemd mit Nadelstreifenhose und -weste, beides in der Farbe von Regenwolken. Seine Seidenkrawatte hatte er mit einem kunstvollen Knoten gebunden. Die sichelförmige Narbe an seinem Hals leuchtete rosa.

Der Inder war in T-Shirt und Jeans gekleidet; die Asiatin trug ein weißes Tanktop, mehrere kitschige Halsketten und Armbänder und einen langen Rock. Sie sah aus wie eine Lehrerin, die Beatnik geblieben war.

Doch das wissende Glitzern in den Augen der Frau befremdete Robin. Sie kam ihr bekannt vor wie jemand, den sie aus der Mittelschule kannte.

Woher kenne ich sie?

»Ich wusste nicht, dass Sie Ihren Kuschelbär mitbringen«, sagte der gut aussehende Inder und deutete mit dem Kinn auf Kenway. Als sie seinen britischen Akzent hörte, musste Robin an dunkle Kopfsteinpflastergassen denken, an die BBC, die London Underground. »Asha Navathe«, sagte er und schüttelte ihr die Hand. Er deutete auf die ältere Asiatin. »Das ist Rook.«

»Asha Navathe Ihnen auch«, sagte Kenway und schüttelte ihm die Hand.

»Das ist …« Navathe blinzelte verwirrt, zuckte mit den Schultern und lächelte. »Schön, Sie kennenzulernen, Kumpel.«

»Freut mich sehr«, sagte Rook. »Ich bin eine Origo.«

»Die Leute, die sich um die Artefakte kümmern?«, fragte Robin, die sich an das Gespräch erinnerte, das sie mit Leon Parkin und Heinrich Hammer in der Küche ihres Elternhauses geführt hatte.

»Ja«, antwortete Rook. »Irgendetwas zwischen einer Museumskuratorin und einer Waffenschmiedin.«

»Sie ist unsere Q.« Navathe klopfte ihr kräftig auf die Schulter. »Jedenfalls eine von ihnen. Ungefähr mittleres Management. Stark genug für ein Außenteam, aber auch mit einem ausgeglichenem pH-Wert gesegnet, um Verwaltungskram zu erledigen.«

»Solange ich kein Redshirt bin.«

Navathe lächelte. »Für mich bist du immer mein Spock.«

Kopfschüttelnd sagte Robin: »Wenn dieses Gespräch noch ein bisschen dämlicher wird, mache ich mich gleich wieder vom Acker.« Sie sah sich um und suchte nach Trägern von Aluhüten, Verschwörungstheoretikern oder sonstigen Spinnern, die ihre Unterhaltung vielleicht belauschten.

»Hier ist niemand, der uns abhört«, sagte Gendreau. »Vermutlich haben Sie sich gewundert, warum wir Sie ausgerechnet hier treffen wollten. Genau deshalb. Zufallswahl. Hier haben wir keine unerwünschten Lauscher.«

»Ich dachte, Sie wollten … Keine Ahnung, Sie wollten, dass ich mich sicherer fühle, wenn wir uns in der Öffentlichkeit treffen«, sagte Robin, »aber an einem Ort, wo es im Fall der Fälle ein Minimum an Kollateralschäden gibt. Ein entlegenes Kaff, wo möglichst wenig passieren kann, wenn … meine inneren Dämonen ausbrechen.« Sie musste über die Anspielung grinsen.

»Glauben Sie, wir vertrauen Ihnen nicht?«, fragte Rook. »Oder haben Sie berechtigten Grund zu der Annahme, dass es so ist?«

»Nein, ich …« Obwohl Robin ihre Zähne gut pflegte, hatte sie unterbewusst das Bedürfnis, ihren Mund zu verbergen. Sie rieb sich das Gesicht. Ihr Unbehagen in diesem hell erleuchteten Restaurant inmitten von Fremden war einfach real. Sie fühlte sich wie ein kleines Mädchen unter lauter Erwachsenen.

Unglaublich frustrierend. Solange sie allein war, verfügte sie über großes Selbstbewusstsein und hatte sich unter Kontrolle; sie konnte ohne jede Scheu in die Kamera zu Millionen Zuschauern sprechen. Aber wenn man sie in einen Raum mit Menschen setzte, in einen Raum mit Augen und Gesichtern, schloss sich eine unsichtbare Hand um ihre Kehle. Deshalb ging sie nie zu diesen Conventions wie VidCon, die für YouTuber veranstaltet wurden. Sie liebte ihre Zuschauer, doch in einer Menge realer Menschen würde sie sich komplett unwohl fühlen. So etwas kam eben dabei heraus, wenn man zuerst irgendwo ohne Freunde auf dem Lande aufwuchs und dann mehrere Jahre in einer Irrenanstalt verbrachte.

Sie dachte an den Top Dollar Gentlemen's Club in der texanischen Wüste zurück und fragte sich, wie sie das je durchgestanden hatte.

Wut. Genau so. Mit Wut.

Und, tja, mit Alkohol.

Ich kann dich dazu bringen, alles zu tun, sagte Heinrichs Stimme aus ihrer Erinnerung. Ich muss dich nur richtig verärgern.

»Seit Blackfield gab es bei ihr keinerlei Vorkommnisse mehr«, sagte Gendreau. Im Licht der untergehenden Sonne glänzte ein Ring an seiner Hand, ein viereckiger Rubin, der in der Mitte eines silbernen keltischen Knotens saß.

»Das haben wir schon gehört.« Rook richtete sich auf. »Ich glaube, wir haben uns auf dem falschen Fuß erwischt.« Sie hatte die Hände auf dem Tisch locker gefaltet, sichtbar versöhnlich. »Vermutlich halten Sie uns für eine undurchsichtige Geheimgesellschaft.«

Aus dem Nichts tauchte eine Kellnerin auf und nahm ihre Getränkebestellungen auf. Robin beobachtete die Gesichter, während sie mit ihr sprachen. Sie fühlte sich in die Ecke gedrängt wie ein wildes Tier und hoffte, dass man es ihr nicht anmerkte. »Ehrlich gesagt bin ich nicht sicher, was ich denken soll«, sagte sie. »Schließlich weiß ich kaum etwas über Sie. Im Internet steht jedenfalls nicht viel über die Hunde des Odysseus.«

»So sollte es auch sein«, sagte Navathe.

»Wir sind nicht die Illuminaten«, sagte Rook. »Nachdem der alte Wächter aus dem Orden gedrängt wurde – die rechten Käuze, die immer noch an Crowleys Methoden glaubten, die Robenträger, die Pyramidenköpfe, die Blutdürstigen, die echten Skull-&-Bones-Typen –, blieben nur noch wir übrig.«

Navathe übernahm. »Im Grund sind wir nur ein Haufen alter College-Kumpel. Eine Clique von Kneipengängern, die zufällig wissen, wie man mit Magie umgeht. Wir sind im Prinzip die Außenseiter. Da draußen sind allerdings Leute vom Schlag der Illuminaten unterwegs …«

»Die alten Männer, die Frank in den Sechzigern und Siebzigern aus dem Orden geworfen hat, haben sich anderen Gruppen und Gesellschaften angeschlossen, oder sie haben ihre eigene gegründet«, erzählte Gendreau. Die Kellnerin kam mit den Getränken zurück und reichte ihm ein Wasser mit drei Zitronenscheiben. »Das sind die richtigen Geheimgesellschaften. Ihretwegen wollte ich das, was Sie machen, lieber nicht an die große Glocke hängen und Ihren YouTube-Kanal dichtmachen.«

Nachdem die Kellnerin mit den Essenbestellungen gegangen war, beugte sich Navathe vor. »Einige dieser obskuren Teams wollten Sie schon rekrutieren.«

»Mich rekrutieren?«, fragte Robin.

»Ein Cambion ist in okkulten Kreisen äußerst wertvoll. Sie sind der erste Cambion, der seit Urzeiten aufgetaucht ist. Wenn Magie Fußball wäre, würden die Scouts um den ganzen Block Schlange stehen, um Sie für ein Team in der ersten Liga zu verpflichten.«

»Aber ich weiß gar nicht, wie ich das wiederholen soll. Mich … mich wieder in einen Dämon verwandeln. Ich glaube, beim ersten Mal habe ich es auch nicht selbst ausgelöst.«

»Das wissen wir«, sagte Navathe.

Robin entspannte sich. »Dann haben Sie keine Angst vor mir?«

Die Magier sahen sich an. »Nein«, antwortete Navathe. »Wir haben keine Angst vor Ihnen.« Er grinste und legte Gendreau die Hand auf die Schulter. »Papa G hat sich viel Mühe gegeben, uns von Ihrer einstmaligen Harmlosigkeit zu überzeugen.«

Gendreau zögerte. »Ich glaube, das Wort bedeutet nicht …«

Navathe zwickte den Curandeiro in die Wange. »Du bist so süß, wenn du mich verbesserst.«

»Also … also ich bin froh, das zu hören.« Robin entspannte sich. Sie hätte heulen können. »Ich habe mir deswegen so viele Gedanken gemacht. Ich bin wohl diejenige, die Angst vor mir hat.«

»Was meinen Sie damit?«, fragte Rook.

»Sie waren nicht dabei, als mein Dämonenvater Andras mich in diese dämonische Draht-Skulptur verwandelt hat, in das Gleiche, was er war. Er hat mich verdorben. Ich habe mich in einem Spiegel gesehen. Es war verdammt gruselig, ich habe immer noch Albträume deswegen.«

»Sie wacht schweißnass auf und verschwindet stundenlang im Bad«, sagte Kenway. »Starrt sich im Spiegel an. Eine Woche lang darf ich sie danach nicht berühren. Manchmal kann sie gar nicht schlafen. Sie bleibt tagelang wach. An den Tagen fahren wir nicht viel, und wenn doch, sitze ich die ganze Zeit am Steuer.«

»Ich weiß, dass es noch da ist. In mir, für immer. Wie Herpes.«

Abscheu machte sich auf Navathes Gesicht breit. Robin betrachtete ihre Hände, die rechte Hand mit den Narben und Adern und Falten, die makellose Linke, die zehn Jahre jünger aussah. Die Hand, die ihr Theresa am letzten Halloween abgebissen hatte, die Hand, die Robin unbewusst hatte nachwachsen lassen, als sie die Kraft der Umgestaltung von Theresa aufgenommen hatte. An dieser Hand wuchsen die Fingernägel schneller, als wären die Nagelbetten fruchtbarer, doch die Nägel waren weich und brüchig und scharf wie die eines Babys. Sie hatte sich mit den Kleinkindkrallen schon mehrmals das Gesicht aufgekratzt. Manchmal wachte sie mit Schrammen auf der Wange auf. Sie musste sie ständig abkauen. Sie waren lackiert, dennoch biss sie daran herum, bis nur noch die hintersten Ränder schwarz waren. »Vielleicht sehe ich nicht mehr wie ein Dämon aus«, sagte sie und sah auf, »seit ich meine Mutter aus dem *nag shi*, dem Dryadenbaum, geholt habe, bin ich wieder ganz Mensch, doch noch immer kann ich die Kräfte von Hexen und Reliquien absorbieren.«

»Sogar, nachdem die wiedergeborene Ereshkigal verbrannt ist?«, fragte Navathe.

Rook schüttelte den Kopf. »Alle Herzwege führen zu der Göttin des Todes. All diese Teratome sind ein Stück von ihr, jedes ein Samen der Reinkarnation. Solange die Magie weiterwirkt, lebt sie noch … irgendwo im Danach. Oder Davor. Oder wie man die Hölle sonst nennen will. Sie haben ihr lediglich die Tür vor der Nase zugeschlagen.«

»Geistersuppe«, sagte Navathe.

»Wie?«

»Phantomfondue. Spuksud. Die ursprüngliche übernatürliche Minestrone, aus der wir alle kommen und in die wir am Ende zurückkehren.«

»Also«, sagte Robin, »wenn Sie keine Angst vor mir oder meinen Fähigkeiten haben und auch nicht sehen wollten, wie lang meine Hörner sind, warum wollten Sie mich dann persönlich kennenlernen? Wir hätten uns auch über E-Mail oder Facebook oder so austauschen können.«

Navathe lächelte. »Wir wollten nicht den Satan in Ihnen sehen. Genau im Gegenteil. Wir wollten sehen, was für ein Mensch Sie sind. Wenn die Kamera nicht läuft, verstehen Sie?«

»Sie ist ein verdammt guter Mensch«, sagte Kenway. »Ein erstaunliches menschliches Wesen und eine großartige Freundin. Das hätte ich Ihnen sagen können.«

»Tja«, grinste Gendreau, »Sie sind vielleicht voreingenommen.«

»Ein menschliches Wesen.« Rook langte über den Tisch und ergriff mitfühlend Robins Finger. Auf die Rückseite ihrer Hand war das Algiz tätowiert, die Schutzrune gegen die niederen Formen der Magie, wie den Zauber, der die Katzen von

Blackfield zu Hörigen gemacht hatte. Es sah aus wie ein Y mit einem zusätzlichen Strich in der Mitte, und beinahe folgte es den blauen Venen unter ihrer Haut. »Das wollten wir sehen. Wir wollten nicht sehen, wie viel Dämon in Ihnen steckt, sondern wie viel Mensch. Hätten wir uns ohne die Heimlichtuerei und die Märchen von G sparen können, aber es ist schön zu erfahren, dass der verrückte alte Heinrich nicht auf Sie abgefärbt hat.«

Oh, er hat ganz bestimmt auf mich abgefärbt.

Gendreau ließ den Kopf hängen und senkte den Blick auf den Tisch. »Tja, ich … ich wollte diese Begegnung solange wie möglich aufschieben, weil ich nicht wusste, was passiert, wenn sie dann einmal stattgefunden hat.«

»Du solltest uns doch besser kennen«, sagte Rook. »Es geht doch nicht darum, dass du uns nicht traust, sondern du traust deinem Großvater nicht, oder?«

Der Curandeiro nickte. »Da ist sicherlich was dran.«

Navathe wandte sich an Robin. »Francis Gendreau ist derjenige, der Heinrich bei den Hunden rausgeworfen hat. Er kennt sich von uns am besten mit Dämonen aus, da er selbst Dämonologe ist, und er hat sich dagegen ausgesprochen, den Kontakt zu Ihnen herzustellen, seit wir erfahren haben, was Heinrich Ihnen und Ihrer Mutter angetan hat.«

»Frank und Heinrichs Vater, Moses Atterberry, waren zusammen im Seminar«, sagte Rook. »Moses wurde Pastor in der Walker Memorial Kirche in Blackfield, und Frank ging nach Italien und studierte dort Dämonologie und …«

»Exorzismus«, beendete Navathe den Satz.

Eiskalt rann es Robin über den Nacken, als sie den Zusammenhang begriff. »Meinen Sie, er wäre in der Lage, meinen dämonischen Teil zu exorzieren?«

Navathe zuckte zusammen. »Ich fürchte nicht, meine Liebe. Das ist ein fester Bestandteil von Ihnen. Es liegt Ihnen sozusagen in der spirituellen DNA. Somit ist es nicht in Ihnen, sondern Sie bestehen daraus. Genauso gut könnte man versuchen, Ihre Hautfarbe zu exorzieren. Oder Ihre Haarfarbe.«

Er zog eine Augenbraue hoch und betrachtete ihren lila-schwarzen Iro. »Welche Haarfarbe haben Sie eigentlich ursprünglich?«

»Dunkles Kastanienbraun«, sagte Robin. »Okay. Die nächste Frage darf ich stellen.«

Die Origo lächelte. »Wir sind wie ein offenes Buch.«

»Ja«, sagte Navathe, »und wie jedes gute Buch, kann ich mit gutem Sex und großen Worten dienen.«

Rook spöttelte: »Du wirst aber auch ein schlechtes Ende nehmen.«

»Vorausgesetzt, Sie sind auch Magier wie Doc G«, sagte Robin, zog einen Fuß unter das andere Bein und beugte sich über den Tisch vor. »Er kann heilen … Was können Sie? Was für Reliquien haben Sie?«

Die Hunde des Odysseus wirkten zögerlich. Navathe lehnte sich zurück und verschränkte die Arme. Das sollte vermutlich souverän wirken, kam bei Robin jedoch eher wie eine defensive Geste an, als wäre die Temperatur im Raum gerade um zehn Grad gefallen. »Sie … Sie werden Ihnen doch nicht die Kräfte aussaugen, oder?«

Robin grinste, so wie er vorher. Also bitte, so gut dürften Sie mich doch wohl schon kennen.

Rook griff in ihre Handtasche, holte ein Zippo hervor und schnippte es an. »Ich verfüge über die Gabe der Manipulation, über Psychokinese. Das Gehäuse dieses Feuerzeugs enthält eine

Haarlocke aus einem Teratom, das man einer tschechischen Hexe 1909 entfernt hat.«

»Wie Marilyn Cutty?«, fragte Robin und bekam eine Gänsehaut.

»Ja.«

»Und das ist meine«, sagte Navathe und öffnete die Messengertasche, die neben seinem Stuhl auf dem Boden stand. Er nahm eine Schneekugel heraus und stellte sie auf den Tisch. Darin stand ein gezeichneter Alligator auf einem Surfboard aus Eisstielen in einem Sturm aus Styropor-Schneeflocken. Am Fuß der Kugel war zu lesen: ICH HABE WEIHNACHTEN 1988 AM DAYTONA BEACH VERBRACHT!

»Lassen Sie mich raten«, sagte Robin, »Sie können Schnee machen?«

Navathe schüttelte den Kopf. »Nee.«

»Sie befehligen eine Armee surfender Alligatoren?«

»Leider nicht.«

»Sie fangen Menschen in Glaskugeln ein?«

»Was …? Nein, ich fange Menschen nicht in Glaskugeln.« Der verwirrte Ausdruck in Navathes Miene verflüchtigte sich. »Ich beherrsche damit das Feuer. Pyromantik«, erklärte er und betonte das letzte Wort, als wollte er sagen: Was denn wohl sonst? »Die Gabe des Zorns.«

»Feuer?« Robin zeigte auf Rook. »Sie hat das Zippo, und Sie sind der Zündler?«

»Niemand hat je behauptet, Magie müsse logisch sein.« Rook steckte ihr Feuerzeug ein. »Die Artefakte dienen als Verbindung zu den Kräften des Teratoms. Wir können die rohe Magie nicht so channeln wie die Hexen. In der Magie geht es vor allem um Metaphern, ja. Konnotationen. Ein großer Teil wird durch

Inschriften und bewegliche Teile gechannelt. Frank behauptet, es gebe eine Reliquie, mit der man Nekromantie ausüben kann. Und zwar eine Eieruhr.«

»Nekromantie?«, fragte Kenway. »Tote zum Leben erwecken?«

»Ja. Na ja, nicht direkt wieder zum Leben ... Also, man dreht die Eieruhr rückwärts und erweckt jemanden. Zumindest für eine Weile. Solange die Eieruhr läuft. Laut den Aufzeichnungen war es keine richtige Wiederbelebung; es kam eher so eine Art Golem heraus – tumbe, tote Bestien, die nur Gewalt im Kopf haben. So jedenfalls steht es in den Aufzeichnungen.«

»Apropos Reliquien«, sagte Gendreau. »Haben Sie die Uhr noch, die ich Ihnen gegeben habe?«

Die Uhr mit den verborgenen Kräften, die Robin zur Telekinese verholfen und sich als die Geheimwaffe entpuppt hatte, die sie zum Sieg über Marilyn Cutty gebraucht hatte. »Ja.« Robin deutete in die ungefähre Richtung der Werkstatt, wo sie Willy geparkt hatten. »Bei meinem Kram im Wohnmobil, aber der Herzweg ist geschlossen. Wenn Sie die Uhr noch mal benutzen wollen, müssen Sie ein neues Teratom hineintun. Ich musste die Kräfte in mich aufnehmen, um sie benutzen zu können.«

»Die Kräfte aufnehmen«, sagte Navathe und winkte mit der Faust. »Das wäre ein großartiger Slogan.«

»Das kostet uns Jahre, vielleicht Jahrzehnte: neu binden, neu verstärken, neu ausbilden«, sagte Rook. »Mir wäre es lieber gewesen, wenn Sie mit uns sprechen, ehe Sie eine Reliquie ruinieren, Robin.«

»Ich habe gerade Ihre Nummer nicht gefunden. Außerdem war ich an eine Wand gepinnt und musste aufpassen, dass mich diese Hexe nicht umbringt.«

Darauf fiel der Magierin keine Antwort mehr ein.

Nachdem die Kellnerin das Essen gebracht hatte, vergingen die nächsten Minuten schweigend, begleitet vom Klappern des Bestecks. Robin musste immer wieder zu den Magiern sehen und fragte sich, was sie wohl dachten. »Gut, was passiert jetzt?«, fragte sie und wischte sich die Lippen mit einer Serviette. »Gehöre ich zum Orden, oder berate ich den Orden? Oder hat Doc G einen fatalen Fehler begangen, indem er sich heimlich als meine Judi Dench betätigt hat?«

Gendreau lachte wiehernd.

»Bond hat dich festgenagelt, M«, sagte Navathe.

»Ernsthaft jetzt« – Robin brachte das Gespräch aufs Thema zurück –, »wie sieht es aus? Ist das die Einweisung eines neuen Mitarbeiters, oder wollen Sie nur sichergehen, dass die Schlinge um meinen Hals die richtige Größe hat?«

Rook fuhr sich nachdenklich mit der Zunge über die Lippen. »Es hat eine Menge Arbeit gekostet, Frank Gendreau davon zu überzeugen, Sie mit den Hunden arbeiten zu lassen und Sie nicht einzusperren oder gleich zu eliminieren. Wir drei jedenfalls waren davon überzeugt, dass Sie ein Mensch sind, seit wir Ihre Videos zum ersten Mal gesehen haben, und das gilt auch für den Rest der untergeordneten Hunde.«

»Wir bezeichnen uns gern als Underdogs«, warf Navathe ein.

»G kämpft für Sie, seit er aus Michigan zurückgekommen ist«, fuhr Rook fort. »Welche Verfehlungen Heinrich auch begangen haben mag, Sie werden dafür nicht zur Rechenschaft gezogen. Diesen Preis darf sich der tote Mann selbst abholen.«

Die eiserne Kugel, die Robin so schwer im Magen gelegen hatte, verlor ein wenig von ihrem Gewicht. »Das ist gut.«

»Nicht dass wir ernsthaft eine Chance hätten, selbst wenn

wir entschieden, dass Sie zu gefährlich sind, um Sie einfach weitermachen zu lassen«, sagte Gendreau. Er schnitt ein Stück Speck ab (er aß Eier mit Speck, was sie überraschte, da sie ihn eher der Fraktion »Kaninchenfutter« zugeordnet hatte), und dann fügte er hinzu: »Sie sind eine junge Frau, in der eine Atombombe schlummert. Ich bin nur froh, dass Sie auf unserer Seite sind.«

»Ich weiß nicht.« Robin wischte die Reste ihrer Ranch-Sauce mit einem Stück Hähnchen auf. »So schlimm bin ich nun auch wieder nicht.«

Rook schüttelte den Kopf. »Sie verfügen über große Macht. Wir fühlen« – und hier sah die Magierin die anderen an, dann wieder Robin –, »dass Sie mit einer Ausbildung und der richtigen Vorbereitung lernen können, diesen latenten Dämon in sich an die Leine zu nehmen und besser einsetzen zu …«

»Nein«, unterbrach Robin sie. »Ich will ihn nicht hervorholen. Mir gefällt, wo er ist: wo ich ihn nicht sehen kann.«

»Aber …«

»Sie haben keine Ahnung, wie es ist, wenn Sie auf Ihre Hände sehen und hohle Klauen aus Draht vor sich haben, und … sich fragen, ob Sie wie der Dämon, den Sie gerade auseinandergenommen haben, voller Spinnen stecken.«

»Voller Spinnen?«, fragten Navathe und Gendreau gleichzeitig.

»Ja. Als ich den Dämon auseinandergerissen habe, war nichts in ihm außer Spinnen. So hat er mich im Haus meiner Mutter verwandelt – er hat mich mit diesen Spinnen infiziert.« Ein altbekanntes Kribbeln zog über Robins Kopf, als sie sich an die schwarze Nacht im von der Hölle annektierten viktorianischen Haus erinnerte. Als sie aufblickte, starrten die Magier sie an, als hätte sie den Verstand verloren. Im Diner schien die Temperatur um zehn Grad gesunken zu sein.

»Echte Spinnen?«, fragte Navathe.

»Ich glaube nicht, dass es ›echte‹ Spinnen waren«, sagte Robin. »Als sie mich berührten, fühlte es sich an, als würde ich von den Geistern von Perversen und Psychos angetatscht. Die Spinnen waren verdorbene Gedanken, dunkle Gelüste mit Beinen. Abstrakt. Krabbelnde, gewalttätige Metaphern.«

Navathe zuckte zusammen. »Klingt entsetzlich.«

»Nicht so entsetzlich, wie zuschauen zu müssen, wie sie mein menschliches Wesen verzehrten und mich in ein Monster wie Andras verwandelten.« Robins Appetit war dabei, sich zu verflüchtigen. »Ich glaube, damit, wie ich jetzt bin, kann ich leben. Aber … dieses Ding, das ich war, möchte ich nicht noch einmal werden.«

»Und … nun?«, fragte Rook. »Ist die Berührung eines Dämons erforderlich, um die vollständige Verwandlung herbeizuführen?«

»Soweit ich weiß.«

Was ist notwendig, damit ich mich verwandle?, fragte sie sich. Muss ich diese Schmerzen leiden, damit es passiert? Oder passiert es jedes Mal, wenn ich verletzt werde? Wenn es nun einen Autounfall gibt und ich im Krankenhaus zum Dämon werde?

Vielleicht lerne ich, es zu kontrollieren, wenn ich mir von ihnen helfen lasse. Und nicht zum Hulk zu werden, wann immer …

(Wolltest du gerade sagen: »Wann immer du willst?«)

Wenn ich ihre Hilfe annehme, lerne ich vielleicht, wie es nie wieder passiert. Sie sah auf ihre Hände; die eine war gerade alt genug, um legal ein Bier zu halten, und die andere sah aus wie die einer Schülerin. Sie spannte die jüngere Hand an. Immer noch konnte sie sich die Konsistenz ihrer Dämonenhand vorstellen, diese Kombination aus Treibholz und vulkanisiertem Gummi. Zweimal so groß wie ihre menschliche Hand, ein grünschwarzer Adlerfuß, der einen Volleyball zerquetschen konnte.

Ihre Finger rieben mit hohlem Scharren aneinander wie Vogelknochen. Sie erinnerte sich an das Gefühl, wie es in ihren Zähnen vibrierte.

Willst du das wirklich aufgeben?

Ich will es kontrollieren. Ich will es an die Leine legen.

Wenn Sie wissen möchten,
wie es weitergeht, lesen Sie

S. A. Hunt
Die Hexenjägerin
Der Zirkel der Hölle

ISBN 978-3-7341-6292-3/ISBN 978-3-641-25960-0 (E-Book)
Blanvalet Verlag

Folge nicht dem Kaninchen, es sei denn, du wünschst dir noch mehr Tod und noch mehr Irrsinn …

352 Seiten. ISBN 978-3-7645-3234-5

Seit zehn Jahren ist Alice in einem düsteren Hospital gefangen. Alle halten sie für verrückt, während sie selbst sich an nichts erinnert. Weder warum sie sich an diesem grausamen Ort befindet, noch warum sie jede Nacht Albträume von einem Mann mit Kaninchenohren quälen. Als ein Feuer im Hospital ausbricht, gelingt Alice endlich die Flucht. An ihrer Seite ist ihr einziger Freund: Hatcher, der geisteskranke Axtmörder aus der Nachbarzelle. Doch nicht nur Alice und Hatcher sind frei. Ein dunkles Wesen, das in den Tiefen des Irrenhauses eingesperrt war, ist ebenfalls entkommen und jagt die beiden. Erst wenn Alice dieses Ungeheuer besiegt, wird sie die Wahrheit über sich herausfinden – und was das weiße Kaninchen ihr angetan hat …

Lesen Sie mehr unter: **www.penhaligon.de**